泰顺县政协 编

复斋诗文集

清·曾镛 著

潘先俊 校注

中国文史出版社

《复斋诗文集》编辑委员会

王晉卿文藻風流掩暎當代後色
山水卷乃仿李將軍華樓閣橋梁
極其工緻隆之墨色出秀韻頫流濃
郁中饒青青蒽之色

庚午仲秋書于射圃三省堂堂鏞

序 一

当代中国，欣逢盛世，对于政协文史工作而言，存史资政、以文化人，是时代所呼、职责所在。

纵览泰顺3000年，源远流长，人文荟萃，吴畦、曾镛、董正扬、董斿、潘鼎、林鹗等众多乡梓笔耕不辍，为泰顺留下了珍贵的典籍，这些人文遗珠，是传承泰顺文化根脉、汲取先哲文化智慧、增强地方文化自信的基石。

近年来，泰顺县政协高度重视历史文化遗产的挖掘整理工作，先后编纂出版了《泰顺楹联选集》《泰顺乡村医药选编》《翁同文文集》等文史著作，今又编选出版《复斋诗文集》，彰显了强烈的文化自觉和文史担当。开展好政协文史工作，重在三层意义：一为存史传世。当前，浙江省委提出实施"宋韵文化传世工程"，市委刘小涛书记亲自点题编纂《温州大典》，集成研究"温州学"，这些都源于文化根脉意识。泰顺当以此为鉴，本着传世之心赓续传世之作的文化情怀，拾遗补缺、修史存照，系统收藏、研究、编撰、展示泰顺历史文献，完整、体系地进行整理，呈现最具泰顺地理特征、地缘特色、地域特质的文化内涵，留下"最泰顺"的珍贵文脉。二为资政育人。政协文史，不同于党史，不同于文艺，也不同于地方史志，更加注重资政建言、以文化人。此次出版的《复斋诗文集》，为清代泰顺先贤曾镛先生作品，诗文集共八册，包括二百四十首诗文，对四书五经等传统国学经典书籍的见解，以及先生生平书信、奏疏、游记、序文等文章，属清代时期泰顺文化兴起的开山巨著，对后来潘鼎、董正扬、董斿乃至林鹗等一批清代文人志士的政治思想、学术思想起到非常关键的影响。相信这本书，将有效推动泰顺文史普及和人文素养提升，增强泰顺人民对自身文化根脉的价值认同、情感认同。三为返本开新。习近平总书记反复强调"要推动中华优秀传统文化创造性转化、创新性发展"。今年4月，中办、国办印发了《关于推进新时代古籍工作的意见》，《意见》提出"坚持古为今用、推陈出新，服务当代、面向未来，进一步激发古籍事业发展活力。"此次《复斋诗文集》的付梓发行，经由潘先俊先生审定、校勘、点注；潘先俊为泰顺邑贤徐志炎先生的私淑弟子，自幼喜好古文学，对泰顺历史文化、文献典籍等研究著述颇丰。他的坚持与努力，集中体现了一批又一批泰顺当代学者严谨的治学精神，对泰顺文化的深情和依恋、忠诚与执着，着实令人感佩。

省第十五次党代会提出"推进全域文化繁荣全民精神富有"，为"共同富裕、文化先行"明确了路径。文化文史工作，既要山河远阔，紧跟时代步伐，又要人间烟火，聚焦群众有感。今后，县政协将依托文史工作，推动更多的泰顺历史文献面世，让典籍中的泰顺、历史中的泰顺、文化中的泰顺活态呈现，为泰顺打造"浙南明珠、最美山城"，建设山区共同富裕"重要窗口"厚植人文环境。

欣为序！

2022年8月10日

序　二

　　曾复斋，象一座似曾相似的老房子，这个名字有很长一段时间里，它是深深的沉寂在时间之河里。

一

　　我七岁那年，坐在父亲厚实的肩膀上，被一路驮到罗阳县城郊外的三垟村，父亲唯一的亲姑妈嫁到三垟曾氏家族。每年总有一两次走亲到曾氏大屋看姑婆，姑婆人不高，不识字，慈祥多皱的脸上总洋溢温暖的笑容，见我她总免不了要问，今年考了多少分，然后会拉着我的小手说，"要像曾镛老爷一样会读书有出息。"至今我的脑海里还能闪现这位小脚老人嘴边唸叨着"我们曾镛老爷"的情景。她叫我爸为"阿彬"，这位姑妈与三垟的曾家对我父亲在"右派"落难日了时恩重如山。

　　从三垟回家要过石龟背岭，父亲说，曾镛老爷是姑婆的曾家一位读书作大官的人。这是我第一次知道曾镛的名字。少不谙事，慢慢也就忘了这个人。但在不知不知觉中，曾镛宛如吉光片羽，飘进我的心田，留下一个会读书做官的人的涟漪。后来姑婆得了老年痴呆症，再也没有听到那熟悉的唠叨了。而泰顺山城很长时间也并没有人关心这些随风而逝的学人。这些年倒是开始松动，文献的整理有了一批有识之士与后起之秀联袂深耕这块尘封的厚土，县里执事的，如政协文史委主持的《复斋文集点勘》《复斋诗集笺注》这就是开宗明义举起了重构乡邦文献的爝火，点亮起回望过去引路之灯，令人欢欣鼓舞。似曾相似的曾青天的形象又是昨日重现，勾起我浓浓少时回忆。今日手捧文稿，细读先俊君春秋寒暑劲力所为的功课，化时费神，无论得失，这是难能可贵。通过他的检点，这百来年艰涩的文字瞬息间觉出了温度与厚度，仿佛也读出高度来。娅飞女士又嘱我在大作前忝列陋文，充为序言，实为盛情，也感泰邑前贤与后学为增色乡邦，勤勉有加，欣然从命。

二

有人称曾镛是乾嘉之际，泰顺文化一面鲜明的旗帜，诚哉斯言。

只要从历史的轴线来看，泰顺是温州府明代之前最后设县的僻壤小县。而最为重要的两个坐标点，一个停留在宋，那是尚未分疆立县之际，作为世事离乱，而成为簪缨巨室流连的世外桃源。它们带来不仅是优质的财力、观念，更重要的就是高质量的人力资源。此时，作为瑞安、平阳远乡的这块地土，从晚唐到宋的十八大姓的挈家入山，这是被动的、被士大夫们刻意追求的归隐行为，正是这次先进外来文化对积贫积弱的土著文化的一次无意识的、远程跨区域的渗透与同化，甚至可说是征服，才有了后来井喷式的人才（科举）高地的出现。被誉为"东方文艺复兴"的两宋，如同谜一样的存在，近代文明诸多特征一下子都冒头出现，汉的举荐制、魏晋的九品中正制，在宋代"上品无寒门，下品无世族"的门阀贵族彻底消失，迎接的是一个平民开放时代的到来。人口与阶层流动的顺畅，即便深在远山，也无妨你追求外面世界的精彩，而平民化、商业化、契约化，不问出身，教育、文化、艺术全面普及，让整个社会呈现出前所未有的社会活态与生机。因此，我们今天回望两宋脚下的故土，宛如孔子梦回周朝以礼乐实现王道的向往。这就是我所理解的宋代泰顺的物理空间概念：英杰辈出，群星璀璨，人人向往的时代，也是可遇而不可求的时代。那是大宋帝国给予我们昙花一现的映照。其后元、明、清，不是外族入主，就是制度化的倒退，宋代的所能呈现的超时代性优点，被肢解被抛弃。登峰造极的赵宋时代，如一江春水东流去，在历史的烟云里，空留一声叹息！

明代以后的泰顺，百里岩疆的县域，由此沦落为寂寂无名深山僻壤的远乡陬邑。生齿稀落，文教落寞，科名不兴，人才凋敝。而曾镛正是在一个特定的时代、适时出现。今天我们猛然觉得他的重要，是因为他的出现，顺势而一呼百应，成就了其后泰顺文教难得的盛况，并完成了文化基因从移民文化向本土文化的嬗变，由此迎来了价值观的自我实现，重拾跨时空的文化自信。毫无疑问，曾镛是无愧旗手之名。因他的推动，构建人才的高地，文兴之象油然而生，泰顺本土的文化价值体系渐变为有源之水，有本之木，渐行渐远还生。

常言所说的，一方水土养一方人。我们知道百里岩疆的泰顺，地缘上并无优渥之处，林鹗在《分疆录》里也不免自惭的称"泰顺分地瑞安之义翔乡、平阳归仁乡也，实则皆山谷而已"。明景泰三年的分疆立县，完全出自行政管辖上的便利而匆忙孕育的早产儿，在政治、经济、文化上并不象瑞安、平阳、乐清等通衢大邑，立县之前都有很充分的文化或政治资源提前辅垫准备。举一个例子，明景泰三年（1452）立县，直到近一百年后的嘉靖朝才谋划建城墙，试想，一个因矿民动乱平叛的新置的僻远小县，远离府城，又无城墙，百姓何能安居乐业？学子们能静心求学否？加之路途的僻远，相比南宋离都城临安为近，北京路途千里之遥被泰邑莘莘学子视为畏途。是故宋代做为通都大邑瑞、平两县之远乡，人才辈出、蔚然成风，到的立县之后不复存在，书声比户、科甲蝉联几成遗响，实出有因。统计《分疆录·选举》宋之后高阶科名，如进士、举人者寥若晨星，绝大部分均云集两宋，进士、举人两宋有名可考者，其中进士为 50 名，元、明空白，清代 2 人（《分疆录》刊刻后潘其祝进士及第未收录，清代实为 3 人）。举人仅为明天启、崇祯朝周家俊、周家伟仲昆高中，清为 6 人。正如林鹗所言："人文为山川精英，科名为朝廷巨典。"在农耕文明与乡绅主导的乡村社会，话语权几乎都由有功名的士人们把持。狭义的说，地方的知名度，与本土科名高阶者的影响力、与学识交游的朋友圈均可划上等号。因此，从人物来说，泰邑，宋代虽属设县之前，但其因科举形成了庞大的互通士人阶层。如永康陈亮写给吕祖谦的信说："廷试揭榜，正则（叶适）、居厚（徐元德）、道甫（王自中）皆在前列。"这里提到的居厚、道甫即为今泰顺仙居、泗溪人氏，徐元德居官期间，与朱熹、陆游、周必大、楼钥等一批社会名流结交往来，林待聘、林拱辰祖孙两人，誉满宦海，深得宋李纲、赵鼎等人赏识，林氏子孙五代登进士及第十五人，故泗溪有林氏十八进士一说。此外，被陈傅良称为"天下士"的徐履，库村"三友"：吴驲、包湉、吴泰和，兄弟一武状元一文进士蔡起辛、蔡遇壬兄弟等，有宋一代，皆为县域内标杆式的学人楷模。遗憾的是，这种文脉并未被后世深耕播远。特别是立县后，泰顺一下子就消沉了 400 多年，直至乾嘉始有复兴抬头之象，原因何在？有了贤达，可堪引领的重文之风，他们四面奔走，广交八方俊彦，其中就是出了像曾镛一样的道德文章可以垂范的领军人物。试想，泰顺先贤祠，从宋至清奉祀的先贤 7 人，清代仅曾镛一人入祠，足见他扛鼎之功在对泰顺的重要性。

撰文至此，这也使我回想起，三垟的那位姑婆，一个斗字不识几个的家庭妇女，二百多年后依然用一种崇拜的口吻对一位先人念念不忘。理由也是明摆着：文化是根，一地的魂，它无穷的魅力，决非此一时彼一时，它有着如春风化雨，润物无声的德泽。更有那万舸争流，不舍昼夜，以文化人，关山飞渡的无穷伟力。

三

回望曾镛的时代去宋也有六百多了年。一度的才俊英豪，除了名，和有限的故事外，大概能记得的也是不多的。无论宋元，还是明清，稍距我们略近的年代，泰顺总体上对文化也依然缺乏应有的关注，即有有司虚委，也有民生艰难而无力顾及，总之，从对古籍整理，似有似无，遗珍存世者，极为廖廖。放眼宋、明以来的众多乡邦文献，大多以书目存。比起晚清孙氏以抢救乡邦文献为已任，梳理东瓯斯文，重振永嘉事功之学，比起黄溯初的《敬乡楼丛书》的刊刻，不禁感叹，代有人才，是文化接力棒的工作，而关注乡邦人才与乡土文献，也正是曾镛救泰邑文脉倒悬的抓手。

曾镛的魅力何在，影响几何。可以这么说曾镛既是罗阳文士圈的核心人物，也是激活泰顺数百年来文化密码的关键性人物。很长一段时光里，我对他的认识并没有多少超越我总角之年那零星的局限。那是平面的曾镛，是一个老人口中挂着的简单的读书做官的模式。这些年却有些不同了，早年我在县文博单位谋事时，也是知道库房里有束之高阁的《复斋文集》和诗集，翻动那散发霉味的发黄书页，坚涩的文辞，几无阅读下去的冲动。如今曾镛背后的故事被一桩桩挖出来，一个有活气的人物，就感到近起来。在这点上，先俊君下了一步先手，把难啃了功课先做，这是要感动的。回顾曾镛一生，因场屋困顿，仅以贡生谋差，屈身充任底基学官，纵有满腹经纶，那离施展抱负的政治舞台还是遥远得很，直到近古稀，在漫长的候诠日子里，总算在三湘偏僻小县东安的主官的任上，赢得"仕学兼优，民安于治"的卓评，最后抱憾辞世于任。曾镛这一生，仕途困潦，家境多舛，也谈不上文韬武略，但它的行事为人，学识才干，却能赢得秦瀛、阮元、汪志伊等清代封疆能臣的赞赏，秦瀛更有"予观两浙才俊之士，心雄气盛无如泰顺曾鲸堂镛者"之盛赞，决非虚言。从《复斋诗文集》里，尤其是《复斋文集》《复斋制义》两篇可窥见曾镛所学涉猎广博，在经史子集等领域都能见而发微，广闻博洽、通达务实之状跃然纸上。曾镛早年在京师与同乡瑞安探花孙希旦一起修编《四库全书》，两人信函往来，孙希旦评《复斋制义》："书解既确，笔力之锐，议论之快，文律之细，求之时文，得未曾有"、"说理如铜墙铁壁，下笔如铁画银钩，攻陷摧坚，先辈中罕有敌手"。从这些科名仕途的成功者眼中的曾镛就是一个满腹经纶的饱学之士，文心雕龙的雄迈奇才。曾镛乾隆四十二年（1777）29岁时拔贡，游学京都入国子监、参与《四库全书》誊录，充任县学学官，他结交广、游历远，眼界高，寿年长，在县域学林中难有人望期项背。尤其难能可贵的是，他不同一般固步自封的学究，常常以好为人师的秉性，提携后学，如在回泰的几次间隙，不管时间长短，都不忘收徒面授，或亲任罗阳书院主讲，董正扬、潘鼎、董斿、林鹗等一批才俊就是以弟子礼事之。正是他不计得失为泰顺播下了读书的种子，才有了往后嘉咸同光数朝的泰顺文化的郁郁大树的长成。我们完全有理由相信，两宋以来泰顺第二次文化崛起于斯，与曾复斋潜心乡邦，厚植育人的开山之功是密不可分的。

四

曾镛弟子董霞樵说"从来人必托地以兴，地必托人以传，两相需而交相重者也"。《复斋诗文集》的校注出版，可以理解为是对此语的诠释。众所周知，明代永嘉场、清代瑞安两地曾为温州文兴之象的引领者而言，无一例外，它们从科名出，而从文艺入，振兴乡邦，荦荦大端。明有王瓒、张璁大力修编府志，项乔、侯一元文章立世，清有"三孙五黄"、"东瓯三先生"建玉海藏书楼、教育救国，著书立说，重塑永嘉之学风范，诸如此类，事出有因，皆以赓继文脉为己任，往往事半功倍，功垂千秋。今天，从《复斋诗文集》校注的出版，当是一个很好的开端，之前，虽也有有识之士潜心其中，但仅凭个私之力，情怀担当，难免走不远，难深入。纵观泰顺存留的文献遗产，清之前虽少有存本，但曾镛所倡导文化时代，一大批先贤，生于斯、长于斯，斯文在兹，留下大量优秀的传统文化遗产，以清代为例，有影响者，如清代如董正扬《味义根斋集选》《味义根斋待删草》《味义根斋诗稿》，潘鼎《小丽农山馆诗抄》《晤兰室尺牍》，董斿的《太霞山馆诗稿》《太霞山馆文集》《罗阳诗始》，林鹗的《望山草堂诗抄》《望山草堂文集》《望山堂琴学存书》《望山草堂文稿》《易候像象通俗占》等，此外，晚清至民国间还有一大批卓有成效的学者，如周恩煦的《晚华居遗集》中就是数首诗被民国徐世昌《清诗汇》收录，像许超笃仁一生对易经、诗经和楚辞深有研究，刊刻有《周易新论》《周南补诂》《转注浅说》《楚辞释疑》等集子，因无版本流传，后人无法研究，许先生也明珠暗投，其才学不为外人所知。这使我想身边的一个故事，历史学家胡珠生先生晚年在温州博物馆工作，就是善于从沉睡在库房里"挖宝"，比如宋恕的知名度就全托胡先生之功，正是他通过对宋恕众多馆藏的不为外人所知的信札整理，最终合集《宋恕集》由中华书局出版。因此书的出版，在全国一度掀起宋恕研究热潮，最终变成晚清的一门显学，这就是整理文献所来了的"蝴蝶效应"。

当前，温州已启动文化传世工程《温州大典》的修编工作。在天时地利人和的大背景下，泰顺宜"借船出海"，吹响了重振文化的"集结号"。以《复斋诗文集》出版做为契机，系统性的对泰顺本土，在外的与泰顺有关的文化资源进行全面的梳理，形成可资凭据存量，通过政府的主导和扶持，盘活存量，扩大增量。同时，组织专人专班，分期分批整理出版。集腋成裘，积少而成多，面对古人，留一线文脉，面对后人，留一缕乡愁，闻得书香，见证美好！无愧这个时代，无愧于继往开来！

是为序。

高启新

壬寅孟夏于白鹿城一知斋

目　录

复斋诗集卷一

复斋诗集卷二

复斋诗集卷三

复斋诗集卷四

复斋诗集卷末

复斋文集

卷之一

卷之七

卷之十

卷之十一

卷之十二

卷之十三

卷之十四

卷之十五

卷之十六

卷之十七

卷之十八

卷之十九

卷之二十

卷之二十一

一生困顿　不易初心

——《复斋诗文集》前言

2014 年春，我在单位整理库房时偶见清代经学大师曾镛所著的《复斋诗集》，随手打开，但见这本古籍的页面脆薄，已被蠹鱼蚀蛀部分，所幸保存较好，尚能得览全貌。抚卷嗟讶之余，偶然忆起弱冠之际，与樵夫、俗子等朋友经常到寄园先生家请教诗词写作，寄园先生博学宏识，书法诗词人品都是当时泰顺第一流人物，得到他孜孜不倦的教诲之后，我等才开始略微懂得诗词写作的要领。当时寄园先生正着手编纂《泰顺先哲诗选》，志在抢救乡土文献，前后用了四年多的时间才完成初稿，嘱咐我和樵夫等人誊抄全部副本，以待付梓。时光忽忽，现今我和樵夫等人都已年过不惑，而寄园先生则已在十余载前物化仙去，唯独案头还留着先生亲笔题赠的《先哲诗选》一书，时时翻阅，先生的洒脱风度如在眼前，追思缅怀，令人黯然神伤，不禁有逝川之叹。那天，在馆里粗粗翻阅《复斋诗集》后，我不由萌发出整理点注的念头，虽然自己学识浅陋，才气不逮，但趁年齿未衰，余勇犹在，尚能为整理泰顺历史文献聊尽微薄之力，就算是忝随寄园先生骥尾了。

泰顺自明景泰三年（1452）分疆设县至今，将近六百年历史，虽然地处偏远山区，物产十分贫瘠，但是生活在这里的人们都崇尚信义，性格坚韧，文人则大都刚健强劲、文雅严谨。明代丽水籍进士叶宗本评价泰顺文士潘鉴时说："泰之风俗皆刚劲，而若潘君者焉，其必有所自也。山之突兀峻复，以平衍为胜；水之奔腾湍急，以纡漫为美。俗之强劲，则以雅饬为材也，其固然哉。"山水形胜，灵气所钟，其间英才辈出，何足为奇？《分疆录·人物上》卷首云："十室之邑，必有忠信，良由山川钟毓，笃产灵奇，加之学校栽培，蔚成德器……两宋以来，声教所被，儒林、循吏、忠义、隐逸、独行之士，正不乏人。"陶汉心兄点注《分疆录》序就说道："设使吾泰不是一方善壤，岂能及此哉？"斯言甚是，一方水土养育一方人物，而先哲曾镛就是其中代表之一。

曾镛，字在东，号鲸堂，晚号复斋，清乾隆十三年（1748）出生于县城罗阳的一个中产之家。曾镛幼年即聪慧异常，读书天分很高，十七八岁时，在童生试上便得到知县傅永绰的赏识，拔为案首。十九岁时，在浙江学政李宗文主持的院试中名列前茅，考取庠生。二十岁至二十五岁之间，在温州中山书院及杭州敷文书院学习，在此期间和友人赵斯度、金际会、冯徵兰等一起两度参加乡试，均未获售。二十五岁，在岁考中取得第一名的成绩，补为廪膳生员，成为一名带薪水读书的秀才。二十八岁时，再次于浙江学政王杰主持的科考中考得第一等，经选取，充次年丁酉（乾隆四十二年）科拔贡。

二十九岁的曾镛作为泰顺县学十二年中唯一的一名拔贡生，意气风发，即于当年满怀学以致用之志前往北京国子监学习。然而当时，乾隆帝正在纂修《四库全书》，详校、覆勘、覆校、校对都是由官员担任，而国子监的监生则参与誊录，因此曾镛也在四库馆做了七八年的誊录，直到乾隆五十年（1785）时，三十七岁的曾镛才得了浙江湖州府孝丰县儒学教谕一职。到任之后，虽然薪水不高，生活依然比较清贫，但曾镛仍让妻子把自己的老父亲接到官署奉养，以尽孝膝下。官署中种植有许多大黄菊，每至花开季节，曾镛就带着妻子陈氏、儿子曾璜陪老父亲赏菊饮酒，吟诗作对，尽享天伦之乐。但这种欢乐对曾镛来说却是如此短暂，仅过五年，乾隆五十五年（1790）曾镛四十二岁时，其父病逝于孝丰学署。丧父之痛让曾镛终日浑浑噩噩，不知所从。官微俸薄，积蓄无多，竟连收殓父亲的费用都不够，幸亏湖州知府雷轮、归安知县彦图等人慷慨扶助，夫妻二人才能千里扶榇而归，一路艰辛，可想而知。按照古代制度，家中父母去世，无论此人任何官职，从得知噩耗的那一天起，必须回到祖籍守制二十七个月，称为丁忧。因此曾镛必须去职居丧，回家守墓。这两年多的时间，是曾镛二十岁起离开泰顺后回到故乡居住时间较长的一段时间，或许就在这段时间内，年方十六岁的董祚和潘鼎拜曾镛为师，成为门下弟子。

乾隆五十七年（1792）冬，在家守制居丧期满的曾镛应召起复，到浙江云和县当儒学教谕。次年离职，返乡探亲，在家中居住了四五个月的时间。至乾隆五十九年（1794），调任金华府学教谕。乾隆六十年（1795）冬，又转授嘉兴府学教谕。嘉庆元年（1796），在杭州结识浙江布政使汪志伊。汪曾请曾镛入幕帮助自己工作，曾镛以自己钝拙不通时务，婉言推谢。不久，汪志伊被人弹劾，转迁江西按察使。此前，在乾隆六十年夏日的时候，曾镛之妻陈氏患病，直至嘉庆元年秋尚未痊愈。是年冬，曾镛寓居于杭州管米山，正打算回泰顺看望妻子，刚好家乡的耆旧、县令，以及浙江按察使秦瀛都推荐他参加孝廉方正科的考试，曾镛起初还想推辞，后来想自己本来就因为贫困求官，为什么又矫情谢却这次好机会呢？于是又留在省城。没想到，十月初三日，一位泰顺老乡到杭州出差，前来拜访时告诉曾镛一个晴天霹雳的消息，妻子陈氏已在九月间因病去世了。

丧妻之痛虽然沉重地打击了曾镛，但也打消了他回家省亲的念头，决定跟随汪志伊前往江西南昌，进入汪的莲幕，开始了他的幕僚生涯。嘉庆二年（1797），汪志伊升为福建布政使，曾镛陪同汪志伊家人一道先去安徽，然后再返乡。在泰顺度过一年多的光阴后，嘉庆四年（1799）春曾镛带着儿子曾璜前往福州，再次投入汪志伊幕下。此时，汪志伊已经由福建布政使升为福建巡抚，在汪的推荐下曾镛谋得将乐县正学书院主讲一职。在将乐讲学近三年的时光中，数次往返福州，与汪志伊多有诗歌酬唱，意甚相得。不料天意弄人，让曾镛壮年丧父、中年亡妻之后接着再有老年亡子之痛。嘉庆六年（1801）八月，曾镛和儿子曾璜一起在杭州参加乡试，见曾璜在途中中暑，至杭州便卧病不起，便无心入场。在曾璜的坚持下，曾镛才勉强赴试，不料才出棘闱，便得到一生最重视最寄托以希望的长子溘然长逝的消息。"迢迢千五百里，使头白鬖鬖一老父，扶一独子枢，哭望江天。"（《答李生含和书》）此情此景，问谁不为酸心落泪？

嘉庆七年（1802），五十四岁的曾镛重新被起用，担任浙江金华府汤溪县儒学教谕，这是他第五次担任教谕之职。在汤溪任上时，他一方面悠然自得，与同僚锄锄地，种种菜；另一方面又因官场失意潦倒，大发怀才不遇之感慨。嘉庆九年（1804）春夏之时，浙江西部地区发生涝灾，农业生产遭到破坏，为了避免冬下的粮荒，浙江巡抚阮元奏请让杭州知府李坦等携带三十万两白银，前往四川、湖北等地买米，用以接济荒年。为完成买米的任务，阮元共调选八名老成的官员，前往川楚，其中之一就是汤溪儒学教谕曾镛。嘉庆九年秋，曾镛等坐船沿钱塘江逆流而上，取道桐庐，进入江西，然后从鄱阳湖再次登船，经永修、九江，向湖北进发。九月，到达武汉，并从沌口镇到长湖一带采办。未几，又沿江而上，到达荆州。经过数月的采买，已至岁末。嘉庆十年初春，曾镛等泛粂而归，过镇江、丹阳、湖州，返回省城杭州，顺利完成了此次买米的任务。由于曾镛在买米赈灾中所购买的稻米质量优良，并且费用节省，因此得到了浙江巡抚阮元的赏识，朝廷褒奖擢升为知县之职，待吏部铨叙之后即为任用。嘉庆十年秋，曾镛北上京城到吏部应选，此时距离乾隆五十年离京任孝丰县教谕时，已整整相隔了二十年。此次吏部铨选，曾镛并没有立即得到知县之职，而是要回家候铨，嘉庆十年的冬天，曾镛又踏上了返乡的路程。

自嘉庆十一年（1806）之后七八年的时光中，曾镛一方面在家待铨，一方面则教书育人，其间曾一度担任罗阳书院主讲，在嘉庆十二年（1807）先师庙重修时还写了一篇《重修泰顺学宫记》。一直等到嘉庆十九年（1814），才得到吏部的官照文书，出任湖南东安县知县。此时，曾镛年已六十六岁，虽然年老力衰，犹怀抱着"老骥伏枥，志在千里"的雄心，前往湖南，开始了他七品正堂知县老爷的工作。东安人民朴实敦厚，曾镛更以宽大简约的条例治理地方，向人们宣扬孔孟的"孝悌礼让"之道，于是在任期内几乎没有争执诉讼的官司。

闲暇之时，便深入乡野农村，督促指导耕耘播种，看见有道路桥梁倾圮毁坏的地方，就亲自率领治下子民前去修葺。曾镛还主持修缮了县里试院的考棚、龙岩义学、育婴堂等公益建筑，许多当地的生员仰慕他的才学渊博，纷纷前来向他学习请教。在官七年，举县大治，湖南巡抚左辅审核官员的考绩时对他的考语是"仕学兼优，民安于治"，评为卓异，经觐见道光皇帝后获得升任知州的资格。此时，他的县令举荐人阮元正任湖广总督，深知曾镛的才干，立即准备向朝廷推荐提拔，想要委以重任，不料年老多病的曾镛没有等到在更重要岗位上发挥余热的机遇，清道光二年（1822）十月十六日，曾镛病逝于东安官署，时年七十四岁。

曾镛的一生，没有绚丽的鲜花与耀眼的光环，他虽熟读经史，精擅理学，满怀经世致用之志，但却在科场上跌蹶蹉跎，落拓失意，一直处于清代封建社会的官吏底层，到处宦游、漂泊。历代以来，中国文人总是遵循着"文以载道，诗以言志"的框框，用文字来表达自己的济世怀抱，抒发自己的思想感情。曾镛的诗中同样充斥着这些内容，如果单从文学艺术的角度来看，曾镛的诗也许并不是十分出彩，但他的诗用他自己的话来说，实实在在就是"唯真而已"，正是这种"真"，脱离了那些弄粉调珠极尽雕饰的词藻，没有那些生搬硬套的景境，因而使他的诗纯净、自然，迸发着一个有血有肉的声音。

曾镛的《复斋诗集》共收录古近体诗四卷二百零九首，加上卷首的韵文诗十一首，卷末的应制诗二十首，共二百四十首。在这些诗中，怀才不遇的郁闷诗、描写各地风光的游览诗和倾诉羁旅离愁的思乡诗占了大部分篇什，此外还有一部分的记事诗、悼亡诗和朋友同僚之间的酬唱诗。在他的青年时期，县试、府试和院试的顺利过关，使他对科举抱着极大的希望，这时候他的诗是轻松愉悦的。去杭州参加乡试的路上，他写道："我泊石帆下，惊呼好月色。把酒招同人，狂歌正清绝。"意气风发，十分洒脱。半途经过李溪时，他写道："远来未识新秋好，喜自侵晨发李溪。"秋色在他的眼中是如此美好，大清早起床赶路都喜滋滋的。在壮年时期，他初次步入官场到孝丰、云和等地教谕的时候，虽然起居简朴，但他对待生活的态度仍然是健康向上的，如《闲居无赖寄兴晚花承彭明府过赏奉酬原韵》："人瘦但知霜信早，官贫赖得菊年丰。独难潘令庭如锦，还向萧萧看冷红。"如《云和学署除夕寄儿子》："小酌闲添果，移尊试检书。孤清还自在，儿女莫愁予。"如《春初野望》："野色依山转，村烟出树斜。春阴溪上望，谁与步幽遐？"在中年时期，由于宦途上的失意，他的诗中表现出对到处宦游漂泊的苦闷，如《除夕自嘉禾学署对酒》："独怜腊尽梅争觉，争奈生涯梗不如。"如《龙塆夜坐》："只有影随形寂寞，不堪风并雨萧疏。"在老年时期，他的诗中则一方面隐藏着归隐田园的思想，另一方面又透露着希望自己得到朝廷的重用，如《汤塘李丈秋日招饮水亭》："池鱼思故渊，尘网笑自萦。羡此幽居乐，多翁甘退耕。"如《与汪太史叙话小龙塆山庄》："羁鸟旧林念，问君将毋同。天涯闲矫首，悒悒怀陶公。"如《己未春自浙至稼门中丞榕城抚署剪烛夜话》："愧抱区区意，无材当菲葑。登堂承倒屣，何以答欢惊。"如《有马吟寄呈稼门中丞》："延颈嘶悲风，垂头伏驽栈。一身不遑恤，何心千里远。""念彼瘦的颅，足为知己展。识途时有用，齿至敢不勉。"他人生的最后几年，去东安任知县，这时他的诗中则带着一种为天子守牧一方责任，沉稳厚重，如《偕诸幕友登东安孔明台》："为忆抚绥劳上将，我来奚以字编氓。"如《接袜赠内并序》："纤纤漫听风人刺，廉吏谁非赖俭为。"如《初夏至清下乡口占》："争说官真好，宁如分自安。三时知力作，十亩比天宽。"

整体上来说，曾镛的诗并不是十分出色，诗中大量选用生僻的典故，让人读起来相当枯涩，从这点上来说，曾镛诗的艺术韵味是逊于其门下弟子董祐、潘鼎等人的，民国徐世昌所编的《晚晴簃诗汇》（即清诗汇）也仅仅收录他的诗作一首。但曾镛的人格魅力并不是在他的诗作上面，而是他的治学育人以及敦厚的品德之中。他熟谙经史，著述颇丰，一生五任教谕，两掌书院，指点教诲，无不呕心，学生皆对他十分恭敬；他天性纯孝，简朴谦善，接人待物，使人如沐春风，在东安知县任上时，行政宽简，一心为民，深得民众爱戴，去世之日，前来吊唁者有千余人，灵柩返乡那天，前来送行的人塞满了道路，棺木都无法前进。从这方面来看，曾镛的人生又是成功的，他赢得了人心，赢得了身后之名。

清同治六年（1867），在曾镛去世四十五年之后，泰顺士子联名奏疏朝廷，请求将曾镛列入"泰顺乡贤祠"崇祀。同治八年，曾镛入祀乡贤祠，同年，湖南东安县名宦祠亦将曾镛名列其中。在此之前，泰顺乡贤祠共祀六位宋代的先贤，加上曾镛后，续成七星之数。曾镛不仅是泰顺清代唯一入祀乡贤祠的人，也是泰顺明朝景泰三年建县以来唯一一个入祀乡贤祠的人，证明他是在泰顺历史文化的长河中留下了重重的一笔，可供后人瞻仰、崇敬。

在整理和笺注本书的过程中，编者限于闻见和知识水平，定有不少的纰漏和错误，在此尚请读者予以指正。

复斋诗集

自 序

　　余向为集生平旧诗草,曾记以诗,皆实情也。既小成拙集,即以此为自序可矣。其终篇云:"岂有他可取,一真堪自怡。"谓不堪持赠人也。夫"真"耳,何为又"堪自怡"乎哉?虽然真,亦焉敢易言也。尝观《诗》三百篇,自受釐陈戒与凡主文谲谏之作,其寄托愈无端,其辞情愈真挚。凡所为正得失、动天地、感鬼神,莫近于《诗》者,非"真"何以哉。至于五言,肇自汉京,若苏李赠答与无名氏十九首,其缠绵忠厚、惝恍浩歌,所以远出后人者,则以其触发之真,有非后人可得而傲者在尔。他如陶靖节,胸次浩然,天真绝俗,无意为诗而其诗之不可及,亦即在真。杜少陵胸次闳阔,天资惇厚,说者谓其诗都从一副血诚流出,亦惟真然也。窃尝谓学者凡为诗文,莫要于真,论风骨非真不峻,言旨趣非真不永,辞不真斯滥,情不真斯诬,真又易事乎哉?自惟钝拙,非情到万难已未始有诗,其鸣出自不得已,故其辞虽鄙俚不足观,而此身之所阅历与此心之所感发,即事过境迁越数十载,但取旧作试自长吟,不胜犹自有永歌,不足有味乎?言之者惟于当日事情,此生甘苦,未尝少有所虚假,故以为"一真堪自怡"云尔。抑未知无几,拙集以云理性,情亦少有可采焉。否邪!

时嘉庆庚辰年八月癸巳,曾镛序。

○不堪持赠人:陶弘景《诏问山中何所有赋诗以答》诗:"山中何所有,岭上多白云。只可自怡悦,不堪持赠君。"○苏李赠答:汉苏武与李陵《赠答诗》,与古诗十九首齐名,其中李陵《与苏武三首》、苏武诗四首最早见于《文选》"杂诗"类,列次《古诗十九首》之后。苏李诗于六朝时已被疑为拟作或赝品,南朝宋颜延之认为"李陵众作,总杂不类,元是假托,非尽陵制"。刘勰则指出"辞人遗翰,莫见五言,所以李陵、班婕妤见疑于后代"。○陶靖节:陶渊明,字元亮,又名潜,世称靖节先生,浔阳柴桑人。《晋书·陶潜传》:"陶潜,字元亮,大司马侃之曾孙也。……以亲老家贫,起为州祭酒,不堪吏职,少日自解归。州召主簿,不就,躬耕自资,遂抱羸疾。复为镇军、建威参军,谓亲朋曰:'聊欲弦歌,以为三径之资可乎?'执事者闻之,以为彭泽令。"

卷之首

监水辞

潭水止，鉴须眉。到滩头，乱影尔。试掬之，同此水。同此水，一静一动成泾渭，聪明小子曷监此。

○监：通"鉴"，镜子。○泾渭：泾水和渭水。古人谓泾浊渭清（实为泾清渭浊），因常用"泾渭"喻人品之优劣清浊，事物之真伪是非。《晋书·外戚传·王濛》："夫军国殊用，文武异容，岂可令泾渭混流，亏清穆之风。"

玉盘铭

玉盘玉盘，琢自何年？匠心到此良大难。世宝之时，拳拳赫然。失手声砰然，盘乎可完？慎动慎动，履水临渊。

○世宝：世代相传之珍宝。《三国志·魏志·张郃传》："古皇圣帝所未尝蒙，实有魏之祯命，东序之世宝。"○履水临渊：喻存有戒心，行事极为谨慎。《诗经·小雅·小旻》："战战兢兢，如临深渊，如履薄冰。"《论语·第八章·泰伯篇》：曾子有疾，召门弟子曰："启予足！启予手！

云：'战战兢兢，如临深渊，如履薄冰。'而今而后，吾知免夫，小子！"

故镜铭

镜于金，见形容。镜于人，见吉凶。镜不开，懒对镜，昭昭故镜成古铜。

○镜于人见吉凶：语出《墨子·非攻》："古者有语曰：君子不镜于水，而镜于人。镜于水，见面之容；镜于人，则知吉与凶。"意为以人为镜，则可知吉凶。

佩笔铭　尝制佩笔，长三寸许，特刚劲，故为之铭

一握之管，其毫曰旱。人皆饰其末，此独强其本。急而求之，可以定仓皇之撰；卷而怀之，可以结优游之伴。或病其才之短，不知其力之悍。剥圭以为床，挺犀以为箨。须之一旦则已晚，吾宁截而断。

○剥圭：《左传·昭公十二年》："工尹路请曰：'君王命剥圭以为鏚柲，敢请命。'"○挺犀以为箨：犀，犀牛角。箨，箭杆，此处指笔杆。意为用犀角制成笔管。唐王勃《七夕赋》："握犀管，展鱼笺。"

古砚铭

呵之汗发背，磨之心益粹。几年几辈斯文会，块然独存吾匮。摩挲文院，笔墨纸砚，谁更钝？

戏箴

柳轻招风，羽轻招舞。钦哉钦哉，语轻招侮。

自警箴

尔胡为而激，而胡为而戚。尔亦见，中则昃、盈则食，尔曷不与时消息。尔亦知，刚则折、枉则直，尔曷不深自屈抑。天挫尔以气，尔何弗如龙斯蛰，尔如马斯勒。天磨尔以骨，尔何弗如玉斯栗，尔如石斯泐。尔性之不饰，而学

之不殖。尔不邛自恤，事非于尔乎职，时非于尔乎塞。尔乃唧唧恻恻，謷然而孤以特。尔毋乃大惑，尔试与乾坤比域，尔试与江河比臆。尔将浴日月于胸中，而藐百川于一吸。世于尔乎何逼，尔于世又何急？呜呼！自今至于后日，尔尚不南以北，尔尚不白以黑。竖尔脊，戮尔力，锄尔色，尔尚克宏尔德。

〇中则昃、盈则食：《易·丰》：“日中则昃，月盈则食，天地盈虚，与时消息，而况乎人乎！”〇刚则折：《汉书·隽不疑传》：“凡为吏，太刚则折，太柔则废，威行施之以恩，然后树功扬名，永终天禄。”〇枉则直：《道德经》：“曲则全，枉则直，洼则盈，敝则新，少则得，多则惑。”〇如玉斯栗：像玉一样细密坚实。汉戴圣《礼记·聘义》：“夫昔者君子比德于玉焉。温润而泽，仁也。慎密以栗，知也。”〇如石斯泐：像石头依其纹理而裂开。《周礼·考工记》：“石有时以泐，水有时以凝，有时以泽，此天时也。”〇学之不殖：学问没有增长。《左传·昭公十八年》：“夫学，殖也，不学将落，原氏其亡乎？”〇不邛自恤：未曾劳累或生病却自怜自艾。《续吴先贤赞·朱纨》：“虽不邛自恤，然谁谓为尽力哉。”〇尔尚克宏尔德：你还能够发扬光大自身之德行。《尚书·酒诰》：“丕惟曰尔克永观省，作稽中德，尔尚克羞馈祀。”《易经·丰卦》引孔子《宣圣讲义》：“若由日言。反害其明。而由生言。则宏其德。”

箴某生

春日油油，鹰化为鸠。秋风凭凭，鸠化为鹰。学者此气，通乎天地。物惟我化，孰驯孰鸷。胡庸膜视，我化为人。有仁有义，惟躬是比。温温恭人，和神当春。峣峣名流，清节为秋。御物淑身，何道之遵。君子于此，犹必有分。况汝小子，可弗静听：泛爱众，而亲仁。

〇鹰化为鸠：《逸周书·时训解》：“惊蛰之日，桃始华。又五日，仓庚鸣。又五日，鹰化为鸠。”元吴澄《月令七十二候集解》：“三候，鹰化为鸠。鹰，鸷鸟也，鹞鹯之属；鸠即今之布谷。章龟经曰，仲春之时，林木茂盛，口啄尚柔不能捕鸟，瞪目忍饥如痴而化，故名曰鸤鸠。《王制》曰，鸠化为鹰，秋时也，此言鹰化为鸠春时也。以生育肃杀气盛，故鸷鸟感之而变耳。孔氏曰：化者反归旧形之谓，故鹰化为鸠，鸠复化为鹰。如田鼠化为鴽，则鴽又化为田鼠。若腐草为萤鴹，为蜃爵，为蛤，皆不言化，是不再复本形者也。”〇泛爱句：出自《论语·学而》：“弟子入则孝，出则弟，谨而信，泛爱众，而亲仁，行有余力，则以学文。”

五十自寿

於戏！小子亦既衰止，尔首则狸而犹黎也，尔齿固犀而未危也。六十不可知，七十未必稀，尔强饮强食、脱又不死而期颐。以尔已至期，视尔未至期。尔直婴儿也，尔不闻卫瑗知非，尔亦识赵孟玩时。尔不谨既耄德基，尔宁愿大耋赏咨。今酌而寿尔，俾尔艾而耆，俾尔黄而台，尔尚如孩斯提。尔尚善戏以嬉，尔尚爱尔身以有为。

○尔首则狸：指头发白。五代马缟《中华古今注·狸头白首》："昔秦始皇东巡狩，有猛兽突于帝前，有武士戴狸皮白首，兽畏而遁。遂军仗仪服皆戴作狸头白首，以威不虞也。"○强饮强食：丰盛之饮食。《周礼·考工记·梓人》："强饮强食，诒女曾孙诸侯百福。"○卫瑗：蘧瑗，又称卫蘧，字伯玉，谥成子，春秋时期卫国大夫。《淮南子·原道训》："蘧伯玉年五十，而知四十九年非。"宋苏轼《李杞寺丞见和前篇复用元韵答之》："吾年凛凛今几余，知非不去惭卫蘧。"○赵孟：孟，长也。故赵孟之意为赵氏之长。春秋战国时被称为赵孟者有五，赵盾、赵武、赵鞅、赵无恤以及赵种。《孟子·告子上》："赵孟之所贵，赵孟能贱之。"杨伯峻注："晋国正卿赵盾字孟，因而其子孙都称赵孟。"诗中所指为何人，待考。○黄而台：指年老。黄：黄发。《礼·曲礼》："君子式黄发。"《疏》："人初老则发白，太老则发黄。"台：台背，大老也，通作鲐。《诗·大雅》："黄耇台背。"《笺》："之言鲐也，大老则背有鲐文。"○如孩斯提：像小孩子一样。《孟子·尽心上》："孩提之童，无不知爱其亲也。"赵岐注："孩提，二三岁之间，在襁褓知孩笑，可提抱者也。"

出檐谣

橡出檐烂，山出水坍。山坍水湾，橡烂檐翻。出不出时请细看，即此可觇禹稷颜。

○橡出檐烂：谚语。《禅真后史》："况关赤丁等俱系方外之民，虽受冤枉，与我何预？俗言道：'出头橡先朽'，莫要招揽闹祸。"《唐祝文周四杰传》："我是怕做出头人的。好有一比，好比'出头橡子容易烂'。"○禹稷：指夏禹与后稷。夏禹后稷受尧舜命整治山川，教民耕种，称为贤臣。《孟子·离娄下》："禹稷当平世，三过其门而不入，孔子贤之。"

紫井铭　有就井洗物者，因铭以禁之

紫井之水，科名之瑞。井在东安城西清溪之侧，考之邑乘，及故老相传，是年紫水出则是科必得科名。其泉甘冽，人且同嗜。何来蠢物，惟便惟易。瓮不事抱，缥不俟至。时就井中，污浣无忌。洁我裳衣，饮人垢秽。人即不知，我独不愧。惮举手劳，不顾害义。风俗之败，率由此类。弗诫弗惩，云何治比。嗟尔浣者，可不知畏。刑故无小，尚凛斯示。

复斋诗集卷一

凤山旧庐

此先世书塾故址。乾隆辛酉，家大父以山麓祖居火，小筑于此，镛生长焉。比乙酉，乃构楼于山下射圃之上坪，然城市山林，俯临一邑，旧庐特胜。

高鸟憩危岑，声情薄霄汉。结庐席崇阿，乾坤敞孤玩。烟火亦城市，景色自昏旦。一径开修篁，群山青几案。腊到枯梅斜，秋澄桂香散。中林起乔松，轮囷倚天半。有时横片云，当头白弥漫。倏尔山窗中，坐忘宵且旰。琅琅一高歌，心迹双浩瀚。

〇凤山旧庐：在县城北门，曾氏宗祠所在，后为泰顺人民医院，曾镛幼年读书楼亦在此处。凤山，即凤凰山。泰顺《分疆录·山川》："凤凰山，在县治后。其势横展，起伏回翔，故名。今县治在其下。"

山城登眺

山窗寂无侣，廓落展群书。忽闻好鸟唤，对之上苔除。徘徊空山顶，侧身生里间。城郭数百载，连冈万叠余。回环一以眺，山风战栟榈。四势何苍茫，独立空欷歔。人生百年内，浮云寄太虚。蚩蚩忽共尽，问识谁此居。丈夫一日卧，天地无荒墟。形骸谁不朽，慷慨怀草庐。

○栟榈：应为栟榈之误。栟榈，即棕榈。○太虚：天空；宇宙。《文选·孙绰〈游天台山赋〉》："太虚辽廓而无阂，运自然之妙有。"李善注："太虚，谓天也。"

野菊

野菊倚山陂，山僻无人知。野菊莫愁随草萎，山空人寂香更奇。陶公爱汝偶托兴，何必矕矕向东篱。千林摇落梅未放，晓霜璀璨兰已摧。乔岳憔悴无颜色，天风卷地空披靡。孰胜荧荧峰头留一枝，翘然点缀乾坤荒凉时。

○陶公：陶潜。见《自序》注。

深山即事　四首

群峰矗矗夹青天，万木沉沉埋寒烟。盘空股战山石下，倒听半晌一轰然。
山风打门响于拳，山犬欲嚎无敢前。灭火胁息窥壁隙，眈眈何物蹲岭边。
胹熊烧笋欢相呼，前山应声闻呜呜。食日下山随山上，到得筵来日已晡。
四山月色寒凄凄，修篁斜压山斋低。夜深人静书声动，哀猿怪鸟相应啼。

此予读书叶山时即事也。视伯牙学琴蓬莱，所谓山林窅冥，群鸟悲号，移情殆甚。二三十年来，亦日加开辟矣。

编者注：○叶山：叶山村在县西北境，今属司前镇。村于高山之巅，偏远之地也，古时惟一径相通，村后即乌岩岭自然保护区。曾镛之妻陈氏，叶山人。○按：予总角闻大人云，邑旧时有猛虎，大若牛犊，夜入村墟，咁豕羊而去。《分疆录》卷十灾异载，明嘉靖二十六年秋，有虎伤人，道路戒行云云。又清康熙十二年，虎入城南门，攫去守城兵王某，二十七年，虎入地轴山，伤害城内居民等等。直至光绪二年间，尚有虎入城北门内，食民畜。镛生于乾嘉之际，虎黑为害庶民之事当时有闻之，今生蕃日盛，密林无多，虎豹绝迹久矣。

清明扫墓

凄凄朝露，漠漠寒烟。登封长望，郁何芊芊。勤勤我祖，奕奕宗传。叔兮伯兮，枝分本连。泠泠冷节，四野杜鹃。我怀先德，罔极昊天。携此鸡酒，愧彼豚肩。鸣钲展墓，如何黯然。蒨蒨孙子，昳昳瓜绵。既拥乃扫，鞠跽周旋。明粢载奉，野䵂维虔。棠风倏至，历乱飞钱。团栾饮福，一度一年。一度一年，见亦罕焉。忍戚我祖，干糇以愆。

○登封：登上土丘。封，坟堆、土堆。《管子》："所谓平原者，下泽也。虽有小封，不得为高。"○明粢：亦称"明齍""明齐"，古代祭祀所用之谷物。《礼记·曲礼下》："稷曰明粢。"孔颖达疏："稷，粟也。明，白也。"○野䵂：䵂，用谷物拌和草料喂马。此处指粗劣之祭品。

夜登中山大楼　戊子、己丑，尝肄业是

九山烟月碧朦胧，独俯高楼四望空。夜久不知星宿下，身疑竟在斗匡中。

中山之名，为其在九斗之中。

○中山：清光绪《永嘉县志》："中山，在鹿城书院侧，虽小阜，系郡城主山。上有亭，久圮。国朝乾隆二十四年郡守李琬建中山书院于此。《康熙府志》云在府治后，今在署内，建瑞景楼于其南。按今府署并无中山，而李公中山亭记但云'后有亭曰中山'，则因其相近而名耳。"○戊子：清乾隆三十三年（1768）。己丑：清乾隆三十四年（1769）。

春江阻雨

江南江北葬残红，天际舟归楝子风①。春也思归留不住，那堪留客雨濛濛。

①楝子风：即楝花风，二十四番花信最末之花信。宋王逵《蠡海集·气候类》："谷雨一候牡丹，二候荼蘼，三候楝花。花尽，则立夏矣。"清方翔藻《竹枝词》诗云："小黄鱼后大黄鱼，楝子风酸五月初。下水直须过五月，黄鱼劈鲞味何如。"

夜泊石帆　时与赵君斯度、金君际会、冯君微兰同赴秋闱泊此

百年世故不可知，一昔变态即叵测。我泊石帆下，惊呼好月色。把酒招同

人，狂歌正清绝。白云何处腾蓬蓬，卷席折樯风雨黑。倏忽山鬼啸波来，砰磅潜蛟破石出。仓皇攀篷抱枯椿，篙师经时手犹栗。夜中举头瞩秋霄，一碧依旧青铜拭。人生一日十二时，请看那得放一刻。

○石帆：在浙江青田县。《大清一统志·浙江处州府》："石帆山，在青田县西一百里，高百余丈，横截溪中，溪水环流，状如帆樯。《寰宇记》：昔有神人，破永嘉江北山为此帆，将入恶溪，道次弃之。《舆地纪胜》：一名石樯洞。"○赵斯度，待考。金际会，号亨亭，浙江永嘉人，乾隆四十五年举人，历任临榆、卢龙知县，涿州知州等。冯徽兰，待考。

○按：此当乾隆三十五年秋七月事，诗言秋闱，即赴浙江乡试也。据前诗，乾隆三十四年于中山书院肄业，三十五年赴考浙江乡试庚寅恩科，初秋时过永康，八月间乡试，其间尚得暇观钱江潮。

李溪早发

喔喔鸡雏初学啼，濛濛野色白低迷。远来未识新秋好，喜自侵晨发李溪。

○李溪：在浙江永康。唐代睦州（建德）至温州驿道，贯穿浙江南北，途经李溪。旧时李溪有驿站，名行春驿。《大清一统志·浙江金华府》："李溪，在永康县东南，源出县东四十四都峡上，西南流合下东溪，又折西北至水净岩，入永康溪。"

钱江候潮

夜月秋江何处雷，竹篙齐喊对潮来。惊惶陡见雪山过，百尺风帆一霎开。

○钱江：即钱塘江，浙江。《大清一统志·浙江杭州府》："浙江，在府城东南。自严州府桐庐县流入富阳县，为富春江。经钱塘仁和两县界，为钱塘江。又东至海宁州界海门入海。"北魏郦道元《水经注》："《吴地记》言，县惟浙江，今无此水。县东有定、包诸山，皆西临浙江。水流于两山之间，江川急浚，兼涛水昼夜再来，来应时刻，常以月晦及望尤大，至二月、八月最高，峨峨二丈有余。"唐李吉甫《元和郡县图志》："浙江，在县南一十二里。庄子云浙河，即谓浙江，盖取其曲折为名。江源自歙州界东北流，经界石山。又东北经州理北，又东北流入于海。江涛每日昼再上，常以月十日、二十五日最小，月三日、十八日极大，小则水渐涨不过数尺，大则涛涌高至数丈。每年八月十八日，数百里士女共观，舟人渔子，溯涛触浪，谓之弄潮。"

呈仝玉山明府　侯廉而好士，己丑特为镛禀请大府，送至省垣之敷文肄业

此邑非彭泽，如公岂异陶。有官似鸡肋，去此甚鸿毛。对酒书尤古，哦诗

气倍豪。代庖人至矣，割且用吾刀。侯方为镛评点课艺，为承审被议，署篆者至堂，司阍以告，曰："印在此，可先持去，我且看毕此文。"其高迈如此。

○仝玉山：仝瓓，号玉山，山西人，乾隆三十三年至三十四年间任泰顺知县。明府：汉亦有以明府称县令，唐以后多用以专称县令。○大府：上级官员，明、清时亦称总督、巡抚为大府。○敷文：即敷文书院。原名万松书院、太和书院，位于凤凰山北万松岭上，是明清时杭州规模最大、历时最久、影响最广的文人汇集之地。书院始建于唐贞元年间，名报恩寺。明弘治十一年，浙江右参政周木改辟为万松书院。清康熙帝为书院题写"浙水敷文"匾额，遂改称为敷文书院。乾隆皇帝六次南巡，每次都在敷文书院召试浙江诸生，拔擢人才。《大清一统志·浙江杭州府》："敷文书院，在仁和县万松巅，旧名万松书院，明弘治中参政周木因故报恩寺址建，王守仁有记。"④彭泽：彭泽县，位于江西省北部，隶属九江市。晋代时，陶渊明曾任彭泽县令。

自万松书院望西湖

山疑墨瀋水疑笺，米大游人蝇大船。一幅武林奇妙画，笑予喜画万松巅。

○万松书院：见前注，即敷文书院。○墨瀋：墨汁。元·陶宗仪《南村辍耕录·卷二十九·墨》："所以晋人多用凹心砚者，欲磨墨贮瀋耳。"

自杭州送傅西斋明府从永嘉丁太君忧归山左

遮道曾看受代时，侯自泰顺迁永嘉，士民攀留遮道。此行何计可攀追。望云方切贤侯痛，倒屣空留贱子思。地会天荒期以破，学为我独授之师。侯以泰邑自有明分置，科名寥落，尝当县试手批镛卷云："胸怀磊落，辞气沉雄，开泰邑科名者，必在汝乎。"既调永嘉，即为送至中山，使从袁山长。回头无限陶成感，忍看归帆天际欹。

○傅西斋：傅永绰，字仑西，号西斋，山东聊城人，初以优贡成均，仕武英殿校录，乾隆十七年中举，十九年会试明通，授平阴县教谕，三十年以绩升浙江泰顺县令，移永嘉，历权瑞安、乐清及湖、温二州通判，所至莫不以教孝弟、劝农桑、恤孤独为先务，而尤长于捕盗，所获巨盗甚多，升台州府同知，以与上官相忤，抑郁致疾，殁于杭州。○忧归：因丁忧而卸职返乡守制。○山左：指山东。因在太行山之左，故称。

奉和熊大中丞三任两浙元韵　中丞讳学鹏

未能抛得是杭州，又泛星槎下素秋。红旆重开新气色，皇华重写旧咨诹。庭前桃李多成荫，海底珊瑚再拟收。不为湖山缘未了，何因三度沐芳猷。

○熊大中丞：熊学鹏，字云亭，号廉村，江西南昌人。雍正八年进士，乾隆八年任巡台监察御史，乾隆十二年福建巡抚弹劾他"积习相沿，因循滋弊"，因而被革职留任查办，后任浙江巡抚。乾隆二十九年在杭州疏剔泉石，葺治亭宇，恭迎高宗弘历南巡。○大中丞：巡抚之别称。明朝都察院副都御史职位相当于御史中丞，常用作巡抚之加衔，故有此称。

与俞大柱峰松冈夜坐

朔风吹落木，塞雁叫霜旻。寒月三更色，空山一故人。行踪双寂寞，意绪各纷纶。非为荒鸡起，时忘坐向晨。

松冈即事

下步清阴起，举头乱翠深。烟光散梧叶，月色寒葛襟。高阁寂无语，悬铃微有音。当檐一鸟过，幽思互沉沉。

○松冈：即万松岭。《大清一统志·浙江杭州府》："万松岭，在仁和县南凤山门外，唐白居易诗'万株松树青山上'，即此。"

大雪中从万松书院沿山登凤凰山

穷冬山馆阒无人，桂丛松顶孤灯青。檐端何物夜瑟瑟，高阁悬铃徐丁丁。候晓褰帷一伸首，快哉雪片正如手。玉楼寒起银海眩，且拾枯松烧白酒。兴酣但愁酒气劣，雪骤恰会风势侧。白战空斋向阿谁，欢呼阶前几没膝。披氅试纳东郭履，闲逐冻鸦出林嘴。记取石径忽深窝，倒睡木棉真可拟。拼一失足了无伤，摄衣那胜喜欲狂。盘山越阁凌石脊，彷徨四望何洋洋。阆风巍巍聚天半，排空芙蓉峰峰换。南枝北枝开未开，山前山后梨花乱。分明吴越旧林丘，皑皑幻出何神州。身飘飘兮岂羽化，独立凤凰之顶头。请看此乐乐何若，意态岂嫌太磅礴。归来涤荡放高歌，雪窗况挂月一角。

○凤凰山：在浙江杭州。《大清一统志·浙江杭州府》："凤凰山，在仁和县南十里，与钱塘县接界。自唐以来，州治在山右。宋建行宫，山遂环入禁苑。其顶砥平，可容万马，有宋时御教场，山下有洗马池。元末张士诚筑城，始截山于城外。"

读书孤屿 时永嘉家岸西率诸昆仲，初落成江心诸胜

弱龄蹑屐下天关，千里寻奇两浙间。八载江湖双脚倦，不知孤屿胜孤山。

○孤屿：即温州江心屿，为中国四大名屿。清光绪《永嘉县志》："孤屿，在城北里许江中，东西广三百余丈，南北半之。初，两峰对起，筑二塔于其巅，江流贯其中，为龙潭。中峙小山，即孤屿，有海眼泉、琉璃泉。东为象岩，西为狮岩，唐咸通中建江心寺，宋时蜀僧清了以土窒龙潭，联两山成今址。孤屿之椒，露于佛殿后，建炎四年高宗曾驻跸，德祐元年陆秀夫、张世杰、文天祥先后集此，有谢公亭、文丞相祠、浩然楼、卓忠贞祠、澄鲜阁、三贤祠诸遗迹。"○孤山：在浙江杭州西湖中，孤峰独耸，秀丽清幽。《大清一统志·浙江杭州府》："孤山，在钱塘县西二里，里外二湖之间，一屿耸立，旁无联附，为湖山胜地处。亦曰孤屿，又名瀛屿。"

○按：诗言初落成江心初胜，则此诗当于乾隆四十年。一是曾镛于乾隆三十三年离泰，诗言八载，即乾隆四十年。二是曾唯兄弟于乾隆三十八年修建江心屿孟楼，次年复重修卓公祠，诗言江心诸胜初落成，乾隆四十年正合其时。

登浩然楼

屿影飘飖一瓣莲，凭栏烟水欲浮天。我来不问名楼义，楼名浩然，或以孟襄阳对酒于此，或以楼内为文文山祠。只觉当胸自浩然。

○浩然楼：在温州江心屿。清光绪《永嘉县志》："浩然楼，在孤屿文丞相祠前。万历庚辰巡道吴自新、郡丞刘正亨建，取文公《正气歌》所称'浩然'之旨。或云孟襄阳曾游此，故名，非也。乾隆癸巳，邑绅曾唯移建于祠前左侧。甲寅，巡道秦瀛以前贤名不宜名楼，改称孟楼。光绪元年，知府裕彰重修，复旧名。"

谒文文山祠

冒死浮航公到此，二王再立洵何功。只今赖有孤臣迹，一掌江心亘古雄。

○文文山祠：即文丞相祠，在温州江心屿。文天祥，字履善，号文山，吉州庐陵（今江西吉安）人，南宋末大臣。清光绪《永嘉县志》："文丞相祠，在城北江中孤屿，祀宋右丞相文天祥，以台郡少卿杜浒、永嘉正将徐臻配。明成化中建，宏治十三年赵宽展修。岁春秋致祭。"《孤屿志》："宋德祐二年夏四月八日，公浮海至温州，求益、卫二王所在。至则二王已去，乃会哭于龙翔寺高宗御座下。留一月，候命召赴侍在，有诗馈之石。"○二王：指益王赵昰、卫王赵昺，俱为南宋末年幼帝，文天祥、陆秀夫等拥立。《宋史·文天祥传》："闻益王未立，乃上表劝进，以观文殿学士、侍读召至福，拜右丞相……益王殂，卫王继立。天祥上表自劾，乞入朝，不许。八月，加天祥少保、信国公。"

谒卓忠贞祠

曲突徙薪真上策，势如烟火也何益。按，燕王以二月来朝，公密请徙封。至七月，已举兵反。盖事势已成，不徙封反，徙封亦反。在公则虑之固早，非直殉以身也。若从靖难数忠贞，堪痛方黄空烂额。

○卓忠贞祠：卓敬，字惟恭，瑞安卓岙人，明洪武二十一年进士，授户科给事中。建文元年七月，燕王朱棣举兵反，四年六月入京师，杀兵部尚书齐泰、太常卿黄子澄、文学博士方孝孺。卓敬亦被捕，帝怜其才，使人讽以管仲改事桓公、魏徵改事太宗故事，卓敬拒之，但求一死以见故君于地下。帝犹不忍，时姚广孝与敬有隙，在旁挑唆，遂被杀害，并夷三族，抄家时一室萧然，唯有书画数轴，朱棣为之慨叹："国家养士三十年，不负其君惟卓敬尔！"清光绪《永嘉县志》："卓忠毅公祠，旧在城南隅，祀明户部侍郎瑞安卓敬。明中叶奉敕建，万历间，知府卫承芳移建江中孤屿。国朝康熙中，举人陈振麟重建。乾隆二十一年，督学闽县雷铉率永嘉知县崔锡重修。三十九年，邑人曾唯重修。岁春秋致祭。"按，卓敬祠于民国二十七年时毁于日寇兵火。○曲突徙薪：突，烟囱。薪，柴火。汉桓谭《新论》："淳于髡至邻家，见其灶突之直而积薪在傍，谓曰：'此且有火。'使为曲突而徙薪，邻家不听，后果焚其屋，邻家救火，乃灭。烹羊具酒谢救火者，不肯呼髡。智士讥之曰：'曲突徙薪无恩泽，焦头烂额为上客。'盖伤其贱本而贵末也。"比喻事先采取措施，防患于未然。此处指卓敬上书言徙封之事。《明史·卓敬传》："建文初，敬密疏言燕王智虑绝伦，雄才大略，酷类高帝。北平形胜地，士马精强，金、元年由兴。今宜徙封南昌，万一有变，亦易控制。'夫将萌而未动者，几也；量时而可为者，势也。势非至刚莫能断，几非至明莫能察。'奏入，翌日召问。敬叩首曰：'臣所言天下至计，愿陛下察之。'事竟寝。"○方黄：即方孝孺、黄子澄。

寻王忠文公读书台旧址

志称孤屿之东偏，有忠文公读书台，而于公集无所考。想乡先生有公、郡有胜地者，皆乐借之以重也。

事业文章第一流，梅溪应独有东瓯。江天割断读书处，容我今年有得不？

○王忠文公：王十朋，字龟龄，号梅溪，谥号忠文，浙江乐清四都左原梅溪村，绍兴二十七年中进士第一，被擢为状元。王十朋读书台遗址有多处，此诗指在江心屿，清人陈舜咨《孤屿志·卷首·胜迹》："读书台在东塔院中，宋学士王公十朋未第时读书处。今废。"

夜月独步中川堤树间

沿阶荇藻影玲珑，想见坡翁兴少同。不料闲人还有我，棕鞋羽扇水天中。

○中川：指江心屿。南朝宋谢灵运《登江中孤屿》："乱流趋正绝，孤屿媚中川。"○坡翁：即苏轼，字子瞻，号东坡。此诗结句含有苏轼《定风波》词："竹杖芒鞋轻胜马，谁怕，一蓑烟雨任平生"之意。

奉送邵太守移守杭州

帝念湖山美，官需守牧良。朝臣曾使浙，简命徙之杭。霓动朱旗展，烟停皂盖张。青云遮祖帐，白发念甘棠。惠视蒲鞭挂，仁随羽扇扬。问名留召父，理棹就钱王。曾向春风坐，频沾粉泽香。何因容借寇，他日更征黄。

○邵太守：邵齐然，字光人，号暗谷，江苏昭文（今常熟）人，清代诗人、书法家，清乾隆年间进士，后入选翰林院庶吉士，以正四品衔、领部郎职，历官温州知府、杭州知府，任内修学校、纂志书，文教一新。有《聊存草》。○召父：召信臣，字翁卿，西汉九江寿春人。信臣和东汉杜诗，郡曾为南阳太守，且皆有善政，民得以休养生息，安居乐业，故南阳人为之语曰："前有召父，后有杜母。"后因以"召父杜母"为颂扬地方官政绩之语。○借寇：《后汉书·寇恂传》载，寇恂曾为颍川太守，颇著政绩，后离任。建武七年光武帝南征隗嚣，恂从行至颍川，百姓遮道谓光武曰："愿从陛下复借寇君一年。"后因以"借寇"为地方上挽留官吏之典。○征黄：《汉书·循吏传·黄霸传》："（颍川太守）霸以外宽内明得吏民心，户口岁增，治为天下第一。征守京兆尹，秩二千石。"后因以"征黄"谓地方官员有治绩，必将被朝廷征召，升任京官。

○按：乾隆四十三年邵齐然为温州知府时，曾赠匾于邑人金仪廷。四十四年为杭州知府曾修纂府志，故此诗当作于四十三年至四十四年之间。

中川月夜喜张泛渡胡葆中周澹哲赵秀三诸丈渡江过访并序

读书孤屿，方夜将倦，为江月逼人不得卧，乃登浩然楼。四望波光，净静绝人响，有小舟横江，影影拨动，若凫鹥渐呷哑有声。俯临久之，俄于烟光树影间，挈橹冲楼而上，迫视之，乃张胡诸丈也。各欢然举手曰：吾辈想君，此时定俯此呵呵，可孤如此江天良夜。视其榼，酒一斗，鲈一尾，醉蟹数头，遂相与把酌，临江倚楼达旦。

乘兴凌江酒一壶，不教客与月同孤。分明一夜剡溪雪，笑问徽之能到无。

○剡溪雪：剡溪，在浙江嵊州。《世说新语》："王子猷居山阴，夜大雪，眠觉，开室命酌酒。四望皎然，因起彷徨，咏左思《招隐诗》。忽忆戴安道。时戴在剡，即便夜乘小船就之。经宿方至，造门不前而返。人问其故，王曰：'吾本乘兴而行，兴尽而返，何必见戴。'"

江心望夜

潮回月上浪堆空，孤屿奇情何处同。恍惚菱花千百万，翻飞倒涌海天东。

○望夜：农历十五日月圆之夜。《隋书·柳彧传》："每以正月望夜，充街塞陌，聚戏朋游。"

岸西大兄载酒偕程养斋曹星洲两先生至江心

江山留胜迹，修废仗高情。假馆来吾辈，扶藜集老成。舫浮楼阁静，带解水风清。那禁争题句，词如峡倒倾。

○岸西大兄：曾唯，字岸栖，一字岸西，永嘉人，曾担任过溧阳县丞，倡修过江心屿卓文公祠、浩然楼等遗迹，永嘉知县傅永绰倡修西塔时，曾请他帮忙。著有《东瓯诗存》，收录温州自宋代到清乾隆年间诗词。○江山留胜迹：唐孟浩然《与诸子登岘山》："江山留胜迹，我辈复登临。"此诗首句引用孟诗。○词如峡倒倾：倒峡泻河之典。喻文笔酣畅，气势磅礴。《平山冷燕》："只那一枝笔，拈在手中，便如龙飞凤舞，落在纸上，便如倒峡泻河，真有扫千军万马之势。"

读秦本纪至尉缭教秦王以金尽六国有感　二首

一囊势早括诸侯，东向终怀智伯忧。手剑曾看纾赵困，奋椎行且报韩雠。纵教荐食过封豕，安必兴亡阙火牛。妙计寻常三十万，可怜肯卖六王头。

尉缭谈兵迈古今，谁知兵惨不如金。劫人霜刃多危色，啖我泉刀总快心。解体那须劳反间，婴情自尔忘生擒。谋臣空谓秦锋锐，不识当胸下一针。

○尉缭：生卒年不详，战国兵家人物，魏国大梁（今河南开封）人。姓失传，名缭。秦王政十年入秦游说，被任为国尉，因称尉缭。著有《尉缭子》一书。《史记·秦始皇本纪》："大梁人尉缭来，说秦王曰：'以秦之强，诸侯譬如郡县之君，臣但恐诸侯合从，翕而出不意，此乃智伯、夫差、愍王之所以亡也。愿大王毋爱财物，赂其豪臣，以乱其谋，不过亡三十万金，则诸侯可尽。'秦王从其计。"○智伯：荀瑶，姬姓，智氏，名瑶。智氏出于荀氏，故又多称其荀瑶，时人尊称其智伯。春秋末期晋国卿大夫，智氏家族领主，担任晋正卿后，带领晋军南征北战，多立功勋。后野心滋生，欲图灭韩、赵、魏三家而独吞晋国，反被三家所灭。智伯忧：《战国策》："智伯欲伐卫，遗卫君野马四百，白璧一。卫君大悦，群臣皆贺，南文子有忧色。卫君曰：'举国大欢，而子有忧色何？'文子曰：'无功之赏，无力之礼，不可不察也。野马四，白璧一，此小国之礼也，而大国致之。君其图之。'卫君以其言告边境。智伯果起兵而袭卫，至境而反。曰：'卫有贤人，先知吾谋也。'"○手剑曾看纾赵困：用毛遂之典。《史记·平原君虞卿列传》："秦之围邯郸，赵使平原君求救……毛遂按剑而前曰：'王之所以叱遂者，以楚国之众也。今十步之内，王不得恃楚国之众也，王之命县于遂手。吾君在前，叱者何也？……合从者为楚，非为赵也。吾君在前，叱者何也？'楚王曰：'唯唯，诚若先生之言，谨奉社稷而以从。'"○奋椎行且报韩讐：讐，同"仇"。《史记·留侯世家》："留侯张良者，其先韩人也。……悉以家财求客刺秦王，为韩报仇，以大父、父五世相韩故。良尝学礼淮阳。东见仓海君。得力士，为铁椎重百二十斤。秦皇帝东游，良与客狙击秦始皇博浪沙中，误中副车。秦皇帝大怒，大索天下，求贼甚急，为张良故也。"○火牛：《史记·田单列传》："田单乃收城中得千余牛，为绛缯衣，画以五彩龙文，束兵刃于其角，而灌脂束苇于尾，烧其端。凿城数十穴，夜纵牛，壮士五千人随其后。牛尾热，怒而奔燕军……燕军大骇，败走。齐人遂夷杀其将骑劫。燕军扰乱奔走，齐人追亡逐北，所过城邑皆畔燕而归田单，兵日益多，乘胜，燕日败亡，卒至河上，而齐七十余城皆复为齐。"

送余文航之任巴东

三峡峥嵘楚塞头，雄分百二扼中州。有官上本符郎宿，是任何曾让列侯。

方俗想仍夔子国，江亭未改寇公秋。下车悬上章安镜，稳睡黄绸百废修。

○余文航：余学礼，字文航，号敬斋，瑞安人。乾隆十八年拔贡，选为八旗官学教习。乾隆四十五年任湖北巴东知县，清廉勤敏，以功升湖南辰州府同知，调湖北施南府同知，曾署安陆知府。学礼所至有政声，用法宽大，为官二十年，囊橐萧然。以老致仕归，遂翔山水间，以诗自娱。○巴东：巴东县，位于湖北省西南部。《大清一统志·湖北宜昌府》："巴东县，在府西四百二十五里。汉南郡巫县地，梁置归乡县，并置信陵郡。后周郡废，改县曰乐乡，属信州。隋开皇末改曰巴东。大业中，属巴东郡。唐属归州。宋元因之。明洪武九年，改属夷陵州，后复属归州。本朝初出之，雍正十三年，改属宜昌府。"○郎宿：即郎位星。《史记·天官书》："（五帝座）后聚一十五星，蔚然，曰郎位。"张守节正义："郎位十五星，在太微中帝坐东北。"《资治通鉴·汉桓帝延熹七年》："帝在南阳，左右并通姦利，诏书多除人为郎，太尉杨秉上疏曰：'太微积星，名为郎位，入奉宿卫，出牧百姓，宜割不忍之恩，以断求欲之路。'"○夔子国：夔国，又称隗国或者归国，春秋时期，楚国国君熊绎六世孙熊挚受封于夔城（今湖北秭归县），建立夔国（秭归东有夔子城，地名夔沱，便是古夔国之故址），后又为楚国所灭。《巴东县志》："巴东，西周为夔子国地，秦、西汉属巫县。"○寇公：寇准，字平仲，华州下邽（今陕西渭南）人，北宋宰相，曾任巴东县知县。《宋史·寇准传》："后中第，授大理评事，知归州巴东、大名府成安县。"○章安：旧县名，汉置，辖地相当于今台州、温州、处州及福建北部。《后汉书·郡国志》："章安故冶，闽越地，光武更名。刘昭注《晋太康记》曰：'本鄞县南之回浦乡，章帝章和元年立。未详。'"

窑台秋眺

一色秋光拭古铜，举头天际暮云空。群峰青抱居庸北，万木苍连易水东。

露净龙楼金歊艳，烟凝雉堞碧玲珑。黄昏何处悲筛动，吹上梁州失侣鸿。

〇窑台：又称瑶台。在京城正阳门外。清富察敦崇《燕京岁时记·瑶台》："瑶台即窑台，在正阳门外黑窑厂地方。时至五月，则搭凉篷，设茶肆，为游人登眺之所。亦南城之一古迹也。"〇居庸：居庸山，古名军都山，在北京昌平县。《大清一统志·直隶顺天府》："军都山，在昌平州西北。司马彪《续汉书》：卢植隐居山谷军都山。《太平寰宇记》：山在昌平县西北十里，又名居庸山。《旧志》：在今州西北二十里，层冈叠障，奇险天开，太行第八陉也，为燕京八景之一，曰'居庸叠翠'。按《吕览·九塞》：齐居庸于殽函井陉。则是居庸本为山名，而关以山得名也。"〇易水：水名，在河北省西部，源出易县境，分南易水、中易水、北易水。荆轲入秦行刺秦王，燕太子丹饯别于此。《大清一统志·易州直隶州》："易水，在州南，源出州西，东流入保定府定兴县界，亦名中易水。《周礼职方氏》：并州，其浸涞易。《战国策》：苏秦曰燕南有滹沱、易水。按《太平寰宇记》：易水有三，濡水为北易，雹水为南易，此为中易，以在濡雹之中也。"〇梁州：唐教坊曲名。后改编为小令。唐顾况《李湖州孺人弹筝歌》："独把《梁州》凡几拍，风沙对面胡秦隔。"

夜分不睡起写四库书佣书奴偏喜考正谬误自烦敲补因赋以自嘲

中宵坐起欲何如，捉鼻科头再写书。干禄样如随笔吏，对经雠岂在钞胥。

眼中漫识虚为虎，腕底频教墨似猪。笑问舌津能几许，五年堪润手敲余。

〇虚为虎：晋葛洪《抱朴子·遐览篇》说："书三写，鲁为鱼，虚为虎，七与士，但以倨勾长短之间为异耳。"指一本书经过多次传写，多有错误。〇墨似猪：比喻笔画丰肥而无骨力的书法。旧题晋卫铄《笔阵图》："善笔力者多骨，不善笔力者多肉。多骨微肉者，谓之筋书；多肉微骨者，谓之墨猪。"

闻鸡

一阵西风一阵雨，潇潇瑟瑟打窗户。鸡鸣何处独胶胶，使我中宵长起舞。

〇起舞：用闻鸡起舞之典。见《与俞大柱峰松冈夜坐》诗注。

读平原君列传 二首

邯郸势迫虎狼秦，纵楚先推十九人。碌碌莫嗤公等甚，安危文武本殊伦。

如何三载肯垂声，一出雄当百万兵。不为平原终爱士，谁教食客有毛卿。

○平原君：赵胜，赵惠文王之弟，因封于平原，故号平原君。喜宾客，食客多至数千人，太史公称为"翩翩浊世之佳公子"。○邯郸势迫虎狼秦：赵惠文王八年、秦昭王十四年，秦赵战于长平，灭赵军四十余万。次年，秦将白起乘胜进围赵都邯郸，欲攻灭赵国。○纵楚先推十九人：《史记·平原君列传》："秦之围邯郸，赵使平原君求救，合从于楚，约与食客门下有勇力文武备具者二十人偕。平原君曰：'使文能取胜，则善矣。文不能取胜，则歃血于华屋之下，必得定从而还。士不外索，取于食客门下足矣。'得十九人，无可取者，无以满二十人。"○垂声：流传声名。○毛卿：毛遂，平原君赵胜之门客。毛遂居平原君处三年未得展露锋芒，后随平原君出使楚国，独力促成赵楚合纵。《史记·平原君列传》："毛遂曰：'从定乎？'楚王曰：'定矣。'毛遂谓楚王之左右曰：'取鸡狗马之血来。'毛遂奉铜槃而跪进之楚王曰：'王当歃血而定从，次者吾君，次者遂。'遂定从于殿上。毛遂左手持槃血而右手招十九人曰：'公相与歃此血于堂下。公等录录，所谓因人成事者也。'"

题退斋排闷钞

羝羊壮而羸，亢龙动有悔。问渠胡为尔，知进不知退。先生盖达者，学古希避碍。探囊出吟编，示我斋居概。高情淡云天，清词洒沆瀣。精熟古歌行，得意曹刘辈。志士多悲心，感怀非一代。俯仰怆以摧，岂少激昂态。捉鼻耸诗肩，恬然付一嘅。那更仗杜康，当胸浇垒块。笑予慵且怯，嗒尔一橼内。闷极不知排，焉得萱树背。请再复瑶章，藉以清愁肺。

○退斋：待考，观诗中有"探囊出吟编，示我斋居概"等语，当为与曾镛同时期之人物。○曹刘：曹植，刘桢。二人诗歌合称"曹刘体"，文体特点在体裁上主要是五言诗，语体上善用比兴、巧用对偶，风格上重风力、讲骨气。○杜康：传说为最早造酒之人，后借指酒。曹操《短歌行》："何以解忧，惟有杜康。"○垒块：比喻心中郁积之不平之气。《世说新语·任诞》："阮籍胸中垒块，故须酒浇之。"○萱树背：萱，通谖。语出《诗经·伯兮》："焉得谖草，言树之背。"明李时珍《本草纲目》："'焉得谖草，言树之背。'谓忧思不能自遣，故树此草玩味，以忘忧也，吴人谓之疗愁。"

清夜独处

一天寒月静当除，有客萧然夜独居。对几红过抱烛鼠，开函白动蠹经鱼。闲拈定远曾投笔，笑写昌黎复上书。时傭四库书。廓落应知毡自冷，不关扣户故人疏。

○定远：班超，字仲升，扶风郡平陵县（今陕西咸阳）人。东汉永元七年，封为定远侯，食邑千户，后人称之为"班定远"。《后汉书·班超传》："家贫，常为官佣书以供养。久劳苦，尝辍业投笔叹曰：'大丈夫无它志略，犹当效傅介子、张骞立功异域，以取封侯，安能久事笔研间乎？'"○昌黎：韩愈，字退之，河南河阳（今河南孟州）人，祖籍河南邓州，世称韩昌黎，晚年任吏部侍郎，又称韩吏部，谥号"文"，又称韩文公，元和十四年，因谏阻宪宗奉迎佛骨，被贬为潮州刺史。○复上书：指韩愈《后二十九日复上宰相书》一文。唐德宗贞元十一年，韩愈连续三次给宰相上书求仕，但都毫无结果。

除夕　四首

一间纸屋书半厨，八面愁城坐自拘。三百六旬除此夕，不知愁也可除无。

揶揄曲巷转星街，见说吴儿夜卖呆。此夜笑谁呆似我，长安终岁守空斋。

驱魔岁岁贴钟馗，笑问钟馗待几时。可是五穷驱不得，昌黎送去且随台。

商陆烧残岂自怜，天涯何事独怆然。红炉客邸添三鼓，白发家乡老一年。

○卖呆：出售痴呆。谓求得聪明。元戴表元《壬午六月八日书怀》诗："四壁空存医俗具，千金难售卖獃方。"獃，同呆。○钟馗：字正南，传说中能打鬼驱除邪祟之神，旧时除夕民间常挂钟馗像。《新五代史·吴越世家》："岁除，画工献〈钟馗击鬼图〉。"宋沈括《补笔谈》："熙宁五年，上令画工模搨吴道子钟馗像镌版。除夜，遣内供奉官梁楷就东西府给赐。"○五穷：唐韩愈作《送穷文》，谓智穷、学穷、文穷、命穷和交穷是使人困厄不达的五个穷鬼，遂三揖而送之。后常以"五穷"喻厄运。○商陆：多年生粗壮草本，俗称"章柳根"。古人守岁时有烧商陆的习俗，守岁时人们喝屠苏酒，烧商陆火。烧商陆火，意为逐邪，逐阴，祈求吉祥如意。宋姜特立《和刘建昌除夕有欠我饮屠苏之句》："商陆火添人独坐，沉檀香冷岁还徂。"

卖呆买呆　并序

书呆除夕，偶得呆句，因想吴儿讳呆，有除夕卖呆故事，遂并押呆韵。呆为艾平声，宜入九佳，及考今韵，概不收呆。嘻，吴儿固不呆，人自爱巧耳。问当今呆者几人，自昔诗家何并讳呆字邪？窃笑呆非今韵，将取不收者怪。世既卖之，我且买之，用更押卖呆买呆二呆，戏为诗家补一呆云。

炉底休添火，灰堆漫写怀。谁分半夕巧，请卖一生呆。已叹形如木，宁容立似柴。痴符不计值，乘夜委星街。

象罔皆吾宝，混沌固所怀。一心抱楚璞，何处买吴呆。戆也宁如黯，愚乎可是柴。千金不惜费，待我认花街。

○楚璞：楚人卞和献给楚王之玉璞。《韩非子》："楚人和氏得玉璞楚山中，奉而献之厉王，厉王使玉人相之，玉人曰：'石也。'王以和为诳，而刖其左足。"后借喻珍品或英才。明高启《感旧酬宋军咨见寄》诗："齐竽不解奏，楚璞何由呈？"○花街：指妓院聚集之地。宋黄庭坚《满庭芳·妓女》词："初绾云鬟，才胜罗绮，便嫌柳陌花街。"

庚子元旦雪海山周大司马以奉和御制诗见示因绎原韵呈览

天子万年方七十，尧蓂刚展绿阶微。九重华祝声遥动，一日春风瑞已霏。宝界三千分睿照，碧城十二龁神机。恍将玉戏供朝贺，故作花球衬指挥。飒沓应随和伯舞，襁褓相见谢庄衣。暖怀白兽开仙仗，庆卜黄云卷帝畿。圣制喜从天乐降，赓歌欣接大音希。不才空抱梁山思，呵冻何因仿七依。

○庚子：即乾隆四十五年，是年曾镛在京师为四库馆誊录。○周大司马：周煌，字景桓，号绪楚，又号海珊（一作海山），重庆府涪州人。乾隆二年二甲进士，历任翰林院编修、侍讲学士、内阁学士、《四库全书》总阅、工部、兵部尚书，皇太子总师傅，都察院左都御史等职，卒后谥号文恭。○天子万年方七十：乾隆帝出生于康熙五十年，至乾隆四十五年刚好是七十岁。○尧蓂：蓂荚，又名"历荚"，传说蓂荚圣主当世时才会出现。《帝王世纪》："尧时有草夹阶而生，每月朔生一荚，厌而不落，月半则生十五荚。自十六日起，一荚落，至月晦而尽。月小则余一荚，厌而不落。"○华祝：即华封三祝，华州人对唐尧之三个美好祝愿，典出《庄子·天地》："尧观乎华。华封人曰：请祝圣人，使圣人富，使圣人寿，使圣人多男子。"○谢庄：字希逸，南朝宋陈郡阳夏（今河南太康）人。七岁能文，及长，美容仪，宋文帝赞为"蓝田生玉"。初为诸王属官，曾制木地图，可分可合。宋孝武帝即位，除侍中，迁左卫将军。曾上表反对以门第选才。前废帝时，以为金紫光禄大夫。卒谥宪。明人辑有《谢光禄集》。《宋书·符瑞志》："大明五年正月戊午元日，花雪降殿庭。时右卫将军谢庄下殿，雪集衣，还白，上以为瑞。于是公卿并作花雪诗。"○七依：东汉崔骃所作的一篇赋。《艺文类聚》卷五十七引西晋傅玄《七谟序》："昔枚乘作《七发》，而属文之士，若傅毅、刘广世、崔骃、李尤、桓麟、崔琦、刘梁之徒，承其流而作之者，纷焉《七激》《七兴》《七依》《七疑》《七说》《七蠲》《七举》之篇。"

赠邵晴厓四十生辰

相逢意气正翩翩，弹指光阴又十年。潦倒几成双白蜡，消磨时共一青毡。半瓯柑酒偷春候，数点梅花拟雪天。问岁何如还添取，送钩隔座且推莲。

○送钩：犹藏钩。古代一种游戏。唐李商隐《无题》诗："隔座送钩春酒暖，分曹射覆蜡灯红。"冯浩笺注："送钩，古皆作藏彄，后多作藏钩，字异而事同也。隔座送钩者，送之使藏，今人酒令尚有遗法。"

题麻姑庆寿图

奕奕神人，珊珊季女。蚁裳烟綷，荷衣云组。跄尔鸾停，翩如鹤舞。瘿视玉姜，菌观桂父。的彼琼葩，嫣然瑶圃。鞓红一捻，春光如许。试晋椒浆，载擘麟脯。天上飞觞，人间烂斧。

〇麻姑：神话中仙女名。传说东汉桓时曾应仙人王远召，降于蔡经家，为一美丽女子，年可十八九岁，手纤长似鸟瓜。……麻姑自云："接侍以来，已见东海三为桑田。"事见晋葛洪《神仙传》。麻姑为亲见"东海三为桑田"之仙人，是长寿不死者，故后世多以之象征长寿，至迟在明代即有画家作"麻姑献寿图"，以为人祝寿之礼品。〇玉姜：传说中毛女名。汉刘向《列仙传·毛女》："毛女者，字玉姜，在华阴山中，猎师世世见之，形体生毛。自言秦始皇宫人也，秦坏，流亡入山避难，遇道士谷春教食松叶，遂不饥寒，身轻如飞。"〇桂父：古代传说中之仙人。汉刘向《列仙传·桂父》："桂父者，象林人也。色黑而时白时黄时赤。南海人见而尊事之。常服桂及葵。"

辛丑夏送余明府文航自巴东奉命赴阙荣迁旋楚

百里非贤路，皇心早见之。余丈初掣简，缺于引见，时特调巴东。小鲜姑就割，大窾已纷批。凫转中朝舄，熊飞半刺旗。六雄行独领，一榻已争施。曲糵承恩重，缇油就道迟。光风归客座，淮雨挽离期。妙论璁瑢玉，和神美熟芝。逢人语阴骘，不自笑书痴。叙旧惟拈句，临岐止索诗。三年忽再别，九夏感孤羁。惆怅鸿遵渚，低徊鹦守篱。此行夸展骥，莫爱赭脂疲。

〇凫舄：《后汉书·方术传上·王乔》："王乔者，河东人也。显宗世，为叶令。乔有神术，每月朔望，常自县诣台朝。帝怪其来数，而不见车骑，密令太史伺望之。言其临至，辄有双凫从东南飞来。于是候凫至，举罗张之，但得一只舄焉。乃诏尚方诊视，则四年中所赐尚书官属履也。"后因以"凫舄"指仙履，亦常用为县令之典实。〇半刺：言刺史之半也。指州郡长官下属的官吏，如长史、别驾、通判等。晋庾亮《答郭预书》："别驾旧与刺史别乘，同流宣王化于万里者，其任居刺史之半。"〇六雄：唐代以郑、汴、绛、怀、魏六州，为形势重要之地，称为"六雄"。指余文航返楚途中将领略此六地之风格。〇缇油：古代车轼前屏泥用红色油布。《汉书·循吏传·黄霸》："居官赐车盖，特高一丈，别驾主簿车，缇油屏泥于轼前，以章有德。"后以"缇油"为殊遇之标志。〇掣简：即掣签。掣签法是明清时期吏部对官员选授迁除的方法，始于明万历二十二年，以竹签预写所选机构地区及姓名等，杂置筒中，大选急选，皆由选人自掣。清沿用此制，外省官员分散任用，由吏部掣签分发各省。

有为悼亡诗者，适忘荀粲字奉倩，疑即是曼倩，质之座友，辄漫谓然。庚别鹤之章，而有弄獐之错，亦一段孟浪新语也。因口占一绝，为之解嘲

曼倩从无奉倩悲，如何信口浪敲椎。应知千古伤心事，谐似东方泪也垂。

○荀粲：字奉倩，三国魏玄学家，东汉名臣荀彧之幼子。《世说新语·惑溺》："荀奉倩与妇至笃，冬月妇病热，乃出中庭自取冷，还以身熨之。妇亡，奉倩后少时亦卒，以是获讥于世。"○曼倩：东方朔，字曼倩，西汉平原厌次人，以诙谐名。《汉书·东方朔传》："东方朔字曼倩，平原厌次人也。……上知朔多端，召问朔：'何恐侏儒为？'对曰：'臣朔生亦言，死亦言。侏儒长三尺余，俸一囊粟，钱二百四十。臣朔长九尺余，亦俸一囊粟，钱二百四十。侏儒饱欲死，臣朔饥欲死。臣言可用，幸异其礼；不可用，罢之，无令但索长安米。'上大笑。"《史记·滑稽列传》："武帝时，齐人有东方生名朔，……数赐缣帛，担揭而去。徒用所赐钱帛，取少妇于长安中好女。率取妇一岁所者即弃去，更取妇。所赐钱财尽索之于女子。人主左右诸郎半呼之狂人。"○别鹤：即《别鹤操》，乐府琴曲名。晋崔豹《古今注》卷中："《别鹤操》，商陵牧子所作也。娶妻五年而无子，父兄将为之改娶。妻闻之，中夜起，倚户而悲啸。牧子闻之，怆然而悲，乃歌曰：'将乖比翼隔天端，山川悠远路漫漫，揽衣不寝食忘餐！'后人因为乐章焉。"后用以指夫妻分离，抒发别情。○弄獐：为"弄璋"之讹，因用以嘲写错别字。典出《旧唐书·李林甫传》："太常少卿姜度，林甫舅子，度妻诞子，林甫手书庆之曰：'闻有弄獐之庆。'客视之掩口。"

望家信不至有感

子知自急功名日，亲已无多敏捷时。况久蹉跎违色笑，长年忍怪得书迟。

范阳七月

七月范阳露已凄，回风动地草萋萋。伤神最是惊秋马，引领荒郊向晚嘶。

○范阳：范阳县，今河北省涿州市。《大清一统志·直隶顺天府》："涿州，在府西南一百四十里。秦上谷郡地，汉高帝置涿县，并置涿郡，属幽州。后汉因之。三国魏黄初中，改曰范阳郡。晋曰范阳国。后魏仍为范阳郡。齐周因之。隋开皇初，郡废。大业初，以县属涿郡。唐武德初，属幽州。七年改县，曰范阳。大历四年，析置涿州，属河北道。五代晋天福初入辽，仍曰涿州，置永泰军，属析津府。宋宣和四年，赐名涿水郡，升威行军节度。金仍曰涿州，属中都路。元太宗八年，升涿州路。中统四年，复为涿州，属大都路。明洪武初，以州治范阳县，省入属顺天府。本朝因之。"

送家琼圃三兄赴兴泉永道

云拥朱旗风得得，日下仙郎新拜敕。口含鸡舌下天闿，肘系金章趋海国。

鸣笳叠鼓翼轮蹄，桑梓关山欣载陟。鹤酌宏开燕喜堂，豚蹄更上牛眠域。信宿春明被锦行，荐绅一齐嫌夜黑。丈夫慷慨志功名，生当封侯没庙食。于今仪表雁衔新，如鲲正展图南翼。况复廉能简在庭，天风会看加吹息。闽中自古号雄藩，方隅间费旬宣力。我谓风土无华离，物阜民安器自饬。以子才干挟千人，相逢常觉英姿逼。青天白日豁心胸，豪爽之中具清识。此行千里仰福星，当官肯负连帅职。赠鞭繫我感孤羁，日暮无端犹滞北。六载相依此别离，殊使此中自恻恻。临行取酌更相斟，愿子努力崇令德。

○曾琼圃：曾儒璋，字玉西，号琼圃，永嘉人，曾唯之弟。乾隆间历官户部、刑部郎中，四十九年出任福建福建兴泉永兵备道，不数月而卒。有《依绿园诗钞》存世。○兴泉永道：在福建。康熙二十三年设台湾厦门兵备道，二十五年，泉州府海防同知从泉州改驻厦门。雍正五年，取消台厦兵备道，将原设泉州之兴泉兵备道衙门移驻厦门。雍正十二年，增设永春直隶州归兴泉道，并改称分守巡海兴泉永兵备道。统辖兴化府、泉州府以及永春州两府一州之军政要务。民国初废。○福星：指木星。古称木星为岁星，所在主福，故称。唐罗隐《送汝州李中丞十二韵》："官品尊台秩，山河拥福星。"

京邸感遇

高树多悲声，八风争与搏。华落青无枝，摩空生意足。丈夫负奇气，形神自落落。快马不苦瘦，精金不苦铄。所遇本固然，失路何促促。长安富美酒，十千恣欢谑。裘敝犹堪典，骨在寒能触。何不放情意，涤荡游京洛。朝抱大瓠浮，暮就虚舟宿。漂流信长风，如蓬无终薄。茫茫天地间，行行将安索。升高抚鸿濛，终古有巨橐。豪杰宝屯邅，圣贤安落寞。方其处锤炉，拼自填沟壑。莫邪不可愿，在冶何为跃。

○八风：八方之风。《吕氏春秋·有始》："何谓八风？东北曰炎风，东方曰滔风，东南曰熏风，南方曰巨风，西南曰凄风，西方曰飇风，西北曰厉风，北方曰寒风。"○裘敝犹堪典：汉刘歆《西京杂记》："司马相如初与卓文君还成都，居贫愁懑，以所著鹔鹴裘就市人杨昌贳酒，与文君为欢。"宋虞俦《六月请俸张簿摄邑止支其半因却还之》："挥金怜橐在，储粟笑瓶无。敝褐犹堪典，新凉要一壶。"○虚舟：无人驾御，任其漂流之舟楫。常比喻人事飘忽，播迁无定。《庄子·山木》："方舟而济于河，有虚船来触舟，虽有惼心之人不怒。"唐高适《同薛司直诸公秋霁曲江俯见南山作》诗："片云对渔父，独鸟随虚舟。"○屯邅：亦作"屯亶"。不进貌。《易·屯》"六二，屯如、邅如，乘马班如"孔颖达疏："屯是屯难，邅是邅回。"后多指艰难。○莫邪：

亦名莫耶，铸剑师干将之妻。传说春秋吴王阖庐使干将铸剑，铁汁不下，其妻莫邪自投炉中，铁汁乃出，铸成二剑。雄剑名干将，雌剑名莫邪。东汉赵晔《吴越春秋·阖闾内传》："干将曰：'昔吾师作冶，金铁之类不销，夫妻俱入冶炉中，然后成物。至今后世，即山作冶，麻绖菆服，然后敢铸金于山。今吾作剑不变化者，其若斯耶？'莫耶曰：'师知烁身以成物，吾何难哉！'于是干将妻乃断发剪爪，投于炉中，使童女童男三百人鼓橐装炭，金铁乃濡。遂以成剑，阳曰干将，阴曰莫耶，阳作龟文，阴作漫理。"

琵琶

金拨流离按紫檀，弦弦掩抑兴阑珊。分明欲鼓明妃曲，不遇周郎不欲弹。

○明妃：王嫱，字昭君，汉元帝时宫人，晋代避司马昭讳，改称明君，后人又称之为明妃。西晋石崇《王明君辞》序："王明君者，本是王昭君，以触文帝讳，故改之。匈奴盛，请婚于汉，元帝以后宫良家子明君配焉。昔公主嫁乌孙，令琵琶马上作乐，以慰其道路之思，其送明君，亦必尔也。其造新曲，多哀怨之声，故叙之于纸云尔。"宋王安石《明妃曲》："明妃初嫁与胡儿，毡车百两皆胡姬。含情欲语独无处，传与琵琶心自知。"○周郎：指三国吴将周瑜。因其年少，故称。《三国志·吴志·周瑜传》："瑜时年二十四，吴中皆呼为周郎。……瑜少精意于音乐，虽三爵之后，其有阙误，瑜必知之，知之必顾。故时人谣曰：'曲有误，周郎顾。'"

看鸿

岂因风固顺，应候刷秋旻。有客闲看汝，何年不用宾。苍茫九天路，孤洁片毛身。莫怪曾无主，冥飞自避人。

○应候：顺应时令节候。晋陆云《寒蝉赋》序："处不巢居，则其俭也；应候守节，则其信也。"○不用宾：言不为羁客也。南朝梁元帝《言志赋》："闻宾鸿之夜飞，想过沛而需衣。"清徐永宣《舟行即事用香山韵》："贵人翁仲薶荒草，浮世宾鸿逐断蓬。"

九日自孝丰学署侍家大人对菊歌以志喜

投闲从冷署，娱老仗秋英。酒力欣犹健，花时喜较清。生徒重九会，童冠暮春情。敢以贫居乐，而为好爵缨。

○孝丰：旧县名，明成化间设，清代隶浙江湖州府，新中国成立后并入安吉县。曾镛曾任孝丰县儒学教谕。《大清一统志·浙江湖州府》："孝丰县，在府西南九十里。明成化二十三年，始分安吉县地置孝丰县。正德二年，属安吉州。本朝属湖州府。"○好爵：高官厚禄。晋陶潜《辛丑岁七月赴假还江陵夜行涂口》诗："投冠旋旧墟，不为好爵萦。"

闲居无赖寄兴晚花承彭明府过赏奉酬原韵　二首

一片青毡县署东，门闲睡犬亦鼾浓。坐教老圃花盈把，懒到深山鹿养茸。人瘦但知霜信早，官贫赖得菊年丰。独难潘令庭如锦，还向萧萧看冷红。

诗酒狂澜久付东，年来清兴与谁浓。幸从彭泽分黄采，犹得临川赋紫茸。"新蒲含紫茸"，谢临川佳句也。原韵有"色异江蓠聚紫茸"语故也。品格可能邻好畤，壶尊且漫论新丰。不因花退还相赏，正合餐英当饮红。

〇彭明府：查清光绪《孝丰县志》职官卷，康熙间有彭铭，福建莆田人，三十四年任，当非。乾隆间无彭姓之县令，或志有缺。〇潘令庭如锦：潘岳，字安仁，西晋河南中牟人，曾为河阳令，后因以称之为潘令。潘岳《闲居赋》："爰定我居，筑室穿池。长杨映沼，芳枳树橘。游鳞瀺灂，菡萏敷披。竹木蓊蔼，灵果参差。张公大谷之梨，梁侯乌椑之柿，周文弱枝之枣，房陵朱仲之李，靡不毕植。三桃表樱胡之别，二柰耀丹白之色，石榴蒲桃之珍，磊落蔓延乎其侧。梅杏郁棣之属，繁荣藻丽之饰，华实照烂，言所不能极也。菜则葱韭蒜芋，青笋紫姜，堇荠甘旨，蓼荽芬芳，襄荷依阴，时藿向阳，绿葵含露，白薤负霜。"〇彭泽：指陶渊明，因其曾为彭泽令，故称。见《自序》注。〇临川：指南朝宋谢灵运，因其曾为临川内史，故称。《宋书·谢灵运传》："太祖知其见诬，不罪也。不欲使东归，以为临川内史，赐秩中二千石。在郡游放，不异永嘉，为有司所纠。"唐王表《清明日登城春望寄大夫使君》诗："闻说莺啼却惆怅，诗成不见谢临川。"〇好畤：古县名，秦置，汉、晋、隋、唐间时废时复，元至元五年又废。此处指陆贾。《汉书·陆贾传》："孝惠时，吕太后用事，欲王诸吕，畏大臣及有口者。贾自度不能争之，乃病免。以好畤田地善，往家焉。"颜师古注："好畤即今雍州好畤县。"后以"好畤田"喻隐居耕种之田园生活。〇新丰：故地在今陕西临潼县东北，汉置，秦曰骊邑。以产美酒著名。汉刘歆《西京杂记》："太上皇徙长安，居深宫，凄怆不乐。高祖窃因左右问其故，以平生所好，皆屠贩少年，酤酒卖饼，斗鸡蹴踘，以此为欢，今皆无比，故以不乐。高祖乃作新丰，移诸故人实之，太上皇乃悦。"唐王维《少年行》："新丰美酒斗十千，咸阳游侠多少年。"

彭明府因玩菊有赠，原韵用一东，中间错见二冬，时俗名为出韵，想亦兴到不及检点也。窃怪诗之有韵，天籁自然，然三百之韵，岂尝有本。今韵如东冬送宋，类同一音，橛然为二。二百六部之分，一何多事？因再次原韵，戏成七律

丁冬花唤作丁东，赪桐花或讹为丁冬花。试问东冬若个浓。四矢果因分纵送，诗抑馨控忌，抑纵送忌，控纵送者，皆叶韵，今控入送，纵入宋。一狐何据

别戎茸。狐裘蒙戎，左传作龙茸，即蒙戎也。与匪车不东，一国三公，皆叶韵。今韵戎入东，茸入冬。**唐风凿凿原通沃**，白石凿凿，从子于沃，一韵也，今韵凿不入沃。**周雅雍雍本叶丰**。蓼萧篇，零露浓浓，与冲雝不分韵。有声篇，作邑于丰，与崇雝不分韵。今韵冲崇与丰入一东，雝雍与浓独入二冬。**自是诗人吟不错，秋英落岂异春红。**

　　○唐风凿凿：唐风，《诗经》十五国风之一。《诗·唐风·扬之水》："扬之水，白石凿凿。素衣朱襮，从子于沃。既见君子，云何不乐。"○周雅雍雍：周雅，指《大雅》和《小雅》。因均为周诗，故称。《诗·小雅·蓼萧》："蓼彼萧斯，零露浓浓。既见君子，鞗革冲冲。和鸾雍雍，万福攸同。"

斋中上座，列大黄菊一盆，一本数十茎，茎具母指大，长者身许。枝叶扶疏，花势团栾，英英百余朵，真大观也。用儿子璜韵

　　矫若乔松冒雪春，团栾低亚各精神。鹤群绕处枝无定，鹭羽回时色让新。高士坐惭豪气概，诗家谁等瘦心身。却怜爱汝推元亮，但识篱根意味真。

　　○儿子璜：曾璜，字宝镇，号臞甫，别号松亭，曾镛之长子。颖敏好学，工诗文，与邑名人董正扬、董斿、潘鼎为同学，时称四俊。嘉庆六年，璜赴考乡试，卒于杭州寓所，年三十二岁。○元亮：即陶渊明，见前注。《晋书·陶潜传》："尝九月九日无酒，出宅边菊丛中坐久，值弘送酒至，即便就酌，醉而后归。"陶潜《饮酒》："采菊东篱下，悠然见南山。山气日夕嘉，飞鸟相与还。此中有真意，欲辩已忘言。"

诸菊盛开时，斋之西轩有大黄老本二株，叶落更生，自上年未开，开且后，而花奇胜，因用前韵咏以七律

　　一样分来自早春，秋英载笑尚含神。好花毕竟开宜后，老干何妨落更新。直为人间存正色，陡从香国现金身。煌煌若作双南看，片萼饶他百炼真。

　　○双南：双南金之略语。指品级高、价值贵一倍之优质铜。后亦指黄金。晋张载《拟四愁》诗："佳人遗我绿绮琴，何以赠之双南金。"此处指而菊花色如黄金。

寿天目桑少府

少府胡为惯少钱，萧闲人本是梅仙。官贫恰称名山主，物化谁知傲吏年。争看兰荪抽砌下，犹穿斑采戏阶前。细推乐事何加此，拼醉还须拼十千。

○天目：天目山，古称浮玉山，在浙江临安县境内。分东西两支：东支名东天目山，西支名西天目山。《元和郡县图志》卷二五："天目山……有两峰，峰顶各一池，左右相对，故曰天目。"○梅仙：指宋孤山处士林逋。《诗话总龟》：林逋隐于武林之西湖，不娶无子，所居多植梅畜鹤，泛舟湖中，客至则放鹤致之，因谓妻梅子鹤云。○斑采：斑彩即斑衣戏彩，二十四孝故事之一，谓身穿彩衣，作婴儿戏耍以娱父母。《北堂书钞》引《孝子传》："老莱子年七十，父母尚在，因常服斑衣，为婴儿戏以娱父母。"《艺文类聚》引《列女传》："老莱子孝养二亲，行年七十，婴儿自娱，著五色采衣。尝取浆上堂，跌仆，因卧地为小儿啼，或弄乌鸟于亲侧。"后用为孝养父母之典。

岁杪登云和学署魁阁

冷署依虚阁，晨昏眼望花。问君岁且暮，托兴何未赊。总以萧间甚，而无屋宇遮。山寒看石骨，木脱认枯楂。玩赏空中色，追寻剥处华。却因风景冻，更觉生意奢。落日溪烟起，归巢鸟翅斜。诘朝期再上，笑且宿于蜗。

○云和：云和县，在浙江丽水西南部。《大清一统志·浙江处州府》："云和县，在府西南一百一十里。汉回浦县地，后汉章安县地，隋为括苍县地，唐为丽水县地，明景泰三年，析丽水之浮云、元和二乡置云和县，属处州府，本朝因之。"○魁阁：即魁星阁，在云和儒学明伦堂前。清同治《云和县志》："云和县儒学，在县治西黄溪北隅中，为先师庙。□以东西两庑，后为崇圣祠，前为大成门。门左为名宦祠，右为乡贤祠，外为泮池，为棂星门，为屏墙。左为德配天地坊，右为道冠古今坊。先师庙后，西为土地祠，西北为忠孝祠、崇圣祠，东为明伦堂，又东为教谕署，西为训导署。明伦堂直出为魁星阁，为儒学门，隔溪为尊经阁。"○按：此乾隆五十七年任云和教谕时作。

自魁阁后望云邑西南诸山

环邑山如堵，西南多好峰。苍然耸丫髻，森若削芙蓉。隔以谁家竹，加之几处松。人烟低缭绕，空翠杳蒙茏。杖策思康乐，临轩感嗣宗。独凭虚阁上，藉此一开胸。

○康乐：指谢灵运。《宋书·谢灵运传》："袭封康乐公，性奢豪，车服鲜丽，衣裳器物，多改旧制，世共宗之，咸称谢康乐也。"○嗣宗：指阮籍。《晋书·阮籍传》：阮籍，字嗣宗，陈留尉氏人也。籍容貌瑰杰，志气宏放，傲然独得，任性不羁，而喜怒不形于色。或闭户视书，累月不出；或登临山水，经日忘归。博览群籍，尤好《庄》《老》。嗜酒能啸，善弹琴。当其得意，忽忘形骸。时人多谓之痴，惟族兄文业每叹服之，以为胜己，由是咸共称异。

云和学署除夕寄儿子　二首

一岁匆忙夜，官贫累亦除。灯红高阁下，门闭晚钟初。小酌闲添果，移尊试检书。孤清还自在，儿女莫愁予。

老大吾堪叹，乡关岁也除。客通新未有，家累近何如？惯说贫非病，闲知虑已疏。年来胡戚戚，素位道终虚。

春初野望

兀坐清无赖，闲游揽物华。一冬霜未白，岁内特暖。小雨菜先花。野色依山转，村烟出树斜。春阴溪上望，谁与步幽遐。

即席口占呈沈寅长

食力嗟儒懦，青毡忆旧侪。星奔三釜粟，萍寄一萧斋。鸡肋曾何味，凫尊此暂偕。请看左右学，可大触蛮蜗。

○沈寅长：未详。或为沈德麟，号南汀，萧山人，拔贡生，嘉庆三年任云和儒学教谕。寅长，同寅丈，对同僚之尊称。○三釜粟：指微薄之俸禄。《庄子·寓言》："曾子再仕而心再化，曰：'吾及亲仕，三釜而心乐；后仕，三千钟而不洎，吾心悲。'"宋宋祁《古邑》："初抛三釜粟，来作一廛民。"宋程俱《戏呈虞君明察院谋》："环中何者为荣辱，千钟何如三釜粟。"○鸡肋：鸡肋骨。比喻无多大意味，但又不忍舍弃之事物。《三国志·魏志·武帝纪》裴松之注引晋司马彪《九州春秋》："时王欲还，出令曰'鸡肋'，官属不知所谓。主簿杨修便自严装，人惊问修：'何以知之？'修曰：'夫鸡肋，弃之如可惜，食之无所得，以比汉中，知王欲还也。'"○触蛮：即蛮触。《庄子·则阳》："有国于蜗之左角者，曰触氏；有国于蜗之右角者，曰蛮氏。时相与争地而战，伏尸数万，逐北，旬有五日而后反。"后以"蛮触"为典，常以喻指为小事而争斗者。唐白居易《禽虫》诗之七："蟭螟杀敌蚊巢上，蛮触交争蜗角中。"

哭周冠山

英才不易得，昔贤倒屣迎。嗟予灰已甚，此肠热未清。年来痛在疚，文墨废盱衡。抑然覯吾子，得之喜若惊。息心特善下，为器亦自闳。执经未遇岁，下笔无坚城。一往自挥霍，六籍赴铿鍧。愧我日穷贱，无能大子声。固谓持此玉，可为明盛鸣。苍苍彼炉炭，岂曰非精英。年华未贾傅，温克异正平。回也何不幸，竟先朝露倾。积金至巨万，破尽可复争。生子乃无匹，徒以伤人情。春晖慈母线，密密缝临行。秋风桂子市，摇摇穿双睛。岂意此战场，疲劣纷徂征。名驹未角胜，骏骨归榛荆。孤孀才新妇，白发送丹旌。哀哉念至此，有子云何名。何如蚩且蠢，但识牵牛耕。蚩蠢岂不死，顽大岂不生。尚无此头角，使人哀惊并。况为真道契，孤赏深雪诚。尼山不知恸，忍齐殇与彭。凛冽北风绪，怆怳严寒更。痛子不成寐，梦子何明明。惊气一谇子，秉烛泪纵横。

○周冠山：生平待考。据潘鼎《葛林园》《春月感怀》等诗可知，冠山与潘鼎相友善。鼎为曾镛之及门弟子，观此诗，度冠山亦或为镛之弟子，泰顺生员也。○贾傅：贾谊，西汉河南洛阳人，年十八，即以文才出名。年二十余，文帝召为博士，迁太中大夫。数上疏，言时弊，为大臣周勃、灌婴等所毁，贬为长沙王太傅，迁梁怀王太傅。以怀才不遇，年三十三岁即忧郁而死。世称贾太傅，又称贾长沙，亦称贾生。宋苏颂《钱起居挽辞》："朝许臧孙为有后，人嗟贾傅不遐年。"○正平：祢衡，东汉平原般人，字正平。少有才辩，性刚傲慢，唯喜孔融及杨修。融深爱其才，数称述于曹操。操欲见之，衡称病不往。操召为鼓史，大会宾客，欲辱衡，反为衡所辱。操怒，遣人送与刘表。表不能容，转送江夏太守黄祖，卒被杀。今存其借物抒怀之《鹦鹉赋》。○回也：颜回，字子渊，春秋末鲁国曲阜人。《史记·仲尼弟子列传》："颜回年二十九，发尽白，蚤死。孔子哭之恸，曰：'自吾有回，门人益亲。'鲁哀公问：'弟子孰为好学？'孔子对曰：'有颜回者好学，不迁怒，不贰过。不幸短命死矣，今也则亡，未闻好学者也。'"○春晖句：出自孟郊《游子吟》："慈母手中线，游子身上衣。临行密密缝，意恐迟迟归。谁言寸草心，报得三春晖。"○尼山：即尼丘，山名，在山东曲阜县东南，连泗水、邹县界。相传孔子父叔梁纥、母颜氏祷于此而生孔子。故孔子名丘，字仲尼。○忍齐句：典出《庄子·齐物论》："莫寿于殇子，而彭祖为夭。"彭殇，犹言寿夭。彭，彭祖，指高寿；殇，未成年而死。晋王羲之《兰亭集序》："固知一死生为虚诞，齐彭殇为妄作。"

春日饮箬溪郑翁酒后散步西畴

朝来天气佳，空庭鸣雀鹦。足音觉跫然，视之总角丱。殷勤似招饮，春蔬日已办。欣然从之行，宾朋颇习惯。且喜尽主欢，醉归日未晏。试自步溪头，消磨此醢豢。行行忽已远，芳郊敞清盼。适值山中翁，从容看锄铲。麦垄上春泥，菜畦落花瓣。暖风款款来，人蝶同懒慢。从知逍遥游，物我本无间。庄生曾不省，而托之梦幻。孰愈光天中，栩栩游于宦。有酒且醉之，陶情山与涧。

○箬溪：在浙江云和。《大清一统志·浙江处州府》："箬溪，在云和县西六十里。源出大杉源山。"○崔鶪：崔和鶪，均为小鸟。鶪雀，鶪之一种。也称斥鶪、尺鶪。弱小不能远飞，为麦收时候鸟。《禽经》："鶪雀啁啁，下齐众庶。"○总角丱：古代童稚束发为两结，状如角，也称总丱、角丱。《诗·齐风·甫田》："婉兮娈兮，总角丱兮。"郑玄注："总角，聚两髦也。丱，幼稚也。"○逍遥游：《庄子》篇名。篇中借用大鹏和小鸠、大椿和朝菌的比喻，说明任何事物都不能超越自己本性和客观环境，主张各任其性，放弃一切大小、荣辱、死生、寿夭的差别观念，便能逍遥自在，无往而不适。后用以指自由自在，无拘无束之游玩。○庄生：即庄周《庄子·齐物论》："昔者庄周梦为胡蝶，栩栩然胡蝶也，自喻适志与！不知周也。俄然觉，则蘧蘧然周也。不知周之梦为胡蝶与，胡蝶之梦为周与？周与胡蝶，则必有分矣。此之谓物化。"

寓吴山西爽阁夜月临眺

柴门寂寞和烟闭，山阁玲珑傍月开。青散城隅灯火落，白穿林角粉墙来。一枝栖处身如鸟，万井鼾时国是槐。喜有儿书徐动听，得凭高夜且徘徊。

○吴山：在浙江杭州。《大清一统志·浙江杭州府》："吴山，在府城内西南隅。旧名胥山，上有子胥祠，唐元和十年刺史卢元辅作《胥山铭》。"清乾隆《杭州府志》："《咸淳志》：吴人祠子胥于山上，故名。《读史方舆纪要》：图经云，春秋时为吴南界，故名吴山。或曰以子胥讹伍为吴也。《名胜志》：城南隅诸山蔓衍相属，总曰吴山，而异其名。"○西爽阁：旧在吴山火德庙内。火德庙，在吴山城隍庙右，南宋建。庙后有"巫山十二峰"，侧有准提阁。吴山之巅，有西爽阁。清陈文水《吴山西爽阁》："杰阁凭虚起，登临好是闲。凉秋半城树，残雨一湖山。道侣淡相对，诗人去不还。兹游太寂寞，觅径返柴关。"○国是槐：大槐安国。唐李公佐《南柯太守传》云：有淳于棼者，某日醉卧槐树下，梦入大槐安国，娶公主，出任南柯太守，荣贵无比。后公主死，梦被遣归，醒后方知，所游大槐安国，乃大槐树下之蚁穴。参见《太平广记》卷四百七十五《昆虫三·淳于棼》。后用此典故比喻梦幻境界之事，泛指梦。

送绍堂雷观察赴赣南并序

观察自台馆出守吴兴，一麾十年，依然儒者。乙卯春，以两膺保荐迁江右副使。观察素知镛，且铃下故吏，也自惟卑贱，未得倾尊赋别；而低徊旧遇，不可竟无一语。爰即旅邸，用成里言十四韵，庶几后之采风者，即此足以见观察之治湖。而吏民去思，且有灰槁似镛，亦眷眷如是云。

儒术无奇绩，苍生自倚之。十年闲似卧，三考治交推。鱼挂苞苴绝，蒲悬景物熙。豸冠存旧制，犀带晋华资。帝重监思寄，人惊使节移。徵黄行有日，借寇独何时。民爱如攀母，官慈亦恋儿。召棠遗惠荫，卫竹想光仪。况辱泥涂久，频尘国士知。服盐烦慨息，集蓼仗挟持。小草心徒结，春风怅欲辞。恩随章贡合，身惜雪苕离。短策难为赠，辂轩幸及追。青云供张满，翘首感羁雌。

○雷绍堂：雷轮，字绍堂，另字任远、美哉，四川井研人。乾隆三十四年进士，四十六年以给事中之差至台湾任巡视监察御史，五十三年任湖州知府，擢为江西按察副使。○吴兴：旧郡名，今湖州。《大清一统志·浙江湖州府》："禹贡扬州之域，防风氏之国。春秋属吴，后属越。战国属楚。秦为会稽及鄣二郡地。汉属会稽及丹阳郡。……宋曰湖州吴兴郡，属两浙路。景祐元年，升昭庆军节度。宝庆元年，改安吉州。元至元十三年，为湖州路，属江浙行省。明洪武初，属南直隶。十四年，改隶浙江布政使司。本朝因之，隶浙江省。"○铃下故吏：铃下，太守之敬称。明王志坚《表异录·职官》："唐称太守曰节下，又云铃下，又云第下。"曾镛曾任孝丰县儒学教谕，属湖州府治下，故有此称。○徽黄、借寇、召棠：见前《奉送邵太守移守杭州》诗注解。○卫竹：此处用以赞美雷轮君子胸怀，如绿竹一样虚心有节。《诗经·卫风·淇奥》："瞻彼淇奥，绿竹猗猗。有匪君子，如切如磋，如琢如磨。"服盐：即"骥服盐车"，让骏马驾盐车。比喻使用人才不当。《战国策·楚策六》："夫骥之齿至矣，服盐车而上太行，蹄申膝折，尾湛胕溃，漉汁洒地，白汗交流，中阪迁延，负辕不能上。"○雪苕：指雪溪、苕溪，二水皆在湖州。《大清一统志·浙江湖州府》："苕溪，在府城西南，自孝丰县南，北流经安吉县南，又东北经长兴县界，又东北至府城西南，下流入太湖。按苕溪二源，一曰东苕，出天目山之阳，东流经杭州府临安、余杭、钱塘县，又东北经湖州府德清县，为余不溪。北至湖州府城中，谓之雪溪。一曰西苕，出天目山之阴，东北流经孝丰县，又北经安吉县，又东经长兴县，至湖州府城中两溪合流，由小梅、大钱两湖口入于太湖。"又"雪溪，在府治南，即诸水所汇也。《寰宇记》：在乌程县东南一里，自浮玉山，曰苕溪。自铜岘山，曰前溪。自天目山，曰余不溪。自德清县前北流至州南兴国寺，曰雪溪。凡四水合为一溪，东北流四十里入太湖。"

代汪生钰寿其岳父母

昨夜德星光煜煜，瑞彻南天连北陆。丈人婺女相对辉，休徵知应德门福。德门之福问何如，请上莱阶为翁祝。人间盛事止常伦，所难岂谓朱丹毂。名教乐地即仙山，且漫浪夸昆仑屋。我翁雅望自髫年，藉甚南山叶茂叔。图书坐泛襄阳船，经笥欲填孝先腹。平生自谓仗一诚，双溪深处抱荆璞。孝友以外何奇行，曰任曰恤曰姻睦。固知积庆非偶然，妙有同心才且淑。即今萱馆笑含饴，问岁礼当同宿肉。寿色将齐德曜眉，勤家犹记少君鹿。得非天假百年缘，以之共诒君子谷。衔杯试看彩衣间，双凤翩翩出丹麓。絺緰左右晋霞觞，此乐岂羡太丘仆。小子况谬辱门楣，二老光仪知最熟。试为一拍一高歌，延龄那更需灵菊。等闲翔羽接青云，坐看紫鸾衔宝轴。冰桃雪藕再称觥，正须一饮酒百斛。翁不见南山松与竹，佳气葱茏千岁绿。

○德星：古以景星、岁星等为德星，认为国有道有福或有贤人出现，则德星现。《史记·孝武本纪》："望气王朔言：'候独见其星出如瓠，食顷复入焉。'有司言曰：'陛下建汉家封禅，天其报德星云。'"司马贞索隐："今按：此纪唯言德星，则德星，岁星也。岁星所在有福，故曰德星也。"○丈人婺女：丈人，星名。属井宿。《晋书·天文志上》："军市西南二星曰丈人。"婺女，星宿名，即女宿。又名须女，务女。二十八宿之一，玄武七宿之第三宿，有星四颗。按，汪钰其岳父为金华人，婺星下应金华，旧称婺州，故有丈人婺女之语。○昆仑屋：古代神话传说，昆仑山上有瑶池、阆苑、增城、悬圃等仙境。○叶茂叔：叶秀发，字茂叔，学者称南坡先生，金华人。师事吕祖谦、唐仲友。宋宁宗庆元二年进士，授福州长溪簿，历庆元府教授，知政和县、休宁县、扬子县。绍定元年，知高邮军，三年卒，年七十。○襄阳船：即米家船。米芾，字元章，号襄阳漫士、鹿门居士，常乘舟载书画游览江湖。宋黄庭坚《戏赠米元章》诗之一："沧江尽夜虹贯月，定是米家书画船。"任渊注："崇宁间，元章为江淮发运，揭牌于行舸之上曰'米家书画船'。"○孝先腹：指边韶。《后汉书·边韶传》："边韶字孝先，陈留浚仪人也。以文章知名，教授数百人。韶口辩，曾昼日假卧，弟子私嘲之曰：'边孝先，腹便便。懒读书，但欲眠。'韶潜闻之，应时对曰：'边为姓，孝为字。腹便便，《五经》笥。但欲眠，思经事。寐与周公通梦，静与孔子同意。师而可嘲，出何典记？'嘲者大惭。"○双溪：在浙江金华。《浙江通志》："双溪在金华县南，一曰东港，一曰南港。东港之源出东阳之大盆山，过义乌，合众流西行入县境，又合杭慈溪、白溪、东溪、西溪、坦溪、玉泉溪、赤松溪之水，经马铺岭石碕岩，下与南港会。南港之源出缙云之黄碧山，过永康武义入县境，又合松溪、梅溪之水，经屏山西北行，与东港会于城下，故曰双溪。"○荆璞：指楚人卞和自荆山所得之璞玉。喻具有美好资质之人才。晋卢谌《赠刘琨》诗"承休卞和，质非荆璞。"○德曜眉：举案齐眉之典。《后汉书·逸民传·梁鸿》："遂至吴，依大家皋伯通，居庑下，为人赁春。每归，妻为具食，不敢于鸿前仰视，举案齐眉。"后为贤妻之典范。○少君鹿：桓少君，汉鲍宣之妻。《后汉书·列女传·鲍宣妻》："'少君生富骄，习美饰，而吾实贫贱，不敢当礼。'妻曰：'大人以先生修德守约，故使贱妾侍执巾栉。即奉承君子，唯命是从。'宣笑曰：'能如是，是吾志也。'妻乃悉归侍御服饰，更着短布裳，与宣共挽鹿车归乡里。"后以少君挽鹿车喻夫妻同心安贫乐道之典。○太丘：指东汉陈寔之子陈纪、陈谌，俱以至德称。陈寔，字仲弓，曾任太丘长，故称陈太丘。《世说新语·德行》："陈太丘诣荀朗陵，贫俭无仆役，乃使元方将车，季方持杖后从。长文尚小，载著车中。"

岁暮自金华府学赴杭需次

风色如冰铁，兼天浪倒吹。长江凄已暮，孤棹更何之。凛凛峰头雪，飘飘发际丝。中流休坐对，得酒且倾卮。

○金华府：今浙江金华市。《大清一统志·浙江金华府》："在浙江省治西南四百五十里。禹贡扬州之域。春秋战国时越地。秦属会稽郡。汉为会稽郡乌伤县。后汉为会稽西郡都尉治，后置长山县。三国吴宝鼎元年，于长山县置东阳郡。晋及宋齐因之。梁末置缙州。陈改置金华郡。……宋亦曰婺州东阳郡。淳化元年，改曰保宁军节度，属两浙路。元至元十三年，改为婺州路，属浙江行省。至正二十八年，明太祖改宁越府，后又改曰金华府，属浙江布政使司。本朝因之。"

之江夜泊

一岁桐江上，栖栖五往还。何居风雪夜，犹卧水云间。顾影嗟蓬梗，论争笑触蛮。中宵闻爆竹，欹枕忆乡关。

○之江。即钱塘江，因钱塘江下游闻家堰至闸口一段江流之曲折如之字，故有此称。详见《钱江候潮》诗注。○桐江：富春江之上游，即钱塘江流经桐庐县境内一段。《大清一统志·浙江严州府》："浙江，一名新安江，自徽州府歙县东流经淳安建德二县南，又东北经桐庐县南入富阳县界。《元和郡县志》：浙江，在睦州南十里，又在桐庐县南一百四十步。《旧志》：江入淳安县，一名青溪。唐光化二年，淮南宣州将康儒攻睦州，食尽，自青溪遁归是也。东流入建德县界，又名歙港。至府城东南，东阳江合衢婺二港之水自南来会，折而北入桐庐县界。流九十里至桐君山下合桐溪，亦名桐江，又名睦江。东北入富阳县界，两岸高山，水深如黛。"唐陆龟蒙《钓车》诗："洛客见诗如有问，辗烟冲雨过桐江。"

大雪登紫阳山

枯梅压高阁，冻鹊啄檐隈。到岭人踪灭，当峰鹤氅来。青留湖影在，白抱海门回。割耳风逾烈，昂头日乍开。三千银世界，一色玉楼台。越水吴山上，此翁亦乐哉。

○紫阳山：旧名瑞石山，在杭州吴山东南，清平山北，山多奇岩、怪石、穴窦，南宋时划为禁山，元代山上建紫阳庵，始名紫阳山。民国《杭州府志》："瑞石山，在城中钱塘旧治南七里。《康熙钱塘志》：七宝山南俗称紫阳山，有紫阳庵，元徐洞阳建。"

复斋诗集卷二

冬日酬丹峰漫叟过访嘉禾学署

空庭忽听足音跫，行把图书一问踪。顾我孤栖如病鹤，多翁清咏到枯松。毡寒莫讶风情冷，俸薄羞夸酒兴浓。前去乡朋如见讯，梅花真个笑阿浓。承赠有"酒气胸中廿一史，广文官冷梅花笑"之句。

○嘉禾：旧时浙江嘉兴之别称。五代时，吴越钱氏置秀州。北宋政和七年，因三国吴时有嘉禾自生于境，遂赐名嘉禾郡。庆元元年，升为嘉兴府。

除夕自嘉禾学署对酒　二首

客夜难堪是岁除，况从冷宦此孤居。食贫到夏妻曾病，闻室人入夏以来病尚未瘥。归路经冬子没书。卅载浮名空自累，三更独酌意何如？放杯仰屋歌无赖，漫听呜呜系酒余。

一年一处连岁蹉跎漂泊无宁宇，壬子除夕在云和，癸丑适一归里，甲寅岁杪复自金华寓吴山西爽阁。看他除，今岁今宵又此居。短发已惊新雪在，永怀宁待冷灰书。独怜腊尽梅争觉，争奈生涯梗不如。堪笑明朝才正旦，宦囊曾缺百钱余。

丙辰正月十六大冰雪陪观察小岘先生游西湖南屏

雪游哪愁风似割，向来清兴不容遏。今朝呵冻出馆门，当门冰柱大于钵。一城冻就石粼粼，欲行先怕马蹄脱。闲过街前访同人，湖山兴颇为寒夺。匆匆打门何官差，云自嘉湖观察来。且蹜屟齿造铃阁，朱旗阒静重门开。披氅搴帷招我饮，曰须携子登琴台。三爵命备肩舆出，款款径向南屏限。南屏雪景景真绝，玲珑朱阁隐岩窟。碧松万叠蟠玉轮，红梅数点着寒铁。游人灭迹山鹊飞，飞过隔墙修竹折。我从观察上林隈，衣袂有声响琼屑。湖山濯澄一凭栏，相看浑身换仙骨。春风桃李秋桂花，红裙歌妓朱履客。一年喧哄西子湖，可胜此游赏冰雪。

○丙辰：清仁宗嘉庆元年（1796）。○小岘先生：秦瀛，字凌沧，一字小岘，号遂庵，江苏无锡人。清乾隆四十一年以举人召试山东行在，授内阁中书，充军机章京，洊迁郎中。五十八年，出为浙江温处道，有惠政。嘉庆三年，官浙江杭嘉湖道。嘉庆五年，擢浙江按察使。十年，迁浙江布政使，入觐，乞内用，授光禄寺卿，转太常寺卿。十二年，擢刑部右侍郎。以宗室敏学狱会拟轻纵，议褫职，诏原之，左迁光禄寺卿。历左副都御史、仓场侍郎。诏整顿仓场，虑瀛齿衰，以二品顶戴调左副都御史。寻授兵部侍郎，复调刑部。十五年，以病解任。道光元年，卒。瀛工文章，与姚鼐相推重，体亦相近云。以诗古文名当世，工行、楷，有董其昌意，兼善隶书。○南屏：南屏山，在杭州西湖南岸、玉皇山北，九曜山东。民国《杭州府志》："南屏山，在（钱塘）县西南三里，九曜分支也。怪石秀耸，高崖若屏障然。山高四十余丈，延袤可八里许，即九曜山分支。一名佛国山。"○朱履客：朱，通"珠"。《史记·春申君列传》："赵使欲夸楚，为玳瑁簪，刀剑室以珠玉饰之，请命春申君客。春申君客三千余人，其上客皆蹑珠履以见赵使，赵使大惭。"后因以称权贵之门客为"朱履客"。

丙辰春，汪方伯惠书枉聘，自以钝拙不通时务，因辞谢，同人或咎以迂，赋此示意

俭府争夸幕似莲，笑余何事独迁延。取人岂少乌公礼，解榻终惭孺子贤。亦有春风童冠意，且全秋水马牛天。诸君莫便疑迂甚，冷署无端拥雪眠。

○汪方伯：汪志伊，字莘农，号稼门，安徽桐城人。清乾隆三十六年举人，充四库馆校对。议叙，授山西灵石知县。调榆次，迁霍州直隶州知州。擢江苏镇江知府，调苏州，连擢苏松粮道、按察使。五十八年，迁甘肃布政使，调浙江。嘉庆元年，以杭州、乍浦驻防营养赡钱三月未放，被劾，议降二级调用，诏以志伊平日操守尚好，加恩授江西按察使。二年，迁福建布政使，未数月，就擢巡抚。六年，病，请解职。八年，起署副都御史、刑部侍郎，授江苏巡抚。十一年，擢工部尚书。未几，授湖广总督。十六年，调浙总督。○方伯：殷周时代一方诸侯之长，后泛称地方长官。汉以来之刺史，唐之采访使、观察使，明清之布政使均称"方伯"。○俭府：南朝齐王俭之府第。俭于高帝时为卫将军，领朝政，用才名之士为幕僚，后世遂以"俭府"为幕府之美称，谓其主客皆才俊。《南史·庾杲之传》："用杲之为卫将军长史。安陆侯萧缅与俭书曰：'盛府元僚，实难其选。庾景行汎渌水，依芙蓉，何其丽也。'时人以入俭府为莲花池，故缅书美之。"后因称幕府为"莲幕"。○乌公礼：聘请幕僚之礼。典出韩愈《送石处士序》："河阳军节度御史大夫乌公为节度之三月，求士于从事之贤者。有荐石先生者……于是撰书词，具马币，卜日以授使者，求先生之庐而请焉。"○孺子贤：东汉徐稺，字孺子，陈蕃为太守时，以礼请署功曹，既谒而退。《后汉书·徐稺传》："蕃在郡不接宾客，唯稺来特设一榻，去则悬之。"○秋水马牛：《庄子·秋水》："秋水时至，百川灌河，泾流之大；两涘渚崖之间，不辨牛马。于是焉，河伯欣然自喜，以天下之美为尽在己。顺流而东行，至于北海，东面而视，不见水端。于是焉，河伯始旋其面目，望洋向若而叹曰：'野语有之曰："闻道百，以为莫己若"者，我之谓也。且夫我尝闻少仲尼之闻，而轻伯夷之义者，始吾弗信。今我睹子之难穷也，吾非至于子之门，则殆矣。吾长见笑于大方之家。'"

怀广文沈义亭先生 　先生讳恒坦，嘉善人，尝任泰顺教谕

官冷情宜淡，先生独热肠。有时忘屣倒，不自觉眉扬。忆我年方冠，何才是所长。回思推士意，宁事说张王。

○广文：唐天宝九年设广文馆。设博士、助教等职，主持国学。明清时因称教官为"广文"，亦作"广文先生"。○沈义亭：沈恒坦，榜作桓垣，嘉善人。清乾隆十八年癸酉举人，三十四年任泰顺儒学教谕。○张王：指东汉张皓、王龚，两人均好才爱士。《后汉书》把张、王均归入列传第四十六。《后汉书·王龚传》："政崇温和，好才爱士，引进郡人黄宪、陈蕃等。宪虽不屈，蕃遂就吏。蕃性气高明，初到，龚不即召见之。乃留记谢病去。龚怒，使除其录。功曹袁阆请见，言曰：'闻之传曰：人臣不见察于君，不敢立于朝。蕃既以贤见引，不宜退以非礼。'龚改容谢曰：'是吾过也。'乃复厚遇待之。由是后进知名之士莫不归心焉。"

夏日偕小鹤秀才游烟雨楼　二首

偷闲拟一洗尘缨，游榼何因恰枉迎。放棹且欣天色早，下窗请试水风轻。酒徒到我堪嗔笑，游此，生特载嘉酿，谓予固善饮也。比饮不胜，哑然。才士逢君费品评。一片南湖人境内，相随行觉道心生。

宜烟宜雨也宜晴，意恰当楼趣总清。绿树玲珑朱阁静，新荷圆净碧波平。小窗高处披襟坐，暮色瞑时缓步行。到岸却怜余且去，此游他日莫为情。

○小鹤秀才：丁子复，号小鹤，嘉兴人。详见后文《徐敬斋国朝二十四家文钞序》注。○烟雨楼：在浙江嘉兴南湖，为吴越钱元璙所建，以景色迷蒙如在烟雨中而得名。楼原在湖滨，明嘉靖年间移建于湖中，历代均有修葺。《大清一统志·浙江嘉兴府》："烟雨楼，在秀水县滮湖州中，吴越钱元璙建，嗣后相继修葺。中为岑楼，楼前有台曰鳌矶，明守龚勉所作。后为放生池，明董其昌题曰鱼乐园。左有亭曰清晖，右有亭曰来凤。亭后为凝碧阁，四面临湖，浮青漾碧，晨烟暮雨，杳霭空濛。渔唱菱歌，与欸乃间发，为城南最胜之境。"

丁生诚之以其游南湖诗文示钱裴山同年，阅所酬诗，有湖楼今日适然耳，底寻孔颜非晋贤之句，戏成五古

达士处虚舟，吾辈泛酒舸。底事援孔颜，自文此游惰。借曰适然耳，所见遂云左。山梁悦孔性，岂尝类禅坐。惠谓子非鱼，庄谓子非我。笑问濠上游，此论究谁妥。

○钱裴山：钱楷，字裴山，浙江嘉兴人。清乾隆五十四年进士，选翰林院庶吉士，散馆改户部主事，充军机章京。嘉庆三年，典四川乡试，督广西学政，回京，仍直军机。迁礼部郎中，调刑部，甚被眷遇。历任太常寺少卿、光禄寺卿、河南布政使。嘉庆十四年，擢授广西巡抚，寻调湖北。十六年调补工部侍郎，寻授安徽巡抚。十七年，卒。○援孔颜：引用孔子与颜回。《魏书·肃宗纪》："来岁仲阳，节和气润，释奠孔颜，乃其时也。"○子非鱼：典出《庄子·秋水》：庄子与惠子游于濠梁之上。庄子曰："儵鱼出游从容，是鱼之乐也？"惠子曰："子非鱼，安知鱼之乐？"庄子曰："子非我，安知我不知鱼之乐？"惠子曰："我非子，固不知子矣；子固非鱼也，子之不知鱼之乐，全矣。"庄子曰："请循其本。子曰'汝安知鱼乐'云者，既已知吾知之而问我，我知之濠上也。"

旅夜闻鸟

惊风飘海鸟，黑夜入云间。群失追飞急，天高择木艰。回盘鸣欲下，倏忽折之还。安得幽栖宇，青山随白鹇。

○按：徐世昌《晚晴簃诗汇》录有此诗。

旅馆悼亡诗并序

丙辰十月，寓居杭之管米山，岁暮孤羁，欲归无计。正自屏营歧路，有同邑人，为公役赴杭，过予，容若恻然。问识吾家安否，则九月间，病妻陈孺人已奄逝。客中四顾门巷无哭处，向风引领，思孺人与予为夫妇，亦三十年矣。孺人长于予五岁，予年十七，孺人归于予。予寻补弟子员，窃自闻鸡惊起，以为男儿生不成名，雌伏一室，百年同尽，与深山同穴鸟鼠类，一旦相藉朽腐何以异？辄慨然踯躅去，孺人亦怡然锥发处。始游于郡之中山，凡二年。既游之省之敷文，凡七年。比壮北上留京邸，且教且学，又七年。中间尝自读书于江中孤屿，又二年。加以泰邑僻处万山，往来跋涉，忽忽二十余岁，在家日少。孺人操作供妇职，逮事先大父母、先君子、先继慈，颇得欢心。不幸先继慈即世，予两妹尚幼，依孺人长，皆孺人手为结褵，盖雍容井臼间，日月以几，则亦唯愿成夫子志。至乙巳，始博一氈，迎先君子养于署，孺人从焉，相与就养左右。苜蓿阑干，安心茹苦，前后几五年，则此生与孺人相处最久日也。庚戌二月，丁先君子艰，痛念不孝自幼失恃，先君子朝课诸膝，暮枕之胁，既又不惜破尽中人产，使就师友。一科不及睹，又以三釜之粟牵帅，老亲终于冷署，哀恸昏愦，署中棺敛诸费，一空所有不及省。孺人视不孝将不胜丧，窃吞声收泪，隐痛慰勉，寻得一二知我者，力相推挽，与孺人匍匐扶榇归，迢迢千七百里，鸣咽相随。比居忧苫块，骨肉多故，家难未堪，此又迩年来忧患与同，所不忍回首者也，既成先兆。念孺人邑庠陈讳贤言、逸亭先生女也，母王孺人，屡举男子，皆不育，惟孺人独存，性复婉娩端厚，爱怜独甚。先生视予幼慧，遂以文字器业许，故以孺人字。既愧负当时，孺人以两老人柩且久停，壬子，因与孺人一幼弟，亲营窆岁，聊终孺人为女事。是冬，予以服阕署云和学博，云和去泰尚迩，逾年归泰，视孺人帷大布裙，袭木棉袄，容止安和，方谓儿若女曰：'吾虽偃蹇，视汝母，宜有老福也！'相处四五月，为贫乏不能自存，断蓬飘梗，辄复迄无宁宇。去夏邑荒歉，闻富室二釜且不给，儿子璜，又常从予学于外，糟糠黾勉，至此难言，而孺人自此病矣。孺人以秋闱伊迩，恐儿念母驰归，亲近子弟来赴试，乃强起寄语，嘱儿但从父力学，吾无恙，吾家亦自能屏当，望儿得意从父归也。闱既彻，儿子请归省，知孺人病固数月，儿归渐差。今年望儿仍来学，儿以孺人体尚羸，请留侍。予意孺人年始衰，多病自不免，在儿子自宜尔也，孰谓孺人已弃予去也。顷予从嘉禾旋杭，自顾生平愦愦至此，已决计归与孺人事农圃，辄因桑梓耆旧令长，谬以孝廉方正相察举，先达如秦观察，且深心推毂。始亦尚知愧谢，既思予方为贫求仕，何反矫情？槁木死灰，乃复匪然义然，萌动平昔慷慨，意又留此。吁！何不知返之甚也。人生亦唯此家人妇子为切近实事，以予性故刚急，孺人特顺而正，予每端居寂处，孺人类屏息加敬，一庭上下，予终年可无厉声色，不可谓无门内乐。予向顾置不念，自今归来，使儿女仰视堂前，星星短发，情景何如？捐弃勿复道，孺人已矣，而予且皇皇然，天地四方，不知又将何往也，悲乎！月之三日，夜分独坐，寓斋空阶阒寂，有声凄然泣户庭，坐听久之，曾不为怪。次早，遽得凶问，岂死者固有知也。念我耶？抑悲我耶？追维梗概，不哭且歌，名曰悼亡，实自悼耳。

一庭聚顺几何日，六七年来不可思。斑采痛深无我分，麻衣忍又付君儿。归与合共抱孙老，耕也将谁委畚随。半世未干游子泪，争堪更洒悼亡诗。

晨羞甘旨夕燂潘，我有慈亲汝尽欢。博得一毡同色养，不堪千里更悲酸。孤帷夜半风兼雨，冷署天涯枕傍棺。为想吞声相慰日，此生憾岂胜摧肝。

西风只雁叫霜天，山馆灯青客未眠。千里孤哀无路吁，时尚未接子璜书。九泉幽咽仗谁传。岂因落魄还如梦，固有游魂远见怜。寂寞三更一惊听，不知已了此生缘。

忆昔衾裯少便分，盛年宁禁怨回文。丈夫似我真孤劲，儿女如君亦罕闻。堪叹史云官后甑，依然德曜嫁时裙。念谁垂暮还驱我，不及凭棺一抚君。

奇才的的听谁夸，也使生平望转赊。竟岁不知杨柳色，悲秋忽到蕙兰华。闻猿人岂堪东野，抚剑名空怅莫邪。一十三场闲被放，二毛归去可无家。

宦游近幸接乡邻，癸丑还家秋复春。老去性情怜更懦，穷居妻女觉弥亲。旧年闰是黄杨厄，长夏愁知白发新。我出北门君不谪，忍教贫病遂倾身。

也知此梦总须醒，逝者如川太不停。曾自入山营夜室，为君蒙垢厝先灵。落杨怕见萧萧白，孤竹愁看冉冉青。何处峰头更相送，一行粉字半竿铭。

回头处处可销声，卅载同心几事成。到此且忘生有偶，而何更管死无名。寒花应悔残犹傲，孤鸟空怜晚自鸣。羁绪鳏鳏千里月，牛衣今夜若为情。

儿女呜呜奈若何，黄昏营奠几人过。小姑都是身亲嫁，诸母谁应泪更多。半死枯梧浑不识，满天红叶莫哀歌。王维生本孤居性，从此茶铛合自摩。

〇丙辰十月：清嘉庆元年（1796）十月。〇管米山：在杭州，又名浅山。民国《杭州府志》："浅山，在漾沙坑，今杨府前对山，峨眉山东，俗呼管米山，其支为宝山。按，宋粮料院在漾沙坑，故浅山俗有管米之称。"清代时，藩司衙门在管米山东侧之粮道山山脚。〇弟子员：明清时期对县学生员之称谓。〇居忧苫块：居忧，指居父母之丧。苫块，草席和土块。古礼，居父母之丧，孝子以草荐为席，土块为枕。〇秋闱：指秋试，即乡试。明清两代每三年一次在各省省城举行乡试，中式者称举人。元黄溍《试院同诸公为主试官作》诗："右辖升庸日，秋闱献艺初。"〇耆旧令长：耆旧，年高望重者。令长，秦汉时治万户以上县者为令，不足万户者为长。后因以"令长"泛指县令。〇孝廉方正：清代特诏举行的制科之一。自雍正时起，新帝嗣位，诏直省府、州、县、卫各举"孝廉方正"，赐六品章服，备召用。乾隆以后，定荐举后送吏部考察，授以知县等官及教职。〇捐弃勿复道：抛弃了就不要再说了。《古诗十九首·行行重行行》："捐弃勿复道，努力加餐饭。"〇怨回文：十六国时前秦窦滔久戍不归，其妻苏蕙思念心切，织锦为《回文旋图诗》以赠。凡八百四十字，纵横反复皆成章句，词甚哀婉。见《晋书·列女传·窦滔妻苏氏》。后用以指抒发别情、怀念远人的诗作。南朝梁江淹《别赋》："织锦曲兮泣已尽，回文诗兮影独伤。"〇史云：东汉范冉，字史云。此处用范瞻之典。《后汉书·范冉传》："遭党人禁锢，遂推鹿车，载妻子，捃拾自资，或寓息客庐，或依栖树荫。如此十余年，乃结草庐而居焉。所止单陋，有时粮粒尽，穷居自苦，言貌无改，闾里歌之曰：'甑中生尘范史云，釜中生鱼范莱芜。'"〇竟岁不知杨柳色：引用"忽见陌头杨柳色，悔教夫婿觅封侯"之意。〇闻猿人岂堪东野：唐孟郊字东野，湖州武康（今浙江德清县）人，其诗往往苦思力锤，入深履险，甚至含着涩味，故有"诗囚"之称。其五言古风《峡哀》诗云："昔多相与笑，今谁相与哀。峡哭幽魂，嗷嗷风吹来……峡听哀哭泉，峡吊鳏寡猿。峡声非人声，剑水相劈翻……"诗长不录。清黄仲则《送邵元直南旋》诗："只宜东野闻猿惯，谁笑欧阳赋燕痴。"此处以孟郊诗中鳏寡之猿自喻。〇莫邪：见前诗《京邸感遇》注。〇旧年闰是黄杨厄：黄杨厄闰，旧时传说，黄杨木难长，遇到闰年，非但不长，反而会缩短。比喻境遇困难。苏轼《监洞霄宫俞康直郎中所居四咏》：

"园中草木春无数，只有黄杨厄闰年。"○王维：唐河东人，祖籍太原祁县，字摩诘。玄宗开元进士擢第。历右拾遗、监察御史，又曾为河西节度判官。天宝时，拜吏部郎中、给事中。安禄山陷长安，被俘获，押解洛阳，迫受伪职，曾赋诗明志。乱平，责授太子中允。肃宗乾元中迁尚书右丞，故世称王右丞。以诗名盛于开元、天宝间，尤长五言，多咏山水田园，与孟浩然并称王孟。书画特臻其妙，后人推其为南宗山水画之祖。与弟缙俱奉佛，居常蔬食，晚年长斋，不衣文彩。得宋之问蓝田别墅，沿辋水，弹琴赋诗，啸咏终日，所为诗号《辋川集》。妻亡不复娶，三十年孤居一室，屏绝尘累。有《王右丞集》《画学秘诀》。○茶铛：煎茶之釜。《旧唐书·王维传》："斋中无所有，唯茶铛、药臼、经案、绳床而已。退朝之后，焚香独坐，以禅诵为事。"

丙辰十月二十七日纪异

小春天气最可喜，今年太觉春无比。小雪已过大雪来，昨晚冻蛟犹作市。朝来拨雾看天色，四面蔚蓝颇似纸。腾云何处来蓬蓬，白昼晦明不容拟。乾坤拂郁阴阳争，三冬轰轰春雷起。风驰雨骤电挥鞭，一闪一闪樯杗里。深山大泽骇龙蛇，黑夜儿童还掩耳。歘歘发声收声自有时，雷公岂慢扰天纪。敬天之怒毋戏渝，此言敢告百君子。

○小春：指夏历十月。宋陈元靓《岁时广记》卷三七引《初学记》："冬月之阳，万物归之。以其温暖如春，故谓之小春，亦云小阳春。"宋欧阳修《渔家傲》词："十月小春梅蕊绽，红炉画阁新装遍。"

雷电后一夕雪自遣 时寓杭城管米山

昨日风景何大奇，元冥奋击丰隆椎。今日风景谁能断，阿香车过六出散。可知物极无不反，上帝何曾真板板。君子尚消息盈虚，昨日今朝好着眼。朔风动地打房帏。天涯懔懔客未归，长卿裘贳酒无力。黄昏独自掩双扉，请君莫作梁山操。雪未一丈且慢扫，试拼十日卧不起，几见袁安僵得死。

○元冥：即玄冥，水神名。《山海经·海外北经》："北方禺彊。"晋郭璞注："字元冥，水神也。"○丰隆：亦作"丰霳"，雷神名。后多作雷之代称。《楚辞·离骚》："吾令丰隆乘云兮，求宓妃之所在。"○阿香车：雷神之车。亦借指雷声。唐王涣《悼亡》诗："为怯暗藏秦女扇，怕惊愁度阿香车。"○六出：花分瓣叫出，雪花六瓣，因以为雪之别名。○上帝：天帝。古时指天上主宰一切之神。《易·豫》："先王以作乐崇德，殷荐之上帝，以配祖考。"○板板：乘庆，反常。《诗·大雅·板》："上帝板板，下民卒瘅。"毛传："板板，反也。"○长卿裘贳：即司马相如当鹔鹴裘换酒之典。○梁山操：古琴曲名。抒写思念父母之情。旧题汉蔡邕《琴操·梁山操》："《梁山操》者，曾子之所作也……尝耕泰山之下，遭天霖泽，雨雪寒冻，旬月不得归，思其父母，乃作忧思之歌。"后亦称《梁山吟》。○袁安：字邵公，东汉汝南汝阳人。举孝廉，任阴平县长、任城县令。汉明帝时，任楚郡太守、河南尹，政号严明，断狱公平。在职十余年，京师肃然，名重朝廷。后历任太仆、司空、司徒。《后汉书·袁安传》："洛阳令身出案行，见人家皆除雪出，有乞食者。至袁安门，无有行路。谓安已死，令人除雪入户，见安僵卧。问：'何以不出？'安曰：'大雪，人皆饿，不宜干人'。令以为贤，举为孝廉。"后以"袁安困雪"这一典故喻指高士生活清贫但有操守。

鹭

双双清影伫寒烟，缆过滩头足又拳。日暮得谁闲似汝，看人下水互推船。

稼门方伯去浙赴豫章舟上富春得句见示

山青云白水涟漪，红斾中流自在时。数字新衔随渐转，片帆他日系人思。帝钦时杲迁非左，公去维藩代是谁。回首龙眠归未得，推篷闲且一裁诗。公作有"问君可似小龙山"之句，故云。

○稼门：即汪志伊。见前《丙辰春汪方伯惠书枉聘自以钝拙不通时务因辞谢同人或咎以迂赋此示意》注。○豫章：即今江西南昌。《大清一统志·江西南昌府》："汉高帝六年，分置豫章，郡治为南昌县。后汉至晋初因之。……元至元十四年，置总管府。十五年，改府为隆兴路。二十一年，又改为龙兴路。明初为洪都府，寻改南昌府，属江西布政司使。本朝因之，为江西省治，领州一县七。"○富春：古县名，今浙江富阳。《大清一统志·浙江杭州府》："富阳县，在府西南九十里。秦置富春县，属会稽郡，汉因之。……宋太平兴国三年，仍曰富阳。建炎中，属临安府。元属杭州路。明属杭州府。本朝因之。"○龙眠：山名，在安徽桐城。《大清一统志·安徽安庆府》："龙眠山，《方舆胜览》：在桐城县西北。《王象之舆地纪胜》：在县西北三十里，与舒城、六安接界，以中有二龙井，故名。《县志》：在县北五里，与华崖对峙，多峭壁，俯清流，若清布潭、碾玉硖诸处尤胜。宋李公麟为泗州参军，归老于此，号龙眠居士，自绘龙眠山庄图，苏轼为之跋。《旧志》：有东西两龙，眠在县北五里，与华崖并峙，盖东龙眠之故也。"汪为桐城人，此处借指汪之故乡。

严子陵钓台

光武大度符高祖，何人不利于王宾。南阳杖策追恐后，当时岂惟君择臣。

公孙漫立旧交位，马援不乐隍卫陈。不足久稽天下士，盖由子阳真偶人。先生光武故人也，得来齐国忽富春。借曰子陵真小朕，此足已加天子身。可知彼此两恢廓，论道故旧谊既亲。君不见邺侯亦奇绝，白衣终被绯衣新。咄咄先生何不屈，披裘卒向沧江滨。人识先生尚其事，我谓先生知几神。请看当年征至者，入见辄遭博士瞋。英主中兴求处士，廷臣特慎举逸民。先生鸿飞故难弋，睹此龙性更难驯。功名已让邓马辈，往来肯逐周王伦。可笑汉廷谁太史，还将谲讽托星辰。

〇严子陵钓台：在浙江桐庐县城南，富春山麓，因东汉严子陵隐居于此得名。民国《杭州府志·古迹·富阳县》："严子陵钓处，一在县西南桐洲，一在县东赤亭山。……康熙十二年知县牛奂重修观山记云，山旧有石碑，镌钓台真迹四字，岁久沦没，樵采者多不能迹之。道光间，知县陆玉书乃于观山之麓，濒江伐石，竖一碑曰严子陵先生垂钓处。碑扑，知县汪文炳重建碑龛。"严子陵，名光，本姓庄，后人避汉明帝刘庄讳改其姓严，会稽余姚人，东汉初年隐士。〇光武：东汉光武帝刘秀。《后汉书·光武帝纪第一》："性勤于稼穑，而兄伯升好侠养士，常非笑光武事田业，比之高祖兄仲。"〇高祖：汉高祖刘邦。〇南阳：今河南南阳市。《大清一统志·河南南阳府》："秦始置南阳郡，汉因之，郡治宛。三国魏，置荆州。晋为南阳国。……五代宋皆因之。金末，始于南阳县置申州与邓州，俱属南京路。元至元八年，升为南阳府，属河南江北行省。明属河南布政使司，本朝因之，属河南省，领州二县十一。"刘秀为南阳人，最初在南阳郡起兵。〇君择臣：《后汉书·马援传》："援顿首辞谢，因曰：'当今之世，非独君择臣也，臣亦择君矣。臣与公孙述同县，少相善。臣前至蜀，述陛戟而后进臣。臣今远来，陛下何知非刺客奸人，而简易若是？'帝复笑曰：'卿非刺客，顾说客耳。'援曰：'天下反覆，盗名字者不可胜数。今见陛下，恢廓大度，同符高祖，乃知帝王自有真也。'帝甚壮之。"〇公孙：公孙述，字子阳，扶风茂陵人。初以父官荫为郎，补任清水县长。王莽篡汉，公孙述受任为导江卒正。王莽末年，自称辅汉将军兼领益州牧。建武元年，称帝于蜀，国号成，年号龙兴。建武十一年，汉廷乃派兵征讨，被公孙述所拒。次年，大司马吴汉举兵来伐，公孙述中枪伤重而亡，遂破成都，尽诛公孙氏。详见《后汉书·公孙述列传》。〇马援：字文渊，扶风茂陵人。旧为陇右军阀隗嚣之部将，后归顺光武帝刘秀。《后汉书·马援传》："援乃上疏曰：'臣援自念归身圣朝，奉事陛下，本无公辅一言之荐，左右为容之助。臣不自陈，陛下何因闻之。夫居前不能令人轻，居后不能令人轩，与人怨不能为人患，臣所耻也。故敢触冒罪忌，昧死陈诚。'"〇子阳：即公孙述。〇此足已加天子身：《后汉书·严光传》："因共偃卧，光以足加帝腹上。明日，太史奏客星犯御坐甚急。帝笑曰：'朕故人严子陵共卧耳。'"〇邺侯：李泌，唐辽东襄平人，字长源。魏柱国李弼六世孙，徙居京兆。少聪颖，及长，博涉经史，善属文，尤工诗。常游嵩、华、终南山，慕神仙不死术。天宝间待诏翰林，供奉东宫，太子厚之，为杨国忠所疾。肃宗即位，入议国事，出陪舆辇，悉与谋议，为李辅国所疾，去隐衡山。代宗立，出为楚州、杭州刺史。德宗时，拜中书侍中、同平章事。出入中禁，事四君，为权幸所疾，常以智免。有说直之风，好谈神仙诡道。封邺侯，卒赠太子太傅。有文集二十卷。《新唐书·李泌传》："肃宗即位灵武，物色求访，会泌亦自至。已谒见，陈天下所以成败事，帝悦，欲授以官，固辞，愿以客从。入议国事，出陪舆辇，众指曰：'著黄者圣人，著白者山人。'帝闻，因赐金紫，拜元帅广平王行军司马。"〇博士瞋句：指周党、王良、王成等人被征召后遭博士范升上奏斥责。

事见《后汉书·周党传》："博士范升奏毁党曰：'……伏见太原周党、东海王良、山阳王成等，蒙受厚恩，使者三聘，乃肯就车。及陛见帝廷，党不以礼屈，伏而不谒，偃蹇骄悍，同时俱逝。党等文不能演义，武不能死君，钓采华名，庶几三公之位。臣愿与坐云台之下，考试图国之道。不如臣言，伏虚妄之罪。而敢私窃虚名，夸上求高，皆大不敬。'"○邓马辈：指邓禹、马成等中兴二十八将，汉明帝刘庄曾命人画像于悬于南宫云台。○周王伦：周党、王良这一类人物。见《后汉书·周党传》。

登滕王阁

少慕滕王阁，今临帝子洲。举头天共水，一色尚如秋。往序争书壁，阁上下皆大书子安序文。斯才固罕俦。笑非风送我，老大亦来游。

○滕王阁：在江西南昌，李元婴所建，后元婴封滕王，故名。《大清一统志·江西南昌府》："滕王阁，旧在新建县西章江门上，西临大江，唐显庆四年，滕王元婴都督洪州时建。后都督以九日宴僚属于阁上，王勃省父过南昌，与宴为序。后又有王绪为赋，王仲舒为记，韩愈所谓读三王所为序赋记，壮其文词者也。宋元时俱重修，明太祖幸南昌，尝宴祠臣阁上。后额废，景泰中，重搆在章江门外，额曰西江第一楼。成化间葺治，复曰滕王阁，后再毁。本朝康熙中凡三建阁，左有亭，以奉御书滕王阁序。"○帝子：皇帝之子，指唐高祖李渊之子滕王李元婴。唐王勃《滕王阁》诗："阁中帝子今何在，槛外长江空自流。"○子安：王勃，字子安，唐绛州龙门人。六岁能属文，九岁作《指瑕》，摘颜师古注《汉书》之失。高宗麟德初，对策高第，任虢州参军。恃才傲物，为同僚所嫉。犯罪当诛，遇赦革职，其父亦因之贬交趾令。上元二年赴交趾省父，因渡海堕水而卒。有诗名，与杨炯、卢照邻、骆宾王合称初唐四杰。

过东湖

不信从尘网，中城乃有湖。春波漾曲巷，秀色漫洪都。乍觉心如洗，浑忘径已迁。花洲在人境，疑是小蓬壶。

○东湖：在江西南昌。湖中有三岛，俗称百花洲，洲有水木清华馆、中山亭、百花洲亭、苏圃等名迹，历史上东湖书院、南昌行营都曾设于此。《大清一统志·江西南昌府》："东湖，在府城东南隅。《水经注》：东大湖十里二百二十六步，北与城齐，南缘回折至南塘，水通大江，增减与江水同。汉永元中，太守张躬筑塘以通南路，兼遏此水。冬夏不增减，水至清深，鱼甚肥美，每于夏月，江水溢塘而过，居民多被水害。至宋景平元年，太守蔡廓西起堤，开塘为水门，水盛则闭之，内多则泄之，自是居民少患矣。"○洪都：南昌之别称。见《稼门方伯去浙赴豫章舟上富春得句见示》诗豫章条注。王勃《滕王阁序》："豫章故郡，洪都新府。"○花洲：即东湖百花洲。○蓬壶：即蓬莱。传说海中之仙山。晋王嘉《拾遗记·高辛》："三壶则海中三山也。一曰方壶，则方丈也；二曰蓬壶，则蓬莱也；三曰瀛壶，则瀛洲也。形如壶器。"

步月

露下生徒散，空斋欲二更。把杯愁独酌，对月漫同行。树影沿阶静，兰香入夜清。特怜双病鹤，顾我忽长鸣。

病鹤并序　二首

豫章臬署，有二鹤，羽毛凋散，翼折喙蔫，未知谁始畜此。每从厨下啄食，庖丁以主人平反庶狱，无遑玩及，便时加鞭逐，予顾而怜之，得呵禁焉。鹤踟蹰斋前，类鸣而向我，时或轩舞，若感斯人独珍惜已也，因为诗以赠。

尔翮从谁铩，双双雪影欹。在阴何好爵，垂翼共明彝。况值烧琴辈，时婴断胫危。鸡群姑混迹，鹜食莫疗饥。

强君供近玩，瘦骨忍加戕。惆怅当宵露，氍氇对夕凉。凤兮良可叹，麟也得无伤。向我知鸣舞，为君倍断肠。

○豫章臬署：江西按察使衙门。○烧琴辈：拿琴当柴烧之人。比喻糟塌美好事物之人。宋胡仔《苕溪渔隐丛话前集·西崑体》："《西清诗话》云：'《义山杂纂》，品目数十，盖以文滑稽者。其一曰杀风景，谓清泉濯足，花上晒裈，背山起楼，烧琴煮鹤，对花啜茶，松下喝道。'"○叹凤：典出《论语·子罕》：子曰："凤鸟不至，河不出图，吾已矣夫！"唐李隆基《经邹鲁祭孔子而叹之》："叹凤嗟身否，伤麟怨道穷。"○伤麟：典出《孔子家语·辨物》："叔孙氏之车士曰子鉏商，采薪于大野，获麟焉。折其前左足，载以归。叔孙以为不祥，弃之郭外。使人告孔子曰：'有麋而角者何也！'孔子往观之，曰：'麟也。胡为来哉！胡为来哉！'反袂试面，涕泣沾襟。叔孙闻之，然后取之。子贡问曰：'夫子何泣尔？'孔子曰：'麟之至为明王也，出非其时而见害，吾是以伤哉。'"

游东湖有感

浪说章江景，何曾出此湖。微茫烟共水，点缀柳兼蒲。宁事装洲岛，自然入画图。螺墩新土木，秀色得如无。时南昌令新营螺墩，寻坐此失官。

○章江：又称章水，即赣江、赣水。《大清一统志·江西南昌府》："章江，在府城西，章江门外，阔十里，一名赣水，即古湖汉水也。自临江府清江县流入丰城县界，经县西又北经南昌县界，又北经新建县界，又北注鄱阳湖，入南康府星子县界。……《省志》：赣江自清江北流经丰城西，为剑江。绕而北，触矶头山。绕而东行，至县东北数里，复折而北，名为曲江，形如半月，中分三潭，亦名金花潭。又北丰水注之，又北受零韶水，过龙雾洲，入南昌、新建二县界。杭溪水合瑞州水东流入之，潴为象牙潭。北流经府城西，为章江。又北受修江诸水，汇于彭蠡。《府志》：章江流至城之南浦，别为支流，沿城南陬而复合，中裂三洲，民居其上，为石桥以济。下流绕城西北，入西鄱湖，俗名西河。"○螺墩：在南昌。清陈沣《高阳台》词序："元日独游丰湖，湖边有张氏园林，叩门若无人者，遂过黄塘寺，啜茗而返。忆去年此日，游南昌螺墩，不知明年此日，又在何处也？"

登南昌进贤门外古塔

洪州城外何年塔，一上危梯眼一醒。南浦烟波章贡合，西山峰岭鹤梅清。征帆猎猎滕王阁，芳草萋萋孺子亭。浩荡江天无限思，凭高独立听风铃。

○进贤门：旧时南昌城南门，又称抚州门。《大清一统志·江西南昌府》："绳金塔寺在南昌县进贤门外，唐天祐中建，内有绳金宝塔。"○章贡：章水和贡水。章、贡二水于赣县交汇，始称赣江。《大清一统志·江西南安府》："章江，在府城南门外，源出聂都山，东流过府东，又东经南康县，南折东北入赣县界，即古赣水，亦即豫章水，亦名南江，又名横江、横浦。"《大清一统志·江西赣州府》："贡水，在赣县东。源出福建汀州界，西流径瑞金、会昌、雩都三县，又西入赣县界，与章水合，一名东江，又名会昌江，即古湖汉水也。"宋苏轼《郁孤台》诗："日丽崆峒晓，风酣章贡秋。"○鹤梅：鹤岭和梅岭。均在江西南昌西山。《大清一统志·江西南昌府》："西山……冈西有鹤岭，云王子乔跨鹤所经过。"北周庾信《奉和阐弘二教应诏》："鱼山将鹤岭，清梵两边来。"倪璠注："《豫章记》曰：'洪井有鸾冈，鸾冈西有鹤岭，王子乔控鹤所经。'"又"梅岭，在新建县西三十里西山，汉元鼎五年，楼船将军杨朴请击东越，屯豫章梅岭以待命，即此。上有梅仙坛，俗传梅福学仙处，其南有葛仙峰，下有川曰葛仙源，北有桃花岭，又西有缑岭，皆在西山。"○孺子亭：在南昌西湖之中，乃汉高士徐稚隐钓之所，南唐时建有高士台。明初立为高士祠。嘉靖年间，徐樟建亭于祠北，以祀其先人徐孺子。今亭为20世纪80年代重建。清陈弘绪《江城名迹记》："徐高士祠，在东湖南小洲上，即旧孺子台也，一云孺子亭。"又，《大清一统志·江西南昌府》："徐稚墓在南昌县南。《水经注》：赣水历白社西，有徐孺子墓。吴嘉禾中，太守徐熙于墓隧种松，太守谢景于墓侧立碑。永安中，太守夏候嵩于碑傍立思贤亭，至今谓之聘君亭。"

再游东湖

章门三月客，三至百花洲。柳看和烟重，亭疑得涨浮。小堤收雨足，远黛压湖头。来朝遇新霁，拟上物华楼。

○章门：即章江门，又名古昌门，南昌古城门之一。此指南昌。○物华楼：清陈弘绪《江城名迹记》："物华楼，在府城南洗马池，宋治平间知洪州程师孟建。"宋王安石《寄题程公辟物华楼》："吴楚东南最上游，江山多在物华楼。"

春夜不寐即日

喔喔荒鸡动，梦梦旅魂惊。耿耿不能寐，揽衣出前楹。低头形偶影，举头星夺睛。顽狼何煜爃，有弧射不倾。河鼓亦东揭，有桴不闻声。太微中天烂，列宿如屯营。将相左右是，三公接九卿。三台天之阶，两两岂不平。耿彼少微影，垣外缀微明。胡不黄且润，附丽轩屏行。区区乃自照，而安处士名。人生炳奇烈，天象以之成。傅岩如老死，商美专阿衡。谁云箕尾上，千古光荣荣。

○顽狼：即天狼星。天空中非常明亮之恒星，属于大犬座。古以为主侵掠。《楚辞·九歌·东君》："青云衣兮白霓裳，举长矢兮射天狼。"王逸注："天狼，星名，以喻贪残。"《史记·天官书》："参为白虎。……其东有大星曰狼。狼角变色，多盗贼。"《晋书·天文志》："狼一星，在东井东南。狼为野将，主侵掠。"○河鼓：亦作"河鼔"，星名。属牛宿，在牵牛之北。一说即牵牛。《史记·天官书》："牵牛为牺牲。其北河鼓，河鼓大星，上将；左右，左右将。"司马贞索隐引孙炎曰："河鼓之旗十二星，在牵牛北。或名河鼓为牵牛也。"○太微：亦作"大微"。古代星官名。三垣之一。位于北斗之南，轸、翼之北，大角之西，轩辕之东。诸星以五帝座为中心，作屏藩状。《楚辞·远游》："召丰隆使先导兮，问大微之所居。"王逸注："博访天庭在何处也。大，一作太。"《史记·天官书》："衡，太微，三光之廷。匡卫十二星，藩臣：西，将；东，相；南四星，执法；中，端门；门左右，掖门。"古以为天庭。清赵翼《美人风筝》诗之二："步虚仙子脱尘鞿，身驾春风上太微。"○三台：星名。《晋书·天文志上》："三台六星，两两而居……在人曰三公，在天曰三台，主开德宣符也。西近文昌二星曰上台，为司命，主寿。次二星曰中台，为司中，主宗室。东二星曰下台，为司禄，主兵，所以昭德塞违也。"○少微：星座名。共四星，在太微垣西南。《史记·天官书》："廷藩西有隋星五，曰少微，士大夫。"张守节正义："少微四星，在太微西，南北列：第一星，处士也；第二星，议士也；第三星，博士也；第四星，士大夫也。占以明大黄润，则贤士举；不明，反是；月、五星犯守，处士忧，宰相易也。"按，五，当从《汉书·天文志》作"四"。○傅岩：指傅说。傅岩亦称"傅险"，古地名。相传商代贤士傅说为奴隶时版筑于此，故称。《书·说命上》："说筑傅岩之野。"张守节正义引《地理志》："傅险即傅说版筑之处，所隐之处窟名圣人窟，在今陕州河北县北七里，即虞国、虢国之界。又有傅说祠。"○阿衡：指伊尹。阿衡为商代官名，师保之官。《书·太甲上》："惟嗣王不惠于阿衡。"孔传："阿，倚；衡，平。言不顺伊尹之训。"伊尹曾任此职，故以指。○箕尾：箕星，尾星。《晋书·天文志上》："尾九星，后宫之场，妃后之府。上第一星，后也；次三星，夫人；次星，嫔妾。……箕四星，亦后宫妃后之府。亦曰天津，一曰天鸡，主八风。"《庄子·大宗师》："傅说得之以相武丁，奄有天下，乘东维，骑箕尾，而比于列星。"傅说一星，在箕星尾星之间，相传为傅说死后升天而化。

丁巳三月喜涪陵周生笏亭过章门相访占此赠别

吾侪忧患侣，圣贤不忍离。忆昔子失怙，燕邸相追随。别来晤苔水，予又集蓼时。念子眷眷意，八年空系思。吴山复瓯海，三巴隔九嶷。谁料此萍水，茫茫天一涯。春风忽回薄，乃会章江湄。乍见真如梦，感别欢共悲。依依情未展，去去即此辞。烟波浩无极，鬓发况已丝。忍泪此相送，把晤更何期。

○涪陵：今重庆涪陵。《大清一统志·四川重庆府》："涪州，在府东少北三百十里。战国时楚枳邑，汉置枳县，属巴郡。后汉及晋初因之。永和中，移涪陵郡于此。宋齐因之。后周废枳县，徙郡治汉平。隋开皇初，郡废。十三年，移汉平于此，改曰涪陵县，属巴郡。唐武德元年，于县置涪州。天宝初，曰涪陵郡。乾元初，复曰涪州，属江南西道。五代属蜀。宋亦曰涪州涪陵郡，属夔州路。元至元二十年，以州治涪陵县省入。二十一年，改属重庆路。明属重庆府。本朝因之。"

鄱阳湖阻风游白鹿洞

五老峰前白鹿洞，缅想鄱阳早成梦。昨起危樯下南昌，连日好风巧相送。鄱湖茫茫舟侧飞，往来倏若巨鱼纵。削出青天来庐山，芙蓉飘渺篷窗间。欢呼舟师亟转舵，南康歘过不容弯。千里寻山当面错，到此却怪飞廉恶。不信宫亭神固灵，打头石尤威顿作。一息十里千帆旋，纷纷倒向南康落。拍手便将游屐理，遹问前头路有几。有客虑我稽日时，诳言百有六十里。我视峰头日未斜，五老分明青可指。穿林且自挈吾徒，_{时从游者汪生镇光、笃光。}寻到水穷云恰起。路疑无处溪桥横，洞然堂宇碧山里。我忆李公此卜筑，同道载来朱与陆。世降末学好异同，此间无乃茂草鞫。那知地可集名贤，山水自然萃清淑。我自溪桥一窥探，未到先教秀彻目。升堂学子来何方，为我烹茶汲琼玉。访求遗迹得先导，指树摩碑看未足。小坐庭阶耳松声，使我遐心满空谷。焉得即此卷征帆，终古闲抱当年鹿。

○鄱阳湖：古称彭蠡、彭泽。在江西省北部，为赣江、修水、鄱江、信江等河之总汇。《大清一统志·江西南昌府》："鄱阳湖，在新建县东北，跨南昌、饶州、南康、九江四府之境，长三百里，阔四十里，即古彭蠡也。一名宫亭湖，隋时以接鄱阳山，故又名鄱阳。"○白鹿洞：洞名，在江西庐山五老峰下，旧属星子县，隶南康府，今属九江。《大清一统志·江西南康府》："白鹿书院，在星子县北庐山五老峰下。唐贞元中，洛阳人李渤与兄涉读书庐山，尝畜一白鹿自随。宝历中，渤为江州刺史，于故处创台榭，遂以白鹿名洞。"○五老峰：在江西庐山东南部，五峰形如五老人并肩耸立，故称。峰下九迭屏为李白读书处；东南有白鹿洞书院遗址，为朱熹讲学处。《大清一统志·江西南康府》："五老峰，在星子县北庐山，去县三十里。山石骨峭，突兀凌霄，如五老人骈肩而立，为庐山尽处。峰之东北为九叠云屏，亦曰屏风叠，其下为九叠谷。"○南康：南康府，治所在星子县，清代时辖星子、都昌、建昌、安义四县。民国二年，府废。《大清一统志·江西南康府》："禹贡扬州之域，春秋为吴楚地，战国属楚，秦属九江郡。汉为柴桑、彭泽、海昏三县地，属豫章郡。后汉属豫章郡。三国吴立鄱阳柴桑郡。晋属豫章、寻阳二郡。宋属江州。齐梁因之。陈置豫宁郡，隶江州。隋置洪州当阳府。唐为江、洪二州地。五代属杨吴，后属南唐。宋太平兴国七年，置南康军，隶江南西路。绍兴初，改隶江南东路。元至元十四年，升南康路，隶江淮行省。二十二年，改隶江西行省。明初改为西宁府，寻曰南康府，属江西布政使司。本朝因之。"〇飞廉：风神之名。《楚辞·离骚》："前望舒使先驱兮，后飞廉使奔属。"王逸注："飞廉，风伯也。"洪兴祖补注："《吕氏春秋》曰：'风师曰飞廉。'应劭曰：'飞廉，神禽，能致风气。'"〇宫亭神：即庐君。星子县有宫亭庙，位于庐山南麓鄱阳湖侧。庙中供养庐山神，称庐君，有镇护风浪之能。北魏郦道元《水经注·庐江水》："岩上有宫殿故基者三，以次而上，最上者极于山峰。山下又有神庙，号曰宫亭庙，故彭湖又有宫亭之称焉。"〇石尤：石尤风。古有商人尤某，娶石氏女，情好甚笃。尤行商远行不归，石思念成疾，临死叹曰："吾恨不能阻其行，以至于此。今凡有商旅远行，吾当作大风为天下妇人阻之。"见元伊世珍《琅嬛记》引《江湖纪闻》。后因称逆风、顶头风为"石尤风"。〇李公：指李白。《方舆胜览》卷十五："李白性喜名山，以庐山水石俱佳，卜筑五老峰下，有书堂旧址。"〇朱陆：朱熹与陆九渊。朱熹，字元晦，一字仲晦，号晦庵，晚称晦翁，南宋著名理学家、思想家、哲学家、教育家、诗人。闽学派代表人物，儒学集大成者，世尊称为朱子。朱熹曾讲学于白鹿洞。陆九渊，号象山，字子静，世人称存斋先生，南宋著名理学家、教育家，与理学家朱熹齐名，史称"朱陆"。陆是宋明两代"心学"开山之祖，曾接受朱之邀请在白鹿洞书院讲学。其学说经明王守仁继承，发扬成为宋明理学一个重要派别，对后世影响极大。

过小孤山 俗讹为小姑山

彭蠡风涛到湖口，大孤影没小孤青。万流日夜争磓激，一髻江天自杳冥。是大丈夫真气骨，何儿女子有英灵。停桡笑问梳妆处，人向峰头拜小亭。

〇小孤山：又名小姑山、髻山，位于安徽宿松县东南长江之中，南与江西省彭泽县仅一江之隔，西南与庐山隔江相望，为万里长江之绝胜，江上第一奇景。《大清一统志·安徽安庆府》："小孤山，在宿松县东南一百二十里。迟大魁《小孤山志》：宿松县东有山，在水中央，为小孤山。邻彭泽间，突兀巉岏，一柱直插天半，旧云髻山。相沿日久，遂指小孤为小姑，非也。山以特立不倚，故得名。其云小者，则从彭蠡之大孤别言之耳。"〇湖口：湖口县，位于江西北部，长江南岸。以长江与鄱阳湖交汇口而得名，素有"江湖锁钥，三省通衢"之称。《大清一统志·江西九江府》："湖口县，在府东六十里。汉置彭泽县，属豫章郡。后汉因之。建安中，孙权尝置彭泽郡，寻废。晋初仍属豫章郡。永嘉元年，改属寻阳郡。宋齐因之。梁侨置太原郡。隋平陈，郡县俱废，为龙城县地，寻为彭泽县地。唐武德五年，始分彭泽置湖口戍。南唐保大中，升为湖口县，属江州。宋因之。元属江州路。明属九江府。本朝因之。"〇大孤：大孤山，又名鞋山，位于鄱阳湖中。大孤山一头高一头低，远望如巨鞋浮于碧波之中，故又称"鞋山"。《大清一统志·江西九江府》："大孤山，在德化县东南彭蠡湖中，与南康府分界。四面洪涛，一峰独耸，又名鞋山。《水经注》：有孤石介立大湖中，周围一里，竦立百丈，矗然高竣，上生林木，而飞禽罕集。耆旧云，昔禹治洪水至此，刻石纪功，或言秦始皇所勒，莫能辨也。"按：德化县，民国三年改名九江县，共和丁酉，县废，今为九江市柴桑区。〇英灵：小孤山有启秀寺，祀小姑娘娘，民称"小姑庙"。欧阳修《归田录》："江西有大小孤山，在江水中巉然独立，而世俗转孤为姑。江侧有一石矶，谓之澎浪矶，遂转为彭郎矶，云彭郎者小姑婿也。尝过小姑庙，像乃一妇人，而额敕为圣母庙，岂止俚俗之谬哉。"

登龙泉庵山后绝顶

登临见说有龙泉，扪壁盘空势倒悬。济胜已愁无足力，逢山仍必造峰巅。

老松蟠处曾何地，怪石青来直镳天。到顶惊呼僧指顾，铁围谁辟此中千。

〇龙泉庵：在安徽桐城。清道光《桐城续修县志》："龙泉庵，踞小龙之巅。县南百里，盘谷中开，竹树交荫，大石危峰，莫可名状。明万历初，五台僧冰湖始来结团瓢，地主祝氏遂举山田售之，沧桑而后，几不免于豪夺。适方中丞孔炤归隐小龙，乃同姚公孙棐邀请僧顺公主之，后僧定峰、莲白乃相继而大兴之，钟鱼粥鼓，方丈经楼，无不备具。同时诸宰官护法者有相国张公英、中丞佟公国桢多人，如名流则钱田闲澄之、朱农山芾、方合山中履各有题咏，龙太史光、方鹿湖各有碑记。"〇铁围：铁围山，佛教语。南赡部洲等四大部洲之外，有铁围山，周匝如轮，故名。前蜀贯休《还举人歌行卷》诗："厚于铁围山上铁，薄于双成仙体缬。"宋陈善《扪虱新话·司马迁班固言出昆仑》："佛书说有四天下……此四天下之外，乃有大铁围山、小铁围山围焉，是谓一世界。"唐孟浩然《腊月八日于剡县石城寺礼拜》诗："石壁开金像，香山倚铁围。"徐鹏注："铁围，佛经言南赡部洲等四大部洲之外有铁围山，其中心为须弥山，外有七山八海，铁围围绕其外。"

方秀才石伍以盆菊招饮并示近作

秋澄无赖得芳邻，樽酒招寻渐率真。菊本欲斜扶倩竹，蒿羹耐歠美于莼。

忘言定笑形全木，少饮相看色已春。倘觉论文殊不愧，前庄莫厌往来频。

龙塆夜坐

千里孤羁九月初，山隈屋角二更余。蚕啼静逼秋帏冷，雁过空怀故国书。

只有影随形寂寞，不堪风并雨萧疏。谁教博得花飞眼，还剔青灯认鲁鱼。

〇龙塆：地名，在安徽桐城。按，查清道光桐城志，有龙潭、龙河、南湾等地名，未见有龙塆，或地小不载。又，曾镛《与汪太史叙话小龙塆山庄》诗又称为小龙塆，桐城旧有小龙山，或在小龙山之麓。

龙塆秋晚

竹翠松青枫树丹，深秋薄暮戒新寒。数家烟影穿林角，一色天蓝压石峦。
野老乌锄归当拄，牧童牛背稳于鞍。龙塆最好霜前景，莫讶先生不厌看。

夜坐

满窗寒月影朦胧，坐对天涯梦已中。何处飞乌还绕树，无端吠犬自惊风。
身闲客感偏交集，岁暮愁城孰与攻。赖有平生排遣法，添灯开卷万缘空。

有感

阳乌亘终古，皓质无阴晴。云雨自翻覆，贤豪止一诚。武侯感三顾，二表
郁孤情。季路诺不宿，不以当鲁盟。人生志义重，岂谓驱驰轻。所谋异人我，
秉道同权衡。藉虑荃不察，无劳浊独清。嗟惟三省意，战兢竟此生。何曾识瑶玖，
投木报以琼。

○阳乌：太阳中之三足乌。借指太阳。《文选·左思〈蜀都赋〉》："羲和假道于峻歧，
阳乌回翼乎高标。"李善注："《春秋元命苞》曰：'阳成于三，故日中有三足乌，乌者，阳精。'"○
武侯：三国蜀诸葛亮，字孔明，曾封武乡侯，后世遂称之为武侯。《三国志·诸葛亮传》："建
兴元年，封亮武乡侯，开府治事。顷之，又领益州牧。政事无巨细，咸决于亮。"唐岑参《先
主武侯庙》："先主与武侯，相逢云雷际。"○二表：即诸葛亮之前后《出师表》。○季路：
姓仲，名由，字子路，一字季路。孔子之弟子，季氏之家臣。《论语·颜渊》："子路无宿诺。"○
鲁盟：《左传·哀公十四年》："小邾射以句绎来奔，曰：'使季路要我，吾无盟矣。'使子路，
子路辞。季康子使冉有谓之曰：'千乘之国，不信其盟，而信子之言，子何辱焉？'对曰：'鲁
有事于小邾，不敢问故，死其城下可也。彼不臣而济其言，是义之也。由弗能。'"○荃不察：
不被人所了解。化用《离骚》"荃不察余之中情兮"句。鲁迅《自题小像》："寄意寒星荃不
察，我以我血荐轩辕。"荃，即菖蒲，又名荪，古用以比喻君主。○三省：《论语·学而》："曾
子曰：'吾日三省吾身，为人谋而不忠乎？与朋友交而不信乎？传不习乎？'"后泛指认真反
省自己之过失。○投木句：出自《诗经·卫风·木瓜》："投我以木李，报之以琼玖。匪报也，
永以为好也。"《毛诗序》："木瓜，美齐桓公也。卫国有狄人之败，出处于漕，齐桓公救而
封之，遗之车马器物焉。卫人思之，欲厚报之，而作是诗也。"

立秋前一夕

凉风压竹扫檐楹，骤雨空斋打瓦声。挨得一宵秋未到，黄昏已使旅魂惊。

早秋薄暮散步至女儿山看荷花

夕阳下峰影，散步趁凉飔。乘兴偕童稚，寻花到女儿。红衣秋更净，螺髻晚尤奇。空谷何人赏，相看一解颐。

〇女儿山：在安徽宁国，又名响山、语山。明唐寅《春游女儿山图》："女儿山头春雪消，路傍仙杏发柔条。心期此日来游赏，载酒携琴过野桥。"《大清一统志·安徽宁国府》："响山，在宣城县南二里，下俯宛溪，有响潭。权德舆《响山亭新营记》：元和二年，宣城长襄阳郡王路公作亭，新营于响山，两崖耸峙，苍翠对起。"民国《宁国县志》："女儿山，县东二十里，山临深碧。唐开元中，神女现。罗隐有诗，刘石剥蚀，不可识。又名响山，又名语山，在沙埠西岸。"

遣兴

客路三千里，生涯半幅毡。有官容脱屣，触物在虚船。山角看枫倦，床头枕菊眠。积非浑不觉，忽忽卫蘧年。

〇卫蘧年：指五十岁。卫蘧，即蘧伯玉。

九日偕诸生移菊

有菊重阳节便佳，半花半蕊著幽斋。匆忙莫笑先生甚，睡起青瓷抱露排。

移菊有感叠韵

老圃秋容澹也佳，一生乐事破毡斋。那知到得重阳到，翻把寒花强自排。

梦醒志痛

亲承色笑不知怜，魂梦何曾接九泉。客枕呜呜空溅泪，半年三度咽灵前。

〇按，此为悼亡妻陈氏之作。

自龙塆旋浙，汪生正木、镇光、笃光同送至梅林，口占留别

凉风细雨动初秋，千里孤舟一担书。老去别肠容易断，诸生欲别莫踟蹰。

○梅林：梅林村，旧属桐城县，位于破罡湖畔。今与螺山村合并，属安庆宜秀区杨桥镇。

皖江

皖江东去雨潇潇，回首龙山影尚摇。怪杀一生无定迹，空教到处有离骚。

○皖江：指安徽境段长江。《大清一统志·安徽安庆府》："大江自湖广黄梅县东流入，径宿松县南一百二十里，对岸为江西湖口、彭泽分界。又东北径望江县南十五里，对岸为池州府东流县界。又东北径怀宁县西，绕城南而东。又东北径桐城县东南一百二十里，对岸为贵池、铜陵二县接界。又东北流入无为州界，历府境四百二十里。"○龙山：指大龙山。《大清一统志·安徽安庆府》："大龙山在怀宁县北三十里，桐城县南一百四十里，府之镇山也。有龙井，亦曰雷泽，井四时不竭，祷雨常于此。《怀宁县志》：大龙山北障皖城，山色萦青缭碧，望之莹然，其最高峰曰三乡尖。《桐城县志》：山势蜿蜒若龙，故名。山阳隶怀，山阴隶桐。有地维峰，倚山之半，周五十里，高十八里。《旧志》：其东连山者，曰小龙山，峰峦奇胜。"

寿饶节母林孺人

兰蕙萎秋霜，桃李落春露。谁识万年青，还是女贞树。试登燕喜堂，停杯论往素。惟昔孤弱身，孰甚安仁赋。垂髫早伶俜，寒泉切永慕。间关适所天，幸托茑萝附。黄鹄乍双飞，贤雄忽已故。遭命岂不薄，怀贞乃弥固。呜噎拟摩笄，低徊忍裙布。坐侧何孤孩，高堂彻哀呼。良人抱遗悲，杳杳即长暮。不属未亡人，此任何从付。吞声事裸祝，和颜反乌哺。茕茕数十年，藉藉媚闺度。敬慎口如瓶，幽闲坐如塑。端是女中师，合颂云间婺。萱馆罗长筵，梅花正无数。我姑捉彤管，漫作琼浆注。用祝柳家郎，细讨熊丸趣。皇穹监苦衷，自永无疆祚。我特慨古今，忠贞宁异路。巾帼凛孤芳，须眉何不顾。

○安仁赋：东晋潘岳，字安仁。潘岳《寡妇赋》："嗟予生之不造兮，哀天难之匪忱。少伶俜而偏孤兮，痛忉怛以摧心。"○黄鹄：指妇女守节不嫁和空闺寂寞。汉刘向《列女传》："鲁陶婴少寡，鲁人闻其义，将求焉。婴闻之，乃作歌明己之不更二也。其歌曰：'悲黄鹄之早寡兮七年不双。'"清纪昀《阅微草堂笔记·姑妄听之二》："早岁吟《黄鹄》，颠连四十春，

怀贞心比铁，完节翼如银。"○摩笄：指殉夫自杀。典出《史记·赵世家》："襄子姊前为王夫人。简子既葬，未除服，北登夏屋，请代王。使厨人操铜枓以食代王及从者，行斟，阴令宰人各以枓击代王及从官，遂兴兵平代地。其姊闻之，泣而呼天，摩笄自杀。"○长暮句：引用《古诗十九首·驱车上东门》："下有陈死人，杳杳即长暮。"长暮，犹长夜。○熊丸：以熊胆制成之药丸。唐柳仲郢幼嗜学，其母曾和熊胆丸，使夜咀咽，以苦志提神。见《新唐书·柳仲郢传》。后用为贤母教子之典故。

己未春自浙至稼门中丞榕城抚署剪烛夜话

哀凤归高竹，病鹤恋苍松。岂必怀安饱，物情自类从。况此孤特士，头白鲜可宗。散栎曾何用，顽金乃在镕。拂尘下悬榻，开诚容愚衷。下士重援上，所希道谊通。临风怀凤遇，杖策敢辞慵。重光宣旭景，寰海正曈昽。时圣天子初登极。黼黻需鸿略，努力保熙雍。云何百事下，名肯让夔龙。中丞有草木同腐之叹，故云。愧抱区区意，无材当菲葑。登堂承倒屣，何以答欢悰。

○稼门中丞：清福建巡抚汪志伊，详见前注。○榕城：福建福州之别称，因其地多榕树而得名。清朱文藻《〈榕城诗话〉跋》："榕城者，闽中多榕树……故闽城以是为号。"○散栎：不成材之树木，喻无用之人。《庄子·人间世》："匠石之齐，至于曲辕，见栎社树……曰：'已矣，勿言之矣！散木也，以为舟则沉，以为棺椁则速腐，以为器则速毁，以为门户则液樠，以为柱则蠹。是不材之木也，无所可用，故能若是之寿。'"○夔龙：舜之二臣名。夔为乐官，龙为谏官。《书·舜典》："伯拜稽首，让于夔龙。"孔传："夔龙，二臣名。"后用以喻指辅弼良臣。○菲葑：菲和葑。《诗·邶风·谷风》："采葑采菲，无以下体。"郑玄笺："此二菜者，蔓菁与葍之类也。皆上下可食，然而其根有美时有恶时，采之者不可以根恶时并弃其叶。"梁启超《本馆第一百册祝辞并论报馆之责任及本馆之经历》："菲葑不弃，敝帚自珍。"

纪闻

日月旦复旦，痴云横不收。有嫠不恤纬，惴惴怀私忧。伊耆勤岂倦，浑沌自比周。童牛弗及牿，虎视凌高丘。髋髀脱不治，蹠戾将焉瘳。圣神真不测，温肃涵春秋。三年忌投鼠，一掔先吞舟。海邦亦辽远，如快报私仇。闻风想初服，拭目政优优。论功唐虞际，孰先四裔投。

○嫠不恤纬：《左传·昭公二十四年》："嫠不恤其纬。而忧宋国之陨，为将及焉。"寡妇不怕纬纱少，织不成布，只怕亡国，祸及于己。后用来比喻忧国而忘家。○伊耆：亦作"伊祈""伊祁"。即神农，一说即帝尧。《礼记·郊特牲》："伊耆氏始为蜡。"郑玄注："伊者氏，古天子号也。"南朝梁刘勰《文心雕龙·祝盟》："昔伊耆始蜡，以祭八神。"《清史稿·礼志三》："高宗谕曰：'大蜡之礼，昉自伊耆，三代因之，古制夐远，传注参错。'"○浑沌：相传为尧舜时"四凶"之一，因其清浊不分，故后因用以指愚顽，糊涂。《史记·五帝本纪》："昔帝鸿氏有不才子，掩义隐贼，好行凶慝，天下谓之浑沌。"○高丘：楚国山名。《楚辞·离骚》："忽反顾以流涕兮，哀高丘之无女。"王逸注："楚有高丘之山。"一说，泛指高山。此句之意是还来不及给头上尚未长角之小牛预先装上一块横木，以防止它长出角后顶人，就发生了祸事。○圣神：封建时代称颂帝王之词。亦借指皇帝。汉班固《东都赋》："登祖庙兮享圣神，昭灵德兮弥亿年。"○投鼠：比喻欲除害而有所顾忌。语本汉贾谊《治安策》："里谚曰：'欲投鼠而忌器。'此善谕也。鼠近于器，尚惮不投，恐伤其器，况于贵臣之近主乎！"○唐虞：唐尧与虞舜之并称。亦指尧与舜的时代，古人以为太平盛世。《论语·泰伯》："唐虞之际，于斯为盛。"○四裔：指幽州、崇山、三危、羽山四个边远地区，因在四方边裔，故称。语出《书·舜典》："流共工于幽州，放驩兜于崇山，窜三苗于三危，殛鲧于羽山。"

○按：此诗或纪蔡牵之乱，或川楚白莲教乱也。

榕城早发留别稼门中丞

营书弃生产，骨肉随转蓬。不意歧路侧，聚会得天风。主翁有至乐，绕膝罴与熊。贱息亦依依，乃获相追从。儿子璜在抚署课中丞诸郎。师生偕父子，蔼蔼一庭中。三更剪残烛，混却谁西东。永此一夕乐，安知王与公。连年苦离别，诘朝又匆匆。茫茫闽江上，回首意何穷。

○贱息：谦称自己之子。与"犬子"相同。宋叶适《祭林大卿淑人文》："辱以贤孙，嫔于贱息；恤姻两尽，意爱兼深。"○闽江：福建最大河流，发源于福建建宁均口乡，建溪、富屯溪、沙溪于南平汇合后，称闽江。过福州南台岛，分南北两支，至罗星塔复合为一，折向东北流，出琅岐岛，注入东海。《大清一统志·福建福州府》："闽江，即建江。自延平府南平县界东南流入，经古田县西南黄田驿，又五十里，至县南百里之水口驿，北受古田溪水，江始出险就平。又东五十里，经闽清县西北之小箬驿，又东十里，至闽清口西受梅溪水。又东南四十里，经侯官县西北八十里之白沙驿，又东南流至县西北二十五里甘蔗塘南，亦曰马渎江。又南流分为二派，一派自北而东南，历侯官市至芋原驿，曰芋原江。滨江有石岊山，亦曰石岊江。又曰螺女江。《寰宇记》所谓在州西北二十五里是也。又东南曰金锁江。《寰宇记》所谓在州西二十里是也。又东南至县西十里，曰洪山江，亦曰洪塘江。又东南入闽县界，经钓台山下，曰南台江，亦曰白龙江。《寰宇记》所谓南台江在州南九里阔九里是也。又东南九里山下而东出，为马头江，有巨石如马头，潮退则现。亦曰东峡江。而与西峡江会一派，自西而南经侯官县西南三十里之高盖山，曰陶江，亦曰濑江。又南循县南五十里之方山西麓，至仙崎山曰仙崎江，亦曰阳崎江。折而东流经闽县界曰西峡江。两山夹峙，下通潮汐，阔十余里，中流有石如砥柱，名浮焦石，俗亦谓之乌龙江。又东至闽县东南五十余里，与马头江会，二派合而东流，江面益阔。马头之北支流曰上洞江，其南曰下洞江，中有狮子石，与方山对峙，巨没不没。谚云：水浸方山鼻，不浸狮子耳。东流经长乐县西北半里之急水门，闽县东四十里之闽安镇，江与大水相接，浩瀚数十里。其北经琅崎山下，曰琅崎江。又东为闽县东百里之五虎门，入大海。"

自洪山桥上水口

春江风软竹帆低，花映幽厓草满堤。行客可怜天正好，乱山相送鹧鸪啼。

〇洪山桥：在福州。初建时间不详，明成化、万历、清顺治、康熙均有重修建。清乾隆三十七年时，由商民捐资重建。在桥两端建阿育王塔二座，桥头亭各一座。建国后，为便于车辆通行，曾改建该桥，然因桥窄，不利交通，复另建新桥，旧桥被撤除，只存桥墩。《大清一统志·福建福州府》："洪山桥，在侯官桥西洪塘铺口。明成化中建，本朝康熙二十五年重修。长一百二十三丈，水门三十有四，盖桥屋九十三间。府境桥梁，洪山与万寿为巨。"〇水口：水口镇，在古田县，闽江航运要地，清代时设有水口驿。古田旧隶福州，建国后划属宁德。《大清一统志·福建福州府》："水口镇，在古田县南九十里。《九域志》：古田县有水口镇。《县志》：东南至府城一百八十里，即宋初所迁县治也。延津上游，此为锁钥之口。景德迁县后，设监镇官于此。又盐运分司亦治焉。有浮桥横于江津，朝夕验放，亦曰水口关。自水口而上五里，有塔岭亭，西往南屏，北往古田，分岐于此。"

建河吟

闻道建河沿山皆急滩，南河更比上河难。那识南河之难抑奇绝，_{舟子指延平以下为南河。}是河是山还是滩。嵯峨焦岛峙波底，峰尖簇簇洪涛间。如云如林如锯齿，咫尺水面千重关。我上江舟忘几日，计程一日可一湾。从流下上无定向，轰雷怒雪纷回环。下篙曾何砂与砾，蟠根一片痴又顽。延缘穿得石罅过，舟才欲直缆倒扳。有时结撰亦工巧，削出芙蓉色青殷。我欲援之且一拜，奈渠舟子力已孱。焉得随刊奉神禹，一空建河险阻之奇艰。

〇建河：即建溪，为闽江之上游。《大清一统志·福建延平府》："建溪，自建宁府建安县流入，经南平县东，又东南入福州府古田县界，即闽江上游也。亦曰东溪，亦曰剑津，亦曰剑潭，亦曰龙津，亦曰剑溪，亦曰龙潭，亦曰延平津。《晋书·张华传》：华闻豫章人雷焕妙达纬象，因与讨论。焕曰：斗牛间紫气，乃宝剑之精上彻于天耳。华即令焕至丰城，掘狱屋，入地五尺得石，石中有双剑，一曰龙泉，一曰太阿，其夕斗牛间气遂隐。遣使以一与华，一留自佩。后华诛，失剑所在。焕卒，子为州从事，持剑行经延平津，剑忽跃出投水中，但见两龙各数丈，故名。《寰宇记》三溪在州前，东溪、西溪、南溪合流，南归于海，自古谓之险滩。《方舆胜览》州有交剑潭，即跃剑之所。东溪自建安来，西溪自邵武顺昌沙县来，流合于此。"〇南河：即南溪，延平至古田县段。《延平府志》："东溪自建安县房村铺十里至大横驿，又三十里为黯淡滩，又五里至府城东南，与西溪合，俗呼为丁字水，通谓之南溪。又东南四十里曰吉溪口，十八里曰茶洋驿，又三十二里曰尤溪口，又十五里曰樟湖坂，十二里曰苍峡巡司，又二十里曰黄田驿，入古田县界。"

宿黄台和题壁原韵

去年皖江北，今岁闽海西。似我风尘老，何人面目黧。逍遥非任达，时运本难齐。莫叹孤村宿，床头倒枕溪。

春雨在正学书院从吴明府语有感于怀　二首

忍冻寻师慰老亲，髫年嗜学想津津。官斋此日逢君语，难得依然苦读人。

风雨萧萧故讲帷，卅年往事不堪追。闻君报答丸熊处，莫讶无端客泪垂。

○正学书院：在将乐县治右，始建于明，清乾隆十七年重建。清乾隆《将乐县志》："万历壬寅年，知县傅宗率始□县治右皇华馆旧址建五经书院……乾隆十七年，知县靳汉文甫下车，志切复古，捐俸倡先。邑绅士杨廷儒、廖启燿、余士涟等，咸视赀乐输，共勤厥事。爰清占基，规模宏厂，缭以墙垣，前为大门，扁曰正学书院。"

玉华洞

此气凝为地，重浊世所知。谁识此大块，块然藏大奇。试言玉华洞，未到必谓欺。有山曰天阶，三成势崛崎。我至兹山麓，有口等门楣。风出如刀刺，水声恍雷椎。鼓勇投身入，风水杳何之。延缘穿石罅，去向听村儿。举火曜洞壁，骇目光陆离。厂或覆厦屋，窄若褰重帷。为器为服物，孰琢孰炉锤。是仙是古佛，或立或倒垂。憩者鸟摇曳，伏者兽鬌髽。当楼珠的的，聚井星累累。何来擎天柱，轮囷高无枝。岂逢共工怒，曾未绝此维。世称闽中果，珍异推荔支。何是树与实，地下先离披。神巧使人惑，穷搜还自危。幽明恐既隔，竟与人世辞。前行忽扑火，惊问何还期。曰此邃然关，又名五更天。试看夜何其。我姑一拭目，分明欲曙时。隐约云霞影，万里无津涯。恍惚大梦觉，寻思一匪夷。庄生与蝴蝶，到此又何为。言奇奇至是，何胜疑又疑。穷日得出路，环视三阶基。乃今知地母，肺腑有如斯。

○玉华洞：在福建将乐县天阶山。《大清一统志·福建延平府》："天阶山，在将乐县东南十五里。……《府志》：石磴劳崛，高若升天。有玉华洞，石门低隘，窥之窈黑，秉烛以入，泉自石罅流出，潺潺有声，洞高处渗液凝结，冰雪崚嶒，其巅七层楼者，峻绝仅容一足，迤逦而登，石窍容光，如五鼓候，俗呼此为五更天。"乾隆《将乐县志》："玉华洞，在天阶山上，相传赤松子采药于此。万历十四年，巡按御史杨四知亲书玉华洞三字，知县黄仕正勒于洞额，仍捐俸建亭于洞门之口，名漱玉亭，有记。"○地母：地神。也作地媪。《汉书·礼乐志》："惟泰元尊，媪神蕃釐。"颜师古注："言天神至尊，而地神多福也。"

口占代送将乐夏明府

三月金溪柳正新，纷纷祖帐欲迷津。前途若问官何好，无吏攀留止士民。

○夏明府：夏埙，号石赟，新塘人，嘉庆四年署将乐知县，嘉庆五年调任上杭知县。○金溪：即大溪，为闽江之支流，在顺昌县与西溪合，称金溪，又与富屯溪合，称富屯溪，又流入南平与建溪合。《大清一统志·福建延平府》："大溪，在将乐县南，自邵武府之建宁县界流入，经将乐县西南，又东北经县城东南，又东北至顺昌县西南，与邵武之西溪合流而东，即古梅溪也。亦曰西南溪。"

忆松冈夜读

人生莫漫愁孤寂，孤寂方知趣兴多。记得少年难得夜，满林雪月独高歌。

观荷

一色亭亭植野塘，心间败叶亦成妆。得非缥缈莲花界，总是如来心上香。

龙津旅次赠余生绍思王生凤麟

见说昆吾沉此水，干霄宝气夜犹浓。司空雅善知神物，可惜无端失两龙。

时文宗试延平拔萃科，二生皆所惊赏，惜遗落。

○龙津：即建溪。借指延平，今福建南平。见《建河吟》诗注。○昆吾：山名。《山海经·中山经》："又西二百里曰昆吾之山，其上多赤铜。"郭璞注："此山出名铜，色赤如火，以之作刃，切玉如割泥也。"诗中指龙泉、太阿二剑。○司空：指西晋张华，曾担任司空之职。○文宗：明清时称提学、学政为文宗。亦用以尊称试官。清蒲松龄《聊斋志异·书痴》："每文宗临试，辄首拔之，而苦不得售。"

自榕城还镛州正学书院病余夜坐

寒夜空斋一短檠，病余扶几思偏清。凄凉欲绝芭蕉雨，头绪全无促织声。可是热肠成痼疾，从教疟鬼瞰高明。天涯底事枯禅坐，忠敬终怜是武城。时榕城陈观察因稼门中丞备礼致聘，中丞复以书见招，缘正学诸生眷眷相念，故辞不受。途中遇寒患虐，诸生扶持左右，比比达旦。

○镛州：将乐县古名。五代十国闽天德三年，将乐升县为州，以县城西郊有山形如覆钟，取名镛州，又称西镛州。○疟鬼：散布瘟疫传播疟疾之鬼怪。《搜神记》："昔颛顼氏有三子，死而为疫鬼。一居江水，为虐鬼；一居若水，为魍魉鬼；一居人宫室，善惊人小儿，为小儿鬼。"○武城句：指身边有许多学生扶持照顾。语出《孟子·离娄章句下》：曾子居武城，有越寇。或曰："寇至，盍去诸？"曰："无寓人于我室，毁伤其薪木。"寇退，则曰："修我墙屋，我将反。"寇退，曾子反。左右曰："待先生，如此其忠且敬也。寇至则先去以为民望，寇退则反，殆于不可。"沈犹行曰："是非汝所知也。昔沈犹有负刍之祸，从先生者七十人，未有与焉。

寄答稼门中丞

仆本近名，病始求息，己未春，承稼门中丞辱以古镛教席，使掌皋比。复惠琼华再加鞭策，率成绝句，寄答鄙怀。

二月溪山色色新，夭桃岁岁向渔人。刘郎定少探花分，休使桃花笑问津。

○古镛：将乐县之别称。○刘郎：刘子骥，陶渊明《桃花源记》中人物。

题将乐王愧华小照

粥粥乎其容，浩浩乎其胸。藉一卷之文石，荫百尺之长松。向野芳以寻乐，独抱膝而守冲。遗形体骸与耳目，亦似伛而似聋。王君近伛而耳重。胡乃也消人意，是为三华愧公。将乐称某甫类呼为某公。

题友人扇面小照

会心不在远，手头即胜迹。凭谁写此清豪格，松根石上羽扇白。有时摇动发微风，石壁松涛翻肘腋。是身是画两飘飘，人世炎敲一手涤。可是蝴蝶与庄周，栩栩蘧蘧志皆适。

○会心不在远：南朝宋刘义庆《世说新语·言语》："会心处不必在远，翳然林水，便自有濠濮间想也，觉鸟兽禽鱼自来亲人。"

题稼门汪中丞课耕图

保衡圣之任，道本自耕野。一夫不获曰予辜，不闻退就农桑社。稼门中丞来田间，手释乌犍放秧马。尧舜君民厉厥躬，曾何一事安苟且。二十余年六阅省，不改当年乐道者。以今持重仗老成，岂惜一身老去也。须知公旦欲明农，君奭告归何不假。耇德不降鸟不闻，公其勤施光上下。我谓此幅课耕图，且作周书无逸写。

○保衡：商代伊尹之尊号。又称"阿衡"。《书·说命下》："昔先正保衡，作我先王。"孔传："保衡，伊尹也。"孔颖达疏："保衡、阿衡，俱伊尹也。《君奭》传曰：'伊尹为保衡'言天下所取安、所取平也。"○一夫句：出自《书·说命上》："一夫不获，则曰时予之辜。"意为一人不得其所，就说这是我之罪过。○公旦：指周公旦。○君奭：召公，名奭。在名字前加君字，为敬称。○无逸：即《尚书·无逸》。表达禁止荒淫之思想，提出"君子所，其无逸。先知稼穑之艰难。"

晚下斜滩

落日曜东岭，空黛满西山。凭高俯众壑，一色碧涧环。行行人语响，野店隐深湾。怡然欢相问，何自来此间。回头指石径，苍苍隔烟鬟。

○斜滩：斜滩村，在福建寿宁县。村距浙江泰顺约八十华里。

哭子璜

夭寿莫非命，命短无名贤。敢谓余无罪，为汝上怨天。顾余身何有，汝在有后传。痛予德何薄，汝死不少延。汝遽舍予去，忍忆汝生前。念汝从予学，宁静自童年。随宦十余载，终日此书毡。人自役耳目，汝自志古先。念汝敬予教，远近何闲然。愃愃君子道，安往敢或愆。文士希游夏，汝乃期渊骞。方谓予潦倒，可望汝仔肩。何病家徒壁，勿虑室倒悬。胡为此哀朽，沟壑不早填。孝贤得有汝，而见汝死遄。汝貌正卓荦，汝器本浑坚。宁为汝视世，有时等枯禅。少年性独冷，毋乃非福缘。予鳏居日久，稼门先生尝属儿子璜须为予置妾，又尝力以促予，予坚不欲，先生曰："君将自以为义夫乎？所由一再相促者，正非无意。我观学品清高如令嗣，殆未易觏，特少年性情，未免太冷，窃恐其未必寿故耳！"岂知速汝死，从谁实倒颠。寻常三岁举，是名可胜镌。而何死将至，不思反故渊。自误还误汝，尚为此缰牵。直以科名重，肯将骨肉捐。哭汝江天末，呼天天岂怜。

○游夏：子游、子夏，两人均为孔子学生，长于文学。见《论语·先进》。○渊骞：颜渊、闵子骞，孔子学生，在孔门中以德行著称。

○按：诗当作于清嘉庆六年，是年曾璜赴科试于杭州，病卒，岁三十有二。

夜坐悲感

白发归来一短檠，空庭回首举伤情。十年惟有孤鹅在，忍听中宵慕主声。

复斋诗集卷三

夜读小岘山人集书感

病马嘶高秋，三更声动耳。明月照高楼，旁皇揽衣起。侧身倚惆怅，之子在万里。琅玕貂襜褕，盈尺书在几。凛凛岁云暮，烈士心尚尔。山人集中有曰"以予观两浙才俊之士，心雄气盛无如泰顺曾鲸堂镛"云云，故云。伐木伐到根，剥肤剥至髓。回环顾此身，雄心一杯水。击节碎唾壶，慷慨负知己。

○小岘山人：即秦瀛，有《小岘山人诗文集》，见《丙辰正月十六大冰雪陪观察小岘先生游西湖南屏》诗注。

感怀寄潘董诸及门　二首

两大扶舆气，旁魄弥垓埏。岂谓处荒僻，此意殊不然。忆我方刚日，足力颇无前。游历半南北，归览故林泉。携尊挈徒侣，直造天关巅。乘秋凭一眺，岑岑连青天。奇崛岂不甚，盘郁自何年。指顾万峰阿，比邻有青田。尝惧吾党士，虚拥此大千。聚共穷谷草，散随千崖烟。老大徒坎壈，感叹希后贤。

○潘董：指潘鼎、董旂、董正扬等人，都是曾镛之弟子。清光绪泰顺《分疆录·文苑·曾璜》："颖敏好学，工诗文，与董眉伯、董霞樵、潘彝长同学，为时四俊。"○及门：《论语·先进》："子曰：'从我于陈蔡者，皆不及门也。'"本谓现时不在门下，后以"及门"指受业弟子。○天关：天关山，在浙江泰顺。《大清一统志·浙江温州府》："天关山，在泰顺县治北一里，下有龙湫。"清光绪泰顺《分疆录·山川》："天关山，《广舆志》作天阙山，《旧志》及俗称并作天关。在县西北十里，高耸入云，为邑主山。绵亘二十余里，各乡之山多由是分支。云蒸即雨，山上有龙湫，遇旱祷雨辄应。"○青田：青田县，在浙江东南部，瓯江中下游。清代时泰顺北界青田县，民国中文成县设立，青田与泰顺接壤这一地区划入文成。

东陵以寿终，西山乃饿死。矧兹悼独身，何德可倾否。抚膺忆畴昔，痛来终刺髓。孤漂五十余，幸哉有子耳。知交若吾徒，得谓非贤士。黯兮彼战场，老死人如蚁。痛我何蛊迷，头白不知止。有子迫之来，遭厉槐黄市。有父舍之去，哀鸣孤客邸。三日反棘闱，忍见目犹视。千里抱枯骸，哭望钱江水。行路为悲酸，此极问谁使？颜氏亦不幸，尼父且丧鲤。有道垂古今，诗书皆令子。诸君勤勤意，勖我宁不是。夙好阅灰心，长算蹙马齿。立言未有期，死者长已矣。

○东陵：指春秋末期人物盗跖。《庄子·骈拇》："伯夷死名于首阳之下，盗跖死利于东陵之上。二人者，所死不同，其于残生伤性，均也，奚必伯夷之是而盗跖之非乎！"后因以"东陵"代称跖。《史记·伯夷列传》："盗跖日杀不辜，肝人之肉，暴戾恣睢，聚党数千人，横行天下，竟以寿终，是遵何德哉？"○西山：指首阳山，在今山西永济县南。相传伯夷、叔齐隐居于此。《史记·伯夷列传》："武王已平殷乱，天下宗周，而伯夷、叔齐耻之，义不食周粟……遂饿死于首阳山。"○槐黄市句：指曾璜因赴科考而病逝于杭州学舍。槐黄，"槐花黄"之省，古指忙于准备应试之季节。又，槐市，汉代长安读书人聚会、贸易之市。因其地多槐而得名。后借指学宫，学舍。○棘闱：同"棘围"。指科举时代之考场。唐、五代试士，以棘围试院以防弊端，故称。○颜氏：指颜回。《史记·仲尼弟子列传》："回年二十九，发尽白，蚤死。孔子哭之恸，曰：'自吾有回，门人益亲。'"○丧鲤句：尼父，指孔子，名丘，字仲尼。鲤，孔鲤，字伯鱼，孔子之子，先孔子而亡。《孔子家语》："一岁而生伯鱼，鱼之生也，鲁昭公以鲤鱼赐孔子，荣君之贶，故因以名曰鲤，而字伯鱼。鱼年五十，先孔子卒。"

项君仙植以甲寅乡荐，至壬戌拣发榕城，辱问所以治闽者，用成里句以赠之行

瑾瑜含粹质，奇光自熊熊。项子名臣裔，温温抱虚盅。飞舄指闽海，下上

朝云红。停旌适相值，揖我叩土风。七闽气义胜，其南好相攻。抚循苦无道，赤子疑蛇龙。嗟我适南土，三年驰转蓬。瓯闽故接壤，民性何不同。服民原贵猛，威私谁如公。虎威假狐辈，愿朴乃枭雄。奸蠹不自剔，水火政皆穷。才器纯如子，民艰况亲躬。克己就盘错，努力保初终。会受屏蕃寄，宁夸锦制工。赠鞭虑无用，分手惜匆匆。引领三山际，继美项瓯东。

○项仙植：项国楠，字先植，又字仙植，号慎江，浙江永嘉人（今温州龙湾区）。清乾隆五十九年举人，初充闽藩库厅，历官布政司库大使、福州府海防同知、知府，广西归顺知州。为政多善举，民誉为项菩萨。著有《项孝廉遗诗》一卷。○乡荐：唐宋应试进士，由州县荐举，称"乡荐"。后世称乡试中式为领乡荐。○项瓯东：项乔，字迁之，号瓯东，又号九曲山人。温州永嘉场（今龙湾区沙城镇）人，明嘉靖八年进士，历官南京工部主事、福宁州同知，抚州、庐州、河间知府，湖广按察副使，广东左参政等职。

汤塘李丈秋日招饮水亭

野鹿有本性，欣闻呼食苹。幽人卧泉石，顾我独为情。呼儿扫花径，携老候村荆。握手欢将入，激激来水声。一涧漱墙角，先教濯我缨。轩楹亦半古，园亭有余清。秋英垂垂瘦，可才移前楹。凭栏一游目，野色与云平。秋山送青影，峰峰削不成。焉用殽如许，对之杯自倾。池鱼思故渊，尘网笑自萦。羡此幽居乐，多翁甘退耕。日暮金风起，踟蹰返山城。回头溯中沚，蒹葭倾我诚。

○汤塘：在浙江金华汤溪镇，此处指汤溪。明成化六年，割金华、兰溪、龙游、遂昌四县边隅之地置汤溪县，因近有汤塘，故名。1958年，汤溪县废，其地复并入金华、兰溪、龙游三县。○花径句：杜甫《客至》："花径不曾缘客扫，蓬门今始为君开。"○濯我缨：《楚辞·渔父》："沧浪之水清兮，可以濯吾缨。"后以"濯缨"比喻超脱世俗，操守高洁。○池鱼、尘网句：引用化用晋陶潜《归园田居》诗之一："误落尘网中，一去三十年。羁鸟恋旧林，池鱼思故渊。"

仙舟学署隙地特多，与姚惺堂分畦学圃

世途何冷暖，素位有余春。我来仙舟署，荒畦接城堙。竹丛两黄舍，寂寞自为邻。幸此同僚者，是我素心人。窃喜投闲境，天予老圃身。欢言画疆界，比偶锄荆榛。应时嘉种下，逐日生意新。早菘看玉立，肥芋俨鸥蹲。岂惟食

三九，庾郎未为贫。陶公日涉趣，视此良独真。

○仙舟学署：即汤溪县学。汤溪别称仙舟，云其县城如舟也。又，境内有仙舟山。《大清一统志·浙江金华府》："仙舟山，在汤溪县南三十里，其山四面如一。"○姚惺堂：《民国汤溪县志》载：姚梦石，仁和人，举人，嘉庆九年任汤溪儒学训导。○鸱蹲：状芋大如鸱蹲伏也。《史记·货殖列传》："吾闻汶山之下，沃野，下有蹲鸱，至死不饥。"张守节正义："蹲鸱，芋也。"○庾郎：指南朝齐庾杲之。杲之为尚书驾部郎，家清贫，食唯有韭菹、生韭杂菜，人戏之曰"谁谓庾郎贫，食鲑常有二十七种"。三九二十七，音谐三韭。事见《南齐书》本传。

初春四日偕姚惺堂往金华，经宿还，自白沙驿笼灯至署

忧思逐岁来，欲避无方走。抛之且寻春，同怀赖有友。相呼出东郭，驾言谒郡守。烟雨何濛濛，泥泞压陇亩。穷日困篮舆，凛乎马驭朽。望春春如何，何曾一伸首。乘夜投僧舍，敲门买春酒。把酌笑相劳，此咎当谁受。侵星发归装，旅见时恐后。宿雾亦已收，新云愁尚厚。春风竟解事，清道迅于帚。平畴暖芊芊，村烟见郊薮。黄意荑枯杨，红芽茁乌臼。行行夕阴起，隐隐晚峰陡。斜月下松间，明灯度林皋。空翠杳冥冥，揽之欲盈手。朦胧一回望，沉深荡胸垢。一毡坐仰屋，此趣能涉否？兴尽乘兴归，兹行良不负。

○白沙驿：为古驿站，在金华市婺城区汤溪镇之东。唐贯休《避寇白沙驿作》："避乱无深浅，苍黄古驿东。"

口占赠李少府

白面郎君李少仙，才华欲上攀青莲。放衙半拥黄绸被，为喜填词夜不眠。

○青莲：指李白，白号青莲居士。

赠董生雨林

潘生小崑、董生雨林，亡儿璜执友也，皆颖悟能文。潘生兼长书画，董生则性嗜诗，其眷怀衰朽，计前后所赠诗，不下数十。为亡儿故，举笔情竭，未能裁答，至是

乃为诗以赠。

六诗教不立，性情汩其真。禽鱼达忠孝，嗟叹厚人伦。方其感物动，心术以之形。物情陶斯咏，吾道乐则生。穷达各异遇，歌哭无二情。河梁发沙漠，五字开汉京。每览投荒士，触发殊等伦。罗阳信僻险，斯业何无称。欲说滋予感，粔宋谁为征。作者岂不传，择者抑不精。蓄极终一泄，天假后生鸣。董生勉乎哉，遹求古风人。

○董雨林：董㳺，字仲常，原名霖，字雨林，号霞樵，自署太霞山人，泰顺罗阳人，廪膳生员。屡试不第，历游浙、苏、鲁、湘、鄂、陕、滇、蜀等省三十余年，所到之处，均与名流逸士会聚，唱酬咏和。其人诚实端方，诗风冲雅温厚，卓然中唐名家，交往者无不惊其才华。四川总督蒋攸铦重其品学，盛称其学行为浙中人物第一流。曾任处州莲城书院山长，泰顺罗阳书院山长，著有《太霞山馆诗文集》《湘南游草》《罗阳诗始》等。○潘小崑：潘鼎，原名鹏，字程九，更名鼒，字小崑，后又更名鼎，字彝长，泰顺罗阳人，清嘉庆庚午岁副贡。曾任四川川东书院、泰顺罗阳书院山长十余年，工诗善画，所写兰竹为世所珍，著有《小丽农山馆诗稿》。○禽鱼：禽，子禽，春秋时期人物，姓陈名亢。鱼，孔鲤，字伯鱼，孔子之子。《论语·季氏》："陈亢问于伯鱼曰：'子亦有异闻乎？'对曰：'未也。尝独立，鲤趋而过庭。曰：学诗乎？对曰：未也。不学诗，无以言。鲤退而学诗。他日又独立，鲤趋而过庭。曰：学礼乎？对曰：未也。不学礼，无以立。鲤退而学礼。闻斯二者。'陈亢退而喜曰：'问一得三。闻诗，闻礼，又闻君子之远其子也。'"○河梁句：汉李陵《与苏武》诗之三："携手上河梁，游子暮何之？"此句指汉代苏武、李陵于沙漠中所作之《苏李河梁赠答诗》，为五言诗之发端。○粔宋：指泰顺在宋代开始开荒发展，文风大盛。清光绪《泰顺分疆录·原始》："自宋以后，生齿日繁，文物渐盛，科甲肇兴，人才辈出。"

秋夜忆江心旧游 丙申乙巳尝读书于此

对酒题诗水国秋，两年清兴寄孤洲。钟鸣波底三更月，人在林间一角楼。把笔海云当槛立，持螯江练入杯流。何时更约襄阳叟，闲向中川续旧游。

○襄阳叟：指孟浩然。温州江心屿有浩然楼，传说为纪念孟浩然曾游江心屿而建。见前《登浩然楼》诗注。

夜步西湖

西湖晴好雨还奇，胜概都归十八诗。毕竟何如秋夜静，苏堤缓步月明时。

○雨还奇句：宋苏轼《饮湖上初晴后雨》："水光潋滟晴方好，山色空蒙雨亦奇。欲把西湖比西子，淡妆浓抹总相宜。"○十八诗：指西湖十八景，此说始于清代。清代雍正年间，总督李卫浚治西湖，缮修胜迹，复增西湖十八景，为湖山春社、功德崇坊、玉带晴虹、海霞西爽、梅林归鹤、鱼沼秋蓉、莲池松舍、宝石凤亭、亭湾骑射、蕉石鸣琴、玉泉鱼跃、凤岭松涛、湖心平眺、吴山大观、天竺香市、云栖梵径、韬光观海、西溪探梅等十八处，又称"杭州十八景"。

有马吟寄呈稼门中丞

有马长虺隤，蹭蹬羊肠阪。骨肉痛已摧，时节况复晚。延颈嘶悲风，垂头伏驽栈。一身不遑恤，何心千里远。伯乐胡拳拳，命途念独舛。屯亨曰有时，戒勿空穷喘。险阻见骅骝，无尤资蹇蹇。先路来吾导，当毂推之转。庚人重一顾，下厩竟入选。苜蓿本素甘，鬃花宁贵剪。念彼瘦的颅，足为知己展。识途时有用，齿至敢不勉。

○羊肠阪：古坂道名。萦曲如羊肠，故称。有二，一在今山西壶关东南；一在今山西晋城南。三国魏曹操《苦寒行》："北上太行山，艰哉何巍巍！羊肠坂诘屈，车轮为之摧。"《史记·孙子吴起列传》"伊阙在其南，羊肠在其北"裴骃集解引晋皇甫谧曰："壶关有羊肠阪，在太原晋阳西北九十里。"《史记·魏世家》"断羊肠，拔阏与"唐张守节正义："羊肠阪道在太行山上，南口怀州，北口潞州。"○伯乐：春秋秦穆公时人，姓孙，名阳，以善相马著称。后指喻指有眼力，善于发现、选拔、使用出色人才者，此处指汪志伊。○拳拳：眷爱貌。汉刘向《列女传·魏芒慈母》："拳拳若亲。"○骅骝：周穆王八骏之一。泛指骏马。《荀子·性恶》："骅骝骐骥纤离绿耳，此皆古之良马也。"杨倞注："皆周穆王八骏名。"宋周必大《二老堂杂志·井蛙骅骝》："井蛙不可以语海，其见小也；骅骝不可以捕鼠，其用大也。小大虽殊，其不适用一也。"○的颅：亦作"的卢"。额部有白色斑点之马。《三国志·蜀志·先主传》"表疑其心，阴御之"裴松之注引《世语》："备屯樊城，刘表礼焉，惮其为人，不甚信用。曾请备宴会，蒯越、蔡瑁欲因会取备，备觉之，伪如厕，潜遁出。所乘马名的卢，骑的卢走，堕襄阳城西檀溪水中……的卢乃一踊三丈，遂得过。"

奉调同赴川楚泛籴

嘉庆甲子，浙水西三郡为春夏淫雨浸成偏灾，大中丞阮奏请以杭州府李、嘉兴通判鹏赍银三十万两运米川楚，接济春冬。时随同泛籴者凡八员，予时司汤溪铎，亦奉调偕往。

权宜移粟出殊恩，飞挽荆襄敢惮烦。却愧筹荒无一策，也赍圭匎附臧孙。

○嘉庆甲子：清嘉庆九年。○大中丞阮：浙江巡抚阮元。阮元，字伯元，号芸台，号芸台、雷塘庵主，晚号怡性老人，江苏仪征人。清乾隆五十四年进士，授编修，历任礼部、兵部、户部、工部侍郎，山东、浙江学政，浙江、江西、河南巡抚及漕运总督、湖广总督、两广总督、云贵总督等职，道光间官至体仁阁大学士，加太傅。历官所至以提倡学术振兴文教为己任。在史馆倡修《儒林传》《文苑传》，在浙、粤等省，设诂经学堂、学海堂。生平著述甚丰，兼工书，尤精篆隶。○杭州府李：李坦，字平山，清代四川长寿县（今属重庆市）人，历官浙江富阳、乌程知县，嘉庆九年任杭州知府，后擢升浙江杭嘉湖兵备道，署浙江按察使。○臧孙：臧孙辰，臧哀伯次子，谥文，故死后又称臧文仲。春秋时鲁大夫，世袭司寇，执礼以护公室。《国语·鲁语上》："文仲以鬯圭与玉磬如齐告籴，曰：'天灾流行，戾于弊邑，饥馑荐降，民羸几卒，大惧乏周公、太公之命祀，职贡业事之不共而获戾。不腆先君之币器，敢告滞积，以纾执事；以救弊邑，使能共职。岂唯寡君与二三臣实受君赐，其周公、太公及百辟神祇实永饫而赖之！'齐人归其玉而予之籴。"

桐江夜泊

下上飞帆鹭舞来，轻舟指处雪山开。风师可为星槎急，昼发钱江夜钓台。

○桐江：富春江之上游，即钱塘江流经桐庐县境内一段。见前《之江夜泊》诗注。○风师：古代神话人物，名飞廉。《吕氏春秋》："风师曰飞廉。"○钓台：即严子陵钓台，见卷二《严子陵钓台》诗注。元萨都剌《钓台夜兴》诗："仙茶旋煮桐江水，坐客遥分石壁灯。"明张居正《应制题画渔人》诗之二："若非渭水持竿客，定是桐江把钓人。"

夜泊闻歌　二首

征帆逐队下秋风，一色华灯上水红。舟子漫同仙使看，月明作意试丝桐。

四十年来上此船，笑曾无梦到游仙。美人岂自怜迟暮，故为衰翁一抚弦。

中秋夜泊感怀　六首

三年桂月又中秋，此夜飘飘傍水鸥。为想英雄头白处，伤心到我莫回头。

白蜡三条秋夜深，等闲烧尽一生心。如何有骨抛赢博，明远楼前尚苦吟。

轧轧秋虫蓼岸声，一番凄切一寒生。不成一纬终何恨，必到霜前始不鸣。

广寒宫本清虚府，桂下霓裳信有谁？也识游人都是梦，不堪似我梦醒时。

但知遗子不如经，客馆谁教目不瞑。便学延陵号且去，忍从曙后看秋星。

男儿就使尽成功，宁胜蒲帆百尺风。何事白头还不觉，这回始分作江东。

○赢博：指赢与博，春秋时齐二邑名。吴季札葬子于其间。后用为死葬异乡之典。○明远楼：明清科举，各省乡试皆在省城举行，其试院称贡院，贡院至公堂前置高楼，名明远楼。考试时，巡察官登楼眺望，居高临下，监视考场，提防作弊。○延陵号且去：季札哭子之典。《礼记·檀弓下》："延陵季子适齐，于其反也，其长子死，葬于赢博之间。……既封，左袒，右还其封，且号者三，曰：'骨肉归复于土，命也，若魂气则无不之也，无不之也。'"

对月遣怀　二首

一年几度月中秋，等到中秋得月不？世事苍茫知类比，何如对月弄扁舟。

明明此月总如秋，弦望偏教莫自由。若使嫦娥心不展，蛾眉残夜可胜愁。

莲实

东风历尽又西风，江上芙蓉向若红。但使花余同此实，寻常桃杏莫求同。

中秋前一夕同役诸君约来夜各携尊玩月，至时爽约

昨夜才为文酒约，经宵空对水粼粼。分明有信浮槎客，愧杀庾楼一伙人。

○庾楼一伙人：庾亮那一大都人。此处指"同役诸君"。《世说新语·容止》："庾太尉（亮）在武昌，秋夜气佳景清，使吏殷浩、王胡之之徒登南楼理咏，音调始道，闻函道中有屐声甚厉，定是庾公。俄而率左右十许人步来，诸贤欲起避之。公徐云：'诸君少住，老子于此处兴复不浅。'因便据胡床，与诸人咏谑，竟坐，甚得任乐。"宋王安石《千秋岁引》："东归燕从海上去，南来雁向沙头落。楚台风，庾楼月，宛如昨。"

中秋夜泊对月放歌闻李太守曾得雅唱

水天一色碧无云，有客歌声不可闻。难得袁宏牛渚夜，隔船还有谢将军。

○李太守：杭州知府李坦。○袁宏：字彦伯，小字虎，时称袁虎。东晋陈郡阳夏（今河南太康）人。初为谢安参军，后任桓温记室，东阳太守。《晋书·袁宏传》："（宏）少孤贫，以运租自业。谢尚时镇牛渚，秋夜乘月，率尔与左右微服泛江。会宏在舫中讽咏，声既清会，辞又藻拔，遂驻听久之，遣问焉。答云：'是袁临汝郎诵诗。'即其咏史之作也。尚倾率有胜致，即迎升舟，与之谭论，申旦不寐，自此名誉日茂。"○谢将军：谢尚，字仁祖，东晋陈郡阳夏（今河南太康）人，谢鲲之子、谢安从兄。谢尚年轻时即才智超群，精通音律，善舞蹈，工于书法，擅长清谈。

历任江州刺史、尚书仆射等职，后进号镇西将军，都督豫、冀、幽、并四州。

李太守以舟中写怀赐和步原韵

皇仁深食釜，星使急周官。舟次风波静，心随水月宽。望云宜恋狄，元作有屡梦北堂之作。闻笛好呼桓。且喜秋黄热，红还长啄残。俗呼八九月热为秋黄热，时舟行经旬大热，想嘉、湖所补种定稔也。

○周官：书名，即《周礼》。西汉景帝、武帝之际，河间献王刘德从民间征得一批古书，其中一部名为《周官》。原书当有天官、地官、春官、夏官、秋官、冬官等六篇，冬官篇已亡，汉儒取《考工记》补其缺。王莽时，因刘歆献奏请，《周官》被列入学官，并更名为《周礼》。东汉末，经学大师郑玄为《周礼》作注。○望云句：望云，仰望白云，谓思念家乡；思念父母。《新唐书·狄仁杰传》："亲在河阳，仁杰登太行山，反顾，见白云孤飞，谓左右曰：'吾亲舍其下。'瞻怅久之，云移乃得去。"○呼桓：东晋桓伊，字叔夏，小字子野（一作野王），谯国铚县（今安徽濉溪）人。《晋书·桓伊传》："伊性谦素，虽有大功，而始终不替。善音乐，尽一时之秒，为江左第一。有蔡邕'柯亭笛'，常自吹之。王徽之赴召京师，泊舟青溪侧。素不与微之相识，伊于岸上过，船中称伊小字曰：'此桓野王也。'徽之便令人谓伊曰：'闻君善吹笛，试为我一奏。'伊是时已贵显，素闻徽之名，便下车，踞胡床，为作三调，弄毕，便上车去，客主不交一言。"

再叠原韵奉答李太守

惟仗忠诚力，来诗结语是"忠诚正未残"。劳公摄此官。连艘来李迪，三郡仰刘宽。仙侣谁知郭，牛歌漫达桓。所希烟爨举，不待晓霜残。

○李迪：字复古，河北赞皇人，后迁濮州（山东鄄城），宋真宗景德二年乙巳科状元。历任将作监丞、亳州太守、右谏议大夫、集贤院学士、资政殿学士、判尚书都省等，为真宗、仁宗两朝著名丞相，死后皇帝篆其墓碑曰"遗直之碑"。《宋史·李迪传》："迪深厚有器局，尝携其所为文见柳开，开奇之曰：'公辅材也。'"诗中借喻李坦有宰相之才。○刘宽：东汉弘农华阴人，字文饶。少学今文经，称通儒。桓帝时累官东海相，延熹八年拜尚书令，迁南阳太守，政尚宽仁，吏民有过，但用蒲鞭示罚。灵帝初，征拜太中大夫侍讲华光殿。预知黄巾起义之谋，上报。官至太尉，封逯乡侯。卒谥昭烈。《后汉书·刘宽传》："典历三郡，温仁多恕，虽在仓卒，未尝疾言遽色。常以为'齐之以刑，民免而无耻。'吏人有过，但用蒲鞭罚之，示辱而已，终不加苦。事有功善，推之自下。灾异或见，引躬克责。每行县，止息亭传，辄引学官祭酒及处士诸生执经对讲。见父老慰以农里之言，少年勉以孝悌之训。人感德兴行，日有所化。"诗中借喻李坦为政宽恕，受人爱戴。○牛歌句：牛歌，即《饭牛歌》，又名《扣角歌》《牛角歌》《商歌》。桓，指齐桓公。《吕氏春秋·举难》："宁戚欲干齐桓公，穷困无以自进，于是为商旅将任车以至齐，暮宿于郭门之外。桓公郊迎客，夜开门，辟任车，爝火甚盛，从者甚众。宁戚饭牛居车下，望桓公而悲，击牛角疾歌。桓公闻之，抚其仆之手曰：'异哉！之歌者非常人也！'命后车载之。"后遂用饭牛歌作寒士自求用世之典。○烟爨：烧火做饭。《后汉书·周举传》："旧俗以介子推焚骸，有龙忌之禁，至其亡月，咸言神灵不乐举火，由是士民每冬中辄一月寒食，莫敢烟爨，老小不堪，岁多死者。举既到州，乃作吊书以置子推之庙，言盛冬去火，残损民命，非贤者之意，以宣示愚民，使还温食。于是众惑稍解，风俗颇革。"

叠前韵奉答赵明府睦堂

仓皇待济役，遣使及儒官。击楫论谁猛，衔杯数我宽。木牛期趵趵，铜虎俨桓桓。谓太守。偏得倚楼赵，中流兴未残。

○赵睦堂：赵擢彤，字遹可，号睦堂，山东莱阳人，博学能文，能诗能画，有笔挟飞仙之意，有名于时，历任温岭、定海、临海、孟津等地知县。赵氏于嘉庆八年任临海知县，未几卸任，嘉庆二十一年任孟津知县，曾主修《孟津县志》。嘉庆九年时不知担任何官何职，待考。○倚楼赵：唐赵嘏《长安秋望》："残星数点雁横塞，长笛一声人倚楼"句，深得杜牧赞赏，称为"赵倚楼"。此处借指赵睦堂。

戏檄鄱阳风伯四叠前韵

有是风姨狡，阳侯枉备官。客槎愁海阔，恶浪喜天宽。秦粟终输晋，齐姬敢荡桓。小姑灵信赫，为我取于残。

○风姨：司风之神。《北堂书钞》卷一四四引《太公金匮》："风伯名姨。"此"风姨"之所本。○阳侯：波涛之神。《战国策·韩策二》："塞漏舟而轻阳侯之波，则舟覆矣。"鲍彪注："说阳侯多矣。今按《四八目》，伏羲六佐，一曰'阳侯'，为江海。盖因此为波神欤？"○秦粟句：《左传》："僖公十三年，晋荐饥，乞籴于秦，秦输粟于晋，自雍及绛相继，命之曰'泛舟之役'"。泛舟之役是中国历史上第一次有明确记载的内陆河道水上运输的一个重大事件。○齐姬句：齐姬，即蔡姬，蔡穆侯之妹，齐桓公之夫人。《史记·齐太公世家第二》："二十九年，桓公与夫人蔡姬戏船中。蔡姬习水，荡公，公惧，止之，不止，出船，怒，归蔡姬，弗绝。蔡亦怒，嫁其女。桓公闻而怒，兴师往伐。"○小姑：即小姑娘娘。见卷二《过小孤山》诗注。

守风吴城从李太守同登望湖亭和原韵

苦为波涛阻，翻成汗漫游。凌风从庾老，凭眺甚南楼。水立帆来侧，天长雁去愁。危亭贪极目，帽落尚迟留。

○吴城：吴城镇，在今江西永修县，旧属南昌府新建县。《大清一统志·江西南昌府》："吴城镇，在新建县北一百八十里，吴城驿南。本朝乾隆三十年，以昌邑巡司移驻，四十四年裁，巡司改主簿，仍驻此。"○望湖亭：始建于晋代，在吴城镇北鄱阳湖岸边。○庾老：东晋荆州刺史庾亮。诗中借指杭州知府李坦。太守，古代为刺史之别称，明清时期则专指知府。○南楼：古楼名。在湖北省鄂城县南。又名玩月楼。见前《中秋前一夕同役诸君约来夜各携尊玩月，至时爽约》诗注。○帽落：《晋书·孟嘉传》："时佐吏并著戎服，有风至，吹嘉帽堕落，嘉不之觉。"

舟过鄱阳次李太守韵

八月鄱阳一色天，秋槎泛处水无边。双江漾合吞吴甸，九道苍茫汇楚川。瞥眼云驰帆倏忽，盘空雷过浪骈阗。笑谁老大风涛壮，还控豫章五板船。

○双江：指修水和赣江。赣江见前《游东湖有感》注。《大清一统志·江西南昌府》："修水，在武宁县南一百步。源出宁州西，东北流过州南，经县界，又东入建昌县界。《汉书·地理志》艾县修水东北至彭泽，入湖汉，行六百六十里。"○九道：指赣江、鄱水、余水、修水、淦水、盱水、蜀水、南水、彭水等九水，俱汇于鄱阳湖。又九江之名，庞杂不一。《大清一统志·江西九江府》："寻阳江，在府城北，亦名九江，即大江也。"《书·禹贡》"九江"孔殷正义："大江分而为九，犹大河分为九河也。"陆德明释文："九江，《寻阳地记》云：一曰乌白江，二曰蚌江，三曰乌江，四曰嘉靡江，五曰畎江，六曰源江，七曰廪江，八曰提江，九曰菌江。"张须元《缘江图》云："一曰三里江，二曰五州江，三曰嘉靡江，四曰乌土江，五曰白蚌江，六曰白乌江，七曰菌江，八曰沙堤江，九曰廪江，参差随水长短，或百里或五十里，始于鄂陵，终于江口，会于桑落州。"

夜泊江州琵琶亭

曾读白傅琵琶行，神往送客琵琶声。昨夜浔阳江头宿，岿然有亭以之名。一昔琵琶适然事，丹刻楹桷何峥嵘。我望浔阳夜惆怅，两岸四弦声玲玲。就中岂少长安者，独坐秋江弹月明。老去无人青衫湿，枫叶荻花空凄清。

○江州：今江西九江市。《大清一统志·江西九江府》："禹贡荆扬二州之境，春秋时为吴楚地，战国属楚，秦属九江郡。汉高帝四年更名为淮南国，武帝元狩四年复故，为柴桑、彭泽二县。后汉因之。……宋仍曰江州浔阳郡，隶江南东路。建炎元年，升定江军节度。二年，于此置江州路。绍兴初，复为江南西路治，后移路治洪州，以州属之。元为江州路，属江西行省。明洪武初，改为九江府，隶江西布政使司。本朝因之，属江西省，领县五。"○琵琶亭：始建于唐代，原在九江城西长江之滨，即白居易送客之处。但历代屡经兴废，多次移址。今在九江琵琶湖侧。《大清一统志·江西九江府》："琵琶亭，在德化县西大江滨。唐白居易送客湓浦口，夜闻邻舟琵琶声，作琵琶行，后人因以名亭。"按，德化县于民国三年改称九江县，今九江市柴桑区。〇白傅：即白居易，晚年曾官太子少傅，故称。清江洋《寿静仁先生四十三初度即步原韵》："白傅流风犹想像，紫阳遗爱未销磨。"〇青衫湿：白居易《琵琶行》："座中泣下谁最多，江州司马青衫湿。"

登黄鹤楼

平生之兴寄高秋，胜迹常如为我留。九日突来三楚渚，青天涌出黄鹤楼。雄当江汉朝宗处，特立荆衡第一州。惆怅临风诗思竭，不关崔颢在前头。

〇黄鹤楼：故址在今湖北武汉蛇山黄鹤矶头。相传始建于三国吴黄武二年，历代屡毁屡建，20世纪80年代复建。《元和郡县图志·江南道三·鄂州》："城西临大江，西南角因矶为楼，名黄鹤楼。"《大清一统志·湖北武昌府》："黄鹤楼，在江夏县西。《元和志》：江夏城西南角，因矶为楼，名黄鹤。"唐崔颢《黄鹤楼》诗："昔人已乘黄鹤去，此地空余黄鹤楼。"唐李白《黄鹤楼送孟浩然之广陵》诗："故人西辞黄鹤楼，烟花三月下扬州。"宋陆游《入蜀记》卷五："黄鹤楼，旧传费祎飞升于此，后忽乘黄鹤来归，故以名楼，号为天下绝景。"〇江汉朝宗：《尚书·禹贡》："江汉朝宗于海。"江汉，指长江和汉水，旧时武汉十景有江汉朝宗，此处指江汉二水汇合处。嘉靖《汉阳府志》："汉阳十景，其一大别晚翠，其二江汉朝宗，其三禹祠古柏，其四官湖夜月，其五金沙落雁，其六凤山秋兴，其七晴川夕照，其八鹦鹉渔歌，其九鹤楼晴眺，其十平塘古渡。"

〇补校：此诗徐志炎《泰顺先哲诗选》题为"九月登黄鹤楼"，"常如"作"偏如"，"九日突来"作"九月适来"，"荆衡"作"荆襄"。

自沌口泛舟达长湖

乱流趋沌口，江涛险喜脱。帆傍柳阴回，桨向荻花拨。六日一篷窗，那觉楚天阔。众罾乍交横，鳣鲔何鳜鳜。引领长湖来，日夕烟霏抹。繁星出波底，渔灯耿天末。一色湛虚明，空水难剖割。顾此泛舟人，涸辙仰我活。激水待西江，何如祭以獭。舟子喜夷犹，我怀殊郁闷。不会夜景澄，心迹何自豁。

〇沌口：古镇名，在武汉汉阳东南，当沌水入长江之口。沌水上接沔阳诸水，夏秋水涨可以通航，古时常为武昌至江陵间江运别道。晋建兴初，王敦以陶侃为荆州刺史镇此。〇长湖：武汉有长湖，《大清一统志·湖北武昌府》："长湖，在崇阳县西南二十五里。"嘉靖《汉阳府志》："长湖，属马影河泊所。"然非诗中所指之长湖。今荆州、荆门、潜江三市交界处有长湖，为湖北第三大湖泊，长湖之名，始于明袁中道诗："陵谷千年变，川原未可分，长湖百里水，中有楚王坟。"《大清一统志·湖北安陆府》："长湖，在荆门州东南二百里东寨村。"《大清一统志·湖北荆州府》："王湖，在江陵县东五十里。又瓦子湖，亦在县东五十里，一名长湖。上通大漕河，水面空阔，无风亦澜，汇三湖之水以达沔，相近有象湖皷湖。"当是。

自浙偕同役诸君赴武昌，寻复有荆州之行，寄赵明府

凌越江天共九秋，武昌城到议维舟。无端雪浪翻云梦，又逐星槎犯斗牛。杜甫曾何巫峡兴，张衡空望汉阳愁。美人欲识相思否，独立苍茫楚水头。

○星槎句：星槎，见《桐江夜泊》诗注。晋张华《博物志》："旧说天河与海通。近世有人居海渚者，每年八月有浮槎去来，不失期，人有奇志，立飞阁于槎上，多赍粮、乘槎而去。十余日中犹观星月日辰，自后茫茫忽忽亦不觉尽夜。去十余月，奄至一处，有城郭状，屋舍甚严。遥望宫中有织妇，见一丈夫牵牛渚次饮之。牵牛人乃惊问曰：'何由至此？'此人为说来意，并问此是何处，答云'君还至蜀都，访严君平，则知之。'竟不上岸，因还如期。后至蜀，问君平，君平曰：'某年某月，有客星犯牵牛宿。'计年月，正此人到天河时也。"○杜甫曾何巫峡兴：唐代宗大历元年至三年期间，杜甫流寓于四川夔州（今奉节），写下了《咏怀古迹五首》《秋兴八首》《诸将五首》《昔游》《壮游》《阁夜》《登高》等作品。曾镛诗中"巫峡兴"应当指杜甫《秋兴八首》。○张衡句：张衡《四愁诗》："我所思兮在汉阳，欲往从之陇坂长。侧身西望涕沾裳。"张衡，字平子，东汉南阳西鄂人，历任郎中、太史令、侍中、河间相等职。与司马相如、扬雄、班固并称汉赋四大家，所作《二京赋》《归田赋》尤为著名。

沙津晚眺　二首

白日下江天，空堤恣引领。茫茫江水波，漠漠楚天迥。邱墓蔽郊坰，四望秋烟冷。借问此何地，云即楚中郢。遗址有章华，入夜草磷耿。对之一欷歔，营营笑土埂。

○沙津：即沙市，今湖北荆州沙市区。春秋战国时名为津、江津、夏首等。秦汉时期名津乡，属荆州临江郡郢县。魏晋南北朝隋称江津，属荆州江陵县。唐朝初见沙头、沙头市、沙市等称谓，五代十国南平国王高季兴置沙头镇，宋代设监镇，筑沙市城，名为沙市镇，元代录事司和江陵县治设于沙市，名曰沙市司，明朝初期，沙市设巡检司，荆南行署仍设于沙市三清观、江陵县治亦立于沙市。清朝称沙市镇、沙市司、沙市汛。○楚郢：战国时楚国之都城，在今湖北省江陵县附近。○章华：即章华台。在今湖北沙市，建者不详。后人附会为灵王所筑，即豫章台。汉荀悦《汉纪·武帝纪一》："楚灵王起章华之台而楚人散。"晋葛洪《抱朴子·君道》："鉴章华之召灾，悟阿房之速祸。"

大江西南来，洪流日夜下。老树擢荒郊，惊风交四野。徜徉望郢中，徙倚立驽马。巴歌溢江津，阳春惜和寡。临风发幽情，缅邈客郢者。日暮逢酒垆，呼童闲处泻。

○巴歌：古代民间通俗歌曲。巴，古国名，地在今川东、鄂西一带。《文选·宋玉〈对楚王问〉》："客有歌于郢中者，其始曰《下里巴人》，国中属而和者数千人……其为《阳春白雪》，国中属而和者数十人。"李周翰注："《下里巴人》，下曲名也。"

题伏生授尚书图

百家裂斯道，毒火肆狂秦。唐虞三代籍，终古成灰尘。古壁出科斗，垂训良津津。聱牙有至味，常苦赝没真。不有济南老，女口授廷臣。伊予千载下，汲古将谁因。

○伏生：汉时济南人，名胜，或云字子贱。原秦博士，治《尚书》。始皇焚书，伏生以书藏壁中。汉兴后，求其书已散佚，仅得二十九篇，以教于齐鲁间。文帝即位，闻其能治《尚书》，欲召之。然伏生年已九十余，老不能行，乃诏太常使掌故晁错往受之。西汉《尚书》学者，皆出其门下。相传所撰有《尚书·大传》三卷，疑为后学杂录所闻而成。○女口：伏生女儿羲娥之口。晁错到伏生家中学习《尚书》时，伏生因年迈不能像正常人那样说话，只有其女羲娥才能听懂，只好先由伏生言于其女羲娥，再由羲娥转述给晁错，才将伏生胸藏《尚书》整理记录下来。

孙叔敖墓并记

沙津便河桥东北，有土阜焉。乾隆间，或图之以葬，发土未成坎，雷填填，奋其下，震荡摏揭，葬者惊怖，不果窆。时荆南观察使，以沙津故有孙叔敖墓，闻而步其垄，以是必其墓也。令更发之，得古志，果叔敖所葬处，反壤为之树。嘉庆甲子，予泛舟荆南，土人为言其异，从而谒之，其墓碑固乾隆二十五年、分巡荆宜施来谦鸣立也。计楚自都郢历春秋战国，上下五六百年，国基强盛，为天下雄。以予求楚故迹，泯然无有，而楚大夫孙叔敖墓，乃岿然独存，神天若呵护焉。后之君子，不亦可兴九原可作感邪。嘻！可志己。

赫赫南服雄，都郢自文始。历王二十四，中华势莫比。荆蛮社固墟，郢中地犹是。我来吊往迹，雄图乃似洗。台馆无沉灰，邱墓更谁纪。有臣若叔敖，海滨一穷士。方其相楚庄，丕绩序麟史。身殁子负薪，宅兆可知己。我登大夫垄，咫尺濒河水。千载土一抔，风涛不能圮。豪强一侵夺，怒乃干神鬼。荷锸行欲加，轰雷应手起。幽志出人间，有封若坊峙。问此胡为然，相臣廉吏耳。

可为不可为，后贤曷视此。

○孙叔敖：姓蔿，名敖，字孙叔，楚国期思县潘乡（今河南淮滨）人，为楚庄王之令尹。他辅佐春秋霸主楚庄王在宓阳东北大败晋军，奠定了雄楚称霸之伟业。司马迁《史记·循吏列传》列其为第一人。《大清一统志·湖北荆州府》："孙叔敖墓，在江陵县城内。"《后汉书·郡国志》南郡江陵注：皇览曰：孙叔敖冢在城中白土里。"今位于荆州市中山公园东北角江津湖畔、春秋阁旁。○便河桥：在湖北荆州沙市。便河桥又称龙门桥，为三孔石拱桥，建于明万历十二年，清乾隆二十四年重修，加设石栏板，桥头添建凉亭两座。民国时便河桥东连龙门巷，西接游蒙路，桥南拖船埠是两沙运河码头。20世纪60年代因为修建北京路便河桥被拆除，老桥址在今马路中心。○来谦鸣：浙江萧山人，清雍正元年癸卯恩科二甲进士，曾任分巡延建邵道观察使、福建南平知府、台湾知府、分巡荆宜施道观察使等职。○南服：古代王畿以外地区分为五服，故称南方为"南服"。《文选·谢瞻〈王抚军庚西阳集别时为豫章太守庾被征还东〉诗》："祗召旋北京，守官反南服。"李善注："南服，南方五服也。"○都郢句：文，楚文王，芈姓熊氏，名赀，楚武王之子，春秋时期楚国国君。《史记·楚世家》："楚文王熊赀元年，始都郢。"《后汉书·地理志》江陵注："故楚郢都，楚文王自丹阳徙此。"○子负薪句：孙叔敖死后，家无余财，妻子穷困，负薪而食。《史记·滑稽列传》："王曰：'妇言谓何？'孟曰：'妇言慎无为，楚相不足为也。如孙叔敖之为楚相，尽忠为廉以治楚，楚王得以霸。今死，其子无立锥之地，贫困负薪以自饮食。必如孙叔敖，不如自杀。'"

○按：孙叔敖墓碑俱言为乾隆二十二年来谦鸣立，此诗言为二十五年，待考。

反棹江陵，日夕有江豚数十，逆流冲波而上，俗谓之拜浪，主有风。是夜，飓风大作，竟三日夜不得宁。盖禽鱼得气之先，有然也。抑阴慝之变，即以其类应邪

何物江豚拜浪过，飓风便尔聚鸣鼍。连宵船底驮鳌背，有客舵楼俨鹊窠。岂识阴阳逢戾沴，故将丑类上江沱。细看此种非潜伏，匪直诗人警涉波。

奉和李太守元旦试笔原韵

星使联樯曙，人间爆竹时。晓云开紫极，旭日焕朱旗。年鼓沿江动，条风应律吹。阳春欣有曲，叉手奋昌期。

○条风：东北风。一名融风，主立春四十五日。《山海经·南山经》："（令邱之山）其南有谷焉，曰中谷，条风自是出。"郭璞注："东北风为条风。"《淮南子·天文训》："距日冬至四十五日条风至。"高诱注："艮卦之风，一名融。"《史记·律书》："条风居东北，主出万物。条之言条治万物而出之，故曰条风。"

楚江元旦叠韵和吴上舍

笑数将耆岁，添来半客时。辛盘供仆手，椒酒寄村旗。复此稽江渚，从君听鼓吹。不知明岁旦，何处更相期。

○元旦：清嘉庆十年正月初一日。○上舍：宋代太学分外舍、内舍和上舍，明清因以"上舍"为监生的别称。○将耆岁：即将六十岁。古称六十岁曰耆。时年曾镛岁五十有八。○辛盘：旧俗农历正月初一，用葱韭等五种味道辛辣的菜蔬置盘中供食，取迎新之意。明李沂《丙寅元日》诗："颓檐缺壁还风雪，浊酒辛盘自岁时。"

泛舟长江至金山从刘观察李太守并同役诸公小集分得问字

扬舲下长江，风涛骇溟运。云驱过眼山，安得闲游分。凌波涌金碧，日到南徐郡。帆落心乍夷，矛投衣已奋。缥缈上岑楼，旁皇倒芳酝。春色来维扬，岛渚霭烟坌。日夕沧江波，当杯吹碧晕。得意我忘言，待月客分韵。遄更俟袁绚，青天把酒问。

○金山：在江苏镇江西北。古有氏父、获苻、伏牛、浮玉等名，唐时裴头陀获金于江边，因改名。南宋韩世忠败金兀术于此山下。元萨都剌《江城玩雪》诗："千重铁瓮成银瓮，一夜金山换玉山。"乾隆《镇江府志》："金山，在郡城西七里大江中。自长山西北起为五州山，至下漤浦突入江，起为此山。"○南徐：古代州名。东晋侨置徐州于京口城，南朝宋改称南徐，即今江苏省镇江市。历齐梁陈，至隋开皇年间废。《宋书·州郡志一》："武帝永初二年，加徐州曰南徐，而淮北但曰徐。文帝元嘉八年，更以江北为南兖州，江南为南徐州，治京口。"唐王昌龄《客广陵》诗："楼头广陵近，九月在南徐。"○维扬：扬州之别称。《书·禹贡》："淮海惟扬州。"惟，通"维"。后因截取二字以为名。○忘言句：语本《庄子·外物》："言者所以在意，得意而忘言。"忘言，谓心中领会其意，不须用言语来说明。《列子·仲尼》："得意者无言，进知者亦无言。"○袁绚：北宋时期人物，善歌。宋蔡绦《铁围山丛谈》卷三："歌者袁绚，乃天宝之李龟年也。宣和间，供奉九重。尝为吾言：'东坡公昔与客游金山，适中秋夕，天宇四垂，一碧无际，加江流澒涌，俄月色如画，遂共登金山山顶之妙高峰，命绚歌其水调歌头曰：明月何时有？把酒问青天。歌罢，坡为起舞而顾问曰：'此便是神仙矣！'吾谓：'文章人物，诚千载一时，后世安所得乎？'"

同诸公游焦山

烟波浩无极，双髻青飘飘。选胜从京口，到眼知金焦。昨上东坡阁，还坐玉带桥。颇惜此蓬岛，真面没僧寮。有客赏我趣，招呼过松寮。维时春尚浅，景色亦萧萧。我自松寥坞，信步竟山椒。岚光压香雾，生意森枯条。玲珑启虚阁，寂历临轻涛。坐将花酿把，静看梅片飘。一时尘网客，不觉意也消。醉醒行且憩，日夕泛归桡。恍惚一回首，白昼游清霄。

○焦山：山名。在江苏省镇江市东北长江中，与金山对峙。相传东汉处士焦先隐此，故名。有定慧寺、华严祠、华诏洞、《瘗鹤铭》等胜迹。向为江防要地。南宋初，韩世忠曾驻此抗击金兵。宋苏轼《书焦山纶长老壁》诗："法师住焦山，而实未尝住。我来辄问法，法师了无语。"清顾祖禹《读史方舆纪要·江南七·常州府》："焦山，府东九里江中，与金山并峙，相去十五里。以后汉处士焦先隐此而名。或名谯山，亦曰浮玉山。刘宋元嘉中，以魏人临江，尝分兵戍此。唐时有谯山戍，盖'焦'与'谯'通称也。"○双髻：指金山与焦山。○东坡阁：在镇江金山寺，又称慈云阁，传说苏东坡输玉带给高僧佛印就在此处。《金山志》："慈云阁在妙高台左，旧名德云楼，一名东坡阁，有玉带藏阁中。乾隆七年燬，玉带尚存。十六年，僧超尘重建。"○玉带桥：在金山白龙洞前。《金山志》："玉带桥在山北，明万历释如然建，郡守吴扬谦题玉带桥三字。"○松寥：即松寥阁，在焦山定慧寺。《清稗类钞》："（定慧）寺左为行宫，右为松寥阁，题曰'松寥竹坞'四字，为高宗御书。"

再游焦山同鹏别驾李明府登山顶　李明府号竹居

西极岷嶓南黔粤，百川奔注此休歇。洪波啮足游鼋鼍，沧溵当头浴日月。谁凿眼前京岘山，浪求海上蓬莱阙。一双蜡屐一帆风，我辈已饶仙圣骨。

○岷嶓：岷山与嶓冢山。《书·禹贡》："岷嶓既艺，沱潜既道。"孔传："岷山、嶓冢，皆山名。"○沧溵：江流、江水。溵，水名。溵水，在湖南。○京岘山：京岘山，在镇江市区。秦始皇三十七年，有观天象者说谷阳地方有天子气，始皇命赭衣徒三千凿京岘山东南垄，以败其气，遂改谷阳为丹徒。《大清一统志·江苏镇江府》："京岘山，在丹徒县东五里。宋鲍照有从拜陵登京岘诗。《南徐州记》：'秦时，命赭衣徒凿京岘南坑，凿处在故县西北六里，丹徒岘东南。'《太平寰宇记》引《梁典》：'武帝望京岘山，盘行如龙，掘其石为龙目二湖。'《集览》：'在今镇江府治东，京口因山得名。'《府志》：'本二山，此为京山，今县西南五里有岘山云。'"

和赵睦堂丹徒口游尹氏小园

阻浅情方剧，停桡兴独奢。不期寻乐客，偏遇望春花。排闼欢呼入，留题信手叉。游人豪类此，岂负主翁茶。

丹阳舟次夜雨答赵睦堂

脱得江波险，添来夜雨声。何人同皓首，此夕尚孤征。顾我成漂梗，知翁拟濯缨。刁骚经宿雨，到耳莫为情。

吴兴伤感并序

乾隆庚戌，先君子为不孝迎养，终于孝丰学署。呼吁无路，时幸归安补斋彦明府图、湖州绍堂雷太守轮，力相推挽，始挈眷匍匐扶榇归于泰。忽忽十余年，尔时妻若子曾无存者，二公亦后先凋谢。垂暮一身，顷复过此，孤篷风雨，回首湖山，问谁禁此泪潺潺溅衣袖也？欲哭不可，聊鸣以诗，亦燕雀啁噍之意尔。

十六年前去此都，孤舟呜咽聚妻孥。万难当道怀高义，才得亲骸返故庐。骨肉不堪身仅在，知交复与鬼为徒。潇潇风雨菰城侧，回首何如痛剥肤。

○吴兴：旧郡名，指浙江湖州。见《送绍堂雷观察赴赣南并序》诗注。○归安：旧县名，在今浙江省湖州市。北宋太平兴国七年，析乌程县东南一十五乡置归安县。明、清时期，乌程与归安两县同为湖州府首县，同城而治。民国元年，撤废归安县，与乌程县合并为吴兴县（今湖州市吴兴区）。○忽忽十余年：自乾隆庚戌至嘉庆乙丑，凡十六年。○菰城：旧县名，指吴兴。楚考烈王十五年，春申君黄歇徙封于吴，于今吴兴区道场乡境内筑菰城，置菰城县（今遗址尚存）。

过蒙山

此腰不为五斗折，陶公自古号高杰。可怜待到不折时，识得昨非悔亦迟。但一束带幸未辱，况是督邮何足奇。君不见有人频复不谏迷不追，可食酒肉可鞭棰。委奋先不为人制，使人一齐羞杀老莱妻。屑屑往来读离犹过蒙山陂。老莱所耕之蒙山，非必即此，特以同是蒙山耳。

○蒙山：位于山东省蒙阴县，古称"东蒙""东山"。相传春秋时老莱子曾隐居于此。《大清一统志·山东沂州府》："蒙山在蒙阴县南，接费县界。《书·禹贡·徐州》：'蒙羽其艺。'《诗·鲁颂》：'奄有龟蒙。'《汉书·地理志》：'蒙阴，禹贡蒙山在西南，有祠章怀太子曰，山在新泰县东南，时县方省入新泰也。'刘芳《徐州记》：'蒙山高四十里，长六十九里，西北接新泰县界。'《元和郡县志》：'蒙山在费县西北八十里，东蒙山在费县西北七十五里。'邢炳《论语疏》：'山在鲁东，故曰东蒙。'《齐乘》：'龟山，在今费县西北七十里。蒙山，在龟山东。二山连属，长八十里。禹贡之蒙羽，论语之东蒙，此正蒙山也。后人误以龟山当蒙山，蒙山为东蒙，而隐没龟山之本名。'明公鼐《蒙山辨》：'蒙山高峰数处，俗以在西者，为龟蒙，中央者为云蒙，在东者为东蒙，其实一山未尝中断。龟山自在新泰县境，其北有沃壤，所谓龟阴之田是也。'《旧志》：'蒙山绵亘百二十里，有七十二峰，三十六洞，古刹七十余所。龟蒙顶为最胜，其次曰白云岩，产云芝茶。其东有平仙顶、卧仙橛、玉皇顶，皆秀插云表。'"○五斗：指五斗米，喻微薄俸禄。《宋书·隐逸列传·陶潜》："郡遣督邮至，县吏白应束带见之，潜叹曰：'我不能为五斗米折腰向乡里小人。'即日解印绶去职。赋归去来。"○督邮：官名。汉置，郡之重要属吏，代表太守督察县乡，宣达教令，兼司狱讼捕亡。唐以后废。○老莱妻：春秋楚老莱子之妻。曾劝阻老莱子出仕，相偕隐于江南。后常以"老莱妻"为贤妻之代称。汉刘向《列女传·楚老莱妻》："莱子逃世，耕于蒙山之阳。葭墙蓬室，木床蓍席，衣缊食菽，垦山播种。人或言之楚王曰：'老莱，贤士也。'王欲聘以璧帛，恐不来，楚王驾至老莱之门，老莱方织畚，王曰：'寡人愚陋，独守宗庙，愿先生幸临之。'老莱子曰：'仆山野之人，不足守政。'王复曰：'守国之孤，愿变先生之志。'老莱子曰：'诺。'王去，其妻戴畚挟薪樵而来，曰：'何车迹之众也？'老莱子曰：'楚王欲使吾守国之政。'妻曰：'许之乎？'曰：'然。'妻曰：'妾闻之：可食以酒肉者，可随以鞭捶。可授以官禄者，可随以铁钺。今先生食人酒肉，受人官禄，为人所制也。能免于患乎！妾不能为人所制。'投其畚莱而去。老莱子曰：'子还，吾为子更虑。'遂行不顾，至江南而止，曰：'鸟兽之解毛，可绩而衣之。据其遗粒，足以食也。'老莱子乃随其妻而居之。"

骑骡

或属以北上须乘骡轿，身安而行速。乘之数日，凡过河、投宿，起落无不费事。而所乘之轿轙虺特甚，乃弃轿骑骡，始甚适意，至次日所苦异常。

白头骑乌骡，据鞍殊躩铄。中道弃厥轿，喜不自束缚。朝发东蒙野，夕秣泰山脚。但觉气深稳，未知径确荦。馆主夸我能，南人曾不弱。持杯擘鸡蹠，所嫌鲁酒薄。一觉鸡胶胶，群马蹄趵趵。仆夫促我行，髀骨一酸削。那知骡背苦，甚于羊肠恶。扶床更攀镫，呼人抱且托。大笑出门去，鞠如顾步鹤。此行岂殊崖，雄心衰复作。宁胜御款段，乡里寻吾乐。

○骡轿：驮在骡背上之轿子。徐珂《清稗类钞·舟车·骡轿》："骡轿，形如箱，长四尺弱，阔一尺强，高三尺弱，以二长杠架于前后二骡之背。杠上置轿，颇宽大，可坐卧其中，并略载行李。"○轙虺：动摇不安貌。《易·困》："困于葛藟，于轙虺。"○东蒙：即蒙山。见前注。因山在鲁东，故名。○乡里：周制，王及诸侯国都郊内置乡，民众聚居之处曰里。《周礼·地官·遗人》："掌邦之委积以待惠施，乡里之委积以恤民之囏厄。"郑玄注："乡里，乡所居也。"

望泰山

远望青岩岩，苍然起齐鲁。行行一遍视，白昼走风雨。摩天直过三，论岳更何五。会蹑日月观，一抔九州土。

○泰山：五岳之东岳，在山东泰安市，有"五岳之首""天下第一山"之称。《大清一统志·山东泰安府》："泰山，在泰安县北五里，是为东岳，亦曰岱宗。《尚书·舜典》：岁二月东巡狩，至于岱宗。《周礼·职方氏》：兖州山镇曰岱山。《尔雅·释山》：河东岱。《诗·鲁颂》：泰山岩岩，鲁邦所瞻。《史记·货殖传》：泰山之阳则鲁，其阴则齐。应劭《汉官仪》马第伯《封禅记》：上山至中观，去平地二十里，南向极望无不睹。仰望天关，如从谷底仰观抗峰，其为高也，如视浮云，其峻也，石壁窅窱，如无道径。行到天关，自以已至也，问道中人，言尚十余里。其道傍山胁，大者广八九尺，狭者五六尺。仰视岩石松树，郁郁苍苍，若在云中，俯视溪谷，碌碌不可见丈尺。遂至天门之下，仰视天门，窔辽如从穴中视天。直上七里，赖其羊肠逶迤，名曰环道，往往有絚索可得而登也。晡后到天门郭，使者得铜物，形状如钟，又方柄有孔，莫能识，疑封禅具也。东上一里余，得木甲。木甲者，武帝时神也。东北百余步，得封所，始皇立石及阙，在南方，汉武在其北二十余步。得北垂圆台，高九尺，方圆三丈所，有两陛，人不得从上。从东陛上，台上有坛，方一丈二尺所，上有方石，四维有距石，四面有阙。东山名曰日观，日观者，鸡一鸣时，见日始欲出。秦观者，望见长安。吴观者，望见会稽。周观者，望见齐。西北有石室，坛以南有玉盘，中有玉龟。唐《六典》：河南道名山曰泰山。周一百六十里，高四十余里。李吉甫《元和郡县志》：泰山在乾封县西北三十里。《文献通考》：泰山为岱宗者，以其处东北，居寅丑之间，万物始终之地，阴阳交泰之所，为众山之所宗主。章潢《图书编》：山南有柏千株，相传汉武所种。小天门有秦五大夫松，岳顶有秦无字碑，断崖数丈。"

养鸡词

野妪养鸡常百头，朝散之野夕而收。鸡饥鸡饱若无意，屋角田边安爬搜。妪有新妇能家甚，野田雨旱为鸡愁。唤儿编篱女安钵，手握撮粒时㹠㹠。群鸡闻呼抢地集，仰首求食不自求。终日嗒嗒一圈地，儿女叱咄无遑休。大鸡得食不盈啄，小鸡头毛成秃鹙。螟螣蟊贼委之野，愁鸡饥时鸡饱不。欿歔养鸡自有食，仓庾秕糠为谁积。养鸡还有地，开沟筑场皆可饲。野妪宁独忍，新妇岂不仁。爱鸡不审养鸡法，适以扰乱饥雏群。

○㹠㹠：音州州，呼鸡声。《京本通俗小说·拗相公》："婢又呼鸡：'㹠㹠，㹠㹠，王安石来！'群鸡俱至。"

过涿州怀金亨亭

名际会，丁酉拔贡，庚子北闱举人，授临榆令，调卢龙，迁涿州而卒。

升沉各异数，忆昔一怆然。瓯海闻鸡夜，燕山梦鹿年。自戊子、己丑，予与金大同学中山。比戊戌北上，前后阅十余年，知交最久。我抱和氏璞，君著祖生鞭。展骥成何事，堪叹是逝川。

○金际会：见卷一《夜泊石帆》诗注。○北闱：明清科举制对顺天乡试之通称。○和氏璞：《韩非子·和氏》："楚人和氏得玉璞楚山中。奉而献之厉王。厉王使玉人相之，玉人曰：'石也。'王以和为诳，而刖其左足。及厉王薨，武王即位，和又奉其璞而献之武王。武王使玉人相之，又曰：'石也。'王又以和为诳，而刖其右足。武王薨，文王即位……王乃使玉人理其璞，而得宝焉，遂命曰'和氏之璧'。"后亦借和氏璞指怀才不遇之人。○祖生鞭：《世说新语·赏誉下》"刘琨称祖车骑为朗诣"刘孝标注引晋虞预《晋书》："刘琨与亲旧书曰：'吾枕戈待旦，志枭逆虏，常恐祖生（指祖逖）先吾著鞭耳。'"唐李白《赠宣城宇文太守兼呈崔侍御》诗："多逢剿绝儿，先著祖生鞭。"

过南城四川营家琼圃故寓感怀

名儒璋，官刑部郎中。方予留都时，爱好特甚。甲辰出任兴泉永道，不数月而卒。

黄尘蔽马首，四顾何茫茫。衢巷曾无改，亲知倏已亡。空怀鸣鹤曙，不见食驹场。挥策驱之过，车轮转我肠。

○四川营：在北京宣武门外骡马市大街北侧，因明末四川女将秦良玉奉命率军进京勤王时曾驻扎此处而得名。○曾儒璋：见《送家琼圃三兄赴兴泉永道》诗注。

寻李道长故宅及彦补斋嗣君

京华冠盖薮，相索纷交横。白昼屯华毂，黄金曜飞甍。策蹇寻吾党，道长两嗣君皆予旧徒。闲从隘巷行。下车叩邻叟，宅主乃再更。念我同官好，有孤在东城。遥遥访得之，隳瓦填高闳。皇皇彼复此，行行自屏营。屏营亦何益，聊以尽吾情。

怀敬轩孙太史

名希旦，戊戌探花，官终翰林编修。

曾记看花日，群仙会杏园。一时龙虎榜，争说鹣鸰孙。才器谁还朴，词河独探源。却思于相国，公道至今存。予北上时，太史方成进士。既及第，偕同年会浙绍乡祠，俄而座主于金坛至，视太史鞠然居后，亟招之前曰："诸君一事以师可也！"太史故静朴，而金坛器之如是。

○孙希旦：字绍周，号敬轩，瑞安碧山桐田人，清代温州进士科举名次最高者。乾隆二十七年中举，四十三年进士，为一甲探花，授翰林院编修。四十六年春，补考散馆一等，任武英殿分校官兼国史三通馆纂修官。四十九年卒，年四十九。○于金坛：于敏中，字叔子，一字重棠，号耐圃，江苏金坛人。清乾隆二年进士第一，授修撰。累迁户部侍郎兼军机大臣，官至文华殿大学士兼户部尚书。曾任《四库全书》馆正总裁，又充国史馆、《三通》馆总裁。在军机处近二十年。卒谥文襄。有《临清纪略》。○看花日：唐时举进士及第者有在长安城中看花之风俗。引申为进士放榜之日。唐刘禹锡《元和十一年自郎州召至京戏赠看花诸君子》诗："紫陌红尘拂面来，无人不道看花回。"○龙虎榜：唐贞元八年，欧阳詹与韩愈、李绛等二十三人于陆贽榜联第，詹等皆俊杰，时称"龙虎榜"。见《新唐书·文艺传下·欧阳詹》。后因谓会试中选为登龙虎榜。

过海山周大司马故第

司马嗟骑尾，宾朋亦反真。予与方青门先生、丁廷英同年，前后同为司马公馆宾，皆无存者。回头一似梦，而我犹为人。阅历思前辈，依栖忆此身。寻常东阁地，窥岂叹无因。

○周海山：见《庚子元旦雪海山周大司马以奉和御制诗见示因绎原韵呈览》诗注。

与汪太史叙话小龙塆山庄

丁巳曾馆于皖之小龙塆，塆有万绿庄，太史时卜居焉。置酒纳凉，偶相过从，如隔人境。曾记以小诗，盖一时漫兴也。顷从尘网中，晤太史于京邸，追忆旧游，风景在目，属为更书一通，觉前此渔人，益不胜怅然神往。爰缀五古，并录以正。

邱山我辈性，生涯类转蓬。忆我游皖水，方君息鹳峰。虚岚晓暖暖，石泉夜淙淙。挥羽寻吾契，修篁一径风。笑言昨日事，小住各匆匆。十年一握手，相视两衰翁。自笑抛游杖，白头抗尘容。羁鸟旧林念，问君将毋同。天涯闲矫首，悒怏怀陶公。

○鹳峰：鹳峰尖，在安徽桐城大龙山。清道光《桐城县志》："从大龙岭过峡陡起一峰，曰鹳峰尖，北走金竹岭、杨树宕，蜿蜒而至柴林，复突起船梢峰，为小龙最高顶。"

南城旅馆喜陈白云进士过访夜话

南城旧宅第，廿载新人文。顾我宜无友，忘年乃有君。狂歌鲸掣海，放论鹘翻云。不弃吾衰甚，烹茶候夜分。

○陈白云：陈斌，字陶邻，号白云，浙江德清人。清嘉庆四年进士，十一年铨授安徽青阳知县，历官合肥令、凤颍同知、署宁国府事，以泾县疑狱谪归。

游南城陶然亭

尘居慕清旷，缓步竟南城。一径秋芦响，浮空郊树平。登亭得山色，倚槛闻磬声。脱帽冥心坐，悠然远我情。

○陶然亭：在北京市南陶然桥西北侧，清康熙三十四年工部郎中江藻所建。清江皋《陶然亭记》："皇城之南，慈悲庵内，碧波萦纡，有亭陶然。康熙三十四年，侍郎江藻立亭于斯，名自'与君一醉一陶然'。"

都门寒夜

雪映燕山夜，严寒起禁城。月临万户静，漏出九重清。披氅当孤阁，寻诗欲二更。最怜霜色里，凄切白糖声。

○燕山：指燕山府，即今北京地域。宋宣和四年，金兵攻占辽燕京析津府。宣和五年，归宋，改为燕山府，领十二县。其中析津县、宛平县、都市县、昌平县、良乡县、潞县、玉河县、漷阴县在今北京市境内。《大清一统志·直隶顺天府》："燕山，在蓟州东南五十五里，高千仞，陡绝不可攀，与遵化州及玉田接界。"

夜发东阿

夜发东阿道，山石何嵼巍。车轮乍高下，肝肠同之摧。踉转临四野，冥濛低斗台。明星渐东转，晓色逼寒来。霜凝我马鬣，冰坚我仆惫。栖栖此飘梗，悠悠越岩隈。曾非子奇岁，而无敬仲才。齐南复鲁北，疲役良可哀。

○东阿：山东聊城东阿县。汉时置，属东郡。清初，属兖州府东平州；雍正十三年改属泰安府。1949 年隶平原省聊城行政督察专员公署。1952 年平原省撤销，隶山东。1958 年撤东阿县，其地分别并入寿长、茌平两县。1961 年复设东阿县，隶聊城。○斗台：斗，星名，二十八宿之一，亦泛指星。台，三台星，参见《春夜不寐即日》诗注。○子奇：相传为春秋时齐国人，十八岁治阿县，阿大治。后用以称年少有才华之人。《后汉书·顺帝纪》："（阳嘉元年冬十一月）辛卯，初令郡国举孝廉……其有茂才异行，若颜渊子奇，不拘年齿。"李贤注："《新序》曰：'子奇年十八，齐君使之化阿。至阿，铸其库兵以为耕器，出仓廪以赈贫穷，阿县大化。'"○敬仲：历史上叫"敬仲"者颇多，如田完（田敬仲），见《史记·田敬仲完世家》。如高傒（高敬仲），见《史记·齐太公世家》。此处"敬仲"当指春秋时齐国上卿管仲，辅佐齐桓公小白成就一代霸业，死后谥号为敬，故又称管敬仲。

且漫叹

丈夫落落负志节，岂必科头踞岩穴。物色有时适相遭，肺肝且漫向人热。谓此血诚天所资，焉能不为知我披。夷吾能得几鲍叔，国侨千古一子皮。君不见有粟自人之言遗，庸人乐受达者辞。

○鲍叔句：夷吾，即管仲。鲍叔，即鲍叔牙。《史记·管晏列传》："管仲曰：'吾始困时，尝与鲍叔贾，分财利多自与，鲍叔不以我为贪，知我贫也。吾尝为鲍叔谋事而更穷困，鲍叔不以我为愚，知时有利不利也。吾尝三仕三见逐于君，鲍叔不以我为不肖，知我不遭时也。吾尝三战三走，鲍叔不以我怯，知我有老母也。公子纠败，召忽死之，吾幽囚受辱，鲍叔不以我为无耻，知我不羞小节而耻功名不显于天下也。生我者父母，知我者鲍子也。'"○子皮句：国侨，即春秋郑大夫公孙侨。侨字子产，穆公之孙。父公子发，字子国，以父字为氏，故又称国侨。郑简公十二年为卿，二十三年起执政，治郑多年，有政绩。郑声公五年卒。郑人悲之如亡亲戚。《论语·公冶长》："子谓子产，有君子之道四焉，其行己也恭，其事上也敬，其养民也惠，其使民也义。"子皮，鸱夷子皮之省称，范蠡之号。春秋时楚人，曾为越大夫，助越灭吴。后至陶经商致富，又称陶朱公。《史记·越王勾践世家》："范蠡浮海出齐，变姓名，自谓鸱夷子皮。"〇有粟自人之言遗：因为别人之谈论而派人赠与我米粟，等到他想加罪于我时，必定仍会凭借别人之谈论。典出《列子·辞子阳之粟》："子列子穷，容貌有饥色。客有言之于郑子阳者曰：'列御寇，盖有道之士也，居君之国而穷，君无乃为不好士乎？'郑子阳即令官遗之粟。子列子见使者，再拜而辞。使者去，子列子入，其妻望之而拊心曰：'妾闻为有道者之妻子，皆得佚乐，今有饥色。君过而遗先生食，先生不受，岂不命邪！'子列子笑谓之曰：'君非自知我也。以人之言而遗我粟，至其罪我也又且以人之言，此吾所以不受也。'其卒，民果作难而杀子阳。"

丙寅九月偕张仲平诸生游雁宕

　　山河南戒尽雁宕，西从王母到海上。生长瓯江数十年，缥缈空作神山望。老去赖得体犹轻，眼底名山肯未行。及身亟思亲寓目，欣然请从得张生。即日便将游屐理，恐不乘兴又中止。三朝径至大芙蓉，生忽疾作须眈视。喜生同游意颇坚，小留一夕疾亦瘥。百二十峰欣可指，四十九盘忘倒悬。到山有寺半倾折，四望未觉甚奇绝。所见想多异所闻，且傍肩舆绕岩穴。行行有峰曰剪刀，插空欲剪天云高。及到峰间形忽幻，如帆张天驰风涛。小转又名小天柱，纤于危樯到江浦。我自峰间乍昂头，不禁惊呼拍双股。回望云即大龙湫，千丈银河来峰头。是烟是霞是匹练，忽断忽续忽迸流。舞风闪日恍游戏，色相变态瞬间异。匡庐瀑布浪同名，此景人间那有二。宴坐不觉日西衔，仆夫请盍宿灵岩。奇峰蓊天压去路，日夕但见青巉巉。灵岩长老特不俗，侍立有徒清似鹄。为问此徒得何年，云才舍身奉金粟。只为前月游此间，旋请祝发不肯还。地胜移人乃至此，我辈一宿宁等闲。乘晓一随僧指点，攀援遑问夷与险。跂石手自掬飞泉，扪萝时复坐厓厂。寻奇奇到天柱峰，天下有峰宜共宗。巍然特立几千仞，庄严正直还春容。此乃诸峰大君子，支撑天地特恃此。或从柱下开小亭，丁宁慎勿伤此趾。其间有洞何蜿蜒，盘空欲上一骇然。分明龙从洞口入，头垂雨意犹涓涓。僧言此乃龙鼻水，点滴冬夏无时已。小坐生怕作风雷，挟我飞向海天里。却怪谁将土木供，块然逼塞鼻之冲。我力蹙之立移去，扫荡灵窟还真龙。出洞下山更入寺，再煮雁茶饱蔬食。长老殷勤道我行，奇情复一为我示。却顾峰前拜石僧，恍亦揖我同之登。欲往从之造绝顶，只愁有客力未能。相呼且先尽东谷，今夜可就净明宿。沿山形胜攀游人，到寺晚岚迷殿屋。睡醒峭壁迫轩棂，行看悬崖俨幛屏。两崖相夹峙天半，秋空仅留一画青。我方仰头藉幽草，竟说灵峰乃天造。略观大意舍之去，有奇未遑更搜讨。灵峰一峰起谷中，大半谽谺如空桐。擘开山腹示神异，千人任渠罗心胸。高下天然成栋宇，殿阁凿就何鬼斧。且向中间一凭眺，排闼送青满洞户。我闻此山三绝名，龙湫灵岩曾经行。此峰自合推鼎峙，名山三百谁抗衡。遐想梅溪吾乡老，何年入宕恣幽抱。此游未及十二三，出宕肯便辞焦岛。长老请暂返云房，我当更持三月粮。东来认取老僧岩，手拄青竹上石梁。

○雁宕：即雁荡山。在浙江东南部。分南、北两个山群，南雁荡山在平阳县西，北雁荡山在乐清县东北。诗指北雁荡山。宋沈括《梦溪笔谈·杂志一》："温州雁荡山，天下奇秀，然自古图牒未尝有言者。祥符中，因造玉清宫，伐山取材，方有人见之，此时尚未有名……予观雁宕诸峰，皆峭拔险怪，上耸千尺，穹崖巨谷，不类他上，皆包在诸谷中。"《大清一统志·浙江温州府》："雁荡山，在乐清县东九十里，东联温岭，西接白岩，南跨王环，北控苍岭，盘曲凡数百里。其峰百有一，谷十，洞八，岩三十，争奇竞胜，游历难遍。旧志云：山跨乐清平阳二县，在平阳西南者曰南雁荡，此为北雁荡。有东西内外谷，东外谷之峰五，东内谷之峰四十有八，西内外谷之峰各二十四，诸峰峭拔险怪，上耸千尺，皆包诸谷中。自岭外望之都无所见，至谷中则森然干霄。绝顶有湖，方十余里，水常不涸，雁之春归者留宿焉，故曰雁荡。有大小龙湫，会诸洞水，悬崖数百丈，飞瀑之势如倾万斛水，从天而下。沈括谓天下奇秀无逾此山。谢灵运为永嘉守，酷好搜奇，而不及雁荡，其时山实榛莽，莫之或知也。至宋太平兴国初，僧全了栖止是山，建灵岩寺，山始显名。"○王母：即西王母、王母娘娘，神话传说中掌管不死药、罚恶、预警灾厉之女神，地位崇高。《山海经·大荒西经》："西有王母之山，壑山、海山。"唐杜甫《秋兴》诗之五："西望瑶池降王母，东来紫气满函关。"唐李贺《浩歌》："王母桃花千遍红，彭祖巫咸几回死。"○芙蓉：雁荡山芙蓉峰，位于西内谷和西外谷交界处之东岭北面。明人何白有"江上百里见芙蓉"之句，正因此峰高耸云霄，故特别引人注目。清方尚惠《芙蓉峰》诗："云间峰朵朵，锦绣似芙蓉，不待秋风起，花光映日红。"○剪刀：雁荡山剪刀峰，位于连云嶂口锦溪之右侧，一峰耸立，上分为二，似两股略开之蟹螯，又似剪刀。此峰变化极多，古有夫妻、植圭、卷旗、玉柱、一帆等名。○大龙湫：在雁荡山马鞍岭西。水从连云嶂凌空而下，高约百九十米，白练飞泻，极为壮观，为雁荡风景三绝之一。也称"龙湫"。明徐弘祖《徐霞客游记·游雁荡山日记后》："又二里，渐闻水声，则大龙湫从卷崖中泻下。"○匡庐瀑布：即庐山瀑布，素闻名于海内。古人云："泰岱青松，华岳摩岭，黄山云海，匡庐瀑布，并称山川绝胜"。○灵岩：雁荡山灵岩寺，在乐清雁荡山灵岩之阳，寺以岩名，四周奇峰嶙峋，古木参天。始建于北宋太平兴国四年，有殿宇、禅房百余间，号称"东南首刹"，为雁荡十八古刹之一，宋太宗赐御书经书，真宗赐额"灵岩禅寺"，仁宗赐金字藏经。明清时重建，规模缩小。○天柱峰：雁荡山天柱峰，位于灵岩寺右前方，色白体圆，立地擎天，气势磅礴。峰北侧有"辟立千仞"和"天不塌，赖以柱其间"摩崖题刻。○龙鼻水：《徐霞客游记·游雁荡山日记》："嶂之最南，左为展旗峰，右为天柱峰。嶂之右胁介于天柱者，先为龙鼻水。龙鼻之穴从石罅直上，似灵峰洞而小。穴内石色俱黄紫，独蟠口石纹一缕，青绀红青色润泽，颇有鳞爪之状。自顶贯入洞底，垂下一端如鼻，鼻端孔可容指，水自内滴下注石盆。此嶂右第一奇也。"○拜石僧：雁荡山僧拜石。《徐霞客游记·游雁荡山日记》："自此过双鸾，即极于天柱。双鸾止两峰并起，峰际有僧拜石，袈裟伛偻，肖矣！"清曹去晶《姑妄言》第二十四回："天柱后为玉女峰，两峰之间别有小峰二，土人呼为僧拜石，颇肖。"〇净明：净名寺，位于雁荡山灵峰、灵岩之间净名谷口，为雁山十八古刹之一。〇灵峰：山名。以悬崖叠嶂，奇峰怪石，古怪石室，碧潭清润而著称，与灵岩、大龙湫并称为雁荡三绝。山下有灵峰寺。〇梅溪：王十朋，字龟龄，号梅溪，南宋状元，乐清人。一生经过雁山至少七次，都是中进士之前，而且又都是北上临安时，因此对雁荡山之感受极其亲切，其间赋有大量有关雁荡之诗。如《游灵岩辉老索诗至灵峰寄数语》："雁荡冠天下，灵岩尤绝奇。"〇老僧岩：又名接客僧，石佛岩，为雁荡山著名风景。远望山如老僧秃顶披裟，朝东南方，拱手做迎客状。《徐霞客游记·游雁荡山日记》："又二十里，饭大荆驿。南涉一溪，见西峰上缀圆石。奴辈指为两头陀，余疑即老僧岩，但不甚肖。五里，过章家楼，始见老僧真面目，袈衣秃顶，宛然兀立，高可百尺。侧有一小童，伛偻于后，向为老僧所掩耳。"

过毛大会昌故居

名启元，其先括苍人，生长永嘉之浦桥。乙酉拔贡，丁酉领乡荐。

相知不相识，忆昔过斯门。乘夜安吟榻，开轩倒酒尊。心胸秋宇豁，谈笑海涛翻。万事忽都尽，回头何忍言。

〇毛大会昌：毛启元，字会昌，浙江景宁人，乾隆四十二年举人。清光绪《处州府志》卷十六："乾隆丁酉科，毛启元，景宁人。"

题故友嗣君小照

予尝肄业中山，时与赵斯度、金盛斯、冯徵兰、胡锦溪诸君连床风雨，同称契好。忽忽云散四十余年。庚午余馆于郡城，锦溪之子丙宣来见，并持小照请题，风矩大类锦溪。回首旧游，为之增感，因题以赠。

故人久不见，眉宇一茫然。有子能承考，披图宛象贤。闲门陶令柳，逸兴远公莲。我视传神处，鸿轩感昔缘。

〇远公：晋高僧慧远，居庐山东林寺，世人称为远公。唐孟浩然《晚泊浔阳望庐山》诗："尝读远公传，永怀尘外踪。"远公在庐山东林寺结莲社，率众精进念佛，共期西方。凿池种莲花，在水中立十二品莲叶，随波旋转，分刻昼夜作为行道的节制，称为莲漏。

寄祝闽浙制军稼门先生七十寿

天柱起桐皖，明公此降神。遐方尸祝日，盛世泰交春。会合追文富，时还仗甫申。壮犹畴与匹，道力早殊伦。绩以勤施懋，心从寡欲纯。渊渟昭厥静，岳峙得其仁。在雅真元老，居师是丈人。勋名曾表海，节概尚耕莘。福守题灯夜，莱阶舞采辰。相公闲读易，仆射想无宾。翘首仙山远，经宵寿极新。荣怀明有庆，平格岂须陈。丰骨知天授，兴居幸自珍。邠觥无路致，且以贺吾民。制军答书云，是日实无一刺相投，读仆射无宾之句，又足征相知有素，虽千里外，若目睹者。

○闽浙制军：即闽浙总督。制军又称制台，为明清时期总督之别称。○稼门先生：即汪志伊，见前注。○天柱：天柱山，在安徽安庆市潜山县西部，又名潜山、皖山、皖公山、万岁山、万山等。《大清一统志·安徽安庆府》："皖山，在潜山县西北。《太平寰宇记》：潜山，在怀宁西北二十里，高三千七百丈，周二百五十里。山有三峰，一曰天柱山，一曰潜山，一曰皖山，三山峰峦相去隔越。《县志》：山之南为皖山。北为潜山。东为天柱山，一名雪山。西为霍山。道家以为第十四洞名天柱司元之天。有峰二十七，其著者曰飞来三台。又有岭八、崖五、岩十有二、原四、洞十、台四、池三，奇秀不可殚记。"汪志伊为安徽桐城人，故起句曰天柱起于桐皖。○甫申：西周时甫侯与申伯。《诗·大雅·崧高》："崧高维岳，骏极于天。维岳降神，生甫及申。"此处指汪之生日。○表海：为东海之表式。春秋吴季札至鲁，鲁为之歌齐诗，季札闻乐云："美哉，泱泱乎！大风也哉！表东海者，其太公乎！"见《左传·襄公二十九年》。○邠觥：指祝寿之酒杯。邠，古同"豳"，古地名，在今陕西省旬邑县。《诗经·豳风·七月》："跻彼公堂，称彼兕觥，万寿无疆。"

○按：汪志伊于嘉庆十六年调任闽浙总督，诗当作于是年，时曾镛在泰顺。

莳花即事并序

壬申主罗阳教席，手植鸡冠花数百本，花盛而奇，人人以为目未经见。董生仲常乔梓、潘生庸五、叶生畦香、林生百一皆纪以诗，爰歌而和之。

人不能树树花草，自笑闲情曾未老。一秋面目为花鏖，花时还为风雨恼。借问满院何名花，向来只道洗手好。我为花中耐久朋，踏遍长安此花少。勤勤旦暮浇且剔，人工不意夺天巧。寻常赤玉黄钿形，作态全出人意表。重门洞开堂阁深，树色山岚隐缭绕。分明丹穴凤雏翔，仿佛海渚云霞晓。是将仍强以鸡名，除非神光集陈宝。我即花似雾中看，那禁开筵忘潦倒。放歌击赏得吾徒，又手合将花史讨。如何老圃有斯容，漫等溪头萍与蓼。怪煞夜来妒雨风，无端作自诗脱稿。危冠岌岌仗扶持，又教此翁忙不了。倦来且小坐花前，请君共把花阶扫。与君言树此花方，评花有谱姑弗考。此花何事世无称，总是园丁心未小。根柢不厚菁华衰，疵类不去精神槁。未花培之勿惮肥，有花刮之勿畏早。花盛勿羡赏心多，持根还应强而矫。蒔此非易护此难，吾于学圃得学道。一蒔花即事写出一段树人至意，一片爱才苦心。而二三文成名立之士，正宜各书一通为座右铭。

〇壬申：清嘉庆十七年（1812）。〇洗手：洗手花，鸡冠花之别名。宋袁褧《枫窗小牍》卷下："鸡冠花，汴中谓之洗手花。中元节则儿童唱卖，以供祖先。"清黄宗羲《小园记》："断肠、洗手、红姑、虞美，丛生砌下，递换瞬间，非盆盎之所忱拾也。"〇丹穴：丹穴山。《山海经·南山经》："丹穴之山……有鸟焉，其状如鸡，五采而文，名曰凤皇。"〇陈宝：传说中神名，又称鸡鸣神。诗中借以指鸡冠花。《史记·秦本纪》："（文公）十九年，得陈宝。"司马贞索隐："按：《汉书·郊祀志》云：'文公获若石云，于陈仓北阪城祠之，其神来，若雄雉，其声殷殷云，野鸡夜鸣，以一牢祠之，号曰陈宝。'"北魏郦道元《水经注·渭水一》："县有陈仓山，山上有陈宝鸡鸣祠。昔秦文公感伯阳之言，游猎于陈仓，遇之于此坂，得若石焉，其色如肝，归而宝祠之，故曰'陈宝'。其来也，自东南晖晖声若雷，野鸡皆鸣，故曰'鸡鸣神'也。"

复斋诗集卷四

偕诸幕友登东安孔明台

乱山环抱一丸城，上有山台号孔明。此日欢呼寻故迹，当年何事驻蛮荆。

地趋百粤滩逾险，乡近五溪人尚横。为忆抚绥劳上将，我来奚以字编氓。

〇东安：东安县，隶属湖南省永州市，位于湘江上游。曾镛时任东安知县。《大清一统志·湖南永州府》："东安县，在府西九十里。汉零陵郡地，晋分置应阳县，宋以后因之。隋省入零陵县。五代时，马殷置东安场。宋雍熙元年置东安县，属永州。元属永州路，明属永州府，本朝因之。"〇孔明台：在东安县城南诸葛岭。《大清一统志·湖南永州府》："诸葛岭，在东安县南半里，相传武侯尝驻兵于此，壁垒之迹犹存。"〇蛮荆：古代称长江流域中部荆州地区，即春秋楚国之地，亦指这一地区之人。〇百粤：亦作百越。我国古代南方越人之总称。分布在今浙、闽、粤、桂等地，因部落众多，故总称百越。亦指百越居住之地。唐韩愈《送窦从事序》："逾瓯闽而南，皆百越之地。"〇五溪：地名。指雄溪、樠溪、无溪、酉溪、辰溪。一说指雄溪、蒲溪、酉溪、沅溪、辰溪。汉属武陵郡，为少数民族聚居地，在今湖南西部和贵州东部。《南史·夷貊传下》："居武陵者有雄溪、樠溪、辰溪、酉溪、武溪，谓之五溪蛮。"

接袜赠内并序

甲戌挈眷之东安，衣箧中，有旧布袜焉。既至官署，内人检视之，以是袜之表，犹可易以为里。适得白叠数尺，辄又短二寸许，乃接而成之。余窃顾之，不胜私喜，用志以诗。

布袜三年素化缁，里棉差喜未如狮。便教污浣终成服，其奈绌绖尚藉丝。

制锦笑余真是学，缝裳类汝正堪师。纤纤漫听风人刺，廉吏谁非赖俭为。

○甲戌：清嘉庆十九年（1814）。○制锦：《左传·襄公三十一年》："子皮欲使尹向为邑。子产曰：'少，未知可否。'子皮曰：'愿，吾爱之，不吾叛也。使夫往而学焉，夫亦愈知治矣。'子产曰：'不可……子有美锦，不使人学制焉。大官、大邑，身之所庇也，而使学者制焉，其为美锦不亦多乎？'"后因以"制锦"为贤者出任县令之典。

○按：镛正室陈夫人卒于嘉庆元年，至此近二十年矣。东安任上所挈之眷属，当为继室张氏，永嘉张大观之妹。

永州即目

面面山光青压户，重重树色绿当楼。隔林不会闻鸡犬，那信居游是永州。

○永州：永州，古称零陵，位于湖南省南部，潇、湘二水汇合处，雅称"潇湘"。《大清一统志·湖南永州府》："永州府，在湖南省治西南六百六十里。禹贡荆州之域，春秋为楚南境，秦为长沙郡地。汉武帝元鼎六年，为零陵郡地。后汉移郡治泉陵。三国属吴，晋以后因之。隋平陈，郡废，置永州，兼置总管府，寻废。大业初，复置零陵郡。唐武德四年，复置永州。天宝初，复曰零陵郡。乾元初，复曰永州，属江南西道。五代属湖南。宋亦曰永州零陵郡，属荆湖南路。元为永州路，至元十三年，置安抚司，十四年，改置总管府，属湖广行省。明洪武初，改永州府，属湖广布政使司。本朝因之，康熙三年，属湖南省治，领州一县七。"

登永州高山寺 即法华寺西亭故址

登攀无力发星星，行上零陵眼辄醒。山郭半环穿竹莽，人烟一抹蔓渔汀。

荡胸水带三湘碧，极目峰连五岭青。何怪当年柳司马，放怀任达坐西亭。

○高山寺：位于湖南省永州市城内东山（又名高山），原名法华寺，系永州八景之一。唐怀素和尚曾于此挂单，深研佛法。柳宗元曾在该寺贬居十余年，建亭寺西，名曰"西亭"。宋宰相范仲仁贬居永州时，亦寓居法华寺之西轩。《大清一统志·湖南永州府》："法华寺，在零陵县东山。唐柳宗元有法华寺新作西亭记。宋改名万寿寺。明洪武初改名高山寺。"○零陵：旧地名，即今永州。相传舜帝葬于此。《史记·五帝本纪》："（舜）南巡狩，崩于苍梧之野，葬于江南九疑，是为零陵。"○三湘：指沅湘、潇湘、资湘。晋陶潜《赠长沙公族祖》诗："遥遥三湘，滔滔九江。"陶澍集注："湘水发源会潇水，谓之潇湘；及至洞庭陵子口，会资江谓之资湘；又北与沅水会于湖中，谓之沅湘。"○五岭：大庾岭、越城岭、骑田岭、萌渚岭、都庞岭之总称，位于江西、湖南、广东、广西四省之间，为长江与珠江流域分水岭。《史记·张耳陈馀列传》："北有长城之役，南有五岭之戍。"〇柳司马：柳宗元，字子厚，唐河东解人（今山西永济），世称柳河东、柳镇子。德宗贞元九年擢进士第，十四年登博学宏词科，授集贤殿正字，调蓝田尉，拜监察御史里行。与王叔文友善，及叔文主政，擢礼部员外郎，参与革新政治。叔文败，宗元贬永州司马。宪宗元和十年徙柳州刺史，人称柳柳州。与韩愈并称"韩柳"，共倡古文运动，其文峭拔矫健。又工诗，风格清峭。有《柳河东集》。

晚游朝阳岩

潇湘山石何殊绝，多为潇湘水漱啮。盘涡湍濑从洪荒，谽谺态自随势别。我闻潇浒朝阳岩，幽奇探自元子结。傍晚偷闲一俯临，江回但觉岩巇巘。倒影落江摇人心，强下悬崖向岩缺。混沌是窍凿自谁，卧云深处石泉咽。或为指是号流香，淙淙响并兰芬彻。我来洞口曾未闻，掬手却教肝胆冽。趁凉扪石认镌题，苔文斑驳古篆灭。少憩还上岩上祠，岩上有寓贤祠，岁祀元、柳、苏、黄暨濂溪周子诸贤。烟林日落渔火爇。苍然暮色满潇湘，江峰隐约青凹凸。欻歔斯岩佳景推朝阳，请看即夕景岂劣。我谓川岳蓄灵奇，总向静者胸前泄。特怜皓首抗尘容，随时寻乐愧前哲。

〇朝阳岩：位于零陵区潇水西岸，又名西岩，为永州八景之一。唐代宗永泰元年道州刺史元结维舟岩下，以其岩口向东，遂取名朝阳岩。岩分上下二洞，幽邃深旷，清泉潺潺，怪石嶙峋，雅致清丽。唐元结、柳宗元，宋苏轼、黄庭坚、周敦颐、张竣、杨万里，明徐霞客，清何绍基等历代名人都留有诗刻。《大清一统志·湖南永州府》："朝阳岩，在零陵县西南。唐元结铭序：自舂陵至零陵，爱其郭中有水石之异，泊舟寻之，得岩与洞，以其东向，遂以命之。《明统志》：在县西潇江之浒，岩有洞，名流香洞，有石淙，源自群玉山，伏流出岩腹，气若兰蕙，从石上泻入绿潭。"〇濂溪周子：周敦颐，字茂叔，道州营道（今湖南道县）人。以舅郑向荫得官，初仕分宁主簿，历知桂阳、南昌县，合州判官，虔州通判。神宗熙宁初，迁广东转运判官、提点刑狱，以疾求知南康军，因家庐山莲花峰下。峰前有溪，以营道故居濂溪名之，学者因称濂溪先生。敦颐为宋代道学创始人之一，程颢、程颐皆出其门下。宁宗嘉定十三年赐谥元公，理宗淳祐元年从祀孔庙。著有《太极图说》《通书》等。《宋史》卷四二七有传。

寻绿天庵

溽暑思清荫，言寻古绿天。城隅何寂历，墟墓共绵芊。一径斜林薄，孤庵出暮烟。好山还秀绝，遗迹乃萧然。偶得蕉盈握，空擎石几拳。闲携新拓本，残缺草犹传。

○绿天庵：在永州市零陵区东山之上。宋陶谷《清异录·绿天》："怀素居零陵东郊，治芭蕉，亘带几数万，取叶代纸而书，号其所曰绿天。"清光绪《零陵县志》："永州出东门北行半里，上小冈，又半里，为绿天庵，即唐僧怀素之故居也。世传怀素幼学书庵中，贫无纸，乃种蕉万余以供挥洒，庵故以是得名，然荒废矣。"

司马塘观荷感怀　四首

袅袅秋风楚水波，白萍登望意如何。药房荃壁成衰草，司马塘边且看荷。

为裳无计集芙蓉，寂寞潇湘独倚筇。料得涉江终可采，肯因迟暮漫辞慵。

辱在泥涂不染泥，曾闻爱汝是濂溪。潇江咫尺濂溪水，此瓣能禁手自携。

服艾盈腰自楚骚，江头勿乃枉劳劳。也知欲遗终谁遗，且袖清芬一自豪。

○司马塘：在湖南永州市零陵区。《大清一统志·湖南永州府》："司马塘，在零陵县北门外，以唐柳宗元得名。"今塘已填塞，改建为永州商业城。○白萍：白萍洲，又名萍洲，在永州市零陵区城北八里许，潇水和湘江两水汇合处。得名于屈原《九歌·湘夫人》："登白苹兮骋望，与佳人期兮夕张。"○集芙蓉句：屈原《离骚》："制芰荷以为衣兮，集芙蓉以为裳。"○涉江：《古诗十九首》："涉江采芙蓉，兰泽多芳草。采之欲遗谁，所思在远道。还顾望旧乡，长路漫浩浩。同心而离居，忧伤以终老。"○不染泥句：周敦颐《爱莲说》："出污泥而不染，濯清涟而不妖。"○濂溪：见前《晚游朝阳岩》诗注。○服艾：佩带艾草。屈原《离骚》："户服艾以盈要兮，谓幽兰其不可佩。"

偕友人登镇永楼晚眺

无处寻诗合上山，请君试望竹梧间。潇湘雨过新秋夕，如此诗情那得悭。

○镇永楼：镇永楼，又名转角楼。《零陵县志》载："镇永楼在府城北隅雉堞之上，旧名鹞子岭。"明嘉靖二十四年，永州知府彭世济创建，塑真武像以镇。万历三十五年通判张季麟施田为香火费。清康熙三年，副将彭世勋、知县朱尔介先后重修。道光二年总兵鲍友智与知县丁照复修。除主楼外有山门、土皇阁、玄帝殿及两旁道院等建筑，今倾坍。

严冬官署视事初罢，便展经书，左右以是为少年学子事也，何复乐此不疲，戏占此以答

有翁作吏白垂耳，呵冻离经何复尔。笑问天公到岁寒，梅花怎放雪花里。

浯溪怀古

不为颜元有遗迹，浯溪之名何藉藉。我系江舟试一游，一湾聊占湘水碧。峿台㾢亭久为墟，何处更寻漫郎宅。摩崖碑在耸观瞻，片石遂似巨灵擘。颂可成自泣而歌，书当竟用铁作画。而我昂头怀二公，风烈今犹昨赫赫。且论唐室中兴功，第一汾阳自不易。方廿四郡无一人，死者仅闻憕与奕。不有鲁公作长城，河北谁讨獠猲逆。以首倡义图麒麟，颜合先郭专一席。元当尔日未有闻，眼前舂陵孰保赤。西原贼去使者来，疾苦那顾如火迫。不以人命作时贤，宁自刺船就鱼麦。安得次山十数公，参错天下为邦伯。何日归来此寓居，天假鲁公字盈尺。寻常秀削一溪崖，使人慷慨思古昔。便教碑尽剥雨风，半字尚存胜拱璧。怎禁游客竞题名，沿崖镌刻无罅隙。我出溪前还小住，拟剔苍苔纪游屐。却笑宦楚已三年，何事可附此碑石。

〇浯溪：在湖南省祁阳县西南，唐诗人元结卜居于此，筑台建亭，台曰峿台，亭曰㾢亭，与浯溪并称“三吾”。唐元结《浯溪铭》序：“浯溪在湘水之南，北汇于湘，爱其胜异，遂家溪畔。溪世无名称者也，为自爱之故，自命曰浯溪。”宋张孝祥《水龙吟·过浯溪》词：“生平只说浯溪，斜阳唤我归船系。”清钱谦益《〈吕季臣诗〉序》：“浯溪之士游于吾门者十余人，皆怀文抱质，有邹鲁儒学之风。”《大清一统志·湖南永州府》：“浯溪，在祁阳县西南五里。唐元结铭序：溪在湘水之南，北汇于湘，爱其胜异，遂家溪畔，命曰浯溪。又结尝作大唐中兴颂，颜真卿书刻于此崖。《旧志》：水自双井发源，绕漫郎宅书院前，过渡香桥北入湘。”又，祁阳县治，名浯溪镇。〇颜元：即颜真卿、元结。祁阳县城南浯溪碑林，唐代宗广德二年，元结撰《大唐中兴颂》一文，记述安史之乱。嗣后，由唐代著名书法家颜真卿书刻于摩崖之上。以文奇、字奇、石奇，世称摩崖三绝。〇漫郎：指元结。唐颜真卿《容州都督兼御史中丞本管经略使元君表墓碑铭》序：“将家瀼滨，乃自称浪士，著《浪说》七篇。及为郎，时人以浪者亦漫为官乎，遂见呼为‘漫郎’。”宋黄庭坚《雕陂》诗：“穷山为吏如漫郎，安能为人作嘴矣。”〇汾阳：指郭子仪。因受封汾阳王，故称郭汾阳。〇憕与奕：李憕和卢奕。李憕，唐并州文水（今山西文水）人，张说为并州长史太平军大使时，引憕常在幕下。后为宇文融判官，括田课最。迁监察御史，历给事中，河南少尹。天宝初，出为清河太守，改尚书右丞、京兆尹。转光禄卿、东都留守，迁礼部尚书。安禄山陷长安，遇害。赠司徒，谥忠烈。卢奕，唐代滑州灵昌（今河南滑县）人，天宝初为鄠令，擢给事中，拜御史中丞，与父兄三居其官。安禄山盗东都时死节，肃宗诏赠礼部尚书，谥贞烈。《新唐书·忠义上》：“安禄山反，玄宗遣封常清募兵东京，憕与留台御史中丞卢弈、河南尹达奚珣缮城垒……憕收残士数百，裒断弦折矢坚守，人不堪斗。憕约弈：‘吾曹荷国重寄，虽力不敌，当死官。’部校皆夜缒去，憕坐留守府，奕守台。城陷，禄山鼓而入，杀数千人，矢著阙门，执憕、奕及官属蒋清，害之。”〇鲁公：即颜真卿，字清臣，京兆万年（今陕西西安）人。开元二十二年登进士第，又登拔萃科及文词秀逸科，调醴泉尉，迁监察御史、殿中侍御史。宰相杨国忠恶之，出为平原太守。起兵抗安史叛军，诏拜户部侍郎。肃宗即位，拜工部尚书兼御史大夫，为河北招讨使。至德二载为宪部尚书，迁御史大夫。军国事知无不言，为宰相所忌，出为冯翊太守，累贬至蓬州长史。代宗立，除尚书左丞，寻除检校刑部尚书，兼御史大夫，封鲁国公。与元载不合，贬峡州别驾，迁抚、湖二州刺史。德宗立，改大子少师。时李希烈叛，受命往劝谕，被拘，不屈被害。真卿书法精妙，擅长行、楷，世称颜体。善诗文，著作甚富，有《韵海镜源》三百六十卷，又《礼乐集》《吴兴集》《庐陵集》《临川集》各十卷，均佚。宋人辑有《颜鲁公集》十五卷行世，《全唐诗》编诗一卷。〇麒麟：麒麟阁，汉代阁名。在未央宫中。汉宣帝时曾图霍光等十一功臣像于阁上，以表扬其功绩。封建时代多以画像于"麒麟阁"表示卓越功勋和最高之荣誉。〇舂陵：古地名，今湖南宁远县北，即今湖南永州之地。秦在今湖南宁远东北置舂陵。后废。孙吴复置于今宁远西。隋并入营道县。这一带地方唐宋等代为道州，故昔人有"舂陵古之道州也"之语。东安、祁阳、宁远、道县，皆永州地区辖县。〇次山：即元结，字次山，自号漫叟、聱叟，鲁山（今属河南）人。年十七，折节读书，师事从兄元德秀。天宝十二载登进士第。安史乱起，举家南奔，避难于猗玗洞。乾元二年，苏源明荐为右金吾兵曹参军、山南东道节度参谋，抗击史思明。迁水部员外郎、荆南节度判官。代宗初，召为著作郎，后出守道州，招抚流亡，颇有政声。迁容州都督，卒。所著《元子》十卷、《文编》十卷等均已散佚，后人辑有《元次山文集》十卷行世。《全唐诗》编诗二卷。

〇附元结《大唐中兴颂》

天宝十四年，安禄山陷洛阳，明年陷长安。天子幸蜀，太子即位于灵武。明年，皇帝移军凤翔，其年复两京。上皇还京师。於戏！前代帝王有盛德大业者，必见于歌颂。若令歌颂大业，刻之金石，非老于文学，其谁宜为？颂曰：噫嘻前朝！孽臣奸骄，为昏为妖。边将骋兵，毒乱国经，群生失宁。大驾南巡，百僚窜身，奉贼称臣。天将昌唐，繄睨我皇，匹马北方。独立一呼，千麾万旟，戎卒前驱。我师其东，储皇抚戎，荡攘群凶。复服指期，曾不逾时，有国无之。事有至难，宗庙再安，二圣重欢。地辟天开，蠲除妖灾，瑞庆大来。凶徒逆俦，涵濡天休，死生堪羞。功劳位尊，忠烈名存，泽流子孙。盛德之兴，山高日升，万福是膺。能令大君，声容沄沄，不在斯文。湘江东西，中直浯溪，石崖天齐。可磨可镌，刊此颂焉，于千万年。

奉和凡石太守赴宴簪花口占元韵

花想当年插帽新，满堂都是后来人。而今莫厌簪华发，绝胜红梅斗雪春。

过柳子祠 额称柳圣庙

永州司马柳子祠，此额何人浪称圣。我过祠前一惊心，却非怪此名谁命。同然潇浒溪与山，适尔辞人题若咏。文可名家地以传，到今也教人起敬。没世之疾疾为何，君子而何不自儆。

〇柳子祠：即柳子庙，在永州潇水之西柳子街上。始建于北宋仁宗至和三年，南宋绍兴二十年迁至愚溪之北，即今址。自宋至清，曾多次重修。清嘉庆间一度称"柳圣庙"，现存庙宇为清咸丰八年知府杨翰重修，同治、光绪间复有维修。《大清一统志·湖南永州府》："柳侯祠，在零陵县西南愚溪上，祀唐柳宗元。"〇同然：犹相同。《孟子·告子上》："心之所同然者何也？谓理也，义也。"

二月郊行

抛将案牍出山衙，到眼芳郊分外嘉。菜麦错来皆绣野，李桃开处几烟家。
但凭天付三春景，那用官栽一县花。且喜肩舆闲往复，村前鸡犬也无哗。

○官栽一县花：《白氏六帖》："潘岳为河阳令，种桃李花，人号曰：河阳一县花。"后
因以为典，称赞官吏勤于政事，善于治理。

舜花

半年花似女同车，暮落朝来色又华。谁把此花呼日及，别名应唤日新花。

○舜花：即木槿花。○同车：《诗经·郑风·有女同车》："有女同车，颜如舜华。将翱
将翔，佩玉琼琚。彼美孟姜，洵美且都。"○日及：木槿之别名。《尔雅·释草》"椴，木槿；
榇，木槿"晋郭璞注："或呼日及，亦曰王蒸。"○日新花：舜，则瞬之意也。舜花朝开夕落，
故诗人称之日新花。唐崔道融《槿花》："槿花不见夕，一日一回新。东风吹桃李，须到明年春。"

春过湘水

六丈湘流清见底，尘缨到此真堪洗。可怜春涨漫天来，一色难分沅与澧。

○沅与澧：沅水和澧水。均为湖南省主要河流。

得小岘先生自无锡惠书，问何以治东安，时方检诗文残稿，见少
年送西斋明府旧作有感

生平先达多如昨，老大寻思易感怀。宦迹聊酬秦小岘，科名早负傅西斋。

○秦小岘：秦瀛，见《丙辰正月十六大冰雪陪观察小岘先生游西湖南屏》诗注。○傅西斋：
傅永绥，见《自杭州送傅西斋明府从永嘉丁太君忧归山左》诗注。

集旧诗草

吾生苦迟钝，性复拙于诗。情到万难已，长吟闲有之。每愧能言士，妥帖

而易施。又手韵已就，击钵声尚迟。我经数十载，片草甚断碑。得之试自诵，时为浮一卮。敢谓希为贵，情亦尽于斯。不及一杯水，颇觉沁心脾。岂有他可取，一真堪自怡。

○自怡：自乐；自娱。唐张九龄《夏日奉使南海在道中作》诗："行李岂无苦，而我方自怡。"曾镛《复斋诗集自序》："此生甘苦未尝少有所虚假，故以为一真堪自怡云尔"一语即出于此诗。

过蒋徵士厚山讲席

永州灵秀压荆衡，合有名贤是诞生。经学曾闻刘子政，谓刘广文芸庄。雅怀还见蒋元卿。老偕童冠舒清咏，高枕潇湘适此情。笑我何年从俗吏，披帷喜一濯尘缨。

○荆衡：指楚地，即两湖地区。荆，荆山，在湖北荆州；衡，衡山，在湖南衡阳。北魏郦道元《水经注·江水二》："禹贡：'荆及衡阳惟荆州。'盖即荆山之称，而荆州名矣。故楚也。"明欧大任《寄张羽王》："荆衡云尽入，江汉雁方来。"○刘子政：刘向，本名更生，字子政，西汉沛人。楚元王刘交四世孙，刘歆之父。治《春秋谷梁》，以阴阳休咎论时政得失，屡上书劾奏外戚专权。宣帝时，任散骑谏大夫给事中。元帝时，擢为散骑宗正给事中。后以反对宦官弘恭、石显专权，议欲罢退之，被谮下狱。成帝即位，得进用，更名向，迁光禄大夫，官至中垒校尉。校阅中秘群书，撰成《别录》，为我国目录学之祖。有《新序》《说苑》《列女传》等。诗中以刘向喻刘芸庄。刘方睿，号芸庄，零陵人，举人，曾主讲书院，嘉庆十四年曾参与纂修《零陵县志》。○蒋元卿：蒋诩，字元卿，汉杜陵（今陕西西安）人，哀帝时为兖州刺史，廉直有名声。王莽执政，诩称病免官，隐居乡里。舍前竹下辟三径，唯故人羊仲、求仲与之游。《汉书王贡两龚鲍传》："而杜陵蒋诩元卿为兖州刺史，亦以廉直为名。王莽居摄，钦、诩皆以病免官，归乡里，卧不出户，卒于家。"诗中以蒋诩喻蒋厚山。

题黄太翁小照

春明桃柳映窗虚，静向家园小坐余。试问人生谁更乐，白头闲课子孙书。

哭四子醴泉

我生命既蹇，家难何频仍。忆昔丧贤子，老泪犹沾巾。万幸年垂暮，有子可负薪。次子尚谨厚，三子亦朴淳。四子甫七岁，眉宇特英英。后先同就傅，公退闻书声。

数载风尘吏，藉慰舐犊情。伤哉作吏莫作县，役役因何向郡城。有子抱恙不遑顾，知有来櫬须自明。匆皇旋署未三日，忍见吾儿目不瞑。此生不知洵何罪，夭亡又自我躬丁。呜呼！七十无家死将至，犹挈妻儿仕为贫，谁将爱子捐弃蛮荆。

○醴泉：字时甫，曾镛之四子，继室张氏所生，七岁时夭于湖南东安。

哭稼门汪制军

公向归田里，时还望老成。栋梁嗟顿折，中外忍忘情。简在从先帝，贞操竟此生。劳皆垂史册，谥岂乏公评。率属宁过正，无徒总为清。空教知我泪，遥向皖江倾。

○按：此诗当作于嘉庆二十三年，是年汪志伊去世。

初夏至清下乡口占　四首

巡野新逢夏，春芳尚有余。微风当曲径，花片满肩舆。

四山闻布谷，一路看分秧。好是知时雨，相随到野塘。

父老焚香拜，村庄挂采迎。谁云清下俗，向化异舆情。清下地方与邵阳武冈接壤，去县类一百八九十里，素称难治。

争说官真好，宁如分自安。三时知力作，十亩比天宽。

○清下乡：今湖南东安县南桥镇一带。

复斋诗集卷末

天骥呈材 得材字

帝德辉房驷，天呈上骥材。七驵齐骏足，八尺闪龙媒。雹散元蹄起，星流宝铰开。扬鞭惊造父，控辔促韩哀。紫艳追风过，红光逐电来。且驰神马国，昼秣穆王台。不愧金为埒，遥知玉作胎。倘蒙留一顾，行看迈驽骀。

○天骥呈材：题出自唐诗名，均为五言排律，凡六韵，十二句。唐卢征《天骥呈材》："异产应尧年，龙媒顺制牵。"唐郑蕡《天骥呈材》："毛骨合天经，拳奇步骤轻。"唐徐仁嗣《天骥呈材》："至德符天道，龙媒应圣明。"○房驷：即天驷，二十八宿之房宿。《尔雅·释天》："天驷，房也。"郭璞注："龙为天马，故房四星谓之天驷。"○造父：古之善御者，赵之先祖。因献八骏幸于周穆王。穆王使之御，西巡狩，见西王母，乐而忘归。时徐偃王反，穆王日驰千里马，大破之，因赐造父以赵城，由此为赵氏。○韩哀：相传为古代发明驭马术之人。汉王襃《圣主得贤臣颂》："王良执靶，韩哀附舆。"○追风、逐电：晋崔豹《古今注》："秦始皇有七名马，一曰追风，二曰逐兔，三曰蹑影，四曰追电，五曰飞翮，六曰铜雀，七曰晨凫。"又，追风逐电，形容马之迅速。北齐刘昼《新论·知人》："故孔方諲之相马也，虽未追风逐电，绝尘灭影，而迅足之势固已见矣。"○穆王：指周穆王，姓姬，名满，周昭王之子，西周第五位君主。周穆王是中国古代历史上最富于传奇色彩的帝王之一，世称"穆天子"。《国语·齐语一》："昔吾先王昭王、穆王，世法文武远绩以成名。"

目送飞鸿 　得鸿字

膝上飞纤指，江南振渚鸿。数声清唳过，一望碧云空。白眼横秋水，青天拭古铜。趻翻纷玉羽，上下逐金风。阵接龙堆远，书争凤阁雄。苍山红树外，湘水楚烟中。点点光遥没，淋淋曲未终。昂头万余里，极目意何穷。

○目送飞鸿：出自三国魏嵇康《赠秀才入军》其十四："息徒兰圃，秣马华山。流磻平皋，垂纶长川。目送归鸿，手挥五弦。俯仰自得，游心太玄。嘉彼钓叟，得鱼忘筌。郢人逝矣，谁与尽言。"○龙堆：白龙堆之略称，古西域沙丘名。汉扬雄《法言·孝至》："龙堆以西，大漠以北，鸟夷兽夷，郡劳王师，汉家不为也。"李轨注："白龙堆也。"《周书·异域传序》："是知雁海龙堆，天所以绝夷夏也；炎方朔漠，地所以限内外也。"○凤阁：唐武则天光宅元年改中书省为凤阁，遂用为中书省之别称。宋曾巩《襄州遍学寺禅院碑》："（钟绍京）惟嗜书，家藏王羲之、献之，褚遂良书至数十百卷。以善书直凤阁。"

五月披裘采 　得金字

公子休皮相，斯樵盖陆沉。裘堪轻当葛，薪早重于金。世态经三伏，生涯只一林。蒙茸当暑出，丁许入云深。正反随渠负，炎凉莫我侵。伐檀明有志，赠纻并无心。拾得惭如乐，嗟来肯受黔。投镰殊太峻，高士自难禁。

○五月披裘采薪：出自东汉王充《论衡·书虚》："延陵季子出游，见路有遗金。当夏五月，有披裘而薪者，季子呼薪者曰：'取彼地金来！'薪者投镰于地瞋目拂手而言曰：'何子居之高，视之下，仪貌之壮，语言之野也！吾当夏五月，披裘而薪，岂取金者哉！'季之谢之，请问姓字。薪者曰：'子皮相之士也，何足于姓名！'遂去不顾。"○伐檀：《诗·魏风》篇名。其序云："《伐檀》，刺贪也。在位贪鄙，无功而受禄，君子不得进仕尔。"后因以"伐檀"为讥刺贪鄙者尸位素餐而贤者不得仕进之典。○拾得句：乐，乐羊，战国时魏国之将。《后汉书·列女传》："羊子尝行路，得遗金一饼，还以与妻。妻曰：'妾闻志士不饮盗泉之水，廉者不受嗟来之食，况拾遗求利，以污其行乎！'羊子大惭，乃捐金于野，而远寻师学。"○嗟来：嗟来之食略语。原指悯人饥饿，呼其来食。后多指侮辱性的施舍。《礼记·檀弓下》："齐大饥，黔敖为食于路，以待饿者而食之。有饿者蒙袂辑屦，贸贸然来。黔敖左奉食，右执饮，曰：'嗟！来食。'扬其目而视之曰：'予唯不食嗟来之食，以至于斯也！'从而谢焉，终不食而死。"

雉入大水为蜃 　得为字

水德汪洋候，飞潜变化奇。华虫初破浪，老蜃忽扬鳍。雪滚山泉发，花飘锦翅随。媒音沉水静，楼势出波危。星应玑联角，爻占坎济离。火行逢克处，木气正生时。幻质同珠蛤，殊形误碧螭。从知晋武库，雊雊是蛇为。

○雉入大水为蜃：出自《逸周书·时训解》："立冬之日，水始冰。又五日，地始冻。又五日，雉入大水为蜃。水不冰，是谓阴负地。不始冻，咎征之咎。雉不入大水，国多淫妇。"古人以五日为候，三候为气，六气为时，四时为岁，一年二十四节气共七十二候。雉入大水为蜃为立冬第三候，大约在农历十月十二日至十六日。○水德：古代阴阳家称帝王受命五德之一。谓以水而德王。《史记·秦始皇本纪》："始皇推终始五德之传，以为周得火德，秦代周德，从所不胜。方今水德之始，改年始，朝贺皆自十月朔。"○火行：犹火德。谓于五行中属火，故称。《宋书·律历志中》："史臣按邹衍衍五德，周为火行。衍生在周时，不容不知周氏行运。"○木气：金、木、水、火、土五气之一。《吕氏春秋·名类》："及禹之时，天先见草木秋冬不杀。禹曰：'木气胜。'木气胜故其色尚青，其事则木。"《汉书·天文志》："岁星曰东方春木，于人五常仁也，五事貌也。仁亏貌失，逆春令，伤木气，罚见岁星。"○晋武库：西晋时存放兵器之仓库。梁萧方《三十国春秋》："元康五年，闰月，晋武库失火，汉高祖斩蛇剑穿屋而飞。"

鱼跃顺流　得鱼字

笙歌传盛治，咸若及河鱼。鼓鬣文澜驶，凌波锦翅舒。流添新雨后，跃爱晚凉初。泼泼情何限，洋洋性孰如。入舟符瑞应，在藻恰那居。纵蠡知成颂，登龙盍附书。牣时觇丽罶，梦或叶维旟。圣世由庚备，谁须更补余。

○鱼跃顺流：出自晋束皙《补亡诗·由庚》："道之既由，化之既柔。木以秋零，草以春抽。兽在于草，鱼跃顺流。"○登龙：即登龙门。喻得有名望者接待和援引而提高身价。《后汉书·党锢传·李膺》："膺独持风裁，以声名自高。士有被其容接者，名为登龙门。"李贤注："以鱼为喻也。龙门，河水所下之口，在今绛州龙门县。辛氏《三秦记》曰：'河津一名龙门，水险不通，鱼鳖之属莫能上，江海大鱼薄集龙门下数千，不得上，上则为龙也。'"○梦或叶维旟：语本《诗·小雅·无羊》："牧人乃梦，众维鱼矣，旐维旟矣。大人占之，众维鱼矣，实维丰年；旐维旟矣，室家溱溱。"朱熹集传："或曰：众，谓人也。旐，郊野所建，统人少；旟，州里所建，统人多。盖人不如鱼之多，旐所统不如旟所统之众。故梦人乃是鱼，则为丰年；旐乃是旟，则为人众。"清王端履《重论文斋笔录》卷十："爰是街衢洞达，闾阎比栉，众鱼旐旟，家给人足。"○由庚：《诗·小雅》逸篇名。《诗·小雅·由庚序》："《由庚》，万物得由其道也。"后因以"由庚"为顺德应时之典实。南朝齐王俭《褚渊碑文》："弘二八之高謩，宣《由庚》而垂咏。"《文选·束皙〈补亡诗〉之四》："由庚，万物得由其道也。"李善注："由，从也；庚，道也。言物并得从阴阳道理而生也。"

菰蒲冒清浅　得清字

越岭溪流驶，菰蒲翠影横。数丛妨画艇，一鉴惬华缨。根缕金沙浅，花涵碧浪清。绿珠垂颗重，青剑试波轻。白动纤鳞过，红堆子石擎。含烟芳蓘蓘，冒水势盈盈。低宿鸂鶒稳，闲停翡翠明。褰裳人未渡，攀企动闲情。

○菰蒲冒清浅：出自南朝谢灵运《从斤竹涧越岭溪行》："川渚屡径复，乘流玩回转。苹萍泛沉深，菰蒲冒清浅。"

鸟莫知于意而 得华字

灵鸟推天降，栖身知足嘉。精原分北斗，名早著南华。乙乙从禖祀，喃喃向主家。闲将王谢宅，笑作触蛮蜗。风雨凭渠恶，丝纶问孰加。贵宁希社鼠，安倍胜宫鸦。谁见巢依幕，徒劳彩翦花。岂惟知戊己，聊与鹊同夸。

○鸟莫知于意而：出自《庄子·山木》："'何谓无受人益难？'仲尼曰：'始用四达，爵禄并至而不穷，物之所利，乃非己也，吾命其在外者也。君子不为盗，贤人不为窃。吾若取之，何哉！故曰，鸟莫知于鷾鸸，目之所不宜处，不给视，虽落其实，弃之而走。其畏人也，而袭诸人间，社稷存焉尔。'"意而，即鷾鸸，燕子之别名。元伊世珍《嫏嬛记》卷上引《元虚子·仙志》："周穆王迎意而子居灵卑之宫，访以至道，后欲以为司徒。意而子愀然不悦，奋身化作玄鸟，飞入空中，故后人呼玄鸟为意而。"明陶宗仪《辍耕录·雕传》："仓庚出幽谷迁乔木，是冒越者也；鷾鸸秋冬远遁，是避役者也。"○南华：《南华真经》之省称，即《庄子》。明胡应麟《少室山房笔丛·九流绪论上》："庄周《南华》，其文辞瑰崛横放，固独行天地间。"○戊己：指一旬中戊日和己日。《礼记·月令》："（季夏之月）中央土，其日戊己。"《事类赋》卷十九引晋张华《博物志》："燕戊己日不衔泥涂巢，此非才智，自然得之。"晋葛洪《抱朴子·至理》："适偶有所偏解，犹鹤知夜半，燕知戊己，而未必达于他事也。"

秋草萋已绿 得萋字

夜半商声起，天涯晓望迷。芳心何菱菱，秋色互萋萋。一抹荒烟淡，千痕冷翠齐。碧深孤馆外，绿暗夕阳西。怕听筚初动，何堪马又嘶。客惊鹈鴂响，人忆鹧鸪啼。韵滴寒蛩冷，光含白露凄。茫茫今古思，四顾满长堤。

○秋草萋已绿：出自《古诗十九首·东城高且长》："回风动地起，秋草萋已绿。四时更变化，岁暮一何速。"○鹈鴂：即杜鹃鸟。《文选·张衡〈思玄赋〉》："恃己知而华予兮，鹈鴂鸣而不芳。"李善注："《临海异物志》曰：'鹈鴂，一名杜鹃，至三月鸣，昼夜不止，夏末乃止。'"

栽者培之　得和字

圣德同天大，生成一太和。本诚强自立，恩岂惜加多。黄终双岐麦，青深合颖禾。露甘知玉叶，日暖必金柯。煦妪原犹是，凝承顾若何。可能姿挺挺，谁禁蕊裒裒。植节宜添厚，盘根漫就磨。栽培皆帝力，乐育感菁莪。

○栽者培之：出自《中庸》："故天之生物，必因其材而笃焉。故栽者培之，倾者覆之。"○双岐麦：麦有一茎二穗者。宋袁说友《和施德远双莲韵二首》："乡来偶尔双岐麦，今复申之并蒂莲。"○合颖：谓禾苗一茎生二穗。古人视为祥瑞。南朝宋谢庄《喜雨》诗："合颖行盛茂，分穗方盈畴。"○菁莪：《诗·小雅》中《菁菁者莪》篇名之简称，其序曰："菁菁者莪，乐育材也，君子能长育人材，则天下喜乐之矣。"后因以"菁莪"指育材。

鸿雁来宾　得来字

共作西风客，翩翩独后来。羽仪征凤沼，霜信入龙堆。水国莼初熟，江乡菊正开。数声羁梦醒，万里使书回。故主寻芦岸，前踪认蓼隈。闲鸥应话旧，振鹭好趋陪。只此随阳思，谁将恋稻猜。如何遵渚际，幸遘硕肤才。

○鸿雁来宾：出自《礼记·月令》："季秋之月，鸿雁来宾。"○遵渚：语出《诗·豳风·九罭》："鸿飞遵渚，公归无所。"原谓鸿雁循着水中小洲飞翔。后用以形容鸿飞。唐刘禹锡《含辉洞述》："遵渚之鸿，有时而飞。"

菊残犹有傲霜枝　得寒字

香信来曾晚，疏枝尚傲寒。不经霜粲粲，谁识骨珊珊。翠老翻成趣，黄稀转耐看。岂嫌朝日暖，却笑晚风酸。帘外精神瘦，篱根地位宽。萧疏横麂眼，倾侧晒鸡冠。楚国餐应早，南山兴未阑。含杯频把玩，真契比金兰。

○菊残犹有傲霜枝：出自宋苏轼《赠刘景文》："荷尽已无擎雨盖，菊残犹有傲霜枝。一年好景君须记，正是橙黄橘绿时。"○麂眼：即麂眼篱，竹篱。篱格斜方如麂眼，故名。宋陆游《明日又来天微阴再赋》："短篱围麂眼，幽径绕羊肠。"○楚国句：屈原《离骚》："朝饮木兰之坠露兮，夕餐秋菊之落英。"○南山句：陶渊明《饮酒》其五："采菊东篱下，悠然见南山。"

大田多稼　　得多字

盛世农为重，皇舆稼以多。膏腴饶地力，风雨沐天和。一色云齐卷，千家铚竞磨。黑驿争介福，秉穗饱余波。残粒知鹦啄，微芒认蟹过。藏需先御藉，献合拟嘉禾。讵事操蹄祝，惟应击土歌。宝田逢大有，金玉岂同科。

○大田多稼：出自《诗经·小雅·大田》："大田多稼，既种既戒，既备乃事。以我覃耜，俶载南亩。播厥百谷，既庭且硕，曾孙是若。"○皇舆：国君所乘之大车。多借指王朝或国君。《楚辞·离骚》："岂余身之惮殃兮，恐皇舆之败绩。"○残粒句：唐杜甫《秋兴八首》其八："香稻啄余鹦鹉粒，碧梧栖老凤凰枝。"○○操蹄祝：《史记·滑稽列传》："髡曰：'今者臣从东方来，见道傍有禳田者，操一豚蹄，酒一盂，祝曰：瓯窭满篝，污邪满车，五谷蕃熟，穰穰满家。'"○击土歌：即《击壤歌》。见前《栽者培之》帝力注。

如登春台　　得春字

万国仰陶甄，优游化宇新。乾坤交泰日，天地四时春。瑞霭扶云履，祥烟匝绮尘。举头尧日暖，拂袖舜风仁。恍在灵台上，如临曲水滨。有衢皆击壤，无处不吹邠。化协台阶正，元调玉烛均。熙熙登寿域，长似艳阳辰。

○如登春台：出自《老子》第二十章："众人熙熙，如享太牢，如登春台。"○乾坤交泰：《易·泰》："天地交，泰。"王弼注："泰者，物大通之时也。"言天地之气融通，则万物各遂其生，故谓之泰。后以"交泰"指天地之气和祥，万物通泰。前蜀贯休《上孙使君》诗："圣主得贤臣，天地方交泰。"○灵台：台名。周文王建。《诗·大雅·灵台》："经始灵台，经之营之，庶民攻之，不日成之。"○曲水：古代风俗，于农历三月上巳日（上旬的巳日，魏晋以后始固定为三月三日）就水滨宴饮，认为可祓除不祥，后人因引水环曲成渠，流觞取饮，相与为乐，称为曲水。晋王羲之《兰亭集序》："又有清流激湍，映带左右，引以为流觞曲水，列坐其次。"

数点梅花天地心　　得心字

生意无消息，洪钧总一心。未将周易讲，试向岭梅寻。万木华全剥，千山雪正深。溪头何寂历，竹外独萧森。澹可思元酒，希堪想太音。绽开元气橐，点出大炉金。弗为春都是，谁教笑不禁。携筇追探处，芳思满冲襟。

○数点梅花天地心：出自宋翁森《四时读书乐·冬》："读书之乐何处寻？数点梅花天地

心。"○大炉:《庄子·大宗师》:"今一以天地为大炉,以造化为大冶,恶乎往而不可哉?"后以喻天地。

疏雨滴梧桐　得疏字

雅集从梧井,尘嚣喜尽祛。剧怜秋色老,最好雨声疏。散异悬丝密,清疑漏滴徐。萧骚连竹瓦,高下接蕉书。响彻蛩啼后,凉添叶落初。仰观云汉澹,坐对夜窗虚。沥耳情何限,撚须静有余。风流孟夫子,诗思更谁如。

○疏雨滴梧桐:出自唐孟浩然《省试骐骥长鸣》:"微云淡河汉,疏雨滴梧桐。"○蕉书:以芭蕉叶代纸作书。宋黄庭坚《戏答史应之》之三:"更展芭蕉看学书。"任渊注引周越《法书苑》:"陆羽作《怀素传》曰:贫无纸可书,常于故里种芭蕉万余,以供挥洒。"此处指芭蕉之叶。○孟夫子:指孟浩然。

秋露如珠　得如字

露气经秋爽,清涵夜色虚。光偷龙睡后,影湛鹤鸣初。的皪千团润,玲珑百琲疏。疑胎新脱蚌,是目混随鱼。金掌擎难定,荷盘走乍徐。寒辉凝晓殿,瑞采射高车。郑草时方遇,秦葭道匪迂。圣朝天酒渥,无复渴相如。

○秋露如珠:出自南北朝江淹《别赋》:"至乃秋露如珠,秋月如圭。明月白露,光阴往来。与子之别,思心徘徊。"○龙睡:语本《庄子·列御寇》:"夫千金之珠,必在九重之渊,而骊龙颔下。子能得珠者,必遭其睡也。"《南齐书·幸臣传论》:"窥盈缩于望景,获骊珠于龙睡。"○鹤鸣:指琴声。《韩非子·十过》:"师旷不得已,援琴而鼓。一奏之,有玄鹤二八,道南方来,集于郎门之垝。再奏之而列。三奏之,延颈而鸣,舒翼而舞。"○金掌:铜制之仙人手掌。为汉武帝作承露盘擎盘之用。宋晏几道《阮郎归》词:"天边金掌露成霜,云随雁字长。"○郑草句:《诗经·郑风·野有蔓草》:"野有蔓草,零露漙兮。有美一人,清扬婉兮。邂逅相遇,适我愿兮。"○秦葭句:《诗经·秦风·蒹葭》:"蒹葭苍苍,白露为霜。所谓伊人,在水一方。溯洄从之,道阻且长。溯游从之,宛在水中央。"○相如:即司马相如。《史记·司马相如列传》:"相如口吃而善著书,常有消渴疾。"

挂席拾海月　得游字

水物辉溟海,沿缘任取求。轻烦蒲作席,白看月盈舟。掬手疑三五,凌波误斗牛。篷窗金镜满，鲛室玉盘收。美早推珧柱，奇还寓蜃楼。檐回千顷碧，人抱一轮秋。恍挈珊瑚网，宁劳玳瑁钩。明明时可掇，长待谢公游。

〇挂席拾海月：出自南朝宋谢灵运《游赤石进帆海》："川后时安流，天吴静不发。扬帆采石华，挂席拾海月。"〇金镜：比喻月亮。唐元稹《泛江玩月》诗："远树悬金镜，深潭倒玉幢。"〇珊瑚网：捞取珊瑚的铁网。语本《新唐书·西域传下·拂菻》："海中有珊瑚洲，海人乘大舶，堕铁网水底。珊瑚初生磐石上，白如菌，一岁而黄，三岁赤，枝格交错，高三四尺。铁发其根，系网舶上，绞而出之，失时不取即腐。"引申指收罗珍品或人才的措施。清曹寅《答江村高学士时方求栋园藏画》诗："竟脱珊瑚网，今登玳瑁床。"亦省称"珊网"。〇谢公：指谢灵运。唐钱起《送包何东游》诗："子好谢公迹，常吟孤屿诗。"

共登青云梯　得登字

谢客寻奇处，危梯好共登。高疑云荟蔚，青是石崚嶒。迷亦时愁竹，攀宁必仗藤。只求双屐稳，谁让五丁能。天路原非远，台阶自有层。鸣应先翙凤，上莫笑搏鹏。济胜终何具，同怀即允升。学山堪借监，贤肯止丘陵。

〇共登青云梯：出自南朝宋谢灵运《登石门最高顶》诗："惜无同怀客，共登青云梯。"〇谢客：指南朝宋谢灵运。灵运幼名客儿，故称。南朝梁钟嵘《诗品》总论："谢客为元嘉之雄。"宋林逋《池上春日即事》诗："已输谢客清吟了，未忍山翁烂醉归。"〇五丁：神话传说中的五个力士。《艺文类聚》卷七引汉扬雄《蜀王本纪》："天为蜀王生五丁力士，能献山，秦王（秦惠王）献美女与蜀王，蜀王遣五丁迎女。见一大蛇入山穴中，五丁并引蛇，山崩，秦五女皆上山，化为石。"一说"秦惠王欲伐蜀而不知道，作五石牛，以金置尾下，言能屎金，蜀王负力。令五丁引之成道。"见北魏郦道元《水经注·沔水》。

三年不窥园　得勤字

长把书帷下，曾闻董子勤。三年专讲诵，百卉任缤纷。艺苑乘时猎，经畬克日耘。冥搜符瑞理，力治素王文。志岂存于谷，阴常惜到分。心花闲处粲，意蕊静中芬。学圃宁烦请，怀居讵足云。其精非若此，何以首儒群。

〇三年不窥园：出自东汉班固《汉书·董仲舒传》："下帷讲诵，弟子传以久次相授业，或莫见其面。盖三年不窥园，其精如此。"〇董子：董仲舒，西汉信都广川人。少治《春秋》。景帝时为博士。武帝时，以贤良对策，主张罢黜百家，独尊儒术，为武帝采纳，开此后两千余年以儒学为正统学术之先声。曾任江都相、胶西王相。后托病辞官，专事修学著书。其学以儒学为中心，杂以阴阳五行，形成"天人感应"神学体系。以天道与人事相比附，谓君臣、父子、夫妇之道皆出于天意，"天不变，道亦不变"。有《春秋繁露》《举贤良对策》等。○经畬：犹书田。以耕田比喻读书，故称书为"书田"。畬，开垦已经二年的田地。《礼·坊记引易不菑畬郑注》："田一岁曰菑，二岁曰畬，三岁曰新。"《诗诂》："一岁为菑，始反草也。二岁为畬，渐和柔也。三岁为新田，谓已成田而尚新也。四岁则曰田。若二岁曰新田，三岁则为田矣，何名为畬。"○素王：指孔子。汉王充《论衡·定贤》："孔子不王，素王之业在《春秋》。"《淮南子·主术训》："孔子之通，智过于苌宏，勇服于孟贲……然而勇力不闻，伎巧不知，专行教道，以成素王。"

文以载道 <small>得文字</small>

吾道行期远，因需载以文。事非堪不朽，士曷贵多闻。河洛图书出，乾坤法象分。玩辞宁诙诡，味义独纷纭。理但能提要，言斯可挹群。常知宗二典，奇许屈三坟。徒恃轮辕饰，谁烦笔砚焚。名山留盛业，孰与抉天云。

○文以载道：出自宋周敦颐《通书·文辞》："文所以载道也。轮辕饰而人弗庸，徒饰也，况虚车乎。"○河洛图书：指河图洛书。语出《易·系辞上》："河出图，洛出书，圣人则之。"《汉书·五行志中之下》："河洛出图书。"○二典：《尚书》中《尧典》《舜典》之合称。《尚书序》"少昊、颛顼、高辛、唐、虞之书，谓五典。"唐孔颖达疏："今《尧典》《舜典》，是二帝'二典'。"○三坟：传说中之书籍。《左传·昭公十二年》："是能读三坟、五典、八索、九丘。"杜预注："皆古书名。""三坟"，三皇之书，也有认为系指天、地、人三礼，或天、地、人三气的，均见孔颖达疏引。

复斋文集

自 序

文所以载道，五经四子书，载道之文尽焉矣。后世著述代出，凡在通儒，类各有说。顾经书之文，得后儒之说，而其道益明。亦有经后儒之说，而其道转晦者。凡以泛言夫圣贤之道，说者殆日精，细语夫经书之文，说者难皆确也。此其间或出一时之见，或承师说之讹，学者读圣贤书，信道期笃而见闻贵多，亦阙所疑殆焉，斯可也。何事穷其说而必自为之说，嫌于入吾室操吾戈之所为哉！虽然，五经四子书，斯道之规矩权衡，犹生人之于布帛菽粟也，其道不可一日离，其说斯不容毫厘差。愚以为欲求圣贤之道，莫若还理圣贤之书；欲正经书之说，莫若还从经书之文。窃尝持此意以矻矻穷年，而众说之纷歧于此辨，即经书之真赝亦自此分。今此首且皓然白矣，虽从俗宦，每夕当公退之余，一灯独坐，率手展一编，反复涵泳，久之终觉不得不自为之说，有更无庸多让者。因取向得之火中几首经说，并追述所未录，补作所未详，以付剞劂。至于生平所阅历，若问答记序之文，于政教彝伦之道或小有关，亦附集焉。通计共若干卷，后之学者，其亦有尊信之者乎？则所幸者，岂直此生甘苦不至与身俱没，当亦五经四子书所乐得有是说哉。

时嘉庆二十五年岁在庚辰七月丙子，曾镛序。

卷之一

易说一

易爻说

易为卦六十有四。此由八卦成列，因而重之，其为卦止六十有四也。彖辞，完书也。为爻三百八十有四。此所谓爻者，言乎变者也。爻，即变卦也。一卦之变，凡六十有三，计六十四卦，实四千三十有二爻也。爻辞，非完书也。《系辞》曰："知者观其彖辞，则思过半矣。"以彖者不变而至变之理赅焉也。若爻辞有六，第各言一爻之变。三百八十四爻，特举隅之教耳。爻辞非完书。自汉迄今，未经人道，见得确者少也。

易爻说二

易六画而成卦，三才之道也。道有变动，故曰爻，谓六画成卦，爻在其中，可也。视六爻相杂，即成卦六画，不可也。六爻之文，非九即六，此非本卦六画也。

曰："易为本卦六画也。"曰："乾六画，初七、七二、七三、七四、七五、上七也。坤六画，初八、八二、八三、八四、八五、上八也。筮得乾，五画七，一画九。初遇九，乾之姤也，初九其爻辞也。二遇九，乾之同人也，九二其爻辞也。若二与初皆九，则其卦为乾之遁。乾卦无其辞，初二非其辞也。筮得坤，五画八，一画六。初遇六，坤之复也，初六其爻辞也。二遇六，坤之师也，六二其爻辞也。若二与初皆六，则其卦为坤之临。坤卦无其辞，初二非其辞也。"若乾六画而六爻，坤六画亦六爻，则乾之坤，坤之乾也。易以用九用六，于乾坤发其凡。诸卦无其辞，乾坤诸爻，非其象也。变动不居，周流六虚，神而明之，存乎其人。

故曰："三百八十四爻，特举隅之教也。"备观讲易家象辞也，往往以六爻之九与六释其辞。象者为六画不变者言也，何九与六也？爻辞也，往往以他爻之九与六释其辞。爻者为此画之变者言也，他画又何九与六也？噫，六画六爻之不分，一部《周易》全误讲矣。

易爻说三

奇偶之数取诸扐，六七八九之数取诸揲，其成象则一，其取类则二。易爻之文，非九则六，是舍奇偶而取六七八九也。

曰："此所谓文见于此，起义在彼也。"天地之道，阳不极不变，阴不极不变，火中而寒暑退，日至则阴阳争，其义一也。易之四象，二少值阴阳之会，二老处阴阳之极。揲蓍至三变。揲数七，则三变，所扐必二偶一奇。二偶一奇，阳初长也，而阴得主不变也，－单而已矣。揲数八则三变，所扐必二奇一偶。二奇一偶，阴盖微也，而阳相之不变也，－－拆而已矣。若揲九则扐必三奇，是第言九，则可知其为三变皆奇也。是以变，是之谓阳爻。若揲六，则扐必三偶，是第言六，则可知其为三变皆偶也。是以变，是之谓阴爻。此所谓文见于此，起义在彼也。

易爻说四

阴阳老少以奇偶见，然则六七八九无阴阳老少之义乎？曰："有。"有则恶在其不以六七八九见老少也？曰："试筮之。"至三变而揲数九，其初变非十一乎？再变非十乎？至三变而揲数六，其初变非十乎？再变非八乎？何为而初变再变之十一、之十、之八，可概置不计，通三变之奇偶必计也，则亦可知阴阳老少之义自奇偶见也。是何也？四序递谢，四策递揲，常也。非归余积闰，不足以定时，非归奇挂扐，不足以占变，其义一也。

易爻说五

六七八九，著策之数，然也。朱子曰："奇圆围三，偶方围四，三用其全，四用其半。"又曰："三奇则三三而九，三偶则三二得六。两二一三则为七，两三一二则为八。"由此言之，则所谓六七八九者，是又一奇偶中之六七八九也。主策数言乎？主奇偶言乎？

曰："朱子以奇数倚乎天，用全者，参天之义也。偶数倚乎地，用半者，两地之义也。"其发奇偶之义，似奥而精，自愚观之，此非六七八九本义也。

愚尝折衷于夫子矣。《系辞》曰："乾之策，二百一十有六。"此即六其九四三十六之策也。"坤之策，百四十有四。"此即六其六四二十四之策也。二篇之策，万有一千五百二十，此即阳爻百九十二之九，阴爻百九十二之六之策也。六七八九，主策数言也。

易爻说六

九六之文，存乎策数。老少之义，存乎奇偶。然则六七八九之为阴阳老少，何义也？朱子曰："河图四面，太阳居一而连九，少阴居二而连八，少阳居三而连七，太阴居四而连六。"此即一二三四为四象之位，六七八九为四象之数之说也。其所谓居者，盖即先天方图之位，横而数之也。其所谓连者，盖取河图两面相近者，连而合之也。是歧位与数为二。而所谓四象之数者，特取其旁所相近之数以实之。一连九，亦连八，四连六，亦连七，彼此牵合，其义安乎？

曰："未安也。"图书之数，随人参悟，窃谓圣人作《易》，仰观俯察，在在可则。图可则，书亦可则，今既以十为图，九为书，诚牵而合之，即以为则《洛书》可也。今所谓《洛书》之数，戴九履一，左三右七，二四为肩，六八为足，此一二三四六七八九之数，分布于书之八方者也。如诸儒之说，其在方图，乾兑自四象之太阳生，离震自四象之少阴生，巽坎自少阳生，坤艮自太阴生。其在圆图，乾兑自太阳生，位居四九；离震自少阴生，位居三八；巽坎自少阳生，位居二七；坤艮自太阴生，位居一六。即谓惟太阳之位，其数四九，故九为太阳可也。即谓惟太阴之位，其数一六，故六为太阴可也。三八，少阴之位之数也，故八为少阴。二七，少阳之位之数也，故七为少阳。其不以一二三四示老少者，谓取成数可也。六七八九，一二三四之成数也。虽然，此亦自八卦成列后观之。自八卦成列，而后人有是方圆之图之后观之，斯六七八九，未尝无老少阴阳之义者，于今之所谓《洛书》犹近耳。

自愚言之，揲蓍策数至三变，止六七八九也。策数止六七八九，而有老少阴阳之义存，则以六七八九，为有阴阳老少之义可耳。

太极两仪四象八卦说

易有太极，是生两仪。两仪生四象，四象生八卦。何谓也？太极何物，是何如生？曰："是易也，自变生也。"此即四营而成易，十有八变而成卦，八卦而小成之中之名与义也。

太极者，法象之始，阴阳之母，五行之根，五性之原。舍易而言太极，则以为有物混成，先天地生可也。此言易有太极也。次五而皇极建，四营而太极立，易之有太极，犹畴之有皇极也。非空言也。

观天之器谓之象，亦谓之仪。《虞书》言历象，羲和立浑仪，是已。易之有仪象，犹是已。先得一为一，复得一为二，一二为两仪者，谓未成画，有是仪也。非即以是为阳一画也，阴一画也。阴阳偏毗，斯谓太，阴阳始交，斯为少，为象有四，始成象也。非两仪一画也，四象又一画也。盖自分二挂一揲之，而并归其奇于扐。《汉志》称太极函三为一，是所谓函三为一也，是太极也。由是再变而生两仪，三变而生四象，而易之一画以画。至于四象生八卦，其有事于四营者凡九，何为而两仪四象之上又益一画，即八卦也。

诸子之言太极也，疑于无，太极有易之说也。予之言太极也，征诸实，易有太极之说也。诸子之言两仪四象八卦之说也，泥乎图，先天相生之序之说也。予之言两仪四象八卦也，衷诸经，大传是生之言之说也。噫，微诸子说，不足以尽大易之蕴，微吾说，其孰与征大传之言也哉。

初变挂扐说

阳数奇，阴数偶。挂扐之策，以一其四为奇，两其四为偶。初变不五则九，其赢一，何也？

曰："初变，太极也。"以为奇而非奇，以为偶而非偶，阴阳未定也。一者，太极也。初变五，四而一，太极所含之阳耳。初变九，八而一，太极所含之阴耳。初变五，再变四，斯阳仪也。再变而八，即阴仪矣。初变九，再变八，斯阴仪也。再变而四，即阳仪矣。初五再四，至三变而八，少阴之象也。三变而复四，斯太阳也，然而阳变而阴矣。初九再八，至三变而四，少阳之象也。三变而复八，斯太阴也，然而阴变为阳矣。是故再变而两仪始立，三变而四象始成。初变者，阴阳未定，故赢一也。奇亦一太极，偶亦一太极也。不明其故，强去初挂之一，以就奇偶，赘视此一矣。

天地之数说

凭空说一，天地之数，非实有所指。一二三四五六七八九十，何以见此即所以成变化而行鬼神也？

曰："所谓此者，非指天地之数言也，指大衍之数言也，盖即大衍中天地之数也。"大衍之数，其用虽四十有九，凡三变所分揲，固有一二三四五六七八九十不齐之数。以阴阳分属天地，是天数五，地数五也。其曰五位者何位？此即承上文分二挂一再扐而言也。六位成章，言一挂之位也。五位相得，言几筵所置蓍策之位也。分二二位，挂一三位，再揲而再扐，五位也。其曰五位相得，而各有合者，言举五位之数，彼此错综相得。而各有合于奇偶老少之数，此即所谓相得也。各有合也，无事他求也。

是故分而积之，是天数二十有五，地数三十。总而计之，凡天地之数五十有五也。自此三变而成画，十有八变而成卦。自此问焉而以言，其受命也如响，此所谓以成变化而行鬼神也。经文于再扐而后挂之下，即继以天数地数之言，夫固谓大衍中天地之数也。愚所意见如是。

愚非敢自是，窃以为圣人之言，虽包孕万理，莫可端倪，总可即本文上下，寻绎其所指。自诸儒五位之说，人各异义，遂易置天地之数，于大衍之数之上。于是而天地之数，自为天地之数，大衍之数，又自为大衍之数矣。诸儒之失也。

参伍错综说

参伍以变，错综其数，何谓也？

曰：分二，挂一、三也。兼再扐言，五也。一挂，再扐，亦三也。兼所分揲之策言，亦五也。必参之以三，而太极两仪四象自此见。必伍之以五，而阴阳老少六七八九亦始自此分。是故参伍不失，而易以之成一变。其间自四营一变，而再变，而三变，凡所以参伍蓍策之数于手几间者，则本义所谓交而互之，总而絜之者，是错综也。此即参伍错综之说也。

易逆数说

《说卦》曰："数往者顺，知来者逆，是故易逆数也。"或问逆数之说，自汉迄宋，言人人殊，义将谁主？

曰：愚每教人，欲正经义，但诵经文。盇先言上文，经曰天地定位，山泽通气，雷风相薄，水火不相射，八卦相错，自诸儒推而衍之，各具奥义。其实即承经文，分阴分阳，迭用柔刚，故易六位而成章言也。盖惟分阴分阳，迭用柔刚于卦位之间，故自天地之位定，斯山泽雷风水火，交错六位，而成六十四卦也。此其义，但诵经文可知也，后儒惟断为两章，读易者亦视之同两橛经文，上下遂若两不相蒙耳。

若易之逆数之义，舍经文上下又将谁主哉？试一思之，数，数之也。经文曰六画成卦，曰六位成章，成自何始？曰天地定位，曰八卦相错。错从何位？说卦未始言，系辞亦未之言也。如以三才之序言之，若一卦三画，上，天也，下，地也，中，人也。若重卦六画，六五，天也，二初，地也，四三，人也。其若乾坤成列，所谓天地定位也。其上相错，斯山泽通气也。其下相错，斯雷风相薄也。中相错，水火不相射也。经文所言，盖亦即三才之序有然而言也。

小过之象曰："飞鸟遗之音，不宜上，宜下。"上逆而下顺也。即三才言易，宜自上而下，顺也。以观易中卦爻之序，自初至三、至四、至五，与夫乾坤六子所为一索、再索、三索，曰长、曰中、曰少，皆自下而上，逆也。其故何也？则以天下古今，造化人事，数往者考之顺，知来者推之逆。易所以知来，是故易逆数也。

善读易者，但取经文所层累言者观之，一则曰故易六画而成卦，再则曰故易六位而成章，至是特申之曰是故易逆数也。其言秩然，其旨较然。固即六画、六位与八卦相错之存于圣人之易有然者，至是始昭揭之以明其义也。且亦诵下文乎？其继之曰雷以动之，风以散之，雨以润之，日以烜之，艮以止之，兑以说之，而终以乾君坤藏者，何也？雷动风散，乾坤之初错也。再错而为雨润、为日烜，三错而为艮止、为兑说，皆自下而上也，逆也。自此以至终篇，后儒复断为九章，惟帝出乎震，言八卦之方位者有二，其余六章，凡所陈乾坤六子之序，无非逆数条目也，此俗所谓铁板注脚也。逆数之义，舍经文又何主哉。

自记：千古长夜，得愚此说，杲杲出日矣。

象说

易六画成卦，六位成章，其始则成于数，及其既成，则以象告而已矣。凡卦有小大，位有贵贱，与夫爻有变动，皆象也。圣人作易，所为仰观俯察、近取远取者此象。圣人演易，所为设卦观象系辞焉以明吉凶者此象。则凡所以开物成务，冒天下之道，所以穷理尽性，以至于命，亦此象而已矣。

故曰："易者，象也。"《春秋传》名易，直曰易象。言易者奈何可忘象？汉儒据卦言象，义多精确，其失也凿。后儒据理言象，义自虚圆，其失也略。若以我夫子《大传》[①]泛论制器尚象之言，《虞氏》亦作文王周公卦爻之辞，一例揣测，如所云上古古者，圣人易之，于象无涉也，乃谓易为上下易象，谓大壮易自无妄，乾本在上，故言上古；谓大过易自中孚，本无乾，故但言古者；谓夬易自履，履乾在上，故复言上古；穿凿殆矣！若王氏明象，谓爻苟合顺，何必坤乃为牛，然必有顺象也；谓义苟应健，何必乾乃为马，然必有健象也。程子谓尽数穷象乃寻流逐末，术家之所尚，非学者所务。易非成自象数邪？朱子皆疑之，以为观其意，又似直以易之取象无复有自来，说卦之作为无所与于易。今且不问其有自来与否，朱子曰"大抵《易》之书，本为卜筮而作，故其辞必根于象数"，此确不可易之言也。抑何疏略也？我夫子述而不作，第观帝出乎震数语，其下多言"故曰"，度必先有是成说矣。

说卦言象，亦有卦爻所未言及者，则以天下之事物无穷，卦爻之象有定，凡欲学者、占者，触类而观其象也。

编者注：①《大传》：《周易》释经传凡七种，即《彖》《象》《文言》《系辞》《说卦》《序卦》和《杂卦》。也称《大传》。

象说二

乾为马，乾无马。坤为牛，坤无牛。

乾为首。巽，股也，而曰其于人也为广颡。坤为腹。离，目也，而曰其于人也为大腹。震为龙，而曰其为马也为善鸣。坎为豕，而曰其于马也为美脊。艮为山，非木也，而曰其于木也为坚多节。兑为泽，非地也，而曰其为地也为刚卤。坎，水也，亦曰其于木也为坚多心。离，火也，亦曰其于木也为科上槁。震为萑苇，而曰其于稼也为反生。巽为进退，为不果，而曰其究为躁卦。

我观说卦言象，于此乎？于彼乎？惟卦是像象，非可泥也。乾无马，具乾一体之健者，多称马，震、坎是也。故屯六爻三言马，上坎下震也。贲四曰白马，明夷二曰用拯马壮，互震、坎也。涣初曰用拯马壮，下坎又互震也。晋曰锡马蕃庶，睽初曰丧马勿逐，互坎也。中孚四曰马匹亡，互震也。若大畜三曰良马逐，则以下体乾又互震也。惟艮为狗不言马，其为止邪。

坤无牛，具坤一体之顺者，多称牛，巽、离是也。故离为牝牛。睽三曰其牛掣，旅上曰丧牛于易，上离也。既济五曰东邻杀牛，下离也。遁二曰执之用黄牛之革，互巽也。革初曰鞏用黄牛之革，上离又互巽也。若萃曰用大牲吉，则以下体坤又互巽也。惟兑为羊不言牛，为其很邪。

震为龙，在鳞虫，一阳动自重阴之下，龙象也。震无龙，乾称六龙，为乾六爻纯阳而动也，故各称龙。坤六亦称龙，为阴疑于阳，必战，舍阴言阳，贵阳贱阴也，故称龙战。震于马为善鸣，为作足。善走似马者，鹿也，山兽也，若屯三言即鹿，为震互艮也。震亦为鹄，善鸣似鹄者，鹤也，泽鸟也，若中孚二曰鸣鹤，为兑互震也。

巽为鸡，在羽族，两其足而伏，鸡象也。巽无鸡，中孚上九称翰音，为其上体巽而六居高。孚，鸡伏卵也，不伏而飞，故称翰音登于天。渐亦上体巽也，其于鸟也，何又为鸿？则以鸟之进以渐者莫若鸿，从六位言，故初曰鸿渐于干，上曰鸿渐于陆。姤亦下体巽也，其于物也，何又为鱼？则以阴之潜于下者亦像鱼，从承应言，故其二曰包有鱼，其四曰包无鱼。若剥上下无巽也，五曰贯鱼，则以姤下一阴浸长至五，而系以一阳，累累若贯鱼然也。

坎为豕，亦为狐，豕水畜也，狐隐伏物。睽上曰见豕负涂，互坎也。解四曰田获三狐，未济曰小狐汔济濡其尾，下坎也。若大畜五曰豶豕，大畜无坎，则以上体艮，豶豕亦黔喙之属也。姤初曰羸豕孚蹢躅，何又为豕？则以下体巽其究为躁卦，豕阴质而淫躁，姤初以一阴承五阳，故于象占之外，又设此象以合占者，戒也。若离为文禽，则坎鸷鸟也，解上曰射隼，为下坎弓矢也，互坎隼也。若师五曰田有禽，禽，豵豝类也，下坎，禽在田矣。比五曰失前禽，上坎，本禽也，五变斯失矣，故曰失前禽。

离为雉，亦为龟，雉文明像离也，龟甲板外包而中脆，卜龟中虚，尤像离。鼎二曰雉膏，上离也，在鼎故称雉膏。颐初曰灵龟，颐中虚似离，初当颐下，初动，则颐朵而龟非龟矣，故曰舍尔灵龟。损、益皆言龟，亦为其中虚似离，像大龟也，故曰十朋之龟。

艮为狗，狗止人家，能守畜也。鼠小似狗，亦止人家。若解四称鼫鼠，在诗曰硕鼠，贪窃象，互艮也，高居山上，故曰晋如鼫鼠。若颐四称虎视，尔雅云"熊虎丑，其子狗"，颐上艮也；四变则为离目矣，故曰虎视眈眈。

兑为羊，卦爻亦称虎。羊说而很也，虎，西方之宿，刚而猛。大壮言羊者三，兼三才而两之。大壮，即兑也。履言虎尾者三，下兑也。革五、六言虎变豹变，上兑也。夬四言牵羊，上兑也，牵之不当其首，无触之悔矣，故曰牵羊悔亡。归妹言刲羊，下兑也，变离为戈兵，有刲象焉。互坎为血，刚柔相敌，故曰刲羊无血。若夬五称苋陆，孟喜曰："苋陆，兽名"，或曰苋，山羊细角，则羊属也，故曰苋陆夬夬。

我观卦爻之象，或互象，或变象，无非易象，象何可忘也。则且合卦爻之象，质以说卦之象，其或为说卦未言之象，类可从说卦而言其象。凡曰在天，曰自天，曰何天之衢，曰享于天子，扬于王庭，其卦皆有乾。乾为天，为君也。以广大言，在同人为野为郊。以首言，在壮为頄。以阴阳相薄言，在小畜亦为云。若以杞包瓜，惟乾有木果，杞上有瓜，亦木果象也。若辐若輹若栋，惟乾为圜为直，轮辐三十，像乾诸画也。若鞶带，大带衣也，惟乾为衣也。若金铉玉铉，为互乾，从鼎取象也。若从刚柔言，曰金夫。从乾肺言，曰金矢。从来徐徐言，曰困于金车。惟乾从金，皆从乾刚之一体言也。亦称大车，坤方为舆，乾圜为车也。

凡曰邑国，曰其国，曰开国，曰迁国，曰观国之光，曰隍，曰阶，曰邑人，曰虚邑，曰利用行师，曰君予得舆，其卦皆有坤。坤为地，为众，为大舆也。以阴言，为小，为匪人。以文言，为章。以方言，为西南。其曰黄裳，乾为衣，上衣下裳，坤则裳也，裳幅亦似之，黄则中五之色也。曰括囊，坤为布，以布藏物者，囊也。四变互艮，则其括之之象也。若贲上变坤，曰束帛戋戋，惟坤为帛为吝啬也。

凡曰利建侯，曰建侯行师，曰丈人，曰长子帅师，其卦皆有震。惟主器，莫若震也。曰灭趾，惟震为足也。凡初亦曰趾、曰足，若樽、若簋、若缶、若爵、若见斗，皆取诸震，皆仰盂象也。若见沬沬，斗杓后小星，从斗言也。若沛，《风俗通》云"沛，草木之蔽茂，禽兽之所蔽匿也"，亦以上震与互巽，皆草木类也。沛或作旆，《王氏易注》[①]《朱子本义》从之，惟于卦爻无其象。虞氏曰："日在云下曰沛"，其解似是，然以其蔀其屋例之，于其字无着落矣，当从《风俗通》。如丰上曰："丰其屋"，屋亦茅乘之也，一例。若簪，竹为之也。若蔀席也，竹苇俱可为。书言敷重丰席，笋席也，贫者或以蔽门。豫、丰，皆上震也。

凡曰木，曰楄，曰粗，曰苞桑，曰白茅，曰葛藟，曰莽，其卦皆有巽。泰、否曰茅茹，泰变巽，否互巽，初在下，其茹也。震言簹筐萑苇，其本刚，巽言茅葛若莽，其质柔也。其曰枯杨，泽中有木则杨是也。互乾为老阳，老，故枯也。曰跛能履，曰观我生进退，曰进退利武人之贞，惟巽为股而进退不果。巽初，处重巽之下，观四，当上巽之下，履三，当互巽之下也。丰三互巽，何复曰折其右肱？股两而下垂，肱亦两而下垂也。明夷无巽，九三何亦曰夷于左股？从爻位言也。故咸初曰拇，二曰腓，三曰股，卦亦互巽，在人身，亦股位也。丰三曰折，为互兑言，曰左右，从卦位言，兑右震左也。曰得其资斧，曰丧其资斧，曰怀其资，惟巽为近利市三倍也。若巽称床，剥亦称床，惟巽、艮卦画皆像床也。若涣曰奔其机，机亦床象也。若坎上变巽，曰系用徽纆索也。刘表云："三股为徽，两股为纆"，惟巽为绳也。

凡曰雨，曰濡，曰于沙于泥，曰遂泥，曰渫，曰洌，曰寒泉，其卦皆有坎。坎为水也。曰酒食，曰饮食，曰饮酒濡首，《记》[2]云"玄酒明水之尚"，水，五味之本也。曰穴，曰井，曰幽谷，坎，窨象也。曰泣血，曰需于血，曰涣其血，曰朱绂，曰赤纹，惟坎为赤为血。卦气阳血阴，坎阳内而阴外，故为血。乾为大赤，以纯阳言，坎为赤，从血言也。曰舆尸，曰载鬼，曰金车，曰弧，曰射，曰弋，惟坎为弓轮，于舆为多眚也。曰茀，车蔽也。曰金矢，矢中筈，前后羽刃，亦坎象也。曰桎梏，曰校，则矫揉险陷之象也。曰丛棘，曰蒺藜，曰株木，惟其于木坚多心也。若小畜上曰既雨，月几望，畜极变坎也。中孚亦曰月几望，惟中孚像离，月望日有光，曰重光，斯月望也。曰寇，坎为月为盗也。

凡曰日中，曰日昃，曰已日，曰焚如，曰旅焚其次，曰鸟焚其巢，曰反目，曰眇，皆有离。离为日，为火，为目也。曰鬼方，离，南方之卦也。曰灾眚，变难也。若同人三曰乘其墉，解上曰于高墉之上，困三曰入于其宫，同人下离，解、困互离，离，中虚外实，宫墉象也。井互离，曰羸其瓶，曰瓮敝漏，瓶瓮亦中虚象也。羸，缧也。下巽缧之也，敝，则互兑敝之也。若夬二曰暮夜有戎，二动变离，离日在兑西之下，故曰暮夜，离为戈兵，故曰有戎。若履上曰视履，履三互离而应上，是视履也。震上视矍矍，矍矍惊顾象，震变离也。

凡曰山，曰丘园，曰九陵，曰于陵、于陆，曰观，曰庙，曰庐，曰牖，曰庭，曰衢，其卦皆有艮。艮为山，为门阙，为径路也。在人曰童，曰仆，惟艮为少男也。在牛曰童，在豕曰豵，亦为其少也。曰硕果，艮为果疏，又乾为木果，剥之仅存其一，则硕果不食之象也。若升四曰岐山，卦无艮，则从其卦之名与位之象言也。

凡曰有言，曰闻言，曰辅颊舌，曰史巫，曰和，曰说，曰嗟，曰赍咨，曰咥人，惟兑为口也。曰妹，曰娣，兑为少女为妾也。归妹五曰其君之袂，不如其娣之袂，下兑互离又互兑。六五其君也，初曰娣，三曰归妹以须，反归以娣。楚人谓姊曰娞，楚辞女娞是也。三以须为娣，盖互离中女也。袂、袖口，从兑取象，初三皆正，故曰良也。鼎四曰折足，互兑为毁折。暌三曰其人天且劓，困五曰劓刖，亦为互兑。兑，秋肃杀之气，劓刖，毁折之形也。曰过涉灭顶，兑，泽也。凡上爻亦为顶，为首，为角。曰西山，兑，西方之卦也。若小畜曰自我西郊，小过五亦曰自我西郊，互兑也。其曰密云不雨，则以小过六画有飞鸟之象，兼三才观之，亦坎象也。

是故有从其卦之德取象者，有从其卦之形取象者，有以二体之摩荡取象者，有以六画之次第取象者，大抵本之以阴阳，参之以名义，兼之以互体，通之以变爻。斯卦爻之辞，无不由象系，而圣人之意，无不可以象见，天下之理亦无不可即象观矣。

又跋：六十四卦，与三百八十四爻，其观象系辞，不啻如满屋散钱，若不得其杂，而不越之实，后儒人自为说，彼此纷错，何从把握？此说仰承孔子传易之宗旨，阐明文王周公之本意，止以一条索穿之矣。愚为此说，时年已七十，不及举全经更为注解，而全经之象辞已无一不彰明的确，后之学者，幸息心体认焉。

编者注：①《王氏易注》：即《周易王氏注》，清马国翰辑三国魏王肃《周易注》二卷，东晋王廙《周易注》一卷而成。②《记》：即《礼记》。《礼记·郊特牲》："酒醴之美，玄酒明水之尚，贵五味之本也。"

卷之二

易说二

卦变说

夫圣人作易，因八卦而重之，六十有四，不必其为某卦自某卦来也。若揲蓍求卦，一卦之变，六十有三，不能必其为某卦自某卦变也。彖辞有刚柔往来上下之说，后儒以卦变为其说，然与？曰："支离哉！而不知其非也。"此即一卦之二体六画观之，若刚若柔，若往而上，若来而下，自见也。《系辞》曰："乾坤成列，而易行乎其中矣。刚柔相推，变在其中矣。"又事他求哉？

卦变说二

刚柔往来上下之说，子谓即其卦之二体六画观之，其义自见，可约举之以蔽象传诸卦之说乎？

曰："可！即以蔽全经可也。"夫乾刚，凡三男得乾之一体，皆刚也。夫坤柔，凡三女得坤之一体，皆柔也。凡曰往曰上，皆言外卦也。凡曰来曰下，皆言内卦也。泰之小往大来也，☰乾内，大来也，坤外，小往也，谓其内阳而外阴也。安见其为自归妹来？六往居四，九来居三也。否之大往小来也，☷坤内，小来也，乾外，大往也，安见其为自渐来，九往居四，六来居三也。故凡内卦柔，外卦刚，则曰刚上，曰柔来，曰柔下。☶蛊，巽内艮外也。☲贲，离内艮外也。☳恒，巽内震外也。故凡内卦刚，外卦柔，则曰刚来，曰刚下，曰柔上，曰柔得中乎外，柔得位乎外。☱随，震内兑外也。☲噬嗑，震内离外也。☱咸，艮内兑外也。☴涣，坎内巽外也。其有二体皆刚，☰无妄，外乾，刚也，内震，亦刚也。震之刚，固自乾来也，而又以内卦主，故曰刚自外来，而为主于内也，非自讼二来居初也。☶大畜，内乾，刚也，外艮，亦刚也。艮能止健，盖贤者也，而乾尚之，故曰刚上而尚贤也，非自需五往而上也。☵蹇，☳解，亦二体皆刚，其曰往得中者，则以坎中之刚往而得乎五位之中也，其曰往得众者，则以震体之刚往而得乎外卦之众也。其有二体皆柔，☲晋，内坤，柔也，外离，亦柔也。柔而重之以柔，故曰柔进而上行也，非观之四进居五也。☷升，外坤，柔也，内巽，亦柔也。柔进而上顺，而巽有时行之义焉，故曰柔以时升也，非解之三升居四也。☲暌，☴鼎，亦二体皆柔。暌亦曰柔进而上行，与晋无二义也。鼎亦曰柔进而上行，与暌更无二义也。然则一以贯之而已矣，舍二体六画，何事他求哉？

卦变说三

乾坤，易之门也。设一乾坤二象于诸卦六画之间，以观刚柔之往来。若随☱，坤之--往，乾之－来，非所谓刚来而下柔邪？若贲☲，乾之－往，坤之--来，非所谓柔来而文刚，分刚上而文柔邪？若无妄☰，外乾而乾又以其－来，非即所谓刚自外来而为主乎内邪？若晋☲，内坤而坤又以一--上，又非所谓柔进而上行邪？凡此皆观其卦自见也，必谓此卦自某卦某画来，则皆谓之自乾坤来可也。举一可反三，又事他求乎哉？

先天后天八卦方位说

易止有一八卦方位，无两八卦方位。震，东方也；巽，东南也；离，南方之卦也；兑，正秋也；乾，西北之卦也；坎，正北方之卦也；艮，东北之卦也。其序其方，说卦所明言也。惟坤不言方，循其序而言，西南也。坤之《象》曰："利西南得朋，东北丧朋。"《传》曰："西南得朋，乃与类行。"类行云者，乾统三男于东北，坤偕三女于西南[1]，言各从其类也，位当故利。坤之位西南，亦信而有征，若他卦方位，见于全经者多可类推，舍此而言方位，求之于全经，更无八卦方位也。后儒以此为后天卦位，文王所定。

若天地定位，山泽通气，雷风相薄，水火不相射。愚以为此即申明经文，分阴分阳，迭用柔刚之义，非强圣人之说以就我也。而其在易也，则所以相错而成诸卦者有然，其在天地，则其为阴阳刚柔，所谓然后能变化，既成万物者亦然也。后儒以此为先天卦位，伏羲所定。

以为文王所定，盖亦以方位之见于《周易》者无可易，故以为文王也。以为伏羲所定，岂于《周易》无可考？卦画自伏羲，固自有方位在耶？夫先天后天之学，希夷康节之所授受之学也，各言所学，无非易学，何事谓无？至谓《说卦》卦位，判然有二，独不思我夫子诚并举之，宜亦必分详之。虽圣人之文，浑浑灏灏，初无成法，而始终条理，自必不紊。今观经文，自帝出乎震，至于终万物始万物者，莫盛乎艮，如诸儒言，此皆言后天卦位也，胡为乎又继之曰："故水火相逮，雷风不相悖，山泽通气，然后能变化，既成万物也"，不几几乎又混先天为后天也耶？圣人之文，何条理不分乃尔？后儒既分而为二，本义于此，以为未详其义，宜乎其未详也。读易者至此，但即经文反复求之。余谓易止一卦位，无两卦位，岂臆见哉？

编者注：[1]此北宋易学家邵雍语。《说卦传》曰："帝出乎震，齐乎巽，相见乎离，致役乎坤，说言乎兑，战乎乾，劳乎坎，成言乎艮"。邵子曰："乾统三男于东北，坤统三女于西南，乾、坎、艮、震为阳，巽、离、坤、兑为阴"。

先天后天说二

古无先天卦后天卦之说，有之自《周易参同契》[1]之图始。《参同契》者，丹家假《易》以明修炼之书也。其名为先天卦乾上坤下图者，图凡三圈，乾上为首，坤下为腹，其中为心，盖以形统于首，气统于腹，神统于心也。自愚观之，丹家谓乾坤为鼎器，吾身之本来有然，故曰先天也。其名为后天卦离南坎北图者，图亦三圈，离南为目，坎北为肾，其中为心，盖以天地设位，阴阳配合，升降于中，易为坎离也。自愚观之，丹家谓坎离为药物，凡后起之修炼以此，故曰后天也。其余六十卦，则以为用功之火候。

愚观若所谓还丹者，盖使水火仍各归其母，以后天之修炼，还先天之本来是也。此非其所以别为先后之意与？希夷康节，因以易之卦位，有先天卦后天卦之分，且以先天卦，为伏羲之所定之卦，后天卦，为文王所定之卦，而衍为各图，其于易学，殆可谓尽精微者矣。然究所权舆，丹家之学也，丹家特假图以自明其学之意也。

编者注：①《周易参同契》：东汉魏伯阳所著，简称《参同契》，属道教早期经典。

图书九十说

甲子之秋，余尝从泛舟之役，至荆州之沙市，留待川米。其间有菰庐之馆，静深高敞，余独寓焉。息心寂处，爰作易说十余篇，时箧中未携经籍，无所考稽，大率拥被蒙头而得之。然于圣人之《易》，自言所知，颇见本原，殆多先儒所未发。至谓则图画卦，自所见于本义启蒙者言之，盖尝穷力探索，卒求其说而不得，窃不禁废然叹曰："河图出数千载上，是玉是甲，是九是十，后世曾不知果何物为河图，我又安知圣人之所以则河图？嘻！甚矣其愚也，何惑乎卒求其说不得也。"因自置去，既而思之，《洛书》曰书，宜近于书，《河图》曰图，自必有图。画卦何以为图，我不敢知。若言其数，蔡西山①谓图十书九，至刘牧②始两易其名，以为臆见。如愚臆见，则疑图书之数，宜皆是九。欲为之说，未敢师心。

既反役，乃取两汉以来所散见于经传及百氏之言者，参互考之，窃自喜前此所见，抑不虚也。何也？去古远，则师说必从其近，载籍博，则考信宁取所专，言图书者，自汉异辞矣。孔安国《书传》③曰："伏羲氏王天下，龙马出河，遂则其文谓之河图。天与禹，洛出书，神龟负其文而出，列其背，有数至九，禹遂因而第之，以成九类。"扬雄《核灵赋》曰："大易之始，河序龙马，洛贡龟书。"《汉书五行志》："刘歆曰：虑牺氏继天而王，受河图则画之，八卦是也。禹治洪水，雒赐书，法而陈之，九畴是也。"郑玄《易注》④曰："春秋纬云，河以通乾，出天苞，洛以通坤，出地符，河龙图发，洛龟书成，河图有旧篇，洛书有六篇。"

以言九十之数，如《郑氏易注》，谓图书之篇有九六。未言其数，如《孔氏书传》，于《洛书》曰有数至九，其谓河图即八卦也。如刘瑜⑤上书，谓河图授嗣，正在九房。九房者，即《小戴》所言天子随月令居明堂九室，《大戴》所言明堂凡九室，二九四、七五三、六一八是也，皆未言河图之数十也。他如诸儒所引《周易乾凿度》，如魏伯阳《周易参同契》，则皆直指九为河图。《乾凿度》未识作自谁氏，然汉魏言易者多宗之，其书盖古。《参同契》为《丹经》之祖，虽假易以明丹道，然非确有所受，必不假之以自诬其说，此又近古而专者，不必以方技家言，不足为考古据也。且如扬子云⑥以《玄》拟《易》，其《玄》图篇曰："一与六同宗，二与七为朋，三与八成友，四与九同道，五与五相守。"不言十者，盖即其所谓五行九位，凡以拟易之图有然也。

然则自汉而至于宋，刘长民何为以十为《洛书》，蔡西山又何为以十为《河图》也？此无他，一二三四五，《洪范》五行也。《汉志五行传》："取天一至地十之数，以释《洪范》五行生成妃牡之义。"世称《范》则《洛书》，故《龙图钩隐》⑦遂以十为《洛书》也。天一地二，天三地四，天五地六，天七地八，天九地十，《易大传》之言也。惟《郑氏易注》，取汉志五行生成之说，以明《易大传》天地五十有五之数。世称易则河图，故《本义》《启蒙》⑧遂信十为河图也。

夫纵横十五，九宫之数，不见于经，愚亦还质之经而已矣。八卦分八方，《说卦》明言之，凡八方，自中央所见言也，合中央而言，则九矣，《易》所不言九自在也。《汉志》《洪范》五行之数，一二三四五，以生数言也。《吕氏月令》四时之数，八七五九六，以成数言也。《管子》幼官图，《淮南子》时则训，皆以成数言。生数言五，而成数不言十，《乾凿度》以为九者气之究，不其然乎？《列子》亦云，九变者究也。

是故书之数十，于汉无考。愚谓如以数言，即《汉书五行传》一水二火三木四金五土之数是也。如以为九，则自初一至次九，九章是矣。若河图之数，自两汉经传百氏所言者如彼。愚故曰："图书之数，宜皆九也。"用为此说，以质来者。

又跋：

《启蒙》据关子明云："河图之文，七前六后，八左九右。《洛书》之文，九前一后，三左七右，四前左，二前右，八后左，六后右。"按《朱子语类》邹浩问李寿翁最好关子明易，先生曰："阮逸伪作。"《陈无己集》说得分明，不审《启蒙》何故翻以为据。又按《后山丛谈》，亦云阮逸伪作。

朱子书《河图》《洛书》曰："世传一至九数者为河图，一至十数者为洛书。"考之于古，正是反而置之，予于《启蒙》辨之详矣。近读《大戴礼》书，又得一证甚明。其《明堂篇》有二九四，七五三，六一八之语，而郑氏注云："法龟文也。"然则汉人固以九数者为《洛书》矣。按邢昺《论语疏》云，郑玄以为《河图》《洛书》，龟龙衔负而出。如中候所说，龙马衔甲，赤文绿字，甲似龟背，衮九尺，上有列宿斗正之度，帝王录纪兴亡之数是也。据甲似龟背之说，又安必郑玄注法龟文云者非指《河图》也。

编者注：①蔡西山：蔡元定，字季通，学者称西山先生，福建建阳人，南宋理学家、律吕学家、堪舆学家，朱熹理学主要创建者之一，其《易学启蒙》云："古今传记，自孔安国、刘向父子、班固皆以河图授牺，洛书锡禹。关子明、邵康节皆以十为河图，九为洛书。……惟刘牧臆见，以九为河图，十为洛书，托言出希夷，既与诸儒旧说不合，又引《大传》以为二者皆出于伏羲之世，其易置图书，并无明验。"②刘牧：北宋时期人物，自南宋始其籍贯、字、官职即有争议，有谓彭城（今江苏徐州）人，字长民，官太常博士；亦有谓三衢（今浙江衢州）人，字先之，官屯田郎中，后世多未细辨。撰有《易数钩隐图》，倡太极、象由数成、图九书十等说，言数者多宗之。③孔安国《书传》：即《尚书孔氏传》，共十三卷。旧题西汉孔安国撰，经后人考证，实系魏晋时人伪造。④郑玄《易注》：即《郑氏周易注》，亦称《周易郑注》，东汉郑玄撰，原九卷，今辑存三卷。⑤刘瑜：字季节，广陵人，汉灵帝时官任侍中，善图谶、天文、历算之术。《后汉书》："古者天子一娶九女，娣侄有序，河图授嗣，正在九房。"⑥扬子云：扬雄，字子云，蜀郡郫县人，汉朝时期辞赋家、思想家。史书记载他"实好古而乐道，其意欲求文章成名于后世，以为经莫大于《易》，故作《太玄》；传莫大于《论语》，作《法言》。"⑦《龙图钩隐》：即刘牧《易数钩隐图》。⑧《本义》《启蒙》：《周易本义》《易学启蒙》，宋朱熹撰。

河图杂说

凡数起于一，终于十，有奇有偶。河图有五而无十。河图纵横十五，八面皆十也。谓土王四季，然哉！然哉！河图八方，有一二三四、六七八九之数，而五独居中。一二三四乘之以中五，即六七八九也；六七八九除五以归中，即一二三四也。中五而八方管焉矣，十何为哉？

五行皆资土以生，资土以成，五土数也。分五为四方，则一水、二火、三木、四金也，所谓生数也。四方得五，一得五六也，二得五七也，三得五八也，四得五九也；五八面皆十，若五得五，亦即十也；所谓成数也。中五而五行之生成皆资矣，岂人巧哉？神物哉！

老少杂说

《易》以阴阳老少言者，其义不一。有四象之老少阴阳，此自揲蓍时之一画一爻言也，愚曾为之说矣。有八卦之老少阴阳，此自成卦后之一卦三画言也，而其义又自有二。其谓乾坤为老，六子为少者，主八卦之阴阳言也，即《大传》阳卦阴卦之义也。其谓乾兑自太阳生，坤艮自太阴生，离震少阴，巽坎少阳者，主先天图之阴阳言也。

抑知四象生八卦，各卦之画与爻各有老少，非必某卦自老生，某卦自少生也，泥视方圆耳，堪舆家主之。犹之净阴阳之说，又主先天圆图而言，各持所见耳，非四象生八卦之义也。

应比说

卦爻有应比之说。或问应者，上下体相对之爻。二与五，应也；初与四，三与上，亦应也。说者据此为《易例》。

应，是相对之位乎？曰："此似是而非之说也。"刚柔相与之谓应，非爻位相对之谓也。谓《象传》，曰刚中而应，曰刚当位而应，曰得中而应乎刚，皆指二与五也，是也。若比曰不宁方来，上下应也。若小畜曰柔得位而上下应之，若大有曰柔得尊位大中而上下应之，上亦谓应，下亦谓应，惟刚柔应也。以相对之爻，即谓之应，是直世应之应矣。

曰："然则比者，亦非所谓每位相连邪？"曰："比之义，见于比卦之爻辞。"比之六四曰："外比之。"以从上也，四柔比五刚，相连之位也。比之六二曰："比之自内。"言自内比外，二柔比五刚，非相连之位也。如以相连之位言，则曰承曰乘而已矣。应比之例，均不容泥。

上下经图说

卦分上下经。上经三十，下经三十有四，其多寡不均，何也？

曰："均也！上下经各十八卦也。"卦名六十有四，卦画止三十有六，顺逆观之，了然矣。上经十八卦，一卦一六画者六，其十二卦一六画两卦也，故三十也。下经十八卦，一卦一六画者二，其十六卦一六画两卦也，故三十有四也。乾坤一卦一六画也，顺逆观屯、蒙，两卦一六画也。

又跋：愚为《易》说，一皆自言所知。若先儒之说，无庸疑贰者，不复赘说。易分上下经，愚始读《易》时，反覆求之，窃谓上下各十八卦，自喜以为有心得，不知先儒早有先得我心者。可见后生读经书，总须提出自家心思，不专恃前人成说，乃能曲合前人之说也。少时所见，殆不容没，故图而说之。

编者注：上经乾、坤、颐、大过、坎、离六卦，皆六画一卦，顺逆皆同。下经中孚、小过，亦六画一卦，顺逆亦同。余皆六画两卦，顺逆不同也。

上經

乾  坤  屯  蒙  需  訟  師  比  小畜 履

泰  否  同人  大有  謙  豫  隨  蠱  臨 觀 噬嗑 賁

剥  復 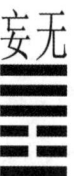 无妄  大畜  頤  大過  坎 離

下經

咸  恒  遯  大壯  晉  明夷  家人  睽  蹇 解 損 益

夬  姤  萃  升  困  井  革  鼎  震 艮 漸 歸妹

豐 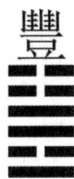 旅  巽  兌 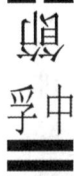 渙  節  中孚  小過  既濟 未濟

先迷后得主说

《易》曰："君子有攸往，先迷后得主。"何谓也？

曰："先斯迷也，后斯得主也。读《文言》乎？"《文言》曰："坤，至柔而动也刚，至静而德方。"君子有攸往，动矣，刚而方，为天下先，执斯道也以往，其失道殆甚矣。《文言》曰："坤道其顺乎？承天而时行。"后也，承天，得主矣。

夫既谓之迷，何以谓之君子？曰："刚而方，为天下先，君子也。"此君子之迷也，圣人盖指之以为戒也，是故其辞危。指以为戒云者，当时有感而为是说。

编者注：《文言》：亦称《文言传》，《十翼》之一篇。

利西南得朋东北丧朋说

乾之利贞，不言所利，利贞而已。蹇利西南，解利西南，坤利牝马之贞，皆言所利利如是如是也，又何异乎利西南得朋，东北丧朋也。蹇之东北，以险且止，解之东北，为雷雨作。东北阳卦，其类盖强，西南阴卦，其类盖顺。圣人之《易》，辞有险易，杂而不越，得亦谓利，丧亦谓利，皆牝马地类，柔顺利贞之义也。

不详句读，而于是突有阴主利之说，而于是深违经与传之旨。嘻！不宜得宜丧，何必匪人也。汉有党锢，宋有党人，其亦有未从此义者与？丧朋之利大矣哉。

坤六五说

《易》曰："黄裳元吉。"子服惠①曰："黄，中之色也。裳，下之饰也。元，善之长也。"此言坤五六之象与占然也。《程传》②曰："守中而居下，则元吉，居尊则为天下大凶可知。"又曰："阴者臣道也，妇道也。臣居尊位，羿、莽是也，犹可言也；妇居尊位，女娲氏、武氏是也，非常之变，不可言也。"《程

142

传》此言，盖亦犹子服氏曰："中不忠，不得其色；下不共，不得其饰；事不善，不得其极。"为将叛者言也，特以立万世女后之防而言也。

窃谓以臣道言，二纯乎臣者也。以妇道言，乾为天为君，而五居尊，君也；坤为地为母，以阴居尊，则后也。地者天之配，后者君之配，称之曰后，亦君之谓也。然则斯爻也，即谓示天下以母仪可也。

王后，尊位也。六十四卦，以六居五者多取之。泰六五曰："帝乙归妹，以祉元吉。"剥六五曰："贯鱼以宫人宠，无不利。"归妹六五曰："帝乙归妹，其君之袂，不如其弟之袂良。"大抵以其有中顺之德，故居尊而吉也。君，理阳教者也。后，理阴教者也。正位乎内，贵而能下，坤五黄裳之象，葛覃樛木之义也。故曰："即谓示天下之母仪可也。"

编者注：①子服惠：子服惠伯，春秋时期鲁国人。本文子服惠伯所语见《左传·昭公二十年》。②《程传》：《周易程氏传》，又称《伊川易传》，北宋程颐著。

密云不雨说

云为阴象，阳实为之。譬之水在釜中，其下有火，斯其气浮浮然蒸之而上。云犹是也，阴湿之气畜于山川，时而阳气郁其下，则蒸而为云。然必阴湿之气胜，则蒸而上者，毵毿狒猎，云行而雨以施。

《易》以坎为云，其卦下阴上阴，阳陷阴中。世称阴阳聚为云，坎象然也。小畜下乾上巽，卦无云象，然风行天上，云必与偕。乾为龙，云从龙者也，故称云也。卦以一阴畜群阳，阳气愤盈，故有密象。一阴气微，卦又互离，其在诗曰"其雨其雨，杲杲出日"，象亦有焉，故曰密云不雨。殆至畜极而通，上又遇九，风为水于天上，故曰"既雨也"。其曰"自我西郊"，乾西北之卦也，互兑，正西也，故曰自我西郊也。或曰东北阳方，西南阴方，云起西郊，阴位也，故不雨。或曰凡云自东而西，则雨，自西而东，则不雨，阴先倡也，故不雨。

嘻，东家之西，即西家之东。而亦知是密云也，自东望之，自我西郊也，自西望之，非自彼东郊也邪？又何为而不雨也。诸儒言阴阳，毋乃据于墟与。

易为君子谋说

张子①曰："易为君子谋，不为小人谋。"谓爻有小大，辞必告以君子之义也。窃谓不宁惟是，且如辞一也，吉一也。为君子筮，得之吉，为小人筮，得之凶。穆姜遇艮，南蒯遇坤，其为吉凶也卒反，是易之受命如响也，无非为君子谋也。

《礼》②详问卜筮之仪，曰："义与？志与？义则可问，志则否。"易之不为小人谋也，又概可知已③。虽然，不为小人谋，有深于为之谋者矣。泰之初曰："拔茅茹，以其汇，征吉。"否之初曰："拔茅茹，以其汇，贞吉，亨。"泰内三阳，其汇君子，否内三阴，其汇小人，一趣之征，一厉之贞。《传》曰"拔茅贞吉，志在君也"，则以方否之时，上下不交，君有孤暌之虑，臣怀履尾之忧，为初之计，躬率三阴，同心戮力，济之以贞。凡欲反否为泰，转祸为福，谋无出此也。曰吉，而重示以亨者，凡以坚群小之志也。若此类，易亦何尝不为小人谋也耶？

然此亦即必告以君子之义之谓也，而古今小人，卒使曰吉曰亨，比比相反，则直谓之易为君子谋，不为小人谋可也。此无他，君子修之吉，小人悖之凶，故曰疑而筮之，则弗非也，日而行事，则必践之。

编者注：①张子：张载，字子厚，世称横渠先生，与周敦颐、邵雍、程颐、程颢合称"北宋五子"。下语出自其著《正蒙·大易篇》。②《礼》：即《礼记》，下语出自《礼记·少仪》。③当作已，版印者误作巳字。

贲六四说

或问辞由象系，卦爻之辞无定，卦爻之象有定也。贲六四曰："贲如皤如，白马翰如。"解之者曰："贲四与初，为三所隔，不获相贲，故云皤如。"传义同之。

然一谓马在下而动者，初不获相贲，故云白马，而应四之志，如翰如。一谓人白而马亦白，四不得遂，而求初之心，如飞翰之疾。一以初为马，一以四为马，何无定象也？曰："象有本卦，有变卦，有互卦。"左氏善言筮，多兼互象，此亦贲四之象有然也。四与三比，柔得刚贲，此贲本卦象也。贲，山下有火也，三曰濡如者，则以此卦自二至四互坎，三，互坎主也，有雨润之象焉，贲而润泽，故曰濡如也。四曰皤如者何也？四遇六，变而互巽矣。巽为白，其于人也，为寡发，发白为皤，故曰皤如也。其曰白马翰如者何也？贲自三至五，互震。震，其于马也，为馵足。《尔雅》云："馵，膝上皆白也。后左足白也。又为的颡、白颠也。"翰如，状其白之色也。《礼》称商人尚白，戎事乘翰。郑氏注："翰，白马色也。"故曰白马翰如也。

四之为贲，其象有然，非谓其不得贲也，正言其贲如是如是也。曰："由子言之，是皆六四之象然也。其曰匪寇婚媾，婚媾云者，吾知即刚柔相贲之义也，胡为而疑为寇也。寇亦有象乎？"曰："有。"三寇象也，亦互卦之象也。讲易者，第置之弗讲耳。自愚观之，《周易》三百八十四爻，言寇者凡七，未有不取诸坎也。坎之为寇象，何也？曰："险而隐伏，寇象也。"《说卦》备陈八卦之象，不曰坎为盗乎？《系辞》释解六三致寇至之义，不曰小人而乘君子之器，盗思夺之乎？《传》所谓盗，即经所谓寇也。则以解之下体，坎也，中又互坎也。屯之六二曰："屯如邅如，乘马班如。"此与贲四，诸可互证。其曰匪寇婚媾者，则以屯之上体坎也，五之于二，在坎疑寇，然刚中而应，匪寇也，故示之曰婚媾也。在蒙之上九，曰不利为寇，利御寇，则以蒙之下体坎也。御寇贵刚，九阳居上，故曰利用御寇也。在需之九三，曰需于泥，致寇至，需外卦坎也，三处内外之间，水侵寇逼，故曰灾在外也。至于睽，上下非坎也，其上九亦曰匪寇婚媾，曷寇乎？互坎也。至于渐，内外无坎也，其九三亦曰利御寇，曷寇乎？互坎也。是何疑贲之所谓寇，亦即以贲自二至四互坎故也。明有互象，先儒强置之不讲，又何惑乎两可之说多也。

曰然则贲上六曰白贲无咎，六无白象，则又何说？曰："贲无色也，以白受采也。"贲至上，贲极斯反也，犹之坤六称龙，坤无龙象，阴疑于阳必战，为其嫌于无阳也，与乾战也，故称龙焉。即贲四之象，其可类推也如是，故曰其称名也，杂而不越。

樽酒簋贰说

书即聱牙，必成句读。《易》曰："樽酒簋贰，用缶，纳约自牖。"《象》曰："樽酒簋贰，刚柔际也。"先儒读樽酒簋贰绝句，本义从之。愚谓读贰用缶绝句可，读樽酒簋绝句，不解周公之文，何至不成句读乃尔。且以我孔子晚而好易，其于坤之彖辞，后儒读先迷后得绝句，主利绝句。孔子曰："后得主而有常。"而于此又曰樽酒簋贰，宁读之虽韦编三绝，犹比比读破句邪？此即不必参考古礼，知必不可。如先儒之说，虞氏仲翔[①]曰："贰，副也。"礼有副樽，故贰用在缶耳。

然既以簋为黍稷器，则樽一器，簋一器。用缶副樽，又一器也。郑氏康成曰："天子大臣出会诸侯，尊于簋，副设元酒而用缶也。"然又谓爻辰在丑，丑上值斗，可以斟酌之象。丑上有建星，形似簋。贰，副也，建星上有弁星，形又如缶，是樽象斗，簋象建，缶又象弁也。说皆支离。朱子引《周礼》大祭三贰为证，盖亦以樽自樽，簋自簋，用缶者贰樽，故从樽酒簋为绝句也。若《王氏易注》及《程传》，读如《象传》而直谓一尊之酒，二簋之食，瓦缶之器，则以尊与簋皆缶也。说独直截，惟于贰字之义，似不若虞氏郑氏之有征。

自愚观之，其曰樽、曰簋、曰贰、曰缶，缶即簋也，簋即贰也，贰即樽也。曷尊乎尔，簋也。曷贰乎尔，亦簋也。曷簋乎？缶也。非贰用缶而尊簋非缶，亦非尊酒而簋食也。酒则有贰，二簋已耳。古置酒曰尊，尊非酒器也，簋，酒器也。考尊酒之礼，有尊于两壶，尊于两甒，尊于瓦大一，瓦大两者不胜数，《士冠礼》曰："尊于房户之间两甒。"《乡射礼》曰："尊于宾席之东两壶。"既夕曰甒二醴酒，倒言之，醴酒甒二也，以视尊酒簋贰，皆异文同义也。《聘礼》曰："醴尊于东厢瓦大一。"《燕礼》曰："公尊瓦大两。"瓦大者，瓦尊也，有虞氏之尊也，即司尊彝六尊之大尊也。《考工记》："旅人为簋。"瓦簋也，瓦尊、瓦甒类也。簋贰云者，即甒二，瓦大两之谓也，亦何疑乎尊酒簋贰之为绝句也。

坎之六四，柔顺履正，上比坎五，刚柔相得，其曰樽酒簋贰，用缶，纳约自牖者何也？盖男女交际之礼也。何以知此为男女交际之礼？曰："于尊酒知之，于自牖知之。"坎为水，有酒象，《易》言酒者三，皆以其卦有坎也。变兑为少女、为口说。艮为门阙，中互艮，有牖象，故即男女交际之礼，以象刚柔相得之象也。《特牲》馈食曰："尊两壶于房中西牖下。"妇人之尊也。《昏礼》自纳采、纳吉、纳征，以至请期，皆有尊，尊皆用甒，及期则尊于室中北墉下，元酒在西，以夫妇酌于内尊也。是樽酒簋贰，于昏礼为近，故《象》曰"刚柔际也"，言男女交际也。其曰终无咎者何也？四五非正应时且在坎，宜有咎也。而其交际也以礼，故终无咎也。

编者注：①虞氏仲翔：虞翻，字仲翔，会稽余姚人，三国时期吴国学者，集当时及前代易学之大成。

既济九五说

《易》有是象。圣人即象以立教，辞不苟系，而象抑非漫取。水上火下曰既济，其于人也，心肾交则气顺，柔刚交则德进，上下交则政通。国家当宏济之后，物炽则骄侈易生，时泰则诚敬不足。历观前世，如《象辞》所言初吉终乱者，率皆由此。

九五阳刚中正，保济之主也。明德荐馨，祈天永命，将于是乎在。其辞曰："东邻杀牛，不如西邻之禴祭，实受其福。"凡以恭敬搏节之道，示天下万世之保济者也。其曰东邻杀牛，不如西邻之禴祭，何象乎尔？传义以东邻指五，西邻指二，盖从《虞氏》解也。自卦观之，正自相反，东邻二也，西邻五也。何以言之？大明生于东者也，月生于西者也，离为日，坎为月，丹家以离东坎西，分日月出入之门，盖以是也。既济内离外坎，故曰东邻西邻也。离，牝牛也。坎水克离火，火则伤矣，故有杀牛之象。夫祭，与其诚敬不足而礼有余也，不若诚敬有余而礼不足也。坎中实有孚，诚也。所谓孚乃利用禴也，故曰实受其福。

凡此，惟其象有然，而圣人即以恭敬搏节之道，示天下万世之保济者，此《易》所以为寡过之书也。或曰："《易》之兴也，当文王与纣之事也。"东邻谓殷，西邻谓周，时事信然。然其所以分为东西之象者，要不离坎离者近是。

卷之三

书说一

尚书今古文说

《尚书》有今古文之别，今文汉伏生所授，古文晋梅颐所上，论者谓作者不一，出自二子之手，遂分为二体。愚谓古文二十五篇，直谓之如出一手可。今文则一篇，各纪一时之事，各言一事之情，无分明白坦亮，佶屈聱牙，各自成一篇之体。正如读《易》如无《书》，读《书》如无《诗》，一语不相袭，一义不相通。语疑于拙，弥形其古，义有可议，不撝其非。

世人论制义，皆知以不切者为陈言，《书》独何异？余每读今文《尚书》，未尝不叹古圣贤之谟猷至，古史臣之性情真。故其见于辞而垂诸简册者，随所敷陈莫不独有千古，其文之真至，亦莫不独有千古也。藉欲律为一体，若《大诰》《康诰》诸篇，后先一时，或出自一二史臣之手，盖未可知。若典、谟、贡、范①，可为一体乎？若《甘誓》《汤誓》《牧誓》《费誓》《秦誓》，可为一体乎？

若《盘庚》，若《高宗肜日》《西伯戡黎》《微子》，可为一体乎？若《金縢》《无逸》《顾命》《吕刑》，可为一体乎？有一语可相袭，一义可相通？举汉唐诸儒大手笔，有能凭虚点窜而拟作其一者乎？

凭虚点窜，吾知虽使古史臣复生，必不能也。至于古文，其嘉谟懿训，实为古今不可少之书。且无论其为真孔壁所藏，非真孔壁所藏，均当尊而信之，以为天下后世法，必疑而排击之，亦吾侪后学之惑也。窃谓以帝王之法言论，古文不可疑，以帝王之实录言，今文真古书也。

编者注：①典谟贡范：指《尚书》尧典、舜典、大禹谟、皋陶谟、禹贡、洪范等篇。

今文尚书分合说

今文《尚书》二十八篇，古文分为三十二，分《盘庚》为三可也。《尧典》慎徽五典以下，史臣于此，正承我其试哉之言，历纪尧所以试之之实，与观刑一串事也。而分为《舜典》《皋陶谟》至帝曰"来，禹！汝亦昌言"，此乃舜因禹拜皋陶之昌言，故诏之亦昌言，一时语也。而分为益、稷，顾命至诸侯出庙门俟，俟王出也。而分王出在应门之内，为康王之诰。

假使二帝非同典，曷弗分遏密八音以上为尧典？今凭空以慎徽五典起，试问慎徽者究伊谁？假使五臣各有谟，曷弗分帝曰来禹以下为禹谟，而无端以汝亦昌言起？试问汝亦云者，对谁语？假使康王自为诰，曷为而终之以王释冕，反丧服也？

可分邪？不可分邪？分之使各篇起讫，槪然突然。萧斋时，所由漫以二十八字，加慎徽之上者，分之者启之也，此又何事为舜典玄德二字？是谓玄德，老子自言其清静之道，玄之又玄也，于舜之德何涉？始疑非虞夏时语哉，史臣体制先为之裂矣。

尧典说

太史公曰："儒者多称五帝①，尚矣！然《尚书》独载尧以来，而百家言黄帝,其文不雅驯。"言多荒诞,不足录也。以余读《尧典》一书,盖自天开地辟以来,是第一朝巍焕景象,亦自虫书鸟迹以来,是第一篇巍焕文章。读钦明以下四十七字,而后圣之修身齐家治国平天下之道,统焉矣。读乃命羲和以下一百四十四字,而后世《小正》《月令》《天官书》《天文志》,与一切占候推步诸书,赅焉矣。读畴咨以下二百五十三字,而旷古传贤不传子,禅让之始末,备焉矣。读正月上日至四海遏密八音,而二十八载之制作典章,庆赏刑威,灿然如睹。读月正元日至分北三苗,而五十载之恭己南面,参赞位育,穆然可思。

一篇计一千一百九十八字,首以帝德为纲领,以次而成四段。凡纪事纪言,其辞简而明,其义赅而精,其文井然有条而不紊。若羲和之命,钦若昊天,凡以授时也。其所分命,钦若敬授之实也。而又以闰月一言,立千古定时成岁之准,此尧之神圣,即所谓光被四表,格于上下有然也,其钩元提要有如此。若畴咨之命,期以登庸实以治水也,于胤子曰吁,于共工曰吁,于鲧曰吁,于舜则曰俞。而其曰嚚讼可乎?曰静言庸违,曰绩用弗成,曰乃言底可绩,此尧之知人则哲有然,而其为血脉贯通又如此。若受终而先齐七政,即尧之钦若昊天也。然尧之举舜,敷治洪水也,而舜至二十八载之后,乃有平水土之命,则此二十八载之怀山襄陵,孰敷治是。人第知纳于大麓烈风雷雨弗迷为神异,不知此即尧以治水试之之事也,人第见辑瑞巡狩为光天之下,至于海隅共为帝臣如是,不知柴望在其中,即洪水之所由堙而治,亦在其中。封山濬川,凡以纪敷治之绩也,故自巡狩行,而四罪定矣。四罪定,而前此吁咈之文,亦非空悬矣。此尧之为天下得人有然也,随事敷陈,何等堂皇,何等细密。

至若询岳辟门,明目达聪,亦此下一纲领也。外若十有二牧,亲民之官,远迩所藉以柔能也,内若百揆,百官之总,司空,当务之急也,故首咨之。水土平矣,树艺急矣,故教稼即次之。逸居不可无教,明刑所以弼教,故司徒作士次之。有食必有用,由民而及物,故工虞又次之。府事修和,礼乐可以兴矣,故典礼典乐又次之。治定功成,聪明类易壅也,故又以纳言终之。

且方其摄位,详纪治外,犹帝车之临制四方,时无宁轨,见臣道之劳也。

而敷奏明试，所以励之于朝者，未始从略。而作其即位，第纪命官，犹北辰之居其所，众星拱之，见主极之静也。而黜陟幽明，所以考之三载者，又在所详，此舜之所以为大知，所以无为而治然也。

因类序述，何等有伦，何等有脊。第一段，授时以熙庶绩也。第二段，三十征庸事也。第三段、第四段，三十在位，五十载事也。若其终篇，第再言庶绩咸熙，第约纪其生死，不须一字回顾，而全篇自皆以之结。自始至终，上而经天，下而纬地，开千古之道法，综千古之治法，浑浑然如化工之造物，毫无痕迹。而日星河汉之昭回，山川草木之敷贲，羽毛鳞介之灿陈，无非两大间自然莫大文章。其视商周以降书若史，即以文论，直谓之凤皇之于飞鸟也。此盖不关文思，不关史笔，乃郁蓄洪荒未泄之菁华，至中天而一发，千古文章之祖，千古文章之冠也。

编者注：①儒者多称五帝：按《史记·五帝本纪》，此句作"学者多称五帝"。

皋陶谟说

昔孟子言斯道之传曰："若禹皋陶，则见而知之。"尧禅舜，舜禅禹，禹之为见而知也，无论已①。言皋陶者，盖即皋陶之谟而言也。

今读其谟，举凡修身思永、知人安民之道，广大精微，自尧舜所未及言者，胥发于其所昌言。若皋陶者，奚翅见而知，生而知者也。尧舜与禹之于道，见于行者也，皋陶之于道，见于言者也。盖即韩子②所谓上而为君，故其事行，下而为臣，故其说长也。

读《帝典》③，知古今之道所自行，由尧舜始。读《皋陶谟》，窃谓古今之道所以明，抑由皋陶始。此典谟二书，所为并峙千古以立之极也。

编者注：①无论已：原稿作无论巳。②韩子：韩愈。下文出自韩愈《原道》："由周公而上，上而为君，故其事行。由周公而下，下而为臣，故其说长。"③《帝典》：即《尧典》与《舜典》。

昏贽雁说

古者昏礼①，纳采用雁，亲迎婿奠雁，贽礼大夫执雁，书称二生，羔雁是也。雁去来有候，昏与贽无期日，以有时之物，必将生而执且奠之，以供人间不时之需。吾恐持是以成礼，即时值来宾，地濒湖海，鸿飞冥冥，弋人何慕焉？是直使无以为礼也。

先王制礼，何不近人也。说者讹以传讹，眼前物理，曾不加察耳。人知野曰雁，家曰鹅。尝考六经不言鹅，而聘礼《内则》再言舒雁，尔雅曰："舒雁，鹅也。"庄子称主人之雁，家畜也。周礼六贽，卿羔、大夫雁、庶人鹜、工商鸡，皆家畜也。惟雉非家畜，性且介，难必生全其羽而腊之，文采自若也。故《虞书》特表之曰："一死贽。"昏贽所谓雁，皆鹅也，家畜也，非候雁也。

编者注：①昏礼：婚娶之礼。古时于黄昏举行，故称。

三江说

言三江者不一，自《禹贡》观之，则所谓三江者，必以切近震泽者为是。庾仲初①以三江为松江、东江、娄江，皆震泽下流也。禹之行水，大率自下而上，盖下流治，则上游亦治。是故大野既潴，而东原底平，沱潜既道，而云土梦作乂，考之诸州，莫不类然。故震泽之定，必自三江既入也，仲初所指，通三江去震泽不越一二百里，其说甚为切近。

或以今之三江，止吴松一江，绝不见所谓东、娄，以难其说。观禹贡之中江、北江，上下彼此异名耳，非有二江也。《国语》"越与吴战于五湖，反自五湖"，非所战所反之湖五也。五湖即一湖，安见三江非一江？是殆不足以难也。郭景纯②以三江为岷江、松江、浙江。岷江，今之扬子江也。其说包举扬州三大望，以之释《职方》③，自不可移，以之释《禹贡》，于震泽抑又切近焉。何也？

震泽周行五百里，其在扬州之域，前松江，左岷江，右浙江，震泽介乎其中。使松江不入海，则下流不泄，泛滥南北，惟水所趋，震泽何以定？使浙江不入海，则由钱塘抵苏、湖，平坦如砥，水道交通，一旦泛滥而北，而震泽何以定？使岷江不入海，予观云阳、延陵之间，两境中高不过数丈，方洪水滔天之时，以万里长江之势，咫尺堆阜，何必凿自隋炀江湖始通，一旦扬子江泛滥而南，而震泽又何以定？当禹之世，诚使三江不入，而震泽不定，吾想扬州之域，举今之苏、松、常、镇、杭、嘉、湖，汪洋水国欲得平土而居者有几哉？

豫章，亦扬州域也，是故禹贡纪厥成功，约举其大。曰彭蠡既潴，阳鸟攸居，而豫章之水治矣。曰三江既入，震泽底定，而大江以南之水皆治矣。自是而草木土田，悉可次第而定，厥赋厥贡所由沿于江海，达于淮泗也。三江之说，以此观之，庚、郭视他说为是，而郭尤长。

编者注：①庚仲初：庚阐，字仲初，颍川鄢陵人，东晋时期文学家、官员。《书·禹贡》陆德明释文引《吴地记》以松江、娄江、东江为三江。②郭景纯：郭璞，字景纯，河东郡闻喜县人。两晋时期著名文学家、训诂学家、风水学者。《水经注·沔水》引郭璞说以岷江、松江、浙江为三江。③职方：即《周礼·夏官·职方氏》。

东汇泽为彭蠡说

汉水至大别①，南入于江。江自西而东者也，彭蠡居江汉下流，其与江合处，则泽南而江北，自江汉言之，则皆东也，故不曰南汇泽为彭蠡，曰东汇也。

汇之为言回也，凡两水会合，大者势盛，则小者为之洄漩而渟蓄。彭蠡虽合豫章十数州之水，以视长江，则小矣。其为泽也，以为无所仰于江汉，实由江水横截洄漩而成大泽。故春夏之间，江水愈盛，则其为泽愈大，弥漫南康、南昌、饶州之地五六百里，茫无津厓。比至秋冬，凹凸错出，由江水势杀也。

其于东汇泽为彭蠡之下，曰东为北江者，惟彭蠡在南。自江汉而言，其下流皆东，自彭蠡而言，则江固在北矣，故又曰东为北江也。余浮江湖，尝过湖口者三，所见与禹贡符合者如此。

编者注：①大别：山名，一说即今大别山，一说为武汉龟山。《尚书·禹贡》："嶓冢导漾，东流为汉，又东为沧浪之水，过三澨，至于大别，南入于江。"

四代书说

《书》具四代之文，虞夏之书①，简而赅亦典而则，其事与文，譬之以《诗》正雅也。即如《甘誓》，以天子之尊，与强侯大战，视禹声教，已自有间。然寥寥八十八字，读之犹令人凛凛然于王者之师，行列刑赏如是焉。

《商书》五篇，《汤誓》以臣伐君，虽代虐以宽，世风一大变矣。《盘庚》迁于殷，为百姓奠厥居也，而臣民欢哗，籲告再三，辞不胜费。若《高宗肜日》《西伯戡黎》《微子》，皆雅之变也。

《周书》十九篇，自《牧誓》《洪范》以下，正变兼焉。《金縢》《大诰》《多士》《多方》，为二叔之不咸，而四国因之蠢动，幸成王感悟，以周公勋劳。而《康诰》《召诰》《洛诰》，与《君奭》《无逸》《立政》《顾命》，及《费誓》诸书，继之以作，变而正者也。《文侯之命》变而拟乎正者也，《吕刑》《泰誓》，亦变而正者也。

言其文，商周之书，其古奥之辞，恳挚之意，犹之大、小雅之变，往往过于正雅。而以言虞夏之书，子云以为浑浑，真浑浑哉！读书可观世变，而古今来文章之变，始于浑厚者，变而下，则渐趋浮靡，变而上，则因而精详，亦即书可概睹矣。

编者注：①虞夏之书：《尚书》分为《虞书》《夏书》《商书》《周书》四代，此指《虞书》和《夏书》。

盘庚说

盘庚迁于殷，自耿自奄，未详何自。读其文，则其迁也，当亦是可迁可不迁，故一时臣民，胥动浮言，不适有居。不然，方其震动万民以迁，必举所以不能胥匡以生，万万不可不迁之害，以昭告臣民。

今其言第谓卜稽曰其如台，谓先王恪谨天命，犹不常宁。盘庚盖惟有志于绍复先王之大业，以汤故居亳。殷，亳别名也，此其所以必迁于殷也。既而卒从之迁，观其惩而加劝，与所为羞告朕志者，眷眷以百姓为念，盘庚亦贤主哉！

虽然，安土重迁，古今同情，昔汉高帝以都关中问群臣，群臣争言关中不如周，亦为其群臣皆山东人也。非汉高方议都之时，无娄敬①与张良之识，后世人主，慎勿轻言迁徙哉。

编者注：①娄敬：即刘敬，西汉初齐国卢（今济南长清）人。汉五年，娄敬为齐国戍卒发往陇西戍边，同乡虞将军引荐他见刘邦，力陈都城不宜建洛阳而应在关中。刘邦疑而未决，张良明言以建都关中为便，遂定都长安。后赐姓刘，拜为郎中，号奉春君。事详见《史记·刘敬叔孙通列传》。

高宗肜日说

高宗，武丁庙号也。高宗肜日者，高宗之肜日也。商曰肜，周曰绎，又祭也。又祭者何？祭某宗庙之明日，绎宾尸①也。《春秋》书"宣公八年六月辛巳，有大事于太庙，仲遂②卒于垂。壬午，犹绎"，即肜也，是壬午也。自商言之，则谓之太庙肜日也。此肜日，则以绎于高宗之庙之日，故谓之高宗肜日也。

是日也，乃有雊雉之异，而祖己曰："惟先格王，正厥事。"以其所谓王，则典高宗之祀者也，则典祀于昵③者也。丰于昵者，盖必不务民义，而迷惑于徼福鬼神，有祈年请命之私心。故祖己直以天之于民，义则永其年，不义则绝其命，惟义是主，是天之孚命也。"乃曰其如台"，是罔或顾谓天之孚命也。其叹而呼之曰"王司敬民"，明王之不欲民中绝命也。曰"罔非天胤"，明天之不欲夭民也。知此则亦惟务民之义，以徼福于天而已矣。

典祀丰于昵，何益也？其曰民者，不斥言王，通王与民而言也。此其所以姑置肜日雊雉不言，惟先格王徼福鬼神之私心，而以义正厥事也，藉以是为训高宗。高宗，殷之圣贤君也，考其功德，系于《易》，颂于《诗》，称于《无逸》《君奭》与《论语》《孟子》，不可殚述，又有待于训而正之，如祖己所言者邪！

《书》固曰"高宗肜日"也，且使典是祀者武丁，武丁未殁何称高宗？是此肜日，固可决然于其非武丁祀成汤，亦非武丁祀祢庙日也，然则以为祖庚绎于高宗之庙者近是矣。曰以为祖庚者，此以昵为祢，以高宗乃祖庚之祢庙言也。

抑亦思之，既丰于高宗之祀矣，宜其必尽物而致敬矣，何彤日也？宗庙之地，自堂徂基，非鞠为茂草，非临以跛倚④，何物雏雉，有雊⑤鼎耳，几几与攘窃神祇之牺牷牲，用以容者无异也。

窃以为惟丰于彼，因杀于此，史臣直书其事，曰"高宗彤日，越有雏雉"，非纪异也，书不共也。祖己第曰"典祀无丰于昵"，则其忽于高宗彤日也。可思已，遥揣是王，盖并在祖庚以下矣。

编者注：①绎宾尸：《诗·周颂·丝衣序》："《丝衣》，绎、宾尸也。"郑玄笺："绎，又祭也。天子诸侯曰绎，以祭之明日；卿大夫曰宾尸，与祭同日。"孔颖达疏："谓周公、成王太平之时，祭宗庙之明日，又设祭事以寻绎昨日之祭，谓之为绎，以宾事所祭之尸，行之得礼。"②仲遂：公子遂，又称东门遂、东门襄仲、仲遂，春秋时鲁庄公之子。居官为卿。先后率军伐杞、邾等小国，多次代表鲁君到齐、晋、宋及周等国进行外交活动。还曾代表鲁君与雒戎结盟，密切鲁戎关系。③昵：《释文》："昵，考也，谓祢庙也。"祢庙：指父庙，或称考庙，《礼记·祭法》所称五庙之一。④跛倚：站立歪斜不正，倚靠于物。指不端庄之貌。《礼记·礼器》："有司跛倚以临祭，其为不敬大矣。"郑玄注："偏任为跛，依物为倚。"孔颖达疏："以其事久，有司倦怠，故皆偏跛邪倚于物。"⑤雊：雉鸣声。《说文》："雊，雄雉鸣也。"《诗·邶风》："有雊雉鸣。"

二祖说

祖己祖伊，忧危时事，切直陈辞，于今文二十八篇中，最简而警。音节略同，意必父子兄弟，家学之相承有然，其时其事，后先当不甚远也。祖己言命，信义不信邪，祖伊言命，在民不在天。观二子之言，李邺侯①谓君相造命，不当言命，亶其然乎？

编者注：①李邺侯：李泌，字长源，祖籍辽东襄平，生于西安。李泌自幼聪颖，深得唐玄宗赏识，令其待诏翰林，为太子李亨属官。安史之乱时，李亨即位于灵武后，召李泌参谋军事，宠遇有加。不久又被权宦李辅国等诬陷，再次隐居衡岳。唐代宗即位后，再被召为翰林学士，接连受宰相元载、常衮排挤，被外放至地方任职。唐德宗时入朝拜相，累官至中书侍郎、同平章事，封邺县侯，世称"李邺侯"。《新唐书·李泌传》："夫命者，已然之言。主相造命，不当言命。言命，则不复赏善罚恶矣。"

卷之四

书说二

牧誓说

《汤誓》辞情皆婉，懂然有正夏之思。《牧誓》声容俱壮，赫然有兴王之象。《汤誓》第举时日曷丧之怨，以明夏德，而不自讳众言。《牧誓》备陈牝鸡司晨之罪，布告友邦，而直斥为商受①。何汤谦而武傲也？亦时势使然耳，汤继唐虞禅让之后，其事创，故自嫌称乱。武自太王翦商之余，其事因，所由来渐矣。

编者注：①商受：即商纣，纣亦写作受。宋王禹偁《送戚维戚纶之阆州亳州》："有道不在位，颜回舜之徒。无德殃且至，商受为独夫。"

洪范说

《洪范》一书，帝王之大法，在人为彝伦，在天即阴骘①，而莫非以五行为本。

观武王访于箕子，言惟天阴骘下民，不知其彝伦之所以叙，箕子乃言彝伦之所以斁，为鲧堙洪水，汩陈其五行。其叙九畴，首曰五行，而独不言用者，以诸畴之所谓用，皆用之以叙彝伦，即皆用之以叙此五行也。

五行者，固九畴纲中之纲也。诸儒之言九畴者，既详且精，无庸赘说。若汉儒治春秋，推阴阳，数其祸福，传以洪范。夫以天地之所以始终万物者，此五行；万物之所以生成于天地者，此五行；则通天地万物之吉凶休咎，亦此五行而已矣。理为之，实气为之也，以理之戾，则戾气各从而应之，自有是自然感召不相假之故。《洪范》之庶征，非直以其理然也。如《汉书五行志》，诸儒各传说，如以田猎不宿，饮食不享，弃法律、逐功臣之类。其于五行，必为某事则不曲直，为某事则不炎上，不从革、不润下，稼穑不成之不同；以五事之不恭不从不明不聪不睿，其于五行则必有某罚某极，某妖某孽，某祸某疴，某眚某祥之不同；非不各以类应也，传会者多矣。且以六极分属六事，而赢其一，又以皇之不极足之，未免较凿矣。

后儒若王荆公、苏老泉、蔡西山②，皆不谓然。坡公③以五行传为不可废者，则以后之人主，诚随事考验，遇灾而惧，斯亦修省之一大龟筮也。

编者注：①阴骘：默默地使安定。孔传："骘，定也。天不言，而默定下民，是助合其居，使有常生之资。"②王荆公、苏老泉、蔡西山：王荆公，王安石；苏老泉，苏洵；蔡西山，蔡元定。③坡公：苏轼号东坡居士，后人敬称为坡老、坡仙、坡公等。

九畴说

《洛书》，书也，非数也。箕子言"天乃锡禹洪范九畴①，彝伦攸叙"，是天固尝有以锡禹也。而即继之以初一至次九之文，是天之所以锡禹，即此九畴也。舍初一至次九，何九畴？舍洪范九畴，何《洛书》？《汉志》以此五十六字，乃《洛书》本文。其为《洛书》本文，抑为禹所法而陈之本文，殆未可知。总之则箕子之所逮闻而推衍之者，此九畴而已矣。

藉如后世所传之《洛书》之图，有戴履左右肩足之数，天锡有是，方武王访之，箕子言之，何独概置不论也？且《系辞》明曰"河出图、洛出书"，愚故知《洛书》，书也，非数也。或曰："然则《洪范》五行之目，自一至五，非五行之数乎？"曰："此其后先次第，各有至义，诸儒之说详矣。"究其义，自与五行之数符，然以一曰、二曰、三曰、四曰、五曰之目，即为水火木金土之数，此特后儒取九宫五行之数，以配合之耳，非洪范本义也。九宫，河图之数也，就洪范言，此与五事八政、五纪三德、五福六极之目，随多寡序之，一例也。

若五事依其序，亦可配之以五行。若五纪五福之一二三四五，宜如何分配？若八政三德六极之八三六，又宜如何分配？五行之一曰二曰云者，止谓其目其序如此。谓其一曰句，水；非谓一句，曰水也。谓其二曰，火；非谓二，曰火也。木金土犹是也，九畴，非九宫也。

编者注：①九畴：指传说中天帝赐给禹治理天下的九类大法，即《洛书》。《孔传》："天与禹，洛出书。神龟负文而出，列于背，有数至于九。禹遂因而第之以成九类常道。"

弗辟说

《金縢》弗辟之说，汉孔氏①以辟为法，即蔡仲之命致辟管叔之辟也，马氏、郑氏②以辟为避，犹洛诰即辟于周之辟也。说者各执理以争，如朱子答董叔重与蔡仲默帖，前后异说，故《诗传》从孔氏，《书传》从郑氏。自愚观之，窃谓孔氏之说是也。

夫谓居东非东征者，谓兄弟骨肉之间，不应因片言半语，遽兴师以诛之也。谓成王方疑周公，请而诛之，王必不从，不请而诛，公不应自诛之也。是说也，是直以是为懿亲之小忿，无关国家之安危，且直以成王非幼主，政非出自周公之说也。窃以为武王既殁，成王方幼，周公尝自践阼，以一身任天下之重，设群叔既谮间于中，殷遗复蠢动于外，而公辄委政而去，虽当国尚有二公，何致遽为小腆所反噬？而宗室扰乱，貌是六尺，周家之祸，正未可知。身实启其衅，乃欲避其嫌，公以为我无以告我先王，言至此，公将何以告我先王也？惟周公心事光明，神机迅速，一闻流言，即起而告二公曰："我之弗辟，我无以告我先王。"然而斧破斨缺，罪人之得，且事二年矣，其尚可引嫌退避，坐观其变也哉！

然此亦犹执理以争之说也，愚即《金縢》观之，所未能释然于辟之非避者，亦惟流言之下，无叔叛、殷叛明文耳。然管叔之叛，叛公，非叛王也。王恃公当国，叛公，即叛王也。今既曰管叔及其群弟，乃流言于国，其流言于周，与流言于三监之国，皆未可知，而其叛周公也明矣！监叛自必以殷叛矣！曰"我弗之辟"，犹之君陈曰，尔惟勿辟也。曰"我无以告我先王"，明乱自我兆也。曰"周公居东二年，则罪人斯得"，东，三监之国也，得者，如《易》所云"明夷于南狩，得其大首"也。周公斯得也，非谓至此，王始知流言之为管蔡也，此观《金縢》紧相承接之文可知也。

《大诰》《豳风》，周公之书，周公之诗也。自书言之，惟周公恐无以告我先王，而公东征，故《大诰》次《金縢》。《大诰》曰"知我国有疵"，群叔流言也；曰"民不静，亦惟在王宫邦君室"，管叔以殷叛也。曰"肆予曷敢不越卬，敉宁王大命"，此即我之弗辟，我无以告我先王之谓也；曰"肆朕诞以尔东征"，周公以王命东征也。东征，故居东也。方其时，公不避嫌疑，公不遑避嫌疑也。居东二年，罪人得矣，东征事定矣，此痛定思痛时也。故《金縢》曰"于后，公乃为诗以贻王"也，其名之曰《鸱鸮》，鸱鸮管蔡，非鸱鸮武庚也。

自诗言之，惟公既以诗贻王，而公将归，故《东山》次《鸱鸮》。《东山》曰"我徂东山"，从公东征也。曰"我来自东"，从公西归也。曰"自我不见，于今三年"，居东二年，从公往反，则三年矣，非居东二年，王迎公后，命公东征，又三年也。曰"果赢之实"，曰"熠耀宵行"，曰"有敦瓜苦"，皆秋时景物也，成王迎公，时非秋乎？《金縢》曰"予小子其新迎③，我国家礼亦宜之"，出征凯旋，礼亦宜迎也，盖周公将归，而王感风雷之变，出郊亲迎之也。若《破斧》《伐柯》诸诗，则周公归而诗，人美周公之居东也，藉曰避居东都。无论洛邑未营，何为东都，武庚封域，公何避此？且既以东山为王迎公后，在公复东征三年之诗，而以伐柯为未迎公时，在周公居东二年之诗。则《伐柯》诸诗，又何为不次《鸱鸮》，而倒置《东山》后也？居东，即东征，第以豳诗之篇次观之，又可知也。然则弗辟之说，断之以诗书，一时事情，彼此较然，其亦可以无事聚讼矣。

编者注：①孔氏：即孔安国，见前文《图书九十说》注。②马氏、郑氏：马氏，即马融，字季长，扶风茂陵人，东汉时期著名经学家，撰有《尚书马氏传》。郑氏，即郑玄，东汉时期经学大师，撰有《古文尚书注》。③予小子其新迎：此句原文为"朕小子其新逆"。

三诰说

《康诰》《酒诰》《梓材》，皆康叔之书也。书序以为成王，据《康诰》本序言也；先儒以为武王，以康叔于成王，叔也，不宜呼之曰弟，自称曰寡兄，故以篇首四十八字为错简也。窃尝往复久之，皆不能曲为之说，而未敢然。

窃观其篇次，列在《金縢》《大诰》后，其篇首史臣之本序，又明曰"周公初基，作新大邑于东国洛，四方民大和会，侯、甸、男邦、采、卫百工、播民，和见士于周，周公咸勤，乃洪大诰治"，是固周公自以王命告康叔也。若《酒诰》，其所谓王曰，以为成王可，以为武王亦可。若《康诰》，其曰"乃服惟弘王"，曰"亦惟助王宅天命"，若《梓材》，其曰"王启监，厥乱惟民"，曰"无胥戕，无胥虐"，又曰"今王惟曰：先王既勤用明德，怀为夹"，曰"惟王子子孙孙永保民"，备考诸书，帝未尝自称帝，王未尝自称王也。其视《洛诰》周公告王之辞，曰"王肇称殷礼"，曰"今王即命曰"，语气无异，皆周公自以王所以命监之意告之也。

先儒谓《梓材》今王以下，若臣下进戒之辞，疑为脱误，惟以为武王之辞故也，非脱误也。且玩其诰辞，如告之以慎罚，而独兢兢于孝友。不孝不友，则曰"乃其速由文王作罚，刑兹无赦"。且于世子之官，则曰"汝乃其速由率兹义杀①"，又曰"亦惟君惟长，不能厥家人"，明君长不孝友，其小臣亦大放王命也。其视《大诰》之辞曰"民不静，亦惟在王宫邦君室"，皆有监于管蔡而言也，藉非管蔡以殷叛后，其曰"和怿先后迷民"。何先后迷民？此又明是成王周公时事也。

今且即此三诰合下《召诰》《洛诰》《多士》六篇共考之，皆三月一月间事也。按成王以二月既望之六月乙未，朝步自周，是二月二十一日也。惟成王步自周，则至于丰，而不往洛，故曰"惟太保先周公相宅"。其曰"丙午朏"者，三月三日也。召公以五日戊申卜宅，七日庚戌攻位，十一日甲寅而位成，十二日乙卯而周公至洛，乃遍观新邑所经营。十四日丁巳，乃用牲于郊。十五日戊午，乃社于新邑。迨十六日己未，此即《康诰》篇首所言哉生魄，庶邦见士于周，周公乃大诰治日也。迨二十二日，召公乃出取庶邦之币，入锡周公，此《召诰》所自作日也。其间惟成王在丰，公故使使以图及卜献，欲王往洛，王故使使以秬鬯二卣享，欲公留洛，皆是月事也。王往洛，《洛诰》始未详何日，其曰戊辰，王在新邑，以甲子推之，宜即是月二十六日。惟曰"烝祭岁"，烝，冬祭也，非三月，史臣故特纪其后曰"在十有二月"也。其曰"惟周公诞保文武受命，惟七年"，此又史臣于其后，并详公留洛摄政之年而言，亦见《康诰》所序，以为周公初基者，初诞保受命时也。其时，其事，其篇次，彼此参考，若合符节也又如此。

至若《多士》，亦是年三月，周公所告也，非次年三月也。其篇首曰"惟三月，周公初于新邑洛，用告商王士"，不得又谓错简也。其告多士，公第以王命告之。公摄天子之政，公即摄天子之命，王命公命，无事别白也。其告康叔，公以王发端，而即以己意告之，兄弟至亲，文从其质，王命公命，无庸假借也。其曰"孟侯，朕其弟"，周公盖告之曰，王若曰孟侯，诸侯之长也，王自侯者，此孟侯也，王自朕言，此其弟也，贵莫尚矣，亲莫甚矣。"小子封"，亦知今之四方大和会者，由乃丕显考之德，乃寡兄勉行显考之德，汝故得在兹新邑洛乎？寡兄谓武王也。

其终篇曰："王若曰：往哉！封，勿替敬典"，皆述王言也。曰"听朕教汝，乃以殷民世享"[2]，朕亦周公自谓也，言听公教，乃世享勿替。读书者反复诸诰，其亦可以释然于此三诰，为周公之大诰治矣。

又跋：先儒以《康诰》篇首四十八字，当在《洛诰》周公拜手稽首之上。愚既为之说，谓非错简，求之《洛诰》，亦无《大诰》义也。近见郝楚望[3]，亦以为非错简，辄自喜所见不虚。然郝氏又以为封爵非臣子所得专，故辞称武王，观在兹东土之言，成王盖已封之矣。且武王既崩，成王既立，独何为不称成王，必称武王，愚亦不敢谓然。

编者注①：由率兹义杀：各本俱作"由兹义率杀"。②听朕教：均作"听朕告"。按，此处今文断句为"往哉！封，勿替敬，典听朕告，汝乃以殷民世享。"③郝楚望：郝敬，字仲舆，号楚望，湖北京山人，世称郝京山，晚明时期著名经学家和思想家。

寡兄说

《康诰》曰"乃寡兄勖"，谓武王也。孔氏以乃寡兄，谓武王为康叔寡有之兄，蔡氏①以寡兄为武王自谓。寡兄云者，自谦之辞，寡德之称也。家人相语，周公安得以武王为寡兄？窃以为言寡则寡耳，曷为寡有？曷为寡德？均添足语哉。

《礼》："列国大夫，于其国，自称曰寡君之老②。"于其国者，与本国中人语，非使于诸侯也。老，犹言室老耳，又安得并其君为寡君。于君曰寡，于兄亦曰寡，非贻君与兄以寡德之称也，寡，臣与弟自称也。犹之国君于其敌以下，自称曰寡人，寡，国君自称也。亦犹之摈下大夫者，曰寡大夫，寡，亦摈者自称也。皆自谦恒言也。

周公以文王之明德慎罚教康叔，曰"乃丕显考"，尊之之辞也。尊之，欲其听也。语及武王，能勉行之，曰"乃寡兄"，亲之之辞也。亲之，亦欲其勖也。其名至正，其辞至顺，其实即以寡兄目武王，亦无非寡弱寡独之称，若《大诰》自称我周，曰"我小邦周"耳。且周公大诰治，为康叔诰，亦当侯甸男邦采卫咸在而诰，非直家人相语也。寡兄，谓武王也。

编者注：①蔡氏：指蔡元定。②寡君之老：《礼记·曲礼下》此处原文为："列国之大夫，入天子之国曰某士；自称曰陪臣某。于外曰子，于其国曰寡君之老。"

三月说

周公大诰治之三月，蔡传以为周公摄政七年之三月，以此为《洛诰》之文也。先儒谓成王幼，周公代王作辟，至是反政成王，故曰"复子明辟"。蔡氏以复为复命于王是也，而以三月为摄政七年之三月，盖又从至是反政之说，以为摄政之终也。

周公大诰治，《康诰》也。窃谓即以为《洛诰》之文，此三月，乃周公摄政之三月。何以知之？即《康诰》本序曰"周公初基"知之。即周公曰"王如弗敢及天基命定命，予乃胤保大相东土，其基作民明辟"知之，即成王曰"迪将其后，监我士师工，诞保文武受民"知之，亦即史臣称"惟周公诞保文武受命惟七年"知之也。试合观书言，其为初摄政之三月，无事更置一言也。试一思之，摄政七年矣，何又为周公初基，反政成王矣？何又谓其基作民明辟，周公初基，非其基作民明辟乎？作民明辟，非为留洛以诞保文武受民乎？留洛而始为诞保文武受民，则所谓诞保七年者，非自周公留洛初基始乎？何事更置一言也！以为反政成王，至立政乃反政成王时也。以《书》观之，愚谓周公尝身摄天子之政，在洛不在镐。

召诰说

昔武王光有天下，封建亲戚，兄弟之国者十有五人，姬姓之国者四十人。凌彝①兼并至战国，犹岿然与陈齐、嬴秦、芊②楚、韩赵魏三晋相雄长者，燕是也。燕之始封，北迫蛮貊，内错齐晋，最为弱小。然社稷血食者八九百岁，于姬姓独后亡，此岂地势形便使然哉？《传》③曰"盛德必百世祀"，此召公之德为之也。

间尝读书至《召诰》，观公之所自言，未尝不掩卷三叹公之兢兢乎民岩④天命，反覆乎有夏有殷之服天命、受天命，与所以坠厥命，力戒成王之奈何弗敬，不可不敬，且必疾敬焉以自贻哲命，其恳切之情，忧危之隐，求之于书，更莫是过。而其旅王若周公曰："呜呼，有王虽小，元子哉！"又有寓诸语言外者。遐想其时，成王将即辟于周，册命周公留于洛，周公即未践天子之位，周公实身摄天子之事，其视尧命舜摄，舜命禹摄，有以异乎？使幼冲如成王，而不知敬德，"孺子其朋，孺子其朋⑤"，其视丹朱之慢游是好，傲虐是作，又有以异乎？一旦若天与人归，周公以文王之子、武王之弟，此又兄终弟及之常。设万不得已，会多方之未靖，念文武之不基，周之诸臣，即扳周公而君之，无事立为也，劝之进焉而已矣。谓公将不利于孺子，不几几乎卒不利于孺子乎？窃有以知周公必不然也，周公不然，保无复行伊尹之志乎？不然，保无先有霍光之事乎？然则当其时，成王能晏然拜手稽首曰"明保予冲"，而迨其后，周公得泰然拜手稽首曰"告嗣天子王⑥"，此事之未可知也。

夫营洛之举，卜而攻之者，召公也。公必不为周公疑，公焉得不为成王虑？公为成王初服虑，公又焉得不为周公初基儆？其曰"有王虽小"，曰"元子哉"，为成王言也，抑亦为周言邪？而公之心滋苦矣，此千百世下，犹令人于三复之余，如闻惕号之声也。是故微周公，必不可从一时诞保之权；微召公，又孰与成旷古交孚之美。或谓夫子删书，先《召诰》于《洛诰》，其旨盖深。予读《访落》《小毖》诸诗，当蒙业而安之日，不胜创钜痛深之情，知成王真守成贤主，师保之训也。予读《无逸》《立政》诸书，以人臣陈戒其君，如严父慈母之告教其子，知周公真功宗元祀，圣人之诚也。予读《召南》，知召公之所以左右文武，日辟国百里者其仁至；至读《召诰》，而知公之所以左右成王与周公者，其德较微也。召公，真千古纯臣哉！

编者注：①凌彝：或当作凌夷。②芈，当为"芈"之误。芈姓，楚之先也。《郑语》："融之兴者，其芈姓乎。"《史记·楚世家》："陆终生子六人，六曰季连，芈姓，楚其后也。"③《传》：即《左传》。后文引自《左传·昭公八年》："臣闻盛德必百世祀，虞之世数未也。"④：民岩：民心险恶之意。《尚书集注述疏后序》："今《召诰》所谓民岩者，岂以为人心之险哉！谓夫天命生民，民性之直，民心好恶之公，守之而不可犯者也。凡天下守之而不可犯者，孰有过于民心好恶之公者乎！故谓之民岩也。"⑤孺子其朋：引自《尚书·洛诰》："孺子其朋，孺子其朋，其往！"⑥告嗣天子王：引自《尚书·立政》："周公若曰：'拜手稽首，告嗣天子王矣。'"

吕刑说

今将传述其人之言之善，则必先明其或为圣贤之言，其或为仁人长者之言，使天下后世，庶几知其人之善，益信其言之善。凡古之书传类然，即有时不以人废言，亦必略其人以存其言，从未有先斥其为昏耄怠荒者之言，而又不惮盈篇累简，传而述之者也，况其为大圣人之所删定，而奉之为经者乎？

予读《吕刑》一书，其哀矜恻怛之辞，无非出自"钦哉钦哉，惟刑之恤①"之念，此真仁人之言也。其慎之又慎，复择其疑者赎而赦之，以三代下刑网之密，存此一法，何至同于狱货。汉文帝因缇萦②一言，除肉刑而易之，仁及万世。穆王作赎刑，其不戾于古帝好生之德为何如，说者必谓金作赎刑，乃官府学校鞭扑之刑，《虞书》无明文也。乃以篇首有耄荒之文，遂坐穆王以巡游无度，至是乃为权宜之术，以敛民财，枉亦甚矣。且谓夫子录之以为戒，此又何说哉？诚使夫子亦犹萧望之③等，以入谷赎罪，恐开利路，以伤治化，乃不删而录之，不适以开天下后世网利之路也哉！

史臣于其篇首，特书"王享国百年，耄，荒度作刑"，明其享国之久，耄期之余，荒度作此，凡示天下后世，以其阅历弥深，其慈祥弥至。其首基肇祖而作此，盖不知几经审度而作此，欲凡有官君子之受王嘉师者，皆当监于兹祥刑，敬听其言也。荒度何谓？荒古训大，窃谓又有开辟之义焉。诗不云乎？"度其夕阳，豳居允荒"，曰"天作高山，太王荒之"，《皋陶谟》："禹曰惟荒度土功④"，又其明征也。愚少从注疏句读，窃谓不然，及观《蔡氏集传》，诸觉不安，苏氏以荒字当属下句，是也，谓耄亦贬辞非。

编者注：①惟刑之恤：引自《尚书·舜典》："象以典刑，流宥五刑，鞭作官刑，扑作教刑，金作赎刑。眚灾肆赦，怙终贼刑。钦哉，钦哉，惟刑之恤哉！"②缇萦：淳于缇萦，西汉临淄人，著名医学家淳于意之女，曾上书汉文帝，促使罢黜肉刑。事见《史记·扁鹊仓公列传》："于是少女缇萦伤父之言，乃随父西。上书曰：'妾父为吏，齐中称其廉平，今坐法当刑。妾切痛死者不可复生而刑者不可复续，虽欲改过自新，其道莫由，终不可得。妾愿入身为官婢，以赎父刑罪，使得改行自新也。'书闻，上悲其意，此岁中亦除肉刑法。"③萧望之：字长倩，萧何七世孙，历任大鸿胪、太傅等官。元康二年时，反对京兆尹张敞入谷赎罪之议，事见《汉书·萧望之传》。④惟荒度土功：此句引用误，非出自《皋陶谟》，而是《益稷》。

文侯之命说

平王之东迁也，祸阶废立，父弑国虚。当其时，若《黍离》诗人，过故宗庙宫室，方不胜彷徨不忍去。其呼天欷歔，以为此何人而不欲斥言者，至于再、至于三，则幽王是也，亦平王是也。为平王者，诚宜何如切齿拊心，卧薪尝胆也者，乃徒知德所立己者，于诗有《扬之水》，于书则有《文侯之命》。

今观其命，诸无异承平天子气象，何辞情若斯之泰也？读书者，谓录《文侯之命》，伤平王之无父，志周所以亡，春秋继此而作也。非笃论哉！窃谓即以文辞言，抑亦当时史臣之远不逮古也，壹不知向为太子作《小弁》之傅①尔时何在。向使代为之命，当必有激切时事，使后人读之增愤者。而其命若彼，于此叹朝廷之上气运渐衰，斯制诰文章，亦日就浮伪。自《周书》言之，岂所谓其民之敝文而不惭者非邪！

编者注：①《小弁》之傅：《毛诗序》："《小弁》，刺幽王也，太子之傅作焉。"

费誓说

兵者，所以平乱御寇者也。荀子①曰："仁人之兵，上下一心，三军同力。"要在于附民而已。然而后世之患，大兵所在，民每患兵而不患寇，更何论所攻之敌之民。

方鲁国新造，淮徐并兴，观《费誓》誓所以征之，治戎备，除道路，立期会，井然有条。而其所以严部伍，特于马牛臣妾，一则曰"无敢越逐"，再则曰"无敢寇攘"，举《甘誓》《汤誓》《牧誓》所未及详者，谆谆誓戒，以赍以刑，此刘项②入关，仁暴成败所自分也。

兵，终古所不能去也。删书录《费誓》，圣人之垂训至矣哉！后之将兵者，请三复焉。

编者注：①荀子：即荀况，战国赵人，世称荀卿。汉时谓之孙卿。曾在齐，游学稷下，三为祭酒。去齐至楚，春申君任以兰陵令。晚年专事著述，终老兰陵。学宗儒术而言性恶，谓须恃礼义以矫其枉，乃得从善。战国末著名政治家韩非、李斯，曾师事其门。经学辞赋，对后世殊多影响。《资治通鉴·秦纪一》："荀卿曰：'不然。臣之所道，仁人之兵，王者之志也。君之所贵，权谋势利也。仁人之兵，不可诈也。彼可诈者，怠慢者也，露袒者也，君臣上下之间滑然有离德者也。故以桀诈桀，犹巧拙有幸焉。以桀诈尧，譬之以卵投石，以指挠沸，若赴水火，入焉焦没耳。故仁人之兵，上下一心，三军同力。'"②刘项：即刘邦、项羽。

秦誓说

周即豫而弱，秦据雍而强。盖自平王东迁，举有周数百年兴王之地，如娄敬所谓搤天下之亢，而拊其背，张良所谓金城千里，天府之国，一旦已授之秦。迨穆公而后，骎骎至春秋之末，诸侯无伯，蛮夷争雄，而秦师一出，败吴救楚，天下莫强。昔季札观乐，叹为夏声，说者谓夫子删书以《秦誓》终《周书》[①]，知周之必为秦也。子岂无意哉！

今读其书，其悔则由于丧师，而其所谓"昧昧我思，若有一介臣"者，即以为二帝三王，治国平天下之要道可也。国家之治乱，不外于用人，用人之得失，不外于所用之一二人。苏氏曰："至哉穆公之论此二人也，前一人似房元龄[②]，后一人似李林甫，后之人主，足以监矣。"推而上之，尧以不得舜为己忧，舜以不得禹、皋陶为己忧，亦即一介臣之谓耳。而自穆公言之，君子小人之情状，子孙黎民之安危，攸系如是，剀切如是，此《大学》特详述之，以为千古之治国平天下者训也。

故知周之必为秦者，以其势可知，而《秦誓》之可以继二帝三王之书者，惟其言可继也。观子张[③]问十世可知，欲知之以数也，而夫子答之以理，则以《秦誓》终《周书》，抑在此不在彼矣。

编者注①：《尚书》分虞、夏、商、周四书，《周书》之终篇为《秦誓》。②房元龄：即唐相房玄龄，清避康熙帝玄烨名讳，改玄为元。③子张：颛孙师，字子张，春秋末陈国人。孔子弟子，孔门十二哲之一。为人有容貌，宽冲从容。后成为儒家八派之一。《论语·为政》：子张问："十世可知也？"子曰："殷因于夏礼，所损益，可知也；周因于殷礼，所损益，可知也。其或继周者，虽百世，可知也。"

卷之五

诗说一

诗教说

或问《虞书》命典乐，教胄子，教之使直温宽栗，刚而无虐，简而无傲也。求其所以教之，则惟曰"诗言志"。其谓歌永言，声依永，律和声，即教之以诗如是也。《周官》"大司乐掌成均之法，以治建国之学政，而合国之子弟"，其以乐德教国子，即大师教六诗，以六德为之本，谓以六德为六诗之本也；其以乐语教国子，若兴道讽诵言语，即书所谓诗言志是也。他如教乐仪，教小舞，凡掌国子之教者，无不以诗。

教亦多术，何虞周设教，壹似舍诗教？无以为教也！曰："是直以后世所言之诗疑诗教，而不思其教何以皆掌自乐官也。"后世言诗，执辞与义言之也，古人教诗，合乐与诗教之也。故《内则》①言十三诵诗，必言学乐诵诗。惟移风易俗，莫善于乐，虞周之教胄子、教国子，无非诗教，即无非乐教也。

古之学诗者，虽金石羽干，未备于前，未有不弦而诵之者也。方其歌以永之，声以依之，律以和之，其为教也，正如春风之鼓荡万物，有不觉勾萌蛰振，鹰化鸠鸣。何为不期而然者？此所为以道性情，手足舞蹈之不知，兴观群怨之皆可，莫过于诗也。惟诗教实兼乐教也！若第于俗之贞淫，时之正变，诗人国史之美刺，以求所谓诗教，犹未足以言诗教也。

编者注：①《内则》：《礼记》之一篇。内容为在家庭内部父子、男女所应遵行之规则。

诗无不入乐说

诗，古之乐也。程氏大昌①有乐诗徒诗之辨，谓诗有《南》《雅》《颂》，无《国风》。其意以《南》《雅》《颂》为乐诗，多见于礼。自邶至豳，考其入乐，无一诗在数，因谓十三国诗皆可采，而声不入乐，目为徒诗。而引季札所见，周工所歌，第举国名，以明诗本无国风之谓。推其意，非谓诗无风也，盖言风则嫌于风雅颂本同为乐诗，十三国惟不以风名，斯以知其为徒诗也。

或问其说抑有当否？曰："徒诗非徒诗，是亦何必其为以风名，以国名也哉！"试问季札所请观，观周诗乎？观周乐乎？果使声不入乐，何以季札观乐？而十三国又与二南齐观，声不入乐，鲁之乐工又何以与雅颂同歌也？自愚言之，诗无分正变，二南二雅三颂十三国，无不入乐也。何以知之？亦即季札所观鲁乐工所歌知之也。为之歌者，歌是乐也，非乐诗乎？非无不入乐乎？《记》曰"乐者，音之所由生"，其本在人心之感于物而形于声，六诗是也。十三国之诗，皆比音而乐之者也，治乱之音于此见，其民其政亦于此分。惟季子能审声以知音，审音以知乐，审乐以知政，故其得于声情之外，而重为之叹与讥者，初不在其诗之正与变也。

人知《三百篇》皆是诗，不知《三百篇》无非乐。自汉魏以降，古诗具在，古乐无传，儒者论义不论声，未得其声情之微妙，而乐之寓于诗者以亡。后儒或且以十三国之所谓风者，直为狂童淫女之辞，此皆徒诗之见也。然则其不用于礼者，何也？曰："此作诗之后先为之也。"《南》《雅》《颂》之用为饮射燕享之乐也，惟作之自成周，已用之自成周，夫是以垂诸官礼也，其所谓变风与变雅，作自后来者也，何惑乎考之于礼，无一诗在数也！若十三国之豳，成周时诗也，《春官籥章》"中春击土鼓，龡豳诗"，籥非乐乎？以为徒诗不入乐，考之于礼，又何尝不入乐也。

编者注：①程大昌：字泰之，徽州休宁人，宋高宗绍兴间进士，历官太平州教授、大学正、秘书省正字、著作佐郎、国子司业兼权礼部侍郎、直学士院，著有《诗论》等书。

淫奔之诗说

《三百篇》无一淫奔诗，有淫奔者，刺奔也。固哉集传之为诗也，以为美某人，必其诗明举是人，以为刺某事，必其诗明言是事。其于风人难言之隐，或托为男女之辞，所谓主文谲谏者，率指为淫奔之诗。且以其诗有汝我之辞，即以为淫奔者自言之诗。诗人去千载，我亦不敢知当时之所难言，果指某人某事与否也。

如以为淫奔者所自言，是圣人将以诗教教天下，反取是恶俗儿女子鄙秽之辞，使天下后生小子，春而诵之，夏而弦之，而奉为经，是直以淫书为经也！是亦何待深辨。而吾窃思集传，胡断然独改古序以就己意者，盖紫阳夫子①诚笃过人，其于圣人之书无一字一句，莫不务从实义。故其说诗也，亦坐是而几几于以文害辞，以辞害意，此其天质为之，抑亦当时师说误之。如其自序所称，直以诗之所谓风者，为里巷儿女相与咏歌，各言其情然也。不知朱子生平，亦尝效闺怨诗否？

《离骚》，朱子手注之矣，第使当日者，后先与风诗并注，吾知其视《佼童》《蔓草》之辞，即美人芳草之意，以朱子说之，自必更有深义。惜乎集传之成，不在侂胄②所攻日也。

编者注：①紫阳夫子：即朱熹，字元晦，一字仲晦，号晦庵，又号晦翁，别称紫阳。②侂胄：即韩侂胄，字节夫，相州安阳人，南宋权相。任内禁绝朱熹理学，贬谪宗室赵汝愚、朱熹、彭龟年等，科举考试中，稍涉义理之学者，一律不予录取。六经、《论语》《孟子》《中庸》《大学》之书为世大禁，史称"庆元党禁"。

关雎说

《关雎》，风之始也。序不言为谁作，其谓佩玉晏鸣，关雎叹之，以为康王时作者。质诸礼仪，自成周时已用诸礼，盖或赋此以讽也。若世所称子贡《传》①，谓"文王之妃姒氏，思得淑女以供内职，赋关雎。"以后妃思供内职，而求之、思之、友之、乐之一至此，太姒固能逮下者也，就诗言诗，终觉其不入情。朱子定为宫人之作，谓淑女即姒氏，从近侍所见，咏叹是情，于人情诗情，若哀若乐，入情而中节者也，是也！

自愚观之，抑又有说，窃以为此盖房中之乐章然也。备观三百，有为诗人所自作，或美或刺，或自言其情，十居八九。亦有为燕宾劳使，陈戒受釐，作自成周而用之为乐章者。若《鹿鸣》《四牡》，若《文王》《大明》，若《清庙》《维天之命》，皆是也。《鹿鸣》《四牡》，不必其为燕某宾作，劳某使作，亦不必其作自某人也。《关雎》犹是也，愚以是知即房中之乐章然也。

夫《关雎》何义？则匡衡所谓婚姻之礼正而已矣。而其为诗，求之于风，抑无有二。言性情之专挚，又有别焉，言妇容之闲静，德亦寓焉。其未得而求之思之有如彼，情之正也，其既得而友之乐之，又如此情也，而礼义亦即此行矣。其事至平，其情至真，其义通乎邦国与乡人。乐者乐也，先王以人情为田即妃匹之情，以经夫妇而厚人伦，关雎所以为房中之乐，亦如是焉而已矣。而究言其义，则生民之始，万福之原也，则正始之道，王化之基也。孔子曰："关雎乐而不淫，哀而不伤。"则又明其为乐之声与情有然也。凡此，皆不必问为谁作也，而其义益深远矣。

编者注：①子贡《传》：即子贡《诗传》。后人认为是明代丰坊所伪造，见毛奇龄《诗传诗说驳议》。

卷耳说

《卷耳》，后妃之志也。后妃何志？有进贤之志也。何知其有进贤之志？

在心为志，发言为诗，后妃知臣下之勤劳，其诗有是，斯知其内有进贤之志，而无险诐私谒之心也。

《卷耳》之诗，代言臣下行役之怀有然也。犹豳之《东山》，雅之《四牡》《采薇》《出车》《杕杜》诸诗，皆代言使臣思念室家之怀有然也。采薇采芑，皆使臣采之也，采采卷耳，亦言行役之臣采之也。"嗟我怀人，寘彼周行"，犹云"哀我惮人，薪是获薪①"，惮人薪是也。惮人，劳人也。怀人，劳而有怀之人也。我，怀人自我也，怀人寘之也。非后妃自言为怀何人，采而寘之也。全诗止代写臣下之情，初无后妃思念意，其篇末曰"云何吁矣"，若曰其怀如此，其劳如此，言念及此。其长叹云何如也，则后妃体恤臣下之念也。后妃念此，殆亦欲君子之念之也，非有进贤之志乎？非无险诐私谒之心乎？是能辅佐君子，求贤审官者矣。序言又当者，承前后妃之德，后妃之本。言为后妃者，又当如是也。

凡此，在诗有体恤臣下之念，在序特推其义而深言之耳。若所谓朝夕思念，至于忧勤，则序之言，失之太过耳。《左传》曰："'嗟我怀人，寘彼周行'，能官人也②。"此断章取义，非诗本义也，说诗者因之，又多失之太泥，遂至启后儒之疑。程子③曰："学诗而不求序，犹欲入室而不由户也。"苏颍滨④以序为经师所附益，非一人之言，故存其一言而已，曰"是诗也，言是事也"，而尽去其余，以为此孔子之旧也。吕东莱⑤曰："止存其首一言，而尽去其余，则失之易矣。"

《卷耳》之义，朱子初从序说。及作辩说，乃并小序首一言，诋斥为非者，亦十之五六。愚谓颍滨以序有经师所附益，自非臆断，若取《三百篇》之所为作，率以一己一时之意为之，易抑甚矣。愚故取二南之致足疑者，如《卷耳》一诗，即诗解序，序未为非也，其措辞失之太过也，则谓经师附益之失斯可也。

编者注：①薪是获薪：引自《诗经·大东》："有冽氿泉，无浸获薪。契契寤叹，哀我惮人。薪是获薪，尚可载也。哀我惮人，亦可息也。"②引自《左传·襄公十二年》：《诗》云"嗟我怀人，寘彼周行"，能官人也。王及公、侯、伯、子、男、甸、采、卫、大夫，各居其列，所谓周行也。③程子：指程颐，字正叔，世居中山，后徙为河南府洛阳人，世称伊川先生。颐与其兄程颢同学于周敦颐，共创洛学，为理学奠定基础，世称二程。④苏颍滨：即苏辙，字子由，一字同叔，晚号颍滨遗老，眉州眉山人。⑤吕东莱：即吕祖谦，字伯恭，世称东莱先生，为与伯祖吕本中相区别，亦有小东莱先生之称，婺州人，南宋尊序派人物之一。

兔罝说

赳赳武夫，何人也？其为闳夭，为太颠，为散宜生①。果孰是为文王举于罝网之中者，概未可知。总之则兔罝野人也，于后妃乎何与，而以为后妃之化也，序言毋乃迂远。迨读《牧誓》曰"今商王受②，惟妇言是听"，曰"乃惟四方之多罪逋逃，是崇是长，是信是使，是以为大夫卿士"，此商周二家，一时事也。读《兔罝》而其为干城，为好仇，为腹心也。如此，亦可知"受有臣亿万，惟亿万心，予有臣三千，惟一心"其所由来，非必后妃辅佐君子，求贤审官也。惟《关雎》之化行，则莫不好德然也。

是故人君尊贤，必先远色，宫中盛色，贤者不处。汉成帝欲班婕伃同辇载，辞曰："观古画图，圣贤之君皆名臣在侧，三代末主乃有嬖妾③。"明悦色，斯不好德也。婕伃可谓贤，惜成帝非贤主耳。唐太宗罢朝，曰："会须杀此田舍翁"。长孙皇后退具朝服，立于庭，贺曰："妾闻主明臣直。"而魏征益信用。《兔罝》为后妃之化，居可思已。序曰："羔羊，鹊巢之功致也。"是即以《兔罝》《关雎》之德致亦可也。

编者注：①闳夭，太颠，散宜生：皆周文王之臣，与南宫括合称四友。②受：即纣。见前《牧誓说》注。③《资治通鉴·汉纪三》：许皇后与班皆有宠于上。上尝游后庭，欲与同辇载，辞曰："观古图画，贤圣之君皆名臣在侧，三代末主乃有嬖妾；今欲同辇，得无近似之乎！"上善其言而止。太后闻之，喜曰："古有樊姬，今有班！"

芣苢说

采采芣苢耳，何以知其为有子？曰："芣苢，马舄。马舄，车前。"今药中之车前子是也。为其子治难产，此以知其为有子采也。为有子采耳，又何以知其和平而乐有子，而为后妃之美？曰："汉赵婕伃立，而后宫之有子者杀；明万贵妃宠，而纪妃卒以有子死。不和平，而以有子忧者比比矣。"

采蝱①之不暇采芣苢乎哉！《序》②曰："芣苢，后妃之美也，和平则妇人乐有子矣。"若此类，读诗者可以知《序》言之简而赅，而其义深且远矣，何可废也！

编者注：①采蝱：蝱，通"莔"，即贝母。《诗经·载驰》："陟彼阿丘，言采其蝱。女子善怀，亦各有行。"②序：即《毛诗序》。

驺虞非分叶说 集传一叶音牙，一叶五红反

驺虞，兽邪？一物也。虞人邪？一官也。文王之圉驺牙①邪？成王之乐驺吾②邪？叹而呼之者，一人之口也。一人之口，互叶此音，忽又叶彼音，则戏而已矣。

然而不叶，诗独有无韵者邪？曰："乎虞，韵也。"此五字自为韵，正如污邪、满车、瓯窭、满篝，四字自为韵也。且同声相应谓之韵，三百中有一诗数章，章各一韵，而章末一二语无韵者，则以每章重叠言之，前后相应为韵也。一叹之曰"吁嗟乎驺虞"，再叹之曰"吁嗟乎驺虞"，即韵也，盖三百中又一体也。王风之"君子阳阳，君子陶陶"，各缀之曰"其乐只且"，只且，可叶阳，又可叶陶邪？郑风之"褰裳涉溱，褰裳涉洧"，各缀之曰"狂童之狂也且"，狂且，可叶溱，又可叶洧邪？《驺虞》，《召南》终篇也。且如《周南》之终篇，曰"麟之趾，麟之足，麟之角"，其章末皆曰"吁嗟麟兮"，驺虞可以分叶，麟又可分叶也邪？凡此，皆愚所谓重叠言之，以前后同声相应为韵也。

他若《召南》之《殷其雷》，若邶之《北门》《北风》，若鄘之《柏舟》《桑中》，若王之《黍离》《扬之水》，若唐之《有杕之杜》，若秦之《权舆》，无一不然，自昔说诗者，第弗深考耳。驺虞，非分叶也。

编者注：①驺牙：即驺虞。《史记·滑稽列传》："建章宫后阁重栎中有物出焉，其状似麋。以闻，武帝往临视之。问左右群臣习事通经术者，莫能知……于是朔乃肯言，曰：'所谓驺牙者也。远方当来归义，而驺牙先见。其齿前后若一，齐等无牙，故谓之驺牙。'"②驺吾：《尚书大传》："'散宜生之于陵氏取怪兽，大不辟虎狼间，尾倍其身，名曰虞。'郑康成注云：'虞，驺虞也。'是郑以'虞'即此经之驺吾，则于陵氏即林氏国也，'于'为发声，'陵''林'声近；'虞''吾'之声又相近，故驺虞亦即驺吾也。"

175

驺虞说

兽固有驺虞邪？仁兽邪？义兽邪？举未可知。若《召南》之驺虞，非兽也。曷为知其非兽也，即驺虞之诗知之也。

《周南》曰"麟之趾，振振公子"，吾知其以是公子也，是麟之趾也。曰"吁嗟麟兮"，吾知其以麟叹公子，而不仅以麟叹公子也。诗止三言，吾即前两言知之也。《召南》曰"彼茁者蓬"，蓬耳，而一发五豵；"彼茁者葭"，葭耳，而一发五豝。孰驱逆是，孰养蕃是？其呼而叹之曰："吁嗟乎驺虞！"更何驺虞也？吾知驺虞非兽，则亦以诗止三言，吾即前两言知之也。

驺虞，官也。欧阳永叔以驺盖马御，虞则山泽之官也，两官也。《周礼疏》引韩鲁说："驺虞，天子掌鸟兽之官也。"一官也。朱子《辨说》①附存虞官之说，集传仍旧说。窃以为驺虞为两官可，为一官亦可，若以为兽，于《驺虞》之诗，赘然矣。尝考《尔雅》一书，其于《三百篇》之鸟兽草木，分释殆尽，若蓬若葭，若豵若豝，莫不详及，有兽若驺虞，何反遗之也。《序》谓仁如驺虞，谓如《驺虞》之诗也，非谓如驺虞之兽也。盖谓天下纯被文王之化，则庶类蕃殖，蒐田以时，是以有驺虞之诗也。故曰："仁如驺虞，则王道成也。"

编者注：①《辨说》：即《诗序辨说》，宋代朱熹著。

卫风说

《周官大司马》："以九伐之法正邦国。"九曰"内外乱①，鸟兽行，则灭之"，此王法也，即世俗所谓天理也。至春秋，王法不行，而天理卒终古不爽。

读诗至邶、鄘、卫，其为鸟兽行也如是，是尚待以区区好鹤②故，乃亡是国哉！而是君若子，天若故纵之，且晏然保有是国而不灭，比《新台》《墙有茨》《鹑之奔奔》诸诗，彼此后先相继作，天下后世咸炯然于卫宣宫中之乱也如此，不旋踵而得彊其子而使之乱也又如此，夫然后乃假手于狄以灭之。而楚宫③以再造，盖未至此，天之所以报鸟兽行，且未昭昭不爽如此也。

邶之终也，以《二子乘舟》，伤伋之死③。见鸟兽行之裔，天卒翦之也。伋，夷姜子也。鄘之终也，以《载驰》，闵卫之亡④，见鸟兽行之国，天卒墟之也。许穆夫人，顽所生女也，卫，邶鄘之所附而存也。以《淇奥》始，以《木瓜》终，则以见国之所存者，幸卫武之德，齐桓之力也。《雨无正》之诗曰："胡不相畏，不畏于天？"奈之何当时诸侯之雄如晋献，曾又不计有夷吾、贾君之踵其后也。

编者注：①内外乱：按，《周礼·夏官·大司马》原文为"外内乱"。②好鹤：出自《左传·闵公二年》：卫懿公好鹤，鹤有乘轩者，将战，国人受甲者皆曰："使鹤，鹤实有禄位，余焉能战！"……及狄人战于荧泽。卫师败绩，遂灭卫。③楚宫：卫文公于楚丘所建之宫室。《鄘风·定之方中》："定之方中，作于楚宫。揆之以日，作于楚室。"为称颂卫文公之诗。卫懿公因好鹤而败亡后，国人立戴公，庐居于漕邑暂栖。不久戴公死，弟文公毁立。齐桓公发兵助卫，漕邑不宜建都，遂迁卫于楚丘。卫文公受命于危亡之际，就兢业业励精图治，卫国日渐强盛。③伤伋之死：《毛诗序》云："《二子乘舟》，思伋、寿也。卫宣公之二子，争相为死，国人伤而思之，作是诗也。"④闵卫之亡：《毛诗序》："《载驰》，许穆夫人作也。闵其宗国颠覆，自伤不能救也。卫懿公为狄人所灭。国人分散，露于漕邑，许穆夫人闵卫之亡，伤许之小，力不能救，思归唁其兄，又义不得，故赋是诗也。"

采葛说

《采葛》，何以知其惧谗也？曰："惟彼采者葛兮、萧兮、艾兮，斯以知其惧谗也。"《离骚》曰："何昔日之芳草，今直为萧艾也。"曰："户服艾以盈腰兮，谓幽兰其不可配。"小人在侧，斯仁人不遇。《柏舟》《采葛》《离骚》美人芳草之祖也。

将仲子说

余读《郑风》，于刺庄刺忽诸诗中，求所谓言之者无罪，闻之者足以戒。而其托风之意，至微至婉，至可玩味者，莫若《将仲子》。

《将仲子》，刺庄公也。此非设为公拒祭仲之辞，以刺庄公也，设为女拒男之辞，以刺庄公也。亦非以祭仲骤谏，刺庄公不用其言也，刺庄公与仲谋害其弟也。祭仲曰："今京不度，非制也，君将不堪。"公曰："姜氏欲为之，焉辟害？"此庄公不听仲谏也。仲曰："姜氏何厌之有？不如早为之所，无使滋蔓。蔓，难图也①。"此仲与庄谋害其弟也。《序》特约纪其事，而诗抑非显言其人也。

仲子，指祭仲也，在诗则若第就其人之伯仲称也。曰杞、曰桑、曰檀，指叔叚②也。"无逾我里，无折我树杞"，若曰无以疏逾戚，剪此支叶也。姜氏何人？庄之母也。"岂敢爱之，畏我父母"，若曰匪杞之为爱，是树杞也，是我父母之所树也。祭仲固忠于庄者也，仲可怀也，父母之言，亦可畏也。若曰仲固可怀，将如我父母何也？其辞则宛若"有女怀春，吉士诱之"，有所顾畏而不敢，如所谓发于情止于礼义也者。细玩其意，委委婉婉，恳恳款款，示之以亲疏，动之以明发，儆之以人言，使郑庄自加深省，此真温柔敦厚之旨也。

莆田郑氏③乃以为淫奔之诗，盖直视为女子之辞也。郑氏亦善言诗者也，若是诗，愚谓之不可与言诗可也。《山有扶苏》《萚兮》《狡童》，刺忽④也，亦托为女子之辞也。

编者注：①按，上文引自《左传·郑伯克段于鄢》。②叔叚：当为叔段之误。共叔段，郑庄公之弟也。③莆田郑氏：郑樵，字渔仲，自号溪西遗民，兴化军莆田县（今福建莆田）人，学者称夹漈先生，宋代史学家、校雠学家。郑樵《诗辨妄》之观点，认为《郑风·将仲子》为"此淫奔之辞"。④忽：即郑昭公，名忽，郑庄公之子。

狡童说

箕子之过殷也，欲哭，则不可，欲泣，为其近妇人，乃作《麦秀》之歌。其曰"彼狡童兮，不与我好兮"，伤之，故不欲斥言之，特狡童之也。郑人之于忽也，欲就之谋，则不与，欲坐而视，又有所不能，乃作《狡童》之诗。其曰"彼狡童兮，不与我言兮"，忧之，故亦不欲斥言之，特狡童之也。

狡童者，托言也。余读其诗，知刺忽者，固惓惓于忽者也，朱子为其目以狡童也。《序》以为刺忽，谓是忘君臣之分，使诗人脱其淫谑之实罪，而丽于讪上悖理之虚恶，乃指为淫女之辞，岂麦秀之歌，亦淫女之辞也哉？且考之《左氏》，忽为世子之日久，其父庄公，以鲁桓公之十一年五月卒，忽始为君也，至九月，宋人执祭仲立突，忽立未四月，出奔卫。《有女同车》之刺忽，刺忽之不昏于齐，自忽为世子时作也。是诗之作，与《山有扶苏》，及《蘀兮》诸诗，其在忽为君时，与未为君时，均未可知。忽，郑昭公也。《小序》首言，于《将仲子》，《叔于田》，《大叔于田》，皆曰刺庄公；于《清人》，亦曰刺文公；则于《狡童》诸诗，宜亦曰刺昭公也，而曰刺忽。由是观之，是诗也，盖并在忽未为君时作也。

《狡童》诸诗，盖有见于忽之亲狎匪人，惧忽之孤弱无人，而预忧忽之不终也。诗则不一，彼此如出一时，岂犹晋大子申生[1]之帅师，狐突[2]、先友[3]、梁余子养[4]诸人，各为大子计，此则各为大子忧欤？或曰《褰裳》亦托为女子之辞也，《小序》首言，第曰"思见正"，岂即谓思忽之见正于己，非如序下所申言，谓国人思大国之正己欤？曰："是在可疑，未敢臆说。"特玩其辞意，则与思大国无涉。思大国正己，一何轻之之甚也，而一诗上下，如旧说，其文亦似不相属。《狡童》所谓子即狡童也，《褰裳》所谓狂童亦即子也，其曰"子不思我，岂无他人"，而重叹为"狂童之狂"，遐想诗人，斯慨然有去志哉！

编者注：①申生：春秋时晋国人。献公太子。有贤名。献公宠骊姬，欲立其子奚齐，有废立意。乃使申生居曲沃。晋献公十七年，受命伐东山皋落氏（赤狄）。后太子祭于曲沃，归胙于公。骊姬置诸宫六日，阴置毒胙中，诬其下毒欲害献公，乃自杀。②狐突：春秋时晋国人，字伯行。大夫。晋文公重耳之外祖父。晋怀公立，突之二子毛、偃随从重耳出奔在秦。怀公怒，囚狐突，令其召二子归，突不肯，遂为所杀。③先友：春秋时晋国人。晋献公时大夫。献公有子数人，未知立谁。使太子申生攻打东山皋落氏，先友为车右。④梁余子养：春秋时晋国人，名养，字馀子。大夫。晋献公命太子申生伐东山皋落氏，献公以左右异色之衣衣之，以金玦佩之。养从征，为罕夷之御。对太子帅师出征，里克以为不可。养以为不得常服，命令之意可知，若死则不孝，不如逃之。

风雨说

《风雨》，思君子也。风雨自凄凄，鸡鸣自喈喈音饥非叶，止消二语，何限情神。尝自午夜，于酸风苦雨中，欹枕萧斋，刁骚不堪沥耳。静听邻鸡，次第三唱，一如良夜，不禁揽衣危坐。慨然想见古之豪杰，所以处衰世、临大节，未尝不叹《三百篇》长于讽喻，莫甚于此。《序》以"乱世则思君子不改其度"一语释之，《序》善言诗，亦莫甚于此。

昔蔡季通编置道州，朱子与之别留，宿寒泉，相与订正《参同契》，终夜不寐。说者于以见是师是弟，处忧患不乱如此，愚以为此即《风雨》鸡鸣君子也。奈之何，乃以此为淫女见所与期者作也。

卢令令说

瓯江呼狗若嚘嚘，罗阳①呼狗若嘘嘘。余始以为方言之不可解者类然耳，及读《国风》，而后知嚘嚘嘘嘘，义致古也。《齐风》曰"卢令令②"，卢，良犬也，嚘嚘嘘嘘者，呼之以良犬，卢声之变也。而诗人叠字之妙莫甚焉，状之以令令，声情如绘矣。

编者注：①罗阳：指泰顺城关一带。今之罗阳镇，仙居、南山、南院、洲岭、鹤巢、碑排诸乡皆并之，非曾镛当时所说之罗阳也。②《齐风·卢令》："卢令令，其人美且仁。"

蒹葭说

葭苍露白之间，于此有人，发人慨想，以为思贤之诗可也。《序》以为"未能用周礼，将无以国其国焉"，求之于诗，绝不相似，宜《集传》以为不知何指也。岂其"所谓伊人"，即谓周礼邪？吕东莱说。谓知周礼之人邪？郑康成说。抑如《简兮》所谓"云谁之思"，西方美人邪？观其长言不足，大率以斯道也斯人也，溯洄从之则道阻，溯游从之则宛在。溯洄，逆流也，逆斯道也；溯游，顺流也，顺斯道也。顺斯道，则其人存，而其政举矣。

秦，西周故国也，非以是为能国其国也邪。或曰周室既东，自雍望洛，亦溯游也。以意逆之，为此诗者，盖即《匪风》思周道①，《下泉》念周京②之志也。其曰"蒹葭苍苍"，言其盛也；曰"白露为霜"，言其将黄而萎也。此其托兴，即《序》所谓"将无以国其国"也。继曰"白露未晞"，曰"白露未已"，其不究言霜，而言露，诗人之意，则欲其及时用周礼也。

编者注：①《桧风·匪风》：匪风发兮，匪车偈兮。顾瞻周道，中心怛兮。②《曹风·下泉》：冽彼下泉，浸彼苞稂。忾我寤叹，念彼周京。

豳风说

《七月》，言豳民旧俗也。何为陈王业？周家以农事开国，此王业之本也。而如诗所言，以民间士女，终岁勤勤，为私者半，为公者亦半，保无怨讟乎？《七月》何如也？王介甫曰："女服事于内，男服事于外。女不淫而仁，又有礼焉，士不惰而武，又有义焉。"其言《七月》之义，最得其大，自非后稷、公刘①风化之所由，何以致此！故曰陈王霸业也，陈之欲成王知之也。

《鸱鸮》，周公自明也。何为周公救乱？《金縢》曰："周公居东二年，则罪人斯得。于后，公乃为诗以贻王，名之曰《鸱鸮》。"当其时，公为流言诛管蔡，其乱方靖，而公方居东，成王方幼，不能无疑也。公惟为诗以贻王，王虽仅未敢诮公，而迎公之心，自此动矣。故成王卒感风雷之变迎周公，而王室卒以周公治，故不言周公自明，曰救乱也。

《东山》，周公劳远役也。诗言我来自东矣，何为言周公东征？则《小序》②之下，所谓"君子之于人，序其情，闵其劳，所以说也"，说以使民，民忘其死，其唯东山乎！《东山》，周公之所以东征而归也，故不言劳远役，概言周公东征也。

自《破斧》以下，皆美周公之诗也，愚于书说，既详言之。若《鸱鸮》一诗，字字血诚，自是周公所自为。《七月》《东山》，其义则异，合观三百，亦必是周公之作。其辞情自不同也，若《七月》则未必为遭变而陈，《东山》则未见为大夫美之，朱子之说近是。

编者注：①公刘：周文王之先祖，姓姬，名刘，"公"为尊称。《史记·周本纪第四》：公刘虽在戎狄之间，复修后稷之业，务耕种，行地宜，自漆、沮度渭，取材用，行者有资，居者有畜积，民赖其庆。百姓怀之，多徙而保归焉。周道之兴自此始，故诗人歌乐思其德。②《小序》：《毛诗》有大序、小序，合称《毛诗序》。

卷之六

诗说二

鹿鸣说

鹿得食则相呼，其性然也。呦呦，其相呼之声，之①呦呦有然邪？风首《关雎》，雅首《鹿鸣》，关关雎鸠，在河之洲，呦呦鹿鸣，食野之苹，绝妙好对哉！而二诗之意，尽在兴中矣。是故欲知诗，必先知鸟兽草木。不知苤苢，何以知其为妇人乐有子？不知脊令，何以知其为兄弟急难？知鹿之所以鸣，斯可知其燕乐嘉宾之意之厚矣。

吾于此，益见诗之托兴无泛辞。若学者颂诗，开卷即《关雎》，言其声情，静好莫甚，是必挚而有别水鸟也。而雕类、凫鹥类，所见异辞，《尔雅》注："雕类今江东呼之为鹗。"《诗集传》："凫鹥类，今江淮间有之。"朱子曰："尝见人说淮上一般水禽名王雎，虽有两个，相离每远。此说与列女所因义合。"黄氏櫄曰："诗人之意，取其和鸣，学者以猛鸷求之，其气象大不相侔。"《集传》近是矣，然卒未识是鸟果何鸟。窃叹诗无泛辞，一物不知，儒者之耻正多也。

编者注：①之，代词，这、那。《庄子·逍遥游》："之二虫又何知。"

脊令说

《常棣》之诗曰："脊令在原。"其与兄弟之急难何与也？此言脊令之兄弟急难也，非以飞则鸣，行则摇，有急难之意然也。

脊令之兄弟，急何难？《尔雅》："脊令，雝渠。"陆氏玑云："大如鹦雀，长脚尾，尖喙，背青腹白，颈下黑如连钱是也。"是鸟虽共母，睒群飞，喜散处平原，非水鸟，间在水旁，亦在河干高地。尝因闲居，步游郊野，方脊令乳子时，遇鹰扬其上，惧击其子也，瞥然飞鸣直起如啄木，载鸣载起直附鹰翼下鼓翼少毛处，锥其肉。而一脊令起，散处各脊令闻其鸣，皆起共附而锥之。鹰方摩空，翅展爪拳，搏之不能，麾之无着，窘殊甚，辄翚翚然疾飞去，去不远，锥不止。尝引睇久之，然后知脊令兄弟，其急难固有是也。今瓯括之间，谓之摇管脊，其谚云："百鸟不如摇管脊。"言鹰鹯逐鸟雀，脊令则小，能逐鹰鹯也，亦言不如脊令兄弟之义也。

南陔六诗说

《书》曰："诗言志，歌永言，声依永。"依永者，言五声依所咏之诗也。是故有是诗，斯有是可咏之辞，有是辞，方有是可依之声，凡乐章皆然。

《南陔六诗》①，朱子曰："此笙诗也，有声无辞。"盖推《仪礼》曰笙、曰奏、曰乐，不言歌之意而言也。先儒之说，与《集传》异。明郝仲舆②以金奏《九夏》有辞，籥吹《豳诗》有辞，下管《象》③有辞，明笙奏《南陔》《白华》之有辞，辨之尤力。后学当谁主？愚请即书以质！有诗斯有辞，既曰笙诗矣，何又无辞也？有辞方有声，本无其辞矣，何又有声也？如《序》首句，言其义也。义者，则此六诗所言之志之义也。盖序此六诗者，固尝见此六诗者也。毛公以其义则在，而其诗已亡，故于《三百篇》中，特表之曰："有其义而亡其辞。"藉谓有其义者非真有，亡其辞者乃本无，果无其辞，《序》亦无从言其义也。《集传》以为有声者，盖谓有是笙之谱耳，其曰"意古经题篇④之下，必有谱焉，如投壶、鲁鼓、薛鼓之节而亡之"，盖谓亡其谱耳，非亡其辞也。

夫以谱而言，三百之诗，其播诸管弦者，宜皆有谱，在诗皆无，而此六诗，何独是谱？刘公瑾⑤以鲁、薛二国投壶击鼓之节，圆者击鼙，方者击鼓，其节不同，亦皆有声无辞，为《集传》申言之也。考投壶之礼，命弦者奏狸首，求之于诗，无狸首诗，则谓之礼有其声，诗无其辞也。可若论鲁薛击鼓之节，其或○或□，或曰半者，其谱也，即其辞也，愚不敢以之阿⑥《集传》。

编者注：①南陔六诗：分别是《南陔》《白华》《华黍》《由庚》《崇邱》和《由仪》，在《乡饮酒》和《燕礼》中，都有六诗的记载，古人认为《南陔六诗》是只有音乐没有歌词的无辞之诗。《诗·小雅·南陔序》："《南陔》，孝子相戒以养也；《白华》，孝子之絜白也；《华黍》，时和岁丰，宜黍稷也。有其义而亡其辞。"②郝仲舆：郝敬，字仲舆，号楚望，明湖广京山人。万历十七年进士。由知县历礼科、户科给事中。尝劾山东税监陈增贪横，谪江阴知县。被劾归。闭门著书，潜心经学，于《仪礼》《周礼》《诗》《书》均有解。③下管《象》：《礼记·仲尼燕居》："两君相见，揖让而入门，入门而县兴；揖让而升堂，升堂而乐阕。下管《象》《武》，《夏》《龠》序兴。"④题篇：当作"篇题"，应版误。⑤刘公瑾：刘瑾，字公瑾，元安福人。博通经史，隐居不仕。有《诗传通释》。⑥阿：曲从，迎合之意。《吕氏春秋·长见》：阿郑君之心。

鹨斯说

"弁彼鹨斯，归飞提提"，雅乌是也，朝散四野，暮则归而群集。曹孟德之歌曰："月明星稀，乌雀①南飞，绕树三匝，无枝可依。"亦是乌也，读之人叹其悲壮，惟其情真也。而诗第曰弁彼，曰归飞，曰提提，以废逐之子，一触目，一启口，而无穷之悲感悉寓矣。

高子②谓《小弁》之诗怨，亦善怨乎哉？怨也，有慕存焉。弁③，或训乐，提提，或训群飞安闲貌，非是拊手曰弁，惊惧状也。弁彼者，言鹨之拊两翼，惊惧如弁也。举手曰提，提提者，举不胜举，状其迫欲归飞之情有然也。其继之曰："民莫不穀，我独于罹。"鹨邪我邪？我即鹨鹨即我邪？非羡鹨而悲我也。鸟黄昏而慕侣，身被放以畴依，其伤感之真一也。

编者注：①乌雀：当为乌鹊。②高子：战国时齐国人。曾学于孟子，学未成，半道而去。尝以《诗·小雅·小弁》为小人之诗，孟子谓其曲解诗意。③弁：《集韵》：薄官切，音盘。与般同。乐也。《诗·小雅》：弁彼鸒斯。《传》：弁，乐也。

下武说

诗歌《下武》，《序》谓继文①，语本对待，义亦互见也。古之言文武者，曰偃武，曰修文，曰觌武，曰匿文，皆言此则见彼，下武继文，义犹是也。下者上之反，上梓上舆，尚之也。人知文王以文德，武王以武功，下武云者，明其不尚武也。《序》是以为继文也，观祭公谋父之谏穆王②可知已。

其曰"先王耀德不观兵，是故周文公之颂曰：载戢干戈，载櫜弓矢，我求懿德，肆于时夏，允王保之！"此即《下武》全诗意也。曰"先王之于民，茂其正德"，曰"以文修之"，曰"奕世载德，不忝前人"，即世有哲王，三后在天之谓也。曰"至于武王，昭前之光明，而加之以慈和"，即王配于京，世德作求之谓也。曰"事神保民，莫不欣喜"，曰"庶民弗忍，欣戴武王，以致戎于商牧"，即媚兹一人，应侯顺德之谓也。曰"是先王非务武也，勤恤民隐，而除其害也"，凡此，皆所谓仪刑文王万邦作孚，是成王之孚之实也。

知武王非务武，不可知"下武维周"之谓乎？《尔雅》释诂："武，继也。"毛氏苌亦曰："武，继也。"质之此诗，辞意俱顺。特求之诸经，武之为继，义无可参，殆以布武接武，有继意耳。竟以武为继，究觉未安，郑康成曰："下，后也。"吕东莱曰："下者继上之辞，即颂所谓嗣武也。"其于句法，合以下句，皆未为妥。朱子谓下义未详，而以下武为文武，言文王武王实造周也。既言文武，复言三后，又言王配，其于此章文法，未敢谓非错然也。窃以祭公之言观之，岂祭公本此诗而言邪？抑古序约取祭公之言邪？愚谓不从《尔雅》，则下武继文，义甚直截，无事费辞。

编者注：①《毛诗序》："《下武》，继文也，武王有圣德，复受天命，能昭先人之功焉。"郑笺："继文者，继文王之业而成之。"②左丘明《国语·祭公谏征犬戎》原文：穆王将征犬戎，祭公谋父谏曰："不可。先王耀德不观兵。夫兵，戢而时动，动则威；观则玩，玩则无震。是故周文公之《颂》曰：'载戢干戈，载櫜弓矢；我求懿德，肆于时夏。允王保之。'先王之于民也，茂正其德，而厚其性；阜其财求，而利其器用；明利害之乡，以文修之，使务利而避害，怀德而畏威，故能保世以滋大。昔我先世后稷，以服事虞夏。及夏之衰也，弃稷弗务，我先王不窋，用失其官，而自窜于戎翟之间。不敢怠业，时序其德，纂修其绪，修其训典；朝夕恪勤，守以惇笃，奉以忠信，奕世戴德，不忝前人。至于武王，昭前之光明，而加之以慈和，事神保民，莫不欣喜。商王帝辛，大恶于民，庶民弗忍，欣戴武王，以致戎于商牧。是先王非务武也，勤恤民隐，而除其害也。夫先王之制，邦内甸服，邦外侯服，侯、卫宾服，夷、蛮要服，戎、狄荒服。甸服者祭，侯服者祀，宾服者享，要服者贡，荒服者王。日祭、月祀、时享、岁贡、终王，先王之训也。有不祭，则修意；有不祀，则修言；有不享，则修文；有不贡，则修名；有不王，则修德。序成而有不至，则修刑。于是乎有刑不祭，伐不祀，征不享，让不贡，告不王。于是乎有刑罚之辟，有攻伐之兵，有征讨之备，有威让之令，有文告之辞。布令陈辞，而又不至，则又增修于德，无勤民于远。是以近无不听，远无不服。今自大毕、伯士之终也，犬戎氏以其职来王，天子曰：‘予必以不享征之’，且观之兵，其无乃废先王之训，而王几顿乎？吾闻夫犬戎树惇，能帅旧德，而守终纯固，其有以御我矣。”王不听，遂征之，得四白狼、四白鹿以归。自是荒服者不至。

生民说

契之生也，以吞元鸟①卵。弃之生也，以履巨人迹。皆高辛之妃所生也，一何神怪有是。毛公以元鸟至为祀郊禖之日，履帝武为从高辛之行，是也，此康成所据以说诗者之讹也。

窃尝即诗观之，《记》②称《诗》失之愚，《生民》诗人，殆先失之愚矣。姜嫄，高辛元妃也，既禋祀以弗无子矣。弗之，必不弃，弃之，必不弗。明明帝胤，初非若后世谷於菟③之弃诸梦中，为匿其私然也。果使弗而娠，娠而生，其灵异也如彼。则其居然生子也，其爱怜之也必甚，独何为而弃之？且既弃之隘巷，又弃之平林，又弃之寒冰，何其必置之必死之地之忍至此也！必置之死地，溺之水一盘易甚矣，何其不若悍妇人之愚至此也？谁弃而收之，帝高辛乎？帝之妃姜嫄乎？何又使之匍匐以自就口食而艺荏菽麻麦也？诗人于此，第极灵异之形容，曾不自知其辞之过当，而阔于人情，可不谓失之愚乎？

孔子曰："听远音者，闻其疾，不闻其舒；望远者，察其貌，不察其形。"况立乎有周，尚指五帝时事乎？后稷者，周之始封祖也，其名曰弃，生将弃之乎？不数传而遂传其生而弃之之奇矣；其官稷也，实始教稼也，不数传而遂以为生即能艺而食矣。《生民》之诗，尊后稷以配天也，诗人之意，无非以我朝肇祀皇祖后稷，其所以克配彼天者，其初生灵异诸如所闻，皆上帝命之率育有然也。无遑深考，遥遥千百载，亦无从深考也。是故去古愈远，考信愈难。

编者注：①元鸟：即玄鸟。清避康熙名讳，改玄为元。《商颂·玄鸟》："天命玄鸟，降而生商。"②《记》：即《礼记》。下文原文为："《诗》之失愚，《书》之失诬，《乐》之失奢，《易》之失贼，《礼》之失烦，《春秋》之失乱。"③谷於菟：芈姓，字子文，斗伯比之子，春秋时楚国令尹，三任首辅，自毁其家，以纾国难，孔子誉为忠。其母为斗伯比表妹，郧夫人之女，与斗伯比私通而生谷於菟，郧夫人为遮其丑弃于云梦泽北。

卷阿说

《卷阿》一诗，言"岂弟君子"者六，言"君子"者四，自毛、郑①以下，皆以为指贤人。朱子以为指成王，说者谓自朱子以君子指成王，通篇皆称觞颂圣之语，而康公戒成王之意隐矣。愚谓不然，以颂为规，《诗》类有是，此非特以臣侍君优游清晏，立言自有体也。《泂酌》，亦召康公戒成王也，凡三章三称"岂弟君子"，不可谓非指王也，同一康公诗，于《卷阿》何异！

《卷阿》首章，纪游也。阿则有卷，风则自南，绝胜宸游景象，亦绝妙诗家起法，但赋所游，情自无尽，不必曲作比喻解也。二章至四章，即游而言，凡以弥性也。而备言"俾尔弥尔性"者，固将以似先公，以主百神，以常纯嘏，若曰游矣休矣，君子之攸系何如矣。五章六章，乃言王来游，而从游之贤有是也，来游与从游之君臣如是也。若曰是固可以为四方则，为四方纲也，则君子之所宜求而用之何如也。七章至九章，因以凤皇飞而凡羽从，喻吉士之多。其曰"维君子使，维君子命"，言维王是用，望王之用之也。复以凤皇鸣而梧桐生，喻君臣各得之象。其曰"菶菶萋萋，雝雝喈喈"，望王用之，重言而欣幸之也。然则君子之有车马，凡以待贤也，而其卒章第曰"既庶且多"，"既闲且驰"，则所以戒王之意显然言下矣。何语非颂？何语非戒？若以为指贤人，而言贤人之车马有是，全诗归结，以为无着落，全无着落矣。

窃谓《三百篇》中，是太平宰相辞气，是大臣以人事君热肠，莫如《卷阿》。乌睹以君子指成王，皆称觞颂圣雨哉？指成王是也！

编者注：①毛郑：即毛苌、郑玄。

变雅说

孟子曰："王者之迹熄而《诗》亡，《诗》亡，然后《春秋》作[1]。"为所以惩恶劝善者亡也。谓正风正雅亡乎？谓变风变雅亡乎？窃以为诗之惩恶劝善也。变甚于正，雅又甚于风，比其亡也，而雅亦先于风。则为风之惩劝也多微婉，而雅皆正言乎？我观变雅[2]，不禁重为兴感矣。

论雅颂之音，作自成周之时，其语庄而和，其义宽而密，尚已！变雅，皆幽、厉时雅也，考其作者，自召穆公、卫武公而下，若凡伯芮伯，若家父，若太子之傅，若谭大夫，非必皆圣人之徒也。然试往复其诗，其忧伤君国为何如，其声情剀切为何如，岂直以燕乐臣工，和平神听，其诗孔硕，其风肆好云尔而已哉！第以穆公武公之所作观之，则其为圣贤戒慎之心术所存者，变雅也；即为有周中兴之王猷所系者，亦变雅也。迨平王东迁，邶、鄘以下，犹尚有风也，而雅竟亡，宁作者之无其人欤？抑由朝廷之上，忌讳渐深，更无人焉。敢正言不讳如变雅，而风亦因之亡欤？而周之衰，自是亦遂不复振矣。论者谓秦之亡也以诗废，岂不然哉！岂惟秦哉！若变雅者，奈何使不敢作哉！

编者注：[1]语出《孟子·离娄下》。[2]变雅：《诗经》中《小雅》《大雅》的部分内容，与"正雅"相对，一般是指反映周政衰乱的作品。《诗·小大雅谱》："《大雅·民劳》《小雅·六月》之后，皆谓之变雅。"孔颖达疏："《劳民》《六月》之后，其诗皆王道衰乃作，非制礼所用，故谓之变雅也。"

成王成康说

《昊天有成命》，古序以为郊祀天地，朱子疑为祀成王，以是诗明言成王也。《执竞》，古序以为祀武王，朱子以为祭武王、成王、康王，以是诗明言成康也。说者各言所见，各主所是，愚又何说，何所考据。则亦第衷诸诗，第衷诸二诗之本文而已矣。

其曰"昊天有成命，二后受之"，惟祀天，故以二后受命，归诸天命也。其曰"成王不敢康，夙夜基命宥密"，惟祀天，故言二后成王而不敢康，不敢不基此成命也。《下武》云："永言配命，成王之孚。"视此诗意，大旨略同，非犹是成王乎？曰"於缉熙，单厥心"，则夙夜基命之实也。曰"肆其靖之"，盖祈天永命之辞也。

其曰"执竞武王，无竞维烈"，惟祀武，故重言武烈也。其曰"不显成康，上帝是皇"，惟祀武，故叹武烈之显，上帝亦是皇也。成康云者，非即文王有声，所谓武王成之，天作所谓文王康之之成与康乎？曰"自彼成康，奄有四方"，周之奄有四方也，自武王奄有也，不可谓自成王康王奄有也。《皇矣》亦言奄有四方者，则以王季之笃庆施于孙子奄有四方也，非谓王季奄有也。

其曰成曰康，于昊天有成命，并言之，于《执竞》亦并言之，二诗各一意相承而言，非两橛之言也。言成而言不敢康，明敬天也，言成而言康，明无竞也。必以成王为成王，则于《下武》之成王，何独不以为成王而为武王也？必以成康为成王康王，且如《雝》之辞曰"文武维后"，何独不以为文王武王，而以为德备文武也？祭成王康王，必昭王以下诗矣，又何为而其篇次，独倒置成王诸诗上也。窃因朱子疑古序，往复参考，敢亦以此质疑。

臣工说

凡诗之登于《颂》者，皆宗庙明堂，告祭天祖之诗也。其间若《敬之》，若《小毖》，则以群臣进戒，嗣王求助，皆于庙也。若《臣工》，则以诸侯助祭，事毕而遣于庙，故亦附于颂也。如以《臣工》为戒农官之诗，何为而登于《颂》？是第言《颂》固可无疑其为诸侯助祭，遣于庙之诗也。

诸侯遣于庙，何为而曰"臣工"，曰"保介"，而特戒之以农事？《烈文》《载见》，其称诸侯，皆曰"辟公"，从王嘉美之也，"嗟嗟"，亦重言以叹美之也。遣于庙，临之以先王，犹先王遣之，故不辟公之直臣工之也。曰"敬尔在公"，言诸侯助祭之敬也，即《采蘩》所谓"夙夜在公"也。曰"王釐尔成"，釐，赐也，福也。《汉贾谊传》："上方受釐宣室。"釐，祭祀福胙也。成，祀事成也，犹《商颂》所谓"绥我思成[1]"，"赉我思成[2]"也。来咨，来而咨之也；来茹，茹，受也，惟王以福胙釐诸侯之成此祀事，而诸侯来咨来茹于庙也。

凡此，皆因助祭言也，说者皆将首章误解，而第知次章所言止农事，故后儒误以为戒农官也。保介，先儒谓即《月令》之保介，衣甲持兵，诸侯之车右是也。谓戒其臣，亦以戒诸侯是也。遣诸侯而第戒之以农事，此非特周家之重农然也。三代之诸侯，唐虞州牧也。舜之咨十有二牧也，首曰"食哉惟时"，以食为民天，守土之臣，事莫先乎民事，故首咨之也。祀事成矣，春云莫矣，东作宜其时矣，故汲汲乎咨而遣之也。

编者注：①绥我思成：语出《商颂·那》。②赉我思成：语出《商颂·烈祖》。

灵星之尸说

《序》曰："《丝衣》，绎宾尸也。高子曰：'灵星之尸也。'"孔氏颖达谓子夏作序，惟绎宾尸一句，后世有高子者，别论他事，言祭灵星以人为尸。后人以祭灵星尚有尸，引之以证宗庙之祭，必有尸也。

愚观《诗序》未尝无后人所附益，若高子云云，孔氏以为后人所引其说殆是，特以所言灵星之尸为别论他事，则非也。高子所言，固曰丝衣绎宾尸，宾何尸？灵星之尸也。然则灵星何星？农祥是也。考灵星之名，见于《史记》封禅书者二，说者曰农神也，《汉书》郊祀志因之。张氏晏①曰："龙星左角曰天田，则农祥也。"观《史记》本文，或曰周兴而邑郜，立后稷之祠，至今血食天下，于是高祖制诏御史，其令郡国县立灵星之祠。又武帝元封三年，诏曰天旱，其令天下尊祠灵星。是灵星之祠，大抵为农事而祠，在人为农神，在天则农祥也，晨见而祭之，故有尸也。

然则宾灵星之尸也有是诗，而其祭灵星也又何诗？此即《丝衣》前二篇，《载芟》之诗是也。考之《国语》宣王不藉千亩，"虢文公言国之大事在农②。古者太史顺土，农祥晨正，日月底于天庙，土乃脉发。先时九日，司空除坛于藉，五日，王即齐③宫，百官御事，各即其齐。及期，郁人荐鬯，牺人荐醴，王裸鬯，飨醴乃行。"此农祥晨正藉田之祭也。《序》曰："《载芟》，春藉田而祈社稷也。"是《载芟》一诗，斯祭灵星之诗也。

然则张氏以天田为农祥，而注《国语》者则以房星为农祥，果何星为农祥？考之《月令》，"孟春之月，日在营室"，即《国语》所谓"日月底于天庙"也。时在初春，方将旦时，日未出地平，营室当尚在寅。营室在寅，则房星必在午，天田必在未。若以天田为农祥，以三代之中星核之，既曰"日月底于天庙"，斯晨正者，非天田矣。盖所谓农祥者，初不必其为天田，为房星，圣人南面以定中星、授民时，第视是星，正则阳气俱烝，土膏其动，斯名之曰农祥耳。晨正者，房星，则房星农祥也。

郝楚望谓灵星："龙星，即房星也。"而以《丝衣》为祈蚕之诗，盖以蚕为龙精，与马同气。房，天驷也，晨正而祭之，故意以为祈蚕耳，可谓创解，然未见确据。自愚观之，灵星之尸者，即农祥之尸，《丝衣》绎宾尸者，即宾藉田而祈社稷之尸，其可即所知而言者如此。

编者注：①张晏：字子博，三国魏中山（今河北定州市）人，有《汉书音释》。②国之大事在农：国，疑字误。按《国语·虢文公谏宣王不籍千亩》原文，为"民之大事在农"。③齐宫：斋宫。齐，同斋字。

鲁颂说

颂者，美盛德之形容，以其成功告于神明者也。《鲁颂》四篇，皆颂僖公也，颂之于僖公庙也。如《序》所言，非公未薨，而臣下颂之也。

《序》曰："鲁人尊之，于是季孙行父①请命于周，而史克作是颂也①。"何谓鲁尊之？僖公薨，至文公二年二月，《春秋》书作僖公主，"八月，大事于太庙，跻僖公"。僖公，闵公庶兄，继闵公立庙，宜次闵下，今升在闵上也，是鲁人尊之也。季孙行父，终僖公之世，未见经传，未为卿也。至文公六年，臧文仲以陈蔡之睦也，欲求好于陈，乃使行父聘于陈，且娶焉。其曰"季孙行父请命于周"，则必行父为卿时，文公之时也。史克，见于《春秋传》，行父使之对宣公，亦文公末年也。

于是作颂，公未薨乎？颂之于僖公庙乎？《駉》，颂僖公之时，畜牧富盛也。《有駜》，祭而燕饮于庙，颂僖公君臣之有道也。《泮水》曰"既作泮宫"，公所作也；曰"淮夷攸服"，则以僖之十三年，公会齐侯于咸，淮夷病杞也，十六年，公会齐侯于淮，淮夷病鄫，东略于淮，淮夷服也。其间若灭项伐邾，取须句，取訾娄，宜皆有徵。楚人亦尝使宜申来献捷，非其所谓在泮献馘，在泮献囚钦！《閟宫》曰"戎狄是膺，荆舒是惩"，则以僖之四年，公会齐侯于楚；六年，公会齐侯伐郑救许；十五年，公孙敖帅师及诸侯之大夫救徐；二十七年，公会晋侯于宋；二十八年，公会晋侯于温，与诸侯围许；皆从齐桓、晋文攘夷事也。其间若小邾子来朝，杞子来朝，介葛卢②来。凡此，非其所谓淮夷蛮貊及彼南夷，莫不率从，莫敢不诺钦？鲁十二公于僖为盛，如《颂》所言，考之春秋，皆有其事，特史传之文主实录，颂歌之文则大其美而张其功耳，非国人称愿之已也。

余读《閟宫》，其可疑者，如颂其寿也。僖公享国三十有三年，综其生年，度不下六十余年，可谓耉而艾矣。而世岂有其人已殁，犹祝之以万有千岁眉寿无有害者乎？宜说者以为僖固未薨也。愚为是，且再三往复，窃以为《閟宫》一诗，大率仿《商颂·殷武》为之。《殷武》之四章，曰："寿考且宁，以保我后生。"殷武，祀高宗也，高宗之享国至久也，然高宗殁矣，而犹颂之曰"寿考且宁，以保我后生"，不亦可令人哑然笑乎？此承"曰商是常"，"封建厥福"言也，《閟宫》之诗，亦承"孝孙有庆"，"鲁邦是常"言也。颂其后万有千岁，亦眉寿无有害也，犹《书》所谓"惟曰欲至于万年"，"惟王子子孙孙永保民"也。《商颂》之诗，简而密，鲁史仿其意而其辞未免烦而疏，后儒所由不信《序》言，而以为皆国人称愿之辞然也。

然则閟宫与新庙，二庙乎？一庙乎？自《颂》观之，二也。毛公曰："閟，闭也，姜嫄之庙，常闭而无事。孟仲子曰：是禖宫也③。"孔氏颖达曰："毛以为将美僖公，上述远祖，欲说姜嫄，又先说其庙。"此不易之说也。《鲁颂》不过欲颂扬鲁之所自出，由鲁公而周公，而文武，上而至于后稷也。閟宫在周，如以为鲁庙，其三章方曰"乃命鲁公"，庙从何来也？至若新庙，此又质之《殷武》可知也，《殷武》卒章，颂高宗之庙也。朱子曰："此章与閟宫文意略同，未详何谓。"高宗殁，而寝成孔安，僖公殁，而路寝孔硕，义本显然。惟以新庙为姜嫄之庙，为僖公所修之庙，故并《殷武》之卒章，亦未详何谓也。且《颂》明曰"新庙"，明曰"奚斯所作"，非修旧曰新之谓也。新庙，僖公庙也。

然则季孙行父请命于周，春秋何未书季孙行父如京师也？僖公既葬，天王使毛伯来锡公命矣。成风④薨，王使荣叔归含且赗矣，王使召伯来会葬矣，毛伯来求金矣。行父之请，盖犹《无衣》之序，所谓"其大夫为之请命乎天子之使"也。

编者注：①季孙行父：即季文子。春秋鲁国人。大夫。季友孙。历宣公、成公、襄公三君，继襄仲执政。公孙归父欲除三桓，为其所逐。鲁成公元年，为防齐入侵，作丘甲。次年，齐攻鲁，攻卫，晋出师救，率师会战于鞍，败齐军，有功。成公十六年，一度为晋所执。相传家无衣帛之妾，厩无食粟之马，府无金玉重器，人称其廉且忠。卒谥文。②此句引自《鲁颂·駉》小序。③介葛卢：春秋时夷狄国君。介，国名；葛卢，国君名。鲁僖公二十九年朝于鲁，能通牛语。④上文引自《鲁颂·閟宫》毛传："閟，闭也。先妣姜嫄之庙在周，常闭而无事。孟仲子曰：是禖宫也。"郑玄笺："閟，神也。姜嫄神所依，故庙曰神宫。"⑤成风：鲁文公夫人。《左传·文公》："四年冬，成风薨。五年春王正月，王使荣叔归含，且赗。三月辛亥，葬我小君成风。王使召伯来会葬。"

诗杂说　此读诗时随笔所书，多比类言之，闲论诗情，无关要义，姑集以附。

一

诗善托兴，开口各切。自风言之，不特《关雎》然也。"燕燕于飞，差池其羽①"，庄姜送归妾也，第望燕羽，举目欲泣矣。"毖彼泉水，亦流于淇②"，卫女思归也，第曰亦流我怀如何也。自雅言之，不特《鹿鸣》然也。《四牡》，劳使臣也，第言"四牡騑騑，周道倭迟"，便是来之意象。《皇皇者华》，遣使臣也，第言"皇皇者华，于彼原隰"，便见往之情怀。

编者注：①出自《邶风·燕燕》。②出自《邶风·泉水》。

二

"彼黍离离，彼稷之苗①"，大夫闵宗周也。但看彼此，彷徨如何。"有饛簋飧，有捄棘匕②"，东国困于役而伤于财也。但看所有，困苦如何。

编者注：①出自《王风·黍离》。②出自《小雅·大东》。

三

"简兮简兮①"，一起即见傲吏之情。"蓦兮蓦兮②"，一起即有孤睽之象。

编者注：①出自《邶风·简兮》。②出自《郑风·蓦兮》。

四

"硕鼠硕鼠①"，贪残鼠也。再呼之，指而目之，逝将去也。"黄鸟黄鸟②"，知止鸟也。再呼之，顾而惜之，戒勿集也。

编者注：①出自《魏风·硕鼠》。②出自《秦风·黄鸟》。

五

"有瞽有瞽，在周之廷①"，不一瞽也，始作乐而合于祖，创见而夸其多也。"有客有客，亦白其马②"，止此客也，微子来庙见，熟视而矜所尚也。

编者注：①出自《周颂·有瞽》。②出自《周颂·有客》。

六

有起得突空惊听者，则"击鼓其镗，踊跃用兵①"是，怨州吁也，其为勇而好兵者可知。有起得望而夺目者，则"硕人其颀，衣锦䌹衣②"是，闵庄姜也，其为素以为绚也抑可想。

编者注：①出自《邶风·击鼓》。②出自《卫风·硕人》。

七

诗咏有周受命，莫备于《大明》，其篇首云："明明在下，赫赫在上，天难谌思，不易维王。"诗叙有周世德，莫详于《皇矣》，其篇首云："皇矣上帝，临下有赫，监观四方，求民之莫。"盖二诗发端，非庄重如是，不足以领一篇之全局也。而一言不易维王，一言求民之莫，二诗主意，已各不可移易。

诗之呼天者不一，所呼之情亦不一，其曰"明明上天，照临下土①"，曰"瞻卬昊天，则不我惠②"，无非穷则反本之常；曰"旻天疾威，敷于下土③"，曰"旻天疾威，笃降时丧④"，亦犹是开厥顾天之意。曰"悠悠昊天，曰父母且⑤"，呼得独亲切，无聊而呼也；曰"荡荡上帝，下民之辟⑥"，呼得特郑重，发愤而呼也；曰"浩浩昊天，不骏其德⑦"，曰"上帝板板，下民卒瘅⑧"，呼得何无理，则以无所归咎而呼也。

编者注：①出自《小雅·小明》。②出自《大雅·瞻卬》。③出自《小雅·小旻》。④出自《大雅·召旻》。按，笃降疑误。原诗云："旻天疾威，天笃降丧。"⑤出自《小雅·巧言》。⑥出自《大雅·荡》。⑦出自《小雅·雨无正》。⑧出自《大雅·板》。

八

凡诗文，喜情景兼到。《葛覃》《七月》，同言女工，读"黄鸟于飞"三句，有情有景矣；读"春日载阳"八句，其情景如画，且觉画不尽。《采薇》《出车》，同言久役，读"昔我往矣，黍稷方华，今我来思，雨雪载途"，有情有景矣；读"昔我往矣，杨柳依依，今我来思，雨雪霏霏"，其描写景中之情，亦觉写不尽。梁元帝《咏阳云楼檐柳》云："杨柳非花树，依楼自觉春。"好句也！只是依依二字情景。

九

凡诗文喜顿宕，喜唱叹。若卫之《谷风》，凡六章，备述不以为德所在，顿宕唱叹，章各有之。《氓》亦六章，前二章，叙始相奔诱之怀，后二章，叙复相背弃之事，中间"以我贿迁"下，未尝不可径接"三岁为妇"章，却不一直说下，特将桑之未落与落，分作两章，以顿宕唱叹出悔恨所在，篇法特妙。

十

《谷风》与《氓》，皆弃妇之辞，皆为其夫燕新昏弃旧室也。谓丈夫爱后妇，信然！谓女子重前夫，《谷风》言"德音莫违"，至末犹望其念，《氓》言"二三其德"，何终篇止是悔恨也。则以《谷风》夫妇，作合盖正，《氓》先不正故也，读诗者，举可以鉴矣。

十一

诗有一章数句叠用一字，若《鸱鸮》九予①，《蓼莪》九我，其满腔忠孝，真有说不尽、数不尽者，读之，但觉字字皆堪感泣。有每章数句不易一字，若《王风·黍离》三章后六句，《秦风·黄鸟》三章后六句，其举目伤神，抑有不忍明言、不忍赘言者，读之，但觉句句不堪再读。

编者注：①《鸱鸮》九予：按，《鸱鸮》二章一'予'字，三章五'予'字，末章四'予'字，共计十。清沈德潜云："《鸱鸮》诗连下十'予'字，《蓼莪》诗连下九'我'字。"

十二

诗长比喻，造句亦工。如以女子恶无礼，曰"无使尨也吠①"，声情宛合，语复生新。如为人主好谗佞，曰"无教猱升木②"，便给有然，句最奇特。言危乱景象，曰"莫赤匪狐，莫黑匪乌③"，此若何景象。言贤否倒置，曰"有鹜在梁，有鹤在林④"，亦孰甚倒置。至如《小弁》云："相彼投兔，尚或先之。"以视君子之忍心，何啻可伤。《小毖》云："莫予荓蜂，自求辛螫。"以惩轻使之后患，何啻可畏。

编者注：①出自《召南·野有死麕》。②出自《小雅·角弓》。按，"无教"原文作"毋教"。③出自《邶风·北风》。④出自《小雅·白华》。

十三

有叠字咏叹，若出之易，作者非必矜心，读者类须体玩。如《思齐》云："雍雍在宫，肃肃在庙。"似亦概言王度，而周旋皆中之仪刑，即此可思。且如《车攻》云："萧萧马鸣，悠悠旆旌。"不过直书即目，而一时太平之气象，亦即此可见。魏文帝《芙蓉池作》："丹霞夹明月，华星出云间。"唐玄宗《早渡蒲关》[1]诗："鸣銮下蒲坂，飞旆入秦中。"皆直书即目，气象自各不同。

编者注：[1]唐明皇此诗题当为《早度蒲津关》。

十四

凡诗文收结，总欲有不尽神情。《汉广》叹游女之不可求，曰："汉之广矣，不可泳思。江之永矣，不可方思。"神情何限！《简兮》自言执籥秉翟，曰："云谁之思，西方美人。彼美人兮，西方之人兮。"神情又何限！

十五

《谷风》弃旧室，为新昏故耳。读窦元妻《古怨歌》[1]，时人怜之，读《谷风》至结，为其夫者，能无少动乎？《东山》劳归士，乐其昏姻得及时也，一结尤有余致。读陈孔璋《饮马长城窟》，抑可知西归之乐，其旧此时，固有甚于其新者焉。

编者注：[1]窦元妻：窦玄妻，汉代人物窦玄之妻，今存其诗文作品《与窦玄书》《古艳歌》。按，清代避讳，玄字皆改元字。《古怨歌》始见于宋代《太平御览》一书，又名《古艳歌》，诗曰："茕茕白兔，东走西顾。衣不如新，人不如故。"

十六

斗柄西揭，于西人乎何涉？《大东》卒章，并斗柄亦扯来怨。牛女相望，于河梁又何限。魏文《燕歌行》结语，代牛女亦觉可怨。设想殆奇，意实相引。《燕歌行》"牵牛织女遥相望，尔独何辜限河梁"，盖从《十九首[1]》"盈盈一水间，脉脉不得语"生出,《十九首》又从《大东》"跂彼织女,睆彼牵牛"生出也。

汉魏以下,《十九首》尚已。今观《明月皎夜光》《迢迢牵牛星》二首,实本变雅,若《东城高且长》《驱车上东门》二首,则唐风《蟋蟀》《山有枢》之遗也。曹公四言,论者谓于《三百篇》外,自开奇响,自是确评,观《短歌行》,亦未尝不滥觞三百。若陶公胸怀清远,辞气冲和,异乎风雅之变,今且第以其诗之所咏及风者观之,如"平畴交远风,良苗亦怀新",如"日暮天无云,春风扇微和",如"微雨从东来,好风与之俱",皆最佳句也,以视召康公"有卷者阿,飘风自南",则若陶诗之自然妙致,三百殆先得之矣。

编者注:①十九首:即《古诗十九首》,是中国古代文人五言诗选辑,由南朝萧统从传世无名氏古诗中选录十九首编入《文选》而成。

十七

五言唱自汉京,言所权舆。若《召南》"谁谓雀无角,何以穿我屋①",如《豳风》"风雨所漂摇,予维音哓哓②",与《小雅》"匪先民是程,匪大犹是经③"一章,《大雅》"虞芮质厥成,文王蹶厥生④"一章,《周颂》"无此疆尔界,陈常于时夏⑤","未堪家多难,予又集于蓼⑥",皆五言也。若"维昔之富不如时,维今之疚不如兹⑦",亦七言开先语矣。

编者注:①出自《召南·行露》。②出自《豳风·鸱鸮》。③出自《小雅·小旻》。④出自《大雅·绵》。⑤出自《周颂·思文》。⑥出自《周颂·小毖》。⑦出自《大雅·召旻》。

十八

后世之诗,日就精工,细按或渐趋浮薄。三百之诗,不胜古拙,熟读辄转觉新奇。是惟其作者之性情挚,其当时之感发真,故其君相所忧思,不特昭事之小心,基命之宥密。其言《典》《谟》《训》《诰》相表里,其贤达所讽喻亦不特生民之秉彝、尔室之敬信,其旨为《学》《庸》《论》《孟》共取资,第泛览其辞情,且备尝其风味,此又不必以古乐云亡,亦不可考也。言诗至三百,弗可及已。

卷之七

春秋说一

王正月说

穷一经，必知一经之纲领。以言《春秋》，其辞微，其义隐，释例不一，其纲领安在乎？窃观《春秋》以事系日，以月系时，首书"王正月"，此即所系一十二公二百四十二年之事一大纲领也。

孟子曰："《春秋》，天子之事也①。"惟王迹既熄，东迁以来，诸侯不知有王；陵夷至于宣、成，而大夫不知有诸侯；至于昭、定，而陪臣不知有大夫。乾纲解，彝伦废，而乱臣贼子，不绝于时。是一言王，所谓《春秋》以道名分，莫先于此。所谓拨乱世，反之正，亦莫急于此。

其自郊禘朝聘，会盟侵伐，迄乎纳币逆妇②，城邑作门，无不具书。无非治之以一王之法，奖之以尊王之义，秉王者之礼，明王者之教。若王人虽微，会必先诸侯，尊王命也；吴楚之君，卒皆不书葬，避王号也；至于乱贼之诛，即为尊者讳，则有正月不书王者矣；凡以使天下知有王也。

《春秋》首书"王正月"，明周正也。愚读《春秋》，开卷不胜凛然，窃以为此即《春秋》一大纲领也。

编者注：①引自《孟子·滕文公下》。②逆妇：娶妇。《左传·隐八年》四月甲辰，郑公子忽如陈逆妇妫。《说文》："逆，迎也。关东曰逆，关西曰迎。"

元年春王正月说

孔子修《春秋》，记载约简，字字谨严。学者凡读圣人书，不可一字忽过，然亦不可遇字过求。一字忽过，则书之精义不详；遇字过求，则书之本义反乱。读《春秋》亦然。

《春秋》，鲁史记之名，孔子未修《春秋》，则有是鲁《春秋》也，即有是《春秋》时月①也。元年者，君之始年也。年备四时，春者时之始，故纪年之下，必自系以春。时各三月，正者月之始，故纪时之下，自必系以正月。自三代易正朔，月改则时必移，时不移，则岁不成，此子月也。何为春正月？此王之周正②正月也，故特书曰"王正月"，奉正朔也。亦以见阳生于子，周以为正，故于时为春也。其先言元而后言春，先言王而后言正月，秩然了然，无事过求，无庸曲说也。

藉谓以周正纪事，而以夏时冠月，是固谓周人改月不改时，惟孔子欲行夏之时，故为之改时也。是周人必以子月为冬正月，丑月为冬二月，寅月为春三月，卯月为春四月，辰月为春五月。是周人言月，则自从周正，言时，则本从夏时。而孔子改冬正月为春正月，孔子不行夏之时也。不述而作，孔子无其位，始时以冬，三王无此年也。孔子曰："吾学周礼，今用之，吾从周。"奈之何且举四时之显者而不从周邪？且几见周家记载，有冬正月，冬二月，春四月，春五月者邪？一何未尝自穷其说邪？此遇字过求，牵合问为邦之说③之惑也。遇字过求，适成曲说，费后儒援经据史许多考辨矣！

编者注：①《春秋》时月：《春秋》书中四时与月分一起书写。如《春秋谷梁传·隐公元年》："元年，春，王正月。夏，五月，郑伯克段于鄢"等等。②周正：周历正月。即农历十一月。《史记·历书》："夏正以正月，殷正以十二月，周正以十一月。"宋孙奕《履斋示儿编·经说·春秋用周正》："《春秋》纪元，必书春王正月，所以尊周也。尊周必用周正，周正以建子为首岁。"③为邦之说：《论语·卫灵公第十五》：颜渊问为邦。子曰："行夏之时，乘殷之辂，服周之冕，乐则《韶》《舞》、放郑声，远佞人。郑声淫，佞人殆。"

隐立奉桓说

隐不书即位，左氏曰："摄也。"隐立而奉桓，隐之让也，正乎？公羊曰："立嫡以长不以贤，立子以贵不以长。"谓隐让桓，正也。

惠公元妃无子卒，继室以声子①，声子则夫人矣，隐则嫡矣。仲子②以有文在手归于鲁，元妃邪？继室邪？桓，曷为幼而贵？隐，曷为长而卑？谷梁曰："不正。"曰："《春秋》贵义不贵惠，信道不信邪。"谷梁清而婉，此可谓辨而裁矣，然谓惠已胜其邪心以与隐，隐已探先君之邪志，而遂以与桓，为废人伦，忘君父，以行小惠。不与桓，行何道？若伯夷者，其又何说之辞也？此无非宋赵普谓太祖已误，陛下岂容再误之意也。信邪者惠公也，实始兆乱者也，隐之贤，恶容没。

编者注：①声子：鲁惠公继室，鲁隐公之母。②仲子：宋女，鲁鲁惠公右媵。鲁隐公成年后，父惠公为其娶于宋。然宋女至鲁后，惠公见宋女美丽，于是自纳之，宋女是为仲子。不久仲子为惠公生下公子允，即后之鲁桓公。

仲子子氏尹氏说

隐公之初，妃妾之以子称，见于经者三，见于传者亦三，皆宋女也。三子者，一子邪？二子邪？三子邪？谓考仲子之宫，即考惠公仲子之宫，惠公仲子，即夫人子氏。然使仲子未薨而赗之，是未死而祝之死也，天王宰咺①，何不情至此？是子氏一子，仲子又一子，二子也。谓夫人子氏，是惠之继室声子，惠公仲子，非惠之妾仲子。何为仲子生桓公，隐公立而奉之也？是子氏一子，仲子又自有二子，三子也。传又称元妃孟子，则四子矣。

鲁宗人衅夏②曰："周公、武公娶于薛，孝、惠娶于商，自桓以下娶于齐。"

孝、惠所娶，皆宋子也。鲁女适他国，称伯姬者不一，称叔姬者亦不一，宋女适鲁，则其为子氏，为仲子。或又为仲子，亦孰从而辨之？考之文四年十一月，书夫人风氏薨；五年正月，书王使荣叔归含且赗，三月书葬我小君成风；至九年，书秦人来归僖公成风之襚。非兼之也，归僖公之成风之襚也。成风，文之祖母，僖之母也。惠公仲子，非隐之祖母，惠之母乎？以经证经，则惠公仲子，《谷梁》以为孝之妾近是。成风，庄之妾也，为僖故，得书夫人，书薨。声子，惠之继室也，为公故，独不得书夫人书薨邪？以经证经，则夫人子氏，《公羊》以为隐之母近是。若隐之二年，经书尹氏卒，左氏为君氏，谓声子也。

果使惠之继室、隐之母声子卒，何为而不书夫人书薨，且必曲为之辞，谓之君氏邪？考之是年，经所书者凡三事，春书天王崩，夏书尹氏卒，秋书武氏子来求赙，皆宗周事也。以经证经，则公谷以为天子之大夫尹氏是也，非声子也。然则考仲子之宫，即考惠公仲子之宫也，有文在手之仲子，又一仲子邪？惠公仲子，若卒若葬，未见于经，在春秋前也。夫人子氏为声子，何为书薨不书葬，礼不备邪？史失之邪？抑不书，记失礼邪？总之则立乎定、哀，以指隐、桓，隐、桓之日远矣。滕侯，侯也，降而曰子，孰侯孰子，远且无辨，况宫中女子乎？三传互异，无足怪者，君子之于春秋，亦质之经而已矣。

又跋：或疑尹氏天子之卿，则当举其名，不但言尹氏。求之于经，若隐七年，书滕侯卒，八年，书宿男卒，僖二十三年，杞子卒，宣八年，滕子卒，成十六年，滕子卒；若成十四年、昭五年、哀三年，皆书秦伯卒，皆不举其名。且如滕、杞二君，自襄六年以下，书卒者七。若滕子原、滕子宁、滕子结，若杞伯姑容、杞伯匄、杞伯益姑、杞伯过，又皆举其名。或名或不名，盖随时与赴异，不可概以例求也。

编者注：①：宰咺：宰，官职，咺，人名。《春秋·隐元年》：天王使宰咺来归惠公仲子之赗。②衅夏：春秋时鲁国人。悼公时任宗人。

卫人立晋说

隐四年二月，卫州吁^①弑其君完^②。九月，书卫人杀州吁于濮，请而杀之者石碏③也。曰卫人，明国人杀之也，弑君之贼，人人得而诛之也。冬，书卫人立晋④，明晋为众人所欲立。一国之公也，异乎昭二十三年，书尹氏立王子朝。一人之私也，合观所书卫人，大义昭然。

自《公羊》谓众虽欲立之，其立之非。《谷梁》谓春秋之义，诸侯与正不与贤。而诸儒因之，遂以为内不承国于先君，上不秉命于天子，特书立，以著卫人擅立之罪，绝晋公子，以明专有其国之非。窃以为此其议论盖高，其责备则过当也。晋，桓公之弟，庄公之子。以为与正，庄姜无子，桓亦未闻有子。以为不承国于先君，卫先君知有桓耳，而桓且弑，有卫国者，舍晋其谁。以为不秉命天子，先王既举国而授之列侯，若继若立，常则禀于天子，经也，变则顺乎人心，权也，且几见春秋列国皆秉命于天子，始继立嗣君者邪？何独于卫人责之也！乃犹是卫人也，于杀州吁，则谓书人以善之，于立晋，则谓书人以罪之，而以为美恶不嫌同辞，岂《春秋》本旨哉？

晋立后虽无道，方其立也，不称公子，非绝之也，承上文书卫州吁弑其君完，书卫人杀州吁于濮。完、州吁皆名，皆庄公子也，晋亦庄公子也，故书曰卫人立晋。

编者注：①州吁：一作祝吁。春秋时卫国人。卫庄公庶子，桓公之弟。骄奢好兵，为桓公所绌。桓公十六年，杀桓公而自立为君。卫人不爱之。卫大夫石碏劝其以朝陈，却先诉其罪于陈，陈乃执之。卫人使右宰丑杀之于濮。迎桓公弟晋于邢，是为卫宣公。②完：春秋时卫国国君，名完。庄公子。弟州吁骄奢，桓公贬斥之，州吁出奔。桓公十六年，州吁纠集卫逃亡之徒袭杀桓公。在位十六年。③石碏：春秋时卫国人。大夫。卫庄公庶子州吁有宠好武，石碏进谏，庄公不听。卫桓公十六年，州吁与碏子石厚谋杀桓公而自立为君。厚向碏问安定君位之法，因诱州吁及厚往陈，陈执二人，由卫使右宰丑杀州吁，使其家宰獳羊肩杀厚。时人称碏大义灭亲。④晋：春秋时卫国国君，名晋。桓公弟。宣公十八年，立夫人夷姜子伋为太子。为伋娶齐女，未入室，见女美好，悦而自娶之，生子寿与朔。及夷姜死，听夫人宣姜与公子朔谗言，乃令太子伋至齐，使盗于边界杀之，改立朔为太子。在位十九年。

戎伐凡伯于楚丘以归说

凡伯①何人？天子之使也。凡伯奉天子之命聘于鲁，而戎乃悍然伐之而以之归。楚丘②何地？卫国邑之地也。凡伯为过宾于卫，而戎乃安然直往伐之而以之归。《书》曰："天王使凡伯来聘，戎伐凡伯于楚丘以归。"戎狄之猾夏也，王灵之不振也，诸侯之无王也，悉见于此矣。

《左氏》第详凡伯所以为戎伐，未言其义。《谷梁》曰："戎者，卫也，为其伐天子之使，贬而戎之。"果尔？啖氏曰："是为卫掩恶也。"胡氏曰："于楚丘者，罪卫不救王臣之患是也。单子知陈必亡，不旋踵卫为狄灭，而徙居楚丘也。"宜哉！而当隐之时，一书公会戎于潜，再书公及戎盟于唐，至是凡伯自周来，戎伐之以归邪？凡伯自鲁还，戎伐之以归邪？而鲁卒若弗闻也者，其为即夷，为蔑天子之使也，亦无事乎贬矣。故曰："春秋无褒贬！"据事直书，而义自见，无事褒贬也。

编者注：①凡伯：凡国，西周至春秋时期诸侯国，周成王封周公三子伯瞵于凡，为伯爵，故址在今河南辉县。②楚丘有二，按《左传·闵公二年》云：僖之元年，齐桓公迁邢于夷仪，封卫于楚丘。即今河南滑县也。又，《方舆纪要·曹州》云：曹县东南四十里，有楚丘城，春秋时戎州己氏之邑。《左传·隐公七年》引杜预注云："楚丘，卫地。在济阴成武县西南也。"《春秋地理考实》引杜注：卫地在济阴城武县西南。今兖州府曹县东楚丘亭，是也。"则今山东曹县也。戎伐凡伯于楚丘，是卫之楚丘，抑为戎州己氏之楚丘，姑存此说待考。

郑伯伐取之说

覆而败之曰取。哀九年，宋皇瑗①帅师取郑师于雍丘，十三年，郑罕达②帅师取宋师于嵒是也。隐之十年秋，《经》书"宋人、卫人入郑，宋人、蔡人、卫人伐戴，郑伯③伐取之"。《公》《谷》谓郑因三国之力以取戴。《胡传》谓三国已斗，起乘其敝，一举而兼取之。称伐取者，罪郑庄残民之甚。伐取之者，伐而取之也。此伐戴者，入郑者也。蔡人从之伐戴，郑伯亦从之伐戴乎？伐宋、蔡、卫之师乎？取之者，郑伯因三国之力以取戴乎？抑取三国之师，且兼戴取之乎？

春秋之初，郑与宋、卫之构怨也久矣。当是时，宋公不王，郑伯为王左卿士，以王命会齐、鲁伐宋。郑师还，犹在郊，宋、卫方且趁虚而入郑，方且召蔡人而伐戴。戴必郑邑也，不然则其附庸，必从郑伐宋者也。伐戴，必伐其助郑也。郑以王命讨不庭，入郜入防，不贪其土，以劳王爵。今乃不助戴，不切齿三国，且助三国为虐，而伐戴取戴，何为伐戴？何心取戴？郑庄即贪残，断必不遽忘其雠，遽隳其党至此也。

宋、卫入郑，何月日？《左氏》曰："七月庚寅也。"曰："八月壬戌，郑伯围戴。"围戴，是伐戴乎？为三国之师在戴城下也。曰："癸亥，克之。"克者，难辞也，为伐戴者三国之师也。曰："取三师焉。"取者，易辞也，为三国伐戴而郑伯伐之，曾不两日而三国之师为之取也。曰："宋、卫既入郑，而以伐戴召蔡人，蔡人怒，故不和而败。"言三国所以败也，败之者谁，非郑伯乎？非郑伯伐取之乎？取三国之师，此所谓覆而败之曰取也。言取某师，非取某国邑也。且第观《经》书入郑伐戴，郑伯伐取之，其为伐取宋人、蔡人、卫人也。此可即经文不移时之情形断之也，况实录在《左氏》乎！若是年九月，《传》又志"郑伯入宋"，则郑庄之报怨，为已甚矣。

编者注：①皇瑗：春秋时宋国人。皇父充石后裔。宋景公时为卿。景公三十一年，郑围宋，皇瑗率兵攻郑，全歼郑军于雍丘。后为右师。景公听皇野谗言，捕其子麇，瑗出奔晋。景公召之还，杀之。②罕达：一称子姚、武子滕。春秋末郑国人。郑公子子罕之后，为郑穆七族之一。《左传·哀十三年》："十三年春，宋向魋救其师。郑子滕使徇曰：'得桓魋者有赏。'魋也逃归。遂取宋师于嵒，获成讙、郜延。以六邑为虚。"③郑伯：即郑庄公。春秋时郑国国君，名寤生。武公子。即位，封弟段于京。以段与母武姜谋袭郑，伐段，迁母于城颍，以"不及黄泉，毋相见"为誓。既而悔，从颍考叔谋，掘地及泉，隧而相见，为母子如初。继武公为周平王左卿士，掌朝政。曾假王命伐宋。后因周桓王去其职，不朝于王。桓王伐之，率军大败王师，射伤桓王。在位四十三年。

桓无王说

孔子修《春秋》，为乱臣贼子修也。于鲁十二公言乱贼，则桓①是也。《春秋》何以为桓讳，鲁史臣讳之也。讳之义乎？孔子曰："子为父隐，臣为君讳，亦义也。"当时史臣则讳之，孔子既修之，何亦从而讳之？孔子曰："吾犹及史之阙文也。"

《春秋》著以《传》著，疑以《传》疑，况弑逆大故，又敢不阙，从旧史邪？然则《春秋》卒何为乱贼之惧，又何为天子之事，《春秋》微而显、志而晦，固有未尝讳者矣。《春秋》王必称天，王使荣叔②来锡桓公命，王不称天，惟王不奉天，不夺而锡也。《春秋》正月必书王，桓不书王者十四年，惟天下无王不讨是贼也。然则元年二年，何以书王正月？家氏③曰："犹书王，望之也。"犹望天下之知有王也，非以桓三年不入见已也。至是而邻国终无沐浴之请，嗣是而王臣且来再三之聘，王网尽矣，故皆不书王。

然则十年何又书王正月？何氏④曰："十年有王，数之终也。"胡氏曰："论远恶者，十年必弃。十年书王，常理也。"窃观终桓之世，王与诸侯之聘桓、朝桓，与会桓且盟者，岁不绝书。至是年，始书齐侯、卫侯、郑伯，来战于郎。左氏曰："我有辞也。"其来战也，在三国必有辞以伐桓也，则庶几有以一声桓之罪邪，故特书王。然则十八年，何又书王正月？范氏⑤曰："以王法终治桓之事。"胡氏曰："复书王者，明弑君之贼，虽身已殁，而王法不得赦也。"

窃谓桓无王，至是年正月，桓会齐侯于泺，桓与姜氏遂如齐，而齐因使彭生拉杀之，是桓无王至是而乱臣之罪亦正矣，故复书王正月也。夫桓无王，是无天也，天容无乎？隐之弑也，翚弑之，桓弑之也；桓之薨也，诸儿杀之，姜氏弑之也。桓以臣与弟弑隐，姜氏以妻弑桓天也。观鲁桓始终，乱臣贼子，不惧《春秋》，天又可不惧乎哉！

编者注：①桓：鲁桓公。春秋时鲁国国君。名允，一作轨。惠公嫡子。公子挥杀隐公，立之。以宋之赂鼎入于太庙，君子以为非礼，讥之。又娶齐襄公妹文姜为夫人，夫人与襄公通，公怒。襄公知之，于宴饮之际，使力士杀之。在位十八年。②荣叔：春秋诸侯国荣国第五任君主，姬姓，名册谷。荣正公之子，荣夷公之父。③家氏：家勤国，北宋时期眉山人，与苏轼、苏辙为同门友，愤怨王安石久废《春秋》学，著《春秋新义》。家铉翁，号则堂，宋末时期眉山人，精《春秋》。有《春秋详说》《则堂集》。二家未审孰为曾镛所言之家氏，待考。④何氏：何休，字邵公，东汉任城樊人。质朴讷口，而雅有心思，精研六经，诸儒莫及。以列卿子召拜郎中，辞去。后为太傅陈蕃所辟。蕃败，休坐废锢十余年。党禁解，辟司徒府属吏，历议郎，终谏议大夫。所作《春秋公羊解诂》，为《公羊传》制定义例，阐述《春秋》微言大义。⑤范氏：范宁，字武子，东晋南阳顺阳人。少笃学。崇儒学，抑浮虚，著论抨击清谈，以为王弼、何晏之罪大于桀纣。起家余杭令。兴学重教。迁临淮太守，封阳遂乡侯。甥王国宝谮事会稽王司马道子，宁被谮，出为豫章太守，大设庠序，改革旧制，学生至千余人。为江州刺史王凝之劾免，犹勤学不辍。撰有《春秋谷梁传集解》。

春秋诛党恶说

《春秋》诛乱贼，而党恶之诛必严，以天下之乱贼，不有党恶，乱贼必伏诛也。桓二年正月，书宋督①弑其君与夷②，及其大夫孔父③。其大夫者，其君之大夫也。

及者，为督弑其君而及是大夫也。后三十年，宋万④弑其君捷⑤，及其大夫仇牧⑥，亦及也。万之弑也，遇仇牧杀之，遇太宰督亦杀之，太宰不书及，即此弑君督也，则是大夫也。读《春秋》者，不必问其名孔父，其字孔父，先其君死，后其君死。必为其君死，为素有无君之心之贼死，无愧乎大夫者也。书弑曰及，孔父之死，荣于华衮矣。然而宋万之乱，万与猛获⑦奔陈、卫，陈、卫既归而戮之，齐桓为北杏之会以平之。

是年三月，书公会齐侯、陈侯、郑伯为稷。稷，宋地也。会于稷，必为宋乱会也。读《春秋》至此，必以为讨宋之乱而会也。书曰："以成宋乱。"同恶相济，反常逆天，直书其事，一字之诛严于斧钺矣。四月，书"取郜大鼎于宋。戊申，纳于大庙。"取者，非其有而取之也，明其为宋之赂之也。赂鲁以大鼎，明其为齐、陈、郑皆有赂也。纳者，不受而强纳之也，纳违乱之赂器于太庙，明其为鲁先公所必不受也。而桓且取而纳之，书此又以暴党恶者之罪，不知有乱贼，知有贿赂也。桓，乱贼也，为鲁史故，不得已而讳之。而于其会三国，而党恶则特书不一书，以明示后世，何其严也。

编者注：①督：华督，一作华父督。春秋时宋国人。宋戴公孙。任太宰。宋殇公十年，杀大夫孔父嘉，夺其妻。又杀殇公，并迎立公子冯为宋庄公，自为相。闵公时，为大夫南宫万所杀。②与夷：宋殇公，名与夷。春秋时宋国国君。宣公子。即位十年，郑、鲁、卫等国屡攻宋，战争十一次，民苦不堪。被太宰华父督所杀。③孔父：孔父嘉，春秋时宋国人，子姓，名嘉，字孔父。孔子六世祖。穆公时为大司马，穆公将死，受穆公嘱立殇公。殇公立十年而十一战，民不堪生。太宰华父督谋夺孔父妻，以安宁民生为名，杀孔父，取其妻。孔父子逃鲁。④万：南宫万，一作南宫长万。春秋时宋国人。大夫。鲁庄公十年，宋攻鲁，败于乘丘，万为鲁所虏。后归宋，宋闵公以"鲁虏"辱之，万怒而杀闵公，又杀大夫仇牧、太宰华督。宋桓公立，万奔陈。桓公赂陈，陈人使妇人饮之醇酒，以革裹之而归宋。宋人醢之。⑤捷：宋闵公，闵一作湣。春秋时宋国国君，名捷。庄公子。闵公十年，攻鲁，战于乘丘，宋大夫南宫万被俘，后因宋请归之。十一年秋，与万猎，以"鲁囚"辱万，被万所杀。⑥仇牧：春秋时宋国人。大夫。南宫万杀宋闵公，牧闻趋至，遇万于门，手剑而叱之，亦为所杀。⑦猛获：春秋时宋国人。宋卿南宫万之党。宋闵公十年，南宫万杀宋闵公于蒙泽，率师围公子御说于亳。萧人及宋之诸公子共击之。获奔卫，卫人送之归宋，被醢。

甲戌己丑陈侯鲍卒说

陈侯卒何日？曰："己丑。"己丑则曷为甲戌己丑陈侯鲍①卒？曰："以经文观之，书甲戌书己丑，自各有是日所书事。"谓以二日卒陈侯者，此不审甲戌下有脱简，以甲戌己丑陈侯鲍卒连为句，如庄二十四年，以赤归于曹郭公连为句也。赤，非郭公，甲戌，非陈侯卒日也。以长历推之，杜氏曰："甲戌，前年十二月二十一日也，己丑，此年正月六日。"是桓五年正月并无甲戌日，是月三日乃丙戌也，甲戌不特非陈侯卒日也。

《春秋》书诸侯卒，有月而不日者矣，有时而不月者矣。谓卒以二日，为《春秋》慎疑。《春秋》慎疑，则何不书正月陈侯某卒，何不书春陈侯某卒？卒日有二，岂所谓慎邪？三《传》所闻，嫌于传会，若此类，《春秋》脱误之文也。

编者注：①陈侯鲍：陈桓公，妫姓，名鲍，春秋诸侯国陈国第十二位君主。陈文公之子。共在位三十八年。陈桓公二十六年，卫公子州吁弑杀国君卫桓公自立，陈桓公协助卫众大夫杀死州吁。

州公寔来说

桓公五年冬，《经》书州公①如曹。六年春正月，《经》书寔来。此承如曹言也，言州公如曹，寔来鲁也。寔来云者，犹之晋使鞏朔献齐捷于周，王使辞曰所使来抚余一人，而鞏伯寔来也。

寔，非州公名，三《传》皆同，无庸异也。州公，左氏曰："淳于公。"杜氏注："淳于，州国所都，城阳淳于县也。"观襄公二十九年，晋合诸侯之大夫以城杞，为杞迁淳于。城杞，即祁午②所谓城淳于是也。其时子大叔③曰："晋国不恤周宗之阙，而夏肆是屏。"杞迁淳于，州杞必同域也，则安知杞之于淳于，非皆夏肆，犹曲沃之于晋，非皆晋后？自州公不复，始为杞并也，惟州公为王者之后，故书曰州公也。后儒知非二王后不称公，不知州寔淳于，淳于寔夏肆，遂谓州。必王畿内地，州公，尝为王三公，皆臆见耳。宜从左氏！

编者注：①州公：春秋时州国（今山东安丘县）君主，姜姓，公爵。春秋时州公见"国有危难，不能自安，故出朝而遂不还"，州国后被杞国吞并。②祁午：春秋时晋国人。祁奚子。以父请老荐举，嗣为中军尉。终其官。③子大叔：游吉，字子大叔，又称世叔，春秋时期郑国正卿，郑定公八年接替子产担任郑国的执政，郑献公八年去世。《左传·襄二十九年》："六月，知悼子合诸侯之大夫以城杞，孟孝伯会之。郑子大叔与伯石往。"

单伯送王姬说

庄公元年夏，单伯①送王姬，此《春秋传》经文也。《公》《谷》②作单伯逆王姬。从送言，则单伯必周大夫也；从逆言，则单伯必鲁大夫也。先儒多主《公》《谷》，盖以单伯若非逆王姬，何以秋始筑王姬之馆，冬始归于齐？乃先书单伯送王姬，是必鲁使单伯逆之，然后馆而归之，于经文始合也。单伯若非鲁大夫，庄十四年经书单伯会齐侯、宋公、卫侯、郑伯于鄄，何以与鲁臣之会诸侯者？书法一例，文十五年书单伯自齐，若是王臣，何以告至于鲁？凡此，皆诸儒所据以非《左氏》而主《公》《谷》也。

自《左氏》观之，曷为单伯送王姬？《公羊》曰："天子嫁女于诸侯，使同姓诸侯主之。"杜氏曰："不亲昏，尊卑不敌也。惟天子使鲁侯主昏礼，故单伯送之至鲁也。"曷为筑王姬之馆于外？《谷梁》曰："衰麻，非所以接弁冕也。"杜氏曰："公在谅闇，虑齐侯亲迎，不忍便以礼接于庙也。惟鲁承王命为王姬主昏礼，故筑馆使成昏礼，待齐迎之归也。"若据书会书至，谓单伯非王臣，书单伯会伐宋，则为其时齐桓始修霸业，请师于周也。书单伯会诸侯，非为齐桓既平宋乱，功归天子邪？书单伯如齐，则为其时齐商人③弑其君舍④。舍，鲁女子叔姬之子，鲁请以王宠求子叔姬也。书单伯至自齐，齐始执单伯，既为季孙行父如晋，畏晋许单伯，非单伯不废王命，致命于鲁邪？且亦思单伯果鲁人，其于庄之元年，已能如周逆王姬，必非未弱冠年矣。自庄之元年，至文之十四五年，前后八十有二年，加以弱冠之年，是此单伯必百有余岁，何尚能如齐请子叔姬也。

备观鲁大夫出使他国，与会诸侯，未有不书名者，何于单伯独书字？单，畿内采地，伯爵也，非单姓伯字也。经三书单伯，前后亦非一人也。

编者注：①单伯：单国，周朝诸侯国，君主为伯爵，姬姓。系王畿内封国，原在今陕西眉县，后随周王室东迁至河南孟津县东南。杨树达注曰："单音善，天子畿内地名。单伯，天子之卿，世仕三朝，此及文公之世皆称单伯，成公以下常称单子。"②《公》《谷》：《春秋公羊传》和《春秋谷梁传》。③商人：齐懿公，春秋时齐国国君，名商人。桓公子，昭公弟。桓公死，争立而不得，遂阴交贤士。昭公卒，太子舍立，孤弱。商人杀舍，自立为君。即位后，为报宿怨，掘邴歜亡父尸，断其足，并迫歜为其驾车。又使阎职为陪乘而纳职妻入宫。歜与职怨而合谋杀之。在位四年。④舍：齐后废公，姜姓，吕氏，名舍，齐昭公之子。昭公二十年在位，仅五个月，昭公之弟吕商人于十月弑吕舍自立。

三败齐宋说

庄公三败齐宋之师，或谓《春秋》书公，深讥之也。敌伐我，敌侵我，公不败之，宁我师败绩乎，曷讥乎尔？曰："为其败之以诈谋也。"曷诈乎尔？曰："若长勺之战，刿①所以败之，此后世兵家之权谋，即诈也。三代之用师，必不若是也。"

然则乘丘之师，蒙皋比而犯之，鄑之师，未陈而薄之，皆诈也。子鱼②曰："三军以利用也。"子路问："子行三军，则谁与？"子曰："必也临事而惧，好谋而成者也。"敌焉得不败，战何讳言谋！知有庄论，设与行三军，不与于不禽二毛，不鼓不成列之甚与。况如刿所谋，何得目之以诈也！

以为讥之，若战于乾时，与无故侵宋，其所以致齐宋之师者，皆《春秋》所讥。若三败，非书以志喜，亦非书以示讥也。书此，见齐宋之自取败北，为轻举大众，侵伐人国者戒也。

编者注：①刿：曹刿，名一作翙。春秋时鲁国人。鲁庄公十年，齐攻鲁。刿求见庄公，请取信于民然后战。作战时随从庄公指挥，大败齐师。鲁庄公二十三年，庄公如齐观社，刿曾上谏请罢。一说，曹刿即曹沫。②子鱼：即目夷。春秋时宋国人，字子鱼。宋桓公子，襄公兹父庶兄。桓公有疾，兹父请立子鱼，辞不肯。襄公即位，任为相。襄十三年攻郑，与援郑之楚战于泓水。子鱼劝襄公俟其半渡而击之，襄公不听。及楚军已渡，尚未列阵，又劝击之，襄公又不听。结果宋军大败，襄公受伤而卒。

齐桓父兄说

以天下古今人之父子兄弟，如彼其赜，藉非当其时。史册之所纪载，学士大夫之所传闻，后之人断不能从千百载下，以意揣之，以理度之，而可定其孰为父子兄弟也。公子纠①，公子小白②，何公子？叔向曰："齐桓，卫姬之子也，有宠于僖。"卫姬，齐僖妾也，则小白僖公子也。知小白僖公子，则知子纠亦僖公子矣，夫何疑？

曰："《谷梁》言齐公孙无知③弑襄公，公子纠、公子小白不能存，出亡。安见非即襄公子？"曰："以《谷梁》言襄公，继言公子，遂以此公子，即襄公公子，则所言弑襄公者，公孙无知也。无知何公孙，亦即襄公公孙邪？"假使二公子果襄公子，试读《左氏》："初，襄公立，无常，鲍叔牙④曰：'君使民慢，乱将作矣。'奉公子小白奔莒。"其父立而其子奔，乱未作也，先自背弃其亲，是避焉以伺其乱，而亟为入齐计也？则鲍叔叛臣，小白贼子也，有是情乎？且读《外传》，齐桓迎管仲⑤于郊，与之坐，问焉。齐桓悉数先君襄公之过，无一言非古今来亡国者骄淫之尤，以弟数其兄，犹为已甚，若以子数其父，齐桓即非孝子，又独无人心乎？奈之何漫以二公子为襄公子也。

然则公子纠，公子小白，孰弟兄？请读《春秋》，读三《传》。方诸儿弑，无知杀，《春秋》书公伐齐，纳子纠，书齐小白入于齐，书齐人取子纠杀之。《公羊》谓称子纠，为其贵宜为君，谓小白入于齐为篡。《谷梁》叙二公子，先子纠，次小白，谓公子小白不让公子纠。《左氏》记鲍叔帅师来言曰："子纠亲也，请君讨之。"使子纠果小白弟，欲加之罪，其无辞乎？而曰子纠亲也，讳兄言亲耳。凡此，皆为公子纠兄，公子小白弟也。

杜氏预曰："小白，僖公庶子，子纠，小白庶兄。"又何疑？曰："《左氏》书子纠，《公》《谷》止曰纠，不言子，明子纠不当立也。小白曰齐，以当有齐国也，子纠不言齐，以不当有齐国也。《左氏》独言子纠，误也。"曰："假使《公》《谷》不言子，明子纠不当立，何三《传》经文，其下又皆言取子纠也？何《公羊》又曰其称子纠，贵宜为君？何《谷梁》叙二公子，又先子纠，且曰齐人迎公子纠于鲁，公子小白不让公子纠，先入，又杀之于鲁？故曰齐人取子纠杀之，恶之也。"《公》《谷》传与经异义。传，其明文也，纳不言子，何不疑《公》《谷》脱误，而谓《左氏》误也。其不言齐也，惟文连伐齐，不必更言齐也。且曰伐齐，曰纳，亦不问而知其为齐子纠也。入，自外入者也，若突书小白入于齐，不言齐小白，则未知其为何国小白也。

故凡书纳某于某，某归于某，各视所书上下文，可言某国某，可不必赘言某国某。凡书奔，必书某国某出奔某，不然，则不知其出从何国。凡书入，必书某国某入于某，不然，则不知其本出此国。《春秋》书诸侯公子大夫之入其国者，凡十有四，未有不先书某国某者也，其义例虽异，亦记事之文宜尔也。如谓小白言齐，即以小白为当有齐，为子纠兄。且如齐阳生入于齐，与齐小白入于齐，书法一例也。考齐景公卒，子荼以嬖立，若公子嘉、公子驹、公子黔奔卫，公子鉏、公子阳生奔鲁，皆景公子也。经书齐阳生入于齐，明齐陈乞所为弑其君荼也，阳生言齐，岂亦以为当有齐者邪？岂亦可据以为群公子兄者邪？

或又谓以《春秋》考之，忽系郑而突不系郑，羁⑥系曹而赤不系曹，为嫡庶之辨，小白言齐，乃郑忽、曹羁之例。捷菑⑦不系邾，为长幼之辨，纠不称子而称纳，乃捷菑之例。据是为小白当立，子纠不当立，似也。今试更以经例之，昭元年，经书莒去疾⑧自齐入于莒，莒展舆⑨出奔吴。《左氏》叙莒犁比公，生子去疾及展舆，则展舆者，去疾弟也。且因国人弑其父而立者也，去疾入系莒，以其长当有莒矣。展舆出奔亦系莒，又何不从突、从赤、从捷菑之例不系莒，不与郑忽出奔卫，曹羁出奔陈一例也？郑忽、曹羁，未逾年嗣君也，故不言伯，书某国某。展舆立逾年，以非所宜立也，故不言莒子，亦书某国某。展舆言莒，岂亦以为当有莒者邪？岂亦可据以为去疾兄者邪？奈之何第据言齐不言齐，漫以小白为子纠兄也。

如据夫子答子路、子贡之言断之，谓圣人于管仲，但称其功，不言其罪，可见不死之无害于义。而小白、子纠之长少，亦从可知，谓惟子纠少，故无害于义也。吾子称仲之功，为《春秋》之天下言也。即为齐国言，方齐无君，二公子皆僖公庶子也，以次宜子纠，以贤宜小白，纠可立，小白亦可立，窃以为其为贵贱也，微管仲、鲍叔皆僖公所使以传其子者也。为齐社稷计，谁非君之子？窃以为其为君臣也，亦未成同一庶孽，而齐已立贤，仲之不死，毋以为谁非君之子耳。春秋以还，知死其所私暱，则谓之义。有大义在，此所谓匹夫匹妇之为谅也，此吾子所以不言管仲之罪也，又岂为子纠少故哉！

夫以齐桓之父兄，自《春秋》经传注疏，旁及《荀子》仲尼篇言前事，则杀兄而争国。《史记》齐太公世家言，襄公群弟恐祸及，次弟纠奔鲁，次弟小白奔莒。皆无异说。若《汉书》薄昭⑩言齐桓杀其弟，韦昭⑪曰："子纠兄也，言弟者讳也。"赵氏汸⑫曰："时汉文于淮南为兄，故避兄言弟也。"其实则为淮南为汉文弟，骄蹇不法，故特举周公诛管叔放蔡叔以安周，齐桓杀其弟以反国做之，一时迁就之言也。他如《管子》大匡篇，首言齐僖公生公子诸儿，公子纠、公子小白，其为父子兄弟，叙次较然，虽三匡为管仲没后所追叙。考《汉书》艺文志，《管子》凡八十六篇，为刘向所校定，则其书已古。而其叙管、鲍之所以承僖公之命，传二公子者，尤见始末，不可以仲尼之门，羞称五伯，并其书亦非实录也。

窃惟后儒所以有异说者，盖由乾时之战，经书败绩，《公羊》有伐败复仇，不与公复仇之说。谓齐为鲁庄杀父之仇，此战自夸大其伐为复仇而致败也。谓书及为使微者不言公，是为复仇在下，不与公复仇也。观《春秋》书公及齐大夫盟，书公伐齐纳子纠，书及齐师战，一事也，而文亦相承。惟盟纳子纠，而齐渝盟，故伐以纳。惟小白先入，弗克纳，故及齐师战。小白已入，襄公且葬，是亦不可以已乎。而犹与之战，是我师败绩，实公自取败绩，故不讳内败也。《公羊》复仇之说，于经意本无当，当以《谷梁》为正。唐啖氏赵氏乃因复仇之言，遂以纳子纠为纳仇人之子，程子胡传因之，遂以二公子为襄公之子。程子且据《公》《谷》纳纠不言子，小白言齐，以薄昭之言证之，并以子纠为小白之弟。朱子尝以薄昭所云为未必然，又自以夫子之言断之，卒从程子，后儒多主之。自愚观之，皆未免以古人近似之言，取千百载上之父子兄弟，章章可考者，不惮一旦改而定之也。可乎哉？故力为之辨。

编者注：①公子纠：春秋时齐国人。襄公弟。襄公言行无常，杀诛不当，弟公子纠奔鲁，公子小白逃莒。后公孙无知杀襄公，无知又为人袭杀，齐国无君。小白先至齐，高傒立之，是为桓公。后齐、鲁战于乾时，鲁大败，齐命鲁杀纠。②公子小白：齐桓公，春秋时齐国国君，姜姓，名小白。襄公弟。初奔于莒，襄公被杀，自莒归国即位，任管仲为相，主改革，国力富强。以"尊王攘夷"为名，北伐戎狄，阻其窥视中原；南抑强楚，迫其盟于召陵。安定周王室，周惠王死，奉太子郑即位，为周襄王。多次会合诸侯，订立盟约，树立威望，为春秋时代首位霸主。在位四十三年，卒谥桓。③公孙无知：春秋时齐国人。齐僖公侄。僖公爱之。令无知秩服奉养比太子。僖公卒，太子诸儿立，是为襄公，绌无知秩服。无知怨，乃与连称、管至父谋为乱。杀襄公，自立为齐君。无知尝有怨于雍林人，因出游，为雍林人袭杀。④鲍叔牙：春秋时齐国大夫。

少与管仲友善，管仲家贫母老，叔牙常资助之，成莫逆之交。齐襄公时，叔牙为公子小白傅。后因齐乱，随公子小白出奔莒；管仲则随公子纠出奔鲁。及襄公被杀，纠与小白争夺君位，管仲袭小白归路，射中小白带钩，小白佯死，得先回国即位，即齐桓公。桓公欲任叔牙为宰，推辞不就，力劝桓公释管仲之囚，使代己位，而以身下之。桓公从之。⑤管仲：即管敬仲。春秋时齐国颍上人，名夷吾，字仲。与鲍叔牙友善。初事公子纠，奔鲁。齐襄公被杀，公子纠与公子小白（即桓公）争位失败，以好友鲍叔牙推荐，桓公不念前仇，于鲁庄公九年任为卿，尊为仲父。执政期间，因势制宜，实行改革。实行国野分治，分国都为士乡十五，工商乡六；分鄙野为五属，设五大夫分别治理。并以士乡乡里编制与军队编制相结合，编制三军。制订选拔人才制度，士经三审，可选为上卿之赞。于野则主张按土地肥瘠，分级征税。设盐铁官，煮盐制钱。适度征发力役，无害农时，禁止掠夺家畜。并制定以交纳兵器赎罪之刑法等等。齐日益富强，使桓公以尊王攘夷为名，九合诸侯，成为春秋第一个霸主。卒谥敬。今本《管子》，托名管仲所作，其中《牧民》《形势》《权修》《乘马》等篇有其遗说，《大匡》《中匡》《小匡》等篇述其遗事。⑥曹羁：姬姓，曹氏，名羁。春秋时期曹国大夫。戎人侵犯曹国，曹羁三次进谏，曹伯不听，于是逃亡陈国。孔子认为这样做符合君臣之间的道义。杜预注《左传》云"羁盖曹世子也"，实属臆说。《通义》引惠士奇曰："郑伯突生卒，世子在位未逾年，故称名；曹伯射姑卒，世子在位已逾年矣，当书曹伯羁出奔曹，不称伯则称曹羁非君也，安可与郑忽同例哉。"驳杜甚力。⑦捷菑，邾文公之次子，邾定公弟，母为晋姬。邾文公去世后，邾定公继位，捷菑奔晋，欲借舅氏晋国之力夺位，"晋赵盾以诸侯之师八百乘纳捷菑于邾。邾人辞曰：'齐出貜且长。'宣子曰：'辞顺而弗从，不祥。'乃还。"⑧去疾：莒著丘公，己姓，名去疾。莒犁比公之子，莒废公已展舆之弟，在位十三年。⑨展舆：莒废公，己姓，名展舆，春秋诸侯国莒国君主之一。在位一年。鲁襄公三十一年莒犁比公先立子展舆为太子，既而废之，展舆遂杀父嗣位，其弟公子去疾投奔母国齐国。鲁昭公元年秋，公子去疾逐展舆，嗣位，是为莒著丘公。⑩薄昭：西汉会稽吴人。高祖薄姬弟。高祖时为郎。后随薄姬如代。吕后卒，以中大夫迎文帝于代。文帝立，封轵侯。后以杀使者坐罪自杀。⑪韦昭：名因避晋讳改曜。三国吴吴郡云阳人，字弘嗣。好学善属文。从丞相掾，除西安令，还为尚书郎，迁太子中庶子。奉孙和命撰《博弈论》。孙亮即位，为太史令，与华覈等撰《吴书》。孙休即位，为中书郎、博士祭酒，承旨校定众书。孙皓立，封高陵亭侯，为侍中，常领左国史。凤皇二年，以持正忤皓，下狱死。尝注《论语》《孝经》《国语》。撰《官职训》《辩释名》等。⑫赵汸：元明间徽州府休宁人，字子常。九江黄泽弟子，得六十四卦大义及《春秋》之学。后复从临川虞集游，获闻吴澄之学。晚年隐居东山，读书著述。洪武二年，与赵埙等被征修《元史》，书成，辞归，旋卒。学者称东山先生。有《春秋集传》《东山存稿》《左氏补注》等。

卷之八

春秋说二

王伯①说

孔子未尝不称伯功。谓仲尼之门，五尺羞称者②，此特战国以来，为其时之七雄言，非圣门平情之论也。时至战国，其君各有争强为帝之心，其士各挟称帝而治之策。七雄皆五伯也，更何伯足言，而必称二帝三王之道。如孟子，又不欲以伯功陈世主之前，谓王者以德也，而伯以力。后之儒者，一言王伯，便如水火，以伯者功罪不相掩，论其罪，则搂诸侯以伐诸侯，乃其大端。

且亦思春秋自齐桓创伯，救患分灾，安内攘外，其时如刑迁如归，卫国忘亡，衣裳不歃血，兵车无大战，安见无王者气象。逮齐桓既没，楚势日张，赖城濮一战而伯，用率诸侯，以朝天子，诗称方召，何必是过。而凡文之所以入教其民者，若内外《传》所言，又安见反先王之教。于此言王伯，诚平情而论，亦直以自侯伯为之，则伯功，自天子为之，则王道矣。

窃观宋儒治《春秋》，其于夷夏之辨，往往较严。亦时事使然，愚故以为此特战国以来之言也。读《春秋》者，若桓文之事，止论其是道非道。且勿先存一王伯之见，然后可以读《春秋》。

编者注：①伯，通霸。王伯，即王霸。《荀子·王霸》：虽在僻陋之国，威动天下，五伯是也。②《荀子·仲尼》："然而仲尼之门，五尺之竖子，言羞称五伯，是何也？"

会齐侯宋公陈侯卫侯郑伯许男滑伯滕子同盟于幽说

春秋同盟十有六。《公羊》曰："同盟者何？同欲也。"《谷梁》曰："同尊周。"曰："同外楚。于幽，同盟之始也。"《左氏》曰："郑成也。"杜注："言同盟，服异也。"皆同欲之说也。刘原父①以同盟为殷同②之盟，见于觐礼。按襄十八年，经书公会十二国诸侯，同围齐矣，如谓同盟之同，为用殷同之礼，岂同围之同，亦用殷同之礼乎？殷同，非春秋同盟义也。

其曰"会"，孰会之？《谷梁》曰："不言公，外内寮，一疑之也。"范注："诸侯同共推桓，而鲁为齐雠，外内同一疑公，可事齐不？会不书公，以著疑焉。"明曰同盟矣！十三年，公会齐侯盟于柯，已及齐平矣，曷为外内又独疑公？《左氏》止言郑成，不言公不会。杜注："书会，鲁会之。不书其人，微者也。"明曰同盟矣！八国诸侯同在会矣，曷为公独不会，使微者？若《胡传》据先儒谓齐桓仗义以盟，鲁首叛盟，故讳不称公，恶失信也。按鲁自盟柯以来，未闻叛盟，即以十七年郑詹③自齐逃来，为鲁叛盟，亦后此事，此时未始叛也。

《春秋》随时纪事，曷为逆睹而恶之，先讳不称公？《春秋》凡书公会诸侯，公会外大夫，公会则言公会，未有讳公言会者。同盟于幽，桓公纠合诸侯，一匡天下之始也。若僖十九年，公会陈人、蔡人、楚人、郑人盟于齐，陈穆公请无忘齐桓之德，修桓公之好也。僖二十九年，公会王人、晋人、宋人、齐人、陈人、蔡人、秦人，盟于翟泉，寻践土之盟也。何独讳公言会？窃以为此止问宜会不宜会，不在言公不言公。公会不言公，亦公会。《公羊》皆作公会，《左》

《谷》作会不言公。在诸儒虽各有说,自愚观之,桓十四年夏五无月,桓十七年《公羊》五月无夏,皆脱误也。《左氏》不释公不会,其经文原本,当亦同作公会也。

编者注:①刘原父:刘敞,字原父,号公是。宋临江军新喻人。仁宗庆历六年进士。历吏部南曹、知制诰。奉使契丹,熟知其山川地理,契丹人称服。出知扬州,徙郓州兼京东西路安抚使,旋召为纠察在京刑狱及修玉牒,谏阻仁宗受群臣所上尊号。以言事与台谏相忤,出知永兴军,岁余因病召还。复求外,官终判南京御史台。学问博洽,长于《春秋》学,不拘传注,开宋人评议汉儒先声。有《春权权衡》《七经小传》《公是集》等,又与弟刘放、子刘奉世合著《汉书标注》。②殷同:即殷见。周代各方诸侯于一年四季分批朝见天子。《周礼·秋官·大行人》:"殷同以施天下之政。"郑玄注:"殷同,即殷见也。王十二岁一巡守,若不巡守,则殷同。"孙诒让正义:"殷同者,六服尽朝者。明王有故不巡守,始合诸侯而行殷同之礼。"③郑詹:又称叔詹,郑文公之弟,春秋时郑国执政大臣。庄十七年春,郑詹诣齐,齐桓以郑君不朝之罪而执郑詹。秋,郑詹自齐国逃奔鲁国。

齐人伐山戎说

齐人伐山戎,《公》《谷》及《胡传》①皆以此齐人者,齐侯也。曷为齐侯?前乎此,遇于鲁济者齐侯,后乎此,来献捷者齐侯,则此齐人者,必齐侯也。曷为人齐侯?《谷梁》曰:"爱齐侯乎山戎也。"谓不以齐侯敌山戎,善齐侯伐山戎也。《公羊》曰:"贬,谓操之为已蹙也。"《胡传》曰:"讥伐戎也。谓齐侯不务德,勤师远伐也。"曰:"侯则书侯,人则书人,无所谓爱齐侯,故称齐人也。"

此伐戎也,又何贬乎尔,何讥乎尔?春秋初,中国之患,戎狄实先,楚次之。周之东也,戎为之也,狄为害刑、卫,叠见于经。戎自隐二年,尝与会于潜,盟于唐,然以天王使凡伯聘鲁,而戎且悍然伐于楚丘以归。桓二年,亦尝与戎盟于唐,书公至自唐,危之也。及庄之十八年,书公追戎于济西,《公谷》皆以为大之,大公之追戎也,则其又尝为患于鲁也,亦可知。其间若北戎伐郑、北戎病齐、戎侵曹,过此,戎又同伐京师入王城。管仲曰:"戎狄豺狼,不可厌也,诸夏亲暱,不可弃也。"齐桓自北杏以来凡七年,当鲁庄之二十年,书齐人伐戎,以诸侯略定,始治戎也。庄之二十六年,书公伐戎,报济西之怨也。

三十年，公及齐侯遇于鲁济，《左氏》曰："谋伐山戎也。"山戎北戎，皆戎之别也。子曰："微管仲，吾其被发左衽矣。"被发者谁？戎是也。儒者知伐楚盟召陵，为序桓之绩，一书齐人伐戎，再书齐人伐山戎，僖之十年又书齐侯伐北戎，此皆齐桓攘夷之功之实，不可谓贬，不可谓讥也。

称人者，即所谓将卑师少也，谋伐之者齐侯，奉辞伐之者齐人也。若齐侯来献戎捷，律之以礼，诸侯不相遗俘，则献捷非礼。在齐则为公之与谋，鲁则重其为自伯主来献也。其为齐侯之亲来与否，《传》无明文，曰不相遗俘，则此是相遗俘也。《谷梁》曰："不言使，是齐侯使来献也。"夫一戎也，前乎此，书齐人伐戎矣，亦贬乎？后乎此，书齐侯伐北戎矣，则善之乎？且即经书"公及齐侯遇于鲁济，齐人伐山戎"之辞观之，而其为公与齐侯谋伐山戎，公未尝与齐侯同伐山戎，并鲁未尝与齐人同伐山戎，无不可知，惟齐侯齐人，本自较然也。

又跋：按《外传》称桓公遂北伐山戎，刜令支②，斩孤竹③而南归。言齐桓南征伐楚而后，遂北伐也。今观伐楚在僖四年，则前后虽同称北伐山戎，若言齐侯亲往，亦是僖十年。经书齐侯、许男伐北戎，乃齐侯亲往也。

编者注：①《胡传》：即宋胡安国所著《春秋胡氏传》。②令支：春秋时山戎属国。其地约在今河北滦县、迁安间。公元前664年为齐桓公所灭。③孤竹：商周时国名。在今河北省卢龙县。孤竹国建于商汤封建，兴于殷商中期，衰于西周，亡于春秋。《国语·齐语》："遂北伐山戎，刜令支、斩孤竹而南归。"韦昭注："二国，山戎之与也。令支，今为县，属辽西，孤竹之城存焉。"

城楚丘①说

城邢②，城楚丘，城缘陵③，何以书？为齐桓帅诸侯城之，皆美齐桓也，美齐桓存邢存卫存杞之功也。然则三者书法何不同？城邢者，桓公为狄伐邢，邢迁于夷仪，齐师、宋师、曹师救而城之也。三师城邢，概书诸侯城邢，不可也；鲁未尝与城，特书城邢，疑鲁城邢，又不可也；故再书齐师、宋师、曹师城邢。城缘陵者，桓公为淮夷病杞，公会齐侯、宋公、陈侯、卫侯、郑伯、许男、曹伯于咸，城缘陵而迁杞也。会已间异事，特书城缘陵，疑鲁城缘陵，不可。会咸为迁杞，再序某侯某公城缘陵，可不必。城之者诸侯，故直书诸侯城缘陵。城楚丘者，桓公为狄入卫，卫东徙渡河，野处曹邑，戍之以兵，遗之以车马服器，至是更为之城也。

城邢言齐师、宋师、曹师，城缘陵言诸侯。诸侯城楚丘而封卫，不言诸侯，《左氏》曰："不书所会，后也。"抑不烦会，不会也。盖桓公班版筑之役于诸侯，诸侯往城之，鲁亦自往城之，故直为鲁书城楚丘。窃以为此正美之大者也，以齐桓纠合诸侯，救灾恤患，莫甚于卫，乃至鲁为卫城楚丘。若自为鲁城楚丘，曾无异乎城中丘、城祝丘焉？观此以为一匡天下，非诚一匡天下哉！愚故曰："美之大者也！"若卫之封也，自康叔既封之矣，桓公为狄灭之，而力为存之，不啻若新造者然，故谓之封，非齐桓实封之也。《公羊》谓"桓公城之，不言桓公，不与诸侯专封也"，《谷梁》谓"不言卫之迁，不与齐侯专封也"，不与专封之说，义至正大，言《春秋》者皆主之。窃独以为非《春秋》意也，且亦思为鲁书城楚丘，宁又与鲁专封乎哉？且亦思城邢书齐师，城缘陵书诸侯，又可不谓之专封乎哉？《诗》录《木瓜》序曰："美齐桓公也。"春秋书城楚丘，鲁与有劳，皆美齐桓也。

又跋：子鱼言齐桓公存三亡国。杜注："三亡国，鲁、卫、邢也。"鲁有夫人④庆父⑤之乱，未可谓亡，愚谓即指邢、卫、杞。

编者注：①城楚丘：公元前660年卫国被狄人所破，荒淫奢侈的卫懿公被狄人所杀，卫亦失国，仅剩五千遗民在宋国、郑国等国的资助下寄居于曹国。公元前658年，卫国在齐国帮助下复国，建都于楚丘，今河南省滑县。②城邢：邢国受北狄的攻伐，于公元前659年，在齐、宋、曹等国救援下迁都夷仪（今邢台）。③城缘陵：缘陵，古地名，春秋时杞国都城，在今山东昌乐县东南。《春秋》僖公十四年："诸侯城缘陵。"杜预注："缘陵，杞邑。辟淮夷，迁都于缘陵。"④夫人：鲁庄公夫人哀姜。春秋时齐桓公女。鲁庄公夫人。性骄淫。与庆父通。庄公卒，与庆父先后杀公子般及闵公。鲁乱，齐桓公乃立僖公。鸩杀哀姜。鲁人遂杀庆父。⑤庆父：亦称仲庆父、共仲、孟氏。春秋时鲁国人。鲁桓公子，庄公庶兄，一说庄公母弟。庄公即位，庆父专权。庄公二年，率军攻于馀丘。庄公卒，子般即位。使人杀子般，立开为闵公。闵公二年，庆父欲自立为国君，又使人杀闵公。鲁人怒，欲杀之，奔莒。鲁以赂贿求庆父于莒，莒人归之，请赦罪，不许，自缢死。孟孙氏为其后裔。

穆陵说

穆陵、无棣①，杜氏预曰："皆齐竟②也。"间尝往复管仲之封，窃疑无棣非齐竟，若穆棱，必楚竟也。何也？此正为楚子北海南海，风马牛不相及之问言也。临之以康公之命，曰"五侯九伯，女实征之"，明齐之得专征伐，无分南北也。又实之以赐履之地，曰"南至于穆陵，北至于无棣"，明楚非赐履所不至，征伐不得相及之地也。以为何故涉吾地？曰"尔贡包茅不入，王祭不供，寡人是征。昭王南征而不复，寡人是问"，则亦唯是夹辅周室之故也。

楚之可伐者不一，此乃即如所问以对，字字严明，非枝梧远引，自夸其盛而假楚以易托之辞也。若以赐履为自言齐竟，非惟夸而无当，突插此数语，于上下辞意，先不相属矣。愚故以为必楚竟，非齐竟也。自嫌臆见，苦无证佐，及考《史记》齐太公世家注，辄信此非臆见，即所云东至于海，西至于河，亦非自言齐竟也。

附录《史记》注。索隐曰："旧说穆陵在会稽，非也。按，今淮南有故穆陵门，是楚之境。无棣在辽西孤竹。服虔以为太公受封所至，不然也，盖言其征伐所至之域。"

编者注：①穆陵、无棣：地名。《左传·僖四年》：管仲对曰："昔召康公命我先君太公曰：'五侯九伯，女实征之，以夹辅周室。'赐我先君履：东至于海，西至于河，南至于穆陵，北至于无棣。"②竟：通境。《左传·庄二十七年》：卿非君命不越竟。

晋侯杀其世子申生说

世知申生①之死，晋献公②杀之，骊姬③杀之也。吾以为非骊姬也，献公也。有骊姬，申生杀，无骊姬，申生亦杀。此晋侯世子也，此晋献未死之人心平旦之萌蘖也。卫宣之杀伋子也亦然，非宣姜也。伋与申生之死，世共伤之，而二世子安之，悲乎！二子安之之心，二子自知之，难言哉！申生，献公父武公之妾齐姜子也。伋，宣公庶母夷姜子也。

编者注：①见《狡童说》注。②晋献公：春秋时晋国国君，名诡诸。武公子。用士蒍之谋，尽杀晋之诸公子，始都绛。立十六年，作二军，伐灭霍、魏、耿。二十二年，假道于虞以灭虢，回师灭虞。晋日以强大，西有河西，与秦接界，北接翟境，东至河内。有子八人，太子申生，公子重耳、夷吾皆有贤名。后宠骊姬，欲立其子奚齐，杀太子申生。公子重耳、夷吾出奔。终乱晋国。在位二十六年。③骊姬：春秋时骊戎之女。晋献公十一年，伐骊戎，得骊姬以归。有宠，立为夫人。生奚齐，欲立为太子。乃赂献公嬖臣梁五及东关五，谮群公子而出之。又谮杀太子申生，逐公子重耳、夷吾。献公卒，晋乱，里克杀奚齐、卓子，并杀骊姬。

齐桓好内说

治平之道，壹本修齐，谓二《南》①为王化之基，岂虚语哉！伯者莫盛于桓、文②，而正谲之辨，微特其君为然。其臣若管夷吾，若狐偃、先轸③诸人，正谲皆大不侔也。则二公伯业，以桓视文，宜可久大。然文公没而晋伯不衰，桓公肉未及寒，阉寺之乱，即因内宠者何哉？

论文公取威定伯，则仗智谋，其于宫帏之地，承父兄秽乱，文独未有失德。桓公用管仲安内攘外数十年，事功则正，而好内多宠，修齐之道难言也。是故诚正不先自宫帏，后之人主往往有一时治化，媲美三王，或且祸不旋踵，大率坐此。然则妃匹④之际，《关》雎之义，观齐桓卒葬，宜何如谨禀也。

编者注：①二南：《周南》和《召南》。②桓文：齐桓公，晋文公。③狐偃：即咎犯。春秋时晋国人，字子犯。狐突子，晋文公重耳之舅。又称舅犯。为大夫，随从重耳流亡在外十九年。周襄王十六年，助重耳回国即位，即晋文公。回国后任上军之佐。后文公平定周王室内乱，称霸诸侯，多出狐偃之谋。城濮之战，与兄狐毛以上军击溃楚左师。先轸：即原轸。春秋时晋国人。采邑在原。初为下军之佐，后升为中军元帅。晋楚城濮之战，大破楚军，佐晋文公称霸。晋襄公元年，袭败秦于崤，俘秦三帅孟明视、西乞术、白乙丙。襄公从母之请，释三帅回秦。轸怒，不顾而唾。后与狄战，自以得罪晋君，去胄入狄阵，战死。④妃匹：配偶。指婚配之事。《史记·外戚世家》："甚哉，妃匹之爱，君不能得之于臣，父不能得之于子，况卑下乎！"司马贞索隐："妃音配，又如字。"

陨石说

"陨石于宋五，陨星也①。"星也，曷为陨为石？或曰："星在地，则为石；石在天，则为星。"星即石乎？

凡山皆石也。星，山岳之精也。精气凝，凡象以之成；精气坏，凡象以之败。意者星陨而石散于地，其亦犹人之精气坏，身死而魄反于土邪？然则星之陨而为石也，谓是石即星之魄可也。

附记②：

嘉庆戊寅年三月二十日，东安宣上乡。日方昼，有声硞然击野田，水立二三丈。邻近耕农，哗然惊顾，旋趋视之，田为之凹然陷者，若池若井，上下左右，计十有四。小者广寻丈，大者周回不下二亩，旋为水没，以绳系石测之，五六丈未至底。其田相去里许，有井泉清冽，至是二三日忽皆混浊。是何祥也？此必星陨为之也。

《春秋》庄七年，四月辛卯，书星陨如雨。夜中也，故见星陨不见石，自其见于天者言也。僖十六年，正月戊申朔，书陨石于宋五。不言夜，朔日也，故见陨石不见星，自其见于地者言也。今则不见星，并不见石，何为星陨？其时方昼，闻其声故不见其陨。其陨在水田，石自上而下，故水为之激而上。土有浅深，陨而为石者有大小，其应声而陷有大小浅深者，则惟其有陨自天，入土而著于地骨，有大小浅深之不一然也。其相近下流，有泉忽浊，亦职是故。

是年五月，余亲履其地。虽曰此阴阳之事，非吉凶所生，天变也，守斯土者，敢不谨哉！

编者注：①《左传·僖十六年》："十六年春，陨石于宋五，陨星也。六鹢退飞过宋都，风也。"②清光绪《东安县志》卷二事纪："（嘉庆）二十三年春三月己巳，陨石十有四。"

宋公伐齐宋师及齐师战说

立嫡以长不以贤，古今之通义也。若立子以贵不以长，钧之子也。贵遂可陵长乎？以贵云者，亦以其近于嫡耳。贵钧以年，仍以长也，年钧以德，斯以贤也。虽然，曷贵乎尔？谓子以母贵，母以子贵，总之则视乎君之贵之而已矣。

君父，天也，君父之所贵，斯谓贵也。齐桓公之夫人三，皆无子，内嬖如夫人者六人，各有子。厥贵维钧，桓公与管仲属孝公①于宋襄公，以为大子②，盖以贤也。而既以之为大子，则所谓母以子贵者，莫是过，所谓子以母贵者，亦莫是过。储位早定，是其为立子以贵不以长，又不待言矣。桓公卒，竖刁、易牙③杀群吏，而立公子无亏④，孝公奔宋。襄公亲受桓公之属，则其伐齐而立孝公也，恶可谓不正。如谓桓公又尝许立武孟⑤，许立武孟之言，出自竖刁、易牙之口，此竖刁、易牙之诬言也。桓公首以无易树子禁诸侯，何致身先犯之，观《传》言许立武孟，又言管仲卒，五公子皆求立，则武孟在矣，是桓公未尝立武孟，并未尝许武孟可知也。一旦以两雍寺之贱，敢行称乱，敢易桓公与管仲所树之大子，宋襄有托孤之责，焉得规规以伐丧为嫌，可不伐齐？伐齐而齐人杀无亏，亦惟宋公以诸侯伐之，名正言顺故也。迨齐人将立孝公，而以不胜四公子之徒，遂与宋人战，又焉得不败齐师于甗，立孝公而还也。

《公羊》谓《春秋》与襄公征齐，何休以为义兵。《谷梁》谓书伐齐，为非伐丧，言及，为恶宋。《胡传》与诸儒以宋襄奉少夺长，为非义。窃以《春秋传》观之，襄公此伐正也。然则《春秋》何以书师救齐，又书狄救齐？凡书救，未有不善之，善鲁与狄，则必恶宋，无两可也。曰："此《春秋》之无适莫，义之与比也。"宋伐齐，义！鲁与狄救齐，亦义也！然则《春秋》何以书宋师及齐师战？曰："春秋无义战！"书战二十有三，言及某者，志乎战者也。甗之战，直宜在宋。然而齐人杀无亏矣，齐人将立孝公矣，而宋犹及齐师战，固势使然，此则《春秋》之所不与，责宋襄不能平齐乱，卒以兵刃相接也。

编者注：①孝公：齐孝公，春秋时齐国国君，名昭。桓公子。桓公四十三年，立为太子。桓公旋卒，五公子各树党争立，易牙、竖刁立公子无诡，昭奔宋。次年，宋襄公率诸侯兵攻齐，齐人杀无诡。宋又败齐四公子师而立昭。在位十年。谥孝。②大子：即太子。《周礼·夏官·诸子》："国有大事，则帅国子而致于大子。"③竖刁：刁一作刀、貂。春秋时齐国人。自宫为宦者，官为寺人，得宠于齐桓公。管仲以为非人情之常，应远斥之。桓公不听。桓公与管仲立公子昭为太子。管仲死，刁与易牙、开方等专权，五公子争为太子。桓公卒，刁又与易牙杀群大夫，立公子无亏，太子昭奔宋。齐遂内乱。易牙：一作狄牙。春秋时齐国人，名巫。善烹饪，任雍人（主烹割之官），为齐桓公近臣。相传曾杀其子烹为羹以献桓公。管仲曾谏桓公远易牙，不听。桓公将卒，易牙与竖刁、开方乱齐。④公子无亏：即公子无诡。春秋时齐桓公子，或称无亏。桓公卒，诸公子争立。易牙、竖刁拥立无诡。宋襄公率诸侯兵送齐太子昭伐齐。齐人恐，杀无诡。⑤武孟：即公子无亏，齐桓公长子。《左传·僖十七年》："雍巫有宠于卫共姬，因寺人貂以荐羞于公，亦有宠，公许之立武孟。管仲卒，五公子皆求立。"

宋襄①说

五伯之有宋襄，不知其何以谓伯也。求之《经》《传》，宋襄一生举动，惟僖十八年仗齐桓之遗命，伐齐立孝公，其事尚正大欲以取威，亦尚足以取威。舍此，无论无德足服人。

力先无人为之服，而汲汲于服人。若十九年，未会曹南②，先执滕子，欲属东夷，乃用鄫子。曹南之盟，从之者至近一曹，至小一邾耳。夏盟曹南，而秋围曹，曹未尝服也，自是若会若伐，而邾亦不与从矣。是冬，陈、蔡、楚、郑盟于齐，惟宋襄暴虐，陈穆公故请修好于诸侯，以无忘齐桓之德也，则齐、郑、陈、蔡之不为宋服可知也。

若二十一年，宋人、齐人、楚人盟于鹿上③。虽宋先齐、楚，疑于盟主，齐为宋所立，强从之盟。楚与之盟者，则以宋襄欲合诸侯，求诸侯于楚耳，楚抗衡诸夏，启宠纳侮，实自此始。是秋会于盂，陈、蔡、郑、许，为宋合乎？为楚合乎？楚即于盂执以伐之，鲁为楚人献宋捷，复会诸侯于薄，盟以释之。求为盟主，书曰执宋公，释宋公，终《春秋》无是盟主也。

若二十二年，《经》书宋公、卫侯、许男、滕子伐郑，为郑伯如楚也，疑于伯讨。三国书爵，宜亦《春秋》之所与，然滕出于不得已，许盖以素逼于郑，卫则以滑服于卫，为往岁郑入滑耳。其从宋伐郑也，非为郑即楚也，求诸侯于楚，是求肉于虎也，伐郑即楚，是求肉于虎而夺之肉也。且三国同役，实非同心，故子鱼曰："祸在此矣！"既而楚人伐宋以救郑，不听子鱼，败绩伤股，犹以不重伤、不禽二毛，不以阻隘为辞，是岂仁失之愚哉？愎谏而已耳！

综厥所为，无齐桓招携怀远什一之略，环顾诸夏，无一与国，而欲骤袭齐桓南征北伐之迹。说者谓五伯莫微于宋襄，亦莫暴于宋襄，窃以为求伯莫愚于宋襄，亦莫妄于宋襄，不知其何以谓伯也。

又跋：执鄫子用之，《公》《谷》谓叩其鼻以衅社。取人血以衅，即用人也，谓杀人以祭未必至是。

编者注：①宋襄：宋襄公，春秋时宋国国君，名兹父。桓公子。以庶兄目夷为相。齐桓公死后，与楚争霸。宋襄公九年，联卫、曹、邾等国伐齐，败齐师，立齐孝公而返。十二年，与齐、楚盟于鹿上，争作盟主。同年秋，宋、楚又会诸侯于盂，为楚执，因诸侯请求，获释。十三年伐郑，楚救郑，宋楚战于泓水。目夷主张乘楚兵渡河中袭击，不从，以讲仁义，等楚师渡河列阵后再战，丧失战机，大败伤腹归，次年死。在位十四年。②曹南：今山东菏泽，古称曹州，因古曹国南鄙之山，曰曹南山。③鹿上：春秋时宋地。在今安徽阜阳市南。

天王狩于河阳说

《左氏》曰："是会也，晋侯①召王，以诸侯见，且使王狩。"此事不知旧史若何书，度与《左氏》所言，当无大异。仲尼曰："以臣召君，不可以训，故书曰天王狩于河阳。"言以召书，则不可以训也。杜氏②以书曰为仲尼新意，此真圣人笔削哉！谓晋侯实召王，晋侯将以诸侯见，尊王也。曷为召王？盖请于王也。曷请乎尔？请王狩也。且使云者，推晋侯之意。曷为以诸侯见？且使王狩以诸侯见也。《谷梁》谓讳会天王，非！诸侯会而王狩，王狩而诸侯朝，非会于温，天王在会，削之不书也。践土下劳，劳晋非劳鲁，故鲁史不书，亦非削而不书。《公羊》何氏注谓使若天王自狩，亦非！请王狩，晋侯。从晋侯请，天王。天王狩于河阳也，非以天王全晋侯也。温，河阳一邑也，温小而河阳大，从王狩言，故从其大。言所狩地，实亦河阳也，非讳召言狩，讳温言河阳。王狩于河阳，则书天王狩于河阳而已矣。

《春秋》不曲原，天王之所自狩，亦第据事直书，而千古之大义自昭，而一时之伯功亦见，何如谨严，何如正大，又何事讳为，故曰非圣人谁能修之。或谓《春秋》书狩四，而此非讲武之狩，盖假巡狩之礼以为辞。抑又不然，巡狩言巡，《传》称王巡虢守是也，田狩书狩，《经》书公狩于郎是也。王者讲武，冬则有狩，周礼也。是会何时？冬也。尝读《小雅》序曰："《车攻》，宣王复古也。"宣王能内修政事，外攘夷狄，复会诸侯于东都，因田猎而选车从也。吉日，美宣王田也，能慎微接下，无不自尽以奉其上也。其诗曰："四牡庞庞，驾言徂东。"王狩于东也。曰："赤芾金舄，会同有绎。"王狩而诸侯来会也。曰："吉日庚午，既差我马。"纪狩期也。曰："漆沮之从，天子之所。"从洛水也。曰："悉率左右，以燕天子。"则所言无不自尽以奉其上也。

晋文喜城濮之胜楚，感天王之下劳，时至是冬，盖重有慕于宣王中兴，方北伐南征之余，有是东都之狩。河阳亦东都故竟也，用请王狩，以对扬王休，

报下劳也。越壬申，公朝于王所，以诸侯见也。朝书壬申，计王狩之日，殆亦有取乎庚午之吉焉。虽以是夸诸侯、讨不服，而晋侯之尊王有是，亦春秋数百年不再见盛事，《春秋》成人之美，故特改而正之也。窃嫌说《春秋》者，动将经文，视成隐谜。狩则书狩，如《左氏》亦明言使王狩，书狩，又岂曲为之辞哉！

又跋：杜以书曰为仲尼新意，则言非其地也。二语乃《左氏》所以写仲尼之意，非地云者。意以冬狩，常事也，不书，此何以书。襄王曾以温原与晋，则河阳非王常狩地也，故书"非其地意"，止可作如此解。凡失地，若讥王狩失地之说，皆无所用。

编者注：①晋侯：即晋文公重耳。②杜氏：杜预，西晋京兆杜陵人，字元凯。司马昭妹夫。初为魏尚书郎。贾充定律令，预为之注解。晋武帝立，为河南尹，迁度支尚书。在朝七年，损益万机，时号"杜武库"。武帝咸宁四年，拜镇南大将军，都督荆州诸军事，镇襄阳，作灭吴准备。次年请伐吴。太康初，遣将攻吴，累克城邑，招降南方州郡，功封当阳县侯。官至司隶校尉。功成之后，耽思经籍。博学多通，著有《春秋左氏传集解》等，自谓有"《左传》癖"。卒谥成。

晋侯侵曹晋侯伐卫晋侯入曹执曹伯畀宋人晋人执卫侯归之于京师说

晋侯侵曹，晋侯伐卫。杜氏曰："曹卫两来告也。"何氏曰："晋文未当求深于诸侯，故不美也。"范氏曰："君子不念旧恶，故再书晋侯，以刺之也。"胡氏曰："讥复怨也。"愚以《春秋》经传考之，杜注以为两告，其说至当，如以再书晋侯为刺讥，窃谓《春秋》盖与之也。

往年冬，书楚人、陈侯、蔡侯、郑伯、许男围宋。十二月，书诸侯盟于宋。今晋文舍围宋盟宋诸国不攻，而攻无罪之曹卫，何与乎尔？此第观上文所书可知也。自齐桓没，而宋襄败泓，楚之猖狂甚矣。复得曹而新昏于卫，相为犄角，诸侯且皆事之，其横行中夏势将何底？得晋文起而攘之，其谋则谲，其功实巨，故侵曹伐卫，事本相因，凡致楚以救宋。蛮夷猾夏，《春秋》所恶而惧也，再书晋侯，与晋侯也。然则执曹伯，畀宋人，执卫侯，归之于京师，执之者，皆晋文也。

《春秋》书执国君八，执大夫十，执王官一，执世子、公子、国君母各一，类皆书人。先儒谓凡执者皆讥，惟成公十五年书晋侯执曹伯归于京师，此晋厉公执曹伯负刍[①]也。胡氏曰："称侯以执，伯讨也。"负刍杀其大子而自立，至是晋侯执而讨之，又不自治，而归于京师，是之谓伯讨。是称侯以执，称人以执，固自有辨。今文公执曹伯，不归京师而畀宋，而书晋侯执卫侯归之于京师，宜亦是伯讨，而书晋人，曷异乎尔？其执曹伯，《公羊》曰："曹伯之罪甚恶，不可以一罪言也。"谓曹伯宜执也，则书侯非贬。《谷梁》曰："以晋侯而斥执曹伯，恶晋侯也。"谓恶其忌怨深也。胡氏曰："暴矣。"谓晋文不修文德，遽入其国，执其君，而分其田也。则书晋侯是讥。其执卫侯，《谷梁》曰："此入而执，其不言入，不外王命于卫也。"谓伯者以王命讨卫也，则书人非贬。《公羊》曰："其称人何？贬！"谓卫之祸，文公为之也。胡氏曰："执不以正也。"谓其为臣执君也，则书人是讥。

窃谓《公》《谷》及《胡传》之说不一，自各有合，而以《春秋》大义，《左氏》实录言之。其书侯也，时曹伯安心从楚，方晋侯围曹，门焉多死，曹且尸诸城上，以示不服，是弃夏即夷也。其书人也，当晋侯、齐侯盟于敛盂，卫侯尝请盟矣，而晋人弗许，至闻楚败绩，卫侯奔楚适陈，使元咺奉武叔以受盟于践土，晋人且复卫侯矣，为其君臣相讼，而为臣执君，是直为报不礼之怨也，非执以攘楚也。惟《春秋》恶蛮夷猾夏，故书侯书人，书法之异如此。

编者注：①负刍：曹成公，春秋时曹国国君，名负刍。曹共公孙。立二年，晋厉公伐曹，被俘。将立子臧，子臧奔宋。曹人乃请于晋。次年晋归成公。并劝子臧自宋反国。在位二十三年。

卷之九

春秋说三

公即位说

鲁十二公，逾年改元，书即位者八，不书即位者四。其有书有不书者，何义也？粤若成王崩，四月乙丑日也，是日太保奭，命逆子钊^①于南门之外，延入路寝，使居忧为天下宗主。越癸酉，康王即位，既即位，王乃释冕反丧服。惟帝王统绪之重，六服臣民之众，不可以一日无主，故即位之事，即行于方殡之时。若国君嗣世，定于初丧，而即位告庙临群臣。《春秋》所书，皆逾年正月，亦惟国君各君其国，一年不改元，逾年必即位，盖天子诸侯之辨，周礼然也。

谓继弑君不言即位，隐、庄、闵、僖，不书即位。隐以让故，庄以父弑母出故，闵、僖皆乱故，非不书也，不行即位之礼也。若桓^②继弑书即位，桓盖自处以继正，行即位礼，国史书之，《春秋》因而不改，非以桓弑君欲即位，故如其意以著其恶也。宣^③为仲遂杀子恶而立，亦继弑也，而书即位，亦行即位礼也。

谓继正即位，文正也，成正也，自襄以下亦正也，所书自无异议。

若定④未逾年即位，以昭公之薨已逾年，其以六月戊辰即位者，惟六月癸亥昭公之丧，至自乾侯，殡而即位也。定之即位，固听命于意如⑤，亦惟逾年不可不即位，礼在则然也。然则礼在必书，惟有故不行，斯不书，行则书，非《春秋》有书有不书，以是示诛与也。若谓即位之事，冢宰摄告庙，冢宰摄临群臣，朱子谓他事可摄，即位不可摄，其义昭然。且亦思康王即位，自承介圭，奉同瑁，诸侯出庙门俟，王出在应门内，其事何如严重，此岂太保摄之，抑岂太保可摄者乎?

编者注：①钊：周康王，姬姓，名钊。成王子。伐鬼方及东南各族，开拓疆土。维护文王、武王治绩，海内晏然，旧史与成王并称，称之谓"成康之治"。在位二十六年。②桓：鲁桓公。见《桓无王说》注。③宣：鲁宣公，名俀，一作倭。文公庶子。文公死，襄仲(公子遂)杀文公嫡子恶及视，立宣公。自此，鲁公室渐卑而三桓(仲孙、叔孙、季孙，均桓公之族)渐强。宣公十五年，初税亩。在位十八年。④定：鲁定公，名宋。昭公之弟。定公十年，以孔子行相事，与齐景公会于夹谷。齐侯欲劫持定公，孔子以礼历阶，齐侯惧而止，乃归鲁侵地。在位十五年。⑤意如：季孙意如，即季平子。春秋时鲁国人。季孙宿孙。大夫。尝伐莒，以人为牺祭亳社。专鲁政。与邱氏、臧氏不协，臧、邱告昭公。遂伐季氏，被围困于宅。结连叔孙、孟孙，三家共攻公，得解围。昭公出亡，赴齐、晋求助。意如抗齐赂晋，使昭公居乾侯。后因晋调停，乃随晋使荀跞至乾侯迎昭公。昭公不返，死于乾侯，意如葬之于鲁陵墓道南，不使与祖宗并列。卒谥平。

王子虎卒说

文元年，《经》书天王使叔服来会葬。三年，书王子虎卒。考之《左氏》，叔服，内史叔服也，王子虎，王叔文公①也。或问《公》《谷》以王子虎，即内史叔服，《胡传》主之，终当谁主? 曰："《左氏》既称内史叔服来会葬，叔孙敖闻其能相人，见其二子。至文之十四年，有星孛入北斗，又称周内史叔服曰：'不出十年，宋、齐、晋之君，皆将死乱。'胡氏于此传，亦尝引叔服之言矣，是王子虎卒时，叔服固未尝卒也，明矣! 若僖之二十九年，《左氏》称王命尹氏及王子虎、内史叔兴父，策命晋侯为侯伯。叔兴父与叔服，或父子兄弟，相继为周内史，或兴父即叔服，皆不可知。然王子既与内史同使，是王子自王子，内史自内史，断非一人也，又明矣!"

《周语》称晋文公初立，襄王使太宰文公及内史叔兴，赐晋文公命。《国语》注以太宰文公是王子虎，叔兴是周大夫，孔疏[2]引之，此亦非即一人一明证也。或又谓天子大夫，无与诸侯盟之礼，王臣不当赴丧于列国，《春秋》书王子虎卒，讥之也。窃以为王朝卿大夫，内诸侯也，列国诸侯，外诸侯也，不可概以臣无外交之礼律之。王子虎尝盟诸侯于王庭，《左氏》曰："王叔文公卒，来赴。"吊如同盟，礼也，愚不谓非。然则何以不书爵？注疏谓假王命为之赴，以王子为亲，不复言其爵也，亦近是。

编者注：①王叔文公：姬姓王叔氏，名虎，洛邑人，周僖王之子，周惠王之弟，周襄王之叔。城濮之战后，晋文公向周襄王献楚国战俘，天子派王叔文公封晋文公为侯伯。之后，王叔文公主持践土之盟，晋文公成为霸主。周襄王二十八年四月乙亥，王叔文公去世，儿子王叔桓公即位。②孔疏：唐孔颖达作《左传正义》，用以释晋杜预《春秋左传集解》，简称为"孔疏"。

大室说

大室屋坏，书不共①也。《左氏》第明其简慢宗庙，不辨其为何公之庙。《公羊》作世室，谓周公称大庙，鲁公称世室，群公称宫；《谷梁》亦作大室，谓大室犹世室；皆以为鲁公伯禽②之庙，后儒多主之。而《左氏》、先师③，皆谓大室，大庙之室，则周公之庙也。

究何公庙？窃以为是大庙之室，是大庙大室之屋坏，非世室也。考大室之称，其来最古，《书·洛诰》言王入大室祼，此大室之名所自昉，而当时成王烝祭文王、武王，所同祼将之室也。《月令》言天子居大庙大室，此顺中央时气也，与《洛诰》大室，名义正同。惟南向中央室，曰明堂大庙，又处诸室之中央，故曰大庙大室也。《洛诰》何以有大室？《明堂位》言周公朝诸侯于明堂，孔子亦尝言周公宗祀文王于明堂，此周公在洛邑事也。鲁大庙何以有大室？《明堂位》言大庙，天子明堂，此言鲁之大庙，制似天子明堂也。是一言大室，斯可知其为大庙之室，一言鲁大室，斯可知其为周公之庙之室。《左氏》不辨其为何公之庙，惟不必辨也。

至于世室之称，若《考工记》言夏后氏世室，殷人重室，周人明堂，其名与制递异，其实盖同。则谓重屋明堂犹世室可也，则谓是世室，亦有大室可也。如谓《洛诰》言王入大室裸，彼文武庙亦有大室，盖谓文武之庙称世室，其中亦有大室，以明非入大庙之室也。盍亦思周家庙制，非穆王以后，方成周时，文、武正在亲庙，初未尝有所谓文世室、武世室，况时方营洛，王来新邑，周之七庙，在周不在洛。自洛而言，舍明堂大室，何大室？而自鲁而言，舍大庙大室，又何世室？自鲁言世室，则如《明堂位》言鲁公之庙，文世室也，武公之庙，武世室也。此亦谓鲁之有二公庙，犹周之有两世室，非谓鲁公之庙，鲁固谓之世室。武公之庙，鲁亦谓之世室也。

观《春秋》至成公六年，乃书立武宫，则文公之时，且未复立其宫，又有何世室？昭公十五年，有事于武宫，亦与群公同称宫，何又不曰有事于世室？是即武宫之庙言之，鲁固未有世室之称也。《孔氏正义》谓世室非一君庙名，若是伯禽之庙，则宜举其谥号。盖以鲁有两世室，第言世室，则亦未知其为鲁公世室、武公世室也。其辨甚明，然已失之疏，若后儒疑《左》《谷》误世为大，窃疑《公羊》鲁公称世室之说，盖即据其所传经文，误大为世，而有是说耳。

大室，大庙之室也，然则《春秋》何不书大庙屋坏？曰："大庙屋坏，则是一庙之屋，疑皆坏矣。"曰："大室屋坏，则是大庙中央之室之屋坏，非大庙之屋皆坏也。"屋，上下重屋，鲁大庙之庙饰也。然则大室之屋何为坏？《胡传》曰："讥不修也。自正月不雨，则无坏道也。不雨凡七月，而先君之庙坏，不共甚矣。"《正义》曰："朽而不缮，久旱遇雨，乃遂倾颓，不共之甚。"一言不雨坏，一言遇雨坏，是两说也。观《春秋》书自正月不雨至于秋七月，是七月固雨也，《正义》之说抑长矣！

编者注：①共，恭之古字。《左传·僖公二十七年》："公卑杞，杞不共也。"杜预注："共音恭，本亦作恭。"②伯禽：西周鲁国国君。姬姓，字伯禽，亦称禽父。周公姬旦长子。成王以商奄之地及殷民六族封伯禽，国号鲁，都曲阜。受封三年然后报政。周公问何以迟，伯禽以"变世俗，革其礼，丧三年然后除之"对。后辅成王政，率师征淮夷徐戎，誓于费，平徐戎，定鲁。在位四十六年。③先师：称孔子。也称至圣先师。《国朝祀典说》："孔子之道，王者之道也，特其位非王者之位耳。孔子当时，诸侯有僭窃者，皆口诛而笔伐之。其生也如此。今乃不体其志，而竟加以王乎？岂善于尊崇者哉！于是通行天下，改大成至圣文宣王为至圣先师。"

公四不视朔①说

　　文公十六年，夏五月，公四不视朔。是其为公有疾不视朔，抑为公惧齐，使季孙行父会齐侯，因托不视朔，以自明有疾，皆未可知。然此直自二月至五月，四不视朔耳，犹之自正月不雨至于秋七月，是必至于七月雨，否则八月雨，不可谓七月后亦不雨也。自《公羊传》若注，谓是后公不复视朔，而后儒且谓鲁自文公不视朔，此后不复告朔。推诸儒之意，皆因子贡②欲去告朔之饩羊，必为其羊徒存，其礼久废。而其礼之废，必自文公不告月、不视朔，故谓此后不复告朔也。

　　窃以为此礼鲁实未废也。《礼》："诸侯每月必以特羊告朔。"即以此日与群臣听此朔之政，谓之视朔，亦谓之听朔。又以礼祭于庙，谓之朝庙，亦谓之朝享。在岁首则谓之朝正，此同日相因而行之礼也。故文六年，书闰月不告月，犹朝于庙也。曷为此礼鲁未废？按鲁自文公而后，至襄公二十九年正月，书公在楚，《传》曰"释公不朝正于庙也"，谓公在本国，每月之朔，常以朝享之礼，亲自祭庙，今在楚，所以不得亲自朝正也。是即襄公此年之经传观之，此礼固未废也。《乡党》记孔子吉月必朝服而朝，吉月，月朔也，使鲁君不视朔，孔子何为吉月必朝服而朝？《玉藻》记孔子曰："朝服而朝，卒朔然后服之。"言告朔之时，服皮弁，卒朔视朝，然后服朝服也。使非卒朔视朝，孔子又何为吉月必朝服而朝？愚故曰："此礼鲁实未废也！"

　　然则子贡何为欲去告朔之饩羊？此必为鲁自昭公二十五年九月，至定之元年四月，公为季氏孙于齐，其间居郓，在乾侯，前后凡八年，公不告朔，而徒供此羊，其欲去之，非果为爱其羊也。孔子以鲁虽无君，而有司犹供之以为公告朔，曰"我爱其礼"，抑非直为羊存犹足以识之言也。设谓自文公后，不复告朔，中历成、宣、襄、昭百余年，而谓有司犹供此羊，有是事哉！

　　编者注：①视朔：古代天子、诸侯每月朔日祭告祖庙后，在太庙听政，称"视朔"。《左传·僖公五年》："公既视朔，遂登观台以望，而书，礼也。"孔颖达疏："视朔者，公既告庙受朔，即听视此朔之政，是其亲告朔也。"②子贡：即端木赐。春秋时卫国人，名赐，字子贡。孔子弟子，善辞令，列言语科。经商曹、鲁之间，家累千金。历仕鲁、卫，出使各诸侯国，分庭抗礼。曾为鲁游说齐、吴、晋、越等国，促使吴伐齐救鲁。卒于齐。《论语·八佾》："子贡欲去告朔之饩羊。子曰：'赐也！尔爱其羊，我爱其礼。'"

越竟乃免说

晋灵公①不君，赵盾②骤谏，公使贼之，贼之者死焉。又饮赵盾酒，伏甲将攻之，嗾獒噬盾，其右杀獒而死之，有公介倒戟以御公徒，而免之，盾遂自亡。赵穿③弑灵公，盾未出山而复，太史书曰："赵盾弑其君。"曰："子为正卿，亡不越竟，反不讨贼，非子而谁？"《传》述孔子之言以断之，曰："董狐④，古之良吏也，书法不隐。"明盾非亲弑其君，人第知赵穿弑其君，而太史书法不隐，故曰良吏也。曰："赵宣子，古之良大夫也，为法受恶。"明太史书赵盾弑其君，人谓宣子必杀太史，而宣子为法受恶，故曰良大夫也。其曰："惜也！越竟乃免。"曷惜乎？惜盾未得解免弑君之法乎？宜后儒谓是非夫子之言，《左氏》为此言，《左氏》之识卑也。

愚谓太史书赵盾弑其君，以反不讨贼，其实以亡不越竟。假使灵公将杀盾，盾若不知穿必弑灵，则亡必越竟。越竟而穿弑，变起于不及料也，盾宜可免以弑书。假使穿弑灵，而盾已越竟，则盾不讨贼为越竟。越竟不讨贼，力有所不及讨也，盾亦可免以弑书。今亡未出山，而灵弑，而盾复而不讨贼，是止论越竟不越竟，而盾之罪定矣。故曰越竟乃免，《传》非以越竟为盾设此解免法也。正以不越竟，断盾难免与弑其君之实也。

观《传》言"遂自亡"，明有不亡者也。曰"赵穿攻灵公于桃园，宣子未出山而复"，明盾盖知穿必弑灵，故未出山而复也。其下又言"宣子使赵穿逆公子黑臀于周而立之"，弑其君者赵穿，使迎新君者亦赵穿，明穿实盾之爪牙，其相倚自全之计然也。《左氏》于此传，无非归狱赵盾，岂以为越竟即无罪也哉？谓越竟则君臣之义绝，此注之误也。

灵之欲杀赵盾，非必待盾骤谏也。方盾舍嫡嗣不立，而外求君，灵必杀盾，其机已伏，盾之难免与弑灵公也，非必阴与穿谋也。方灵公将杀盾，而士多为盾死，此非灵杀盾则穿弑灵，其势必至。而盾以久柄晋政之身，且自亡焉，而听之势所必至之爪牙，是其自亡也，直听之弑也。而亡且未出山，斯反不讨贼，犹其后焉者矣。以赵穿弑其君，庸得免乎？论赵氏之在晋，宣孟之忠，与成季之勋，世所共称，而未免是。此《传》不忍斥言盾弑，而深为盾惜也。

编者注：①晋灵公：春秋时晋国国君，名夷皋。襄公子。年少而立，及壮，侈且暴，任意杀人。赵盾谏，使鉏麑刺盾，鉏麑不忍而自杀。寻招赵盾饮，伏甲纵犬，将置盾于死地，未成。盾弟赵穿袭杀之。在位十四年。②赵盾：亦称赵宣子、宣孟。春秋时晋国人。赵衰之子。晋襄公七年，任中军元帅，遂执国政。襄公卒，盾使先蔑、士会迎公子雍于秦，经襄公夫人穆瀛力争而立为灵公，御秦师。灵公即位，荒淫暴虐，盾屡谏不听，灵公反欲杀之。盾惧祸出走，未出境，其族弟赵穿杀灵公。赵盾归，迎立襄公弟黑臀为晋成公，继续任国政。卒谥宣。③赵穿：春秋晋国人。赵盾弟。任将军。以晋灵公不君，谏止不听，袭杀灵公，立黑臀为成公。④董狐：春秋时晋国人。晋灵公史官。周人辛有后裔，世袭太史，亦称史狐。灵公十四年，公欲杀正卿赵盾，盾出奔未越境，盾族弟赵穿袭杀灵公，迎盾还。狐书于史策曰："赵盾弑其君。"以示于朝。盾不以为然。狐以盾身为正卿，出走未越境，归不讨贼，杀君者非盾而谁。孔子闻之，称其为古之良史。

纳公孙宁仪行父说

夏征舒①之自厩射杀陈灵②也，以后世之律科之，此所谓激于义忿杀之也。孰激之？陈灵也。实孔宁、仪行父③也。其始也，问谁与陈灵通于夏姬④？曰："孔宁，仪行父。"其继也，问谁皆衷其衵衣而戏于朝？曰："孔宁，仪行父。"方陈大夫泄冶⑤以公卿宣淫谏，陈灵犹自有吾能改过之言，问谁请杀弗禁，遂杀泄冶？亦孔宁、仪行父。甚至陈灵谓征舒似行父，行父亦谓征舒似陈灵，其相与饮酒而戏于夏氏，激征舒之必杀陈灵者，皆孔宁、仪行父也。是论其罪，征舒尚在可原，孔宁、仪行父万万不可逭。

楚庄⑥讨陈，既取夏征舒而车裂之，以示伯讨，而此两人者，不惟不尸诸陈之市朝，且纳之陈焉，刑赏之悖礼也至此。《左氏》既备列其罪，何见之左，反以《春秋》书"楚子入陈，纳公孙宁、仪行父于陈"，为书有礼。而杜注竟谓"贼讨国复，二子功足补过，故君子善楚复之"，更何说哉！观此篇《传》文，详叙楚之伐陈入陈，既县陈，闻申叔时⑦之言，乃复封陈。凡以见楚庄得讨乱之礼，因以《春秋》舍县陈不书，止以入陈纳人书，为书楚之有礼，以结此《传》之意，曾不计所纳为何如人，则《传》之文适疏也。

若以贼讨国复，为此两人之功，足以补过，窃谓使征舒弑其君者此两人，使楚子几灭其国者亦此两人。以为定亡君之嗣，则陈灵以往年五月弑，是夏《经》书楚子、陈侯、郑伯盟于辰陵，是灵弑而陈人已立其子午，而楚已与之盟矣。以为求报君之仇，方其奔楚，而楚不讨陈，至陈已受楚盟，是年十月而楚乃讨陈，必此两人求复入陈，因诱楚讨陈而为之乡道⑧，楚因得以平步入陈而县陈，不有申叔时，楚已灭陈矣，安得以此为二子功足补过也。此则杜注特因书有礼之言，求申《传》意，曾不知大失《经》义也。

以《春秋》书法言，曰"楚人杀陈夏征舒"，称人以杀，明弑君之贼人得而诛之，亦与楚人之能讨贼也。曰"楚子入陈，纳公孙宁、仪行父于陈"，弗地曰入，其称爵以入，明楚子亲入人之国，能不取其国，而纳此淫乱之臣于人国，讥楚子失刑也。大义炳然，何庸曲说。

编者注：①夏征舒：春秋时陈国人。大夫。妫姓夏氏，陈宣公曾孙，大夫夏御叔之子，母为郑国公主夏姬。陈灵公及其大夫孔宁、仪行父与夏姬私通，征舒杀灵公自立，孔宁、仪行父奔楚。楚庄王伐陈，杀夏微舒。②陈灵：陈灵公。春秋时陈国国君，名平国。与其大夫孔宁、仪行父皆私通于大夫御叔之妻夏姬。泄冶谏，被杀。三人饮于夏氏，辱姬子夏征舒。征舒怒，伏弩杀之。在位十五年，卒谥灵。③仪行父：春秋时陈国人。大夫。与陈灵公、孔宁通于夏征舒之母夏姬。泄冶进谏，反为仪行父、孔宁所杀。后三人同饮于夏姬家，以征舒容貌似己相戏谑。征舒怒，射杀灵公。仪行父与孔宁奔楚。次年，楚攻陈，送仪行父归楚。④夏姬：春秋时人。郑穆公之女。初嫁子蛮，子蛮早死。再嫁陈大夫夏御叔，生子微舒。御叔死，与陈灵公及其大夫孔宁、仪行父私通。陈灵公十五年，征舒射杀灵公。孔宁、仪行父奔楚。楚攻陈，杀征舒，俘姬，给连尹襄老为妻。襄老战死，托辞归郑。楚申公巫臣娶姬奔晋。⑤泄冶：春秋时陈国人。陈灵公时大夫。灵公与其大夫孔宁、仪行父皆通于夏姬，泄冶进谏，被杀。⑥楚庄：楚庄王，春秋时楚国国君，熊氏，名旅，一作侣或吕。穆王子。即位后，重用孙叔敖，整顿内政，兴修水利。庄王三年，灭庸，攻宋，继又进攻陆浑之戎，陈兵周郊，使人询问象征天子权威之九鼎大小轻重，隐有图周之志。九年平定若敖氏叛乱，后大败晋军于泌地，并陆续迫使郑、宋、陈等国归附，成为春秋五霸之一。在位二十三年。谥庄。⑦申叔时：春秋时楚国人。庄王时大夫。王杀夏征舒，以陈为县。申叔时使齐归，不贺。以为王讨戮夏微舒为义举，今以陈富而使为楚邑乃贪。庄王以为善，乃迎陈灵公太子午于晋而复立之。是为陈成公。⑧乡：通向。乡道，即向导。带路之人。《新唐书·梁师都传》："愿可汗如魏孝文，兵引而南，师都请为乡道。"

秦穆楚庄说

秦穆①、楚庄，皆春秋伯主，亦二国贤主也。秦穆当齐桓之时，衣裳兵车，未尝与会，终其世，亦未尝与诸侯盟主。而方其三置晋君，再输晋粟，已自具伯者之略。及晋文继起，次师河上，与之纳王，战于城濮，从之攘楚。其伯西戎，异于蛮夷之滑夏者矣，虽丧师于殽，悔过一誓，得附四代之书，圣人重有取焉。而其卒也，以子车氏之三子为殉，何生则举人之周，与人之壹，乃死而弃人，忍作二世葬始皇之俑也。

楚庄值晋伯不竞之日，方宋、郑与陈，相继弑君，诸侯或取略而还，或置之不问，楚庄自灭庸而还，侵宋伐郑，不为无名。若伐陈讨有西氏^②之乱，因申叔时之言，则县陈而复陈。厥后若围郑围宋，为郑伯能下人则退，闻宋人以病告则退，是虽为有晋在，服而舍之，近伯讨矣。至于败晋于邲，随武^③栾武^④，尝备言其不可敌，与其自言京观之何以筑，以是言其贤于桓、文亦未多让。而其始也，观兵问鼎，何伯者以尊周为义，不务出此，曾不若楚灵虽侈，欲求鼎于周以为分，犹知有天子也。

故论春秋之伯，则庄盛于穆，论春秋之义，则穆愈于庄。余观《诗》哀三良^⑤，康公以之殉也，治命邪？乱命邪？吾不胜还为秦穆惜。观《春秋》书楚子旅卒，而不书葬，避其号也。毋亦以楚旅虽贤，彼哉彼哉，吾又焉得漫谓楚庄贤哉！

编者注：①秦穆：秦穆公。穆一作缪。春秋时秦国国君，名任好。秦德公第三子。在位期间，勤求贤士，用百里奚、蹇叔等为谋臣，励精图治，国势日强。曾长期左右晋国局势：败晋惠公，迫使晋以太子圉为质；又用兵助晋公子重耳即位，为晋文公。用由余谋伐西戎，益国十二，开地千里，遂霸西戎，为春秋五霸之一。在位三十九年。谥穆。②有西氏：当作"少西氏"。陈宣公庶子子西，字子夏，其孙征舒以祖父之子改姓夏，子夏后人有子夏氏、少西氏。《左传·宣十一年》："冬，楚子为陈夏氏乱故，伐陈。谓陈人无动，将讨于少西氏。遂入陈，杀夏征舒，诸栗门，因县陈。"③随武：即士会。春秋时晋国人，士氏，名会。士蒍孙。晋文公时正卿。因食采于随，后更受范，称随会、范会，亦称随季、范季，或随武子、范武子。襄公死，奉赵盾命使秦迎立公子雍，旋变计立灵公，遂羁留秦国。灵公七年回晋，仍将上军。景公七年，率师灭赤狄之甲氏及留吁、铎辰，升任为中军元帅兼太傅。执掌国政，修订法制，于是晋之盗贼逃奔秦国。景公八年，告老退休。卒谥武。④栾武：栾书，即栾武子。春秋时晋国人。栾枝孙。初为晋下军之佐。晋景公十一年鞍之战，大败齐师，公劳之，答以"士用命，书何力之有"。后代郤克将中军，为政。历公六年，鄢陵之战，大败楚师。历公失政，乃与中行偃使人杀历公而立悼公。谥武子。⑤哀三良：《诗经·秦风·黄鸟》，是春秋时秦国人讽刺秦穆公以人殉葬，悲悼秦国子车氏三子之挽诗。清段玉裁《毛诗故训传》："《黄鸟》，哀三良也。国人刺穆公以人从死，而作是诗也。"宋刘敞《哀三良诗》："士为知己死，女为悦己容。咄嗟彼三良，杀身徇穆公。"

晋悼复伯说

晋悼公①以公族自周入主晋国，年甫十四尔。方入国之明日，逐不臣者七人，既即位，取六官之长于民誉。读《春秋传》，备观其所以复伯，诚春秋贤伯主也。论者谓悼公不独伯功之美，不亚桓、文，实有君子之资。如所谓不以诈力相长，先以谦德临之；不以盟誓为信，纯以诚心行之；不以战伐为威，一以容量处之。皆笃论也，非实有君子之资，不能也。惟至十四年，使六卿伐秦，用诸侯以报怨，未逃未习，而有迁延之役。会诸侯于戚，定卫剽②之立，不讨逐君之臣，嫌于抑君而助臣，论者惜之。

窃以为悼公以少年复伯，所难者，莫大于能官人。及观其季年，益叹用人之道要也。齐桓之伯也，方其少，为之傅者，则鲍叔。及其得国，其所专心任用者，则管仲。迨管仲卒，竖刁、易牙、开方进，而齐以之乱。晋文之伯也，方其出，则有狐、赵诸人从之亡。及其得国，则以郤縠、原轸诸人为之帅。迨文公卒，狐、赵与原轸诸人，如昨也，而襄以继伯。悼公少时，惜未详为之传，与从之至晋者何人。自即位以来，其以之为政者，知罃③也，其所力从之教者，魏绛④也。至十三年，知罃、士鲂⑤卒。若十四年伐秦，其将中军而不能禁栾黡⑥之汰者，荀偃⑦也。其未会于戚，以卫故问，而以卫已有君不如因而定之对者，亦荀偃也。窃想悼公逐不臣，若栾书、荀偃，宜在所逐而不逐，乃事势使然，及偃事悼公，尚无他罪。悼公以十五年卒，其子平公继之伯者二十余年，藉悼公余烈也。夫以悼公之贤，得其人，则事事可褒，少非其人，且不无遗议，用人之道之要何如也。

编者注：①晋悼公：春秋时晋国国君，名周，亦称纠。襄公曾孙。栾书既杀厉公，迎公于周。公立，逐不臣者七人。修功业，施德惠，会诸侯，多次与楚争夺郑，郑服，楚不敢与竞。使魏绛和戎，戎人亲附。十四年，使六卿会合诸侯伐秦，深入秦地，渡泾至棫林，因将帅不和而退。晋复霸。在位十五年。②卫剽：春秋时卫国国君。名剽，一名秋。定公弟。献公叔。孙林父、宁殖逐献公，卫人立剽为君。孙林父，宁殖相之。后大夫宁喜与献公勾结，殇公被杀。在位十二年。谥殇。③知罃：亦作荀罃，一作智罃、知武子。春秋时晋国人，字子羽。荀林父从子。父荀首食于知，因以知为氏。晋景公三年，邲之战，为楚所虏，被晋景公赎回。晋厉公被杀后，知罃迎立悼公，佐悼公修政治军，晋以复霸。谥武。④魏绛：春秋时晋国人，亦称魏庄子。魏犨少子。初任中军司马。晋悼公会诸侯，公弟杨干乱阵次，绛戮其仆。后任下军主将，任以政事，力主和戎族，称和戎有五利。公使监诸戎。郑人贿晋以乐。悼公以乐之半赐之。绛辞不受，且谏悼公应居安思危。以是晋复强。卒谥庄。一说谥昭。⑤士鲂：祁姓，彘氏，名鲂，谥号曰"恭"，因其本为士氏，因采邑于彘，以彘为氏，故亦可称彘鲂，史称彘恭子。士会幼子，士燮同母弟，春秋中期晋国卿大夫。栾书弑晋厉公，派遣士鲂、荀䓨一道往周都迎立孙周，是为晋悼公。晋悼公感激士鲂拥立之功，提拔士鲂为卿，以士鲂为新军将。⑥栾黡：春秋时晋国人。栾书子。晋悼公立，以黡果敢，使为公族大夫。后任下军将。悼公十四年伐秦，以主帅荀偃自专而恶之，遂率下军归。弟栾针以不战而返为耻，乃驰秦师斗死。黡诬范鞅召针逐秦师，乃逐鞅。卒谥桓子。⑦荀偃：一作中行偃。又称中行献子。春秋时晋国人，字伯游。荀林父孙。大夫。厉公时尝佐上军。公欲任宠姬兄胥童为卿，与栾书杀厉公立悼公。悼公时将中军，与下军将栾黡不和，攻秦，无功。攻楚，败楚于平阪。平公三年，齐伐鲁，伐齐援鲁。祷于河，沉玉于济水，齐师败遁。归，病瘯，卒于途。谥献。

公会诸侯晋大夫盟于扈说

《春秋》书诸侯，不序某公某侯者，凡十有八。三《传》之说，前后多异，窃以为凡书诸侯，必前已备序，不烦再序，皆《公羊》所谓一事再见，前目后凡是也。书诸侯，无褒贬，其所褒贬，不在书曰诸侯也。

桓、文之事，所书诸侯，类皆美之，不具论。若文公十五年，诸侯盟于扈①，《传》称寻新城之盟。文十七年，诸侯会于扈，《传》称复合诸侯于扈。口寻盟曰复合，是盟扈之诸侯，即十四年盟新城所序之诸侯也，会于扈之诸侯，即十五年盟扈寻盟之诸侯也，亦前目后凡也。惟文七年，公会诸侯晋大夫盟于扈，非寻盟，非复合，诸侯何以不序，大夫何以不名？《左氏》曰："公后至，故不书所会。"是也！何以见《左氏》之说是？僖二十一年，书公会诸侯盟于宋矣，此诸侯，即与楚子、宋公会于盂，执宋公以伐宋之诸侯，至是书公会诸侯盟，不书所会，公后至也。僖二十七年，书公会诸侯盟于宋矣，此诸侯，即与楚人围宋之诸侯，至是书公会诸侯盟，不书所会，公后至也。故第言公会诸侯，斯可知公会诸侯晋大夫盟于扈，是公后至，故不书所会也。

然则何不先书诸侯晋大夫之会？如《传》所载，书齐侯、宋公、卫侯、陈侯、郑伯、许男、曹伯，会晋赵盾于扈也，此前目也，而不书，《春秋》略之不书也。是会也，晋侯立故也。在诸侯，为晋君新立，既以晋为盟主，自宜往会，诸侯无可罪。在晋大夫，为幼君方在抱，秦方与之战，其会诸侯，出自权宜，其罪亦可宥。惟以大夫合七国之诸侯，非晋君使之，非鲁以大夫会之，其事卒不可为训，而公实后至，则无宁略之不书。

第如凡会诸侯，后至不书其国，书公会诸侯晋大夫盟于扈也，此所为独与前目后凡者异也。如以为贬，若两于宋，此不待贬而知诸侯之罪也。若此会，《春秋》笔削之意，在前不书目，亦不在书诸侯也。若后此诸侯盟于扈，为齐弑其君，谋伐齐也。诸侯会于扈，为宋弑其君，平宋也。其后皆受赂而还，讨贼之功，不见于书，此又不待于贬，但使读史者备观前后，自可以知诸侯废天讨、纵乱贼之罪。如谓总称诸侯，皆罪诸侯，则与全经凡书诸侯，有不可通者矣。

编者注：①扈：古地名。今河南原阳县原武镇西北。西晋杜预《春秋左氏经传集解》："扈，郑地，在荥阳卷县西北。"北魏郦道元《水经注》："'河水又东北，迳卷之扈亭北。'注：卷县之扈亭，在今原武县西北。"

公会晋侯卫侯于琐泽说

西门之盟，谓《传》载其事，不见于《经》，或遂以此为《左氏》所附会。琐泽①之会，谓《经》书鲁与晋、卫，而不及郑伯，《传》载郑伯如晋，而不及鲁、卫，且合晋、楚者宋，而宋不与盟，或又以此为《左氏》不足信。愚观此《传》，惟宋华元②克合晋、楚之成，故晋士燮③，楚公子罢，盟于宋西门之外也。惟盟为晋、楚之成，其盟曰"晋楚无相加戎"，故未及他国，宋亦不与也。惟晋既与楚成，郑为晋楚所交争，故郑伯先如晋听成也。是二者，以外大夫特相盟与外相如，《经》多不书，《左氏》为琐泽之会，因备载之。

凡以明鲁与晋、卫会于是者，其故以此，故曰会于琐泽，成故也。其不言公会晋侯、卫侯者，《传》本释此节《经》文，故第言琐泽之会，不消再序公会晋侯、卫侯也。其曰"于宋西门"，曰"如晋"，曰"于琐泽"，地各不同，划然三事。如以此为附会不足信，此后晋郤至④如楚，楚公子罢如晋，彼此莅盟，事致详悉。若十五年，楚子伐郑，子囊⑤曰："新与晋盟而背之。"十六年，晋侯及楚子、郑伯战于鄢陵，申叔时曰："今楚内弃其民，外绝其好，渎齐盟而食话言。"皆指此传事言也，皆附会不足信乎？将《传》文混若一地一日事，转疑《左氏》，窃恐左公笑我辈读书，何未分晓乃尔也。

　　编者注：①琐泽：春秋晋地。在今河北大名县东。《春秋·成十二年》："公会晋侯、卫侯于琐泽。"《公羊传》作"沙泽"。②华元：春秋时宋国人。华督曾孙。大夫。历事宋文公、共公、平公三君。文公四年，楚使郑攻宋，元为右师率军抵御被俘，后逃归宋。十六年，楚师围宋，五月不解，城中无食，元夜入楚师与楚议和。共公十年，元以私交使晋、楚两大国在宋缔弭兵之约。共公卒，卿大夫内讧，元攻杀司马荡泽，立共公少子成，是为平公。③士燮：春秋时晋国人，士氏，名燮。士会子。景公时大夫。景公十一年，齐攻鲁卫，晋救之，以上军之佐随郤克与齐战于鞍，大胜。厉公时，又随中军帅栾书等与秦战，大胜。厉公七年，在鄢陵与楚军作战胜利。因厉公骄横奢侈成性，忧郁而死。谥文，称范文子。④郤至：春秋时晋国人。晋景公时温邑大夫，又称温季。晋厉公六年，晋楚鄢陵之战，至佐新军，剖析楚军有六不利，晋急击，必胜。公从之而不用栾书之计。遂败楚师。栾书乃怨。后郤至、郤锜等侈而招怨多，遂为厉公之宠臣胥童、夷阳五等人袭杀。⑤子囊：春秋时楚国人，芈姓，熊氏，名贞，字子囊。庄王之子。共王时为令尹。屡与晋争郑而用兵。共王卒，子囊伐吴，轻敌，为吴邀击败还。初，楚都郢无城。子囊将卒，遗言谓子庚必为楚都郢筑城。后人以为子囊忠，将死而不忘卫社稷。

三月公如京师夏五月公自京师遂会诸侯伐秦说

　　公如京师，朝也。如曷谓朝？公朝齐、晋，及内大夫聘于京师，皆书"如"，故成公如京师，《春秋传》与《国语》皆以为朝也。公曷为如京师？为晋来乞师伐秦，伐秦必过周，故如京师，朝天子也。伐秦以五月，公曷为三月如京师？公嫌因事朝天子，辟不敬也。然则此何以书？何氏休①曰："善公尊天子也。"其言自京师何？《公羊》曰："不敢过天子也。"谷梁曰："言受命不敢叛周也。"亦以为善之也。

　　自后儒言之，则不然。程子曰："不书朝王，因会伐而行，故不成其朝。"谓《春秋》所为以如书也。曰："以伐秦为遂事，朝王为重。"谓伐秦非遂事，《春秋》存人臣之礼，所为以遂事书也。《胡传》主之，因谓书如京师，见诸侯之慢，又谓天王之遣使者屡，十二公之述职阙如，此书如京师，又不成朝礼，不敬莫大焉。君臣人伦之大，而至于此极，故仲尼为此惧，作《春秋》。若孙氏②则谓书曰如京师，遂会诸侯，斯成公之罪，无所可逃。高氏③则谓上书来乞师，下书自京师遂会伐秦，圣人详言之，以著其恶。

　　窃谓诸儒持义甚高，未免过当也。如《胡传》所言，合前后十二公言之，宜有是浩叹。今且就事而论，公此行，亦可谓得诸侯之礼矣。公非为朝王专行，公先数月如京师，则专行矣。公为晋乞师伐秦，非受王命伐秦，公自京师从刘子、成子会晋侯伐秦，则非不受命矣。《春秋》因郑重书之曰："公如京师。"

又曰"公自京师",为公犹知重视京师也。以言书法,则示天下以天子京师之重也,何可谓不敬莫大,谓罪无所逃,且谓详言之以著其恶也。

编者注:①何氏休:何休。见《桓无王说》注。②孙氏:孙觉,宋高邮人,字莘老。少从胡瑗学。仁宗皇祐元年进士。嘉祐中编校昭文馆书籍,授馆阁校勘。神宗即位,历右正言、知谏院、同修起居注、知审官院。熙宁中因反对青苗法,谪知广德军,历湖、庐等州,后召为太常少卿,改秘书少监。哲宗立,拜御史中丞。以疾提举舒州灵仙观。有文集、奏议、《易传》《春秋经解》等。③高氏:高阅,宋明州鄞县人,字抑崇,人称息斋先生。高宗绍兴元年以上舍选赐进士第。召为秘书省正字。累迁国子司业。时兴太学,奏宜以经术为主。南宋学制多为其所建明。除礼部侍郎,秦桧疑之,被劾出知筠州,不赴。卒谥宪敏。有《春秋集注》。

仲婴齐卒说

成公之时,鲁宗室有两婴齐,仲婴齐①、公孙婴齐②是也。公孙婴齐者,文公之孙,叔肸之子。仲婴齐者,庄公之孙,仲遂之子。皆公孙也。其卒也,一书公孙婴齐卒,不称叔婴齐,一书仲婴齐卒,不称公孙婴齐,何也?庄公之孙,于成公为五世公族,文公之孙,乃成公叔伯昆弟也。宣十七年,书公弟叔肸卒,其父以公弟称,今其子婴齐卒,自宜从父称公孙。宣公十八年,书仲遂卒,其父以仲为氏,必自君命,今其子婴齐卒,亦自宜从君所命称仲氏。此皆揆之于义而安,议之以礼,亦无庸惑者也。

厥后仲氏寖微,不见于经。若襄二十一年,叔老卒,襄三十年,叔弓卒,昭二十一年,叔辄卒。辄,叔弓子也。弓,叔老子也。叔老,子叔声伯子也。子叔声伯,即公孙婴齐也。身非公孙,其卒一皆以叔书,曾何异乎仲婴齐之为仲也。若仲婴齐之兄公孙归父③,其出奔齐,鲁逐之也。杜注谓婴齐,襄仲子,公孙归父弟。宣十八年,遂④东门氏,既而又使婴齐绍其后,曰仲氏。又使云者,言又绍其父襄仲后,非绍其兄归父后也。且既名之曰仲氏,则此婴齐,鲁之人固宜早称之为仲氏矣。此注甚明,不可谓婴齐为兄后,为人后者为之子,孙以王父字为氏,故谓之仲婴齐。亦不可谓襄仲有杀適⑤立庶之罪,子由父疏,故不谓之公孙婴齐。《公》《谷》及孔氏、杨氏之说,徒乱人意不宜主。

又跋:或问公孙归父,仲婴齐兄也,何以如齐伐邾,皆书公孙归父?曰:

"诸侯之子称公子，公子之子称公孙，恒辞也。犹之仲遂皆书公子遂也，至卒乃以氏书，惟赐以氏也。以氏书，非疏之也。使归父不奔齐而卒，宜亦以仲书，况又使绍仲遂后，曰仲氏，是婴齐生已赐氏，不必孙以王父字为氏也。"

编者注：①仲婴齐：姬姓，东门氏，名婴齐，谥昭，以父之行次为氏，别为仲氏，又被称为公孙婴齐、子婴。东门襄仲之子，公孙归父之弟。鲁成公时，仲婴齐为卿。②公孙婴齐：亦称子叔声伯。春秋时鲁国人。姬姓，子叔氏，名婴齐，谥声，又被称为公孙婴齐、公孙婴、子叔婴齐、叔婴齐。鲁文公之孙，叔肸之子。鲁成公时，子叔声伯为卿。鲁成公二年与季孙行父等帅师与齐战，大败齐师。成公六年攻宋，十七年攻郑，还国途中卒。③公孙归父：亦称东门子家，姬姓，东门氏，名归父，字子家，鲁庄公之孙，公子遂（东门襄仲）之子，春秋时期鲁国上卿。鲁宣公十八年，公孙归父奉命出访晋国，期望以晋国之力，对付三桓。不想在公孙归父回国途中，鲁宣公一命呜呼，季文子乘机发动政变，驱除东门氏。公孙归父无家可归，投奔齐国，退出鲁国政坛。④遂：疑为逐字之误。《左传·宣公十八年》："公孙归父以襄仲之立公也，有宠，欲去三桓以张公室。……遂逐东门氏。"⑤適：音敌，同嫡字。適子，即嫡子。

夫人妇说

邦君之妻曰夫人，邦君之母亦曰夫人，从夫而言则曰妇，从姑而言亦曰妇，恒言也。然而言夫人则夫人，言妇则妇，曷言夫人妇也？夫人妇者，非既谓之夫人，又谓之妇也，言夫人之妇也。《春秋》宣公元年，公子遂如齐逆女，《左氏》曰"尊君命也"，谓其称公子也。成公十四年，叔孙侨如如齐逆女，《左氏》曰"称族，尊君命也"，谓其称叔孙也。愚以为此亦当曰："尊夫人命也。"遂以夫人妇姜至自齐，《左氏》曰"尊夫人也"，谓其不称公子也。侨如以夫人妇姜氏至自齐，《左氏》曰"舍族，尊夫人也"，谓其不称叔孙也。愚以为此亦当曰："尊君之母夫人也。"《公羊》曰："其称妇何？有姑之辞也。"是也！奈何又曰"夫人不称姜氏，贬"，讥丧娶也。曷为贬夫人？夫人与君同体也，是谓称夫人者此姜，称妇姜者亦此姜也。《谷梁》曰："其称妇，缘姑言之之辞也。"是也！奈何又曰"大夫不以夫人"，以夫人，非正也，刺不亲迎也，是亦谓称夫人者此姜氏，称妇姜者亦此姜氏也。愚以为此夫人非他，宣公之母敬嬴①，成公之母穆姜②也；此夫人妇非他，敬嬴之妇穆姜，穆姜之妇齐姜③也。

《经》文明书夫人妇，此三字认未清，三《传》且然，后儒纷纷舍《经》文而别求《经》义，竞言讥贬，又何怪焉。考之《士昏礼》，自纳采至请期，凡曰使某，某使某者，皆言婿之父某，使者某之辞也。其曰宗子无父，母命之，亲皆殁，自躬命之，支子则称其宗，弟则称其兄，知此，则以经断《经》。凡《春秋》书纳币三，逆女五，逆妇二，夫人妇二，愚惟据《仪礼》断之，皆无疑义矣。《春秋》书诸侯纳币逆女，其父无不殁者也，《士昏礼》郑注："母命之，在《春秋》纪裂繻来逆女是也；自命之，则宋公使公孙寿来纳币是也。"必待父母之命者，《贾疏》④据何休云："为养廉远耻也。自命之，不得不言使；母命之，不言使。"《疏》谓妇人无外事，不得称母通使，但使子之父兄师友命使者，所以远别也。惟公子遂、叔孙侨如，皆父兄辈，皆得使命使以行，即皆得使之纳而逆者也。惟夫人敬嬴未殁，夫人穆姜未殁，故皆称以夫人妇姜至自齐也。

如桓公三年，公子翚如齐逆女，为桓逆也，其时公父母皆殁，公躬命之，何不称公使？案《春秋》书内大夫聘某会某，未有称公使者，以不必称公使，无非公使。其曰"夫人姜氏至自齐"，此夫人即姜氏也，惟公母仲子殁，故不称妇，称夫人姜氏。且齐侯送姜氏于讙，公自会之，则公曾亲迎之矣，故不得言翚以妇姜，亦不得言以夫人妇姜至自齐也。如庄公二十四年，公如齐逆女。秋，公至自齐。八月丁丑，夫人姜氏入。惟文姜既殁，不称妇，且公已亲逆，非谁以夫人姜氏至自齐，既书公至自齐，则书某日夫人姜氏入可矣，故称夫人姜氏入也。如文公二年冬，公子遂如齐纳币。四年春，公至自晋。夏，逆妇姜于齐。是春夏中无间事，逆妇姜于齐，文连公至自晋，不言公，公自逆也。惟公自逆，非公母夫人命谁逆，故不言谁逆，不言谁以妇姜至自齐。惟夫人声姜⑤未殁，故不称夫人姜氏，称妇姜也。亦惟文姜⑥既殁，庄公自逆称逆女，声姜未殁，文公自逆称逆妇也。他如宋荡伯姬来求妇，不言逆女，与杞伯姬来求妇，皆缘姑称妇，非夫人即妇，在途曰妇也。

故凡曰夫人妇，曰妇姜，曰夫人姜氏，皆据《礼》而书，无所褒亦无所贬也，说者多未认清，动云讥贬。且如桓八年，祭公逆王后于齐，以天子至尊，其行昏礼，无可与宾主敌体，故使鲁为主，祭公来鲁，故受命遂行也。而谓王轻使公为失，祭公遂行为非。如襄十五年，刘夏逆王后于齐，夏从单靖公逆后，过鲁志之也。又谓刘夏不言使，不与天子之使，谓刘夏非卿逆王后，为轻天下之母。谓诸侯宜卿为君逆，在天子，自宜公为王逆。谓逆王后宜公监卿逆，刘夏从单靖公逆后，安必非摄卿以行。而谓以祭公逆为轻公，以刘夏逆为轻后，彼此异义，将焉适从也。

然则书纳书逆，书妇姜，书以夫人妇姜，书夫人姜氏，一无非礼可贬乎？曰："所贬非礼，不在此也。"庄公非礼，在桓十八年，公薨于齐，庄二十二年，而公图昏于齐；在二十一年七月，夫人姜氏薨，二十二年冬，而公自如齐纳币；至于二十四年，公如齐逆女，秋，公至自齐，夫人以八月丁丑入，若所讥公不与夫人皆至，姜氏不从公而入。此非礼，则一在秋，一在八月，不在书入也。窃谓公未应与夫人同告至，妇入未三月，亦未应与公同庙见，昏礼屡称妇入，入亦非不顺之辞也。文公非礼，在僖公以三十三年十二月乙巳薨，公子遂以二年冬如齐纳币，为未满二十五月也，不在四年称逆妇姜也。杜氏以长历推之，僖之三十三年十二月乙巳，乃十一月十二日，《经》文十二月，则《传》写误一为二，此非礼，亦宜更论定也。宣公非礼，在元年正月，逆女以元年正月，可望而知为非礼，不在书妇姜，不称氏，遂以夫人妇姜也。

如以妇姜与文逆妇姜为贬，纪季姬归于京师，亦贬乎？桓书夫人姜氏，成亦书夫人姜氏，则美之乎？昏礼问名，问其姓也。妇人不以名行，以姓号为名，缘姑言之，称妇姜，亦父前子名之义。或疑妇姜不称氏，阙文，窃疑妇姜称氏，羡文也。若既谓之夫人，藉曰夫人姜，不称氏，则不成文也。成公以十四年逆女，无丧娶讥也，侨如以夫人妇姜至自齐，承夫人命逆女，故左右之至，与遂以夫人妇姜，一例也。如谓讥不亲迎，《士昏礼》明云"若不亲迎"，可知非必亲迎也。亲迎礼之正，不亲迎礼之权，士昏且然，况国君乎？《记》称"冕而亲迎"，正也，亦言方大昏之时，亲迎之也，非谓必亲如所娶之国迎之也。《礼》"父送女不下堂"，若齐侯越竟送女。"妇人迎送不出门"，若荡伯姬、杞伯姬，越国逆妇求妇。此第据实书之，其为非礼自见，皆不必舍《经》文而空言讥贬也。窃因诸儒言讥贬不一，故即书夫人，书妇，通举《春秋》之所书言之。

编者注：①敬嬴：鲁文公之姬妾，生有一子，名姬馁。敬嬴与鲁大夫襄仲关系十分交好，文十八年鲁文公卒，其嫡子姬恶嗣位，然而敬嬴却请求襄仲立公子馁为储君，于是襄仲杀死鲁文公正夫人哀姜所生公子恶与公子视，强行扶立庶公子馁为鲁侯，是为鲁宣公。②穆姜：一作缪姜，齐女，姜姓，鲁宣公夫人，谥号穆，故称穆姜。有一儿一女，子即鲁成公，女为伯姬。后与叔孙侨如通，与侨如谋去季孟，鲁人逐侨如而弃置穆姜于东宫，幽禁至死。③齐姜：或当作"齐归"，鲁襄公之姬妾，夫人敬归之妹，生鲁昭公，鲁定公。④贾疏：唐贾公彦《周礼义疏》。⑤声姜：鲁僖公夫人，鲁文公之母。⑥文姜：春秋时齐国人。鲁桓公夫人，齐僖公之女。桓公十八年，随公至齐，与襄公私通，桓公知而怒，文姜以告襄公，襄公遂杀桓公。

三分公室说

季武子①请为三军，各征其军。《传》曰："三分公室，而各有其一也。"既曰各征其军，各有其一，其下言三家所征，何又不同？孔氏谓三家所得，各以父兄子弟分为四，季氏尽取四分。叔孙氏取其子弟，而以父兄归公。孟氏取其子弟之半，而以三分归公。盖分国民为十二，三家得七，公得五也。是季氏得十二分之四，叔孙得十二分之二，孟氏止得十二分之一也。

窃不谓然！当是时，武子固强，叔孙氏穆子②也，孟氏献子③也，二子亦百乘之家，其乘，度不相下。今既各毁其乘，以补成三军，曷为独分孟氏以十二分之一？窃谓三分公室者，乃举公室之民，以一分归公，一分分季氏，一分分叔孙与孟氏。如孔氏十二分之说，每一分而四之，则季氏取四，孟氏叔孙氏共取四，而分其四以归公，故曰三分公室也。及舍中军，四分公室，而贡于公。若以十二分计之，季氏择二，得六，二子各有其一，皆尽征之，叔孙得三，孟氏亦得三，故曰四分公室也。

《注疏》以孟氏独取十二分之一者，盖因杜注以孟氏取其半，连若子若弟为一节，不以若子若弟，连叔孙氏使尽未臣为一节，故云尔也。然则季氏所得，何独取三分之一，十二分之四也？作三军，将中军者，必季氏也。诸侯之政，及之必烦，且自成季以来，季氏之私乘，视叔、孟必多。今且毁之以成三军，而所分与叔、孟等，季氏即羡中军之名，又何乐乎作三军？不然，三家皆卿也，一旦举全鲁民众之半，以授一家，叔孙亦必不肯作也。然则曷为各毁其乘？季氏使其乘之人，以其役邑入者无征，不入者倍征也。《注》谓使公家倍征之也，谓设利病，欲驱使入己也。窃疑当时之意，恐亦不然。入者，入所分之三军也，惟季氏私乘多，若不毁之以入所分之三军，则私乘自私乘，而又分以三分公室之一，季氏所得尤多矣，此穆子所为必盟而诅之。不入者倍征也，若以入所分之军，则季氏自征之矣，故入者无征也。

编者注：①季武子：即季孙宿。春秋鲁国人。季孙行父子。嗣父为大夫。时公室卑而三桓强。鲁原有上下二军，属于公室。有事，三卿更帅，以行征伐。襄公十一年，说叔孙穆子固请作三军，孟孙、叔孙、季孙三家各有一军，三分公室。十八年，齐伐鲁，晋救鲁伐齐，大胜，包围齐都临淄。次年，赴晋拜谢。又以所得于齐之兵器铸林钟以记鲁功，臧武仲以为非礼。昭公五年，改三军为二军，四分公室，季孙氏得其二。卒谥武。②叔孙穆子：即叔孙豹。一称穆叔。春秋时鲁国人。叔孙侨如弟。鲁大夫。侨如与鲁成公之母穆姜私通，豹见其兄之所为将召祸，奔齐。鲁成公末年，侨如奔齐。豹应召归鲁。事襄公，参国政。襄公十一年，季武子作三军，三分公室而各有其一。三家各毁其私家军，叔孙氏使其私家军尽为臣（奴隶）。二十四年，使晋，范宣子问何谓"死而不朽"，豹以"太上有立德，其次有立功，其次有立言"之说对。在奔齐时，与外妻生子竖牛，又娶于国氏，生二子孟丙、仲壬。后宠用竖牛，孟丙、仲壬均被竖牛所杀，己亦为竖牛所困，饥渴三日而死。③孟献子：即仲孙蔑。春秋时鲁国人。仲孙谷子。文公季年嗣为大夫。历事宣公、成公、襄公。屡使于诸侯各国。居处节俭，周王卿士刘康公聘鲁时赞之。其子子服见季文子俭，以为吝啬而讽之。蔑知之，囚子服七日。自是子服之妾衣不过七升之布，马饩不过稂莠。时人称之。

卷之十

春秋说四

大夫盟说

溴梁之会①，诸侯皆在，其言大夫盟何？《公羊》曰："信在大夫也。"《谷梁》曰："正在大夫也。"言君若赘旒然，诸侯失正，大夫不臣也。

《春秋传孔疏》："案《传》荀偃②怒，使诸侯盟高厚③，以君臣不敌，故使大夫盟之，非自专也。高厚逃归，故大夫遂自共盟，恐余国有二，使皆一其志也。"宜主何说？曰："《传》固曰荀偃怒，使诸大夫盟高厚，高厚逃归，于是大夫盟，是荀偃则恐诸侯有异志，乃以大夫使诸侯之大夫盟，非诸侯也。《左氏》纪其事，《公》《谷》释经意，三《传》初无异义也。《春秋》第书曰：'大夫盟。'不着一字，差异有是。礼乐征伐，自大夫出，世变益降悉见矣。"

编者注：①溴梁之会：鲁襄公十一年，三分公室形成分裂局面。次年莒侵占鲁东鄙，并围台。十五年，齐也侵占鲁北鄙，邾侵占鲁南鄙，鲁告急求晋。晋悼公欲集诸侯伐邾、莒，因悼公患病中止。悼公旋卒，平公即位。次年三月，晋平公邀宋、鲁、卫、郑、曹、莒、邾、薛、杞、小邾等国会于溴梁（今河南济源西），命与会各国互相归还侵占土地，并逮捕邾宣、莒犁比公，其罪名是勾结齐、楚。其他诸侯订立盟约后回国。②荀偃：见《晋悼复伯说》注。③高厚：春秋时齐国人。先为太子光傅。太子光被徙，复为太子牙傅。崔杼立太子光为齐庄公，执太子牙，厚亦遭杀。

豹及诸侯之大夫盟于宋说

豹①不书族，犹之遂不书公子，归父不书公孙，侨如不书叔孙。以上文已言公子遂如齐，公孙归父如晋，叔孙侨如如齐，一事再见，不必更言公子公孙叔孙也。刘氏谓三《传》之说皆非，是也。然则此上文已言叔孙豹会晋赵武、楚屈建诸大夫于宋，此第曰豹及诸侯之大夫盟可也。

又曰盟于宋，一地也，曷为再言于宋？以为书之重、辞之复，其中必有大美恶焉。则美之乎？贬之乎？是盟也，《左氏》曰："宋向戍②欲弭诸侯之兵以为名也。"既盟，向戍请赏，宋公与之邑六十，以示子罕③。子罕削而投之，曰："凡诸侯小国，晋、楚以兵威之，畏而后上下慈和，慈和而后能安靖其国家，无威则骄，骄则乱生。"此名言也，即孟子所谓出则无敌国外患，国恒亡也。

自是以后，不独晋、楚之从交相见，使列国诸侯，南向朝楚，伐吴灭赖，无敢违旨。自是而蔡弑其君，自是而莒弑其君，自是而楚亦弑其君，诸侯之兵亦弭。是数年间，而列国之内乱，自齐、卫而外，且踵相接也。向戍此举，盖师华元之为，观华元克合晋、楚之成于宋，鲁是以与晋、卫有琐泽之会，曾不三年，书楚子伐郑矣，四年，书晋侯及楚子战于鄢陵矣，晋、楚之不克合也犹是，诸侯之兵又可弭乎？王道之隆也，兵刑与礼乐并行，伯图之盛也，兵车继衣裳而会。弭兵似美举，《春秋》郑重书之，一曰会于宋，再曰盟于宋，亦以见是会与盟所系匪轻，春秋列国之局，至是又一大变也。《左氏》特以子罕之言，终弭兵事，不言贬，实以为非。《胡传》谓会盟同地，再言宋，贬之也，亦是也。

编者注：①豹：叔孙豹，即叔孙穆子。见《三分公室说》注。②向戍：春秋时宋国人。大夫，有贤名。宋华元自晋国还，立共公少子成为平公，使向戍为左师，以安定国人。戍为调解晋楚关系，以弭兵为名，遍告诸侯，会于宋都。③子罕：春秋宋国人，名乐喜。任司城，亦称司城子罕。鲁襄公十七年秋，宋平公筑高台，妨于农时，请求俟农闲时再建，平公未允。二十七年，向戌以倡议诸侯弭兵成功，请求封邑，子罕反对而罢。二十九年，宋饥，请出公粟借贷，使大夫都出粟借贷。

吴子使札来聘说

札①来聘书名，进之乎？贬之乎？文九年，楚子使椒来聘，十二年，秦伯使术来聘，襄二十九年，吴子使札来聘。楚、秦书爵，吴亦书爵，椒、术书名，札亦书名，书法无二也。《胡传》于楚子使椒来聘，谓楚子向慕中国，至是其君书爵，其臣书名，而称使，遂与诸侯比，以中国之礼待之也。则秦伯使术来聘犹是也，何于吴子使札来聘，又谓札者吴之公子，不称公子？贬也！何谓辞国而生乱者札之为，故因其来聘贬之，以示法也。光之弑僚，在昭二十七年也，去来聘之日，计二十九年，且无论乱非札生，椒之来聘也傲，不加贬，术之来聘也君子，不加褒，札来聘，鲁史独何举二十九年以后之乱？逆睹之，而逆加之罪，先书名以贬也，愚以为皆进之也！

至若札之来聘，《春秋传》曰："通嗣君也。"则以馀祭②死，夷昧③立，故曰嗣君也。杜注曰："吴子馀祭嗣立，馀祭立四年矣，是夏五月，且先书阍④弑吴子馀祭矣。"第据《经》书阍弑吴子，次书孙羯会晋荀盈城杞，次书晋侯使士鞅来聘，书杞子来盟，然后书吴子使札来聘，后先秩然。贾逵、服虔以为夷昧新立，使来通聘，无疑也，自注误以嗣君为馀祭，欲明其说，遂费许多疏解矣。注曰："吴子馀祭既遣札而后死，札以六月到鲁，未闻丧也。"孔氏疏之："据先君未葬，不得命臣，此与阍弑吴子不隔月，岂君死之月，即命臣而得书吴子使。且据札自请观乐，讥孙文子⑤君在殡听乐，旷世大贤，岂当若是。意必馀祭未死遣札，故札亦每事行吉礼也；意必札去之后，吴使来告丧，告以五月被弑，故追书在聘上也。"愚以为此特从赴书耳。

馀祭被弑，并未必在五月也。僖七年闰月，《传》记惠王崩，僖八年十二月，《春秋》书天王崩，《传》曰："王人来告丧，难故也，是以缓。"则安知馀祭被弑，非在三四月？从赴至鲁之月书，书在五月也，若疑馀祭未葬，札当不行吉礼。《春秋》不书吴、楚之葬，避其号也，葬未葬，亦未可知。在礼，则诸侯五月而葬。在春秋诸侯，其以三月葬者，自蔡宣公、郑庄公而下，十居四五。若郑穆公，以十月卒，葬即以十月，若郑襄公，以三月卒，葬即以四月，又安知札来聘鲁，非馀祭既葬日也？愚即季子所讥文子者观之，馀祭之葬，亦在聘前也，谓札书名为贬，后儒多知《胡传》之非，而未知《注疏》之误，故备言之。

编者注：①札：季札，又称公子札。春秋时吴国人。吴王寿梦少子。封于延陵，称延陵季子。后又封州来，称延州来季子。父寿梦欲立之，辞让。兄诸樊欲让之，又辞。诸樊死，其兄馀祭立。馀祭死，夷昧立。夷昧死，将授之国而避不受。夷昧之子僚立。公子光使专诸刺杀僚而自立，即阖闾。札虽服从，而哭僚之墓。贤明博学，屡次聘问中原诸侯各国，会见晏婴、子产、叔向等。聘鲁，观周乐。过徐，徐君好其佩剑，以出使各国，未即献。及还，徐君已死，乃挂剑于徐君墓树而去。②馀祭：春秋时吴国国君。吴王寿梦次子。寿梦有命，兄终弟及，必致国于季札。长兄诸樊卒，乃即位。在位十七年。③夷昧：亦作馀眜、夷末；春秋时期吴国君主，谥吴度王，为寿梦之子，诸樊、余祭之弟，馀祭去世，夷昧继承王位。夷昧重病临死时，他重申父兄之命，要季札接替王位。季札再度拒绝，并逃到边邑延陵躲藏起来。国不可一日无君，群臣遂奉夷昧的嫡长子州于为王，改名僚，称吴王僚。④阍：守门人。此处指越国俘虏。《左传·襄二十九年》："吴人伐越，获俘焉，以为阍，使守舟。吴子馀祭观舟，阍以刀弑之。"⑤孙文子：孙林父，春秋时卫国人，孙良夫之子。定公时为大夫。献公时与宁殖同列。因献公对二人无礼，共逐公。公奔齐。立殇公。殇公十二年，出奔之献公与宁殖子喜谋复位，宁氏攻孙氏，孙氏败，林父以其采邑戚叛卫奔晋。《左传·襄二十九年》：（季札）自卫如晋，将宿于戚。闻钟声焉，曰："异哉！吾闻之也：'辩而不德，必加于戮。'夫子获罪于君以在此，惧犹不足，而又何乐？夫子之在此也，犹燕之巢于幕上。君又在殡，而可以乐乎？"遂去之。文子闻之，终身不听琴瑟。

夏四月蔡世子般弑其君固五月甲午宋灾冬十月葬蔡景公晋人齐人郑人曹人莒人邾人滕人薛人杞人小邾人会于澶渊宋灾故说

蔡般①以子弑父，宋遇火灾，此四五两月叠见事也，其变孰大？当时诸侯，皆置之不问，越至十月，诸侯亦有事矣。不讨蔡贼，而会葬其父，书曰："葬蔡景公。"孰葬之，鲁会葬之也，谋归宋财。而会十二国之大夫于澶渊，书曰："宋灾故。"会未言其所为，此何言所为？明非为蔡世子弑其君故，为宋灾故也。

谓蔡属于楚，而景且父不父邪，何又会葬之也？谓宋实失财，而伯姬贤，且为灾卒邪？灾宁大于弑也！三《传》异说，后儒皆非之，是也！胡氏曰："不能三年之丧，而缌小功之察。放饭流歠，而问无齿决，是之谓不知务。"朱子曰："程子所谓春秋大义数十，如成宋乱、宋灾故之类，乃是圣人直书著贬，比事以观。"书葬蔡景公，不贬而是非亦见矣。

宋伯姬说

《春秋》书甲午宋灾，宋伯姬①卒。书叔弓如宋，葬宋共姬。详其卒以灾日，其葬以命卿与谥，贤之也，贤伯姬以遇火待姆死也。

吾谓伯姬之贤以遇火待姆，不在遇火待姆也。伯姬自鲁成公九年，归于宋共公，至十五年而共公卒，寡居三十有四年矣。以年几六十之君母，火及其宫，方造次颠沛之顷，犹曰"妇人之义，保母不在，宵不下堂"，则其三十四年以来，无往不守妇人之义可知也，故《春秋》贤之也。若第以遇火待姆为贤，知常不知变，《左氏》以为女而不妇，非抑之也。卫共姜②之呼母也，即始可知其终，宋共姬之待姆也，即终可概其始。《诗》录共姜自誓，《春秋》详共姬卒葬，天下之嫠妇，可以厉矣。

编者注：①宋伯姬：春秋时期鲁宣公之女。名伯姬。鲁成公之妹。嫁宋共公瑕，称共姬。《谷梁传·襄三十年》：伯姬之舍失火，左右曰："夫人少辟火乎？"伯姬曰："妇人之义，传母不在，宵不下堂。"左右又曰："夫人少辟火乎？"伯姬曰："妇人之义，保母不在，宵不下堂。"遂逮乎火而死。②共姜：卫世子共伯之妻。共伯早死，不再嫁。《诗·鄘风·柏舟序》："柏舟，共姜自誓也。卫世子共伯蚤死，其妻守义。父母欲夺而嫁之，誓而弗许。故作是诗以绝之。"

莒弑其君庶其莒人弑其君密州说

《春秋》书弑，二十有八，如卫州吁、宋督、楚世子商臣、蔡世子般，皆直书之，以正乱贼之罪，初无疑狱。其有不书行弑之人，以国人书者三，以国书者四，以阍书而不言其君者一，书法亦多可例求。其间有舍其子不书，而书国、书国人者，则庶其①密州②之弑是也。

考之《左氏》，如阍弑吴子馀祭："吴人伐越，获俘焉，以为阍，使为守舟，吴子观舟，阍以刀弑之。"《公羊》曰："近刑人，轻死之道也。"《谷梁》曰："不称其君，阍不得君其君也。"窃以为此越俘也，故称吴子，不称其君也。

其以国人书者，宋人弑其君杵臼，襄夫人王姬使甸攻而杀之。齐人弑其君商人，齐懿刖邴歜之父而使歜仆，纳阎职之妻而使职骖乘，二人于竹中谋弑之。以国书者，晋弑其君州蒲，晋厉骄侈失德，栾书、中行偃使程滑弑之。吴弑其君僚，僚亟战罢民，公子光使鱄设诸弑之。薛弑其君比，三《传》不载其事。《左氏》曰："称君，君无道也。"《公羊》曰："弑君称名氏，贱者穷诸人，称国以弑，众弑君之辞。"《谷梁》曰："称国以弑，君恶甚矣。"或谓君恶及国朝，则称国以弑，君恶及国人，则称人以弑。或谓君则无道，亦以见其国臣子，皆无所逃罪也。至若莒弑其君庶其，则为莒纪爱季佗而黜太子仆，且多行无礼于国，仆因国人以弑纪公也。莒人弑其君密州，为莒犁比公生去疾及展舆，既立展舆，又废之，犁比公虐，国人患之，展舆因国人以攻莒子，弑之乃立也。

《春秋》之作，为乱臣贼子而作，子弑其父，与国人弑其君，其恶孰极？今莒仆、展舆弑其父，何舍其子不书，乃书国书国人？吴氏澄③谓仆既与国人同弑君，则当自立，又何以奔鲁？疑仆因国人下"以"字，当作"之"字，谓仆因国人之弑君，惧及祸而来奔也。陆氏淳④谓《左氏》云展舆因国人以攻莒子弑之，子弑其父，不当不书，义同庶其之弑，恐是展舆因国人之弑莒子乃立，误"之"字为"以"字。《胡传》则谓信《经》而弃《传》可也。

愚观《左氏》已明曰"夫莒仆，则其孝敬，则弑父矣"。斯《传》中"以"字，不可谓当作"之"字。如展舆因国人以弑莒子乃立，据承上既立又废之而言，疑亦是展舆因国人攻莒子弑之乃立，非展舆弑之自立，"以"字或是羡文。而此《传》与莒仆其文略同，其弑未必独异。窃以为《春秋》信以《传》信，疑以《传》疑，弑逆大恶，非深悉其实此，不可以传闻无据之说，遂加某臣某子也。若其事为其国所秘隐，其史臣非有晋董狐、齐太史直书以赴，鲁史记时事必不能不从当时赴告之文，轻笔之书，圣人修《春秋》，又何能不因史官记载之旧，率指谁弑。且如郑髡顽、楚麇、齐阳生，《传》皆以为弑，而以疾赴于诸侯，鲁史以卒书，皆从所赴也。书国书国人，其义自见，《春秋》修而不改，不书其人，圣人之慎也。是弑谁弑，其事隐秘，《左氏》博采诸史，乃得其情。以《传》翼《经》，《左氏》之详也，《经》所以《传》信，《传》亦无庸疑。

编者注：①庶其：莒纪公，己姓，名庶其，春秋诸侯国莒国君主之一。莒纪公于鲁文公十八年被太子仆通过国人弑杀。②密州：莒犁比公，己姓，名密州，春秋诸侯国莒国君主之一。于鲁襄公三十一年被其子展舆倚靠国人弑杀。参见《齐桓父兄说》注。③吴氏澄：吴澄，元抚州崇仁人，字幼清，晚字伯清。幼颖悟，既长，博通经传。宋咸淳间举进士不第，还居草屋，学者称草庐先生。元世祖遣程钜夫求贤江南，起至京师，寻以母老辞归。成宗大德末除江西儒学副提举，以疾去。武宗即位，召为国子监丞，升司业，迁翰林学士。泰定帝时为经筵讲官，修《英宗实录》，命总其事。实录成，复弃官归。四方士负笈来学者，常不下千数百人。少暇，即著书。有《易纂言》《仪礼逸经传》《礼记纂言》《春秋纂言》《吴文正集》等。④陆氏淳：陆质，唐吴郡人，字伯冲。初名淳。精通《春秋》。师事赵匡，匡师啖助，乃尽得二家学。陈少游荐之朝，授左拾遗，累迁国子博士，出历信、台二州刺史。素与韦执谊善，顺宗时征为给事中、太子侍读。卒，门人私谥文通先生。有《集注春秋》《春秋辨疑》《君臣图翼》等。

公会刘子晋侯齐侯宋公卫侯郑伯曹伯莒子邾子滕子薛伯杞子小邾子于平丘八月甲戌同盟于平丘公不与盟说

平丘之会与盟，同地也。《春秋》书会于平丘，同盟于平丘，书之重，辞之复，与僖九年公会宰周公、齐侯、宋子、卫侯、郑伯、许男、曹伯于葵丘，九月戊辰诸侯盟于葵丘，书法无异。《谷梁》曰："善之也。"自向戌合晋、楚之成，数年之间，幸免无事，而诸侯自此北面事楚，楚日益横，晋日益偷，虽灭陈灭蔡，一若罔闻。逮至楚虔①弑，而晋乃有是会，惜晋之君臣，知震诸侯以兵力，不能服诸侯以诚信，而晋之合诸侯也，遂自是止。然方为此会，合十三国之诸侯，临之以天子之老，可谓盛矣。安内攘外，同力同心，易于反掌，《春秋》随时系事，如此会，焉能不以桓、文之伯业，重有望于晋侯也。其下书公至自会，继书蔡侯庐②归于蔡，陈侯吴③归于陈，兴灭继绝，得谓非此时会与同盟之功乎？何谓讥之也！

至谓书曰同盟，讥王臣不当同列国之盟。考《周礼·司盟》，凡邦国有疑，则掌其盟约之载，如盟非王臣所宜与，则司盟一职可不设于王国矣。叔向于此会，方称明王之制，再朝而会以示威，再会而盟以显昭明，必非无稽，如王臣不当同列国之盟，叔向何又云明王之制也。若公不与盟，为邾、莒愬于晋，晋使叔向辞公，公故不获与盟也。莒诉之者，昭元年，季孙宿伐莒取郓，五年，叔弓败莒师于蚡泉，十年，季孙意如伐莒取鄆，甚至献俘用人，故莒人诉之，以为鲁朝夕伐我也。鲁之伐邾，当昭公十余年，未见经传。十一年，鲁与邾盟于祲祥，方以修好，盖邾与鲁近，如注言以小事相恩，故助邾诉鲁也。

《谷梁》谓公不与盟，可以与而不与，讥在公也。质诸《左氏》，则以为讥在公者近是。随沙之会，曰不见公，自晋言之也，晋听侨如之谮，责在晋也。平丘之会，曰公不与盟，自公言之也，鲁有莒人之诉，责在公也。故十四年，书意如至自晋，《传》曰："尊晋罪己也。"如因《公羊》不耻不与之言，遂谓书公不与盟，为公张义，谓晋虽与公与盟，犹宜不与，谓公得不与同盟之罪，实为幸。且谓《春秋》深恶此会，辞繁不杀，恶其竞力不道，为后世鉴。又谓直书其事而不隐，专示后世以立身行己之道。窃合《春秋》经传前后观之，皆非《春秋》当时所书意也。

编者注：①楚虔：楚灵王，春秋时楚国国君，熊氏，名围，后改名虔。共王次子。为令尹时，主兵事，杀侄郏敖自立。即位后，初以诸侯兵攻吴，破朱方，杀齐庆封。后灭陈蔡，又攻徐以胁吴，国人苦役。公子比、公子弃疾等攻杀太子，立公子比为王，引起军心动摇，不战而溃。灵王由乾溪西逃，入芈尹申亥家自缢死。在位十二年。谥灵。②蔡侯庐：蔡平侯，春秋时蔡国国君，名庐。景侯少子。楚灵王既杀蔡灵侯，遂灭蔡。使公子弃疾为蔡公。楚灭蔡三岁，弃疾杀楚灵王，代立为平王。欲亲诸侯，复立蔡后，求得庐立之，在位九年。谥平。③陈侯吴：陈惠公，春秋时陈国国君。名吴。哀公孙。楚灵王灭陈五年，楚公子弃疾杀灵王，自立为平王。平王初立，欲和诸侯，乃求得吴，立为陈侯。在位二十八年。

许世子止弑其君买说

许止①未弑君，《春秋》曷为加之以弑君？《左氏》曰："尽心力以事君，舍药物可也。"谓止不尽心力以事君尔。《公羊》曰："讥子道之不尽也。"谓止进药而药杀，是以君子加弑焉尔。《谷梁》曰："不成弑而曰弑，责止也。"谓止进药不知尝药，累及许君尔。

果尔？止之无可逃罪者，不孝也，不慎也。吁！天下之不尽心力，不尽子道不知尝药者，吾不知凡几。以止进药不知尝药，而遂加以弑，问天下几人可不加以弑？《春秋》立法虽严，何不恕至此，宜后儒以为实弑也。

《春秋》时事，《左氏》实录也。"许悼公疟，饮太子止之药卒，大子奔晋"，药出自止，君死于药，使止直不知尝药，止曷为奔晋？奔晋，则许之人，以为大子之弑其君也，岂疑狱哉！且使止直不知尝药，如《谷梁》所称"止以位与弟，哭泣歠飦粥，嗌不容粒，未逾年而死"，圣人修《春秋》，又何忍不为末减，卒书曰："许世子止弑其君买！"

编者注：①许止：许悼公世子。姜姓，名止。《谷梁传·昭十九年》：止曰："我与夫弑者。"不立乎其位，以与其弟虺，哭泣歠饘粥，嗌不容粒，未逾年而死。故君子即止自责而责之也。

定无正说

定①何为无正？是年，定元年也。是月，非定正月也，且无事也。元年必书正月者，为公即位，为朝正告月也。非元年，事在二月，则书二月，事在三月，则书三月。鲁十二公，书春王二月者二十，书春王三月者十有七，是年书春王三月，晋人执宋仲几于京师，则犹之春王三月而已矣。《左氏》无传，为不须传也。杜氏注曰："公之始年，而不书正月，公即位在六月故。"义甚了然，此亦即言不书王正月，书王三月故也。特此注，宜以附三月之下，不宜以附春王之下，似《春秋》之文，春王可断读也。自《公羊》谓定、哀多微辞，《谷梁》谓昭无正终、定无正始，后之人，竟将春王二字画断。若别书三月，以系时事，句读先误矣，乃于此谓书王不书正月，横加议论，或且周内定罪，以为不正其始，岂笔削本意哉！

昭以去年十二月薨，何谓昭无正终？定以是年六月始即位，何谓定无正始？窃以为是所宜讲明者，非在正月，在元年耳。是年自六月以前，鲁无君也，专鲁者季氏也。昭出奔，凡八年，皆书昭某年。薨且逾年矣，是半年，书何公之年？将毋以月书王月，年亦不嫌特书为某王某年乎？非鲁史纪年也，抑以季氏专鲁，昭已薨，定未立，犹之厉王崩，宣王未立，不妨特为之名，如称共和某年乎？是周召季氏也，惟定未立，定未尝求立，季氏实请而立之，必谋诸诸大夫，亦愿立之。其立也，兄终弟及，视桓不啻顺，视僖不啻贤，虽非嗣子，变而不失乎正也。是此无君之月，固宜定为之君也，定以是年即位，故以是年概为定元年也。自书定元年观之，则以为不与季氏之专可也，则以为不与季氏承正朔可也，何谓定无正！

编者注：①定：鲁定公，春秋时鲁国国君。名宋。昭公之弟。定公十年，以孔子行相事，与齐景公会于夹谷。齐侯欲劫持定公，孔子以礼历阶，齐侯惧而止，乃归鲁侵地。在位十五年。

初税亩作丘甲作三军舍中军用田赋说

初税亩，加税以足食也。非废助用税也。古者什一，藉而不税，初税亩者，除去公田，又履亩什取一也。若废助用税，是井九百亩，向取公田百亩，今履亩取什一，直取九十亩，反寡于什一矣。《公》《谷》与杜氏无二义，《胡传》之说，盖泥视《谷梁》去公田语也。

作丘甲，增赋以足兵也。抑非丘作甲，与丘出甸甲也。古者四丘为甸，出甲士三人，今增四分之一也。《公》《谷》谓使丘民作铠，其释丘甲，不若杜氏之有徵。至谓丘出甸甲，是一丘之赋，顿加四倍，鲁亦不为。《胡传》与诸儒，故多以为误也。

作三军，分属兵民，弱公室也。作，自今作之，非旧所有也。如庄十六年，王命曲沃伯以一军为晋侯；闵元年，晋献作二军；僖二十六年，晋文作三军。皆以旧所本无，故曰作也。《胡传》据鲁颂公徒三万，《郑氏诗笺》谓万二千五百人为军，大国三军。言三万者，为举成数，故知三军，鲁之旧，此笺《孔氏正义》言之甚简明。《正义》曰如此笺，以为僖公当时，实有三军矣。又以凡举大数皆举所近者，若是三万七千五百，大数可为四万。此颂美僖公，宜多大其事，不应减退其数，以为三万。故答临硕，谓此为二军，以其不安，故两解之也。今以《春秋》检之，则僖公无三军。襄十一年，经书作三军，明已前①无三军也。昭公五年，又书舍中军，若僖公有三军，则作之当书也。自文至襄，复减为二，则舍亦当书也。《春秋》之例，以军赋事重，作舍皆书，于僖公之世无作舍之文，便知当时无三军也。郑以周公伯禽之世，合有三军，僖公能复周公之宇，遵伯禽之法，故以三军解之，其实于时唯二军耳。而孔氏于《春秋正义》，反覆推论，未免支离，意以鲁国合竟可任之民，何止三万，今季武子特举往前属公之民，分而为三，谓之三军。胡氏遂谓鲁本有三军，今不过废公室之三军，各有其一。斯谓之作，皆为季氏而言，然以为三军鲁之旧，则非也。

舍中军，弱公室，并弱叔孟也。非前书作以讥之，今则善其舍僭从礼也。方其作之，三分公室，三家各有其一。季氏尽征之；孟氏取其半，合一家之父兄子弟，取其半也；叔孙臣其子弟，以父兄归公，亦取其半也。是鲁民之属于公室者，三分犹居一也。及其舍之，四分公室，季氏择二，二子各一，皆尽征之，而贡于公，自是公室有贡而已，无复有民矣。何谓复古？何谓复正？《公》《谷》之说，盖第据经文作舍而言，未睹鲁所以舍之之实也。

用田赋，以田出军赋也。非必别其田与家财，各为一赋，亦非必举商贾所当出廛里之赋，以农民出之也。诸儒之说不一，其所用之数多寡，亦不可考。窃以为言税以田亩计，言赋以丁口计。周制，岁时登其夫家之众寡，国中自七尺以及六十，野自六尺以及六十有五，皆征之，所谓计口率泉也。质以《国语》孔子对冉有之言，特言于是有鳏寡孤疾，有军旅之事则征之，无则已。近世万氏②孝恭谓今以计口率泉，为不足用，又计田而使之出泉以为赋，是也。

凡此五事，分见于宣、成、襄、昭、哀之年，皆季氏专鲁，变乱成法之所为也。以什一为不足，而初税亩。以甸甲为不足，而作丘甲。以各有私乘为不足，而作三军。以各征其军为不足，而舍中军。而季氏卒至于用田赋，惟不足也。孔子尝对哀公曰："百姓足，君孰与不足？百姓不足，君孰与足？"而于季氏此访，直斥以若不度于礼，贪冒无厌，虽用田赋，将又不足。有天下国家者，将变成法，求足国家，可以监矣。

编者注：①已前，即以前。已，古同"以"。②万氏：万斯大，字充宗，别字褐夫，因患足疾而自号跛翁，浙江鄞县人。清初著名经学家。万斯大与其弟万斯同等俱师事黄宗羲，为黄氏之高足弟子。其为人刚毅质直，义形于色。又性和易，好结纳贤豪，奖引后进。绝意进取，独精经学，广搜诸家之说，昼夜钻研，穷其旨要，尤邃于《春秋》《三礼》。

左氏即左丘明说

左氏，左丘明①也。《史记·年表》②记孔子论史记旧闻，以制义法，七十子之徒口受指传，有所刺讥褒讳，不可以书见。鲁君子左丘明，惧弟子各安其意，失其真，具论其语，成《左氏春秋》。《汉书·艺文志》亦云，孔子与左丘明观鲁史记，口授弟子，丘明恐弟子各安其意，论本事而作《传》。刘向《别录》又详其所传受，谓丘明授曾申，六传而及荀卿。自汉以下，无不以左氏即《论语》左丘明，逮至于宋，或以左氏问程子即左丘明否？程子曰："《传》中无丘明字，不可考。"朱子因谓左氏不必解是丘明，如圣人所称，煞是正直底人。《左传》之文，有纵横意思，又如秦始有腊，《左氏》谓虞不腊矣，是秦时文字分明。

愚观朱子言《春秋》，视后儒最平实切当。其言《公》《谷》及《胡传》，亦至平允，言《春秋》实录，当据《左氏》，其间议论有极不是处，如周、郑交质之类，皆是确评，至谓《左传》是秦时文字，窃未敢谓然也。三《传》之作，《公》《谷》专于释《春秋》之义者也，《左氏》专于叙《春秋》之事者也，各有所专，斯各有所略。故《公》《谷》亦言其事，则多出于揣度，《左氏》亦言其义，时或掉以轻心。以文而论，朱子以为有纵横意思者，未识何指。《公羊》辨而裁，《谷梁》清而婉，《左氏》艳而富，昔人既言之，而其辞气从容温雅，视战国之文，两不相侔。若其所叙列国会盟侵伐，或仗信义，或仗诈谋，自皆是当时实录，非左氏自为之。至于春秋之末，事势自渐近战国，亦非左氏之文然也。故谓《公》《谷》经学，《左氏》史学，谓《左氏》论是非，多以成败，固也。

然观《左氏传》中，多引《易》《诗》《书》《礼》《乐》之文，以论是非，于经盖无不通。若所称刘康公[3]言"民受天地之中以生，谓之命，是以有动作礼义威仪之则，以定命也"，则古今来言性道者奉为至精至粹之言。而《左氏传》中，凡以论春秋成败得失之宗旨，此皆纵横者流所窃笑为迂阔之言，而不屑言者也。若谓秦始有腊，《史记·秦本纪》："始皇三十一年，更腊曰嘉平。"《索隐》曰："《广雅》云：夏曰清祀，殷曰嘉平，周曰大蜡，亦曰腊。"此言更腊曰嘉平，是自秦以前，必周亦曰腊可知矣，故谓之更，非秦始有腊也。

愚以为一部《左传》，计一十九万六千八百余言，其间议论，自非圣人自言之，亦安能无一不合圣人之言。朱子以圣人之大道折衷之，自多可议，《公》《谷》及《胡传》，亦莫不然。若以《左传》为秦时文字，非即丘明，亦以其所可议者，疑非圣人所称左丘明尔。后世学者，不必视为朱子定论也。

编者注：①左丘明：春秋时鲁国人。左氏，名丘明，一说左丘氏，名明。传为鲁国史官。或谓与孔子同时。相传他据《春秋》纪年集各国史料撰《左氏春秋》（即《左传》)。又传《国语》亦为其所著。②《史记·年表》：即《史记·十二诸侯年表》。③刘康公：春秋时周定王同母弟。或称王季子。食邑于刘。周之卿士。

卷之十一

礼记说一

三礼说

三礼①之学，未易言矣。《周礼》一书，先儒以为周公致太平之迹，自汉以来，信者半，疑者亦半。窃以为此亦极难臆断，如谓此是汉人所撰，则孝文帝时，得魏文侯乐人窦公②献其书，乃《周官·大司乐》章也，是六国时已有是书。如谓此乃六国之书，则《周官·职方氏》所掌，与《汲冢周书·职方解》③之全文，亦复无异，是周时已有是书。如谓此本是周之盛时圣贤之制作，后为汉人所附益，则在未附益之时，孔子尝言"吾学周礼"，尝言"文武之政，布在方策矣"，而平居所言，与六官所载何一无明文？孔子又尝学礼于老聃矣，方老聃为周柱下史，有周公之制作如《周礼》，何独未闻诸老聃？若门弟子游、夏、曾子之徒，讲求古礼，何概未言及《周礼》？且博览列国之史籍如《左氏》，若《周易》与《诗》《书》，动见称引，而所言王室侯国之礼，何又未尝有明据《周礼》之文？是不必指摘六官中何者不可复，何者不可信，在春秋时，殆未有所谓《周官》一书也，宜后儒多疑之也。今读是书，广大精密，直使天下无一人一物，不为之所，而授之制。而官冗事烦不能无弊，盖一王之制其初各具良法，其后各有流弊，意必周之季世，有心经济者，尝取周室官司所职掌，会萃而条列之，以成是书。故周室治具之备见于是书，而其立法之良在是，其末流之弊亦在是也。《周礼》可疑，地官居半，通变宜民，亦在后之王天下者，知所因革而已矣。

《仪礼》十七篇，先儒以为与《周礼》并是周公摄政太平之书。贾氏谓《仪礼》其本，《周礼》其末。朱子谓《仪礼》是经，《礼记》是传。窃以为《仪礼》，自是周之礼，若以为周公之书，愚意此亦孔门七十子之徒之书也。何以言之？《仪礼》所言，或以仅侯国而不及王为疑，辨之者曰《仪礼》是侯国之书。何谓仅侯国而不及王，然则又何以为周公摄政之书也？其说相左，且不具论，今第思《仪礼》有记有传，皆高堂生④所传之十七篇也。若《丧服十一》，其下云子夏传，即谓恐未必然。若《士冠礼》之冠义，首载孔子之言，未云后之人谁为附之也，而同列《仪礼》。且如《丧服》篇，说者谓周公设经，上陈其服，下列其人，其曰慈母如母，此所谓《仪礼》经也，非传也。而《礼记》记子游问曰："丧慈母如母，礼与？"孔子以为非礼，且曰"丧慈母，自鲁昭公始也"，则《仪礼》非周公之书，又显而易见者。愚故曰："此亦孔门七十子之徒之书也！若其所传之礼仪，盖多本之周公耳。"后世礼书，代有作者，古礼幸在，考证有资，亦在议礼者，知所损益而已矣。

至于《礼记》四十九篇，如《大学》传自曾子，《中庸》作于子思，此又百王之官礼所从出，所谓天不变，道亦不变，无所因革，无从损益者也。外此，自孔门弟子，下逮汉初之儒，各述所闻，各言所知，有其礼则同，而彼此时或异说，究其意，未免多执夫陈迹。又有其礼虽古，而后世有所不行，原其始，亦不过从其旧俗。风会既迁，则凡服物宫庙之制，燕飨祭祀之仪，设圣王复作，必有与时变革者，诸如所记，无庸尽泥矣。而以言礼之为教，使第掌之以官，授之以仪，非得四十九篇传述而讲明之。则所谓礼者，亦犹是自汉以下，史官所记事物名数，降登揖让、拜俯伏兴之节，皆一有司之事耳。乌睹本乎天秩，管乎人情，而切于日用，为斯须不可去也。有是哉！其杂出诸儒，纯驳不一，前人既详言之，不烦赘说。其文则繁，其义则博，学者诚博而约之，正不独《学》《庸》两篇，非《周礼》《仪礼》所有也。《周礼》本名官，《仪礼》亦是仪，三礼皆经，后世专以记设科，亦不谬哉！

编者注：①三礼：《周礼》《仪礼》《礼记》之合称。②窦公：战国时魏国人。文侯时为乐人。相传至西汉孝文帝时犹在，年一百八十岁。自云：十三岁双目失明，父母教以鼓琴之技维生计。汉文帝时献《周礼·大宗伯·大司乐》章。③《汲冢周书》：按，冢当作冢，疑版误。《汲冢周书》，即《逸周书》，又名《周书》。因西晋时汲冢出土竹简中有"周书"，后遂误以为汉以来传世《逸周书》得自汲冢。又，旧说《逸周书》是孔子删定《尚书》后所剩，是为"周书"之逸篇，故得名。④高堂生：西汉鲁人，字伯。治古礼。《礼》经秦火，而书不传。汉兴，生传《士礼》十七篇，即今本《仪礼》，为当时今文礼学最早传授者。

曲礼说

《礼器》言"经礼三百，曲礼三千"，诸儒异说。郑康成等，谓经礼即《周礼》三百六十官，曲礼即《仪礼》，冠昏吉凶，其中书仪三千，以其有委曲威仪，故有二名。郑夹漈①谓当时制作，本有是二书。朱子谓《仪礼》三百，便是《仪礼》中士冠、诸侯冠、天子冠之类，此是大节，有三百条。如始加再加三加，又如坐如尸，立如齐②之类，皆是其中小目。又谓今之《仪礼》，存者十七篇，其逸见于他书，犹有数十篇，及河间献王所辑礼乐古事，多至五百余篇，大率以五礼约之，其初固有三百余篇。所谓曲礼者，皆礼之微文小节，如今曲礼少仪、内则、玉藻、弟子职篇。凡所以行乎经礼之中者，其篇之全数，虽不可知，然条而析之，亦应不下三千有余。观《礼记》首以《曲礼》名篇，而篇首有"曲礼曰"之文，岂古固有是书，记故引之邪？抑经曲之目，百千之数，言礼者，不过郑重分之。推极言之，非必一一可实之以何者乃经礼，何者乃曲礼。故《中庸》又曰："礼仪三百，威仪三千。"其名亦无定也。

若四十九篇，以《曲礼》居首者，盖以其篇首数语，足蔽三百三千之全也。其文不甚连属，则以其杂取礼家精要之语以成篇。其名之曰《曲礼》，则以其所记之礼，皆礼之委曲威仪，微文小节也。言其为益于古今之学者，窃以为礼道之难，总在一言一动，无不曲当之难耳。诚使世之子弟，能即寻常日用，进退应对之细，取所记事亲事长，持己接物之礼，随在体认，随在皆得其曲当之意，犹有一言一动不合于天理，不合于人情者乎？

论者谓《曲礼》二篇，是百炼真金，序事入神，谈理入妙，上篇尤甚，此特以文言。以礼言，在上篇，亦尤切于日用言动也。吾知得其意，无古今，无大小，凡吉凶宾军嘉，记虽未详，第随所因革损益之仪文而行之，必无不当矣。先儒所为以物我两尽，自《曲礼》入也，读《礼》者，尚知要哉！

编者注：①郑夹漈：即郑樵，见《将仲子说》注。②齐：通"斋"字。坐如尸，坐着就要像祭礼中的代为受祭的人一样端正。立如斋，站着就要像斋戒一样肃穆恭敬。

幼子常视毋诳说

《曲礼》一书，凡所以教子弟者，备矣。窃以为为父母者，欲其子之听教，则幼子常视毋诳一言，乃蒙养第一要义也。视，示也。何谓毋诳？非惟常示之以正物，常示之以正事，谓常示之以不可欺诳是也。此即主忠信之教也，其实则示幼子者，尤必先毋诳也。

大抵子方幼时，初有知觉，为父母者，欲其喜笑也，往往以可喜之事与物示之，欲其畏惧也，往往以可惧之事与物示之。备观俗情，非必果有是事与物也，多诳之使喜与惧耳。久而知为诳，虽复诳之，不听矣。且久而知为诳，虽不诳之，亦不听矣。是不惟使其子目见耳闻，幼即习为欺诈，直使其子幼即不信父母之言，不听父母之教也。故示幼子者，断断乎必先勿诳也。

《列女传》①载："孟子幼时，问东家杀猪何为？其母曰：'欲啖汝。'既而悔曰：'吾闻古者胎教，今适有知而欺之，是教之不信。'乃买猪肉以食之。"此正常示毋诳之先务也。朱子取以入《小学》②，其教至微，为父母者，其慎勿忽此言。

编者注：①《列女传》：西汉刘向著。全书共七卷，分为母仪传、贤明传、仁智传、贞顺传、节义传、辩通传、孽嬖传。按，"买肉啖子"之事，见于西汉韩婴《韩诗外传》一书，其中所述多历史故事，为刘向编《说苑》《新序》《列女传》所采录。②《小学》：古代蒙学著作，一般认为是宋代朱熹编著。全书六卷，凡分内外篇。内篇包括《立教》《明伦》《敬身》和《稽古》，以选录儒家经书为主，"萃十三经之精华"。外篇则有《嘉言》和《善行》，辑录历代贤德之士的嘉言和善行，"采十七史之领要"。

不知其墓说

《檀弓》记孔子少孤，不知其墓一事，儒者多疑之，今即《檀弓》本文观之，此郑注之误也。此为前言孔子既得合葬于防，因并记其所以得迁其父之殡，与母合葬之由来也。其曰"不知其墓"，承少孤言也，则所谓其墓者，必其父之墓也。其曰"殡于五父之衢，人之见之者，皆以为葬也"，承少孤不知其墓言也。孔子何为不知其父之墓？葬地曰墓，墓非殡所也，葬也。惟方其殡于五父之衢，人皆以为葬，故孔子不知也。曰"其慎也，盖殡也"，承人皆以为葬言也，明人之见之者，所以误以为葬，由其殡之慎，而言其实非葬，盖殡也。《檀弓》之文，类以含蓄顿宕见姿神，此数句，若质言之，不过言孔子少孤，不知其墓是殡也。

孔子少孤不知，何为卒合葬于防？其曰"问于郰曼父之母"，明言孔子问之，非郰曼父之母问之也。盖葬则不得迁，殡则得迁，至孔子长，问之，而知为殡，故至颜氏卒，然后得合葬于防也。《檀弓》本文，意殆如此。夫殡之慎耳，究何为而见之者皆以为葬？古之殡者，掘地下棺，奉尸敛于棺，及殡，以木覆于棺上而涂之，为火备也。《士丧》记所谓掘肂见衽，所谓乃涂卒涂是也。肂，埋棺之坎也。衽，棺与盖相连合之处也。其所涂者，《礼》未详涂以何物，既以为火备，必埋焉而以木覆棺，又掩以土也，凡欲其慎也。孔子方三岁丧父，为之殡者，意必加慎，故人之见之者，皆以为葬也。人皆以为葬，则孔子知是五父之衢，其墓而以矣。虽然，孔子少孤不知，其母颜氏，何为不告孔子？孔子自少孤而长，又何为未尝问之其母，而问之郰曼父之母？方其殡也，在颜氏亦未必知之也。孔子之家，非世家也，其父卒，颜氏以茕茕一少寡，非能自殡之也。其丧具称家，亦非必能一如三日而殡，殡于西阶之上，三月而葬，葬于墓之礼也。赖二三族党，为之殡，殡之慎，人皆以为葬，则亦自以为殡且葬焉而已矣。

孔子，耶人也，耶曼父之母，必非族即邻。其慎也，盖殡也，必身知其实者，故孔子问之，或亦孔子长而疑之，故问之也。虽然，此衢也，何以殡？考五父衢，鲁东南二里，道名，亦地名耳。《尔雅》四达谓之衢，既曰四达，是必有地焉以错之，使分而为四，而此四路交通之间，未尝无可葬可殡，并可居地者，随处皆是也。况逼处鲁国城市地，亦安知孔子少孤时，所居不近五父之衢邪？且如季武子成寝，杜氏之葬，在西阶之下，安知武子西阶之下，非杜氏当时西阶之上邪？其请合葬，《孔氏正义》①谓请就武子之寝合葬，殊不近情。陆农师②曰："杜氏请迁于外，以合葬也。"张横渠③曰："杜氏必是殡，请取其枢，以归合葬也。"观此事，与陆氏张子之说，亦可知孔子迁其父之殡，以与母合葬，非殡其母于路，以致人之问也。《陈氏集说》④亦以殡为殡母丧，谓此非细故，不得不辨，因并本文与郑注辟之，愚故更为之说。

又跋：或问《家语》亦载此事，而于不知其墓之下，有"母死乃"三字，是郑氏之说，非尽诬也。曰："汉《艺文志》载《家语》二十七篇，颜师古曰：'非今所有《家语》也。'今《家语》多取自各经，如此事，直集《檀弓》耳。其所以增此三字者，盖亦觉上文方言孔子少孤，不知其墓。如郑氏之说，则所谓殡于五父之衢者，究竟是父是母，未见分晓，故特增之以明其说。即此，抑可见郑氏此注，不第以慎为引，嫌于改经，以颜氏耻焉不告，孔子殡其母于衢，以发人疑问，几于诬圣，其于《檀弓》之文，殆未甚详审焉。"

编者注：①《孔氏正义》：即唐孔颖达《礼记正义》。孔颖达，唐冀州衡水人，字冲达，一作仲达。少就学，诵记日千余言。及长，尤明诸经，善属文，通步历。隋末，登进士第。炀帝尝召天下儒官集东都，诏国子秘书学士与论议，颖达为冠，又年最少。老师宿儒耻出其下，阴遣客刺之，匿杨玄感家得免。入唐，历迁国子博士、国子司业、国子祭酒。与诸儒议历及明堂事，多从其说。尝受诏与颜师古等撰《五经正义》。有集。②陆农师：陆佃，字农师，号陶山。宋越州山阴人。神宗熙宁三年进士。曾受经于王安石。授蔡州推官，召补国子直讲。元丰时，擢中书舍人、给事中。哲宗初，迁吏部侍郎，预修《神宗实录》。屡更外任，治狱有声。徽宗立，召为礼部侍郎，预修《哲宗实录》。迁吏部尚书，拜尚书右丞，转左丞。以主张参用元祐人才，反对穷治元祐余党，遭谗，罢知亳州而卒。有《埤雅》《礼象》《春秋后传》《陶山集》

等。③张横渠：张载，字子厚，世称横渠先生。宋凤翔郿县人。少喜谈兵，至欲结客取洮西地。范仲淹劝读《中庸》，乃博览群书，而反求之六经。讲《易》京师，遇程颐兄弟，以为不及，于是撤坐辍讲，尽弃异学。登仁宗嘉祐二年进士。为云岩令。神宗熙宁初为崇文院校书。寻称疾屏居南山下，读书讲学。熙宁十年，以吕大防荐知太常礼院，以疾归，道卒。门人欲谥明诚，后定谥献。宁宗嘉定中赐谥明公。其学以《易》为宗，以《中庸》为体，以孔孟为法。讲学关中，传其学者称为关学。有《正蒙》《易说》等。④《陈氏集说》：即《陈氏礼记集说》，宋末元初陈澔著。陈澔，字可大，号云庄，又号北山。陈大猷子。元南康都昌人。博学好古。宋亡隐居，不求闻达。教授乡里，学者称云庄先生。

王制说

汉文帝时，为赵人新垣平①上言，宜立祠上帝，以合符应，于是作渭阳五帝庙。上亲临拜，贵平为上大夫，赐累千金，而使博士诸生，刺六经作《王制》，谋议封禅事。今观其书，曾无一言及封禅，所见独正，洵不愧儒者之言矣。其自班爵授禄、巡守朝聘、出征田猎之制，与夫国用制自冢宰，居民度以司空，兴学帅以司徒，辩论官材以司马，正刑明辟以司寇，殆至百官以成质于天子，而养老之礼行焉。其终期于君子耆老不徒行，庶人耆老不徒食而后已。推作者之意，固将上规二典，中媲三王，定一代之制，致太平之治，为汉京不朽之书也。煌煌乎，亦当时一大著述哉！

其制类可垂为世法，其尚有可议者，则所谓四诛者不以听。若执左道以乱政，杀！若假于鬼神时日卜筮以疑众，杀！盖即为新垣平而言。其余亦卒宜详审，不然，恐后世援之，或滋滥诛之弊。若其所刺之经，自《虞书》《孟子》《左氏》《公羊》外，有与诸书不合者，其去古未远，必有所授。而诸书如《周礼》，时且未出，先儒铢铢两两，为之剖释。其博学详说，启发后学之功，自不容没。而亦有不容泥者，则以作者于此制，方以为自我作古，或殷制，或周制，本非所计也。

编者注：①新垣平：西汉人，方士。文帝十五年，以望气见帝。因说文帝设立渭阳五庙。十六年使人持玉杯献帝，刻有"人主延寿"四字。文帝信为祥瑞，改明年为后元元年。旋平欺诈事败露，被杀。

月令说

《月令》一书，其来盖古。蔡邕①、王肃②谓周公所作，是不可考。观《管子·幼官图》所言四时服色食味，听声用数，皆与《月令》吻合。若《淮南·时则训》，则全是《月令》，其间如孟春之月，日在营室，《月令》以日月所会言，《时则训》以斗建言。如每月物候，《月令》蛰虫始振，《时则训》作始振苏之类，小有不同。其有《月令》所不言者，服水爨火而已。若《汲蒙周书》，亦有《月令》之目，特阙其文。大抵三代以来，因时布政，垂为成宪，此即夏时之类，周公盖因之，故其所用之正，犹夏正也。

自郑康成以此本《吕氏春秋》十二月纪之首章，其中官名时事，多不合周法。而谓三王之官，有司马，无大尉，秦官则有大尉，故谓是不韦所作。《孔氏正义》主之。夫谓《月令》为抄合《吕氏春秋》，焉知不韦集诸儒著《吕氏春秋》，非抄自《月令》？若谓三王之官无大尉，直以周六官无大尉耳。至于夏殷文献，久不足征，其有无究不可知。孔氏又谓中候握河纪，舜为大尉，是尧时置之，三王不置，亦无从知为是否。

若《左氏内外传》，《春秋》实录也。愚观鲁成公十八年，《内传》载晋悼公即位，命百官，祁奚为中军尉。《外传》谓使为元尉，羊舌职佐之，魏绛为司马。《外传》谓使为元司马，张老为候奄。《外传》谓使为元候，铎遏寇为上军尉。《外传》谓使为舆尉，籍偃为之司马。《外传》谓使为舆司马。孔氏以为言元尉元司马元候者，此皆中军官。元，大也，中军官尊，故称大也。舆尉舆司马者，皆上军官也。舆，众也，官与诸军同，故称众也。至鲁襄公十六年，晋平公即位，祁奚为公族大夫，注谓去剧职，就闲官也。又襄公十九年，公享晋六卿于蒲圃，赐之三命之服，军尉、司马、司空、舆尉、候奄，皆受一命之服，是第即晋之官名观之，则军尉一官，特次于六卿而居司马司空之上。在晋之中军军尉，且尊为元尉，若为天子之军尉，其称大尉也，不待言矣。此东周时，犹凿凿可考之官名也，何谓秦官始有大尉也？郑注适未参考，孔疏亦自忘所疏《春秋传》之说耳。况尉之名，又尝见于《管子》之《立政篇》。且云凡孝悌忠信、贤良儁材，什五以复于游宗，游宗以复于里尉，里尉以复于州长，州长以复于乡师。是则以里尉视军尉，其尊卑当自有别，然以言其官，亦一国之贤傩，所藉以达于上也。此其所云布宪于国者，即自管子为之，而尉之名，必非管子始创之，又何疑乎？

命大尉赞杰俊、遂贤良、举长大也哉。观孟秋之月，天子乃命将帅选士厉兵，简练桀俊，专任有功，以征不义，盖聘名士，礼贤者。其令既行于季春，此之所选，大率自军政言之，故曰专任，乃即大尉所赞所遂所举，至是更选而简练之也。至若以季秋所云，为来岁授朔日，即是秦以十月建亥为岁首之证。何孟冬之月，亦云天子乃祈来年于天宗？且季冬之月，又云数将几终，岁且更始；又云天子乃与公卿大夫，共饬国典。论时令，以待来岁之宜也，此不烦更据《始皇本纪》。不韦以十二年死，至二十六年，始皇始并天下，改年始，朝贺皆以十月朔，不韦何故先以十月为岁首也？今第取《月令》本篇，前后所谓来岁来年以诘之，当亦可晓然所证之非矣。愚谓四十九篇有《月令》，亦古来不容磨灭之书，迄今数千岁下，岁差少异，日星气候，不可易也。后儒何多不加察，同指为不韦所造，甚或以《礼记》必去《月令》哉！

编者注：①蔡邕：东汉陈留圉人，字伯喈。少博学，好辞章、数术、天文，妙操音律。灵帝时辟司徒桥玄府。任郎中，校书东观，迁议郎。熹平四年与堂溪典等奏定六经文字，自书于碑，使工镌刻，立太学门外，世称"熹平石经"。后以上书论朝政阙失，为中常侍程璜陷害，流放朔方。遇赦后，复遭宦官迫害，亡命江海十余年。董卓专权，召为祭酒，迁尚书，拜左中郎将，封高阳乡侯。卓诛，为司徒王允所捕，自请黥首刖足，续成汉史，不许，死狱中。有《蔡中郎集》，已佚，今存辑本。②王肃：三国魏东海郯人，字子雍。王朗子。司马昭妻父。魏文帝时任散骑黄门侍郎，累迁侍中、太常、中领军，加散骑常侍。明帝时上疏请备蓄积而息疲民，省徭役而勤稼穑。善贾逵、马融之学，而不好郑玄。综合诸家之说，遍注群经，不分今古文。所注《书》《诗》《三礼》《左传》《论语》，均有清人辑本。又伪造《孔子家语》及解。

桐始华说

《月令》三言华。仲春桃始华，季春桐始华，季秋鞠有黄华。皆华也，华即晋、魏以下花字也。汉高诱①以此桐为梧桐，以始华为是月始叶，《正义》②主之。此第知梧桐三月无华，五月有华，华且细琐不足比群花，因疑人家梧桐，始叶为桐始华。不知桐有六种，季春始华者，乃世所用以油器具桐油之桐也，盖即所谓膏桐也。其华粉白，近鄂③处少带红，瓣大如指甲，亦五出，长皆寸许，中有须十余茎，上黄下红，亦有纯白者。山野之民，以其实之油，为用广于漆也，故多植之。一到三月，璀璨满枝，辉映陵谷，与二月之桃，九月之鞠，皆民间之应时炫目者，故《月令》特举之以验气候。

言始华者，凡春华之木，若桃若李，若杏若梨，皆未叶先华，是其敷荣也。始自华也，故不曰有华。曰始华，非一言始花一言始叶也，旧说宜更正。

又跋：按高诱《淮南·时则训》注："桐，梧桐也，是月生华。"与《正义》所引误，以此桐为梧桐同误。以是月生华，与是月始叶异。

编者注：①高诱：东汉涿郡涿县人。少时受学于卢植。献帝建安十年，辟司空掾，除东郡濮阳令。十七年迁监河东。有《吕氏春秋注》《淮南子注》《战国策注》等。②《正义》：即《礼记正义》。汉郑玄著。③鄂：通萼字。《诗·小雅·常棣》"鄂不韡韡"毛传："鄂，犹鄂鄂然，言外发也。"

曾子问说

尝读《礼》至《曾子问》，不禁爽然于我辈读书，自谓道已在是。一遇世故纷乘，往往知经不知权，知常不知变，大率平居穷理之功浅，卤莽灭裂①之见多也。此一丧礼耳，礼之所无，未必皆事之所有。究其变，焉知不适然有是。孔子随问而答，从心不逾之矩也，曾子闻答且问，格物致知之学也。微孔子，不能答，微曾子，不能问。此谓待问如撞钟，此谓善问如攻坚木，学者知此篇特言礼之变，窃于此叹古人穷理之实，如是如是也。以文而言，若无美言可市，亦记中最精切之文，无只字闲汛。

编者注：①卤莽灭裂：《庄子·则阳》："君为政焉勿卤莽，治民焉勿灭裂。昔予为禾，耕而卤莽之，则其实亦卤莽而报予；芸而灭裂之，其实亦灭裂而报予。"陆德明释文："郭云：'卤莽灭裂，轻脱末略，不尽其分也。'司马云：'卤莽，犹粗粗也，谓浅耕稀种也；灭裂，断其草也。'"后多用以形容做事草率粗疏。

与龄践阼说

修短，天所命，圣贤莫能假也。文王与汝三之言，传讹也。果尔？何周公不能卒以身代兄，文王乃得自以龄与子也。

贰储，国之本，生育亦有时也。武王九十三而终[①]，亦非必实录也。果尔？何八十年以来，武王尚无元子，九十三而后，成王且有弱弟也。

若夫周公践阼而治，则有无庸为周公讳者矣，不践阼，不足见周公。践天子之阼以辅成王，圣人之诚也，观所以抗世子法于伯禽，亦可知已。无圣人之诚如周公，摄，即篡也。为周公讳言者，惧为后世借口也。

编者注：①武王九十三而终：《礼记·文王世子》："文王曰：'非也。古者谓年龄，齿亦龄也。我百尔九十，吾与尔三焉。'文王九十七乃终，武王九十三而终。"后儒对此条多报怀疑态度，按《竹书纪年》云，武王年五十四薨，较可信。

礼运说

文所以载道，以理胜，亦以气胜。以理胜者，其理精切，即一字不容从略。以气胜者，其气浑灏，则一端未可过求。《礼记》之文，以气言，莫若《礼运》。

大同小康之说，儒者疑非孔子之言，近老氏。往复此篇，从与于蜡宾[①]之叹，俯仰古今，无限神情，亦未尝无帝升王降之感。其意总以明礼之急，若所谓大道之行与隐，特以言道则可该礼，非舍礼而空言道也。其言大道之行，如讲信修睦等语，未言礼也，而其后曰夫礼义也者，所以讲信修睦，是所谓大同者。不言礼而礼自在，非礼乃道德之衰，忠信之薄意也。其言今大道既隐，今者，自三代之季而言，如天下之皆以为己者如彼，大人之所以为纪者如此。为有由礼不由礼，不能大同，故谋作兵起，非谓礼为乱之首。正见三代之英，所以必谨于礼，舍礼则无以为治，舍礼即不可谓国。其曰是谓小康，言如有不由礼，以为殃于众者去，乃小康也。而极言夫礼，至于大顺，若终篇所言，又奚翅大同景象哉！

故大同小康，文则对举，其实止各随文势，小作顿束，使成章法耳。其前半皆以是谓字止，后半皆以故字起，学者读之，初不见有重叠烦复之迹，第觉混混然，纵横排宕，光怪陆离，惟气盛也。气盛，故同是载道之文，且当观其大体所结撰，皆不必以辞害意也。

编者注：①蜡宾：年终祭祀之助祭人。《礼记·礼运》："昔者仲尼与于蜡宾。"郑玄注："时孔子仕鲁，在助祭之中。"

礼运礼器郊特牲说

《礼运》《礼器》《郊特牲》三篇，玩彼此辞意，似后先相因而作。《礼运》从世运升降说来，明礼之急，第就自家议论写去，意义最博大。《礼器》则就先王礼制，凡贵多贵少，约举其意，其要在于称，其本归于忠信，道理最平实。《郊特牲》又就已然礼制中，凡一事一物，分释其义，则以其数可陈，其义难知，在知其义而敬守之也，训释最简明。

三篇殆递相阐发，其文体视他篇，亦相差近，故为后先相因而作也。若礼器二字，古未经见，盖即本《礼运》礼义以为器之言而推广之。特牲贵诚之义，当亦从《礼器》言祭天特牲，因类举以释之焉。

内则说

《内则》①，记门内之则也。观篇首二语，宜是古经，而中间有曾子之言，则亦曾子之徒，所述而记也。若养老一段，郑注孔疏以其已见《王制》，谓记者重录之，后人因之而不去，以为重录，乃《王制》录《内则》也。惟视为重录，《内则》此段，壹似皆言王者养老之礼，而本旨多失矣。

先儒疑曾子曰一节，是他简脱此。此节特引曾子之言，乃一篇之枢纽也，正非脱误。谓养老皆有惇史一节，当在玄衣而养老之下，谓淳熬淳毋一节，当在雉兔皆有芼之下，如所分属，文自归队。细玩前后，其文若不相属，其意皆隐相承，叙次似疏，未始不密也。

此篇自鸡初鸣而下，皆记子事父母，妇事舅姑之则。至此兼言四代养老者，以上文大夫七十而有阁，因并详天子诸侯大夫士之阁与坫。七十有阁者，凡以养老也，故并言四代之养老以何礼，明养老之重。其后养国老于上庠一节，止是申言其礼，行于何学。深衣而养老一节，止是申言其礼，行以何衣。其实言王者养老止一事耳。且如所言五十异粻，至九十饮食不违寝。六十岁制，至九十日脩，唯绞紟衾冒，死而后制。王者即善养老者，焉能至此。故凡言其年力如此，其为于礼之所必优待者如此，无非见老之不可不忠养。第观其曰膳饮从于游可也，曰虽得人不暖矣，曰齐丧之事弗及也，曰凡父母在，子虽老不坐。前后语意，皆自家而言，非凡养老以下，皆言王者之养老也。

其申言养以何学者，其名不一。而曰庠、曰序、曰学，皆所以明伦者也，明养于学者，凡以教人子之孝也。其申言养以何衣者，注谓凡养老之服，皆其时与群臣燕之服，明皆以燕服者，凡欲其安且乐也。故此下即以曾子言孝子之养老乐其心，不违其志，总承之也。既总承以曾子之言矣，何复言帝王养老，皆有惇史也？此节所记，宁异附赘，则以帝王之养老，必记其善，见孝子之亲养，尤当乐其心不违其志也。《王制》惟主王者言，自不应更录曾子之言，故删去此节，稍稍移易而增益之耳。

至其分记饮食之物者凡三，如饎醔枣栗之类，此乃撮举每日子事父母之常物，俟问所欲而进者也。如饭黍稷以下，其论饮食膳羞调和之宜，明四时膳食之用，并善恶治择之等，又显贵贱所食之别。乃概言中馈之事，妇无公事，酒食是议，故附妇事舅姑之下。如淳熬淳毋以下，注以为八珍，盖即上文所谓八十有常珍，九十者欲有问以珍从是已，故附凡养老之下。

三者各有所属，初无错简，又如此下至终篇。前已言内外不共井，不共湢浴，而复言不同椸枷，不共湢浴者，前乃概记男女内外之则，此下则专为谨夫妇之礼，及生子教子而言，亦各有所属也。若郑注以饭膳至鹑鷃，为上大夫之庶羞二十豆，食蜗醢至卵盐，为人君燕食所用，殆亦非记者本意。则以篇首固曰："后王命冢宰，降德于兆民。"此篇所记，为门内记，本通君、大夫、士、庶言也。

编者注：①《内则》：《礼记》之第十二篇。内容为在家庭内部父子、男女所应遵行之规则。

《礼记·内则疏》说："名曰内则者，以其记男女居室事父母舅姑之法，闺门之内，轨仪可则，故曰内则。"

明堂位说

孔子尝曰："周公宗祀文王于明堂，以配上帝。"周公之明堂安在？新邑洛是也。然则何为周公明堂之位？则《召诰》称太保以庶殷攻位于洛汭，越五日位成是也。周公明堂之位实始此，然则周公何为朝诸侯于明堂之位？则《召诰》称周公朝至于洛，达观于新邑营，周公乃朝用书，命庶殷侯甸男邦伯，庶殷丕作，太保以庶殷邦伯出取弊，乃复入锡周公，曰"拜手稽首，旅王若公"是也。周公朝诸侯于明堂，亦即视此。若周公曰："王肇称殷礼，祀于新邑。"召公曰："王来绍上帝。"曰："旦曰：'其作大邑，其自时克①配皇天，毖祀于上下。'"若戊辰王在新邑，王入太室裸。太室，明堂之大室也。凡此，皆周公营洛邑为东都事也。

惟成王留周公在洛，摄行天子之事，诞保文武受命凡七年，此孔子所谓周公宗祀文王于明堂之实也，而后儒因有明堂位之记矣。其曰践天子之位，摄之。斯践之，无足疑者，若注竟以负斧依南面而立之天子，为周公，则于义又未安。周公虽践之，仍是天子之位也，而成王未尝不来洛，非周公即天子也。如三诰及《多士》《多方》，皆周公诰之，然必言王。若曰者，明有天子在也，注谓天子周公也，于义故未安。若成王以周公有勋劳于天下，命鲁公世世祀周公以天子之礼乐，则鲁以天子之礼乐祀周公，修其礼物，得与宋比，不可谓僭。其后鲁之群公皆用之，斯僭耳，故曰鲁之郊禘非礼也。而其流弊，乃以大夫而舞佾、而歌雍，此亦成王第知周公尝摄行天子之事者七年，念周公之勋劳，未尝授以限制之过也。为此记者，自是鲁儒，夸则有之，抑非尽传会欤！

编者注：①克配皇天：原文无"克"字。按《召诰》原文，此处作："旦曰：'其作大邑，其自时配皇天，毖祀于上下，其自时中乂；王厥有成命治民。'今休。"

丧服小记说

或问《仪礼·丧服》有传有记，《礼记》又有《丧服小记》，皆言丧服也，《小记》之文，何可疑为脱误者不一也？曰："孟子曰：'君子之志于道也，不成章不达。'凡文亦然。"意为此记者，向特随所见解，或推广传意，零星书之，后即合为一篇，故其文多参错不齐。其间亦有未能自明其意，甚费解者，学者取《仪礼》经传参互考之，则古礼之借以讲明者，抑不小矣。

曰："若所云士大夫不得祔于诸侯，诸侯不得祔于天子，天子、诸侯、大夫可以祔于士。祔者何谓？"曰："祔有二，一谓祔祭，一谓祔葬。"此承上祔葬者不筮宅言也。然则旧说谓可以祔于士之庙者，非与？曰："非也。"试思士之子孙，诚受命为天子、为诸侯，则其没也，必将立之庙，必将世为太祖庙矣，胡为直祔之庙，又胡为可以祔于士之庙？惟为葬地，则或可以耳。知承祔葬者言，则记意本明，《注疏》以此记皆琐碎无片段，故不审此乃承祔葬言，误为祔于庙也。

曰："若世子不降妻之父母，其为妻也，与大夫之适子同。《注疏》与《集说》，何互异也？"曰："记言丧服，此当即以《仪礼》丧服正之。"为妻之父母何服？缌麻三月也。为妻何服？齐衰杖期也。大夫之适子为妻何服？齐衰不杖期也。若大夫为适子何服？父为长子三年也。《郑注》[①]："不言适子，通上下也。"《服问》[②]曰："有从有服而无服，公子为妻之父母。"厌于君，降其私亲也。世子不降者，盖以世子之妻，将从宗庙社稷之事，故不降其父母之服也。不降其妻之父母，则为其妻，宜亦不降。乃又与大夫之适子为妻同不杖者，则以曰适子、曰世子，皆有父在，故同为妻不杖也。《郑注》："不杖者，君为之主，子不得伸也。"《集说》谓大夫适子死，服齐衰不杖。世子为妻，与大夫服适子之服同。是不独父为长子，与《仪礼·丧服》异，其与《小记》本文，先相左矣，《集说》误也。若《孔疏》谓既不降妻之父母，其为妻亦不降，亦小与本意不合。此三句文意，本以一重一轻作顿折，为妻之父母不降，而为妻则不杖，不降之降也。《郑注》谓君为之主，子不得伸者是也。

曰："又如为慈母后者。何谓为庶母可也，为庶祖母可也？"曰："此本文殆未甚明，可即《丧服传》解之。"慈母者何？《传》曰："妾之无子者，妾子之无母者，父命妾曰，女以为子，命子曰，女以为母。"是所谓慈母也。即所谓为慈母后者也，为人后者三年。《传》曰："何如而可为之后？同宗则可为之后。何如而可以为人后？支子可也。"夫曰同宗，曰支子，则可为之后，则可为人后，而为所后者且不一。然则妾之子为慈母后者，必父妾之无子者方可乎？庶母，有子之称也。由"支子可也"之说推之，若庶母有子而无子，可为慈母后者，则亦为庶母可也。庶祖母亦有子之称也，由"同宗则可"之说推之，若庶祖母有子而无子，可为慈母后者，则亦为庶祖母可也。《小记》此言，盖推广传意而言也。然则为人后者三年，庶母亦可为之三年乎？曰："慈母如母，亦各如其母而已。"然则庶妾无子，亦可为之置后乎？曰："可以为之子，未尝非即以为之后也。"古礼非一无可议，且言非一端而已，故其下又云，慈母庶母，不世祭也。《礼》谓支子不祭，庶子不祭，则慈母庶母无论矣，是在参互考之也。

编者注：①《郑注》：即《礼记郑注》。东汉郑玄为《礼记》所作注本。②《服问》：《礼记·服问》。此篇记丧礼之服制。

尸说

礼有古之所重，后世直废之不行。不可是古而非今者，则尸是也。《曾子问》曰："祭必有尸乎？若厌祭①可乎？"盖以祭不必有尸，可若厌祭之无尸也。孔子答以"祭殇无尸，祭成丧无尸，是乃殇之"，此亦言祭所为有尸之礼为此耳。今且以《论语》《中庸》所记孔子之言折衷之，则曰"祭如在，祭神如神在"而已，则曰"事死如事生，事亡如事存"而已。

又曰："设其裳衣。"其裳衣者，祖宗之遗衣裳也。在《周礼》则守祧掌之，祭则各以其服授尸。子不言授尸，而曰设。非不计有尸，盖略之也，设之可也。然则尸虽古礼，抑非圣人所重哉！若《丧服小记》，言其尸者二，其礼疑在可议，其尸则皆在可废。其曰"父为士，子为天子诸侯，则祭以天子诸侯，其尸服以士服"，说者谓祭用生者之礼，尸以象神，自用本服似也。亦《中庸》葬以士，祭以大夫之义也。

然考之三代，其子受命为天子，未闻有其父为士者。由周以来，其子为天子，其父则有追王之礼矣，即侯亦王矣。若同异姓受封为诸侯，其父为士者，自在所有，而此礼之所以达于诸侯者，亦既祭以诸侯之礼矣。尸亦祭中一事耳，何贵乎？祭以天子诸侯，而以士服之尸为也，则废之可也。

曰："父为天子诸侯，子为士，祭以士，其尸服以士服。"说者谓以士之礼，祭其父之为天子诸侯者，其理屈。故尸服生者之服，为礼之变，得非屈之又屈乎？既非《中庸》葬以大夫之义，亦非《周礼》各以其服之谓也。况以天子诸侯之子而为士，此为士之子，必支子也，必如五叔无官之子也。否则必亡国之胤，并不得视杞宋者也。在礼则支子不祭矣，祭矣，授尸必以其服。何为而以士服之尸，为天子诸侯之尸？是服非其服，尸亦非其尸也，亦废之可也。

《礼器》称"夏立尸，殷坐尸，周旅酬六尸"。曾子曰："周礼其犹醵与？"善之与，或讥之与？窃以为不可是古而非今者，尸是也。

编者注：①厌祭：古代祭祀常用活人为"尸"，代死者受祭，不用"尸"之祭，称厌祭。《礼记·曾子问》："孔子曰：'摄主不厌祭。'"郑玄注："厌，饫神也。厌有阴有阳，迎尸之前祝酌奠，奠之且飨，是阴厌也；尸谡之后彻荐俎敦，设于西北隅，是阳厌也。"

之所自出说

《礼》言"之所自出"者凡四。《丧服小记》言"王者禘其祖之所自出"，《大传》亦言"王者禘其祖之所自出"，《大传》又言"宗其继别子之所自出"，若《仪礼·丧服传》，则言"天子及其始祖之所自出"。同言之所自出，此之字，自必指其祖，指其始祖，与指继别子者言也。则此所自出字，亦必无不同矣。

禘其祖之所自出，郑氏康成注谓"王者之先祖，皆感五帝之精而生，皆以正岁之正月，郊祀之"，是之所自出者，乃指其祖所感生之帝也。其说出于谶纬，后儒多非之。王氏肃谓所自出，"虞夏出黄帝，殷周出帝喾也"，是之所自出者，乃指其祖之先祖也。其说近正，后儒皆主之。

宗其继别子之所自出，朱子曰："之所自出四字，疑衍。注中亦无其文，至作疏时，方误耳。"朱子盖以此四字，若非衍文，将以为别子之祖祢乎？则与公子不得继祖祢，及诸侯不得祖天子，大夫不得祖诸侯之说，概不可通。将以为继别为宗者所出之子孙乎？则不应同此四字，独与前禘其祖之所自出之说不同，故以为衍，以为误也。今观《郑注》曰："继别子，别子之世適也。"《孔疏》曰："继别子，别子之世適也者。"解经宗其继别子之文，以是别子，適子適孙世世继别子，故云别子之世適。经云别子之所自出者，自由也。谓别子所由出，后世子孙，恒继此别子，故云继别子之所自出也。

《注》于之所自出，似无其文，其说已自包举。《疏》释此句四字，甚明而确，不可谓误。自愚观之，《注疏》之误，非误在此句，在误解禘其祖之所自出也。朱子以为误者，则由于禘其祖之所自出，诸儒皆主王氏之说也。窃以为前此《郑注》固非，若王氏之说，实似是而非也。所自出云者，以别子言，非自别子以前为其所自出，以王者禘其祖言，亦非自始祖以前为其所自出也。言别子以下之世適，以其皆为别子之所自出，故族人尊之以为大宗也。言始祖以下之远祖，以其皆为始祖之所自出，故王者皆禘及之也。《仪礼·丧服传》言天子及其始祖之所自出者，如后稷①，周之始祖也。自后稷以下若不窋②，若公刘③，以至于高圉④亚圉，非皆后稷之所自出乎？此所谓其始祖之所自出也。禘，祭于太庙之大祭也。自始祖以下，凡毁庙之主之迁于二祧者，皆陈于祖庙，非及其始祖之所自出乎？而迎四亲庙未毁之主，合食于始祖之庙，非以其祖配之乎？此《丧服传》所谓天子及其始祖之所自出，《小记》《大传》所谓王者禘其祖之所自出，以其祖配之也。其在诸侯，则惟及其大祖，自始祖以下，非其所及，亦不得及也。

特《小记》与《大传》两其祖字，未见分晓，此记者之疏也。朱子尝谓《大传》与《小记》，误处多，当厘立。此即误处也。使如《仪礼·丧服传》所言，天子及其始祖之所自出，以其祖配之，诸儒旧说，当早有辨之者。今且合《礼》之言之所自出者，彼此参考，其说宜亦可正矣。愚为此说，出自臆见，不敢以无所师承之说，自谓不易，当知更无可易。

编者注：①后稷：周之先祖。相传姜嫄践天帝足迹，怀孕生子，因曾弃而不养，故名之为"弃"。虞舜命为农官，教民耕稼，称为"后稷"。②不窋：相传为后稷子。夏太康时，政衰，废稷之官，不复务农。于是失官，奔于戎狄之间。至其孙公刘，复修后稷之业。③公刘：商代人。古代周部族领袖。不窋之孙，鞠之子。相传为后稷后裔。周族祖先世代任虞夏后稷之官，至不窋失去官职，因奔居戎狄之间。公刘率族人自邰迁邠，观察地形水利，整修生产工具，开垦荒地，发展农业，营造房屋、宫室，遂安居此处，成为周部族之发源地。④高圉：姬姓，公非之子，周部族首领、周王先祖。《史记·周本记》："庆节卒，子皇仆立。皇仆卒，子差弗立。差弗卒，子毁隃立。毁隃卒，子公非立；公非卒，子高圉立；高圉卒，子亚圉立。"

玉藻少仪说

《玉藻》《少仪》，皆《曲礼》之余也。《玉藻》多言朝廷之制度，尤详服章，《少仪》皆言少贱之威仪，尤善辞令。读《玉藻》，如读《周书》之《顾命》，凡执刘陈宝①，不胜历历如画。读《少仪》，如对学堂佳子弟，方请谒入见，便觉宾宾可人。《玉藻》堂皇，乃台阁文章，若视下听上，声静气肃等语，皆为尊长言，而细致有是，《洪范》未详也。《少仪》风雅，似闲居记述，若军旅思险，隐情以虞一节，盖通言礼道，而练达如此，亦《论语》遗意也。故论切近日用，莫先《曲礼》，若此两篇，可以博古，可以宜今，抑又有曲当者焉。

编者注：①执刘陈宝：执刘，手执兵器之意。《书·顾命》："一人冕，执刘，立于东堂。"陈宝，陈列宝物。《书·顾命》："越玉五重，陈宝。"孔传："又陈先王所宝之器物。"

卷之十二

礼记说二

学记说

《大学》《学记》，皆言学，何所言各异也？曰："《大学》言学，主学道言，《学记》言学，主学文言也。《大学》言学，为学者言，《学记》言学，为教者言也。"曷为主学文言？第观《记》曰离经，曰博习，曰申其佔毕，曰相说以解，可知已。藉曰教个甚？学个甚？子曰："行有余力，则以学文。"曰："君子博学于文。"颜渊曰："夫子循循然，善诱人，博我以文。"通古今言学，未有空言教学，不先之以文者也。《大学》所言，不可混入学文，混入学文，格物之说歧矣。《大学》学文，在明明德前，《学记》学道，即在学文中也。学文，乃所以致其道也。曷为为教者言？《记》曰："君子如欲化民成俗，其必由学乎？"为人不学，不知道，故教学为先也。其间言古之教者，今之教者，言大学之教，大学之法，与学者之失，凡欲教者知之。惟知此者难，故学者必择师，必尊师。

记问之学，不足为人师。其曰"良冶之子，必学为裘，良弓之子，必学为箕"，此亦相观而善之谓。曰"始驾马者反之，车在马前"，此即力不能问则语之之义也。察此，可知教学有然，并无虑语之而不知，至于舍之矣。故曰："可以有志于学矣！"其曰"学无当于五官，五官弗得不治，师无当于五服，五服弗得不亲"，此所谓师道立则善人多，所以化民成俗必由学。曰"大德不官，大道不器，大信不约，大时不齐"，此所谓有本者如是也。察此，亦可知学为治之本，师又为学之本。故曰："可以有志于本矣。"其终篇言"三王之祭川，皆先河后海，此之谓务本"，亦以见本之当务，非不成章不达意也。通观此记，名曰《学记》，乃师说也。而其间言教言学，非备尝其甘苦，深知所兴废，焉能言之切中如此。此实古今教学之要言，非舍下学实事，空言道也。石梁王氏①以为多是泛论，误矣！窃愿教学者，必加体认也。

至若记中"宵雅肄三"，吕东莱谓旧说以宵为小。大抵经书字，不当改，核之《汉志》："采诗夜诵。"注："夜中歌诵也。"甚近情，宵当读宵。"学不躐等"，郝楚望谓学读教，恐非。核以《尔雅疏》，跋前行曰躐。指幼者也，学当读学。"多其訉言"，下云"及于数进"者，惟多其訉言故也。旧读多其訉为句，言及于数为句。多其訉不成句，当从吴氏读多其訉言为句。"待其从容"，旧说读从为春，当从朱子谓从容。为声之余韵从容而将尽者，盖惟待其从容，然后尽其声。待之，所以尽之也。两其字，自皆指问者，即下文言教者之听语有然，则非所谓答尽所问之意然后止也。其曰"五官弗治"，不治者何官？此即《曲礼》所谓天子五官，《曾子问》所谓国家五官是也。为治民者言也，为化民成俗言也。谓耳目五官者，非是。

编者注：①石梁王氏：《续礼记集说》："石梁王氏：此篇不详言先王学制，与教者学者之法多是泛论，不如《大学》篇。教是教个甚，学是学个甚。"

家塾党庠术序说

《学记》曰："古之教者，家有塾，党有庠，术有序，国有学。"家，一家也。家不必皆有塾，大概自家言之。凡所以教其家之子弟者，古谓之塾，非必二十五家为闾，闾同一巷，巷共一门，门侧有塾，谓之家有塾也。党，族党也。庠非惟党有，大概自党言之。凡所以教族党之子弟者，古谓之庠，非必五百家为党，党中有学，以教闾中所升之人，谓之党有庠也。《郑注》谓术当为遂，以术遂声相近，声之误也。《陈氏集说》谓术当为州，以州党文相连，书之误也。或谓术遂古通用，如《春秋》秦伯使术来聘，《公羊传》《汉书·五行志》并作遂，是术即遂，非声误，亦非书误也。又《管子·度地篇》："百家为里，里十有术，术十为州。"术，千家也。遂，万有二千五百家也。是术遂又非通用，古自有术之名也。

窃以为塾庠序学，皆学名也。此亦言自家而党而术而国，古皆有学耳。至其名之所属，度必各随古来所称道而言。且如《大司徒》①所谓比闾族党，与《遂人》②所谓邻里酇鄙③，同一家数，同此《周官》，名亦不一。而又有十家为联，八闾为联之称，不读《族师》④，不知何所为联也。今《记》曰术有序，而古固有是术之名，从厥本来，则以为术可也。

编者注：①《大司徒》：《周礼·地官·大司徒》："掌建邦之土地之图与其人民之数，以佐王安扰邦国。"②《遂人》：《周礼·地官·遂人土均》："遂人掌邦之野。"③酇鄙：周制百家为酇，五百家为鄙。④《族师》：《周礼·地官·族师》："各掌其族之戒令政事。"郑玄注引郑司农曰："百家为族。"族师，周代官名。地官之属。百家之长。

中年考校说

《记》①称比年入学，中年考校。中年者何？《郑注》："中，犹间也。"《孔疏》："间年，谓下一年三年五年七年也，皆间一年也。"是也！考校者何？如入学一年矣，则视离经辨志，三年矣，则视敬业乐群。视，视此也，即所以考校之也。考校之者谁？非未入大学，则乡遂大夫考校之，已入大学，则国家考校之，即所谓古之教者也。此《学记》也，承上文古之教者言，亦通塾庠序学言。凡所谓视者，皆教者事，非有司事也。且如家塾也，亦待乡遂大夫考校之乎？则不可通矣。《注疏》解《礼记》，多依据《周礼》，殆多牵合云。

编者注：①《记》：即《礼记·学记》。

乐记说

古者年十三，学乐诵诗，即习声律，故贤达之士，审音以知乐，审乐以知政。降至后世，古诗虽在，古乐不复闻，而好古之儒，或又以钟吕干扬，乐之末节，置之不讲。古称六经，以言乐教，则《乐记》一书，言乐之义而已。案《郑氏目录》①，分为十一，有《乐本》《乐论》等篇之别。若《史记·乐书》用此全文，其文之先后，亦有不同。今观此篇大旨，始言人心有所感而为音，继言先王慎所以感而制乐，卒言乐成而人心为之感。其究则归于治心，虽目录次第各不同，前后反覆言之，不出此意。

总之则所谓乐教者，将以教民平好恶而反人道之正，一语尽之矣。若礼乐刑政，皆所以感之之道，而礼为大，故篇中多以礼与乐对言。所谓万物各得其理而后和，惟礼乐皆得，然后著其教，乃可以感发人之善心也。若所引魏文侯之问，乃举正声奸声之实，以明乐终德尊之意。如新乐之异于古乐者，惟淫于色而害于德也。若宾牟贾②所问，则承君子听乐非听其铿锵，彼亦有所合而言，故特申言之曰"夫乐者，所以象成也"，即有所合意也。若子赣③所问，则承君子致乐以治心，先王制雅颂之声以道之而言，故又申言之曰"夫歌者，直己而陈德也"，即道之以治心意也。凡此，皆言乐之教也。

窃思移风易俗，莫善于乐，非惟古乐然也。周子④曰："妖声艳辞之化也亦然。"愚则以为其化尤甚也。谓后世新声代作，道欲增悲，不能自止。后世何新声？则子夏所谓及优侏儒、猱杂子女之乐而已，而其感人也，实有不能自止者。君子诚有意于人心风俗，必复古乐，殆非易易，盍即此俳优杂戏而一正之。其论虽卑，其事至浅，而其为教且彰明较著欤！

又跋：《记》中其感人深。其移风易俗，《史记·乐书》作其风移俗易，合上下文观之，句法语意皆未了，当从《汉书·礼乐志》引此段，作其移风易俗易，脱易字也。又钟声铿至有所合也，旧皆属子夏答文侯语，愚意此系另文，乃引起宾牟贾问大武之乐，当属下。

编者注：①《郑氏目录》：郑玄所撰《乐记》之目录。《礼记正义·乐记第十九》：正义曰：按郑《目录》云："名曰《乐记》者，以其记乐之义。此于《别录》属《乐记》。"盖十一篇合为一篇，谓有《乐本》、有《乐论》、有《乐施》、有《乐言》、有《乐礼》、有《乐情》、有《乐化》、有《乐象》、有《宾牟贾》、有《师乙》、有《魏文侯》。②宾牟贾：春秋时人。尝侍坐于孔子，相与问答音乐之事，孔子称许之。③子戆：即子贡，亦作子赣，孔子之学生端木赐。戆，《广韵》曰：与赣同。④周子：周敦颐。《通书·乐下第十九》："乐声淡，则听心平；乐辞善，则歌者慕。故风移而俗易矣。妖声艳辞之化也，亦然。"

杂记大夫士为其父母丧服说

孔子曰："父母之丧，无贵贱，一也①。"则其服亦必无贵贱，一也。言葬礼祭礼，自必有为大夫为士之异，何以大夫为其父母昆弟之未为大夫者之丧服，则如士服，为其父贱与？士为其父母昆弟之为大夫者，则如士服，为其子贱与？大夫之适子，则服大夫之服，抑为其贵与？甚且以父贱子贵，士之子为大夫，则其父母弗能主也。

谓周人重爵，何知有人爵，不复计有彝伦至是也。孟子言"三年之丧，自天子达于庶人，三代共之②"，况孔子所言无贵贱一者，非即周公之礼与？《杂记》记丧祭之礼，其言特详，若此数者，自是周末之礼俗，非记者所议。问其所以异，亦自有说，质之孔孟，辟之可也。

编者注：①语引自《中庸》："三年之丧，达乎天子。父母之丧，无贵贱，一也。"②语引自《孟子·滕文公上》："三年之丧，齐疏之服，飦粥之食，自天子达于庶人，三代共之。"

妻党虽亲弗主说

《杂记》①言姑姊妹之丧，其夫死，而夫党无兄弟，使夫之族人主之，礼也。或至夫若无族，且前后家、东西家之俱无，果尔？天下有惸独妇人，至于此极，则其不死于道路也，亦仅仅幸犹有人焉。谓之为姑姊妹者耳，此尚何须言主丧，更何论谁当主丧！万一亦有吊与赠之者，有姑之侄，则主之可也，有姊妹之兄弟，则主之可也。乃犹执妻党虽亲弗主之礼，曰："则里尹主之。"何许人里尹，谁家姑姊妹？吾恐以如是之姑姊妹，亦必以弗主为礼。此其逡巡观望，曾何异乎嫂溺不援，是豺狼也哉！

记者于此，盖亦以此礼不可概论，故又有"或曰主之，而附于夫之党"之说也。说者辄以妻党自主为非礼，而谓附于夫之党，为祔祭于祖姑之庙。夫夫之党，无兄弟矣，无族人矣，且无前后家、东西家矣，又将何党之附，而何祖姑之庙可附也？言礼类此，泥又甚矣！附于夫之党者，犹言归葬于女氏之党也，亦言附葬之于其夫之党而已矣。

编者注：①《杂记》：《礼记·杂记》。陆德明释文引汉郑玄曰："杂记者，以其杂记诸侯及士之丧事。"作者此文对《杂记》"姑姊妹，其夫死，而夫党无兄弟，使夫之族人主丧。妻之党，虽亲弗主。夫若无族矣，则前后家，东西家；无有，则里尹主之。或曰：主之，而附于夫之党"一节进行剖解。

祭法说

《祭法》一篇，盖本《国语》柳下季①之言，稍稍更易，去所言虞夏商周之报祀，加以立庙、立社、立祀数节，以为祭法。注《礼》者，杂以谶纬，其说固不可主。质之于古，在本文已难于考信，后儒疑之。今以禘言之，四代之书，未言及禘，其为禘黄帝，为禘喾，自不可知。若《周颂》之《雝》，序以为禘太祖，其诗则言文王，而不及喾。若《商颂》之《长发》，序以为大禘，其诗则言契相及汤，不可谓禘舜，亦未见禘喾。《左氏》曰："凡君薨，卒哭而祔，祔而作主，特祀于主，蒸尝禘于庙。"此殆周人禘祭之大凡。

《春秋》书吉禘于庄公，以其未应吉禘而禘也。曰于庄公，以其不禘于太庙也。书禘于太庙，用致夫人，以其不应致而致也。太庙，鲁周公庙明堂位。称以禘礼祀周公于太庙，禘于太庙亦未闻其为禘文王也。以郊言之，书于虞夏商，皆无明文，惟《召诰》言周公至洛，用牲于郊，牛二用祀天地也。若《周颂·昊天有成命》，序曰郊祀天地也。若《思文》，序曰后稷配天也。《思文》明言后稷克配天，《昊天有成命》第言文武受之而不及稷，盖郊天郊稷非必同祀，故《礼》称帝牛不吉。以为稷牛而祀天于郊，则亦祀稷于郊，故《孝经》言周公郊祀后稷以配天。《左氏》曰："凡祀，启蛰而郊，郊祀后稷，以祈农也。"殆亦周人郊祀之大凡。

然子产②言鲧为夏郊，而曰三代祀之。蔡墨③言烈山氏之子曰柱，为稷，而曰自夏以上祀之。周弃亦为稷，而曰自商以来祀之。则祀鲧祀稷，抑非一代祀典也。以祖宗言之，《虞书》受终于文祖，归格于艺祖，必尧祖庙也，以为颛顼可，以为帝喾亦可。《大禹谟》称受命于神宗，则祭法宗尧之宗乎？《商书》有《高宗肜日》，则所谓五世则迁之宗乎？若在周人，《洛诰》言王入太室裸。太室，明堂太室，言祭文王武王也。《周颂·我将》，祀文王于明堂之诗也。《执竞》，祀武王之诗也。序未分祖宗，盖自周公言，故称宗祀文王。自周人言，其谓祖文王为宗武王也自宜。

然四代之禘郊祖宗，虽以功德，究各为其祖宗祀。以功德论，如舜受尧禅，自宜宗尧。若夫鲧，四罪之一也，禹则追念九载弗成之绩，而郊鲧。瞽瞍，顽耳。《传》称自幕至于瞽瞍无违命，亦不失去为保世主，舜宁自忘五十而慕之心，举禘郊祖宗诸祀典，瞽瞍概不获与耶？窃观《国语》柳下季所言，凡以圣王之制祀典，无非为其有功烈于民，乃祀之。因举黄帝以下十八人，为虞夏商周所尝禘郊宗祖报者以证之，明爰居之不宜祀而已。所言之祀，不无详略，所祀之时，未分先后。如谓有虞氏宗舜，舜不传子，何有虞宗舜？此必自作宾备，恪若周赐之姓，使祀虞帝后而言。谓商人禘舜，自当是误，谓周人禘喾，而《书》《诗》无禘喾之文，则或即后稷肇祀以还言也。且如四代报祀，谓幕，能帅颛顼、有虞氏报焉？从舜以前言也。谓上甲微、高圉、太王，能帅契帅稷，商人周人报焉？亦从汤武以前言也。若后杼，禹之后也，谓能帅禹，夏后氏报焉？岂夏后氏前此，独无所谓报乎，皆后先错举言之也。是禘郊祖宗，亦不过错举四代之所尝祀者言之耳。

据此斯为四代之祭法，故于经多不可考，而疑义不一也。祭法可疑，殆不尽在此。此言虞夏商周四代之祭法耳，前此而帝喾、而颛顼、而黄帝，其法又何从知？而谓七代之所更立，若天子诸侯大夫之五祀，《曲礼》《王制》《曾子问》皆无异也，而此则有七祀五祀三祀，以至二祀一祀之别。至谓去祧为坛，去坛为墠，去墠为鬼，不知古人祭法，果如是否？晋张融谓此乃衰世之法，愚则以为尤可疑者。如谓庶士庶人无庙，宜也。且亦思子孙之于祖父，生曰祖父，无贵贱一也，死曰祖考，亦无贵贱一也。《王制》谓庶人祭于寝，以天下古今人之子孙，容亦有不祭祖考？万万无有。不以其祖考为祖考，而斥之曰鬼者，乃曰庶士庶人无庙，死曰鬼，谓此为法，岂可以训，愚故以为尤可疑也。

编者注：①柳下季：春秋鲁大夫展获，字季，又字禽，曾为士师官，食邑柳下，谥惠，故称其为展禽、柳下季、柳士师、柳下惠等。②子产：即公孙侨。见诗集《且漫叹》注。③蔡墨：也叫史墨，春秋时晋国太史，姓蔡名墨，又叫蔡史墨、史黯。《左传·昭二十九年》：魏献子问于蔡墨……献子曰："社稷五祀，谁氏之五官也？"对曰："少皞氏有四叔，曰重、曰该、曰修、曰熙，实能金、木及水。使重为句芒，该为蓐收，修及熙为玄冥，世不失职，遂济穷桑，此其三祀也。颛顼氏有子曰犁，为祝融；共工氏有子曰句龙，为后土，此其二祀也。后土为社；稷，田正也。有烈山氏之子曰柱为稷，自夏以上祀之。周弃亦为稷，自商以来祀之。"

祭义祭统说

《祭义》大旨，不外生则敬养，死则敬享，思终身弗辱之意。其言孝子之祭，极力形容，间失之烦。若引曾子、乐正子春①之言，及所言教孝教弟之道，其义至广大，亦至精切，多诸记所未及。

《祭统》大旨，不外外则尽物，内则尽志，而必由于内之自尽，故祭为教之本。其言贤者之祭，必受其福，言惟贤者能备，盖谓能备，所以必受也，须补注此层，文始贯串。若所言未祭、将祭，及入舞馂余，与所分析十伦，论撰先德，亦多诸记所未详。

至如四时之祭，《祭义》谓春禘夏礿，《祭统》谓春礿夏禘，各承师说。质之诸记，当从《祭统》。若谓此为夏殷之礼，《祭统》不云乎？此周道也。即所言祭有三重，亦概可知已。

编者注：①乐正子春：战国初期鲁人。曾参弟子，以至孝闻名。相传《孝经》为曾参撰写，或以乐正子春参与其事。

禘祫说

宗庙之大祭，曰禘曰祫，禘祫①之辨不一矣。或谓禘大于四时，而小于祫。

或谓天子禘，诸侯祫。自愚观之，禘即祫也。何以见禘即祫也？《礼记》言禘者凡十一篇，其间兼言祫者三篇，一一可考也。

《王制》言天子诸侯宗庙之祭，春曰礿，夏曰禘，秋曰尝，冬曰烝。《祭统》言凡祭有四时，春曰礿，夏曰禘，秋曰尝，冬曰烝。《礼运》言鲁之郊禘非礼。《明堂位》言季夏六月，以禘礼祀周公于太庙。《杂记》言七月而禘，孟献子为之。《曾子问》禘尝郊社，尊无二上。《仲尼燕居》言尝禘之礼，所以仁昭穆。《礼器》《祭义》则言春禘秋尝。凡所谓禘，四时之祭也，惟《丧服小记》与《大传》言不王不禘，然亦未尝非时祭也。

其兼言祫者，《大传》言王者禘其祖之所自出，言大夫士干祫及其高祖。《曾子问》亦有祫祭于祖之言。而莫详于《王制》，《王制》言天子犆礿、祫禘、祫尝、祫烝，言诸侯礿犆，禘一犆一祫，尝祫烝祫。观祫与犆对言，犆者，特祭之谓耳，祫者，合祭之谓耳。其曰犆礿，不可谓礿之外，更有所谓犆。其曰禘祫，又可谓禘之外，更有所谓祫乎？《曾子问》言祫祭于祖，亦即其所言禘尝之祭之合祭者耳，即禘祫尝祫烝祫之祫也。若《大传》所言，且即以大小论，何不王则不禘，而大夫士亦有时而祫也。祫又大于禘乎哉？

《春秋》书八月丁卯，大事于太庙。《公羊》曰："大事者何？大祫也。大祫者何？合祭也。"《谷梁》曰："大事者何？大是事也，著祫尝。"《谷梁》以其事在八月，故以为大是事者，明此事乃祫尝也，《王制》之说也。《公羊》以其事乃鲁事，故又言五年而在殷。殷，盛也，亦即《王制》诸侯禘一犆一祫之说也。何也？天子每年三时之祭，皆祫也。何五年再殷之有？即诸侯之秋尝冬烝，每年亦祫也。《公》《谷》合祭之说同，《谷梁》以大事为祫尝，故亦无五年再殷之说。惟诸侯岁有分时朝王之事，礿则不禘，禘则不尝，尝则不烝，烝则不礿。而每年之禘，又间年一祫，约而计之，斯必三年一殷，五年再殷矣。五年再殷者，非即禘一犆一祫之谓乎？合斯谓祫，祫斯谓盛，非舍时祭而别有所谓大祫也，则所谓大尝禘而已。然而尝祫，尝也，禘祫，亦禘也。汉刘歆、王肃，谓禘祫一祭而二名是也。其实则禘亦有特祭、合祭之可分，以言夫祫，乃言禘之合祭，并不得与禘分为二名也。愚故曰："禘即祫也。"

且天子禘，诸侯亦禘也。天子诸侯之皆禘，备观诸记，又庸赘说乎？惟禘即袷，故《春秋传》无袷语，惟诸侯亦禘，故晋人答穆叔，以寡君之未禘祀。鲁之郊禘非礼者，惟鲁君所用以行郊禘之祭者，皆天子之礼乐也。不王不禘一语，错见于《丧服小记》之中，后人以为当在"王者禘其祖之所自出，以其祖配之"之上，《大传》以之冠篇首，其说脱误，究不可知。盖不王不禘者，即诸侯及其太祖，不禘其始祖之所自出之谓。天子禘，诸侯亦禘也，所用以禘之礼不同，与禘之所及远近异耳。

然则时祭之外，无禘乎？曰："《礼记》言禘多时禘。《左氏》言禘，又有三年丧毕之禘，皆禘也。"曰："禘为时祭，有定时也。天子诸侯之丧毕，无定时也。丧未毕而禘，速也，丧过时而禘，缓矣。"何休②所由以三年丧毕，遭禘则禘，遭袷则袷与？曰："《春秋》不书常事，丧毕之祭，常祭也，即所谓吉禘也。丧毕斯祭，《春秋》不书耳，即《左氏》曰速曰缓可知也。遭禘则禘，遭袷则袷，恐亦是臆见也。"

编者注：①禘袷：古代帝王祭祀始祖的一种隆重仪礼。或禘袷分称而别义，或禘袷合称而义同，历代经传，说解不一。章炳麟以为，"禘袷之言，詢詢争论既二千。若以禘袷同为殷祭，袷名大事，禘名有事，是为禘小于袷，何大祭之云？故知周之庙祭有大尝、大烝，有秋尝、冬烝。禘袷者大尝、大烝之异语。" ②何休：见《桓无王说》注。

经解说

《经解》一篇，篇名经解，槪然数段。若第一段，言六经之教也，此下言天子者与天地参，言发号出令，言礼之正国，辞义皆两不相蒙。记此篇者，或本前人成说，或自述所知，盖言者本非一端，以数段皆有可取之言，特共存之耳。

古人著书，原不必皆是有片段文字，如《曲礼》《檀弓》《丧服小记》《杂记》等篇，类错杂成篇。然一篇自有一篇所记之大旨，故不嫌错杂，以观《经解》，殆不免矣。至谓诗失之愚，礼失之烦，非深于诗礼，其说自切中。而诬奢贼乱①之失，究觉不知所谓，宜后儒以为决非孔子之言也。学者读书，犹采玉然，玉自贵于珉，而玉之瑕瑜不相掩，正不可不知。

编者注：①诬奢贼乱：指《书》《乐》《易》《春秋》之失。《礼记·经解》："故《诗》之失愚，《书》之失诬，《乐》之失奢，《易》之失贼，《礼》之失烦，《春秋》之失乱。"

哀公问仲尼燕居孔子闲居儒行说

世有同此一言，一经传述，辞气少异，意旨辄殊。此《论语》二十篇，圣门诸贤为功于圣言，垂教万世，更无有二也。若《礼记·哀公问》，若《仲尼燕居》，若《孔子闲居》，若《儒行》，皆记孔子之言也。

《哀公问》言人主欲礼道之行，在敬身，在爱人也。然头绪过多，便觉支节。《仲尼燕居》言礼所以制中①，无礼则手足无所错，耳目无所加，进退揖让无所制也。然铺张处多，便觉散漫。《孔子闲居》言奉三无私以劳天下，其语似创，义至正大也。若五至三无之说，其理自精，而其首举名目，疑于好为新奇。《儒行》历言儒行如此，无非名言也，得其一二，皆有高世之节。其意多复，而以为更仆未可终，疑亦近于夸大。凡此，皆传述者之辞气未能悉当圣人之意也，读者诚得其意，则辞气可从略矣。

编者注：①制中：犹言执中。谓恪守中正之道，无过与不及。《礼记·仲尼燕居》："夫礼，所以制中也。"

不过乎物说

《记》①称公曰："敢问何谓成身？"孔子对曰："不过乎物。"何为物？何为不过乎物？此即上文言不能爱人，则不能有其身，不能安土，不能乐天之意，更为哀公正言之也。何为能爱人？则篇首所谓节丑其衣服，卑其宫室，车不雕几，器不刻镂，食不贰味，以与民同利是也，此即不过乎物之谓也。何为不能爱人？则篇首所谓好实无厌，淫德不倦，固民是尽，求得当欲，不以其所是也，此即过乎物之谓也。

此《记》首言民之所由生，礼为大，而礼之所以能行莫之行，视乎用民者之所由何道，凡欲人主知恭敬搏节，以爱养此人也。通篇无非申明此意。如言人道政为大，曰古之为政，爱人为大。如言所以治爱人，礼为大，所以治礼，敬为大，敬之至，大昏为大。曰君子无不敬也，敬身为大。凡以爱与敬，礼之本也。能敬身，斯能成其亲为君子之亲，何虑不成其身，不能爱人。且不能有是天地宗庙社稷之主之身，更何论能成其亲？所以敬身，爱人之本也，所以爱人，敬身之实也。

其下言仁人不过乎物，节用所以爱人也，孝子不过乎物，节用爱人所以能成其身以及其亲也。前后意本一贯，特记者之文，未免支节，不达其意耳。《郑注》谓物犹事，《孔疏》谓成身之道，但万事得中，不有过误，则诸行并善，所以成身也。其说亦近，而未知此节对上文而言，实通篇之主脑。叶氏、应氏与陈氏《集说》谓万物皆备于我，尽其当然而止耳，去记者本意，殆远甚矣。

编者注：①《记》：指《礼记·哀公问》篇。

坊记表记缁衣说

《坊记》《表记》《缁衣》，皆称孔子之言也。程子曰："《坊记》不知何人所作，观其引论语曰，则不可以为孔子之言。"石梁王氏斥为非孔子之言者不一，如谓《论语》言"贫而乐"，《坊记》曰"贫而好乐"，添一好字，恐非孔子语。《论语》言"巧言令色，鲜矣仁"，《表记》曰"辞欲巧"，决非孔子之言。《缁衣》夫民教之以德一段，仿《论语》为此言，意便不足，皆非苛求也。

圣人之言，犹化工之陶铸万物，初无成模，自然各当。如《论语》所言，记之者，亦自无一律章法。若《坊记》，则每段皆杂引诗书，皆用以此坊民，以为章法。若《缁衣》，亦杂引诗书作章法。若《表记》，数段小异，其杂引诗书作章法者，亦十之七八。是不必谓理有不纯，义有不足者多，即以文论，亦可知其为后人为之也。程子谓汉儒如贾谊、董仲舒①所言，盖得此篇之意，或者其所记与，谓《坊记》也。窃谓诚使以贾、董之文记此，当又不俟矣。程子亦以此为汉儒之作耳。大抵三篇所记，未尝非孔子所言及，记者取所见闻，加以润色，欲自成一家之言，故可议者多，而格言卒不少。

深衣说

吕氏大临①曰："古者衣裳殊制，所以别上下也。惟深衣之制，衣于裳连而不殊，盖私燕之服，尚简便也。"而其为衣，被体深邃，完且弗费。孔子曰："今也纯、俭，吾从众。"则是深衣也。曰圣人服之，曰先王贵之，岂直善衣之次已哉。

后世衣制，多通衣裳为一，大率皆深衣遗制也。《玉藻》既言深衣，又专记此篇，有以哉。言其制，先儒之说既详，观本记十余语，其刻划不减《考工》，而其简明亦甚。人身之长短不齐也，衣既与裳连，则其长短，未可预定也。说者言尺寸若干，本记惟纯缘言广各寸半。其余若短毋见肤，长毋被土；若袼之高下，袂之长短；若带当无骨者；惟即此身以为量。不言尺寸，而长短抑又各当矣，记者之细也。

投壶说

《投壶》之礼，其礼乃《射礼》之细，其文亦《仪礼》之遗。视《仪礼》为简，而辞致之古雅，时或过之。读《礼》至此，如睹三代以上法物，斑驳可爱。言其字法，谓矢枉，谓壶哨，谓不敢受拜。自呼曰辟，谓胜算曰马，谓不胜爵曰赐灌①，谓饮不胜者曰敬养，谓罚曰浮。他书传偶袭其一字，辄不胜新奇，以文字言，亦记序之最近古者也。

窃叹投壶以乐宾，事不啻细，若后世之所以娱悦燕饮者，其事何如？而古人之礼教，即于是寓焉。以合宾主，而款洽尽，以角才技，而礼义备，以率弟子，而言动谨，此所为乡人邦国，皆用之也。司马温公②以为可以治心，可以修身，可以观人，可以为国，即此为教，不亦可乎！

编者注：①赐灌：犹赐饮。《礼记·投壶》："当饮者皆跪奉觞曰赐灌。胜者跪曰敬养。"郑玄注："灌，犹饮也。言赐灌者，服而尊敬辞也。"②司马温公：宋陕州夏县人，字君实。司马池子。少聪颖好学，以父荫为将作监主簿。仁宗宝元元年进士。累官知谏院、翰林学士、权御史中丞，复为翰林兼侍读学士。极力反对王安石所行新法，以"祖宗之法不可变"为由，数与安石、吕惠卿等辩论，因出知永兴军。神宗熙宁四年，判西京御史台，退居洛阳十五年，专修史书，绝口不论时事。哲宗立，太皇太后高氏临朝，起为门下侍郎，拜左仆射，主持朝政。起用刘挚、范纯仁、范祖禹、吕大防等，悉除新法，恢复旧制。在相位八月卒，赠太师、温国公，谥文正。初编撰战国至秦二世历史为《通志》八卷，英宗命设局续修，神宗改书名为《资治通鉴》，元丰七年成书。另有《温国文正公文集》《稽古录》等。

冠义昏义乡饮酒义射义燕义聘义说

冠、昏、饮、射、燕、聘诸义，明此六礼之义也。为其礼已详《仪礼》，此特讲明其义，故朱子欲以《仪礼》为经，《礼记》为传。今读诸义，其辞昌明，其义正大，其礼虽未有仪礼，亦已周详。六篇当出一人之手，皆《记》中之甚醇而无可议者，则无论其为汉儒，为七十子弟子之作，亦制作巨手哉。惜乎未详作者之为何人也！学者往复诸义，夫亦愈知礼道之大，始于冠，本于昏，重于丧祭，尊于朝聘，和于乡射，无一不可不亟为之讲已。

丧礼说

人生大事，莫大于送死，故《礼记》多记丧祭，而专记丧礼者又八篇。若《丧服小记》，记丧服之小义也，解释琐碎，足补《仪礼》传记所未及。若《丧大记》，记人君以下，丧葬之大节也，叙述周详，具见古人慎终之郑重。若《奔丧》，逸《曲礼》之正篇也，其所记之礼，如望国竟哭，如与主人哭，凡一踊一拜，无字非至性之文。若《问丧》，辞情最为真挚，其言礼义非从天降，非从地出，人情而已，抑可破言礼者拘牵之见。若《三年问》，指点独觉剀切，其言三年之丧，若驷过隙然而遂之，则无穷也，益可增为人子者罔极之悲。若《服问》，言服有上附下附之列，及常事弁绖，朝君无免绖之礼，所记虽丧余义，而服为人之所以群居和壹何如哉。若《间传》，言哀之发于容体声音，言语、饮食、居处、衣服者不一，并除服易服之不同，所记似亦末节，而丧之必致乎哀可知矣。至若《丧服四制》，言服以恩制、义制、节制、权制，而恩制为四制之首，故孝子弟弟[1]贞妇，皆得而察也。若其篇首，言凡礼所以谓之礼，訾之者，是不知礼之所由生。《礼》四十九篇，其以是篇居终者，岂即以篇首所言，见凡礼之不可訾也与！

编者注：[1]弟弟：悌弟。颜师古："弟弟者，言弟能顺理也。上弟音徒计反。"《汉书·黄霸传》："孝子弟弟，贞妇顺孙。"

卷之十三

论语说一

读论语说

今人自束发受书，开口读《论语》，设粗晓文义，未尝不知日常一言一动，真当如是也。若寝食日久，不必再读他书，当亦知一部《论语》，举古今修齐治平之道，总不外是，古今神圣贤人之言，度不过是。其或知之，而视此特束发时习闻之常谈，未尝随事体认者，无论已。或知之而未尝遍读五经以下，旁及诸子百家之书，犹未知自有书来，无古无今，无治无乱，无上无下，无出无处。求其道理，更无第二部书，求其意味，亦更无第二部书者，《论语》也。请取自五经以下之书读之，问其道理之亲切，有如《论语》者乎？问其意味之深长，又有如《论语》者乎？即五经四子书，亦自以《论语》为第一也。

愚读书数十年，自惟鲁钝，于三代秦汉之书，虽尝涉猎，读过辄忘，而所不厌忘且又读者，不过五经四子书。近从末吏，此事几废，读律之不暇，遑读

《论语》。年将老而传①矣，为丙子乡闱②奉调至长沙公寓，候值外帘，适无事事，辄购《论语》一部，再读一过。夜漏四下，犹未欲睡，觉陶咏舞蹈之神，不自知何以恶可已也。若愚者，真迂阔不识时务士哉！窃惟书不可一日不读，《论语》尤不可一日忘，世之学而仕者，多博览群书者也，试取幼所开口即读者，一再玩味焉。

编者注：①年将老而传：指年将七十。《礼记·曲礼上》："人生十年曰幼学，二十曰弱冠，三十曰壮有室，四十曰强而仕，五十曰艾服官政，六十曰耆指使，七十曰老而传。"②丙子乡闱：清嘉庆二十一年丙子科湖南乡试。

三年无改于父之道说

圣人之言，通六经无二义，孝子之行，终其身期顺道。《论语》云："三年无改于父之道。"如尹氏①之说，盖原其所以不计道与非道，以孝子之心，但见为父之道，故不改。如游氏②之说，盖恐于义未足，而以为亦在所当改而可以未改，故三年无改③。皆惟有所不忍故也，诚孝子之心也。

且思之，不忍斯无改，无改斯谓孝。《易》陈干蛊，《书》嘉改行，《记》称君子弛其亲之过，而敬其美，又何说也？或曰："然则斯言也，不与于失无违之旨矣乎？"曰："请即本文朗诵一过，试听之。"曰："读断三年，难之也。徐读于字，审之盖详。重读道字，择之盖决。然与？"曰："然哉！"学者读书，大率即一二习见助语字，能细体味，则书义曲包，《论语》尤甚也。但取此下第二章复之，曰信近于义，为有非可信而信者也，曰恭近于礼，为有非所恭而恭者也，于之为义，可思已！

父之道者，曾子曰："吾闻诸夫子，孟庄子之孝，其他可能也，其不改父之臣与父之政，是难能也。献子之政，非敝政也，献子之臣，与其有聚敛之臣，宁有盗臣也。"是其不改者，非无改于父之非道，无改于父之道也，即此章一注脚也。

夫人当没身之后，愿惟子之盖，德惟子之成，君子之所以遗亲，圣人之所以善述，则在能改能无改而已矣。能改无改，备观春秋来卿大夫，父没子嗣，若臣若政，凡罔不在初服，三年无改，斯终身不改矣。曰三年，无改于父之道，明乎求其愦愦然，或且成亲之非道，盖断断乎尤必有所不忍也，故谓之孝也。元恺一无改也，而继美，四凶亦一无改也，而继恶。汉元帝改孝宣之政，而汉业以衰，宋哲宗为绍述之名，而宋治益乱。此虽吾子微言也，关系至钜，辨之不明，后世将必有附之以误人子孝思者，故特为之说。

编者注：①尹氏：尹焞，宋河南人，字彦明，一字德充。尹源孙。少师事程颐。尝应举，见试题为诛元祐诸臣议，不答而出，终身不应举。钦宗靖康初，种师道荐召京师，赐号和靖处士。高宗绍兴初历崇政殿说书、礼部侍郎兼侍讲。上书力斥与金议和，乞致仕。有《论语解》《门人问答》《和靖集》。②游氏：游酢，宋建州建阳人，字定夫，一字子通，世称鹿山先生，亦称广平先生。游醇弟。神宗元丰五年进士。累官太学博士，擢监察御史，历知和州、汉阳军、舒州、濠州等地。师事程颢、程颐，与谢良佐、吕大临、杨时并号程门四先生。有《易说》《诗二南义》《中庸义》《论语孟子杂解》及《鹰山文集》。③上文是对尹、游二人语义之剖析。朱熹《论语集注》：尹氏曰："如其道，虽终身无改可也。如其非道，何待三年。然则三年无改者，孝子之心有所不忍故也。"游氏曰："三年无改，亦谓在所当改而可以未改者耳。"

思无邪说

思无邪！此言《诗》三百，思无邪也。《诗》有美有刺，《风》美少刺多，或邻于薄，《雅》之美刺，或类于谀，或嫌于怨，与夫《颂》之美盛德之形容也。无非贤人君子，悯时病俗，陈善闭邪，同此忧深思远之所为，故曰"诗三百，一言以蔽之，曰思无邪"。

明明言诗无邪思也，如俗所讲，乃谓诗有正有邪。圣人言此，为读诗者设法。则何不曰读《国风》十五，思无邪；何不曰诵《诗》三百，思无邪也。其诬圣人之经，乱圣人之言也，殆甚！

犬马皆能说

欲正经义，但诵经文。子曰："今之孝者，是谓能养。至于犬马，皆能有养。"子固曰是能养也，是至于犬马皆能也，以犬马斥亲乎？以犬马斥人子乎？善读书者但将两能字，相承朗诵，了然在口，何事多言。包氏①旧注不可易，毛西河②知据理以争，而不知但正以本文，是亦多言矣。用力用劳，皆养也，《集注》从何注后说，皆泥视养字也。

编者注：①包氏：包咸，东汉会稽曲阿人，字子良。少为诸生，师博士右师细君，习《鲁诗》《论语》。光武帝建武初举孝廉，除郎中，入授太子《论语》。明帝永平中迁大鸿胪，以师恩特加赐俸禄，皆散与诸生之贫者。著有《论语包氏章句》，已佚。部分观点收录于何晏《论语集解》。②毛西河：毛奇龄，明末清初浙江萧山人，本名甡，字大可，又字齐于、于一，号初晴，一作秋晴。学者称西河先生。明诸生。清初曾参与抗清军事。事败，流亡多年始出。康熙时荐举博学鸿词科，授检讨，充明史馆纂修官。寻假归，不复出。治经史及音韵学，强记博闻，著述极富。然援引虽广，以不肯核检原书，每多错误。所著《西河合集》，分经集、史集、文集、杂著，共四百余卷。

八佾舞于庭说

孔子谓季氏八佾舞于庭，季氏孰谓？《注疏》以为季桓子。谓季孙意如也。平子。舞于庭，或曰舞于季氏之家庙，亦《注疏》说。舞于季氏之庭也。《春秋传》昭公二十五年，将禘于襄公，万者二人，其众万于季氏，此《论语》实录也。至九月，公徒谋去季氏，不克，昭公出奔齐。叔孙昭子自阚归，见平子。平子稽颡曰："子若我何？"昭子曰："子以逐君成名，将若子何？"平子曰："可使意如得改事君，所谓生死而骨肉也。"此诚意如不忍以逐君成名初心哉！

夫三家之僭，有自来矣。《礼》："诸侯不得祖天子，大夫不得祖诸侯。"防僭礼也。成王赐鲁以王者礼乐，以祀周公，惟周公尝摄天子之事也。浸假而以祀鲁公矣，浸假而以祀群公矣。而公庙之设于私家，由三桓始，三桓祖桓公，斯用祀桓礼矣。用祀桓礼，斯用祀周公礼矣。八佾之舞于季氏家庙也，是已久视为固然，一旦乃至蔑先君之祀，狎天子之礼，取鲁君所将朱干玉戚，冕而舞于宗庙者，一若平居之所恒舞，及优侏儒、猱杂子女，以供堂下之一乐。嘻！此季氏之庭也，胡为而舞是？孰使舞于是？而意如且安然无所顾忌也如是，是可忍也，孰不可忍也！又何异乎卒使其君淹恤失所，溢死干侯，忍以逐君成名也哉？此我孔子所由不诛其僭，重叹意如之忍也。然则旅于泰山者何季氏？子以女弗能救谓冉有，则季孙肥①也。

编者注：①季孙肥：即季康子。春秋末鲁国人。季孙斯子。嗣父为大夫，后专国政。鲁哀公七年，鲁与吴会于鄫，吴王夫差强令鲁用百牢（牺牲。按周礼最多用十二），鲁被迫遵行，肥拒不赴会。吴太宰伯嚭召之，使子贡拒之。齐屡伐鲁，肥用冉有为宰，率左师击齐有功。后迎孔子自卫归鲁，敬而不能用。卒谥康。《论语·八佾》：季氏旅于泰山。子谓冉有曰："女弗能救与？"对曰："不能。"子曰："呜呼！曾谓泰山不如林放乎？"

不如诸夏之无说

春秋时，自鲁昭公二十二年六月，景王崩，王室乱，王猛①出居皇。猛卒，敬王立，居狄泉，东王西王，位未有定。至昭公二十六年十月，子朝②奔楚，敬王始入成周，周无天子者，前后凡五年。自昭公二十五年，昭公奔齐，淹恤在外，齐晋弗纳。至定公元年六月，定公始即位，鲁无国君者，前后凡九年。子曰："夷狄之有君，不如诸夏之无也③。"非直无上下之分也，诸夏无君也。夫子言之慨然，遥忆其时，方昭之二十五六年间，有是言也。

编者注：①王猛：周悼王，姓姬，名猛，中国东周君主，谥号悼王，未即位时称王子猛，即位后称王猛。周景王之子。景王病重时，嘱咐大夫宾孟立王子猛。景王死，国人立王子猛为王，是为悼王。悼王后来被王子朝杀死。②子朝：景王之子，名朝。周景王二十五年依靠"百工"官中丧失职秩者与灵、景之族起兵争位，周敬王二年入于尹，被尹氏拥立为王，旋入于王城。敬王出居刘。同时两王并立。次年，入于邬。敬王四年出居滑，晋出兵助敬王复位，子朝率随从大夫以周之典籍奔楚，并遣师告于诸侯。后敬王乘吴破楚之机遣人杀死子朝。③不如诸夏之无也：《论语·八佾》原文为"不如诸夏之亡也"。按：亡，通无。

素以为绚说

风诗之言，往往以可解不可解，而适见其妙，若平平以实义求之，则类失之泥。春可怀乎，而曰"有女怀春"；背可树乎，而曰"言树之背"；素可为绚乎，而曰"素以为绚兮"者何也？

春非可怀也，言如玉之怀，满怀总是春矣。明其宜乎吉士诱之也，然卒不为诱，以为是真如玉者也。背非可树萱也，疗心痗之病，计惟树之背焉，庶几忘此思伯忧也。然背焉得树，以为又焉得不使我心痗也。素自素，绚自绚也，若倩盼之素，不啻绚矣。人以绚为绚，此直以素为绚，唐人诗"却嫌脂粉污颜色，淡扫蛾眉朝至尊"，即素以为绚意也。子夏①天资虽笃实，何至不达，何谓反疑子夏之问？则以倩盼，素也，而即以为绚，是素在则何以绚为之意也，问此，特以明素之足贵也。夫子之答，则以绘事，绚也，而皆后于素，是虽绚焉，亦必先之以素之意也，随问答此，亦以明素之宜急也。而子夏遂释然有礼后之言，乃其发问本意，而夫子因怡然有起予之叹，以非随问而答意也。

特由诗之言推之，则牺樽青黄乃木之灾，而礼乃忠信之衰。由夫子之言推之，则甘受和，白受采，无忠信之心，礼不虚行也。此子夏所由必折衷于夫子耳，而一时问答，何尝非即诗人所咏？人以绚为绚，此直以素为绚之意，引伸而类长也哉！如诸儒说，《注疏》以素喻礼，谓又能以礼成文，是更以素为之绚之说也。《集注》以素为美质，而谓又加以华采之饰，是素而以之更为之绚之说也。皆失诗意！犹之怀春也，以为当春有怀，树之背也，以为树之堂北。义则实矣，而于风诗绝妙语意，一皆索然矣。若后素之说，则宜主《集注》。

编者注：①子夏：即卜商。春秋末卫国人，一说晋国温人，字子夏。孔子弟子，以文学见称。为鲁国莒父宰。孔子死后，讲学于西河，李克、吴起、田子方、段干木皆从受业，魏文侯曾师事之，受经艺。相传作《诗序》。《论语·八佾》：子夏问曰："'巧笑倩兮，美目盼兮，素以为绚兮'何谓也？"子曰："绘事后素。"曰："礼后乎？"子曰："起予者商也，始可与言《诗》已矣。"

问社说

宰我①，圣门言语之选也。问社之对②，繄岂无意，盖欲鲁君立威以强公室也。虽然，天下势而已矣，势重难反，自非大有为之君，骤将反之，适以乱之，智者不言也。鲁自文公而后，政逮大夫，陵夷至于昭公，卒有乾侯之辱，立乎定哀，大夫专诸侯，陪臣专大夫，其所由来者渐矣。

我夫子于鲁，宁不欲拨乱而反之正，乃观其所以告二公者？若定公问君使臣，则对之以礼；问一言可兴邦，则对之以为君难；问一言可丧邦，则对之以如不善，而莫予违之一言。若哀公问政，则曰取人以身，修身以道；问何为则民服，则曰举直错诸枉，则民服。从未闻有以胁服臣民之意告之者。《易》曰有孚威如，《书》曰德威维畏，则亦反之以正而已矣。

宰我第知公室之不振，由于威福之下移，曾不思此事势，已成而不可说，已遂而不可谏，既往而不可咎。一旦欲以维辟作威之说正之，此所谓骤将反之，适以乱之也，则何如鲁以相忍为国。君臣上下，辑睦无事，犹可为国也哉！夫子闻之，以事之不说不谏不咎者警之，殆亦为鲁事而言，非直为所对虚妄。而其言既出，无如之何，故历言此也。为所对虚妄，胡为而曰成事，曰遂事，曰既往也？其后哀公欲以越伐鲁，去三桓，终至孙邾如越③，鲁迎之复归，卒于有山氏。噫，此虽非必即问社之对启之，宰我至此，夫亦愈知失言矣。

问社者何？问社主也。以者何？社主所用木也。各树其土所宜木之说，于古无考，《春秋》作僖公主，《公羊传》谓虞主用桑，练主用栗。观何休注，则谓以松以柏以栗，为社主所用木者，其说近是。

编者注：①宰我：宰予，春秋时鲁国人，字子我，亦称宰我。孔子弟子，长于言语。曾仕齐国为临淄大夫。对孔子坚持主张三年之丧有异议，被斥为"不仁"。②问社之对：《论语·八佾》：哀公问社于宰我，宰我对曰："夏后氏以松，殷人以柏，周人以栗，曰：使民战栗。"子闻之，曰："成事不说，遂事不谏，既往不咎。"③孙邾如越：遁逃邾国，去往越国。《左传·哀二十七年》："公欲以越伐鲁，而去三桓。秋八月甲戌，公如公孙有陉氏，因孙于邾，乃遂如越。国人施公孙有山氏。"

一贯忠恕说

子曰："吾道一以贯之。"曾子曰："夫子之道，忠恕而已矣。"忠恕即一贯与？抑圣人之一贯，自有所以一贯，非忠恕可得而名与？此其旨，得程朱二子之说，备矣。

程子盖以忠恕即一贯，而所谓此与违道不远异者，动以天尔，说得最谛当。朱子以夫子自有所以一贯，又从程子动以天一语，看出夫子之一理浑然，泛应曲当。譬则天地之至诚无息，万物各得其所，曾子有见于此，而难言之，故借学者推己尽己之目以明之，说得至精微。二子言道，分量较然，前人未之及也。

窃以《中庸》质之。子曰："道不远人，人之为道而远人，不可以为道。"此示曾子一以贯之者，正以见吾子之道，无所谓高远也。曾子曰"而已矣"者，亦实有见于斯道之高美，忠恕之外，更无余法也。子思①，曾子之弟也。观《中庸》所言，固与于闻一贯之传者也，忠恕即一贯也。若《老子》一书，开口曰"道可道，非常道"，道非可道，斯无可贯矣，此所谓道其所道，非吾所谓道也。是故言异端之道，越说得高，越沦于无；言圣人之道，越说得平，越坐得实。忠恕有安勉，《集注》一借字，毋宁再酌焉。

编者注：①子思：即孔伋。战国时鲁国鄹邑人，名伋，字子思。孔子之孙。相传受业于曾子。曾为鲁穆公师。以"诚"及"中庸"为其学说核心。孟子发挥其学说，形成思孟学派。后被尊为"述圣"。今本《礼记》中《中庸》《表记》《坊记》等传为其所撰。另有《子思》，已佚。

宁武子说

宁武子①，庄子②之子也。卫文公时，未见经传，其事皆见成公之时，子言有道无道，皆自成公时言也。以多难而君臣相讼，为无道，无事而上下辑和，为有道耳。所谓其愚，则自成公出居襄牛，与元咺③讼，及纳橐饘，货医衍皆是；所谓其知，则如迁于帝丘，公命祀相，请改祀命，聘于鲁，为赋湛露彤弓，不辞不答赋皆是；皆成公时事也。

先言有道则知者，武子为卫名臣，其知足称，人所共闻，故特先言其知，明其可及，以例其愚之不可及，非以文公有道，武子无事可见，为其知可及也。至于其愚不可及之说，备观《注疏》，惟朱子以尽心竭力，不避艰险，卒能保其身以济其君，为其愚不可及，最切事情。朱子非以不避艰险为其愚，以保身济君为不可及也，后之人，乃取朱子之说而分贴之。且无论是直以成败论人，白文明言其愚不可及，不可及者，其愚也，如何可以分贴？诸葛武侯曰："臣鞠躬尽瘁，死而后已，至于成败利钝，非臣之明所敢知也④。"武子卒能保其身以济其君，又岂武子所敢知？假使身不保，君不济，其愚岂遂可及乎哉？

编者注：①宁武子：宁俞，即宁武子。亦作"宁武""宁子""宁生""宁生"。宁庄子之子。春秋时卫国人。卫文公、成公时大夫。成公无道为晋所攻，失国奔楚、陈，卒为晋侯所执。宁俞不避艰险，周旋其间，卒保其身，而济其君。孔子称之曰："邦有道则智，邦无道则愚。其智可及也，其愚不可及也。"②庄子：宁速，春秋时卫国人。亦称宁庄子。懿公时大夫。狄伐卫，懿公败死。乃立昭伯子申为戴公。卒，复立其弟毁为文公。迁于楚丘。晋公子重耳出亡过卫，文公不礼速。进谏，弗听。③元咺：春秋时卫国大夫。卫成公惧晋出奔，使咺奉叔武以受盟。成公疑咺立叔武为国君，杀咺子。及晋命成公回国，又杀叔武。咺奔晋。晋执成公交周王。咺归卫立公子瑕。成公获释归卫，杀元咺及公子瑕。④：此处与诸葛亮原文略有不同，《后出师表》："臣鞠躬尽瘁，死而后已；至于成败利钝，非臣之明所能逆睹也。"

可也简说

子曰："雍①也，可使南面。"仲弓问子桑伯子②，子曰："可也！"读断。

此一时语也，前后两"可"字，紧相承。仲弓非泛问伯子之为人，夫子非泛论伯子为人之可也。曰可也，而示以简，明其可使者简也。藉非即承"可使"言，突空说一"可"也，何谓可？可何事？况仲弓辨简，明曰以临其民，不亦可乎？以临其民者，非即南面之谓乎？不亦可乎者，非即可使之谓、可也之谓乎？设夫子之谓可，可伯子之为人，而仲弓乃以临民对，一堂辩论，彼此各出，何夫子又直应之曰"雍之言然"也。盖简则主一无适，夫子既许之曰可也，则其简也，必从居敬得来，自仲弓辨之，而夫子许可之意乃益明耳。

于雍曰可，于伯子亦曰可，可伯子以简，可仲弓亦以简，南面可使，独何异乎伯子？《论语》白文，本自直截，讲家乃以可其人，非可其简，自生支节，使后生小子读书作文，胶加不清。推诸儒之意，所以不敢以南面许伯子者，大都为《庄子》《家语》所蒙耳。伯子为人，惜此章以外，未见《论语》。然果如《庄子》《家语》之说，是怪也、肆也，非简也！即泛泛以为人论，吾子岂轻许可，启后来仁达放诞之习哉？所闻异辞，孰若我夫子一字品评，为足考信也。

愚观《论语》，问终身可行，夫子则示之以恕，论南面可使，夫子则示之以简。知终身可行之一言，更无如恕，则是简也者，大圣人固特举帝王南面之至德要道，亦以一言垂训千古也。以愚观古来临民之道，从未有不以简治，不以法令滋章，烦苛多事乱者。昔汉高祖入关，除去秦法，为父老约，法三章耳，而汉之业以定。萧何为法，颟若画一，曹参代之，守而弗失，而汉之治以盛。新莽之败，理势固然，然卒以莽性躁扰，法令烦苛，自速之亡。方四方兵起，光武除莽苛政，豁达大度，同符高祖，马援见光武简易，叹为帝王自有真，而汉以复兴。唐高祖克长安，悉除隋苛禁，为民约法十二条，太宗继之，贞观之盛，几至措刑。以太宗不世出之才，然魏征上疏，虑太宗志业渐不克终者，而以贞观初，清心寡欲为首。宋太祖器度豁如，质任自然，不事矫饰，而声名文物之治，道德仁义之风，规模抑何远也。历观汉唐宋，南面非简不可，居可知矣。

其若汉武之才，以视文帝，何翅有余，然武以好大喜功，扰乱天下，孰与文以清静恭俭，安养百姓。东汉明、章，同推贤主，然明帝察察，以言君道，有综核操切之弊，又孰与章帝长者，即所取吏，亦安静不烦之人。唐宣宗大中之政，号小太宗，然抉摘细微，小过必罚，大纲不举，唐室之衰，论者咎之。宋真宗尝以治道所宜先问李沆③，沆对曰不用浮薄新进，喜事之人，此最为先，仁宗不知，信任安石，卒以纷更致乱。是南面断非简不可，又不必世之明以烦苛败亡者，可为炯戒已也。

是故守文在简，拨乱亦在简，宁民息事在简，信赏必罚亦在简，而于法令律例，尤非简不可。唐太宗尝曰："法令不可数变，数变则烦，官不能尽记，吏得为奸。"明孝宗时，杨廉④言高皇帝肇造之初，特命刘基等详定律令，且谕之曰："立法贵简，若条绪繁多，可轻可重，吏得夤缘为奸。"百三十年来，律行既久，条例渐多，近令法司，详议革去，望选学有经术，深明律意者，专理其事，以太祖立法贵简之心为主，一切近代冗杂，悉为革去。孝宗嘉纳之，此又后世之南面求治者，第一急务也。

夫礼顺人情，律设大法，愚不敢谓律例不准乎人情，然遇事必援律例以治之。如所谓一门之内，小者可论，大者可杀，在倚法以削者，已难言矣。况条绪繁多，岂惟吏得为奸，使天下之人，手足无措。且使天下之官，遇事求合律例，遇事必求避处分，卒至所科律例，一非实事，而所定律例，转属空文，小大相蒙，欺罔成习，其弊何可胜言。则安所得学有经术，深明律意之人，能体仁明之主，立法贵简之心，举后世冗杂之法，悉为革去也哉。有心治道者，拭目俟之矣！愚为正讲家之误，特附此说，庶几凡有临民之责者，尚一采纳焉。

编者注：①雍：冉雍，春秋时鲁国人，字仲弓。孔子弟子。其父贱。有德行。孔子以为可任诸侯治民之官。曾为季氏宰。②子桑伯子：春秋末年隐士。与孔子同时，生活崇尚简约。朱熹《论语集注》认为"子桑伯子，鲁人"。《庄子》中有子桑户，后儒以子桑户即子桑伯子，非！曾镛亦持怀疑态度。刘向《说苑》："孔子见子桑伯子，子桑伯子不衣冠而处。"一篇，以质胜文则野，文胜质则史证可也简之说，恐亦后儒糅合，不足采信。③李沆：宋洺州肥乡人，字太初。李炳子。太宗太平兴国五年进士。累除右补阙、知制诰。淳化二年拜参知政事。罢知河南府，迁礼部侍郎兼太子宾客。真宗即位，复参知政事。咸平初加平章事、监修国史，累加尚书右仆射。为相恪守条制，反对任用浮薄喜事者，常以四方艰难奏闻，戒帝侈心，时称"圣相"。④杨廉：明江西丰城人，字方震，号畏轩。成化二十三年进士。授庶吉士，弘治三年授南京户科给事中。五年以灾异上疏言六事，请召用言事迁谪官，治两浙、三吴水患，停额外织造。正德间为顺天府尹，出为南京礼部侍郎。世宗时迁礼部尚书。与罗钦顺善，为居敬穷理之学，文必据六经，博通礼乐、钱谷、星历、算术，学者称月湖先生。

不伐说

郊之战，左师入齐师，右师奔，惟右师不欲战也。帅左师者冉求，帅右师者，孟氏也。方其奔也，齐人从之，陈庄、陈瑾，且涉泗矣，非之反，谁敢后？其曰非敢后也，其不敢自异于孟氏也。以公为①于其嬖童汪锜乘，皆死皆殡，孔子曰能执干戈以卫社稷，可无殇也。冉有②用矛于齐师，故能入其军，孔子曰义。而于此独称之反之不伐，之反信可风矣。而其殿也，亦幸而有冉有之义，齐师乃遁耳，称之反不伐，正以见孟氏之不义也。

编者注：①公为：一作公叔务人，一作公叔禺人，鲁昭公之子。《礼记·檀弓下》：战于郎，公叔禺人遇负杖入保者息，曰："使之虽病也，任之虽重也，君子不能为谋也，士弗能死也。不可！我则既言矣。"与其邻童汪踦往，皆死焉。鲁人欲勿殇童汪踦，问于仲尼。仲尼曰："能执干戈以卫社稷，虽欲勿殇也，不亦可乎！"②冉有：冉求，字子有，亦称冉有，冉子，鲁国人。周文王第十子冉季载之嫡裔。春秋末年著名学者、孔子门徒。孔门七十二贤之一，受儒教祭祀。以政事见称。多才多艺，尤擅长理财，曾担任季氏宰臣。

则史说

文胜质则史。谓何史？《论语注》谓史者，文多而质少。《疏》谓文多胜于质，则如史官也。《集注》谓史掌文书，多闻习事，而诚或不足也。皆不是！史官之史，所掌所记，类从实录，安见为多文胜质，而诚不足邪？则史云者，非谓掌文书之史，谓接鬼神之史也。非《周礼》太史、内史、小史、外史之史，乃《周易》用史巫纷若，《春秋传》祝史矫举以祭之史也。《仪礼》辞多则史，意与此同，《注疏》亦未认清。

编者注：《十三经注疏》："文胜质则史者，言文多胜于质，则如史官也。"言"史"为史官，掌管文书修撰记录之官也。《四书章句集注》："史，掌文书，多闻习事，而诚或不足也。"亦同此论。曾镛认为"史"为接鬼神之史，司祭祀之官也，然皆为史官也。近人曹娜，其云"史"非史官，当通假为使，意为若过分强调文，会有"强民"之忧。孔子论述三代历史，曰"殷、周之质不胜其文"，感殷"求备于民"，而周"强民"。《仪礼·聘礼》"辞多则史"之"史"，亦作"使"解，令也，有强迫之意。亦备此说。

井有仁说

何谓井有仁？《注疏》谓井有仁人，嫌于添注，《集注》从刘聘君谓仁当作人，嫌于涂改，愚以为宰我固曰井有仁，则说书者，亦曰井有仁而已矣。推诸儒所以添人字，改仁字，大率为从字起见，意必先有人在，从之之字，乃有着落耳。从，非谓从井中何人也，从井中仁也。宰我为是说，亦非必忧为仁之陷害也。

盖为世之论仁者，第知能死为仁，其曰虽告之，其从之，已隐有冒昧轻生，不敢谓然之意，见于言下。得夫子之说，君子之于仁，固大不然也。可逝也者，大凡天下险阻之途，常人望而却步，君子可逝也，惟其仁，自有可逝之道也。假如所问，是可陷也，是暴虎冯河，死而无悔者也，仁者何为然？可欺也者，大凡生人忧患之故，常人漠不关心，君子可欺也，亦惟其仁，斯有可欺之时也。假如所问是可罔也，是虽驱而纳诸罟擭陷阱之中，而莫之知辟者也，仁者又何为然？

是故以常理言，子曰："水火，吾见蹈而死者矣，未见蹈仁而死者也。"仁无所谓井也，蹈仁亦何事从井，从井究何补于仁也。若以国家君父之大变故言，子曰："志士仁人，无求生以害仁，有杀身以成仁。"此则以身其际者，犹之身在井中，万万无可逃死，即所谓尽其道而死者，正命也，不可以从井目之也。若漫以能死为仁，不问事之可否，不顾理之是非，可陷可罔，则无非好仁不好学，其蔽也愚已耳。此章问答，凡为论仁者大折中，不必作救人一节解也。

编者注：《论语·雍也》：宰我问曰："仁者虽告之曰井有仁焉，其从之也？"子曰："何为其然也？君子可逝也，不可陷也；可欺也，不可罔也。"先儒俱解作井有仁为仁人坠井。近有王德铭、李旭持不同之说，以井字为古之刑字，井有仁为仁人受刑之瘦辞，亦新解焉，特录此说。

卷之十四

论语说二

五十以学易说

加数年，何必适五十？以学《易》，何必待五十？年未五十，又何遽言加我数年？子曰："加我数年，五十以学《易》。"言五十者，必有所以学者也。谓以知命之年，读至命之书，说者傅会也。刘聘君见元城刘忠定[①]，自言尝读他论，加作假，五十作卒，朱子取之。以假加声相近而误读，卒与五十字相似而误分，信无疑乎？或谓五十字设不误，而所为以学《易》者，抑有说乎？

意者加我数年者，非言加我数年之年，言加我数年之学也。五十以学《易》者，学《易》必衍《易》，大衍之数五十，作《易》者，所以显道神德行，皆赖以推，是小衍以五，大衍五十，五之十之，此固学《易》者，所必以之学者也。以是为五十以学《易》，则五十不误也。大衍之数五十，康成云："五者，著之小衍也，故五十为大衍。"汉上云："小衍之五，参两也，大衍之五十，则小衍在其中矣。”

编者注：①刘忠定：刘安世，宋大名人，字器之，号元城。刘航子。神宗熙宁六年进士。不就选，从学于司马光。光入相，荐为秘书省正字。又以吕公著荐，为右正言，论事刚直，历劾章惇、蔡确、范纯仁。累迁左谏议大夫，进枢密都承旨。章惇用事，累贬英州安置，徙梅州，欲置之死，会徽宗立得赦，历知衡、鼎、郓州及镇定府。蔡京为相，连谪至峡州羁管。后定居宋都。宣和七年卒，年七十八。淳熙八年赐谥"忠定"。有《尽言集》等。

子以四教说

学者知有言教，未知圣人以身教，而圣人之教几隐。子尝以天喻子贡矣，天何言，而四时行，百物生，无非教也。一日复为二三子正言之曰，吾无行而不与二三子者，是某也。行生之喻，子贡之悟不悟未可知，至是而二三子昭然若发蒙矣。

既纪子言，又特笔书曰："子以四教，文行忠信。"明此四者，即夫子无行不与之教也。文者何？夫子之文章也，删定赞修皆是也。行者何？夫子之躬行也，动作威仪皆是也。忠者何？夫子尽己之忠也。信者何？夫子与人之信也。子以四教者，谓子以此教，非谓教以此，以子之文行忠信教也，非泛言教人以学文修行，而存忠信也。

此节通上节，与子路①无宿诺，一例文法。特记子路无宿诺者，亦以见由之，所以片言可折狱也。自后儒分为两章，而于是或分四者为两截，或分文行而合忠信，或以文行皆本忠信，宜乎？名曰四教，若三教，若二教，若一教，胶加不清矣。

编者注：①子路：见上文诗集《有感》注。

童子见

说先儒疑此章有错简，唯字上下有阙文，读者遂移人洁己以下十四字于前，因作此说。

甚矣，圣人接引后学之心无己也。若互乡童子见，门人惑，子曰："与其进也，不与其退也，唯何甚！"则以惑之者，以进则与之，其如退而互之者至何尔？夫谓互乡难与言，不与之言可也。此童子也，求一见耳，必料其退而亦不与之见，何甚也。唯不欲何甚而为此，故见之也。言此者，盖言门人之惑之为已甚也。

又曰："人洁己以进，与其洁也，不保其往也。"则以惑之者，且亦思量童子之见也，岂漫然无以，而漫与其进也哉！曰人，概言之也，洁则人皆可与也，而何况乎童子也，而何论乎所与者之自互乡往也。不保云者，洁己矣，少长之乡，旧染之俗，不能保，亦不必保也。

言既，复言此者，盖又以见童子之见之为重可与也，童子勉乎哉！知所以与其进者唯洁也，进可与，退亦可与矣。童子而闻此，知吾子言既而复言此，则当日者，未闻方其见而子何以诲之，深于诲之矣。

此圣人无己之心也，此圣人所过互乡皆洙泗也，藉犹是言也。一颠倒其前后言之，则所谓与其洁也，不保其往也者，竟其言无非归于与其进也，不与其退也斯已矣。悆然矣，其心无己。而吾正于其辞之断续往复，见圣人之情焉，无直致有遗味矣。

文莫吾犹人说

泄天地之精，传圣贤之心者，文是也。文顾不贵乎哉？子曰："文，莫吾犹人也。"以文自予也。曰："躬行君子，则吾未之有得。"以文自律也。何氏曰："莫，无也；文无者，犹俗言文不也；文不吾犹人者，凡言文，皆不胜人也。"其说与下则字，无开阖语气。谢氏[①]曰："文虽圣人，无不与人同，故不逊也。"此亦非不逊之谓。朱子曰："莫，疑辞是也，莫，犹言莫非也。楚辞曰：'莫好修之害也。'"语气正同。

而或因《集注》第以言行对举，辄将此行与文，看成两项，则又大失夫子自律以勉文士之本意。躬行君子者，言躬行此文之君子也。躬行之君子，即有文之君子，非舍文而别言躬行之君子也。子尝曰："古者言之不出，耻躬之不逮也。"子贡问君子，子曰："先行其言，而后从之。"此亦躬行君子之说也。

人声之精者为言，文辞之于言，又其精者也。后之人，文自文，行自行，举平生若传若注一切古人心得之言，说仁说义，一切自家得意之作，不啻皆诬善之游辞。而此天地之精，圣贤之心，仅为斯人买名声，取科第之具也。文而不惭，无所用耻，可胜叹哉！可胜叹哉！

编者注：①谢氏：谢良佐，宋蔡州上蔡人，字显道。从程颢、程颐学，与游酢、吕大临、杨时号程门四先生。神宗元丰八年进士。知应城县。徽宗时监西京竹木场，坐口语下狱，废为民。记问该赡，称引前史，至不差一字。卒谥文肃。有《论语说》《上蔡语录》。

不与说

子曰："巍巍乎！舜禹之有天下也，而不与①焉。"何谓也？不与云者，即自舜禹之有天下言也。古之有天下者，上自黄帝，下逮商周，自非继世以有天下，未有不手夷祸乱，亲事征诛而有之者也。舜禹，皆匹夫也，虞夏之天下自舜禹有，求其所以有之，莫之致而致天与人归，舜不与也，禹不与也，夫是以为巍巍乎，旷千古而独绝，惟舜禹然也，即舜禹之有天下言也。若谓有天下矣，而惟以天下为忧勤，不以位为乐，是之谓不与。尧何独不然？愚向读《集注》，谓当作如是解，故为此说。及考之《注疏》，亦谓不与求而得之，是宜从旧说。

编者注：①不与：不与之意，历有纷争，旧儒之说有三。一云舜禹有天下，任贤使能，不亲预其事，所谓无为而治也。此与即参与之意。一云舜禹有天下，而处之泰然，其心逸然若无预也。不予即不贪图享受之意。一云舜禹之有天下，非求而得之，尧禅舜，舜禅禹，皆若不预己事然。三说皆可通。曾镛云"莫之致而致天与人归"，即"非求而得之，皆若不预己事然"之意。按，任贤使能，非无预也，读其文下章"禹吾无间然"，当知其非无为。曾镛"而惟以天下为忧勤，不以位为乐，是之谓不与。尧何独不然"之问，亦对"处之泰然，其心逸然若无预也"之见有力辩驳。

亵裘长短右袂说

亵裘长，短右袂①。先儒相沿以亵裘长为断句，故《集注》谓长欲其温，短右袂，所以便作事。窃以为圣人席不正不坐，割不正不食，衣之与裘，尚取其称，红之与紫，虽亵不以，今乃举同然两袂，独短其一，服之不衷，莫此为甚。疑此者有年，既而核其义于经，求其讹于字，窃谓此直言亵裘短也，言亵裘之长短若袂也。特古简漫灭，脱若字之廿而为右，犹之讹鲁为鱼耳。

《礼》曰："古者深衣，盖有制度，短无见肤，长无被土②。"此言深衣之长短也。曰："袼之高下，可以运肘，袂之长短，反诎之及肘。"此言深衣之袂之长短也。夫人运肘得尺，袂之长，反诎之及肘，是其视手也，长有尺许矣。今以手下垂，去膝盖近，又伸袂之所反诎，则去其足也，不越二三寸。长不被土，而齐无烦摄，以是为亵，以是为便也。此正长短若袂之义也。《玉藻》云："夕深衣。"言燕居之服也。亵裘，即深衣类也。长短若袂，其视朝祭之服固短矣。愚故曰："此直言亵裘短也。"

编者注：①《论语·乡党》："亵裘长，短右袂。"今亦从长字断句，释作家居所穿之裘比出门所穿者稍长，右边之袖子要短。《论语注疏》曰："此裘私家所著之裘也。长之者，主温也；短右袂者，作事便也。"《论语集释》持不同见，曰："孔注以短右袂为便作事。夫人之作事，两手皆欲其便，岂有单用右手之理？"或又谓卷右袂使短，案弟子职凡拚之道，摄袂及肘，即谓卷袂使短，然无事时必仍舒之，人作事皆是如此，论语不应记之。曾镛云右字乃若字之讹，此句当连读为亵裘长短若袂，乃直言亵裘短之义，理亦正焉。②此句《礼记·深衣》原文为"古者深衣，盖有制度，以应规、矩、绳、权、衡。短毋见肤，长毋被土。"

不多食说

不撤姜食，不多食。此所谓不多食，即姜食也，非两节事也。姜通神明，养阳上品也。《记》①称丧有疾，食肉饮酒，必有草木之滋焉，以为姜桂之谓也。然其气辛散，多食亦未免损阴，故每食不撤，亦不多食也。记者连而及之，即一姜也，见食医之意矣。记者之慎也。

编者注：①《记》：即《礼记》。后文引自《礼记·檀弓上》。

三嗅说

子路拱①之，色是也。三嗅而作，斯举矣。三嗅者何？《尔雅》："鸟曰具②。"

鸟张两翅，具具然摇动也。三嗅，三具也。具，古闻切，愚尝以是训学徒，自以为臆见也。老而健忘，曾不记《注》中刘聘君已尝言之是也。

编者注：①拱：原文作共。《论语·为政》："居其所而众星共之。"郑注："共，拱手也。"《论语·乡党》："子路共之，三嗅而作。"②具：当作昊字。《尔雅·释兽》："鸟曰昊。"《注》："张两翅。"《疏》："张两翅，昊昊然摇动。"

鲁人为长府说

鲁人曷为为长府？谋去季氏也。长府者，鲁旧官库，于是改作之，盖高其闱阓，厚其墙垣，将伐季氏而使公居之。为之，欲其固也。季公若①之与臧、郈，皆怨平子者也。公若谋去季氏于公为②，彼其意与臧孙③郈孙④，皆思以己易季氏者也。以公若、臧、郈易季氏，恐并未必犹吾大夫平子也。昭公佯怒其谋，而以告臧、郈，及子家懿伯⑤。臧孙难之，郈孙劝之，子家懿伯曰："谗人以君侥幸，事若不克，君受其名，不可为也。舍民数世，以求克事，不可必也。且政在焉，其难图也。"其言不可谓不深切，然卒居长府，伐季氏，昭公遂以之出。

昭，孱主也。乃昧焉为人泄怨，而谋去季氏，此思改作之尤妄者也。方其为之，闵子殆心知之，曰："仍旧贯⑥，如之何，何必改作？"夫子亦心韪之，曰："夫人不言，言必有中。"此固为为长府言，圣贤之慎密也，未尝明言其事，而其言微婉，以视子家懿伯之对，深切抑甚也，非徒为重兴作言也。

编者注：①季公若：又称季公亥，姬姓，名亥，字若，季武子之子，季公鸟之弟。②公为：鲁昭公之子，一名务人。③臧孙：臧赐，即臧昭伯。春秋时鲁国人。臧孙许之孙。大夫。与季平子相恶。鲁昭公欲除季平子，谋于昭伯，昭伯以为难成事。后昭公攻季氏不克，与昭伯奔齐。④郈孙：即郈昭伯。春秋时鲁国人，名恶。鲁昭公时大夫。曾与季平子斗鸡，季氏之鸡败，平子怒，侵郈氏之室以自益。后从昭公攻季氏，为孟氏所杀。谥昭伯。⑤子家懿伯：子家羁，春秋时鲁国人。大夫。公若、公为谋除季氏，以告鲁昭公，昭公不能决，问诸羁。羁以为不可，鲁国君失民心已几世，臣下欲君侥幸行事，不成，君受其害。昭公不听，谋未成。卒谥懿伯。⑥《论语·先进》："鲁人为长府。闵子骞曰：'仍旧贯，如之何？何必改作？'子曰：'夫人不言，言必有中。'"《四书章句集注》："仍，因也。贯，事也。王氏曰：'改作，劳民伤财。在于得已，则不如仍旧贯之善。'"《集注》此以言为长府者劳民伤财，不如贯之之意。曾镛阐幽发微，亦言人所不及。

人也说

问管仲[①]。曰："人也。"先儒皆作犹言伊人此人，为虚喝下文语。窃谓自古来文字，无此句法，此阙文也。然欲意为之拟所阙何字，终觉大难。若论管仲之功，以吾子之所论定者补之，则谓之"仁人也"可也。如本篇中，子路谓管仲不死，曰："未仁乎？"子曰："桓公九合诸侯，不以兵车，管仲之力也。如其仁，如其仁。"仁人也。子贡谓管仲不死，又相桓公，曰："管仲非仁者与？"子曰："管仲相桓公，霸诸侯，一匡天下，民到于今受其赐。"仁人也。

观二子未仁乎？非仁者与之问？一似二子皆为夫子以仁人许管仲，故有此疑，而夫子卒以其功许之。盖两贤律人，为未定之君臣防者严，圣人论人，为一时之天下计者大也。且如唐之魏征，事建成[②]不终，其事太宗，可不谓唐之忠臣耶？此所谓不相掩者也。今其文已阙，则以为阙文是也。

编者注：①管仲：见《齐桓父兄说》注。②建成：李建成，唐高祖长子。小字毗沙门。从高祖起兵，颇立战功。武德元年立为皇太子。曾与弟齐王李元吉率军击灭刘黑闼。后秦王李世民功业日盛，会突厥寇边，建成荐元吉北讨，欲因其兵作乱。玄武门之变，与元吉同为世民射杀。谥隐。

晨门说

春秋吏隐，仪封人[①]、石门晨门[②]是也。皆圣人知己也。封人一言，而天心千古不爽，晨门一言，而圣心一生若揭，道之不行，已知之矣。若知其不可而不为，则是荷蒉所谓莫己知也，斯己而已矣。子曰："果哉！末之难矣。"圣人不忍也。晨门以夫子为知其不可而为之，非讥夫子也，此深知圣心者也。但看下章，了然矣。

编者注：①仪封人：仪城之守疆者。《论语·八佾》：仪封人请见，曰"君子之至于斯也，吾未尝不得见也。"从者见之。出曰："二三子何患于丧乎？天下之无道也久矣，天将以夫子为木铎。"②石门晨门：鲁都城外门石门之掌晨昏开闭门者。《论语·宪问》：子路宿于石门。晨门曰："奚自？"子路曰："自孔氏。"曰："是知其不可而为之者与？"

一言说

言必可行，亦非一端。夫人一生，应事接物，行不尽，亦言不尽。今将约之又约，求其至易至简，但凭口授一言，终身受用不尽，则试集古来至精至粹之言，请择一言，则且即四书中，请择一言。

《论语》重言仁。君子无终食违仁，仁何尝可行，而仁宁可即一言取。《孟子》重言义。义，人之正路，义何尝可行，而义宁可即一言袭。《大学》全功在诚意。诚自可行也，诚又可即一言必乎？《中庸》之道在时中。中自可行也，中又可即一言能乎？第曰一言，或且厚于仁而薄于义，厚于义而薄于仁，诚不明善，执中无权，皆未见终身可行也。子贡曰："有一言而可以终身行之者乎？"子曰："其恕乎！"此一言也。

问古圣贤千言万语，更有一言，不待学问，不费功夫，不问上下，不论常变，但如此心，放而皆准，而天下之理以得，而万物之情以通，有如此一言，至易至简者乎？以之治己，即吾子一贯之道也，以之治人，即君子絜矩之道也。所谓违道不远者，此一言；所谓求仁莫近者，亦即此一言也。学者于此，益可知圣人之言，随下一字，皆万不可易。论终身可行，而独示人以恕，人又可一日忘此言哉！

四世说

禄去公室，何五世？《注疏》《集注》皆以宣、成、襄、昭、定。按《春秋传》史墨曰："鲁自文公薨，东门遂杀嫡立庶，鲁君于是失国，政在大夫，于此君也，四公矣。"言于昭公四公也，则孔子所言之五世，是自宣至定也。至于政逮大夫，《注疏》以文子、武子、悼子、平子为四世，不及桓子。《集注》以武子、悼子、平子、桓子为四世，不及文子。愚即《论语》本文质之，皆未敢谓是。

窃以为欲知夫子所言之四世，果何季氏，且先思夫子言四世之时，果何公之时也。《注疏》主马氏①，谓言此之时，定公之初。《集注》谓此章专论鲁事，疑与前章皆定公时语。愚谓此章与前章，并篇首季氏将伐颛臾章，皆哀公时语也。将伐颛臾者何季氏？康子也。曷为康子？以为之宰者冉有也。季路为季氏宰，将堕三都，定公十二年也，此季氏，桓子也。冉有为季氏宰，齐伐鲁及清，冉有帅左师，哀公十三年也，此季氏，康子也。自夫子去鲁司寇，子路亦不仕季氏，方季氏将伐颛臾，冉有、季路见于孔子，冉有曰："吾二臣者皆不欲也。"《集注》谓二子仕季氏不同时，此云尔者，疑子路从夫子自卫返鲁，再仕季氏，是《集注》亦未尝不以是季氏，康子也。若此章与前章，则以首章冉有曰："今不取，后世必为子孙忧。"孔子曰："吾恐季孙之忧，不在颛臾，而在萧墙之内。"因更有是言，凡为康子慨叹，曰自大夫出，五世希不失矣，曰政逮于大夫，四世矣，故夫三桓之子孙微矣。语意与首章皆隐相连属，非一时语乎。

知夫子言禄去公室，斯政逮大夫，则有宣公以来，必不可去文子。知此三章，夫子皆为哀公时之季氏言，则由康子而上，必不可去桓子。自文子至桓子，其世有五，而夫子止曰四世，则《注疏》与《集注》皆未免各以意为去取，此必不可不为之明辨也。窃于此，因取《春秋经传》及《注疏》一加参考，乃知四世之说，本自较然。言其父子相及之世，则五，言其身执鲁政之世，实四也。且如自文子至平子，已历四世，而乐祈②闻鲁将逐平子，乃曰政在季氏三世矣，是何也？武子虽与臧武仲③尝立悼子为嗣子，以先武子卒，未为卿，故曰三世也。何知悼子未为卿，先武子卒？《春秋》于鲁季孙之卒，无不备书，而悼子之事与卒，皆未见于经。武子以昭公七年十一月卒，曾不越两年，鲁伐莒，三卿并将，而平子已身为主将，是悼子必先武子卒，其子平子即继武子执政也。

杜注于乐祈三世之言，直曰文子、武子、平子，其所以不数悼子，孔氏言之甚详。其于《论语疏》而以文子、武子、悼子、平子为四世，盖承何注之误，适未参考。《集注》盖以桓子曾为阳虎④所执，足见陪臣之执政，故及桓子，而亦承旧说误以悼子为执政之季氏，因去文子，以合四世之言耳。少读《论语》，知有成说，及读《春秋经传》，又置开《论语》不问，适幸细绎本文，而疑义以见，而疑义亦以之明，可见学者读书，温故之功要也，故备述之。

编者注：①马氏：即东汉人物马融，有《论语马氏训说》。见《弗辟说》注。②乐祈：春秋时宋国人，字子梁。或称乐祁犁。司城子罕乐喜之孙。亦为司城。宋元公十五年鲁叔孙婼聘宋，公宴之，乐祁助宴礼。宴次，公与叔孙婼语，相泣。祁以为可乐而哀，可哀而乐，皆因丧心之故，推测二人将死。未几，叔孙婼及宋元公俱卒。宋景公十三年，使晋，被扣。归卒于太行山。

③臧武仲：臧孙纥，春秋时鲁国人。臧孙许子。大夫。为司寇。襄公四年，邾、莒伐鲁之属国鄫，纥救鄫，侵邾，败于狐骀。十九年，诸侯伐齐，季武子以所得于齐之兵器作林钟而铭鲁功，纥以为非礼。二十一年，邾国庶其以漆、闾丘两邑之地逃至鲁，季武子以公姑姊妻之，从者皆有赐，于是鲁多盗。武子使纥治盗，纥谓召外盗而大礼，何以止内盗。后为季武子所攻，奔邾，旋又奔齐。谥武仲。④阳虎：名一作货。春秋末鲁国人。季氏家臣。事季平子。平子卒，虎遂专权。曾囚季桓子，迫使结盟。鲁定公八年，谋除"三桓"（孟孙、叔孙、季孙），欲尽杀三桓嫡子，更立其所善庶子。被击败，出奔阳关。次年，三桓攻阳关，奔齐，后又奔晋，依附赵盾，为赵简子谋臣。

其斯之谓说

"齐景公有马千驷"章，程子谓第十二篇"诚不以富，亦祇以异①"二语，当在此章之首，胡氏谓当在"其斯之谓"上，乃错简。朱子又谓章首当有"孔子曰"字，盖阙文。自愚观之，以千驷饿死言，谓二语当在此章，自不可易。窃又有疑焉者，非错简，非阙文，此与上文"见善如不及"，止是一章，后儒断为两章耳。

所谓未见其人者何人？即伯夷、叔齐其人也。所谓其斯之谓者何谓？即隐居求志，行义达道之谓也。上章以吾见其人作陪，此章以民无德而称作陪。上章曰："吾闻其语矣，未见其人也。"此章曰："其斯之谓与？"语气两相呼应，此《论语》之文，顿宕断续之妙也。隐居以求其志，求仁得仁，求其志也。行义以达其道，其让义，其谏亦义，凡以达其道也。愚是以为非错简非阙文也。

然则诚不以富，亦祇以异，何为而在"子张问崇德"章"是惑也"之下？盖德之所以不崇，惑为之，惑之所以不辨，爱恶之私为之也。如《诗》所言，彼不思旧姻而求新特者，诚不以新之富于旧也，亦祇以新之异于旧，爱恶私而新旧辄不解其何以异，在《诗》若曲原其情，是即其惑也。夫子诵此，亦以见爱恶之不可不辨有然耳。见善如不及两章止一章，敢存愚说，以质诸子。

编者注：①诚不以富，亦祇以异：出自《小雅·我行其野》："我行其野，言采其蓄。不思旧姻，求尔新特。成不以富，亦祇以异。"成，借为"诚"。《论语·颜渊》：子张问崇德辨惑。子曰："主忠信，徙义，崇德也。爱之欲其生，恶之欲其死，既欲其生，又欲其死，是惑也。'诚不以富，亦祇以异。'"孔夫子于此处引此句，令人费解，宋儒因谓此为错简，胡安国认为当作"齐景公有马千驷，死之日，民无德而称焉。伯夷、叔齐饿于首阳之下，民到于今称之。'成不以富，亦祇以异'，其斯之谓与？"曾镛以为非错简。

读微子说

读《微子》^①，人有衰世之感。窃喜其记述之妙，画中绝品，难与传神。自来《高士传》，未许学步焉，且如楚狂一歌，千古绝调也。

丙子，余尝从湖南乡闱，主收掌，箧中止携《论语》，暇辄读之。读至此歌，不禁微吟达户外，同考官友人刘筠平，问诵何文？曰："楚狂歌^②也。"因为之紬绎其意曰："此其情文之切挚，非直高士，亦知士。其曰已而已而，今之从政者殆而，此非滔滔皆是语，为其时子西言也。楚狂盖逆知有白公之乱，其歌而过孔子者，唯恐吾子时方适楚，或未之知，非乱邦不居意也。孔子下者，盖吾子已心焉喻之，故欲与之言。其趋而辟之者，以其意已尽歌中，无事多言，亦未可多言，故飘然去也。非自以为是之谓也，特书曰：'不得与之言。''黄鹤一去不复返，白云千载空悠悠'，记者之神，抑与俱远矣，而吾夫子，亦自楚反乎蔡矣。"筠平曰："吾乃今方读《微子》哉！若其终篇，附记周公谓鲁公，周有八士二段，某文宗尝命此题，某生以乱极思治破题，阅者骤视为泛，文宗特赏之，盖此亦曹桧之诗，以匪风下泉终，列国之风，以幽终意也。"曰："是也！"是亦善读《微子》矣！话余，故并记之。

又跋：时同考友人王菊潭曰："吾乡东皋先生，所见略同，皆的解也。"因以其所辑《四书求是》示予。窃自喜此说非臆见，而深幸菊潭之多闻能择也。

编者注：①《微子》：《论语·微子》篇。②楚狂歌：《论语·微子》：楚狂接舆歌而过孔子曰："凤兮凤兮！何德之衰？往者不可谏，来者犹可追。已而已而！今之从政者殆而！"

无众寡三句说

"君子无众寡，无小大，无敢慢。"此三句，讲家教人当作一气读，愚教人当作一句、一句，慢慢地读。此言泰之美也，三句作一气读，以云不骄，何翅不骄。吾见以斯从政，授之以人，无众无寡，试之以事，无小无大，以为惴惴小心跼天蹐地则有之，何处更有半分泰意。讲家止知重看不骄字，不知忘却泰字，止知无敢慢为所以不骄，不知无众寡、无小大，此中静定之天，正言君子之泰然也。一句、一句，慢慢地读，义自见矣。

卷之十五

大学说

亲民说

《大学》亲民亲字，至当不可易。且如本章言所厚所薄，跟亲字言也。若所谓治国章，曰如保赤子，言亲民犹子也。若所谓平天下章，曰民之父母，言亲民犹子，民亦亲之犹亲也。凡曰得众失众，曰民聚民散，曰未有上好仁，而不好义，皆对亲民言也。

亲民，即保民仁民，此方为学者言也。下一亲字，觉尤深人体味焉。程子盖因明德新民①，分见《康诰》，而《大学》皆引之，故谓"亲"当作"新"。愚谓帝典言克明俊德，以亲九族，此《大学》明亲二字所从来也。《大学》以亲字可通家国天下，故以亲民概之，即帝典言协和万邦，亦无非亲之之谓也。

凡亲亲、亲贤、亲侯，皆以亲言，于亲民何异？《康诰》为小人难保，诰之曰作新民，则以先后迷民，亲之乃所以作新之也。故其下即诰以敬明乃罚，不可轻杀，曰时乃大明服，惟民其敕懋和，若有疾，惟民其毕弃咎，若保赤子，惟民其康乂，此作新之实也。盖亦以惟亲民，而民乃和亲也。民之不可必者新，道之在自尽者亲，圣贤立言，至当不易，《大学》明言在亲民，愚谓当如文本读。

编者注：①新民：程颐以亲民当作新民，朱熹从之说。明王阳明持反对意见，认为当作亲民，云"'作新民'之'新'是自新之民，与'在新民'之'新'不同，此岂足为据？'作'"字却与'亲'字相对，然非'新'字意。下面'治国平天下'处，皆于'新'字无发明，如云'君子贤其贤而亲其亲，小人乐其乐而利其利'；'如保赤子'；'民之所好好之，民之所恶恶之，此之谓民之父母'之类，皆是'亲'字意。'亲民'犹《孟子》'亲亲仁民'之谓，亲之即仁之也。"曾镛亦同王论。

格物致知说

《大学》格物致知之义，何独亡也？曰："未亡。"曰："未亡则其义安在？"曰："在《大学》。"曰："《大学》自始以至终篇，皆言明德亲民止至善之道之实也。格何物？致何知？经未言也。"曰："格此斯谓格，知此斯谓致。何谓物？承上文言，即物有本末之物也。何谓知？亦承上文言，即知止，知所先后，及下文此谓知本之知也。"

经曰："物有本末，事有终始，知所先后，则近道矣。"此总下文两节先后言也。曰意、曰心、曰身，身以内物也。曰家、曰国、曰天下，身以外物也。意若何始诚，心若何始正，身若何始修，国家天下若何始齐治而平，非于此物物格之，知未致也。于此能格，斯物格矣，于此能致，则知天下之本在国，国之本在家，家之本在身，诚意正心，皆所以修身也。知意所以诚，则知心所以正，知心所以正，则知身所以修，知所以修身，则知所以齐家治国平天下矣，此即物格知至之谓也。经特申言之曰："自天子以至于庶人，壹是皆以修身为本。"而示学者以本乱末治之未有，知此，则知本矣，故首章之末即终之以此谓知本，此谓知之至也。明格致之义，不必赘言也，故旧本于此下，即继之以所谓诚其意者。自愚观之，《大学》旧本非错简，格物致知义未亡。

编者注：格物致知何解？宋儒、明儒疑其错简脱文者众矣，各依自身见解，或对其加以增补，或对其文句次第加以调整，《大学》改本达十余种之多。明末刘宗周云："格物之说，古今聚讼有七十二家。"其义何解，至今仍无定论。曾镛认为《大学》旧本非错简，格物致知之义，即在《大学》本文中，亦一解也。

格物致知说二

格物之说不一，其似精而凿，非圣门之书本旨者无论矣，其至平而正者，则以格物为格事物之理者是也。虽然，谓格天下事物之理是也，谓必凡天下之物无不格，而后谓知至，吾见人非上哲，凡中智以下，恐自成童入大学，终其身，有难言物格知至之日者矣。不几几乎？终其身亦难语诚正修齐之道乎？是故博闻强识，谓之君子，博学详说，所以反约，皆学者所当急。要非《大学》格物致知之义也，谓格天下之物为知至，博物之谓也。

大学旧本说

《大学》一书，与《中庸》杂出《戴记》①，得程子、朱子尊信而表章之，使圣门数千年绝学，一旦灿然昌明于后世。今观朱子《章句》，就令圣门作者，见所更定，便非本来，度必重为许可。何也？其旨不谬于圣人，第少加分释，其教易明于学者也。后学读程朱书，聪听之不皇②，皇敢异议。虽然，《章句》以为颇有错简者，亦以明德亲民止至善，与夫知止知本之谓未分释之，而独于诚意一章，杂引经传，连而及之，是故以为错简也。窃尝以格物致知义未亡，而敢以是为非错简者，盖亦即《章句》所云："凡传文，杂引经传，若无统纪，然其文理接续，血脉贯通，至为精密也。"凡以俟学者熟读详味，久而知此为本之所在也。何也？诚者圣人之本，《中庸》宗旨，归重诚身，《大学》全功，尽在诚意。《大学》言壹是以修身为本，诚意又修身之本也。意者感于物而动，即所谓性之欲也，心之术也，我所独知也。好恶之真，根乎秉彝，而我自不诚，是自欺也。自欺而卒不可欺，小人有然，故君子必慎其独，慎其独者，即毋自欺也。非离修齐治平之事物之实虚慎此独，先诚何意也？故凡明德亲民止至善，与夫知止知本之谓，其道胥于是乎在，故其说独于是乎详也。

其杂引经传也，《淇奥》《烈文》之诗，何以次君子必诚其意也？《淇奥》之有斐君子，非即德润身之君子乎？其曰如切如磋，如琢如磨者，道学也，自修也，明此即如好好色，如恶恶臭之诚有然也。其曰瑟兮僩兮，赫兮喧兮者，恂慄也，威仪也，明此亦即心广体胖，德之润身有然也。其以终不可谖，为盛德至善，民之不能忘。且以《烈文》之诗曰："於戏前王不忘。"为君子亲其亲而贤其贤，小人乐其乐而利其利，此以没世不忘，则以民之亲之有然也。凡示学者以诚意在此，即明德在此，亲民在此，止至善亦在此，故引诗以咏叹之也。

《康诰》《盘铭》，又何以次没世不忘也？读《淇奥》《烈文》，可知诚者自成，而道者自道也。抑可知诚者非自成己而已，所以成物也。意又可欺乎哉？可不自慊乎哉？其引《康诰》《太甲》《帝典》之言，曰克明德，曰顾諟天之明命，曰克明峻德，而申之皆自明。自明云者，正为自欺自慊言也。其引《盘铭》《康诰》与《文王》之诗，曰苟日新，日日新，又日新，曰作新民，曰其命维新。苟日新云者，一时之意，自明之诚有然也。而日新又新，而推之新民而新命。其曰是故君子无所不用其极者，正欲《大学》之君子，必毋自欺，必无所不求止于至善以自慊也，故又引此以策厉之也。言至此，诚意之道尽焉矣。

虽然，欲诚其意者，先致其知，知本是也。知本而知止至善，知止是也。《中庸》曰："不明乎善，不诚乎身。"不知无所自诚，亦尚无所谓欺也。诚其意者，即《易》所谓知至至之，知终终之是也。《易》之所谓立其诚者如是，《大学》之所以诚其意者亦如是也，无二义也。其引邦畿千里，维民所止之诗，示民之有止也。其引缗蛮黄鸟，止于邱隅之诗，示物之有止也。知其所止，能止其所止，即缉熙敬止之谓也。缉熙者，圣人之知为之也，敬止者，圣人之诚为之也，仁敬孝慈信，圣人修齐治平之本也。而无不恃此意之诚，以止其所止，以止于至善，故曰诚者圣人之本，诚意又修身之本也。《大学》首章，既曰此谓知本，此章之末，故又即夫子听讼使无讼之言推之，重之曰"此谓知本"，错何简也！

编者注：①《戴记》：即《小戴礼记》。②皇：通遑，空闲貌。《诗·小雅·渐渐之石》：不皇出矣。

中庸说

中庸说

尝读诸子，求以其道治己，实可以为养心保身之要者，无如《老子》。即以其道治人，抑未始不可以救天下烦苛奢泰之弊者，亦无如《老子》。特其为道，自为之意深，而其言道，又往往失之虚玄而无实，此所谓贤知之过也。而诸子继作，隐怪并兴，甚至以圣人教人之道，为使人不安其性命之情，异说惑人，其弊如是。

子思①惧斯道之不明也，而《中庸》作焉。其特奉夫子《中庸》之言以名篇者，中者，无过不及，此为贤知之过者言也，庸者，庸言庸行，亦为贤知之过者言也。其首揭明性道教之谓，推而至于无声无臭者。凡以见圣人之道，原本于性命，灿著于经常。凡祖述宪章，无非此愚不肖夫妇，与知与能，不远人之道，而及其至也，察乎天地。此《中庸》所以为德之至，无所谓道可道非常道也，无所谓下士闻道大笑之，不笑不足为道也，皆为贤知之过者言也。而其宗旨，则不出《大学》诚意之学。子思盖深有见于《大学》全功，尽在诚意，意诚，则凡所谓正心修身，齐家治国平天下之道，一以贯之，举而措之而已矣，故重言诚也。

欲诚其意，必致其知，故择乎《中庸》，所以择善者至急。所谓诚意，毋自欺也，故依乎《中庸》，所以固执者必力。诚意必慎独，独者非他意是也，《中庸》始终皆慎独功夫也。《大学》释诚意，言皆自明者，皆自明此天命之性也。《中庸》自惟天下至诚为能尽其性以下，无非言君子无所不用其极，其自慊之功效有然也。《大学》言意，而心身统焉，《中庸》言身，而心意统焉。《大学》言道，所以立万世内圣外王之极矩，初无张皇《大学》之辞，其旨正而经。《中庸》言道，所以正诸子索隐行怪之异学，故极形容《中庸》之德，其义平而大。此《学》《庸》同为孔门传授之书，而《中庸》之所以少异于《大学》也。

编者注：①子思：见《一贯忠恕说》注。

戒惧谨独说

《中庸》曰："是故君子，戒慎乎其所不睹，恐惧乎其所不闻。"《集注》以此二句，为君子所以存天理之本然。曰："莫见乎隐，莫显乎微，故君子慎其独也。"《集注》以此三句，为君子所以遏人欲于将萌，因谓自戒惧而约之，以至于至静之中，无少偏倚为致中，谓自谨独而精之，以至于应物之处，无少差缪为致和。如总注谓次言存养省察之要，是戒惧乃存养功夫，慎独又是省察功夫也。

窃谓独，即隐微，隐微即不睹不闻。君子慎其独，即戒慎乎其所不睹，恐惧乎其所不闻。莫见三句，止是就上二句顿宕唱叹言之，以见道之不可须臾离，而引《大学》慎独之言以申明之。亦如《大学》以十目所视，十手所指，其严乎，见君子之所以必慎其独也。独，兼不睹不闻言，慎，兼戒慎恐惧言，非可分作两层，而分戒惧为致中，谨独为致和也。但诵白文，其旨自见。

禘尝说

选义按部，考辞就班，凡文类然，《中庸》禘尝之义，皆举时祭言也。《中庸》出自《戴记》，今且即《戴记》考之，以禘尝并举者凡六篇。其谓夏祭曰禘，秋祭曰尝者，《王制》《祭统》是也。言其义，《祭统》曰："禘者阳之盛也，尝者阴之盛也，故曰莫重于禘尝。"又曰："禘尝之义大矣，治国之本也。"其谓春禘秋尝者，《郊特牲》《祭义》是也。言其义，《郊特牲》曰："飨禘有乐，而食尝无乐，阴阳之义也，是故春禘而秋尝。"《祭义》曰："君子合诸天道，春禘秋尝。"曰："乐以迎来，哀以送往，故禘有乐而尝无乐。"皆时祭也。

若《曾子问》，第言尝禘郊社。若《仲尼燕居》，亦未尝分言其时，而夫子告子贡曰："明乎郊社之义，尝禘之礼，治国其如指其掌而已矣。"语同《中庸》，而与飨食并称，则亦时祭也。是虽春夏易名，而此禘尝之禘，非《礼运》《明堂位》《大传》《祭法》所言之大禘也明矣。言郊以社对，言飨以食对，言鲁祭非礼，则郊以禘对，各从其类。愚即《中庸》对举之文观之，禘尝，皆言时祭也。

蒲卢说

天地之性，小腰者纯雄无子，果蠃①是也。果蠃、蒲卢，细腰土蜂也。瓠细腰者曰蒲卢，此蜂也，其谓之蒲卢，其形然邪？而纯阳无子，则是蒲卢也，其成形于造化也，亦适而成是蒲卢而已矣。于此言不息，乌得而不息？然而螟蛉之子殪，逢果蠃祝之，曰类我类我，久则肖之②。嘻，其敏也。

然则蒲卢之为蒲卢也，不必其出自蒲卢，始成其为蒲卢也。不必向之所谓蒲卢，其蒲卢，今之所谓蒲卢，非其蒲卢也，更化在我即螟蛉之殪子，皆蒲卢也。夫人而知桑虫之可为蒲卢，则知哀公之可为文武矣。方策之政，文武之祝也，然而鲁之君臣，卒藐然为螟蛉之殪子者，何也？祝在而不以之祝，人亡也。《中庸》曰："夫政也者，蒲卢也。"故为政在人。

按《集注》从沈括说，盖以其于敏树句，似紧相承，故有其成速，其成尤速之语。其实此节四句，皆申明人存政举意。速字意，于上下文殊无甚紧要。敏虽训疾，以性敏者，遇事必便捷也，此敏字，亦不必止作速字解。人道二句，盖言人存则政举者，以人道之敏于政，犹地道之敏于树，此泛说。夫政二句，乃暗指文武方策之政，但得人而为之，不必为自文武。即是文武之政，是点醒出个则其政的样子，以引起为政在人意，故下文直接曰，故为政在人。郑氏以为螺蠃，是也。

编者注：①果蠃：当作螺蠃。果蠃，即栝楼。《诗·豳风·东山》："果蠃之实，亦施于宇。"郑玄注："果蠃，栝楼也。"是植物也。又，螺蠃，《礼记·中庸》："夫政也者，蒲

卢也。"郑玄注："蒲卢，蜾蠃，谓土蜂也。《诗》曰：'螟蛉有子，蜾蠃负之。'螟蛉，桑虫也，蒲卢取桑虫之子去而变化之，以成为己子，政之于百姓，若蒲卢之于桑虫然。"则是昆虫也。②此句引自汉扬雄《法言·学行》："螟蛉之子殪，而逢果蠃，祝之曰：'类我，类我。'久则肖之矣。速哉！七十子之肖仲尼也。"清汪荣宝《法言义疏》："注：肖，类也。蜾蠃遇螟蛉而受化，久乃变成蜂尔。七十子之肖仲尼，又速于是。《疏》：此章乃用诗义以明教诲之功之大也。"

卷之十六

孟子说

孟子托始说

《大学》言治平之道，至终篇，有不胜丁宁告戒者。既曰此谓国，不以利为利，以义为利；又曰此谓国，不以利为利，以义为利是也。孟子见齐梁之君①，一承问，有不啻立为斩绝者。既曰王何必曰利，亦有仁义而已矣；又曰王亦曰仁义而已矣，何必曰利是也。二书终始，紧若相承。

《大学》曰："外本内末，争民施夺。"明利之必有害也。《孟子》曰："苟为后义而先利，不夺不厌。"明害且必甚于利也。其垂戒如口授一堂，其立言视时势如切。孟子游齐梁，孰后孰先，亦难考信，其以此章居首者，盖论学莫严于辨义利，论治亦莫急于辨义利。朱子曰："此孟子之书，所以造端托始之深意也。"愚以《大学》合观之，长国家者，又可使喻利不喻义者为之哉！

编者注：①下文引自《孟子·梁惠王上》：孟子见梁惠王，王曰："叟，不远千里而来，亦将有以利吾国乎？"孟子对曰："王何必曰利？亦有仁义而已矣。……王亦曰仁义而已矣，何必曰利！"

读孟子说

《论语》记圣人之言，学者得其一言，不必其为何时何事而言，无非通万世之人，人人终身可行之言也。若《孟子》一书，读其书，则必论其世也。惟论其世，而孟子为亚圣之才，乃不虚；亦惟论其世，而孟子有救时之言，宜明辨。

当战国之世，其君知有功利，其人知有权谋，士生其时，舍纵横游士之言，则无以自立于人国，又乌睹有所谓孔子之道者。以为邪世真邪世也，岂直杨墨①之言之为害已哉！盖举天下人之性情心术，决裂败坏，泯泯棼棼。梏亡反覆之为，战国之世，不自知也；存养扩充之说，战国之世，未之闻也。孟子自以为不得已好辨，愚以为孟子于此，辨之尤具绝力焉。若所言性善，即子思天命谓性，率性谓道之传也，得《孟子》而性道之旨益明。所言养气，即曾子闻大勇于夫子，自反而缩之学也，得《孟子》而大勇之真益见。

《大学》《中庸》之文，斯道之纲维，亦四子书中之长江大河也。而其为会同归缩之要道，《孟子》为之穷源竟委，指点真切，导性天之嶓冢，凿方寸之龙门。而千古之人心，所横流于战国者，然后得一反其故。而孔子之道，至今犹日月之经天，江河之行地焉。此昌黎韩愈所为推尊孟氏，功不在禹下也，惟论其世乃知也。

而学者读《孟子》，抑有不得不辨者。程子曰："孟子有些英气。才有英气，便有圭角，但以孔子之言比之，便可见。"此通论《孟子》七篇之言也，程子之知言也。愚读《孟子》，且如君臣之义，无所逃于天地之间。孟子曰："君之视臣如土芥，则臣视君如寇雠。"曰此之谓寇雠，寇雠何服之有？穆公亦尝以为旧君反服问子思，子思所言，未尝非以戒人主，其曰毋为戎首，不亦善乎，亦觉无圭角。然而孟子去齐，三宿出昼，犹以为速，至浩然有归志，而犹曰王庶几改之，予日望之，何惓惓有余意也。是其为宣王言者，为战国之君，昔者所进，今日不知其亡者言也。

天下之士，孰不自命为贤者，孟子谓往见不义，欲见贤，必责人君以就见。然以孟子闻王命而出吊，方仲子^②使人要于路，请必无归，何又不得已而之景丑氏^③宿焉？亦迫于礼也，是其为景子及万章^④之徒言者，为战国之士，曳裾侯门，以顺为正者言也。若此类，不善读《孟子》，而漫以此为孟子，则所谓英气甚害事者，能将免乎？此所谓读其书，尤不可不论其世也。

曾子亲传圣人之道，垂训万世，故《大学》一书，其言约而经。子思去圣未久，当隐怪初起之时，故《中庸》一书，其言大而庸。孟子生当战国，其言则厉，其所以正一世之人心者，无非救世之苦心。读《孟子》者，弗徒视为岩岩气象也，斯善读《孟子》者与！

又跋：《孟子》七篇，凡短章，理较醇，凡长章，文较胜。以理言，莫醇于《尽心上·下》，以文言，莫胜于《梁惠王上·下》。

编者注：①杨墨：杨朱，墨翟。杨朱主张"为我"，墨翟主张"兼爱"，当战国之时，天下之言，不归杨则归墨，足见其学说影响之大。《孟子·滕文公下》："杨墨之道不息，孔子之道不著。"②仲子：孟仲子，孟子从弟，学于孟子。③景丑氏：战国人物。其人难以确考。④万章：战国时人。孟子弟子。《孟子·万章》记录有万章向孟子问道对话。

雪宫贤者说

齐宣王^①见孟子于雪宫，王曰贤者亦有此乐乎，此与孟子见梁惠王^②，王立于沼上，顾鸿雁麋鹿，曰贤者亦乐此乎，情事略同。于沼上，于雪宫，优游清晏，孟子见王，斯王见孟子。纪所见地，为问答所由纪也。雪宫者，齐之离宫，齐王之所游观也。宣王即好贤，不必馆孟子以此，孟子即客卿，亦必不实逼处此。

曷为齐宣王见孟子于雪宫，必以为就见孟子于雪宫？《讲章》谓宣王馆孟子于雪宫，就见孟子。两贤者，皆指贤君也。惠王曰贤者亦乐此者，言亦乐此沼上之乐否也；宣王曰贤者亦有此乐者，言亦有此雪宫游观之乐否也。孟子于时王，往往各顺其情，而规之以正。于沼上，则故折之曰贤者而后乐此，如所引文王台池鸟兽之乐，皆从沼上言也。于雪宫，则直应之曰有，如所述先王游豫，及景公出舍之事，皆从雪宫之游观言也。语各亲切，即颂即规，此亦孟子之畜君有然也。

曷为以贤者为指孟子？两贤者，《讲章》谓沼上章指贤君，此章指孟子。《正义》皆指孟子。若宣王直以贤者所无夸孟子，而孟子竟漫以贤者亦有傲宣王，《正义》及《蒙存》之说，愚焉敢谓然。

编者注：①齐宣王：即田辟疆。战国时齐国国君。威王子。在位期间，先后任田婴、储子为相，匡章、声子为将。宣王五年，乘燕国内乱，起兵攻占燕国。后因齐军残暴，燕人反抗，遂被迫退兵。八年，与楚联合，对秦、韩、魏作战，大败于濮水。继其父威王在稷下广开学宫，招徕学者，讲学议论。在位十九年。谥宣。②梁惠王：亦称魏惠王。战国时魏国国君，名罃。武侯子。即位后迁都大梁。与赵、韩构恶，被齐军大败于马陵。又屡败于秦。召集逢泽之会，改侯称王。卑礼厚币以招贤者，邹衍、淳于□、孟轲等至大梁。轲尝劝王行仁义而不能用。国势渐衰。在位三十六年。

勿正心说

《孟子》一书，无一字一句，不了然于心口手。若所言养气，曰必有事焉而勿正，心勿忘，勿助长也，字句特聱牙。赵氏岐①注，孙氏奭②疏，与孟子本意两不相涉。赵注以必有事为必有福在其中，以勿正为勿但以此为福故为义，以心勿忘勿助长，为但勿忘其为福，而亦勿汲汲助长其福。孙疏以勿正心，为但不可正心于福。按，福字与有事何涉？疏又谓斯亦集义所生，非义袭而取之意，然其于有事勿正勿忘勿助长之说，皆从赵注，亦未能自达其说。朱子《集注》致切近矣，第赵氏、程子，以必有事焉而勿正为句，孙氏以勿正心为句，朱子两存之，而以正训预期，终难释然。

自愚观之，勿正心三字，即勿忘之误也，以忘与正心，字相似而误分也。重言勿忘，明勿忘谓何？勿助长也。有事不忘，何虑助长？忘是为集义所生，而欲袭取是刚大之气，未有不虚憍以自矜其气者，是助长也。忘与助长，其弊有二，其实则一。告子③未尝知义而外之，其始失之忘，其究卒至助长，惟忘斯助长，故特重言之曰，勿忘，勿助长也。

此三句，与上两节，止是申明以直养而无害一句意耳。曰必有事焉而勿忘，以直养也。勿忘，勿助长也，而无害矣，无他支节也。若宋人一喻，何言悯其苗之不长，行有不慊于心是也。何言揠之而以为助苗长，义袭而取之是也。则苗稿矣，即则馁矣之喻也。以为无益而舍之者，告子之不得于心，勿求于气，不耘苗者也，非徒无益，而又害之。告子之不动心，与孟贲、北宫黝、孟施舍之勇，皆揠苗者也，故曰天下之不助长者寡也。以不耘而揠，喻不集而袭，亦无他支节也。愚故曰："勿正心三字，即勿忘之误也，故下文止言助长之害。"

编者注：①赵氏岐：赵岐，东汉京兆长陵人，字邠卿。初名嘉，字台卿。初仕州郡，以廉直疾恶，为人忌惮。桓帝永兴二年辟司空掾。历皮氏长、京兆尹功曹等职。因贬议宦官唐衡，家属宗亲皆遭杀害。避祸变姓名，卖饼于北海。衡死乃出，三府并辟，拜并州刺史，坐党事免。灵帝时复遭党锢十余年。献帝时征拜议郎，迁太常。有《孟子章句》《三辅决录》。②孙氏奭：孙奭，宋博州博平人，徙居郓州须城，字宗古。太宗端拱二年"九经"及第。为莒县主簿。历国子监直讲、工部郎中，擢龙图阁待制，力谏真宗迎天书、祀汾阴事，出知密、兖等州。仁宗时为翰林侍讲学士，判国子监，修《真宗实录》。再迁兵部侍郎、龙图阁学士，以太子少傅致仕。有《经典徽言》《五经节解》《乐记图》《五服制度》等。③告子：战国时人。或说名不害，与孟子同时。尝学于孟子，一说受教于墨子。尝与孟轲论人性，提出人性无善恶说。又主张"食色，性也"。

夫里之布说

孟子曰："廛，无夫里之布①。"曷为夫里之布也？以《周礼》言之，载师任地，凡宅不毛者有里布，闾师任民，凡无职者出夫布，此所谓夫里之布也。非里之布，是载师所谓里布，夫亦即载师所谓民无职事者，出夫家之征也。若旧说，其义亦一，而于白文句法，未妥矣。

尝怪《周礼》取民之制，廛人既掌敛廛布，而且有絘布②、总布③、质布④、罚布⑤，不一布而足。此廛也，言其民，不必游民，言其地，则非旷土，何为而又有夫布里布也？我不知法立弊生，此夫里之布，即延《周礼》夫布里布之名否，大抵战国时，所苛取于廛者类然也。

民，曷为变言氓也？氓，犹懵懵无知貌也。于文亡民为氓，考之《周礼》，郊野之民谓之氓，其义然邪？来从之民亦谓之氓，其文然邪？旅人之职，凡新氓之治皆听之。新氓，新来徙者也。廛无横征，故曰天下之民，愿为之氓也。《卫风》云："氓之蚩蚩，抱布贸丝。"许行⑥曰："愿受一廛而为氓。"类可思已！

编者注：①夫里之布：战国时之税种。旧注谓夫布为无固定职业不能亲自服力役之民交纳之代役钱，里布是对有宅不种桑麻者所征之罚赋，合称夫里之布。或说夫布即人口税，里布即地皮税。②欨布：古代市肆征收之房屋税。郑司农云：欨布，列肆之税布。③总布：货财之正税。④质布：买卖牛马兵器等，官府给予贸易契券，并收取税金和契纸成本之费。⑤罚布：集市犯令者罚纳之钱款。郑玄注：罚布者，犯市令者之泉也。⑥许行：名一作犯。战国时楚国人。曾从墨子弟子禽滑鳌学。与弟子至滕，衣褐，捆屦织席为食。儒者陈相与其弟辛自宋至滕，见而大悦，尽弃儒而从之。提出"贤者与民并耕而食，饔飧而治"之说，并谓国君"有仓廪府库，则是厉民而以自养"。

陈仲子说

陈仲子①，齐之廉士也，孟子不许其廉，而甚之以必蚓而后可。世不廉而仲子廉，孟子独何责仲子之严也。则以问仲子者，匡章也②，孟子为匡章言也。匡章者，为得罪于父不得近，出妻屏子，终身不养者也。仲子辟兄离母，度在仲子，亦必有不得已之心，如章子之设心者也。孟子于匡章，则于众之所毁，哀其志而独与之游，圣贤之待人至公也。于其问仲子，则于众之所誉，薄其操而不许之可，圣贤之诲人至深也。

愚谓若仲子与章子者，盖知其一，而不知委曲以尽伦者也。观《孟子》与《国策》所言，章子之为章子，人共谅之，奈何后之人，辄重诋仲子，而以为矫廉口实也。

编者注：①陈仲子：又称于陵子终，战国时齐国人。陈姓之族。其兄仕于齐，以为不义，乃适楚。楚王闻其贤，使使往聘，子终问其妻，其妻以"乱世多害，恐不保命"对。乃辞谢使者，与其妻相与逃，为人灌园。②匡章：又称匡子、章子。战国齐将。得齐威王与孟轲之赏识。时秦假道韩、魏攻齐，齐威王使为将以抗击之。章易徽帜杂于秦军中，侦者言其降秦，至再至三，威王不信。终使齐兵大胜。齐宣王六年燕国子之之乱，王令其将五都之兵伐燕，五旬而攻下燕国。齐湣王继位，带兵联合韩、魏、秦攻楚方城，章大败楚军于垂沙，杀楚将唐昧。后三国联合攻秦，又得胜，攻入函谷关。《庄子》："孔子不见母，匡子不见父，义之失也。"

言无实不祥说

或问言无实不祥，《集注》存两说，当从何说？曰："从前说，则无实不祥，当连读，翻跌语也。从后说，则言无实字，不祥字，中间当读断，决辞也。从前说，两实字止一义，从后说，则两句两实字，判然二意矣。"此两句本一开一阖，紧紧相承之文，后说文意足，前说语气顺。《诗》："无信人之言，人实迋①女；无信人之言，人实不信。"实不祥，语气正相似，当从前说也。

编者注：①迋：通"诳"，欺骗。按，此诗句出自《郑风·扬之水》。

井廪说

尽信书，则不如无书。流俗传闻之说，无论已，以舜之父顽母嚚象傲也。井廪之谋，事所应有，然至师锡①帝曰："克谐以孝，烝烝乂，不格奸。"是瞽瞍底豫，而象之傲亦既谐矣。迨二女既降，纳于百揆，宾于四门，尧方历试之不遑。若万章所闻②，百官何在？仓廪之备何在？而舜乃复有完廪浚井之事。克谐何谓？不格奸何谓？而象乃复有谟盖都君③，二嫂使治朕栖之为也。

《史记》取其说，列诸本纪，而叙此于尧既妻舜之余，以两笠自捍而下，从匿空旁出去，又足考信耶？《孟子》亦忧亦喜之言，无非以圣人之诚应然，其所闻之讹，未及为之正耳。读《孟子》之书且然，故读书贵识。

编者注：①《书·尧典》："师锡帝曰：'有鳏在下，曰虞舜。'"孔传："师，众；锡，与也。"后以"师锡"指众人举荐推许。②闻：或为"问"字之误。③谟盖都君：《孟子·万章上》："谟盖都君咸我绩。"孙奭疏："都君，即象称舜也。然谓之都君者，盖以舜在侧微之时，渔雷泽，一年所居成聚，二年成邑，三年成都，故以此遂因为之都君。"

如此而已说

一部《大学》，一部《中庸》，约言之，止是毋自欺三字。《孟子》曰："无为其所不为，无欲其所不欲。"毋自欺也。曰："如此而已矣。"则自慊也。义不可胜用，仁亦不可胜用也。《孟子》道性善，惟人皆有是心也。贤者弗丧，如此而已，大人不失，如此而已。先王有不忍人之心，斯有不忍之政，亦无非如此而已矣，此《孟子》书一总断语也。

则谓一部《孟子》，亦止是毋自欺三字可也。为政不在多言，学道又岂在多言，人能把定此三字，天下之能事毕矣，何患不驯至圣贤。为其所不为，欲其所不欲，吾如失其本心者何哉！

卷之十七

杂说

仁说

心之德谓之仁，果实之心亦谓之仁。果实之仁，有壳、有核，或且有棘、有刺，其仁大者，则其为壳核棘刺也愈甚，凡所以护此仁也。甘脆之果，其枝叶多刺，亦所以护之也。

然则人之所以护此仁者何恃乎？曰："义也！"仁恃义而存，孔子思刚者，孟子重养气，《易》贵阳而贱阴，皆此意也。义者，仁之壳核棘刺也。

窍说

人生终日不再食则饥，一息不食气则死。终夜交睫不见身，梦魂恍惚，不害安寝；一夕鼾睡不闻声，则水火灾变，举可危身。复斋曰："天生烝民，有物有则。不其然乎，不其然乎！"口，食食窍；鼻，食气窍也。目，观察窍；

耳，警觉窍也。口窍目窍，时开时阖，鼻耳之窍，无日夜寝食，特生是使开而不阖，造物之精也，天则之真也。

君子反观七窍，所以养生，所以省身，不居可知乎？且七窍之在人也，目窍两而高，是明欲其并，照欲其远也；口窍奇而翕，是入欲其节，出欲其谨也。惟鼻窍正中，非欲其直达呼吸，以充周是百骸者乎？惟耳窍侧出，非欲其旁通幽显，以常惺是寸心者乎？是四者，自为者二，为物者二。自为者，常两相胜，为物者，亦常两相胜。口鼻自为者也，是故口张则气屏，鼻息则声闭。耳目为物者也，是故倾听则不可与辨色，谛视则不可与论声。

然而龙蛇之蛰也，不食不饥，气充而已。矇瞽①歌风，声通南北，听聪而已。则以窍之动者胜静，劳者胜暇，其庸与于以静而暇者，济动与劳者邪？而人且喋喋口舌以自快，不知执默以息一身之气，察察近小以为明，不知守虚以来天下之言。是口目之窍，日益加凿，而自塞乃鼻耳之窍也，其去危且死也有几？昔孟子言耳目口鼻，而直以声色臭味言之，此亦言人情之嗜欲有然也。予第观其窍，生民之物则彰彰矣。

编者注：①矇瞽：原意为盲人，此处指乐官。古代多以盲人充任，故名。《旧唐书·元稹传》："日益月滋，有诗句千余首。其间感物寓意，可备蒙瞽之风者有之。"

性说

旨哉杨氏之言曰："心得其正，然后知性之善，故孟子遇人便道性善也。荀子乃作《性恶篇》以诘之。"嘻！我不知荀子之性，其自反为何如？荀子诚将化人之恶，以师法夫善，乃曰："人之性恶，其善者伪也。"曰："凡礼义者，生于圣人之伪，非故生于人之性也。"甚至以子弟之让父兄食、代父兄劳，亦以为反乎性、悖乎情，则天下之人，几何不以长恶不悛，为自得其性情之真也哉！何见之谬也，抑亦知孟子言性善。

性善，非《孟子》之言也。《中庸》首言性命矣，藉不谓性善，何为而天命谓性，率性则谓道。《大学》亦尝言人之性矣，藉不谓性善，何为而好人之所恶,恶人之所好,好恶不公正,则谓拂人之性。是子思言性善,曾子亦言性善。至于夫子之言性,若《论语》所言,则以"少成若天性,习惯如自然",非上知与下愚,未有不随习而移,此人之性,所以有不善也。若《系辞》所言,则以乾道变化,各正性命,虽下愚与上知,未始不同此继善,此人之性,所以无不善也。

非两说也,其曰:"成性存存,道义之门。"此又通《系辞》《论语》,《大学》《中庸》,与《孟子》所言之宗旨也。总之,人之所以为人,全恃此一点固有之本心,圣贤之所以教人,亦无非欲人存养扩充此一点皆有之良心。以《孟子》即人情之发见,明天性之本然,使恶人而知自反,其为恻隐辞让羞恶是非之心,无论其自习恶、自性恶,度亦必自知有是未丧之心也,即所谓善也。

诸子纷争何为者?即《性理》一书,其讲明心性之旨者,致精详矣。如言性,必分言气质之性,窃以为性非空言理也,于文心生为性,言根心而生者也。一言性,而心在,一言心,而气质在,则亦有不必赘言者矣。且如口之于味五者,非所谓气质之性乎?而《孟子》曰:"性也,有命焉,君子不谓性也。"如仁之于父子五者,非所谓天地之性乎?而《孟子》曰:"命也,有性焉,君子不谓命也。"观此,则孟子言性,未尝不说得气质之性,并未尝必谓气质之性非性也。而必伸此抑彼者,是又不特心得其正,始知性之善,乃圣贤教人之深心,所以遇人便道性善也,更何事纷争哉!欧阳永叔谓圣人教人,性非所先,亦直为诸子之争云然尔。

编者注:性善性恶之争,由来久矣。性恶论以人性有恶,强调道德教育之必要性,性善论以人性向善,注重道德修养之自觉性,二者既相对立,又相辅相成。曾镛持性善一说,言人之所以为人,全恃此一点固有之本心,言圣贤之所以教人,则欲人存养扩充良心,是以性之善,乃圣贤教人之深心。

志说

夫人一身,凡耳目手足,孰运动是?气是也!人而无气,则一身非皆废疾乎。夫人一生,凡学问功名,孰始终是?志是也!人而无志,则一生非即废人乎。《学记》曰："凡学，官先事，士先志。"王子垫①问士何事？孟子曰："尚志。"

夫士也，顾可无志乎哉！子曰："吾十有五，而志于学。"明立志不可不早也。曰："士志于道，而耻恶衣恶食者，未足与议也。"明有志不可不笃也。曰："苟志于仁矣，无恶也。"明志之所至，立身制行悉准焉。

居仁由义，视乎志；杀身成仁，亦视乎志也。人苟甘为废人，吾无怪焉矣，人苟不甘为废人，则无论为学问、为功名。自古圣贤，亦无非以志圣贤之所志，毕生不渝其志，则圣贤也。我何为而无志？子曰："君子疾没世，而名不称焉。"诚使生有不可夺之志，吾见死斯有不可夺之名矣。奈之何，悠忽成性，宴安是毒②，竞惷动于生年，候草木以同腐。呜呼，岂不哀哉！

编者注：①王子垫：战国齐王之子，名垫。《孟子·尽心上》：王子垫问曰：士何事？孟子曰：尚志。曰：何谓尚志？曰：仁义而已矣。杀一无罪非仁也，非其有而取之非义也。居恶在？仁是也；路恶在？义是也。居仁由义，大人之事备矣。②宴安是毒：安逸享乐等于毒酒。《左传·闵公元年》："宴安鸩毒，不可怀也。"杜预注："以宴安比之鸩毒。"

晚号复斋说

尝自岁暮流览园林，严风萧索，万象摇落，木脱草萎，胚胎已伏，窃怡然于《易》所谓复其见天地之心者，如是如是。爰命画史，写照斋居，作《讲易图》，盖取诸复，阅时而思，又不禁憬然于复为德之本。作《易》者其有忧患，次剥以复，固圣人之所以处忧患者也。

夫天地之心，无古无今，大德曰生，无剥复也，剥复者时也。夫人之心，无动无静，成之者性，无剥复也，剥复者遇也。时剥而天心见，遇剥而此心独不可见邪？《易》曰："复以自知。"复斯知，知斯见耳。是故遇不期剥，行一务复，遇而顺，斯休复，遇而逆，斯独复，在剥知复。则以思昔贤所谓"冬至子之半，天心无改移，一阳初动处，万物未生时①"。有味哉，有味哉！

静极此心，动极亦此心，庶几安土敦乎仁，于爻为敦复也。而人顾自为所遇之剥，因之而频复，复不果复，甚者且迷复，迷不知复。役役于身名，戚戚乎时命，少壮不遑恤，老且不谓病，而亦知方其剥也。

寂寞穷居，郭落无徒。闲华不及，客感亦除。仰观大造，俯视真吾。天心邪？此心邪？通一无二邪？其可见也邪？其不可见也邪？然卒反复而自不来复，呜呼！其不与于昧心之甚者邪？自顾生平，类坐此病，越至于今，剥且极矣。频复不可谏也，迷复犹可追也。复之初曰："不远复，无祇悔。"

鲸堂曾氏，晚号复斋。三年，更为之说，悔复之晚也。

编者注：①此句引自北宋邵雍《冬至吟》诗。邵雍，字尧夫，自号安乐先生、伊川翁。宋范阳人，后迁河南。少有志，读书苏门山百源上。北海李之才摄共城令，以《河图》《洛书》及象数之学授之。妙悟神契，多所自得。富弼、司马光、吕公著退居洛中，恒相从游。雍岁时耕稼，仅给衣食。仁宗嘉祐及神宗熙宁中，先后被召授官，皆不赴。创"先天学"，以为万物皆由"太极"演化而成，而社会时在退化。卒谥康节。有《观物篇》《先天图》《伊川击壤集》《皇极经世》等。

地大何如说 丙子①七月，夜浮湘江，厓涘浩茫，仰视明月，用作此说

环乎地者皆天也。号天地曰两大，地之大，吾知其不足配天也。壹不知地在天之中，如所称赤县神州者有九州，环其外者有大瀛海，穷古今来数十辈百年毕世之智力，不能步什一也。其径其围，其大如何？曰："举头便见矣，大如月。"曰："异哉！以地之大，而直以为大如月，何以知之？"曰："请问月之大？"曰："如日。"人必信之也，月之大如日也，此其小大之形，可望而知。第观日之食，其大小之如日，尤可望而知也。吾以为地大如月，则以月之食知之也。

今夫日，何尝食？惟日月之行，南北同道，经纬同度，日行高在上，而月自下掩之，而日以无光，疑乎有食之者也，此亦为月之大，与日等。其食也，如两镜拍合，一覆一仰，光俱在也。日之食处，则以月魄之闇之见于日者有然也。今夫月，又何尝食？惟日月之行，三五而望，中分天度，月望日有光，而地球②正当相望之中以隔之，而月以无光，亦疑乎有食之者也，而无非为地之大，与月等。其食也，如以盘障灯，盘前有盘，前障之矣。月之食处，则以地球之影之闇之见于月者有然也。

若日月之行，虽在相对之度，而分秒少差，则其为地球所掩者，亦少差，则食浅矣；若在相对之度，分秒不差，则以地之全，掩月之全，则食尽矣。而凡日月之食也，虽食尽，逾时即复圆。其所以逾时即复圆者，则以日行迟，一日行一度，月行疾，一日行十三度有奇。以十二时分之，不过一时行一度，逾一时，则月之向为地球所隔之度，即差一度矣。差一度，则日之光，地即不得而掩之矣。知分秒不差则食尽，则地之大不小于月也可知，知差一度即复圆，则地之大不大于月也又可知。假使地小于月，方其食尽也，虽遇分秒不差，则第当月之正中，食十之八九可也。其若月轮之周围，仍有光环然可也，不差，不必即食尽也。假使地大于月，虽差过一度，而影大月小，则月在所掩之影中也，犹之行大黑云中可也，逾一时，不必即复圆也。吾是以知地之大，大如月也。

曰："然则月之大，其于周天三百六十五度四分度之一也，其所跨究几何？"曰："逾一时，即差一度，是其大也，又能过一度乎哉！天无所为度也，以日之所日日泊者分之，斯以为度耳。夫以日之所泊者为一度也，是日之大，固不过一度也。以日视月，以月视地，如以度计，则皆谓之径一而围三可也。"或从而诘之曰："吾闻子之说，吾乃今不禁恍然，吾乃今转不禁茫然。且如月中之影，有明有暗，世以为即地之山河影也。吾想其大同，其悬象于天之中也亦同，则未知其即地上之山河影耶？其即月中之山河影耶？则未知自地视月，此地而彼月耶？自月视地，又此月而彼地耶？"不宁惟是。月，去地最近者也。天之高也，星辰之远也，其大小不等者，其高下不一耶？则未知以列宿视列宿，其亦犹自地视月，自月视地，此亦一大地，彼亦一大明耶？曰："嘻！匪夷所思哉。推是幻想，一花一世界矣，诞矣。"吾乌乎知之？吾谓地大如月，此昭昭乎举头皆见者也，实象也，非幻想也。

自记：此说骤闻殆奇极，然确极也，不审谈天家，亦尝设是想否？至若后一段，则随笔机所到，未能割去。以幻想明此非幻想，恐适启后人之诞矣，作一段游戏笔墨看可也。

编者注：①丙子：清嘉庆二十一年（1816）。②地球之名，始于利玛窦之《山海舆地全图》。明郭子章《山海舆地全图序》云："利生之《图说》曰：天有南北二极，地亦有之，天分三百六十度，地亦同之，故有天球、有地球、有经线、有纬线。地之东西南北各一周九万里，地之厚二万八千六百余文（里），上下四旁，皆生齿所居，浑沦一球，原无上下，此则中国千古以来未闻之说者。"

舜葬说

世知《山海经》所载，多荒诞不经之事。或者以八荒之大，千古之遥，理之所无，未必非事之所有，识者举可存之而不论。若乃其理为愚夫妇所共知，其事亘古今如昨日，其荒诞实有甚焉。而数千载讹以传讹，茫不加察，世世视为实录，则舜葬在九嶷是也。

今夫尧舜，帝王之极轨也，其一言一动，百王之所宗法也。《王制》详虞夏商周之制，四方皆有不尽之地，南不尽衡山，不以外事劳中国也。洞庭以南，在唐虞时皆有苗地，而九嶷去衡山，相距又不下八九百里。其山木，伯禹所不刊，其山泽，伯益所不焚。一旦悬车束马，深入无人，绝壁重崖，兽蹄鸟迹，何所巡省？何所游观？舜即盘游无度，以百有十岁之身，自蒲版逾险阻，凌江湖，越四五千里之遥，乃至于此，藉以为巡狩耶？

舜受终文祖，未禅也，而巡狩行。禹受命神宗，未禅也，《书》谓率百官若帝之初，则其于巡狩也，宜若舜之初也。《书》曰："朕宅帝位，三十有三载，耄期倦于勤。"遐计其时，盖九十三岁也。何十七年以前，方自以倦勤逊位，且即以征苗命禹，迨至百有十岁，翻又不倦于巡，无端而深入三苗苍梧之野乃尔耶？今人家有八九十岁老翁，一旦将跋涉山川，为千百里之游，其子孙戚属，有不忧危而为之止者乎？其或久客于外，比至此时，有不泣涕而请之归者乎？

周穆王将周行天下，祭公谋父作《祈招》之诗，以止王心。汉武帝好陵险阻、射猛兽，其臣若司马相如，尚上书以谏。三国孙权将自征辽东公孙渊，其臣若薛综辈，尚力以为不可。设舜至尔时而下令南巡，其所宜止之谏之断断有所不可者，亦何止于周穆、汉武、吴孙权也者。孔子曰："父母之年，不可不知。"有君百有十岁，而舟车往复不恤有万余里之役，此其可惧为何如？试问虞廷之上，五臣何在？其时若稷、契、皋陶，其存与殁不可考，伯禹无恙也，伯益无恙也。假使禹于此不言，当其拜手陈谟，则曰"无若丹朱傲，惟慢游是好"，及其既摄，则视君父之危安，如秦越人之肥瘠，漠然无所动于中，是利其巡而速之死也。假使益于此不言，方征苗至三旬，则兢兢然即赞于禹以班师，迨至尔时，明明可人白衣冠以送者，而吁咈不闻，是知有总师之禹，而不复知有咨益之舜也。

果尔？是舜乃耄荒主，伯益乃叛臣，伯禹乃篡贼，举凡四岳九官十二牧，皆无可逃罪于天地之间者，莫是举若也。孔子曰："无为而治者，其舜也与？夫何为哉？恭己正南面而已矣。"如其老死于行也有如是，以为无为，乌睹所谓无为？舜年而非百有十岁则已，百有十岁，吾以为不惟断无舜以巡狩南岳死，而葬于九嶷之理，并万万无至此时，复南巡狩至于南岳之事也。

儒者身居晚近，尚溯皇虞，虽考信于六艺，尚有不可尽信者。《孟子》言舜卒于鸣条，明其生卒，皆中土之东也。如《檀弓》所记舜葬于苍梧之野，苍梧未详何所。或以《竹书》所记四十九年帝居于鸣条，其明年帝陟，鸣条有苍梧之山，遂葬焉，是亦未遑深考。若谓舜勤众事而野死，如《祭法》所言，吾以为此皆后儒传闻之谬，揆厥由来，盖以《尚书》陟方为省方之误耳。

且如虞妃①湘君，世俗诞妄之见也。秦博士以湘君为尧二女，郑司农乃亦以湘君为舜妃。甚至任昉②《述异记》以舜南巡葬于苍梧之野，二女追之不及，相与恸哭，泪下沾竹，竹为之班③，此固无足置辨。且亦思，舜年三十而二女釐降，二女之年，度亦不下二十许矣，设至此时，就令具在，非皆百岁老妪乎？舜能越数千里而至苍梧，二女亦犹能哀恸数千里而追至湘水乎？诸如所见，世皆艳称之为美谈，亦可知指九嶷之坏土④，为有虞之帝陵，曾何异执楚竹之一班，竞指为二女之泪迹也乎？此真事之可同类而共笑者也。

予观《山海经》，既以舜葬在九嶷，又以帝尧、帝喾、帝舜皆葬岳山，又以帝尧、帝喾、文王皆葬狄山，其复见错出也如彼。郭记室⑤以为圣人仁化广及，至于殂亡，绝域殊俗，各立坐以祭，起土为冢，是以所在有焉！其言尚为近理。

太史公游天下名山大川，其于黄帝尧舜之处，皆所身历，于此顾弗深考，亦以零陵九嶷为舜葬者何也？予以事与理之显然者断之，传讹也。

编者注：①虙妃：相传是伏羲氏之女，溺死洛水，遂为洛水之神。也作宓妃。《文选·司马相如〈上林赋〉》："若夫青琴、宓妃之徒，绝殊离俗。"李善注引如淳曰："宓妃，伏羲氏女，溺死洛，遂为洛水之神。"②任昉：字彦升，南朝梁乐安博昌人。初仕宋为丹阳尹主簿。入齐，拜太学博士，官至司徒右长史。入梁，历仕黄门侍郎、御史中丞、秘书监，出为新安太守。以文才见知，时与沈约诗并称"任笔沈诗"。③班：通"斑"。杂色，亦指杂色斑点或斑纹。屈原《离骚》："纷总总其离合兮，班陆离其上下。"④坏土：指坟堆。坏，音培，低矮之山丘、土堆。宋范成大诗："千车拥孤隧，万马盘一坏。"⑤郭记室：郭璞，字景纯，东晋河东闻喜人。博学，好古文奇字，精天文、历算、卜筮，擅长诗赋。西晋末过江，为宣城太守殷祐参军，为王导所重。晋元帝拜著作佐郎，与王隐共撰《晋史》，迁尚书郎。后为王敦记室参军。以卜筮不吉谏阻敦谋反，为敦所杀。后追赠弘农太守。为《尔雅》《方言》《山海经》《穆天子传》作注，传于世。有辑本《郭弘农集》。

卷之十八

书

与尹明府①书

去夏从省垣得再见，退而语诸子，以为吾泰且得一慈父母，可贺也。比岁杪，儿子既归里，为问邑侯何以治？儿子辄谓不敢知邑事，但觉役不横，游手之人不闻肆，邑侯津津然乐与诸生言制义。若儿辈，且屡尘顾问："邑侯何以治，不知也。"尝答而喻之，儿何谓不知？如若所称，岂唯吾邑治，其天下州县何弗治！役之横，游手之徒肆，士民之莠也。不稂不莠，良苗自新矣，况又膏雨之也。

窃于此，喜前所见固不虚，乃更为吾士民贺，敢备述之，并持以为吾慈父母贺。再者，迩闻湖南苗匪未及平，湖以北荆、襄、宜昌、郧阳诸州县，邪教复不靖，惟莠民众也！顺问近履不宣。

答秦观察①问防海事宜

比岁以海盗窃发，卫所不能禽制，动烦大宪，勤勤捕剿。案，明自嘉靖患倭以来，始设总督、巡抚、兵备副使，及总兵、参将、游击各员，固以防海也。今海盗之患，虽不逮倭，然十百连艘，剽劫罔忌，则所藉于大宪协力会剿者，自不容不急，所当惩治卫所巡徼会哨之不力者，自不容不严。

铺愚，窃以为可以逐盗，未可以弭盗。善弭海盗者，不弭之海，仍弭之岸而已矣。何也？海盗之患，与陆盗异，捕海盗之势，视陆盗难。陆盗盘踞险阻，狼顾虎踞，其患或至攻据州郡，抗拒王师，然其形势固自有可捣之巢穴，可截之径途。若夫海盗，语其患不过为害商船耳，遇商船则进，遇哨船则退，遇哨船寡则聚，遇哨船众则散，并吾力以捕之，则顺风扬帆，海阔天空，而莫可踪迹。时或两相犄角，可追而薄，而洪流瀄汩，倏忽之间，人船异势，虽有利器如佛郎机不得用，盖以陆处之水师与水居之凶狡，生熟之技固殊也。然则捕之固非易易，其可歼者，非适泊海渚，则或因混迹商船，间被缉获，而不然者，捕之于东，倏出自西，逐之已耳。若欲弭之，计固无出于岸者，敢粗条之。其要有四：一杜从盗之门，二绝养盗之本，三空窝赃之薮，四去召劫之资。

何谓杜从盗之门？亦严保甲而已矣。今洋面之盗，非若元之国珍，为觊觎州郡起也，又非若明之海寇，为岛夷番舶人也。无非以闽广及各海滨失业无赖之徒，或托捕鱼，或称水手，或隐为耳目，在岸侦探，地方不察，遂至成群聚党，旁午各出，是眼前游民，处之无道，即新盗耳。立法烦琐，恐扰良民，今诚严饬地方，凡沿海坊乡，无论土著附籍，畸零单丁，按实具书名岁职业，甲编一册，里取互保，使相觉察，有心容隐则相及。凡甲内无家属者，不准入海，其有家属在岸，而为船户网师，与一切海道贩鬻者，则使所在里甲，互相纠保。其无家属而有雇为行船水手类者，即使所雇之家，身为之保。期于甲有定人，人有实事，一丁一口，不得私自出海，不至以无赖之徒，更遗之夥。如是则从盗之门，固可得而杜也。

何谓绝养盗之本？亦严漏米而已矣。今盗夥之聚，非必筑室大澳，屯耕而劫也，非真可不粒食，饱鲜而劫也，无非以行险网利辈漏米落海。盗于外洋不得劫，则或于内洋处所混杂商船，藉相接济。而不肖卫所，又往往取利米船，曲纵之漏，故漏米非必遽有勾通之弊，其实海盗得以聚食行劫者，病实坐此。闻本春温、台各处，一严漏米，而盗遂不得食，舍命上厓，抢夺谷麦，居可知已。今诚严申海禁，无论邻近州县，非请之官，概不得从海通运。即商船哨船，亦必按程计口，授以限制，不至使陆地粮食，往之为漕。如是则养盗之弊，固可得而绝也。

欲无窝赃，莫若禁私市。盗所劫物，未有不就岸变易者也，货屯不出，良贾亦歇，赃积不脱，狡窃亦拙。商物盗物，固难骤别，往往有海口奸侩，心固知之，利其厚直，而盗得以旋劫旋脱，是赃薮也。明巡抚朱纨[2]，捕得交通海盗者，常以便宜斩之，盗资以靖。其后纨以被劾夺官，海禁复弛，盗且旋炽。私市与交通，自小有间，然鼠壤不掘，窃蠹不息。今诚于沿海市场严立私市盗物之禁，凡水客货物，详设行规，确议有可为来历信据者，乃许交卸。夫盗之所劫，岂尽金钱？货不得直，劫而委之，虽盗不为也。

欲无召劫，莫若节关税。国家海道之利，未便轻议捐也，禁海道，则方物之价必腾。然民用所需，除布帛菽粟外，远方珍奇，类堪从省。今以闽、广海物之便，动烦海疆捕盗之需，其费或不相上下，究之海客之所以冒险，固期便利，亦直以货非航海，则长途关口，未免较烦，故有两途就贾，本息无异宁舍此由彼者，避官榷耳。今诚于海关直重物件，议行停截，而于各省关口，视向所由海道行者，裁截其税，无滋使役，浮额征求，则商贾自然不甘冒险，乐就迁途。夫税节，捕费亦省海禁，客货亦通，而洋面往来，不过鱼鲜木炭，盗虽贪，无可欲也。

保甲行而盗不得夥，漏米严而盗不得食，私市禁而赃不得脱，关税节而劫无所得。于四者之外，或兼开招纳之路，如向者抚军之招募乡勇，可以捕盗，亦可以隐寓招纳，皆推良策。诚能举所条议，实力奉行，不出期年，盗即多，可不捕而散也。镛故曰："善弭海道者，仍弭之岸可也。"虽然，犹有说。昔汉宣以息渤海盗问龚遂③，遂曰："海濒遐远，不沾圣化，其民困于饥寒而吏不恤，故使陛下赤子盗弄陛下兵于潢池中耳。"方今之盛，何敢云尔。然水旱偏灾，极治不免，地方有司，能举失业游民，驱就农工，予以生计，如遂之所以治渤海者，卖刀剑、卖牛犊，是又防海之一上上策也。

铺谨上！

自记：此乙卯十月，小岘先生招饮，席中询及海盗事，略言所知。先生重以为然，令条列之，爰就河舟中拟此。蒙赐书云："洁匪之策，再三洛诵，确具经济。而文之疏宕条鬯，亦逼真眉山苏氏。中丞归，当以斯文呈览。"予此议，所以弭诸岸者，诚正本澄源计也。近年以来，又有艇匪猖獗较甚，则筹所以禽制诸海者，抑不容不急，然剽劫罔忌，于今又四五年矣。

编者注：①秦观察：秦瀛。时任温处道台，清代尊称道台为观察。详见《丙辰正月十六大冰雪陪观察小岘先生游西湖南屏》诗注。②朱纨：字子纯，号秋厓，明苏州府长洲人。正德十六年进士，嘉靖中累擢右副都御史，巡抚南赣。倭患起，改提督浙闽海防军务，巡抚浙江。首严通番禁，又上疏言闽浙势家多庇贼。福建士大夫多与通海有利害关系，怨纨，贿御史劾纨擅杀。遂罢职听勘。纨愤恨服毒死。著有《茂边纪事》《甓馀集》。③龚遂：字少卿，西汉山阳南平阳人。以明经仕昌邑王刘贺郎中令，勇于谏诤。昌邑王废，髡为城旦。宣帝时，为渤海太守。时值饥荒，遂单车至郡，招抚起事农民，开仓济贫，劝民农桑，令民卖剑买牛，卖刀买犊，境内大治。后拜为水衡都尉。

答观察小岘先生书

昨于邮筒中，接诵赐书，辱承下问，并蒙过奖。所上末议，媺其说、称其文，愧弗敢任。知阁下勤劳政事，未敢以迂腐之词，屡渎清听。迨月之二十二日，又接手书，仰惟情意肫恳，垂念末学寒儒，有曲寓诸简墨外者，感激下忱。既深挟纩，且复齿及前议，许为大文，踽踽之余，自忘鄙陋。窃于此想见古君子，见一善，既从而赏之，又从而永歌嗟叹之，每不觉其辞之复、誉之过，非必其所见者，其论著果有裨苍生，其文采果堪追作者也。惟其怜才爱士也根于性，其盱衡扼腕也出于诚，故其惓惓接引天下之善之意，常若有所耿耿于其胸中。而卒不能置，盖所谓如鹿鸣之相呼召，其声音非自外至也。

蠢陋如铺，何因得此。所惴惴自惧，仰惟托有道之门，尘国士之知，而自以穷困累其身，思愁其心肠。尝欲取其生平所作，就正于阁下，期可自存。而日月骎寻，迟暮将迫，若老泉①所称忽忽仰天叹息，以为斯人散去，道虽成，不复足为荣也。兀坐寒冬，嗒如灰槁，仰因嘘拂，慷慨转生。附问道履，不尽颙缕。

镛再拜。

编者注：①老泉：苏洵，字明允，号老泉。宋眉州眉山人。年二十七始发愤为学，岁余举进士，又举茂才异等，皆不中。遂闭门苦读，精通六经、百家之说。仁宗嘉祐元年，携子苏轼、苏辙赴试京师。欧阳修上其所著文二十二篇，士大夫争相传阅。除试秘书省校书郎。以文安县主簿参与修纂建隆以来礼书，名《太常因革礼》，书成而卒。擅长古文，为唐宋八大家之一，与子轼、辙合称三苏。有《谥法》《嘉祐集》。

答汪方伯书

曾镛谨再拜上方伯大人阁下：

日阁下以虚怀延揽，不识镛不才，辱惠书，将置之幕下，自惟驽钝，承命惊惶。时阁下适旬宣至嘉，因自辞谢，既蒙原宥，顾问之余，辄手书明吕坤①所称"变民风易，变士风难，变士风易，变仕风难"数语，令著论以献。仰见阁下息心求治，以泰山河海之高深，而不厌土壤细流之输纳，苟有见闻，岂嫌轻躁，何蒙采择，反故迟疑。虽然，阁下而惟是取其文辞，观其工拙，则援引故实，附会俗情，以著为可喜之论，虽不文，易事也。阁下而将欲采之刍荛，广夫耳目，则所谓俗儒不达时宜，徒使人眩于名实，不知所守，虽美言可市，非下问意也。

镛所为迟之数月，而犹未有以应者，非慢也，慎也，而今即三者试言之。夫所谓民风者，奢俭耳，贞淫耳，淳朴之与浇讹耳。彼以为难变者，不过如封德彝②所言，三代以下，人渐浇讹，故秦任法律，汉杂霸术，盖欲化而不能。非能之而不欲耳，不知通古今无异民，即通古今无异风。魏郑公③曰："若谓古人淳朴，后渐浇讹，则至于今日，当悉化为鬼魅矣，人主安得而治之。"《书》曰："卿士师师非度。"曰："小民方兴，相为敌雠。"有由然也。

若夫士风，如周末之横议，汉末之清议，魏晋之清谈。唐重进士，而蹇驴破帽，奔竞之习成。宋尚道学，而高视阔步，伪托之徒众。元至皇庆，初行科举，而以西僧为翰林承旨，以宦官加昭文馆大学士，前后七八十年，虽其间名儒硕士不绝于时，而士流特微，无所谓风。明号称重士，嘉、隆以后，积习亦重。此皆随一代之风会相流转，诚欲回狂澜、障百川，以视民风，为力自钜，然犹不啻易者。孔子曰："国有道，不变塞焉，强哉矫！"知夫不变塞之难，则士风之未为难变，可知也。

以言仕风，两汉风最近古。西汉自孝文、孝景安养天下，吏治安静恫愊，先行义，后诎辱。继以孝宣，综核名实，循良之风，于斯为盛。迨元成而后，公卿守相以苟容曲从为贤，以拱默尸禄为智，人第知为外戚擅权使然，不知外戚之擅，亦由百官志但在营私家、称宾客，共为奸利使然也，而天下新莽矣。东汉一代教化风俗，开自光武，成于明章，三代以还，蔑有过者。其后公卿大夫，下至布衣之士，虽历桓灵，政治浊乱，犹奋发公义于不衰。特顺帝而后，亲民之吏，以聚敛整办为贤，以治己安民为劣，人第知宦竖鸱张，钩党致乱，其势难挽，不知一时二千石贪如豺虎，其风更难挽也，而天下曹魏矣。

六朝取人，先白望，后事实。江南士大夫以傲诞奢纵相尚，虽矫以宋之元嘉、隋之开皇，而卒不能变，其为仕风，固无足考。爰及李唐贞观开元之间，任贤赏谏，吏治烝烝，称上理矣。天宝以后，阉宦乘权，强藩逆命，而天下未至大乱者，盖人主尚有忧勤之意，廷臣尚有亮弼之风。陵夷至于懿僖，大盗遂攘而夺之，则以姑息养安之政，既积重难返，而群小朋比，上下相蒙，膏肓之病，不可救药也。五季三纲沦灭，视君父兴亡，若逆旅之视过客，甚至有历五朝八姓，恬不知耻，而富贵自如，如长乐老④者，其时仕风，从可概知。

爰有赵宋，太祖、太宗、真宗、仁宗，培养善气，众贤汇聚，泰运成矣。神宗以来，自安石以新法摈弃老成，招徕新进，浇风竞起。中更元祐，扑且愈燎，论者谓自建隆一阳之萌，骎骎而至于庆历六阳之盛，自熙丰一阴之生，纷纷而至于宣靖六阴之极，君子委蛇退缩，波靡风流，而宋以南渡。南渡偷安，始虽贤奸迭进，一时仕者尚儌艰虞，迨似道⑤久专，宋遂以亡。则以浮浪误国之状，既不可终日，而民困兵丧，百寮缄口，泄泄沓沓，如燕雀煦煦处堂，曾不知突决栋焚，祸且及己也。

元仕流冗杂，政尚苟且，自世祖混一函夏，其风已然，洎其末流，更何足怪。讫乎有明，太祖惩元季之弊，重绳贪吏，诏有司考课，首重学校农桑诸实政，仕流澄清。仁宣之际，风同文景，中历英武，内外多故，而祸乱转消，唯吏鲜贪残也。殆世宗之朝，门户角立，神宗末年，矿税四出，郡县不获修举厥职，而朝廷考课一切以虚文从事，吏治之媮，盖不待逆珰斫丧元良，使天下土崩鱼烂，一溃不可复收。

而风气与时事相促迫，当叔简⑥时，目击仕流，已自有江河日下之势。其曰变民风易，变士风易，以甚言变仕风之难，其言似乎过激，其弊似属一时。其实则自两汉以来，中外臣僚，风气一坏，国亦随之，合古今如一辙，故曰仕风变，天下治也。所以然者，民风者，从乎俗者也，非必有干誉干禄之见，固结而不可变也。士风者，从乎学者也，非遽有患得患失之心，战悸而不能变也。仕风者，富贵之权诱于外，利害之念迫于中，有欲变而不能自主者矣，有变此而无以自容者矣。

以阁下上下千古而有感于叔简之一言，此其间孰难孰易，岂顾有待于论者。董子⑦曰："琴瑟不调，甚者必解而更张之，乃可鼓。为政不行，甚者必变而更化之，乃可理。"阁下之意，毋亦惟忧盛危明，悯时病俗，以为当更化而不更化，慨然思所以变之也。夫猎取近似之言，可以悦庸众人之耳，不可以渎大君子之前；不知忌讳之说，宜慎于庸众人之前，不宜绝于大君子之耳。今天下承平，百四五十年来治饬于上，俗修于下，真三代下一极盛时也。然防衰于盛，讲求官方，正有不得不为过计者。请言外任，下而州县仕也，任变民风士风之责者也。上而督抚，亦仕也，又操变仕风之权者也。督抚之贤者，诚不乏人，言其大概，镛愚，窃以为失于粉饰太平之意多也。州县之不肖，诚非一端，言其大概，镛愚，窃以为坏于诎支弥补之故亦不少也。

财赋者，国之大政，天下之大命也，盛衰兴废，靡不由之。今州县亏空相接踵，简者盈千，繁者累万。为上司者，始或因事在可原，曲加调护，更代之间，姑取凭于一结，调补之员，又或视为孤注，冒昧一掷，赔累转繁。或亏诸他邑，急补西壁，又拆东篱，及解任之日，甚或假某事由，指称亏项，更窃公帑，且实私囊。于是新故相乘，日月以长，莫不各存一切侥幸苟免之心。其在肆情纵欲之徒，姑不具论，即素行尚谨而劣弱者，日夜勾稽以免咎，而穷年有所不支，强干者，苟且补苴以干进。而外此举所不知，又何暇加意于泛泛然不关痛痒之士风民风，为从容摩厉于农桑学校间，助流教化哉？

是故言兵刑，向日办案，今且有所谓做案者矣。言钱谷，向日交盘，今则或且有交账者矣。此仕风一大弊，州县之不肖，亦上司粉饰之过也。大臣身膺民生国计之寄，即无虑久久发露，罪且及身，一旦横有方千里之灾，一省突有数州郡之盗，皆盛世所未免，仓皇待济，问何以给？就令无事，而坐观积弊，专务掩覆，以示优容，姑息之害，伊于何底？此其势自不得更以小怨小不便，不设法弥补，且不必为军国风俗计，即为州县身家计，则眼前之追提，皆异日之所感泣，何也？眼前被一分追提之苦，即异日免一分身家孙子之忧。若父兄操家太严，举子弟之农者工者贾者，经年工苦之所得，悉收取之，使分文不得受用，岂不太甚。其实无非为贫家子孙性命衣食计，故当感泣也。

虽然，欲弥补，必设法矣。洵思之，设何法？财赋者，不雨于天，不涌于地，国家正供有常额，州县羡余皆民膏。若欲举一二十年之积弊，骤取偿于岁月，自非朘民，何由得此。夫征敛之际，贪墨之府也，其所以不敢肆为溪壑者，仅仅恃国家理财，持宏纲大体以提防之耳，脱迫于势之无可奈何，予以事之得所借口，明目张胆，何所不为。窃恐有以一时救弊之苦心，而立法稍不加审，在亏空之日，则相习为盗臣，在弥补之时，且相习为悍吏，殆所谓医得眼下疮，剜却心头肉。损伤邦本，以补国计，不可不防也。设何法？愚谓死病无良医，与其病民，无宁病国。与其爱不能割，使寅挪卯粮，在府库已缺一年之实，而催科讫无宁罄、无宁涣、其大号，且破格施恩，俾天下一空从前之累，而征输得循旧章。善为国者，计惟毅然举各省州县仓若库，即令其督抚，彻底清查，明上其数，除见在州县本任亏数，立限追补外，其确为前任之所亏，且一并弃去，勿加穷治，免兴大狱。而于是肃清本源，更遵成法，按届输将，庶几积弊一祛，可图再造。若蛇蝮螫手，卒不得药，壮士立割其臂，岂不爱臂，不然毒且攻心。若富室好侈，费用空虚，又爱惜旧产，不肯变弃，久且百不存一，不如及早裁割，部署实产，反可小康。料天下赋税之所入，与州县仓库之所亏，多不过捐国家半岁费耳，未为大病也。而府库无空名之承受，岁时无先期之催科，民免浮额之诛求，吏少借端之剥削，不补而财转实，不弭而法已行，岂不直截，岂不痛快。又何必同然一国家之赋税，一小民之脂膏，徒为是倒颠纷扰，而流为一时之大弊也哉！

愚为此说，窃谓闻者必大笑之，何则？计出于童稚之所知，而事苦于国家之所难也。然以愚观，依古及今，国势之强弱治乱，不患畜积之不多，患度支之无实，不在灾凶寇盗之有无，在吏治人心之动静。昔孔子与子贡论政，至于必不得已，且曰："去食。"此非圣贤无复之之计也，去之，乃所以足之也。藉不能为此，则且取州县之大贪纵者，诛之究之，夺且追之，以惩一时。其在中材，则且视历任所亏，量其多寡，假之岁时，或三四年，或七八年，或十年，分年赔补。一切急遽苟且之法，概行罢去，庶几州县之职，得从容从事，守牧以上，亦得从容以风化相董率，不至以财赋偏注于一途。如是则国家之财，犹可得而理，师师之风，亦不至遽坏。而不然者，急则败矣，上以此蹙之官，官必以此剥之民，幸而无故，取怨蒛耳。设不幸而小小加以灾凶寇盗，一夫偏袒，千百景从，此时即欲倾一邑亏补之数，为一邑捍御之需，其可得相当也耶？是故国可贫，民必不可使穷。

夫岂独民不可使穷，即州县亦不可使太穷也。民穷则乱，官穷则贪，贪固乱之由也，此当今一变仕风之至急务也。至欲正其本源，则无非崇节俭，节俭之道坏，其大者，固莫先于上司苞苴之公行，岁时舟车之纬络。然观比岁以来，如吾浙抚藩，得吉大中丞⑧，得阁下，亦可谓正己率属，无愧古大臣风矣。究竟似无不穷之州县者则何也？上能绝之使不上行，下不能抑之使不自纵，能节之于公，不能节之于私也。每见一行作吏，服食起居，便诋儒素，视古圣贤如温公训俭诸告戒，不过老人常谈，初不济事，不知古人绝大功业，大半都从此做起。方一官到任，所负之逋，盖已不赀，而远近视为金穴，辗转引荐，擎履调笙，充满廊庑。其人亦且取快意，曾不计一人所蚀，少者数十，多者数百，甚或盈千，一官之禄，大者数千，其次数百，又下数十，此外皆不可问之数矣。

今一署之内，如所谓奴从宾客，浆酒藿肉，苍头卢儿，皆用致富者不一，呜呼，奈何其不穷且贪也。

愚以为胥役众害民，使令众害官，诸如此类，力宜裁抑。欲循夫职守，则莫如少更调，古今吏治之坏，多起于不久其职。汉宣帝以为吏数变易，则下不安，久于其职，则民服教化，其二千石有治理效，辄赐金增秩，或爵至关内侯，迨公卿缺，则以次用之，故其时吏称职，民安业，号称中兴。宋文帝恭俭勤政，百官皆久于其职，守宰以六期为断，故虽六朝扰扰，元嘉之际，四境晏安，户口蕃息，亦三十年。左雄⑨上疏言典城百里，转动无常，各怀一切，莫虑久长，特选横调，损政伤民，咎皆在此，此真达古今吏治之言也。

国家爵禄之崇卑大小，固所以鼓天下人才，使争赴功名之路也。年限太拘，未免沉滞，然汉世良法，自督抚至守令，未尝不可师其意而变通行之。即嫌于变法，亦宜稍稍持久，不宜太烦，庶几上下相望，贤者得以究其所施，中材亦不敢心存苟且。故吏若不才，虽终朝褫之不为聚，若见一吏才，辄调一缺，所调员缺，又加调焉。而更委员署之，且无论五月报政，期月已可，世难其人□⑩二三强干之员，转相促急，精神作用，不在下民，专在上司，更何怪循循然尽心职守之风之难概见也。

愚以为地方多一衙门，适多一地方之累，官府多一更调，并多一仓库之累，冗员宜汰，此尤当谨。若夫群下之所揣摩，大员之所顾忌，内自献纳之微，外讫军国之大，有非法制可得而闲者。惟大臣不为身谋，不为俗乱，一以实心实政相贯彻，不以急功急利上治安。远览汉唐盛衰之由，近监宋明兴废之实，总之粉饰太平之意无，斯仕风自无不变。仕风变，士风民风，又待变乎？镛以为方今能以实心行实政，惟无如阁下，故敢一吐此言，亦惟阁下于镛有一日之知，故愿一进此言。其非阁下之所得为者，姑存其说，其为阁下之所得为者，请深维其意，以补涓埃，士民幸甚！

再者，嘉、湖收漕多逾额，自顾、归⑪诸方伯提其余，存以弥补，闻归方伯去浙之日，尝垂泪言之，以为未及罢此。迩者，阁下视州县所亏且如故，以为不去其弊，而但提其余，是适以累民也。因举历来之所谓漕规者，严禁而痛革之，且即其邑之所取，以救其邑之所亏，民同此数，而官无虚靡，盖期于得补即止，此诚不得已一时权宜之所为，在州县正当感激。昔司马温公疾新法之害，及罢免役钱而行差役，苏轼以为未易，温公不然，又陈于政事堂，温公色忿。轼曰："昔韩魏公刺陕西，公尝争之甚力，韩公不乐，公亦不顾。轼闻公道其详，岂今日作相，不许轼尽言耶？"温公谢之。每叹昔人于天下事，不敢以事非及己，且心服如温公，无不尽言如此，又以知温公之能曲从善言，故一时勋业彪炳古今，镛于阁下此举，亦不能无言者。窃以为今年之漕余，即明年之征额，恐漕余之外，又有漕余矣。悃悃之诚，愿无使人谓漕余之加有几，当今如公，且亦未之察也。敢并及之，死罪死罪。

镛再拜。

自记：时方伯在浙，承问答此。越明年，方伯自阙赴闽藩，镛馆于方伯家，以他事寄答，兼请得闲赐览此书。方伯即鄱湖遗手书云："在江西已遵行矣，小试辄效，此其明征。嗣后到处，皆当实力行之，以副盛心，造福无穷。我不过替先生行道耳！"窃谓千古治乱，一时利弊，此书颇言之切中，方伯已可谓从善如流矣。

编者注：①吕坤：字叔简，号心吾，一号新吾。明河南宁陵人，万历二年进士。为襄垣知县。历官右佥都御史，巡抚山西。召为左佥都御史，历刑部侍郎。二十五年上疏极言天下安危，不报。称疾乞休。家居二十年，孙丕扬为吏郡，以坤与沈鲤、郭正诚为三大贤，屡次推荐，帝终不纳。福王封国河南，赐庄田四万顷。坤在籍上书谏，又移书执政言之。著作甚富，有《去伪斋文集》《呻吟语》《四礼约言》诸书。②封德彝：名伦，以字行。唐观州蓨人。隋文帝开皇末为杨素所赏，妻以从妹，擢内史舍人。炀帝时阴为虞世基裁画吏事。宇文化及乱，使德彝数帝罪。化及死，遂归唐。以秘策干高祖，更拜内史舍人。封赵国公，徙密国。太宗时累拜尚书右仆射。卒谥明，改谥缪。③魏郑公：魏征，字玄成，馆陶人。少孤贫，出家为道士。隋末，李密起兵，召为典书记。密败，窦建德署为起居舍人。归唐，官太子洗马。大宗即位，擢谏议大夫，迁秘书监、侍中，封郑国公。以疾辞官，拜特进，仍知门下省事，卒谥文贞。④长乐老：冯道，字可道。五代时瀛州景城人。好学能文。唐末，事刘守光。守光败，事河东监军张承业。承业重其文章，后梁时，荐于李存勖，为太原掌书记。后唐建立，充翰林学士，迁中书舍人、户部侍郎。明宗即位，拜端明殿学士，官至宰相。入后晋，仍为宰相。契丹灭后晋，道事契丹为太傅。后汉、后周时均为太师。道历事四朝与契丹，未尝谏诤。自号长乐老，有《长乐老叙》。⑤似道：贾似道，字师宪，号秋壑。宋台州天台人。少时游博无行。以荫补嘉兴司仓。姊为理宗贵妃，遂诏赴廷对，擢太常丞、军器监，益恃宠不检。累迁京湖安抚制置大使，旋移镇两淮。理宗宝祐二年，加同知枢密院事。四年，拜参知政事。开庆初，元兵攻鄂州，领兵出援，私向元军称臣纳币，还，诈称大捷。以右丞相入朝，由是权倾中外，排斥异己。行公田、推排诸法，民多破家。度宗立，以太师平章军国事，更滥专朝政，穷侈极欲。咸淳十年，元兵破鄂，不得已出师，旋溃败。被革职，贬徙婺州、循州，为监送使臣郑虎臣所杀。⑥叔简：即吕坤。⑦董子：董仲舒，见诗集《三年不窥园》注。⑧吉大中丞：吉庆，清满洲正白旗人，觉罗氏。乾隆间考授内阁中书。乾隆五十八年任浙江巡抚，嘉庆间官至两广总督。镇压广西博罗山天地会众起事时，奏报前后不符，解任听勘。巡抚瑚图礼素与有隙，审问时设刑具，令隶卒诃辱之。庆不堪受辱，于七年十二月自杀。⑨左雄：字伯豪。东汉南阳涅阳人。安帝时举孝廉，迁冀州刺史，奏案贪猾，无所回忌。顺帝永建初迁尚书令，上疏陈时政，指责郡县官吏，视民如寇仇，致政损民伤。又奏征海内名儒为博士，使公卿子弟为诸生，请举孝廉限年四十以上，皆被采纳施行。章表奏议，台阁奉为准则。迁司隶校尉，坐事免，复为尚书，卒官。⑩此处原文已蠹，缺待补。⑪顾归：顾长绶，字修浦。乾隆三十四年进士，江西南康府建昌县人。历任户部额外主事、主事、员外郎，陕西盐法道、督粮道、按察使、布政使。在浙江按察使内，因案革职，发遣军台。归景照，字晚霞，一字映蓉。江苏常熟人。监生。捐纳县丞。乾隆三十年分发直隶试用。三十二年署大兴礼贤司巡检，次年补高阳管河县丞。三十四年署知平乡县。历官至浙江布政使、护理巡抚。乾隆五十七年，浙江巡抚福嵩案发，顾、归二人均以徇隐之罪革职充军，时归任浙江布政使，顾任按察使且已升布政使衔。

与叶雪姿①董维周②诸及门书

时遇既穷，家又多难，数年来糟糠甘苦，老妻尝之备矣。闻九月中，竟自奄逝，即勉为蒙庄③。不念逝者，能无自伤？念儿子此时，茕茕一身，呼吁无路，奈何奈何！知诸君定共苦之。

孝廉方正之举，愚固谢不敢承，唯因小岘秦观察深心推毂，桑梓耆老地方官师谬相推重。既蒙过举，何敢矫饰，重负盛情，而新抚军不解何意，且欲一概不举。各府所举，未免冗滥，概行饬驳，岂不上壅旷典，盖亦一时意见。汪方伯尚欲曲加奖成，顷又离任，不就可知。

抑思之驳者，大府之权也，举者，群情之私也，权乘乎数，私难于公。自顾垂暮无成，而学品虚声动乡国，一似咸谓无公于此者。学品者名之最贵，贤达之所不能胜也，所举即不就，而吾固已显冒此公名。宜吾之穷也夫！宜吾之穷也夫！

编者注：①叶雪姿：叶维挺，字雪姿，一字念台。泰顺罗阳人。幼孤，家贫好学，诸兄耕作为食，挺敬奉尽礼，至老不衰。工书法，长于古文。乾隆三十八年补生员，后屡困科场。年八十以岁贡生试乡闱，钦赐举人。②董维周：泰顺罗阳人。观下文《董明也翁寿序》，或为董绍高之子。生平待考。③蒙庄：庄周。《史记·老子韩非列传》："庄子者，蒙人也，名周。周尝为蒙漆园吏。"《庄子·至乐》："庄子妻死，惠子吊之，庄子则方箕踞鼓盆而歌。"

上秦观察小岘先生书

去冬匆卒拜辞，饥来驱我，不遑眷眷。迨江舟渐远，意境乍清，回首吴山，觉所谓白云在天，龙门不见，不胜惘然。岂不以古今来道谊之所感结，贤达之所依归，固非人世寻常遇合。与一切附景希声辈，聚亦适然，散亦适然，其性情可得而同日语也。

计镛自弱冠来，尝有志于君子之道，忽忽二三十年矣，遇日穷，学日废，而文行虚声，似日有闻。方不訾过情之耻，敢谓白头，曾无青眼。然以镛自惟，求真可以道谊自伸如阁下？真能以道谊入人如阁下？实难一二。则意者天亦悲其志，悯其穷。当槁木死灰之余，犹复有人焉，使其意气不至衰苶于坎轲，其行能不至隳坏于末路。其时虽暮，固将奖厉其身，使为有道羽翼耶。抑其身有命，且以慰勉其心，使不自弃于有道君子耶。虽甚迂拙，其能无眷眷然惧托门墙之不继也。

自抵章门，即思一陈瞻恋。日从稼门方伯得手书，辄承垂念，并闻有独立之惧之叹。镛浙士也，阁下之独不独，镛亦不敢轻议一时，以阿阁下。顾即向之所得于阁下者思之，岂所谓道谊者，不宜上宜下耶？抑系于此，必失于彼耶？宜阁下自以为独也。虽然，独立何惧。《易》曰："泽灭木，大过，君子以独立不惧。"盖惟不惧，故独立也。由今而言，正惟独立，然后可不惧耳。尝见大厦连云，体势非不垳也，一旦突决，火亦延之。磐石孤冲，地势非不岌也，久久如常，沙且附之。古之君子患不同，今之君子患不独。阁下之独，我不敢知曰："涣其群，光大也。"我亦不敢知曰："涣其血，远害也。"其实则依古以来，未有不人自行吾君子之独，以成天下之大同者也。抑又思之，《大过》之象曰："刚过而中，巽而说行。"此又君子之所以处大过而不惧之道也，与阁下何叹也。

迩在臬署，诸承推爱，可无廑虑。春风浩荡，东望神驰，附请道履不戬。镛再拜！

答朱春泉书

去冬承汪方伯复以教席相延，甫就聘，适卒然有章江之行，殊出意外。窃自以人生至好，踪迹辄偕，得与大兄仍不时把晤，亦孤漂时一快心处。迨抵章门，而贵治去省特远，引领之下，怅惘何如。

初春晤绍堂观察①，为询吾兄近履，闻有始知作吏之难之叹，以州县屈大兄，焉得不云尔也。抑某独不谓然，窃谓近世作宦，非督抚即州县，非不识州县之难，势日益甚。究竟此官受得一分刻苦，行得一分志愿，百姓确有一分好处，自是以上，即实心为民，大率止可作虚声听耳。昔孔夫子以牛刀割鸡戏子游，方今之鸡，直须牛刀乃能割，有牛刀者，亦正当割鸡，高明以为然否？

前月朔因周生笏亭过访，接读手书，并得询悉新政，不胜慰怀。迩届奏销，正州县一大难事也，贵治所苦何似？邮便率此，不尽！

编者注：①绍堂观察：即雷轮，时任江西按察副使。见《送绍堂雷观察赴赣南并序》诗注。

答稼门方伯书

七月间，两奉手书，殷勤垂念，感切私怀。而推许过当，甚至以紫阳①后一人属之，伏读之下，赪颜汗背，不敢自宣诸口。然镛于此，用穆然于古大臣之风，而重为当世仕民幸也。

古之所谓大臣者，恃有有为之具，尤恃有知言之真。难于雍容善下，能息心以来天下之言，尤难于刚方有为，为能舍己以从天下之善。去冬间，阅近日所存书论稿，尝口占一绝云："短发添新白，飘零不自怜。何心闲太息，还似贾生年。"意固自慨，盖亦以嫠不恤其纬，未必济事，而为是喋喋，是直多言耳。不意刚方有为如阁下，顾廓然受之，且以为嗣后皆当努力为之。以蠢愚如镛，一言偶中如镛，而阁下之知之且如是。然则阁下之知言为何如，阁下之努力以从天下之善为何如，而于此可以穆然想见古大臣之风，重为当世仕民幸者又何如也？

闽中迩岁民情，闻官斯土者，率不啻一以为赤子，一以为龙蛇。意以民无遐裔，而各省气习，亦自不同。类有法亦一本大公，而一方哗然骇，事亦无过小节，而一方骧然感，此无他，一中于其积习之所苦，一导以其风土之所宜。古今来未有不先安辑其民，而能约束此民也，而其道总在安辑约束，此亲民之吏始。乃者阁下旬宣至此，知下车以来，又一番景象矣。诸惟自爱不觊。

编者注：①紫阳：即朱熹。见《淫奔之诗说》注。

答稼门中丞书

曾镛谨再拜言稼门中丞大人阁下：

月前依留左右，伏承阁下推心置腹之素，阅时弥新。举古昔风人，所谓饮之食之，教之诲之，命彼后车，谓之载之，一时望想之情，无不备至。卒卒谢去，回首三山，瞻恋何如？寻以月之十九日抵将乐，前后两令宰，均叨推爱，以方交接，需出月开馆，其肄业生徒殊亦不少。古镛本龟山先生①首唱闽学之地，其民情士气，安静淳朴，风教固殊。愧自谫陋，不足讲明先哲遗绪，而区区守道之意，自信颇笃，敢负盛举。

承谕前路，确有可虑，见闻当以上达。萧闲远客，无从深悉，亦无所闻。又阁下并尝语镛，令仰求所短。镛闽中此行，固以役役饥驱，得可因而宗如阁下，逝将安适？亦自以平居慷慨之意，浮沉微贱，自致无因。当今求治者如阁下者几人，而镛又谬荷引重，本欲从所优游，周咨疾苦，指摘瑕瑜，补察耳目，倘中机要，得效涓埃。成阁下刻励此身，勤求民莫之实心，亦下士报答知己，少裨苍生之一大愿也。士各有心，盖实出此。第言颇捷于听闻，而病未得夫痛痒，妄訾所短，适眩惑耳。彼姝者子，何以告之，敢忘忠告。

顷复辱惠华章，三复之下，想见古君子推毂士类，眷眷有是。镛非如玉之贤，阁下辄有遐心之虑，自惟灰槁谨藏之，遗后人作白驹诵可也。奉答里言，希一哂之，伏维勤劳庶务，幕下少人，诸为斯民保爱。镛再拜。

编者注：①龟山先生：杨时，字中立，号龟山，学者称龟山先生。宋南剑州将乐人。神宗熙宁九年进士。调官不赴。先后师事程颢、程颐,杜门不仕十年。历知浏阳、余杭、萧山,改荆州教授。金人攻汴京,坚论严为守备,除右谏议大夫;又反对割三镇以乞和,兼国子监祭酒。指斥蔡京蠹国害民,力辟王安石之学。高宗立,除工部侍郎。以龙图阁直学士致仕,专事著述讲学。卒谥文靖。与游酢、吕大临、谢良佐号为程门四先生,又与罗从彦、李侗等同列南剑三先生。其学术后被奉为程氏正宗。有《二程粹言》《龟山先生语录》《龟山集》。

答桐城正木镇光笃光诸生书

五月中,得诸生各以书相问,书意各真恳,往复再三,如对竹窗,晤语一室。人到衰年,友生之念,不禁较甚,况天真笃挚如诸生。于萧闲孤寂中,追随日久,千里索居,能无惓惓也。抑师友之所相望,读书敦行耳。

别已经年,不审诸生所进,近复如何?愚承中丞大人辱以将乐之正学书院,使掌教席。将乐,故宋儒杨龟山先生首倡闽学之地,书院生徒,近亦不少。其士习淳谨,左右讲帷,类恂恂然有当年立雪①意。自愧不足讲明先哲余绪,然晨夕孜孜,所不敢负中丞之过举、生徒之虚怀,亦聊举古人之所以读书敦行,勉相磨切耳。

诸生念我,诚于平日之所相勖诸生者,时知察识。正木性素退让,知自强立,镇光高明,知更收摄,笃光沉潜,知加淬厉。即以求为古人不难,虽隔千里,奚翅一室。大抵古人学行无二致,求之以诚,持之以敬,行谊于此修,即学问亦于此进。诸生已非童年,有志大成,当不迂吾言也。临纸神驰不尽!

编者注:①立雪:即程门立雪,指杨时雪中侍立之事。《宋史·道学传二·杨时》:"一日见颐,颐偶瞑坐,时与游酢侍立不去。颐既觉,则门外雪深一尺矣。"

慰永嘉家建西①弟书

廿三日,接孚中来书,言大侄杲初竟以本月六日卒于金华旅馆。展阅之下,心手惊悸,此惨愚所身经,老泪未干也。念老弟甫有二侄之痛,曾未逾年,又以斑白之身,抱是子枯骸,恸哭长道。同历径途,何堪回首,只好更为吾弟呼呼天耳。

子弟如杲初,人方幸某氏有子,幸一战胜,便令暴骨于野,天诚将夺之年。

藉令去年失意，今即不幸，犹然牖下。而必以一科疲敝之，以至客死，几何不令人视此途，直古战场也。割心之痛，谁能慰解。然以视亡儿死于此，犹自有后，惟老弟年已就衰，万一以悲戚自损，如诸幼稚，更谁抚之成也。是望节哀，仓卒不尽！

编者注：①建西：曾建西，生平待考。按，永嘉曾唯，字岸西；曾儒璋，字玉西；建西当为同辈者。

答李生含和书

一别二十二年，相去四五千里。自丙午丁未，一相通问，旋候春鸿。尝再附尺素，均以寻访无处，袖之以还。相念之忱，自歉之隐，向风引领，耿耿一心。日抵都城，即叩吾弟故居里门，怅然良久。细询邻叟，得令亲侨寓，自令亲门者得郎君东主。昨方偃卧，伻来，遽得老弟手书。想老弟忆予，或久化为异物，不信郁郁京洛，犹独从长衢夹巷中，寻旧侣也。幸甚幸甚！

备阅别来清况，未免动念，幸老弟毋苦。贫者士之常，试数眼前旧宦，比其子弟，能安贫读书，不改清白家世，曾亦有几。顷知叔还已久领乡荐，而大郎君伟然成丈夫，为胶庠俊，是致足慰也。特以叔还自拣发陕甘，曾未补缺，私负如许，将来当从何处取偿，诚觉可骇，虽从戎事使然，宜嘱加刻苦。

至于衰朽，二十年来，粥粥犹是。学品虚声，辄日有闻，而遇因日益穷，欲闻一二，言之增感。念此身年甫弱冠，先君子冀大有成，不惜岁破先人产，使就师友。游子之所背弃家室，动千数里，老亲之所倚闾盼望，几二十年。一科不及睹，仅博一毡。庚戌，又复牵帅老亲，终于冷署。伶俜至于服阕，自效省辕，偶署学篆，徒荒常业。

洎乎丙辰，恭逢今天子御极，地方绅耆令长，谬以孝廉方正相察举，愚固愧不敢任。其时玉抚军①初来抚浙，概不欲举，谓愚曾任教谕，卒亦中止，而一二先达，辄以愚不预举，殊为憾事。如愚者，一乡党自好者流而已，而乡誉过情，比比有是，此吾之所以穷也。老妻于是时复自奄逝，嗣是以受汪方伯聘，自浙而两江、而七闽。惟贫不能自食，飘飘一身，讫无宁宇，所厚幸者，五十余年志业身名，一无所就。幸哉有子耳，十八入邑庠，寻补增若廪，所学可望进取。而其制行也，非法不言，非法不行，其事亲也，视于无形，听于无声，实有出于侪俗者，不敢谓非贤士。方汪中丞抚闽，延为诸郎师，迨至辛酉赴浙闱，愚亦为中丞逼迫，自闽正学书院，勉强归试。子璜体故癯而弱，途中触犯盛暑，卧病省寓，愚更无心入场。初八日早，子璜乃强起检点考具，谓儿病尚易痊，老人越数千里来此，过此亦必不再来，一二学徒馆主因扶愚以去。至初十日未刻，予出棘闱，而吾儿已于午时死矣，犹视不瞑。天乎！予不敢自谓无罪，何以此子之贤且孝，亦夺之年，迢迢千五百里，使头白鬖鬖一老父，扶一独子枢，哭望江天，老弟视此问谁忍而不为酸心溅泪也。人生功名妻子，原无非一梦，予去年中秋有伤感句云："不堪似我梦醒时。"此予畴昔五十四年，一梦醒时也。谓予到此，更何意人世？

越壬戌，戚族为择继室，是冬补汤溪学，继室又为强收一婢，直为不孝莫大故耳。一年前后，辄各产一女。去春以接算前任六年俸满，自县府以上，乃互相保荐，外省故知江苏汪中丞稼门先生、广东秦总宪小岘先生，复加推毂。既题奏，越至七月，阮中丞以浙西水荒，请赍帑委员，泛籴川楚。愚谬蒙信任，亦从斯役，至今年四月，始旋学署。喜上年十月，继室复举一男子，差以自慰。而挈眷归里，部署行囊，请咨宪府，诸觉费气，曾将以病乞假者至再。顷至都城，闻保荐教员，需次选部者，尚五十余人，以次至愚，正无时日，期于引见后，便自南归。

白头为郎，昔人所叹，非荒度禹功，呱呱在耳，殊无事弗子为也。此身尚健，报效有时，但不知五更时大梦，又何如醒耳。前误以老弟授徒西城，猛图一会，近而索处，企望弥殷，不审何日得再把晤。叔还前，为我备致一切。

复斋曾镛拜启伯宣老弟足下。

编者注：①玉抚军：玉德，字达斋。清满洲正红旗人，瓜尔佳氏。乾隆间由官学生考补内阁中书。嘉庆元年任浙江巡抚，后升任闽浙总督。以贻误提督李长庚镇压蔡牵之军事行动，逮部治罪，发伊犁。

答少司寇小岘先生书

曾镛再拜言：

自癸酉甲戌，谒选往返，得复再亲道貌，忽忽又三年，光霁之爱，时久弥深。向往之私，路远莫致，顷届秋初，忽于邮筒中得阁下手书，捧读之下，如闻謦欬，欣抃难名。

伏承垂问镛莅任以来政事何如，并谕以邑无小，苟有利泽及人，即不负此官。此诚有道长者之言，凡以素位之道，勉下士也。自惟从宦三年，幸告无罪，藉曰不负。州县者天下之生灵所分寄，自古之治安所由基也，敢云不负？镛承乏东安，境连楚粤，地介潇湘，其俗俭啬，其民乔野，浇讹之事，颇习为常。所恃者，区区父母，斯民之意，无适或忘。差喜民日以静，讼日以简，每日公事之暇，自灯下至二三鼓，犹得取五经四子书，遇先儒之说有未安者，自存其说，藉以讲明修己治人之理。而一时人民，旁及邻近府县，竟似无不乐得以为父母官者，岂《孟子》所谓"饥者易为食，渴者易为饮"有然耶？此则可为知我耆长告也。惟方交代时，事非素谙，性又不喜与俗斤斤较量，所交仓库，受亏不少。而按岁筹补摊捐诸项，视他省殊甚，镛安心茹苦，亦上下共知。

壹不知何日可赋归来，从长江泛棹，更坐春风。伏维阁下行年已七十有五矣，伏读手书，犹自以学问更进为喜，而以尊目渐花，不能看书为虑，是可知古圣贤耄而好学，非直为名山不朽之藏云尔也。学之于人心，犹人身之于饮食，无出处，无仕止，一日不学，正不啻一日不饮食，则饥渴害之，此所以终圣贤之身，无日不以学为兢兢。惜世之人，视学问与事功，判若两途，甚或以儒为诟耳。此无他，所性固殊，亦惟不学故也。

翘首慧山，何胜神往，适获便人，恭请道履不戬。

答某生问

日前两接贤弟手书，以疑义相质者不一，疑思问，吾学要着也。《生民》履帝武之说，此康成所据误也。如以履武，犹言绳武，义自近正，特于上下文，无甚关涉耳。毛公以履帝武为从高辛之行，是也。从高辛禋祀，以弗无子也。

《宪问》"克伐怨欲不行"，疑作"克伐其怨欲"。言"克伐"二字，似亦可作如是解，则第曰"克伐怨欲，可以为仁矣"可也，"不行"二字宜删去矣。文仲之山节藻棁，与管仲无异，《注疏》皆言其僭，以山节藻棁，天子庙饰也。其以蔡为国君之守龟，此意嫌添设矣，从左氏是也。所问朱注，似亦分两项，当指谄与僭，窃谓此为居蔡言也，惟谄，故自忘僭耳。仲弓问子桑伯子，此承可使南面言也，非泛问也。子曰："可也，简。"后人误作一句读，便觉费许多解矣，不从讲章，可谓读书有识。

若所问堂上堂下，陈设乐器，为朱子尝曰："凡曰阶者，皆在堂上。"因疑《大射仪》所云，阼阶东西，西阶东西，宁皆堂上乐。自愚观之，凡曰阼阶上，西阶上，皆堂上也，凡曰阼阶东西，西阶东西，皆堂下也，皆陈于堂下者也。何以知之？《乡饮酒礼》曰："笙入堂下，磬南，北面立，乐《南陔》《白华》《华黍》。"曰："主人献之西阶上，一人拜。"一人者，笙之长也。曰："尽阶不升堂。"尽阶者，自堂下升，尽斯跻堂矣。曰"不升堂"，明阶上即堂，则阶非堂上矣。《大射仪》曰："乐人宿县于阼阶东。"凡所陈笙磬笙钟与鑮，皆阼阶也。西阶之西，凡所陈颂磬，东面其南钟，其南鑮，皆西阶也。其间若阼阶之西，西阶之东，则皆建鼓在焉。藉曰凡阶皆堂上，则与不管不宜杂陈而曰簜在建鼓之间。簜，笙箫属，所谓下管乐器也。则可知前所陈阼阶东西，西阶东西，皆陈堂下也。且乐人宿县于阼阶以后，至厥明，未云工升。迨摈者纳宾，宾入及庭。庭，门以内，堂下庭也。公降一等，降阶一等也。公升即席，升阶即阼阶上席也。曰："奏肆夏。"则《郊特牲》所谓宾入大门而奏肆夏也，惟器与工，皆在堂下也。自厥明司宫设尊设席，曰："席工于西阶之东。"犹未升堂也。既辨献，曰："乃席工于西阶上少东，小臣纳工，工六人四瑟。"明自是以前，皆在堂下也。此又即工可知所陈乐器，皆非堂上也。若《虞书》言抟拊琴瑟以咏，琴瑟，皆堂上乐也。周乐第言四瑟，非周乐不用琴也。《尔雅·释乐》："大瑟谓之洒。"《疏》云："瑟者，登歌之乐器也。"故先释之。盖周人升歌，惟用瑟，故《乐记》亦第言清庙之瑟，朱弦而疏越。若合乐，未有不用琴者，即龙门云和[①]，《周官》并举可知也。

案牍眩目，书此奉答，不尽。

编者注：①龙门云和：龙门、云和，皆山名。《周礼注疏·大司乐》："孤竹之管。云和之琴瑟。……阴竹之管。龙门之琴瑟。"汉郑玄注："阴竹生于山北者，云和、空桑、龙门皆山名。"

禀启

谢秦观察禀启

某以荒陬末学，散栎庸材。藉孙志①乎一经，盗虚声于两浙。笑楚和之既刖，闇齐瑟之未工。迩届棘闱，更参文阵。伏惟阁下，合万流而仰镜，实庶士所倾风。愧接光华，惟因迟钝。顾以迁延蹇骥，不下鞭箠；乃持灰炭焦桐，反加拂拭。念丈夫击节，最难是国士之知；即俗流夺标，无非遇主司一盼。虽穷达仍归士命，重负赏心；而品题得自儒宗，何非知遇。方慰识荆之愿，辄叨说项之恩。回首龙门，何啻贱子登堂之感；仰瞻云路，不胜当时倒屣之怀。用肃芜词，聊抒微悃。伏冀台慈，俯垂茹鉴。

编者注：①孙志：即逊志。虚心谦让之意。孙，通逊。宋张载《正蒙》："故谕人者，先其意而孙其志可也。"

迎两湖制军阮宫保①

镛自癸酉仲夏，从淮阴得侍座侧，光霁之爱，寤寐弥深。迨谒选都门，承乏楚邑。初膺民社，学制是虞。翘首门墙，心藏莫展。

伏惟阁下，德优保傅，勋懋屏藩。金玉其相，仪型早钦四国；文武是宪，恩威丕著百僚。帝重封疆，中外同资柱石；天从民望，旌节乃莅荆衡。俯岣嵝之四千，清标岳峙；吞云梦者八九，雅量海涵。远迩腾欢，吏民同庆。

镛以邑濒粤壤，地僻湘源。欣逾向日之心，惜乏坐风之会。差幸一行作吏，未改儒者之本来；可告三载于今，不辱大贤之门下。勉为廉善，窃恐负感恩知己之私；愿附循良，应共深率属有人之喜。用伸贺悃，并请崇安。

编者注：①阮宫保：阮元。阮为曾镛之荐主，时任湖广总督。参见《奉调同赴川楚泛籴》诗注。

卷之十九

疏

拟海塘疏 代

臣闻水性尚下，激之则强，洪流虽横，顺之斯靡。故防水之道有二：有以刚杀之者，石塘是也；有以柔杀之者，柴塘是也。杀之者柔，则水之击之也亦柔，近乎顺也；杀之者刚，则水之敌之也亦刚，嫌于激也。

今浙郡濒海者六，屡朝修筑，独勤勤于海宁一隅者，盖他郡潮势犹夷，渐长渐退，独钱江海口秦驻①诸山，一束再束，以激其怒，故其来独潲沸汹暴而难御。海宁濒江海之北，踞嘉、湖、苏、松等郡之上游，三面受敌，每逢海潮从中小鼍②雷轰电掣、岳鼓岑飞而入，一遇沙淤偏堵，飓风负之而趋。趋而南，犹赖龛常诸山以为之敌，趋而北，则敌之者仅海塘一线，其所犯者危，其所扼者要也。

本朝康熙雍正间建石坝、筑柴塘，更作土备塘，绵亘百余里，前后数十年，成劳著矣。我皇上复拟建不拔之基，伏睹指授讦谟，诚一劳永逸之巨功，而万全无弊之良策也。岂臣蠡测，可备刍荛。臣愚，窃以为防海以塘，塘之成，必视乎桩，桩之固，必因乎土。土实则桩可固，桩可固，则席其刚，而以刚敌之。譬之强敌压境，而吾之形势胜、城郭完，因负险以犯敌，敌虽强，可持久也，如是者利用石。土虚则桩易拔，桩易拔，则因其柔，而以柔牵之。譬之地陷敌境，而吾且恃己之坚，激敌之怒，势不至举全城而拔之，而敌不快，善御敌者，惟是顺适其性，以平其气，阳曲予以能受之情，而阴厚自为固结之术，力虽罢，不可亡也，如是者利用柴。

利用柴者，莫如淫之使厚。盖斥卤之土，虽浮必腻，今立桩架柴，积薪盖土，土不足以磐固，而镇浮泛之薪则外荡，薪不足以蝟聚，而收浮软之淤则内疏。计必使沙淤薪土，互相牵涩，久之使渐聚渐凝，以相助为厚，古所谓善防水淫之，即此意也。而塘之外，或加以坦水，塘之内，更培以土堰，如是则坚忍而柔者可久。利用石者，莫如受之以渐。尝见习坎之下，必有深潭，今以潮之迅，遇石之坚，其性既以不相入而愈激，加塘之高，其势又以有所束而益狂，则盘湓泊柏。适聚其力而引之下行，使竟其石以搜其土，土虚则根摇，根摇则身塌，欲塘之完也得乎？计唯于塘外一二十武间，立以短桩，砌以碎石，使渐高而之塘之半，斯御潮以渐，不至以拒之太骤，而穷上反下，如是则根固而刚者不蹶。而其布置，尤莫急于近不与水争尺寸之利，而远有以控驭夫奔放之程。

今夫善弈者，见危知弃，而全局之气注；善阵者，偏师应敌，而首尾之势连。何则？泥守于近，或完此而失彼，取势于远，则互应而易制也。治海亦然，凡潮汐往来，壅于左，必注力于右，折于前，必盘回于后，彼中小疊一遇偏堵，而潮遂徙而近北大疊者，其明征矣。今将为万世奠厥基，则经始之下，计必于数里数十里之间，相其曲折，予以凹凸，务使狂澜往来，远与近有以相制相让，分杀其怒，而纡缓其势，不至吼发而偏注一隅。如是则潮之力也缓，塘之用力也轻，而护塘之沙，并可因之而不去，臣故以为尤急也。

臣闻凡防必因地势，然亦必因水势，参其势而经营之，一成不变，不诚足与嵬常诸山横亘千古哉！不然，臣恐仍未足为长久计也。至于卫民而不病民，物土方、计徒庸、虑材用，一一有以仰副我皇上勤恤下民之心，是又董其事者之责矣。

臣谨奏。

编者注：①秦驻：即今浙江海盐县南二十里秦山。《大清一统志·浙江嘉兴府》："秦驻山，在海盐县南十八里，滨海。周二十里，下有秦驻坞，相传秦始皇东游登此。一名秦望山，又名秦迳山。上有寨，明嘉靖三十四年，官军败倭于此。"《方舆纪要》："秦驻山，下有秦驻坞，相传始皇东游登此，故名。"②中小亹：钱江三亹之一。三亹为北大亹、中小亹、南大亹。乾隆初年，钱塘江流由北行转南趋，江溜海潮，俱由中小亹出入，北大亹沙涨成陆，宁、绍各属海塘吃紧。当镛之时，修筑海塘，诚为一大事也。

辨

与孙敬轩①太史辨重订契丹国志签子

昨校录此《志》，案史馆改本，将叶隆礼②原书删改移易，虽未见原书，然就改本案语观之，似多未安。即如本页韩延徽③为政，归唐告哀使，及使使告哀事，此改本天显元年七月间事也。据改本下案语，谓原书书在太宗立后。据二年十一月帝即位下案语，谓原书误书太宗立于元年八月，是原书即误，误以太宗未立为立耳。而此三事之为元年八月事，无从指为误，亦未尝指为误也。且谓书立误，据《辽史》即位在二年耳，不知立与即位，正大有辨。

今不暇旁征诸史，且如《春秋传》鲁文公十八年二月，公薨，冬十月，子恶卒，立宣公，立于十月矣，其明年乃书公即位。襄公三十一年六月，公薨，立胡女敬归之子子野，九月子野卒，立敬归之娣之子公子裯，立于九月矣，其明年乃书公即位。盖立一事也，即位又一事也。凡言立某立某者，非其所宜立者也，故先言立，逾年又言即位。凡不言立者，皆其所宜立者也，故余公不言立，但于逾年书即位。太宗之立，非其所宜立者也，立而始告哀，立而后即位，何误也。且使《辽史》之所谓即位，即原书所谓立，然使使告哀，则必将有使之告哀者。太祖之丧，托云④宜告者也，而舒噜后⑤之所不欲立也，太宗不宜告者也，舒噜后之所欲立也。立马帐前，遣归东丹，依改本皆后此事也。今必以告哀在未立太宗前，托云使使告哀乎？太宗使使告哀乎？抑舒噜后为太宗使之乎？既曰天显元年，非太宗元年乎？是又未可以《辽史》可据，而以《通鉴》与原书书告哀于立太宗后为误也。

夫太宗立矣，舒噜又何为而称制也？为太宗称制也，制托云也。逾年则人心定，太宗安矣，逾年而反之太宗，舒噜之深也。且使太宗果未立，原书果误，然所谓误者，谓其误书立于告哀之前也，是告哀固不误也，则此三事，宜因原书书于元年八月矣。即谓其误书立，因并立后之事而误之，是二者皆误也，则此三事，又宜移在二年十一月矣。而改本案语，则谓告哀之使，不必至此方遣，又安必不至此方遣也。试思之，辽之与唐，谊非叔伯甥舅也，分非天子列侯也，告哀之时，并非若后此有父皇帝、儿皇帝、弟皇帝、兄皇帝之势相胁，情相款也。唐告哀，辽方不惜囚之，囚之不已，又将杀之，今幸而归其使，幸而转相告，安必汲汲焉不至此方遣。夫告哀，吾固知其不至此方遣也，不至此方遣，究安必汲汲焉，并待不得八月方遣也。是又未可视若士大夫有丧报新故、讣戚属，死以是月，即告以是月也。进退一无可凭，而改本且无端移八月后事于七月，抑又何据耶？

《春秋》一国史，《左氏》与《公》《谷》并列学宫，内外传一家之言，间亦互异，如必据彼易此，是数书者易之而存其一焉可也。况所据又失当耶？况无据而易之耶？然则又何事乎重订也，曰："仍其旧，辨其讹。"传疑于是，考信于是，是所谓重订也。奈之何必取昔人之书以就我也，今姑依缮。

编者注：①孙敬轩：孙希旦。见《怀敬轩孙太史》诗注。②叶隆礼：字士则，号渔林。宋秀州嘉兴人。理宗淳祐七年进士。历建康府西厅通判，开庆元年自两浙转运判官除军器少监兼知临安府，景定元年除直宝文阁知绍兴府。奉诏撰有《契丹国志》。③韩延徽：字藏明。辽南京安次人。初受幽州节度使刘守光遣使契丹，为阿保机留为谋士。建议筑城郭，使所获汉人各安生业。不久，逃归汉地，旋自投契丹。阿保机赐名"迎列"（意再来），任用更专，使为政事令。从灭渤海，拜左仆射。太宗时，封鲁国公。世宗朝迁南府宰相。穆宗时致仕卒。为佐命功臣之一。④托云：即耶律倍，又名图欲，或突欲。辽太祖长子，神册初立为皇太子。通契丹文、汉文，工诗画。倡建孔庙。天显元年，从破渤海，被封为东丹王，治渤海旧地，国名东丹，称人皇王。太宗立，迁东平。逃奔后唐。受明宗赐姓名李赞华，镇滑州。后为李从珂所害。辽世宗时谥文献。庙号义宗。⑤舒噜后：即述律后。述律平，小字月理朵，先世为回鹘人。辽太祖耶律阿保机皇后。《资治通鉴·卷第二百七十五》：契丹述律后爱中子德光，欲立之，至西楼，命与突欲俱乘马立帐前，谓诸莫长曰："二子吾皆爱之，莫知所立，汝曹择可立者执其辔。"酋长知其意，争执德光辔欢跃曰："愿事元帅太子。"耶律德光，即辽太宗。

序

家琼圃[①]吟草序

诗者，发于情者也。胸次不同，托兴亦异，古之以诗传者，虽工拙杂陈，大率视此。故情苟不囿乎俗，皆能有以通其意而自鸣以诗，而说者辄以为诗有别肠，陋矣。

余同族兄琼圃，向以处于远，不获熟悉其情。戊戌夏，得见于京邸，倒屣相迎，下榻对语，豁如也，今且六数年矣。所以得诸性情者既真，而递观诸伦常政事交游间者，亦深且悉，未尝不叹夫人聪明志略。师其意而为之，所谓绳削不烦而自合者，盖其胸次固倜乎远也。而于诗何有耶？公退之暇，尝试与击钵立韵，初不必刻意求工，而天机所到，虽宗工哲匠多让焉。

余苦不工诗，而天假之以穷，行将愁其心肠，棼其意绪。俾得以一青毡发之，而琼圃辄自以其迩年吟草，属鄙言以序之。嘻，诗亦何足以见琼圃，琼圃亦何事以诗见。方今圣天子亲简群工，特以观风宣化之任任琼圃，琼圃诚笃其性情，以答扬休命，润鸿猷以大雅，覃粉泽于遐方，使天下四方知盛朝文治之隆，不必在经帐提衡之职、宪府廉明之治。不少愧诗人忠厚之风，则凡俊髦之弦诵，童叟之嬉游，与夫野夫游女之沐浴膏泽、咏歌勤苦，凡所以和其声而使之共鸣国家之盛者，彬彬乎皆琼圃吟草也。

琼圃何必诗！虽然，诗发于情者也。昔人诵老圃秋容之句，知魏公[②]晚节，即此见焉。余复琼圃诗，余亦有以知琼圃之不负天子使，而非直为宗人光也。故于其行也，谋所以赠之言者，因缀以为序。

编者注：①琼圃：曾儒璋，号琼圃，清代温州人氏。见《送家琼圃三兄赴兴泉永道》诗注。②魏公：韩琦，字稚圭，号赣叟。宋相州安阳人，仁宗天圣五年进士。累迁右司谏。宝元间进枢密直学士、陕西四路经略安抚招讨使，后召为枢密副使，与范仲淹、富弼同时登用。庆历新政败，出知扬州，徙郓州、定州。嘉祐中拜同中书门下平章事，英宗即位，拜右仆射，封魏国公。英宗病重，又力请建储。神宗立，拜司空兼侍中，寻改判永兴军、相州等地。卒谥忠献。有《安阳集》。韩琦《九日水阁》："虽惭老圃秋容淡，且看寒花晚节香。"

吴兴明伦堂匾额稿序

稼门方伯以清廉公正闻于时，而勤勤治理，于风俗人心，尤加之意。尝守苏，落成郡学。故事，学诸生得廷试第一甲及乡、会首，则列匾于学之明伦堂，宰相类然。时方伯顾而思之，乃并取苏之乡先生，若忠臣，若孝子，各大书而并列一堂，以鼓人才，以树风教，前人未之举也。近旬宣两浙，任较钜且繁，振肃之暇，辄复命镛等仿前法，取浙水名贤，辑为匾额稿以献。

镛时分辑湖属，因即其郡邑志及《浙江通志》，综核考校，间参以正史他记载。采辑之间，既虞挂漏，又不欲冗滥，颇费私心。三阅月而稿以脱，爰缮为一编，将取裁于方伯。既且细自阅之，有圬者某、漆匠某、农家子某，曾合传之，未及缮。有殉难武科某，省郡志失之，未及录。有崇祯间首辅某，既录且缮之，不欲存。于是又不惮编之补之，签请削之。呜呼，此何心也哉！

夫士不附青云，声乌施后世，蔑视名器，非君子意也。状元宰相，古今之所贵，奈何而弗贵？可贵矣！顾以赫赫首辅之贵，在当时，脱参以一武人，一圬者、漆匠、农家子，方立谈之不屑，驱役之不屑，何屑一堂之与处。壹不知今日之举，此何为而巍然列之，独介然有所不欲，彼何为而适然缺之，窃皇然有所不安。然则后之君子之登斯堂也，即镛所分辑于湖属者类观之，将欲掇巍科，致公辅，伦常君父之地，其可以惕然审所自处当何如，而方伯之所以鼓厉风俗人心于不衰者，又何如也耶！各郡稿未及成，方伯迁豫章，不果行。

徐敬斋[①]国朝二十四家文钞序

近世文，有时文，有古文。时文代圣贤立言，义至深而情实泛，古文即儒者立言，旨即浅而裁自心。故欲穷古今之变，考政教之迁，观学士大夫之所得，求之于古文，较近。

我朝文教昌明，取士以制义，而一时贤达有志古立言之士，亦往往家藏一刻。窃谓作者难，取而集之者抑不易，何以言之？文章者，天地之精华也，散而泄诸古今才智人之口，若二气五行之分布于百草木，其盛其衰，随乎时会，而其为用于人也，其阴阳水火之性，即其花实本末之际，而用各不同。故取材必慎，而后得其精华之所注，盖自六经四子诸书外，一代之作，一家之言，有纯有驳，有离有合，举汉唐宋以来寥寥数大家，均不能免也。服饵杂，人身之病也，论著杂，人心之病也。于此而欲采辑群言，网罗一世，出时贤之甘苦，为后学之砭针，又岂易事乎哉！是故文取载道，吾以为必先有见道之实，渊然寂然，以日以年，举人世功名富贵，成败得失，一不入于其胸中，而后可与论天下之文。

乙卯夏，予权司嘉禾铎，至丙辰正月，得丁君子复②，观其文词识力，盖彬彬乎蕲至乎古之立言者。既而携其里敬斋先生所辑《国朝二十四家文钞》以示予，往复久之，而后知其平时之所相与寝馈而讲讨之者，固不诬也。丁君于先生为忘年友，知先生最深，先生不干荣于时，不祈名于后，而独于古今载籍，勤勤搜讨，若痀偻③之于蝉，若九方歅④之于马。年逾七十矣，而斋居一室，丹黄并下，嗒焉与万化俱融，岂所谓渊然寂然，以日以年，举人世功名富贵，成败得失，一不入于其胸中者非耶！近代文，先生均有选，于本朝尤加意焉，盖以其近，已而俗变相类，亦当世得失之林也。尝自言其去取之意，大率取其有益于人，有用于世，有补于修齐治平，而其文复工绝，可令人往复不厌者。空谈心性者不与焉，胪陈故实者不与焉，一切庸俗诪张之辞，尽行铲除。呜呼！持是以论天下文，尽之矣。

每叹古今文章之病，立一说，每不顾吾说之有益之与无益，有用之与无用，且詹詹然蕲以文胜，其实则中无所见。究竟文亦何由胜？谈心性，病虚妄矣，胪故实，病支离矣。其庸俗诪张之病，或且至于蔽陷离穷，而不可究极。此无他，所以游之乎诗书之源者无其学，所以行之乎仁义之途者无其养，心未能怡然涣然于天地民物，变化云为之故，而欲怡然涣然于口手之间，必不能也。观先生斯钞，其亦可以见其概矣。

诸家文体之奇正醇肆，钞中论之特详。丁君复属序于予，又何如即先生之所自言，以弁先生之所手辑，使夫人伏而诵之，尤得其要领也耶！嘉庆元年秋七月，泰顺曾镛序。

编者注：①徐敬斋：徐斐然，号敬斋，归安人。李慈铭《越缦堂读书记·国朝二十四家文钞》："阅归安徐斐然所选《国朝二十四家文钞》，共三百五十一首，前有嘉庆元年归安吴兰亭、太顺曾镛两序。"②丁子复：字见堂，号小鹤。有室名"片石居"，浙江嘉兴人。廪贡生。工诗古文辞。古文得归有光家法，原本经术，好太史公书。善撰传记之文，所作《祝西涧先生传》《温友琴传》等，选录《国朝文汇》。尝模仿沈炳震原撰《安禄山传》，补入查慎行所重修新、旧《唐书》，兼任校勘，尤多驳正。喜朱彝尊诗。又与恽敬、许宗彦等相唱和，所喜唯"宋元习""秦汉师"。著有《见堂诗文钞》四卷。生平事迹见潘衍桐《两浙輶轩续录》卷一九。③病偻：古之捕蝉者。《庄子·达生》："仲尼适楚，出于林中，见病偻者承蜩，犹掇之也。仲尼曰：'子巧乎！有道邪？'曰：'我有道也。五六月累丸二而不坠，则失者锱铢；累三而不坠，则失者十一；累五而不坠，犹掇之也。吾处身也，若厥株拘；吾执臂也，若槁木之枝；虽天地之大，万物之多，而唯蜩翼之知。吾不反不侧，不以万物易蜩之翼，何为而不得！'孔子顾谓弟子曰：'用志不分，乃凝于神，其病偻丈人之谓乎！'"④九方甄：九方皋，一作九方堙、九方歅。春秋时人。善相马。由伯乐推荐，为秦穆公求千里马，三月后，称已得良马，牝而黄色，在沙丘。穆公使人往认，为雄而黑色。穆公不悦，怪其不辨牝雄颜色。伯乐反称其"得精忘粗，见内忘外"。及马至，果为千里马。按，原文作甄，或是版印之误，当作歅。

．

蜉寄轩诗钞序

《蜉寄轩诗钞》，山左谢筠岩①先生名衮遗稿也。先生甫弱冠，即以优行贡成均，比强仕，出宰江右，历万载、清江、兴国诸邑，各著循声。嘉庆戊辰，为盐务被议，坐遣泰顺，居泰之三峰寺②，年已七十有五，仪度伟然，一编兀坐。徂冬涉春，闻予闲居故里，扶鸠过访，握手如旧识，寻出近自狱中迄配所所为诗以示。余读其诗，和平旷达，虽垂暮流离，无牢骚激愤之作，知先生深于诗。念先生孤漂且无子，而重幸有先生之诗，可遗诸后，曰："是即先生子也。"勖先生悉集生平诗。

先生少故习诗，自山左而燕中，而两江两浙，而滇南，皆有草。以间有成刻，多散失，乃取行箧中所存散帙，分隶各草。每录旧诗，及新有所作，即袖而过我，笑曰："子将以是为吾子，不审小子尚可教耶？"属加去取，而请为之序。迨九月五日，自以恭逢赦典，不久可生还，促予亟为执笔。越二日，尚自以新成《过郭少府问卜》一律，将过我。翼日夜子，不意先生已奄然长逝，悲乎！

世谓诗人少达而多穷，以余观先生生平，虽沉困州县，未遽谓穷。其工于诗也，盖其性之所近，其学之所得，其胸次与流俗固殊，其旨趣视哇咬自异。故随其所游览凭吊，赠答讴思，可歌可传，初无俟不平之鸣，愁苦之音，必穷而后工也。庸讵知同此诗人，同此二三十年温文弦歌宰，士奉之谓师，民爱之谓佛，曾不两年，俄而多其嗣，俄而褫其官，而瘟死流亡其身，卒使是钞为穷人之辞，岂诗固能穷人哉？何数之奇也！

既含敛，其相从故仆，以先生有妻与女孙尚寄吉州，其亡子与其殉节子妇尚殡章门，将扶先生枢，由江右归山左。呜呼，先生长已矣，向以为蜉寄，梦觉矣。予窃悲以先生之贤，死已失所，脱身棺一戢，而音徽遽没，亦萍水知交之罪也。而先生之诗，况蔼然可垂于世，用藏其所袖而属者，俟加校定，传布后生。卒卒更缮一编，附先生枢，俾归山左，冀必有收而宝之者。伤哉！走笔记此，即以为序。

编者注：①谢筠岩：谢衮，山东单县人，优贡生。乾隆四十六年任江西万载知县。②三峰寺：泰顺《分疆录》："三峰寺，晋天福间，初建于凤凰山左翼。宋祥符间赐额。元至元间毁，重建。明嘉靖六年，僧真喜重建；三十三年，知县蔡公迁寺于太平桥左学基，以寺基建学，故此寺规模深广，僧道员加建钟鼓楼及僧舍。康熙间，僧台晋修；雍正间，僧石育重修；道光间，僧心立建观音堂；同治癸酉，僧广哲重建两廊。"按，旧址即今泰顺人民政府大楼。

凌泊斋①读诗蠡言序

《诗》三百篇，皆圣贤发愤之所为作也。其辞托诸虫鱼草木，咏歌嗟叹之微，其旨通乎修齐治平，正变盛衰之大，是故圣门雅言，莫先于诗。而诗也者，志之所之也。学士大夫，无古人所为发愤之志，即日取三百篇所悯时病俗，陈善闭邪，如所谓一篇之中三致意者，训诂以纪，讽咏以昌，其于经也则通，其果足致用者几人也？吾见说经铿铿，亦无非学士大夫，学古之故事而已也。

凌子泊斋，通经士也。癸酉秋杪，将即投闲之下，挈眷南辕，归苕水。予晤诸京邸，辄出其所注《读诗蠡言》以示予。其自古人作诗之旨，与诸儒错出之义，讫乎一名一物，考证既详，论难亦精。尝迹其所建白，而其能无愧于古人之志也，亦略可睹矣。而不使之得致诸用，复反而从事于经焉，岂以读诗若泊斋，其志惟较然若彼也。而造物者固将旷放其身心，且使大有裨于此，以为学士大夫之学古者劝耶。

吾视泊斋近遇，吾窃怪泊斋之穷，吾观泊斋《蠡言》，吾又不胜重乐有泊斋之穷之得，以行其志于经也。用为之序，即以赠泊斋之行。

编者注：①凌泊斋：凌鸣喈，字体元，号泊斋。乌程人。嘉庆庚申举人，嘉庆壬戌进士。即用知县，升兵部武选司员外郎，协修《嘉庆会典》，上《清理马政疏》，以越职罢归。杜门著述，有《论语疏义》《尚书考疑》《尚书述》《读书蠡言》等。

夏日偕小鹤秀才游烟雨楼序

丙辰，予署嘉禾学博篆。夏月，官冷无事，恐闲愁因之，谓昔人每教人寻孔颜乐处，孔颜乐处，无处寻也。

嘉之南有湖焉，湖之间有楼焉，亦眼前一寻乐处也。正思一可与寻此者，丁生诚之适挈榼造予，遂买棹焉。署之旁有河，喜可通湖，颇窄，因择一小舟，可容二三人，利其轻也。行不数武，舟辄泥，舟子下水推之，穿一桥，又然。时日且晡，丁生因自步出城坳，橹可下，渐犹夷自在。俄而至湖，晴波澹宕，心目一开，于四水潆洄中，扶疏夏木，而楼在焉，游客寂寂然。

视所谓妙在渚烟轻拂，山雨欲来，酒舸渔船，微茫破雾者，盖又成一时景。斯时也，仰而眺，则廓然楼也，俯而临，则潕然湖也。行且止焉，饮且风焉，则洒然穆然，予与生固不啻如遇春风沂水间也。盖相与徘徊景物，上下古今，不觉水光树色，已漠漠然上衣袂亭槛楼壁间，而日且夕矣。

嘻！孔颜乐处，其亦可以即此寻也欤？自喜寻此得吾与，而不能不眷眷于予与生于此，抑适然难多遇也。聊叙之，且缀诗以赠云。

将乐绅耆送夏邑侯迁任上杭诗序

石篑明府①以己未春权知将乐事，邑中肃然就理。比期年，寻题补上杭，将卸篆事，其二三豪猾，若去芒刺于背，喜甚征死[2]。而其父老相与太息于乡，其士子相与讴思于学，谋所以遮留邑侯者不得。其乡先生，爰各褒衣危冠，言于其同官某，其友人某，曰："以吾侯之治将也，二三君子之所目击也。方下车，举俗尚所目为陋规者，立扫除之，曰：'是殆将剥吾民百，而啖吾以一也。'闻向有自为密禀，而即差其人者，预禁绝之，曰：'是直欲虎作使君，而以射工毒民也。'其惜民脂膏，计国课所入，额不浮于吏。民食所需，利不归于贾者，岁以万计。其清净讼原，凡刀笔之士，不敢以虚词拘两造，强梁右姓，无从以势力制村愚，至一月之词，不越数纸。盖侯之政疑于猛，所猛者胥徒也，豪猾也。其遇吾士民，敬教勤学，安富恤贫，凡可以身为保障者，戴星出入，曾不自惜，又何宽如之。而一时草窃奸宄，鸟散兽奔，不敢入吾境者，皆猛之力也。侯殆惠人哉！自下车以来，鸡犬无所惊，外户可不闭，邑号将乐，盖一二十年于今，今始将乐耳。而遽为邻所夺，二三君子，其何以存此去思也。"

嘻，此足以存矣！去思之感，与德教相始终，如侯之治，又俟言存乎哉！虽然，侯此行分符建节所发轫，顾吾不可无言以赠侯耳。夫以侯期月之治，未尝摩以久道也，未始可谓有成也，而一时士民之情有如此，此可见天下事之大可为，而廉明之道，致足恃也。侯往勖哉！毋为毁摇，毋为誉喜。鉴此舆情，勿负知己。吾见甘棠之爱遍南国，绿竹之歌盈淇水。独将乐已哉！

编者注：①石篑明府：夏堁，号石篑，新塘人。嘉庆四年署将乐知县，嘉庆五年调任上杭知县。②喜甚征死：高兴可以不死。《左传·定八年》："虎曰：'鲁人闻余出，喜于征死，何暇追余？'"

送陈广文[1]序

韵轩广文，以戊辰冬来署罗阳学篆，越庚午春，将去。罗阳人士，无疏密少长，莫不以先生之来为暮，而惜其去之速。其习于诗者，则各从其所欲言，以致其屏营缱绻之意，而请序于予。

广文，冷宦也。署学篆，传舍过客也。广文若韵轩，抑悃愊无华士也。不自矜其教，不自用其才，其于生徒，同此修脯之奉，亦不必矫廉以立异，而罗阳之士，顾于先生独眷眷者何也？盖先生之在罗阳也，不自矜其教，而于学校之弊，有毅然不敢阿者也；不自用其才，而于乡校之议，有翕然不敢违者也；不矫廉以立异，而于出入取与之义，有慨然不敢不思者也。今有亲民之吏于此，率其本来，以与民相见，而遇建一议图一事，宁为民，不为官，宁以欲从民，不以民从欲，其民之于吏也当何如？先生署篆不过期月，其所为建议图事，将以教育斯学者，未见其有成也。而先生之性情意旨，固独有然，而先生已去，天下事之庶几有然，乃卒不得使然。斯其惜之必甚者，人情也，此罗阳之士，所谓独眷眷于先生也欤！

或曰："先生盖自以不久是官也，故宁匿情以从士也。"嘻，而独不见鹰隼之于鸟也，随所投而搏，蝇蚋之于臭也，随所集而呐，岂尝以不久而能匿其搏与呐之情哉？率先生之性情意旨也以往，吾见以之亲民，斯得民，以之造士，斯得士。脱久于其职，况有入人之深者哉！先生行矣，夫亦愈知吾道之所以不孤矣！

编者注：①陈广文：陈树簧，号韵轩，浙江新昌人，廪贡生，嘉庆十三年任泰顺儒学教谕。

永嘉士人送黄邑侯①诗序

居官之得失，多见于去官之日，其得民也深，则其吏民之遮留也类甚。虽然，纷纷等儿戏，鞭镫遭割截，此亦后世习事，足觇得失哉！一官所治，有莠有良，廉明之政，任德任怨，亦视其所欲遮留而不得者孰甚耳。

我观黄邑侯，自庆元权知永嘉事，前后凡二年，大府廉其贤，复自永嘉而擢之钱塘。去之日，其邑人之旁皇祖张、悒悒歌思者，非恂恂学子，则一二好义士也。然则侯之贤也可知已！吾于是窃不多侯之贤，而叹民情之可见如是，吏治之可为如是，益有以信夫人躬负父母斯民之责者，不患民之不亲，患政之不举，不恃违道之誉，恃得民之实。观侯之去，其亦可以劝矣，而侯于此行，方将坚其所守，厉其所行，以无负大府之识拔。他日者，即盘根错节，遗大投艰，慎斯以往，去思之作，又可胜序哉！

张生孟平，侯所举士也。所得于侯之治者致详，既备述之，而欲持一野老之言，作乘韦先。余喜其足为居官者勖也，用卒卒书此，并赠之行。

编者注：①黄邑侯：光绪《永嘉县志》录嘉庆间知县黄姓者二人，一为黄友教，字雨堂，湖南善化人，乾隆丙午举人，嘉庆十年署永嘉知县；又一黄元规，字希斋，福建平和人，乾隆己酉举人，嘉庆十四年署永嘉知县。二者在任前后皆二年，未省孰是文中黄邑侯。然文中有"自庆元权知永嘉事"语，可知曾任庆元令，查光绪《庆元县志》官师卷，云：黄友教，长沙解元，嘉庆七年任。即知所送之邑侯，为黄友教。

武林张氏重修族谱序

尝读《苏氏族谱引》，未尝不叹夫人情见于亲，亲尽于服。而孝子仁人之心，不欲以无可如何之势，听一人之身，分而至于途人，固如是其兢兢也。武林孝廉张君藻，衰衣危冠，持其叔祖某偕其族所修族谱，属余为之序。余阅其谱，李唐时，其先世居韶州，至曲江文献公十一世孙曰辅臣，自宋庆历间，而迁于睦。辅臣公六世孙曰亨仲，自绍兴初，又迁婺之莲塘。历元迄明初，亨仲公八世孙曰正三，又迁于杭之昌邑。昌邑旧谱以方兵燹后，第知正三公为始祖，而其上则概未之详悉，是昌邑于莲塘，殆几几乎胡越其族，而自忘其祖矣。

考张氏之初，黄帝第五子挥也。黄帝有子二十五人，得姓者十四。世传挥观弧星，实始造弧，故主祀弧为张氏。夫自族别而为姓，姓别而为望，望别而为房。张一姓十四望，则所谓房多讹其望，望多讹其姓，势既有所必至，又况小史奠系世，司商协民姓，后世已失其官。隋唐以还，复以九品官人流弊，尊世胄、卑寒士，使士族转为之乱，纷纷谱牒，袭谬承讹，所从来远矣，兵燹无论也。

由斯以言，则今之起而修之者，毋亦惟是先其势而图之，使过此以往，无忽忘焉斯已矣，使吾之本支，无途人焉斯已矣。而今且罦然望，恻然悲，曰吾之身，吾祖吾父所遗之身也，吾祖吾父之身，又祖父所遗之身也。等而上之，至于数十百世，世之远近异，而其为一派流遗，绵绵延延，相注而为今日之身者无异也。吾即忍绝属而自为族，吾忍数典而忘其祖耶？因与二三宗衮阅旧序，而得莲塘。遂自杭抵婺，至莲塘而得老谱，乃恍然于某公出自某，某公又出自某，某公为今几世祖，某公又为某公几世祖，元元本本，分类别生，指掌如也。然则由正三公而上，上而至于亨仲公，由亨仲公而上，又上而至于文献公，自向视之，古人而已矣，而今则皆此绍闻衣德之念，所得而追之者也。由莲塘而外，近之若义乌、武义、浦江、兰溪，远之若南畿、淮安，若山东临清，若北直，若河南光州，若广东濠畔街，自向视之，张氏而已矣，而今则皆此一本同源之谊，所得而及之者也。於戏，是独非生人一大快也哉！

昔郭崇韬哭郭汾阳墓，杜正伦求齿南杜，彼其意，不过为世俗门地起见，大雅劣之。向使汾阳无尺寸之阶，南杜当式微之日，吾恐素系族属，之二子者，将有削之，亦所不顾者矣。流俗以势利为骨肉，至于葛藟本根之地，则往往以蝇头蜗角，相轧相倾，庇而纵寻斧者，若此辈，不可胜数。今之莲塘，吾未知其为世德何如，其为甲第又何如，然非必有巨阀崇班，足以震耀一时也。乃独惓惓若此，此无他，亲亲尊祖之情迫于中，而敬宗收族之念，有所不能已也。

言之无文，恐不足以彰盛举。然以予横览末流，一人之不念，遑念远祖；手足之不恤，遑恤葭莩？观斯谱也，固孝弟之心，所藉以油然生也。小子何多让焉，爰缀以为序。

龙山王氏重修宗谱序　代汪中丞

丁巳七月，余自入觐赴闽，请于天子，得取道故里，展先人墓。桑梓风土，盖二十年于今，不及睹矣。拜酹之余，相与二三昆弟耆旧，存问信宿。窃有以信君子观于乡，知王道之易易，而穆然于先王之所以族坟墓、联兄弟者之诚为俗本。适里人王子某，偕其父兄，以所续修其族之谱，属序于余。

夫谱，所以收族也。按王氏二十一望，惟太原、琅琊最著，其后益散布。自池阳迁于皖桐，卜龙山而家者为某公，盖亦以其山川雄秀，风俗敦厖，服畴食德，可世其子孙。今诸君兢兢乎修明谱系，盖唯尊祖敬宗之念迫于中，自恐以一人之身，分而至于涂人，凡以收其族也。虽然，独其族乎哉？孟子曰："人人亲其亲，长其长，而天下平。"族者，亲长之地也。收族者，亲亲长长之实也。诚使人自收其族，而王道之所以易，与本俗之所以相维于不弊者，又外是乎哉！他日者，余脱获退而休于里，行将与吾乡人之族于斯者，薰仁孝之德，以观圣天子亲睦之化之所被。於戏！此何如欣幸也。

引

普济堂募疏　代伊太守①

丙辰春，予自括苍移守嘉禾，既下车，视民物辐辏，通阓带阛，连襜侧肩，窃兢兢然虑之。以为瘠土民寡，其势亲；沃土人满，其情涣，方莅官斯土者，相与补苴废缺，俾士习民风，相维相系，以勖余守臣所不及。已而都人士有姚、俞诸君，为其乡所创普济②经费，持其条约，请予疏以劝。予备阅之，自鳏寡穷老无所依，羁旅困厄无所归，贫病待毙之流，灾疫流行之日，至于无主之枯骸，穷乡之节孝，无不区处收恤，创立良规。举所谓相受、相救、相葬、相赒诸高义，胥于一堂乎举之，吁！何用心之厚也。其名昉自京畿，其法行之吴郡，而都人士能毅然兴举，以补造物生成之憾，以广朝廷子惠之仁，盖一事也，而俗尚之善，居可知己，予又何多虑哉？今堂之成非一日，其所济亦非一人矣，而诸君必勤勤请劝者，诚以天下之良法美意，不殚全力以成之。则成以数人之力者，亦将穷数人之力所止，故必更有望于乡之同志者，互推此心，资之恒产，垂为永图。

夫人性，好善者也。世有乐善不倦，而施之不得其道，往往倾帑倒箧，舍身捐宅，以从事于鬼神释道，虚无幽杳不可知之地，非所好独疏也，亦直以为善在是，故所好发于是耳。今诚一观斯堂之所为，以为慈悲，是其为慈悲也，何如？以为功德，是其为功德也，又何如？吾知必有蹇裳就此者，又况同此桑梓，同此气类。以仁人君子，众所欲为之心，而先有仁人君子，善与人同之事，非甚梏于为我，其肯让诸君以独为仁人君子耶？又何事予劝也！吾见君子之乡，物害弗入，仁人之里，天患且消。而吾也，得以坐观厥成，宾睦姻任恤以三物，辑康乐和亲为一书。呜呼，岂不盛哉！

编者注：①伊太守：伊汤安，字小尹，号耐圃，满洲正白旗人，姓拜都氏。乾隆三十六年举人，嘉庆元年自处州调守嘉兴，七年擢贵州督粮道。历官贵州、云南、河南按察使，太仆寺卿，内阁学士。二十年休致。著有《嘉兴郡志》八十卷及《耐庵集》。②普济堂：嘉兴普济堂，始于乾隆五十五年，堂址在角里街，为嘉秀人士所创建。

募建石桥引

自宣阳门①向飞龙山而北，有木桥偃然卧于溪面，人踪接踵，东道之要津也。其溪流颇驶，两厓相夹，广可二三丈，向以独木横架其上，仅可通人，不五六年，非圮即朽。前邑侯萧②当其朽且圮也，更新其木，而增其二，一时亦共利之。迄今抑不止五六年矣，木腐而蝎，存一于三，行其上，类惴惴然逡巡畏缩，举足股战不敢下。有后者至，又必次且道旁，站立良久，俟其过而后进。春夏之交，山水激宕，倾亚缺圮，摇动巍峗，几濒于危者十恒八九。

先王之教曰："雨毕而除道，水涸而成梁。"乡之人，果按岁为期，取能于工，取力于壮，今虽仍架以木，何病？然以前事观之，过此以往，有乘其危且朽，即起而新之，未可知也。抑或视其圮且朽，而姑以俟诸异日，诿之同里，亦未可知也。今即幸而有修之者矣，而无以为百十年计，仍不过为五六年计，吾乡人之负者、贩者、耕者、樵者，并肩累迹，其不旋踵而病于涉也又何如？且一邑要津，入其境而先使行者怀单子之忧，亦乡俗之病也。

家君过此，以王君某素留心井里，而所居尤迩，曾与语如是。王君谓镛曰："今尊大人将易之以石杠，而责其成于我，我责其引于子，可乎？"镛曰："杠，公也，何敢自以为功？家君固虑之，小子敢辞引乎！"共成斯役，固有望于乡之有志题桥者。时乙未七夕后二日。

编者注：①宣阳门：泰顺县城东门。旧称通瑞门，嘉靖三十八年知县区益重修城垣，改曰宣阳门。②前邑侯萧：萧埰，广东平远人，乾隆二十六年署泰顺知县。

重修西山寺①引

吕生其钊，读书古镛之西山寺，语余以可游。吕生先，余命肩舆，自积善桥从田塍向后龙山而西，步行二里许，曾不知何处有寺。俄得小石径，行不数武，丛林莽莽出山峡。舆人舁以入，稍稍右转，仰而视，微露屋一角。比过一小涧，径乍陡峻，则生偕一师，拱立长松修竹间。余欣然蹑梯级而上，把生与师臂，曰："眼前小武陵也，门径先佳矣。"

相与至寺，门外草成茵褥，有子鹅一群，各鹇鹇然伸颈迎客鸣。墙以内，初篁森森，隐吠犬焉。入而过其廊，有竹工二人，方作盖酱器。上其佛殿，则衣袖香气菱然也。殿之旁有阁，殿阁之间有泉清冽，聚而为小池，有三尾金鲫五六头，长几七八寸，洋洋泉底。备褰生书帷与师修净室，于山岚四合中，灵境洞开，色色皆有出尘意，亦色色皆有人家方兴景象。盖不特地之胜，亦住持斯地者之有以成兹胜概也。

既坐，叩师名，曰照元。问住锡自何时？曰："往岁。"徐而察其栋宇，则阅时殊久，有事更新。生曰："此即元学士虞集②所记西山院也。历元迄明，衣冠集此颇盛，乡前辈如黄少司徒琛③类结吟社，迩岁以来，院几虚者屡矣。自师至，艾杀其蓬蒿，作屏其菖翳，力持一切，而于正供积逋，贷钱为之偿者，几二十万。师固将新而拓之，不能无藉于檀挪钵底耳，先生其肯赐之引，与虞邵庵成始终乎？"余曰："地胜如是。方师之始至，能成兹胜也又如是。累朝风雅所洗心，都人士不于此时协力赞之成，其肯贻林泉羞乎？但纪吾与生此游足矣，愈为之引矣。"

爱品其茶，味其酒，洒然久之。晚复下林木而归，不旬日，而朴斫之声，闻已丁丁矣。遂书以为引。

编者注：①西山寺：即西山院。乾隆《将乐县志》："西山院，元至正间建，虞集有记。"②虞集：元临川崇仁人，字伯生，号邵庵。先世为蜀人。宋亡，父汲侨居崇仁。少受家学，读诸经，通其大义。尝从吴澄游。成宗大德初，以荐授大都路儒学教授，历国子助教、博士。仁宗时，迁集贤修撰，议学校事，主张学官当用经明行修成德之士，不可猥以资格用人。除翰林待制。文宗即位，累除奎章阁侍书学士。领修《经世大典》。帝崩，以目疾，又为贵近所忌，谢病归。卒谥文靖。集弘才博识，工诗文。有《道园学古录》《道园遗稿》。③黄少司徒琛：黄琛，字廷献。明福建将乐人。正统四年进士，授户部主事，迁江西左布政使，累官南京户部侍郎。尝清理苏、松粮储，稽核严明，有能声。寻奉命巡四川，以年老力衰，还任后不久即卒。

重修金泉寺①引　代将乐令作

捐民力以奉土木，识者不取。余莅兹邑，一切成民之具，未之遑举，佛寺非所急也。虽然，圣人以神道设教，是亦以设吾教耳。将俗故朴素，琳宫绀宇，喜未多靓，新者毋辟矣。

城南有金泉寺，创自唐贞观，枕山带水，夙号邑胜区。而迫近尘市，以时观览，可以抒吾民乐气。脱并此而听之废。桥梁祠宇之修废，举足觇国，斯亦莅兹邑者与都人士之责也。自乾隆己亥毁于火，越壬寅，仅架木数楹，辄颓然中止，迄今又几二十年矣。僧宏机力图建修，而程材计工，费殊不赀。余幸其能复一邑旧观，非直为桑门修净地也，故乐为之引，以劝邑人之助。

编者注：①金泉寺：清乾隆《将乐县志》："金泉寺，在县南五马第二峰下，唐贞观间建，明季废。国朝顺治间，僧明伽募建丛林，康熙四十八年毁，僧宏开鼎建。"

重砌湖口①至狮子岭石路并劝居民分砌序

甲戌维夏，初自零陵之东安，山行五六十里，田塍蹊径，路无大荦确，山亦不甚陡峻。俄而有峰纯石，其形状弭耳锯牙，赫然如狻猊，从者曰："此东安狮子岭也。"比至其下，两山渐卓，盘纡三四里，有坪焉，以姓名，曰大坪荣。四山矗立，如削如琢，小大青苍，奇秀异常，直上有岭曰湖口。约又三四里，一路自狮子岭，从肩舆四望，几几目不暇给，不自知情为之移，亦不知舁者许许然，皆背为之汗，气为之喘也。

既抵县署，时欲效柳司马，搜辟幽奇，邅穷其岩石，卒卒不得闲。寻奉府檄，再过是岭，其山之奇秀愈出，而其路之崎岖亦愈形。近自暮夜渡湘水，至湖口岭下，左右爇油松枯竹，将群舁之上。余固知舁者之苦此也，乃下肩舆，徒步以上。复下而至狮子岭，嵯岈凹凸，一步不防，便将颠仆。迨宿旅馆，问此路几何年不修也，曰："殆二三百年矣！"

嘻！此郡邑要道也，一日之间，摩肩接踵茧足过此者，不知凡几，令长徒步适有然耳，而历久至是谁之咎也？归乃鸠匠石、虑材用，择县胥之能者，授之定制。其路石宽四尺，一梗二合，旁筑坚土各尺，外加水沟，使监是工。且使竟是路而步之，计长二千余丈，期皆砌之。惟禄余不足以蒇事，金曰："请劝居民之有力者，更自分砌丈数可也。"可之，爰叙此以劝。

编者注：①湖口：今东安紫溪市镇湖口岭村。清光绪《东安县志》："湘水自全州黄沙河至柳浦，……浦侧旧谓津口为安全渡，十里迳湖口岭。陆塘也，山泉渟洄，故名湖口。"《大清一统志·湖南永州府》："湖口岭，在东安县东二十五里。有泉，天旱不竭。又东五里有狮子岭，驿路所经。"

重建回澜阁引

清溪①城南有桥焉，曰回澜桥②。桥之南有阁焉，亦曰回澜阁，阁以桥名也。考之邑志，不详其所自建，原其命名，则固取韩昌黎所谓"障百川而东之，回狂澜于既倒"以名也。当夫时雨滂沱，万壑奔注，以是桥横亘清溪，雁齿所冲，惊涛怒立，以为回澜。

桥盖有焉，阁何劳之与有，而漫袭是名。虽然，余尝观广陵八月之涛矣，方身伏舟岸，曾不知古今之所称奇者，其状何若。一自登秋涛之宫，乃皇然恍然，而知洪流东下，大海风生，倏忽之顷，混混庉庉，险险戏戏，其荡胸骇目、雷轰电掣而来者，惟两间之大气回之也，而此气顿为之一壮。由此言之，澜若何始回，阁于澜何与，而使人得以旷观熟视，而知其所以回之何若者，阁也。自人而名，则谓之回澜阁可也。

夫回之力有小大，其回之势与形盖一也。昌黎所谓回澜，盖自明其于儒之劳有然也。藉使清溪之人登斯阁也，慨江河之日下，缅石水于溪头，信砥柱之在我，何时俗之迁流，士习民风，官方吏治，举可作如是观也。

乙亥六月，阁忽已火，清溪绅耆，请劝士民重建之。余不胜欲速之成，更与士民共登之，用疏厥名，即书为引。

编者注：①清溪：即大阳川。清溪城，指东安县城。今东安县紫溪市镇。光绪《东安县志》："城临大阳川，俗谓之清溪水。水自西径城南而东流。"②回澜桥：即沈公桥。清光绪《东安县志》："城南门桥，明宏治中沈孟仪造，故为沈公桥。及重修，改题回澜。兵乱桥毁，雍正中卫封济复建。

屡圮于水，李秉仁、薛浩、曾镛先后兴修，然民间惟呼卫公桥焉。"《大清一统志·湖南永州府》："沈公桥，在东安县南门外。"

募建瓮塘同庆桥引

苍然峙西北者，应阳雷霹岭也；潒然来西南者，应阳东溪江也。其间两厓逼迫，汇雷霹岭诸涧壑之水，而注于东溪江者，瓮塘也。其往来行人，息肩裸股，时而喧于两厓者，则以其为宝、永间道也。向有石桥，以济行者，久而为洪流冲而洗，有习坎之险，无一苇之杭，盖吾民之病涉者，无冬夏类然也。

先王之教曰："雨毕而除道，水涸而成梁。"岁政也，是故泽不陂障，川无舟梁，单子讥之。矧地濒溪谷，寻尺波涛，危同灭顶，守土者之责，亦乡俗之病也。县胥某若某，皆尝厉揭其间，周知其险阻，以为是非可苟焉修治，聊奉为按岁故事尔已也。

地有势，必易其基，欲其可因也。材有美，必求其良，欲其可久也。工有巧，必简其尤，欲其一成而不可拔也。以言天有时，营室之中，成之此其时也。其兴复匪难，其为费类浩，不仗群力，虽有虚愿，成无日也。县胥，非野庐氏[①]职也，辄义然能首厥事，请为之引，盖有心积庆者也。余嘉而勉之，曾乡邑之居游此间者，宁独无与人为善意也。方今百谷顺成，四民安业，邑无公旬，家有余力，吾见能者趋事，强者赴功，施桩石于山农，出食用于殷户，同心共济，不日成之。僻在山陬，而吾亦得与吏民共履荡平焉，庆有同也。并请名焉，用名之曰同庆桥。

编者注：①野庐氏：官名。周设此官，掌通达国道至于四畿，管交通秩序及道禁等。《周礼·秋官·野庐氏》："野庐氏掌达国道路至于四畿，比国郊及野之道路，宿息，井树。"

重建舜石桥[①]引

川泽之有杠梁，王政之修废于此见，乡俗之盛衰，亦可即此觇。东邑南有清溪，东北合于湘水，其源出自金字岭，其山脉发自武冈，层峦叠嶂，高接苍冥。故万壑奔注，去山愈迫，其水愈驶，流无盈涸，适逢骤雨，方舟厉揭，有时俱穷。

考之邑乘，自金字岭经舜峰之下，向有桥曰舜石桥，西达五溪，南通百粤，往来行旅，恃以济险，要津也。久而桥之栋宇毁于火，石址冲于水，乾隆间曾作浮桥，卒成漂梗。继复造之，迨嘉庆六年，又遇洪水。行者病涉，迄十余岁，盖人力之不支，抑地势之未得也。

余承乏兹邑，闻而虑之。邑有官医王翁章梁，好善耆长也，自言曾遇异人，皓首长眉，指爪数寸，濯足其间，血流离泛水波。翁就而视之，思敷以药。曰："若诚善士，此桥移筑此下数十步，可以永固。"翁往视所指，果有石基可乘，而其人已不见。爰自持斋，力图移筑，请余为之引，且求易名为神仙桥。其仙邪？其善度地者邪？桥故名舜石，所指移处，适得石基，是真舜石也，则谓之仙移舜石桥可也。

夫成杠成梁，官斯土者责也。然经始得地，共成斯役，不能不重有望于吾士民之好义者。用为之引。

编者注：①舜石桥：光绪《东安县志》："（石宝）岩南水上即舜石桥。永桂山水多诋于虞帝，抑或采石舜峰，故以名石。旧造浮桥，累漂于水。嘉庆初有官医王章梁独行圯上，遇一异人，皓首长眉，指爪数寸，濯足川水，流血泛波。王翁故有良药，欲以疗附，其人笑曰：'君诚善士，宜造此桥。'因指示石基，果有旧迹，以告县令曾镛。镛为易名仙移舜石桥，然民间呼为火烧桥云。明时曾有石桥，乾隆前毁于火，复斋以为仙示，毋乃未访舆人乎？"

重建水南神庙引

人心风俗之浇淳，敬肆而已矣。《周礼·大司徒》因民之常，而施十有二教，首曰以祀礼教敬，则民不苟。《易》言圣人以神道施教，凡以教敬也。是故民间所祀，无论为天神、为地示①、为人鬼，其建祠树主，以报以祈，在小民大率为招弭祸福起见。然民知所敬，则凡放辟邪侈，类即以有所畏而不敢为，而祸福之应，亦往往随其人之敬肆而如响。

楚俗故尚鬼，而东邑辄少淫祀。其祀于城者，若关帝庙，若文昌宫，若城隍，命祀也。若武侯祠，则尝征抚是地，报功之祀也。其不在祀典者，惟水南有华光庙，其神时事，未之考，而其福仁祸淫，赫然显应，邑之人，咸敬且畏焉。庙顷毁于火，其绅耆请假众力以重建，盖以为一邑呵护之神也。吾以为一方神教之象也，故为之引。

编者注：①地示：又作地祇，即地神。与天神相对，包括社稷、五祀、五岳、山林川泽、四方百物等。《周礼·春官·大宗伯》："掌建邦之天神、人鬼、地示之礼。"

捐建龙岩义学引

古之教者，家有塾，党有庠，术有序，国有学，无地不教，即无地不学，凡以君子欲化民成俗，必由学也。后世自成均而外，至各郡县，莫不建学以立教，其法亦详，而行之既久，未免奉为故事。且生徒以岁增广，而郡县之学，止有此堂，则所谓学者，不过偶为时月所考课，未尝实为朝夕所藏修。求所为安其学而亲其师，乐其友而信其道者，盖又不若书院与义学。东安附郭有紫阳、濂溪两书院，然不特无诸生膏火，即山长脯脩，亦甚菲薄，惟向无经费故也。

闻邑之清化乡①，向亦有龙岩义学，废颓有日。绅士某某等，于去岁赴县议建，曾给印簿，已捐银百余两，捐田二十余亩，所鼎建屋宇，亦巍然三栋矣。而功程多尚未竣，若将来按岁延师，与诸生膏火诸费，所需亦复不赀。吾思化民成俗，此都人士，度必同有是君子之欲者也，则谋所为久长之计者，其尚力相资助，以成盛举。吾见小子有造，成人有德，凡所以誉髦子弟者在此，所以熏陶方俗者亦在此，夫岂直一家一乡之教泽已哉！

绅士复请劝捐，爰书此以劝。

编者注：①清化乡：今东安县大盛镇一带。

卷之二十

跋

郓南①对菊诗跋

壬子冬，起署云和学博，舟上富春，书笈被水。至署，捡曝之，得己酉自郓南侍先君对菊，暨青来诸君各唱和，凡若干首。方幅不齐，恐更漫灭，因命子璜如各题款，缮为一编。诗无多，盖亦一时乐事也。

往复之余，寒毡犹是，因想其时，偕邱、郑诸生，奉觞对菊外，间留金陵俞君、会稽祝君，就花前小酌，言定以秋蔬下脚酒。酒半，厨下为烹一鸡，即席中口占二绝，有云："自是主人抛不去，手持这肋对花丛。"语虽游戏，意实自嘲。由今视昔，求如尔日追随荷啄，晨夕抱瓮，相与一二友生，斟三脚酒，持半肋鸡，送钩击钵，承冷署欢，在此身已成百年一日事。

缅怀手植，旁念友声，空留丛菊泪，于此集遗诗，悲感抑何似也。嘉平十二日跋。

编者注：①郓南：孝丰县之别称，因地旧属故郓县南境，故称。秦设故郓县，为郓郡治所。汉灵帝中平二年，割故郓县南境置安吉县，设县治于天目乡（今孝丰镇，即孝丰县旧治）。明弘治元年，分安吉南境设孝丰县。1958年，孝丰复并入安吉。

得初心斋①跋

昔韩昌黎令阳山，读书县斋，有诗曰："出宰山水县，读书松桂林。萧条捐末事，邂逅得初心。"余尝往复其意，宰，俗吏也，然县得山水，则山水宰也；县斋，传舍也，然有斋得读书，则又不失其为弦歌宰也。其若诗成酒熟时，青竹白云里，则皆其初心之可随遇而得者也。

仆本山人，比甲戌，承乏东安。署之东偏，枕山倚树，有斋数楹，亦署中一木石与居境也。迩岁以来，粪土壅其外，尘壁障其中，几几为纳垢藏污之薮。爰划除而祓濯之，一加修饰，其视阳山县斋同不同未可知。公退之暇，还读我书，时而呼瓶种竹，凭几看云，静溯此心，视深山故我犹是也。乃即取昌黎"得初心"语，以名是斋。

编者注：①得初心斋：清光绪《东安县志》："知县公廨在北门……乾隆中，贾构建东斋。嘉庆中，曾镛题曰得初心，而为之记，引韩愈阳山县斋读书诗句以名之，言宰俗吏得山水则不俗，县斋传舍读书则在客如家。镛与应辰，皆良吏，其所标寄，果有以异于众云。咸丰中寇乱，并毁。"

家宝三侄字号跋

族侄宝三，初名鼎，更名丰，仍以宝三字。或以其字与名殊不相属，余试为思之，曰："仍以宝三字可也。"《老子》不云乎？曰修之邦，德乃丰。曰我有三宝，曰慈、曰俭、曰不为天下先。盖宝是三者，固《老子》之所以丰乃德也。何不相属之有？患不修耳。《楚辞》谓谨厚以为丰，谨厚亦即三宝意也，苟能修之，则凡所谓道丰义丰者，胥在是矣。因为之说，并号之曰修圃。

记

重修泰顺学宫①记

吏治之盛衰，每视乎学校，一邑之修废，莫大乎学宫，惟化民成俗，必由学也。泰邑建学，三迁始定，论者卒以文庙北面为嫌，欲更易之，既无其地。而自万历辛丑经始以来，虽再修葺，上下已二百余年，风雨飘摇，檐桷朽蠹，隳瓦败垣，几填廊庑。洎嘉庆丁卯，江右李侯庆云②宰是邑，惧修之不亟，费且不赀，以为首善之地，起化之基，视其废而不举，宰之责，亦邑人士之患也。乃进绅耆，择能而使，属其事于太学生潘君学地③。潘君用毅然肩之，自开秋鸠庀，朽者易之，倾者正之，漫漶者丹腹之，反宇飞甍，斑间赋白，龙拿鸟企，猎捷凌虚，不两月告竣，焕若鼎新。邑之人，莫不嘉侯之绩，而多潘君之力。

君子于此，窃叹国家政教之大，兴废之机，当吾世不治，咎诚谁执？而或以簿书鞅掌，事非所急，莫之遑恤。其若筑室道谋，又或以力非为已，观望周章，溃成无日，比比皆是矣。是举也，力不费而所全也大，民不勤而其成也速，则以侯之图治时，潘君之承事义也。后之君子，诚以化民成俗为务，遵是举也。凡所为起衰振弊之道，兴贤育才之路，吾见时至事起，有兴无废，无在不可立观厥成也，岂直区区一时之修举已哉？

既蒇事，潘君将举侯之用心，并邑人之所资助，以俟来者，请勒诸石，爰率纪其略。

编者注：①泰顺学宫：旧址在今泰顺粮食局。林鹗《分疆录》："学宫在南门内，城隍庙前。设县以来，学宫凡数迁。初建于县治右掖。弘治己酉，推官周珙、知县范勉、教谕王鳌等改建于旧三峰寺右。嘉靖辛卯，知县刘友德改迁于太平桥左。辛亥，知县蔡芝、教谕吴国器又迁于旧三峰寺，以现基与三峰寺对易。万历辛丑，邑绅董良度、高大任改卜于霞山之右（今罗阳实验小学）。国朝道光四年，知县欧阳炘复迁于南门内城隍庙前，规模循定制，惟明伦堂仍在旧学宫，今文昌祠之后。忠义节孝祠亦仍旧未改，乡贤名宦神主则附于大成门左，而祠亦未建。"按，曾镛撰此文时，学宫尚在霞山之右，未迁。②李庆云：江西人，嘉庆十七年署泰顺知县，以劫案罢职。《分疆录·灾异》："嘉庆十七年夏，饥民掠食，四都柴林头地棍林阿可为首。初犹抢谷，后遂劫财物，五、七都张林各姓被抢犹剧。城中无赖亦起，周姓被抢。知县李庆云不能治，金上诉，宪严檄拿办，始息。"③潘学地：见后文《潘懒夫太翁六十寿序》注。

莲花谷记

罗阳东南十余里，自月山①至于汤洋，其山水特南抱。其南山，则自东至西，不下二十余里，其山水皆北抱。当南北互抱之间，登北山南望，其重峦叠嶂，如云屯浪涌而来，不胜深秀。而有山横障于其前，无涧壑可通，蹊径可上。

余祖茔近北山，尝望而异之，爰偕一从者，相与披荆攀藤，力造其巅。俯而临之，于四山环合中，辄豁然有谷，有田十许亩，非迫近耕樵。初不知从何处出入，余低徊久之，殆下山，以此间是何山名，是谁氏山，访之土人。其人曰："此即我家荒山也。"若问其名，"我辈但知其地在坑底，则呼之为坑底，无名也。"余喜其离城不远，乃自有一山川，恍与外人相隔也有然，是即眼前一绝境也，从而购焉。

癸酉春，余将谒选都门，以故室与亡儿卜葬此间，亲为之营宅兆者有日。窃自以生前所喜，没必安之，因亦预自营焉。或以此间地局则小，气势颇大，天关山其远祖也，巍然峙其北，其他若屏若帐，献秀呈奇，一一如在襟袖，今直呼之为坑底，盍锡之名？或又以形家言，此山枝叶有似乎莲，其案山则活泼泼地有似鱼戏，盍以莲名？余谓欲名此谷，以为小盘谷可，以为小桃源亦可。若夫莲，花之君子也。他日者，使余而得归根复命于君子谷焉，何幸如之，则名之为莲花谷可也。故为之记。

编者注：①月山：位于泰顺城南，今罗阳镇鹤联村月山下自然村。曾镛墓在村北侧山麓。

高山记 时奉文修湖南通志，特节录此以存东邑山水大概

高山①，应阳一邑之镇也。其脉自武冈云垂涛涌而来，渐趋东北，旋折而西南。其山势将止，特起一峰，顶圆身坦夷，隐分三成，展布而下。环其麓者，则东安城也，冠其巅者，则孔明台也。唐帽山，其左卫也，五峰岩，其右侍也。诸葛岭诸山，若屏若樊围其前。清溪如带，自西而南而东抱其下。言应阳形势，当以为最，旧志皆忽之，于群山等，实此间秀灵所聚也。

编者注：①高山：在东安城北。清光绪《东安县志》："（城）北有连冈，曾镌名之高山者也。上为孔明台，云蜀相诸葛忠武经画南四郡，道所经留云。"《大清一统志·湖南永州府》："高山，在东安县西北一里。五峰突出，石上有宋刻尚存。有幽岩，自外达内，凡九门，门隔一洞，极深邃。"

考棚①告成记

凡州县，非督学案临，考校生童之所，多无考棚，多就衙署为考棚。而以有视无，则其临时安摆坐落，处置诸童，不胜费事。或且因之扰乱滋事者不一，此考棚之设，亦州县最美举也。

东安向无考棚。嘉庆十四年，邑令安②为奉札饬修县志，传谕绅士，捐资办理，绅士请从缓，佥称不若先捐建考棚。其时文庙移建于城内，方在落成，而文庙县署之间，有隙地可建，遂议建焉。议建大堂后堂，东文场一，西文场二，及头门仪门，尽其地为之，需费二千余金。议十乡乡择首事，各给捐簿，各承认捐钱二百千文，而以绅士李德立等八人，总任其事。以十五年五月兴工，经始规模，亦甚宏敞。至是年十一月，邑令安委解京饷，十六年春，又调署绥宁，中更两署任，无遑成此。至十九年夏，予承乏兹邑，首事蒋衡鉴、郭承赐、李廷芳等，以考棚工程未竣，经费久空，请传催各首事承认未缴捐项。然事经持久，人怀吝心，缴者寥寥。窃恐一时美举不为之成，不久废坏，咎将谁属？畀身督首事，压者起之，倾者扶之，强自陆续捐廉，俾首事蒋衡鉴等，兴筑墙垣，添易椽瓦，补造诸所未备，始获观成。诸童至县试，分行安坐，如对明窗净几，作馆课然，咸喜为从来所未有。此前县创始者之功，与绅士好义者之劳也，以予力求厥成，且经数载焉。

夫州县考棚，不过为童试而设，或以此为发科登第之初基，窃以此即化民成俗之实政。何也？但使宰此邑，而此一邑中为父兄者，家家以有子赴试为乐，为子弟者，人人以读书应试为急，而为之长者，息心考校，拔取真才，则凡所为作新士习磨砺民风独外是乎哉？天下事有与成始，必有与成终，乃为可入后之君子，其尚念观成若斯之难，毋坐视其坏，幸随时亟为修举哉！

编者注：①考棚：清光绪《东安县志》："考棚在学宫西，嘉庆中安佩莲创建，号坐千有二百。"据上文，安在任时，考棚尚未竣也，俟曾镛任上方毕全功。②邑令安：东安知县安玉青。详见后文《寄祝澧州安刺史六十寿序》注。

寿序

董明也翁七十寿序

孔子曰："吾观于乡，而知王道之易易。"此言尊长明，即教之所由成也。予居乡日少，然回忆少时，于桑梓尊长，若以古处闻，若以义方著，类心知爱敬。遇燕会，辄乐从之坐，遭诸道，则拱立以俟，二三老者，亦往往自忘其年，而乐与之偕。在当时，直以为老成年貌既醇古可亲，亦居乡礼宜然耳。不历尘网，不羡旧林，庸讵知人世之至可爱、至可敬，有令人终身愿望而未之敢必者，正无如此雍容桑梓二三老者。

明翁先生①，吾乡温厚君子也。己未②岁，予授徒于里，先生以长嗣从予游，得彼此过从，既又以其次女妻贱息，日益亲迩。先生家世，故罗阳右族，一门内芝兰玉树，森森竞立。而以予备观其所以教子孙、处族党，其行恂恂，其言呐呐，一一皆大有异乎后生小子之所为，是其足令乡之人爱且敬者。予得交时已然比庚戌，行年盖已六十，时予读《礼》于家，间问先生何事，方勤勤然率其族之人，大修其族之谱，则其用心于伦常根本之地，老而不衰，亦大率可睹。癸丑，予复自归里，先生以食指繁，而书田日减，辄躬耕于天关之阴，以课其子孙，往来城野，倏然自得。予尝过其所耕处，于溪桥野屋间，方收芋剥菜，会予至，遂煮以啖，风味如昨。迩岁来，壹不知尚匿迹此间否，而以予仆仆于外，亦冉冉将老矣。比观人世功名富贵，成败得失，不可谓不审。如予姑自置弗道，为问一切得志于时者之所为，究其实事，曾有如耕天子田，读古人书，叙家庭乐，身其康强，子孙逢吉，逍遥林下以养余年者乎？是固所终身愿望而未敢必也。先生即穷居，而于此数事，裕如也。

日，贱息璜以乡人士谋为先生七十寿，请序于予。予时远主镛州教席，未获与二三介偾，盥洗扬觯，为先生修无算爵，以成教于乡，不胜心为之羡，爰序此以寿。

编者注：①明翁先生：董绍高，罗阳人，庠生。清光绪《罗阳曾氏家谱》："曾璜，字宝镇，号曜甫，别号松亭，邑廪生。姚城南邑庠生董绍高公次女。"②己未：当为乙未之误植。据《贺董载颐茂才六十寿序》文"乾隆乙未，余始授徒于乡"可知。又，己未年曾镛在福建将乐讲学，当不能在罗阳授徒。

周姑丈姑母双寿序

皇帝八旬万寿之岁①，乡先生君子相与屈指吾乡齿德，知某姑母周老孺人，适跻六十。越来春，某姑丈先生亦周甲焉，爰褒然向两嗣君，谋所以寿二老者。窃以摛华制锦，张譔称觥，非先生意，顾谓某曰："方今寿寓洪延，耆龄应运，廷拜老更，家歌燕喜。而先生以一室嘉偶，齿偕老，德弥劭，真升平上瑞也。顾无以介繁祉、绥眉寿，其何以昭同福？子，老孺人犹子②也，时虽未获与中表子行，鞠跽希鞲，为前席舞，然以言夫生平梗概，所得乎先生者既悉，而习见于老孺人者复真，则今日之举，诸公言焉，吾子择焉，庶几先生之一领乎？先生家世诗书，自少以文名，然始亦重虑寡弱也。握中人之产，屡焉一身，以与时俗相周旋，门以内，一堂上与孺人耳。环视乡闾，朝荣夕瘁，类未可知，而先生与孺人同心积庆，以日以年，巍然为罗阳甲族。未膺显籍，而爱且敬者无贤愚，非祈多积，而波而及者半乡邑。且瑜珥瑶环，孙子玉立，在冢嗣则粹若醍醐，如次君复文含苞彩。戬谷之来，恩纶之锡，庸有艾乎？"佥曰："以福若此，固宜寿。"

某曰老成以好德为福，言福非老成意也。曰："其荣若彼，抑宜寿。"某曰老成以德荣为华，言荣非老成意也。曰："然则今日者，假吾曹之一觞一咏，以成教于乡，可乎？先生之事亲也，和气婉容，能以色养，年几及艾，事太君犹依依如孺慕，可以教孝矣。先生之持己也，知雄守雌，不立崖岸，所相与晋接，虽降等无失色，盖终日进返躬躬如也，可以教谨矣。平居德望重于乡，令宰慕之，类造门愿见，先生亦未尝矫俗，然非公断不至，此又可以进一乡之才者、能者，而教之正矣。至若老孺人壸范，其孝谨一似先生，真有所谓物无独、必有偶者。终年裙布衩荆，虽臧获满前，勤苦必亲，且遇事识大体，宽而有容。先生尝有如君，孺人视之婉婉如女弟，其后以不得堂上欢，先生遣之，相与持踵泣，不啻如嫁女之恋慈母也。此虽樛木称棣下，未必是过，真德配也。然则为此春酒，以介眉寿，使夫后生小子，闺阃姬姜，得以从容佐馂，禀仰芳徽，而知二老者之所以身其康强，子孙逢吉，固如是其非适然已也，先生岂有爱耶？"某曰："此诚予小子之所得之最真者也。"

先生即不颔可，竟历阶上矣。于是乡先生君子遂哗然编琴鼓曲，奋衣扬觯，前而为寿。

编者注：①皇帝八旬万寿之岁：清乾隆五十五年。②犹子：侄子。《礼记·檀弓上》："丧服，兄弟之子，犹子也，盖引而进之也。"后因称兄弟之子为犹子。

贺董载飏茂才六十寿序

乾隆乙未，余始授徒于乡，董生载飏尝从之游，年甫逾弱冠，其明年，甫①为邑弟子员。已而余以居乡日少，聚散无常，余不自知冉冉然老，而生之事之者，恂恂然越数十年无异执经问字时。迄余投闲于家，相与问水寻山，生每负杖以从，余亦几忘其少于余者几何岁。

顷逼岁除，两贤嗣褰衣危冠，谒余而请曰："小子适有洗腴之养，恐未足以承膝下欢，敢请尊者赐之言，持以为寿。"余意以生之强，曰："方春为而尊甫悬弧日邪？"曰："年六十矣！"余不禁闻而笑曰："闻有以弟寿师者矣，未闻有以师寿弟者也。而吾徒顾是老友，而吾顾犹能呵冻濡毫为之寿，何弗欣然以师寿弟邪？虽然，而将与言尊甫生平，以记不忘，为得尊甫欢邪？是何俟余空言也！以尊甫少事而大父之孝，而所闻，越至于今，事而大母之孝，而所见。其自弱冠为当室孤子，躬率而诸父，凡使之人人行成而名立，其友也，则而弟兄之所由由胥佽也。尊甫善居室者也，起家儒素，而门闾之高大有是，或尝语余曰：'某某，此师门端木子②也。'然以余观之，自分析而诸父以还，第取足以教养子孙而止。迄因岁歉，尊甫惧人二䬧之不给，则首宗人而力为之所，而宗有祠焕然以之新，里有兴文桥，屹然以之建。若尊甫生平，宗族称孝，乡党称弟，抑亦可谓敦善不倦之君子矣。知弟莫若师，知父又有若子者邪？又何俟余空言也！而且烹而羔羊，酾而春酒，合而诸父昆弟与孙子，以畅叙天伦之乐事。而余也，行得乘此始和，借而寿畀，俾白首师徒，相与颓然于溪桥梅雪间也，非又人世友生之一乐也邪？"两贤嗣用请，并书之以寿。

编者注：①甫：疑为"補"字之误。②端木子：端木赐，字子贡，被奉为儒商始祖。

乡饮宾吴太翁九十大寿序

丁卯孟陬，吾乡乡饮宾安溪吴太翁年跻九秩，其子行姻友卷韝鞠跽，将为翁寿，金请拙言，作工歌首。仆行年时亦及耆矣，未获从桑梓耆长，联耆英会，喜因尊年，可咨修养。爰进而问翁精力，曰矍铄胜五六十也。问翁性行，曰粥粥若无能也。问所以教子孙、处族党，曰翁遗子孙以安者也。孙曾以十数，点额之余，从容诲语，无疾遽辞色，耕读以外，无诒谋也。翁笃于内行，少壮不及窥也，迩见长公年亦既耄，视翁友于，析处则思，并立斯乐，皓首怡怡，犹孩提也。翁以力行节俭起厥家，物力所爱惜也，然时方少有，有戚不能葬，为之葬，不获娶，为之娶。近翁之里有沉坑，行者病涉，翁为之济，有梁罳横。里中有以窃典祭物，纷拿构争，翁为之赎，不计反噬。吾侪之所与知有然也。

曰："然则翁之所以享大年，膺多福，岂所谓职职植植，是以难老，瞑瞑蹟蹟，是以永年。与所谓乐易者寿长，龟龙鸿鹄以其性，人以其仁者非耶？"夫言修养者，自黄老而降，术不啻玄。然试与语丹室之方，世多谙之，试与求羡门之属，谁实遇之？而人间上瑞，眉梨耋饴，有不得以人寿大齐，可限之以百年者，比比得诸山泽淳朴之叟，则何也？此无他，其心淳，斯其神固，其器朴，斯其天全，其福衢寿车，得之理有固然也。

仆聆翁之行，谓翁之所以摄生，非佛非仙，非永非铅，抱和守真，惟朴惟淳，翁宁不谓然耶？金曰信然，爰书以为序。

乡贡士潘绎云①先生七十寿序

儒者涵养之功，莫先主静，即摄生之道，亦无过守静。吾友绎云先生，余年十八九，即尝与同学。绎云长于余五年，学成行立，与长公凫峰，所得于其尊甫衡山先生之教者有素，时已竞爽庠序。余敬而畏之，亦狎而爱之，与之处，冲然有余致，就之语，津然有余味，绎云盖静者也。

比余游学游宦于四方，忽忽三四十年，而绎云潜居一室。行其庭，阒若无人，披其帷，其人斯在，一再把握之间，不觉霜髯飘飘卷衣袖。其天益泰，其养益纯，而其精神意趣，犹然余同学时也。其平居所笃者内行，自事父从兄，讫所以教子侄，未尝有疾声遽色，肃肃雍雍，为法宗党。其相与素交，虽穷旅孤羁，难必急之，而不愿不累。官无公事，愿见不得。其神常暇，故即一花一木，经所手植，具见闲情。其心多妙，故虽灵枢玉版，随所手录，类见得精意。凡此，无非得之于静。

尝观《论语》言寿者一，厥惟仁者，而仁之所以寿，惟静故也。许敬庵②谓诸火不静，其病多端，调治要诀，只一静字。苏东坡居岭外，尝问长生诀于吴复古③，复古答之曰安曰和，安则精神不扰，和则情思不躁，即老氏致虚守静之旨也。绎云有焉，今行年已七十矣，邑人士与其中表子行，谋所以寿先生，而问序于余。古者养老，宪德乞言耳，以先生令德，类可垂为惇史，谓余知先生深也，亦为后生小子言其素所得力者可矣。

乐只君子，遐不眉寿。若先生者，繁祉景福，定未有艾。以余衰朽，他日者，尚得与先生作耆英会，扶杖持颐，以观后之人之薰德耆长何如也，幸亦甚哉！

编者注：①潘绎云：潘学邹，字希孟，号绎云，泰顺罗阳人，恩贡生。与曾镛、林方任、林崇城皆为密友，《分疆录·儒林》有传。文中凫峰即其兄潘学鲁，衡山先生即其父潘宏瑰，皆泰邑名儒。②许敬庵：许孚远，字孟中，号敬庵。明浙江德清人。嘉靖四十一年进士，授南京工部主事。万历二十年擢右佥都御史，巡抚福建。所部多僧田，孚远入其六成于官。又募民垦海坛地八万三千有奇，筑城建营舍，聚兵以守，并请经理南日、彭湖及浙中陈钱、金塘、玉环、南麂诸岛。官至兵部左侍郎。学宗王阳明，笃信良知。有《敬和堂集》。③吴复古：字子野，号远游。宋潮州海阳人。志趣清逸，当荫官而让于其兄。居父母丧，庐墓三年。后遣去妻子，筑庵麻田山中，绝粒不食，间出游四方，遍交公卿，一无所求。一时名士如苏轼兄弟皆倾心与交。

潘懒夫①太翁六十寿序

壬申春，罗阳人士以潘太翁懒夫先生行年六十，相与呵冻哦诗，以侑春酒。太翁故豪士，意态方矍铄，吾知一切冈陵颂祷之辞，度未足为翁下酒物，而醉翁寿酒。虽然，古之言寿者，曰恭曰静。若太翁者，小节在所不拘，恭乎？矜气时或不免，静乎？迹翁生平，敢言敢断，大率强而义者也，异乎守柔以全身，执雌以保真者矣。以为眉寿无有害，翁敢自颂乎？请申仆言，我士听无哗，太翁可自颂矣。

世知天下非畏缩之人，足以济事，曾亦知并非畏缩之性，足以养生。读《高士传》，多以寿终，若商洛四皓者流，彼其人，岂直以温温惴惴，永其天年者耶？其性情意气之强，概可知也，而须眉皓白之惊人有如彼，翁自顾盼奚若也。翁且自思畴昔，以尊大人先生老而获翁，虽式穀有自，年甫成童，身已在疚，刻鹄画虎，翁宁敢知。而自一庭讫三党，秩然帖然，人人称某公有子，盖昂昂乎卓荦若性成也。翁自弱冠弃举业，从学之日，敢谓非浅，而自经生之言，旁及青囊青乌之秘，言其所见，翁即老大尚未肯为专门夺席者屈也。若邑有义举，孰始终是？邑有纷难，孰排解是？宰是邑者，或亦以澹台子羽之父，好焉是惧，卒不以私好恶废乡者孰是？是言贤能于一乡，无事而信义足多，有事而智力可仗，翁亦足以豪矣。至若世称有子万事足，若冢嗣彝长，其聪明才力，跨灶②不跨灶，我不敢知，有是骍角，虽欲勿用，山川其舍诸，想亦为老翁者之所甘为犁牛者也。

翁方独辟名园别墅，为一邑胜，作闲居乐。而今日者，瑶环绕膝，瑚琏在旁，顿足起舞，抗首高歌，焉得不与此都俊乂、我辈耆英，浮此大白也哉！翁于是不禁嚇嚇然笑，众于是用盥洗扬觯，前而为寿。

自记：文颇飒飒有英气。

编者注：①潘懒夫：潘学地，字志厚，号灵圃，一号慕庐，别号懒夫，国学生，泰顺罗阳人。通经史，究心《易》理，精堪舆家学，长吟咏，善书法，有刻石"云深处"三字，为浙中名士嘉赏而识跋之。尝构石林精舍于罗峰山顶，为一邑名胜。文中言冢嗣彝长者，即其长子潘鼎，系曾镛之及门弟子。②跨灶：比喻儿子胜过父亲。《诗律武库·跨灶撞楼》引三国魏王朗《杂箴》：

"家人有严君焉，井灶之谓也，是以父喻井灶。或曰：灶上有釜，故生子过父者，谓之跨灶。"

国学生包翁七十寿序

昭阳之春，孟陬之吉。国学生包翁，年跻七秩。堂集兕觥，阶盈斑戏。里曜德星，人瞻上瑞。越有宾耆，偕乃佳婿。金请华封，祝以锦制。窃闻翁之为人也，其容古朴，其性悫诚。其起家也勤俭，而其事亲之孝也又如彼其纯，是盖得之素而言之真者也。然则翁之炽而昌，翁之寿而臧，其又有期邪？何事祝为！试缀鄙言，为翁颂之：

凡物之生，不愿为材。社栎自寿，牺樽自灾。闻翁寂处，土木形骸。闲闲十亩，耕桑与偕。养真抱朴，生也何涯。作伪者劳，俗自取病。纯白不备，神生不定。闻翁与人，少成若性。语曰硁硁，其言其行。天之所祐，何加履信。儒者治生，急宁非是。子舆王道，田舍翁耳。闻翁居室，抑又善已。务本重农，食时用礼。古称幅利，此谓良士。胡弗有谷，诒厥孙子。诗歌寿岂，必口令德。矧如翁孝，早知必得。闻翁垂髫，已失慈侍。经案绳床，有父抱义。冶裘弓箕，翁能承志。桥仰梓俯，自成乐地。洎父耄年，成足痿疾。居就燕闲，食归寝室。翁躬负之，遂所出入。晨衣之兴，夕解以息。如是八年，无异一日。世无黄香[①]，问谁与匹。我闻老更[②]，为教孝设。以翁之淳，而孝可则。既饮于乡，合养于国。仆也何因，奉杖侍侧。

编者注：[①]黄香：东汉江夏安陆人，字文强。少至孝。博学经典，能文章，京师号曰"天下无双，江夏黄童"。[②]老更：古代设三老五更之位，天子以父兄之礼养之。《礼记·文王世子》："适东序，释奠于先老，遂设三老、五更、群老之席位焉。"郑玄注："三老五更各一人也，皆年老更事致仕者也，天子以父兄养之，示天下之孝悌也。名以三五者，取象三辰五星，天所因以照明天下者。"

国学生周翁六十寿序

人之福泽寿考，天为之，人之所得于天之精神为之也。精神有余，斯福泽寿考，亦视之而有余。第人知骨力强固，存夫人之精神，未知心气和平，尤存夫人之精神。譬之春风拂弱柳，细雨润新苗，此太和元气，所缊缊充周于两间者然也，何等舒泰，何等感通。若少有所偏毘，则为疾风迅雷，为暴雨酷霜，而所伤损也。亦多石之厉也，有时而泐，玉之温也，不锐而栗，其作瑞于人世也，石碌碌不如玉落落也。是故和平者强固之本，福泽寿考之征也。

岁壬申，华亭周翁，年跻六秩，其宗族姻娅，谋为翁寿，请叙于仆。仆闻其生平，盖其所得于天者，固和且平者也。闻翁之事尊甫也，执玉奉盈，小心翼翼。其事乃元昆也，推梨让枣，白首怡怡。而敬宗收族，若宗祠古墓暨家塾，则一皆身为修治。至其优游井里，难为之排，纷为之解，未闻以有所激忿，交斗其间，而人莫不翕然乐之。此类由于气和心平之所为，亦即其精神之足以洽浃于伦常乡党有然也。

今者闻翁方顾盼矍铄，闺中德配亦年跻五秩，五贤郎朴处秀升，雍雍绕膝，长令孙且适逢吉席，相率舞采斑烂。即德门盛事，和气所聚，庆必有余，则他日子若孙，所以荣显翁于遐龄者，又有艾邪？昔朱子尝曰："学者处己接物，莫不以和为贵。"薛文清①曰："今人不忍一言之忿，或争铢两之利，遂相仇雠，贻祸子孙。岂若含忍退让，使乡里称为善人长者，子孙亦蒙其庇。"以仆横览俗情，闻翁之行，窃乐从其请，而津津道之。愿吾乡之贤者能者，咸知以和平养福，一时号称仁里，蒸为上瑞，岂不美哉！

编者注：①薛文清：薛瑄，明山西河津人，字德温，号敬轩。永乐十九年进士。旋居父丧，悉遵古礼。宣德中服除，授御史。正统间，初为山东提学佥事，召为大理寺左少卿。景帝嗣位，起大理寺丞。天顺间，官礼部右侍郎兼翰林院学士，入阁预机务。寻致仕。卒谥文清。其学全本程、朱，以为自朱熹后，无烦著作，直须躬行。修己教人以复性为主。有《读书录》《薛文清集》。

寄祝澧州安刺史①六十寿序

岁甲戌，镛捧檄来宰东安。初抵长沙，时玉青先生为其邑旧尹，有贤声，幸即得见，亦望而知为有道君子。镛以不识时务一老儒，承乏僻县，一切吏治，未能自信，爰就问之，始悉其民情吏弊。因得承先生之后任，凡美政之在清溪者，一一守之不敢改，民颇称便。已而饮射读法时，接见邑绅者，各颂安侯之德政不衰，益信先生之治东安为可遵而守也。

先生之治，宽猛得宜，而文雅粉泽，沐浴胶庠。若更新文庙，创立考棚，又章章在人耳日[②]。不三年，先生以长史课最，得居优等。既，由长沙令迁澧州牧，辄闻其牧一州者，尤兢兢有古循良风。越己卯闰夏，其嗣君以书来曰："夏五为家君六十初度，窃愿得先生祝词以为荣。"镛读而自维，当代名公卿众矣，如镛区区者，又路隔二千余里，曷事征里言为祝，岂以镛为尚可齿于君子之林，而知先生之治，为最真与？窃自愧焉，谊无可辞，乃序镛所身阅者以寿之。其在诗曰："乐只君子，遐不眉寿。"先生有焉。而东邑绅耆，人怀德意，莫不希附名以祝。抑闻澧水多兰，斯时也，澧之人士，其各采清馨，以为贤牧称觥者，又当何如也。

编者注：①安刺史：安玉青，字佩莲，贵州贵定人。清嘉庆四年进士，十四年任东安知县，历官长沙知县、澧州知州。②耳日：疑为耳目之讹误。

璞堂张翁七十寿序

仙居为罗阳附郭近乡，亦罗阳烟火最稠密之乡，其农勤而谨，其士文而淳，其乡俗素称近古，离城不越十余里，余辄未一至。

张生尧封从余游，庚午初春，其尊甫命生备肩舆迓余，因过访焉。信宿之下，从而会其耆旧，见其子弟，相与流览溪山，徘徊园圃，始信其乡俗近古为不虚。且即璞翁之一家一身观之，若子若弟，或读或耕，其为勤而谨、文而淳也何如。盖惟其遗子孙以安，葆性天以静，宁守吾拙，宁为世愚，足未践公庭，身不预外事，此岂非乡之人，所由薰其德而善良者与？

彼此把晤，忽忽十年矣，其意气诚恳，犹昨日焉。比余游宦南楚，以张生课两少子，生以尊甫行年将七十，请缀里言，以侑寿酒。余观品谊之醇若璞翁，天必永其年而笃之庆，以训庠序之后生，以维浇讹之末俗，其必得其寿也，宁烦言祝。而以余马齿加长，早当致事，身从尘网，回首旧林，宁惟犹是羁鸟之恋。视翁所居，真仙居哉！行赋归来，会须挈榼岭头，扶鸠桥畔，载会耆英，为翁上寿。翁尚预酿春酒，以待兹介寿客哉。

编者注：底本缺此文，据《清代诗文集汇编》补。

董母陶太孺人①七十寿序

癸酉初吉，梧冈②贡士董太翁，偕望尊文飞诸君子，为尊堂陶太孺人七十庆。弟舅斑白，率乃孙曾，扑舞庭阶，为老莱戏。一时之登堂拜母者，莫不争羡为德门盛事，而重叹以太孺人子孙之贤。

其为福也未艾，而其为教也何道？董氏，罗阳甲族也。其子孙人如杞梓，各适于用，如长公梧冈，又温温乎有道君子也。若以罗阳之僻处，自分置为邑，回视唐宋，科名寂然，进士眉伯③，太孺人冢孙也。揆厥所由，如仆所见，盖自盛园④先生，世惇义训，匪伊一日，未敢竟归功于壶教。虽然，《易》言家道暌必乖，不必其非法家也，《记》称世子生，择于诸母，必求其宽裕慈惠、温良恭敬者为子师，不必其口授诗书，为才母也。然则，太孺人之壶教可颂已！

自太孺人以名家女为礼斋⑤先生继室，长公未成童，次君方幼学也。太孺人鞠育之，教诲之，一如己出。其事君舅既继姑，鸡鸣盥漱，一饮一食，必躬奉以养，舅姑甚爱之，虽劳不敢纵。姑所出女妹，适潘氏，举子数不育，及得子济川⑥上舍，甫三日，太孺人虑其似续之艰也，有女甫周岁，辄易之以养，备尽恩勤，越十余岁，既成立，始归潘氏。平居御客甚丰洁，自奉特清苦，治家井井有条。而所以接姒娣、率子妇，下逮仆婢，未尝有疾声遽色，一庭内外，蔼如也。此其势未始不可次之以暌，而太孺人之宽裕慈惠温良恭敬也如是。是其为德弥庸，其为教弥至，故其为福弥厚。于此见门闾之大，子孙之才，有世德，即莫不有母仪，从未有内和不理，而能世诵清芬，肇造巨阀者也。用缀里言，以襄舞采。

编者注：①陶太孺人：邑建县后首位进士董正扬之祖母。泰顺下洪南源村人，国学生陶有新之女，罗阳国学生董懋琮之继室。②梧冈：董廷仪，字凤来，一字蓬莱，号梧冈，又号枫坪。嘉庆庚申年恩贡。进士董正扬之父。③眉伯：董正扬，字眉伯，泰顺罗阳平溪人。清嘉庆七年进士，官江西南安府大庾县知县，丁忧归里，起复后病卒于途。有《太玉山房诗钞》《味义根斋集选》《味义根斋诗稿》《藕农诗稿》等。④盛园：董绍唐，字际虞，号盛园。乾隆甲申年岁贡。董正扬之曾祖父。⑤礼斋：董懋琮，字伯圭，号礼斋。国学生。董正扬之祖父。⑥济川：潘明灏，

弟子，与董正扬、潘鼎、曾璜称四骏。

吴母程太孺人七十寿序

吴秀才辅成，行年六十，率弟贡士监文，为厥慈母程太孺人庆，后先班白，谒余而请曰："窃闻人子有燕喜之私，君子有乐道之素。生之慈母，年跻七十矣，设帨之辰，生等无以娱老，敢乞一言，以表母氏之生平可乎？"余曰："愚尝馆于生家矣，太孺人之贤，闻之盖审。然以愚言之，曷若生自言之，尤足以颔慈君而风闺壶也。"

曰："母氏本安固旧族，年十六而归我先君。逮佐我先姒，其生平言行，所可垂之以自为一家训者，不敢缕述，请言其大者。先姒以勤治内，闲暇之时少，拮据之日多，而体弱多恙，母氏黾勉同心，劳以身代，药必亲调，前后十年，略无倦色。及其殁也，事无大小，遵而弗失，遇忌悲泣，出自性真。母氏之于先姒，可谓生则尽礼，殁复尽情者矣。生失先姒，年方十五，同母两弟，年更幼，当其时，母氏以一身屏当内事，日不暇给，而顾复之、教诲之，诚笃辛勤如己出。十年之间，生与两弟得以相继游于庠，固先君栽培之力，无非母氏教育之功也。母氏之于生等，可谓卵而翼之、祝而类之者矣。先君方强仕之余，一旦奄逝，举邑惊哀，当此之时，母氏一恸欲绝，几以身殉。既而环视生等尚少，念以身殉夫，不若以身教子，乃复强起视其材质，督以耕读，母氏所生者三，游于庠者因复有二。而庭训之余，以织为事，严寒盛暑，无日以嬉，寡而好劳，迄于今盖三十有六载。母氏之于先君，可谓死者而返生，生者无愧色者矣。凡此，皆生所亲得于庭帏之实，惟生等不敏，无以报母氏之恩于万一，所由愿得乡先生之言以表之，以博此日欢也。"余曰："此贤母之所大难，得之太孺人抑更难。其事嫡也何恭，其字子也何仁，其相夫也力能济之以忠贞。斯其寿耇无期，食报未央也，皆太孺人之实德为之也。"

《易》曰："安贞之吉，应地无疆。"曰："受兹介福，于其王母。"以太孺人子孙绕膝，笃学修行，咸遵懿训。若生者，年亦既耆，而温厚之行，孝友之谊，粹然油然。人知天必锡生以福，皆太孺人福也。昔朱紫阳《寿母生朝诗》云："自古为善天降祥，但愿年年似今日，老莱母子俱徜祥。"生将以此寿母，余并以此寿生可也。

叶母夏太孺人七十寿序

丁卯岁，仆自永嘉归主罗阳教席。叶生畦香秀才，负笈从之游者，前后凡五年，乃兄晋三上舍，亦时加亲密。仆向与叶氏比闾而居，晋三未弱冠失怙，畦香年甫九龄。当孤弱之时，藉中人之产，晋三独能力行恭谨，特立门户，辑睦党闾，畦香而幼少，辄知谨率兄教，望而知皆佳子弟。迨至联之师友，重之昏姻，又备得其性情，晋三柔而立，畦香强而义，若二子者，洵可谓叶氏有子矣。此养正之功，当由尊甫，然自失怙以来，度所赖于太孺人之慈训者，自必不小。而太孺人嫠居一室，未尝以能著于乡，闻向为失所钟爱一少女，郁结成心恙，又未能遇事训谕二子，二子何竟爽有是？不知太孺人不以才见，不以教闻，其所以成就二子之贤者，正有甚大者焉。

太孺人性淳朴，爱惜物力，遇戚党穷急，则恩谊惟恐不周，至于一切家务，多不深问。若二子所从蒙师经师，独时常兢兢然属之曰："我不善教汝，凡先生所教，皆是正言，诸事必知听受。"一至其家，必亲操刀匕，令二子强留之馔而后安。是虽不自有其教，而其尊师敬教也如是。以言慈训，莫大是，以言贤母，亦莫过是，则其成就贤子，而受祉未艾也，岂漫然已哉！

今年跻七秩，诸孙绕膝，森森玉立。长君以二令孙万谦，自浙至楚，来成小孙女昏礼，令孙留署中读书。长君为开春，乃太孺人大庆，将偕俚言，归侑寿酒，仆远从俗宦，未获因贤昆仲跻堂以寿。吾知含饴之暇，戬谷之来，所以承期颐欢者，如川方至，必有不烦华封人之祝者。特阐太孺人之教子，能得其大，以昭隐德焉。

吴母林太孺人六十寿序

盖闻王化之基，始于阴教；家人之利，唯曰女贞。故自古德门，义方多嗣孟母；而从来安节，老福必备箕畴。讵事位并紫虚，浪传南岳；何必舫飞翠水，争羡西王。如吴母林太孺人，乡贡某之慈君也。雍容柘馆，象应坤仪；矍铄兰阶，光含婺宿。发曾未鹤，谁实知玄白年华；心早是松，试细领雪霜滋味。盖自门推十德，生即端庄；诚娴七篇，性成淑睿。方垂髫，斯风饶林下；泊结帨，果誉起房中。席丰而勤于少君，提瓮裳短；处襃而敬同德曜，举案眉齐。逮事尊章，栉纵一遵于昧爽；无烦妯娌，免鬒立办乎咄嗟。雅闻左右沉疴，带不解者数月；备观后先笃行，言无间于终身。溯乃柔徽，亦何异蔡中郎之侍母；类兹嘉偶，畴不叹杜孝子之有妻。

无何羲日方中，娲天易缺。闻鸡午夜，正幸同心；赋鹏丁年，竟成永诀。斯时也，藐孤方拟就傅之年，有女未离龀齿之日。吁天无路，请代空抱姬旦之心；返日何能，少延难效鲁阳之力。一恸而城欲圮，失声而竹皆斑。自顾燕托谁家，几摩笄而共尽；特以鹤归何党，姑饮血而延生。于是髽而当门，言不逾梱；屦焉持户，礼以藩身。悲深黄鹄，三尺孰见犀痕；镜掩青鸾，只影自忘鸡瘥。方诸夏草，心未老而全枯；譬彼蓼虫，口不言而习苦。自向鹡鸰楼上，对夜月以丸熊；每逢纬络①阶前，辍机声而画荻。愿窥玉检，时倾簏里之金；冀广兰交，或到床头之荐。卒使珪璋德器，属在刘儒；从教鹦鹉才华，惊倒杨素。夫岂愧垂诸邑乘，俾巾帼为女宗；是固宜旌自辎轩，使乡间知有姆教。况乎羹藜含糗，而谊重睦姻；裙布荆钗，而恩能洽比。盛还惧满，谓郑衮之秩必班；安不忘劳，以文伯之家犹织。解围不为谢女，词理自优；处事一禀阮姑，区分悉当。其妇德也如彼，其母仪也如此。节可流芳，即是延龄上菊；心能泽物，何非种寿名泉。尝对天姥之峰，霞多五色；试望女贞之树，青贯三冬。其为荣也，宁有艾乎？

兹以嘉平之月，适当揆览之辰。红添线影，南至之日方长；翠映雪葩，北堂之萱正茂。数点寓无穷生意，梅已偷春；一叶开不尽华辰，蓂刚告朔。龙孙绕膝，衿衿瑜珥瑶环；月姊承筐，抑抑霓裳红袖。宅开崇让，人共乐为称觞；县在延乡，仆何辞乎颂德。博金屋投壶之笑，未获云璈；资莱阶戏彩之欢，谨摘彤管。

编者注：①纬络，当为络纬之误。络纬，纺织娘也。夏秋夜间振羽作声，声如纺线，故名。

卷之二十一

墓表墓志

先祖父母墓表

先祖讳士鎗，字輡经，号坤垣，泰顺山阳曾氏也。七世祖讳显，历任永定县、阳山县知县，行载《浙江通志·明循吏传》。六世祖①讳銮，本县训述。五世祖讳一诚，贺县知县。高、曾祖皆邑庠生。历明迄国朝，始居邑之东隅山阳，后分居城内士林坊，邻里以迁自山阳，因称城内所居为山阳曾，亦曰下山阳。考讳学文，曾改讳炆。字公敏，尝与梅友人读书西门，夜梦有官差来传，公疑是县传，易衣而往。及至，庙堂壮丽，辄非县署，其官吏衣冠，亦迥异时制。公因跪而请曰："奉传何事？"曰："尔数尽此夕矣。"曰："士之贤不肖，人可欺，神必不可欺。小人数尽此夕，自是天命，窃有三不愿。"曰："有何不愿？"曰："不孝有三，无后为大，小人尚未有子，一也；为人子未送父母归土，二也；父母望小人读书扬名，一衿且未得，三也；是三不孝也。伏祈神明，尚加矜悯。"其神似颔之，有顷，曰："吾姑为尔请，尔且回馆读书，明年当入学。又明年，当得子。四年，可合葬尔父母。五年，尔可自来矣。"惊而觉，即蹴梅友起，为述所梦。梅曰："梦耳！何事惊骇。"后五年，竟无不如梦。梅丈当先祖稍长，常以所梦语之，曰："此汝所以乳名阿求也。命数与子，非为人如尊甫，度不可求。求而得子，必克家令子矣。"

计曾祖卒时，先祖尚未及二周，曾祖母赵氏，茕茕寡居，爱怜自甚。先祖生而孝谨，不待烝矫，已自成器。所有先畴，负郭者，计种仅三贯，食䭜不给。所须在乡旧产，租息亦微，离城又不下百里。先祖年甫十四，辄躬自负米，以给饔飧，见者莫不叹息。而一时同堂兄弟，方家运式微，多不读书，常不免欺凌孤寡。先祖则谨遵母训，遇事退让，自尽吾是，藉以相安。于后闻同堂中，尝有凶横不法，经县查知，必为先祖严治之，且力为求免。生平以节俭成家，物力乃所甚惜，然自奉极约，出纳极宽。与乡党相处，一以淳厚，而一言一行，必信必诚，则不胜刚直。此又镛心知目睹，不待耇长传闻者，故在乡党，人加尊敬。如乡饮之典，在他州县多相习为岁事，泰顺独慎重其人，往往十数年、数十年不举行。乾隆间，阖邑绅士特为之请县详司，行乡饮礼。年跻七十，精力尚健，为故居窄小，不足分处子孙，乃构屋于北门之象坪。至辛卯春，始卧床席，镛从先君与诸叔扶持左右，每念及曾祖母，犹然孺慕焉。时曾孙璜，适出天花，凡发热灌浆，按期必问，闻痂已落，爰命镛曰："明日令举家斋戒，虔设牲醴，为我拜谢天祖，我将去矣。"先君率镛等忍泪从命。是夕，竟奄逝如睡，时三月二十一日戌时也。距生于康熙丁丑年二月初八日卯时，享年七十有五，戚里私谥曰孝成。

先祖母吴氏，曾祖公敏公同里素交吴公②女也，长先祖四岁，以二十二于归。逮事曾祖母，备尽妇道，诸得欢心。考厥壸行，家用本不足，自祖母处之，量入以出，止觉有余。人情所不堪，自祖母受之，食恶衣粗，止觉自得。待子妇綦严，而子妇无不起敬起孝，心知为慈。处亲族以厚，而自中表子侄至子婿，有事请见，悉自户内揖而问之，从来未尝逾阈与之坐而语。其以勤劳强立门户也如彼，而其以礼法严别内外也又如此。乾隆辛丑，镛时在京师，馆于周大司空^③宅，以祖母几九十，曾乞为寿序。乡俗祝寿，多遇九即作几十寿，家君用制锦称觞，为祖母寿。是春数月，邑中戚党无不分期备燕，祖母悉从俗受之，篮舆出入，慈颜加邑。居无何，忽于坐作间觉身势渐渐下坠，令孙媳辈扶之起，扶之愈力，身辄愈下，祖母方自顾而笑，谓何故身重至此，因昇之床，不久遂自弃世。视先祖之卒，同一考终，时四月初十日申时也。距生于康熙癸酉年十月二十日午时，享年八十有九，戚里私谥曰慈淑。

子四。长，先君，讳启贤，岁贡士，敕封修职郎，晋赠文林郎。次启豪，三启俊，四启杰。女一，适本城周启耕，新城训导。

先祖卒后，尝以乾隆丁酉卜葬于井垄洋寨下，并筑祖母生圹。乾隆甲辰，用合葬焉。至嘉庆二十五年，恭逢万寿覃恩，貤赠祖父为文林郎，湖南永州东安县知县，貤赠祖母为孺人，礼宜焚黄告墓。呜呼！夫人先世之德泽，岂以名位之显晦，功业之大小异哉？若先祖父母，其庸行潜德，宁唯是寒门士女，可世奉为家法。乃自卜葬以来，忽忽四五十年，未为之表，谓有待乎？方今幸邀盛典，而以镛年迫桑榆，语言已无伦次，更何敢不亟述所知，用示后人哉！

皇清庚辰年四月下浣，嫡孙湖南永州府东安县知县曾镛谨表。

编者注：①原文缺"祖"字，今据文意补上。②吴公：吴士超，罗阳人，乡饮宾。③周大司空：周煌。见《庚子元旦雪海山周大司马以奉和御制诗见示因绎原韵呈览》注。

先考妣圹志

先府君讳启贤，字敬承，号道川，姓曾氏，泰顺城内下山阳人也。先祖讳士錧，祖妣吴氏，伯叔四人，府君长，生于康熙丙申年十一月初九日卯时。自少敏悟，文举笔立就，然遇试多阻抑，年三十三始入学补廪，至镛拔贡之岁，始成岁贡士。生平纯以坦白与人，遇事仗义无机心，遇邻里穷窘，必周恤之，虽家食不给，不自顾惜。性不与俗校，虽遇横逆，移时若忘，从未尝有所记憾。向以行谊重于乡，凡官是邑者，无不爱且敬，然非公不至。居常教镛及孙璜外，即寄情园圃花木，终岁无贰事。镛年方弱冠，不惜破尽中人产，使游京省，期大有成，痛镛不及扬显。乙巳岁，以孝丰教谕迎养于学。迨庚戌，恭逢万寿覃恩，得封修职郎，不幸于二月二十一日子时，终于官署，享年七十有五。比扶榇归里，倾城无疏戚，皆白衣冠以迎，私谥曰文悫。

先妣太孺人陈氏，本城圭玉公女也。生而婉娩，极为外祖父母所钟爱，迨归先府君，亲操井臼，敬事舅姑，习苦怡然。先祖妣以勤俭起家，素严厉，尝俯挞之，从容跪请曰："容起受挞，恐阿妈手酸也。"其天性至孝，大率为人所不能为。殁时，镛未及六岁，不能仿佛，先祖妣每与府君追念之，未尝不言与泪俱也。先继妣太孺人夏氏，风门①昌松公女也。性严而慈，归府君时，镛方九岁，抚之如己出。镛虽长，间遇镛疾恙，虽子夜必起视汤药，愈然后即安。抚子妇，犹备恩勤，自忘耄勉也。先妣生于康熙己亥年二月初六日未时，终于乾隆癸酉年三月初五日戌时。育女子二，皆适林氏。先继妣生于雍正乙卯年九月十八日申时，卒于乾隆庚寅年八月初二日辰时。育女子二，一适高氏，一适李氏。均以万寿覃恩，赠孺人。

府君殁之明年正月丙子元旦，合葬于地屏山下湖之巅。茕茕一身，仓卒营葬，不能备述，谨节略梗概。溅泪志此，同掩诸幽，呜呼痛哉！

编者注：①风门：今泰顺峰门。

崑来陈公暨王太孺人墓志铭

公姓陈氏，讳有桂，字圭玉，号崑来，罗阳太平坊人，镛外祖也。生于康熙乙巳年八月十二日戌时，终于雍正戊申年五月二十四日辰时。德配王太孺人，生于康熙戊午年闰三月初三日亥时，终于乾隆甲子年五月初四日午时。育舅氏五，长国绪，次国珍，三国蕴，四国录，五郡庠生国泰，先母其少女也。乾隆四十一年十一月二十九日，舅氏暨外兄将葬公与太孺人于柘坪龟墩，而使镛为之铭。

呜呼！镛生未六岁，先母已自去世，外祖母之殁也，去先母十年，外祖之殁也，去先母又二十余年矣。镛不惟不获见外祖、外祖母之音容言动，并不能记忆先母之音容言动，回首茫茫，怆怀欲绝，镛将何以铭？镛之父谓镛曰："汝志之：公为人和而厚，重然诺，乐任恤，虽寄身市井，一言一动，乡之人咸推重焉。同里尝有遭家多难，负官项，数岁不获偿，旦暮追呼，妇子离散，公见而怜之，遂取平日勤劳所积得三十金，自为之偿，其人得以全，时邑侯闻之，旌其堂曰'好义可风'，盖一事也，生平可知已。至若王太孺人，德性慈祥，黾勉有无，凡所以成公之厚者。动具姆教，而眷眷恩勤于汝母为尤甚。"

镛又何忍铭也！谨志所闻，濡毫肠断。铭曰："生平潜德，殁罕有知。亦有外孙，母德之不知。其能志母德之所自诒，呜呼！是可胜悲。"

葬湖莲记

山阳南山头，有季女曾湖莲墓，此予季女也。乾隆丁未年十月十六日，举于孝丰学署，以产于湖，故名曰湖莲。眉宇清奇，性复早慧，未能言，闻次女读书，辄能学子曰象曰语，戏嬉署内，动解人颐。时同官应公，无日不怀果以饵，相视真掌珠也。数年冷宦，官贫亲老，赖此得以娱色笑、慰穷愁，盖所得于湖者，一封典与此耳。

至庚戌二月，先考长逝，幸而得扶榇。越明年二月，粗成先兆，此女以亡。亡于乾隆五十七年二月二十三日。回首在署光景，比苫次之日，每设奠，知于邑[1]拜跪，见予伏地哭，渠亦哭而扶之。曾不期年，而又哭是，谓予何以堪也？

壬子六月初五日，予以服阕将赴省，为葬此山。后之人，怅然有感于予之宦湖，勿以为无服殇也。尚岁一加扫，以志予痛，亦以见予宦况云。

编者注：①于邑：犹呜咽。《史记·刺客列传》王伯祥注："于邑，同呜咽。悲哽。"

瘗齿志铭

复斋先生有齿三十有二，少洁齐，长而强固。以先生蓬累于行，暴露颠颊，蒙犯风霜，洎壬子十月，齿始病于杭。其后二年正月，先生自泰趋杭，复病于括苍之溪舟。自是乃左颊上腭，第二第三两齿间，其抱齿之龈，辄凹然而萎。

此两齿遂缀然以垂，而凡决干啮骨，一切坚大之责，率付右颊，无能为焉。

先生口有舌，故讷不事事，为两齿之既病也，壹似剧怜而抚之，时时以其舌之颠抵两齿而摇之。摇之，盖以视其固否也。会齿微恙，类甚，先生率不怪。己未，先生讲学镛州，舌稍稍任事，然除二三学子，相称说古今糟魄外，无事如故态。越六月二十六日癸丑旦，先生坦而睡，其舌之颠，仍抵两齿以摇，眤而摇之力，觉而起，则此第三齿已掣尔横口颊间，及整之以指，脱然落矣。先生吐诸掌，摩挲良久，乃置去。已而其人相与窃视之，曰："齿之固自若也。齿有根三，根亦自若也。嘻！是直以先生之穷蹙累之，使刚介之骨，无所凭借，甘苦备尝之素，悬而无用，而舌又自以无聊之顾虑，以日以年，卒以摇落，其视先生块然无所用于时，卒将忽忽以终何如也。齿之年，计四十有四。男子八月生齿，八年而毁齿，先生毁齿之年，盖是齿生年也。先生长于齿且八年，二齿竞摇，犹可。又落一个焉，先生危哉！"

盍匣而铭诸，铭曰："矢则有弦，而杨以穿。剑则有靶，而犀以刲。龈则萎，而皓齿为之摧。龈乎龈乎，其尚期诸黄发，固乃儿齿之根乎？"

夏贡士墓志铭

先生姓夏，讳时光，字觐侯，自号粹斋，世居泰之风门。其俗务质趱文士，祖考皆淳朴服农。先生幼而嶷然，家故贫，独励志于学。稍长，负笈郡县间，恂恂善下，能自得师。年二十四，充附学生，二十六补增广生，日有声庠序，旋补廪膳生，自是而其族子弟，以文学著者接踵矣。居家素孝友，处乡里以信义，舌耕之余，虽自以力行节俭有厥家，视丘墓无田，兄弟不遑置，即推田为祭产，视祠谱不修，宗族无以合，常出身为族谋，有纷则解之，遇贫则恤之，一乡多嘉赖焉。

乾隆庚戌，以万寿覃恩充恩贡，若先生者，亦可谓经明行修矣。既卒葬，其嗣复请铭于余，余曾蹑屐风门，饮先生酒，能言先生梗概，爰缀以铭曰："峰城之峰，削若芙蓉。芙蓉凹处，有翁在中。我能济胜，翁尚抱冲。翁遽厌世，峰自摩空。思理游杖，将谁适从。"

董绳庵太翁墓志铭

先生姓董氏，讳兰桂，字同芳。原名永炎，字赤卿，自号绳庵。世居泰之霞旸，某公次子也。为人严重有坛宇，目棱棱有光，而性行特笃。九龄而孤，能茹苦力学，暇则析薪以助爨。年二十二，补博士弟子，为母老弃举业，就养左右，无日废离，既卒葬，终其身犹孺慕。其事兄也，不期友而自尽弟道，其爱弟也，抚其孤则有甚比儿。于姊妹，则不敢以有受我而薄，于父母所爱，则有殁身敬之不衰者焉。平生虽以勤俭起家，遇施受取予，必准诸义。语其待人，谓其无贵贱能否，一接以诚敬，与之言，必因事训告，虽田夫野老，亹亹不厌，信然也。

荀卿称君子度己以绳，待人则用抴，盖先生自号意，先生洵有焉。原配林孺人，亦有妇德，出子旋，业儒。继配朱孺人，以母仪著，出子斿，邑学生，次旅，次㳽，皆儒业。孙九人。先生以雍正某年月日生，卒于乾隆某年月日。嘉庆己巳年某月日，诸孤奉先生柩，与林孺人合葬于张地之一松冈，其子斿，持行述请铭。予素识先生，喜其能论撰先德，用即所述以志，而为之铭曰："笃行之身，桑梓之型。余于此炙鸡渍酒，缅邈老成。固知川岳有灵，必产乎达人。"

家奉祀生补之墓表

长沙宗圣庙奉祀生，讳衍先，字树本，号补之，宗圣曾子六十七代孙也。曾氏自西汉末，从山左迁江右，又数分徙，而居湖南部院西街。考讳尚佳，号兼五，性廉介不苟取。曾拾遗金百两于道旁，坐以待遗者，其人至，以其半谢公，公曰："若贪金，不坐待矣。"麾之去。人谓曾氏有隐德，当有达人。

兼五公有子三，而伯季皆早亡，补之其仲子也。生平学问，不屑屑于章句，专讲践履工夫。尝游京师及浙水，其信义在人，多有可称。年三十余，辄杜门不出，敦修实行。岁戊午，宗老零台诸公，议建宗圣庙于省垣，咸以建庙诸务，非补之公不可，悉授经济焉。庙既落成，族人服其公正，山东世袭翰博[①]以补之品谊，堪膺奉祀，为之请于衍圣公。会东抚长[②]、学政钱，合咨吏部，准补宗圣影堂奉祀。补之性素诚敬，嗣是，其奉祀之诚，有非第以在庙见者，闻方议建庙，诸公商之补之。补之曰："传称神不歆非类，类非徒种类之谓也。凡人奉祀神明，若反而自思，与神明无一毫相似，即谓之弗类。宗圣亲传一贯，我辈为其子孙，试扪心自问，能有一毫相似否？否则樏桷几筵，徒壮庙貌、隆禋祀，神其怨恫矣。"所言如何警切。又闻丙子科，其嗣君兴仁③，方取乡魁，补之引而戒之曰："尔无以一榜芥胸中，我辈读书，须从语言文章，体贴古人深处。若读书不能力行，就胸中记得，笔下写得，总是空壳子，与己无预。"此皆儒者精要语也。

是科，镛奉调入闱，司内收掌。及事竣出闱，获从宗族谒宗圣庙，与补之曾把晤再三，闻其言行于宗族者既详，又自心契其为人。而补之以己卯年三月十二日，闻已弃世，享年六十有八。是年八月，其嗣兴仁，葬公于省南城外之罗眷冈，旋持其行实，请为之表。余喜其能论撰先德，无异余向所见闻，用即节录其所述，可以垂训后人者，使勒诸石。

编者注：①世袭翰博：世袭翰林院五经博士。自明景泰年始封颜子孟子嫡裔，嘉靖年始封曾子嫡裔后，清代沿之。②东抚长：山东巡抚长麟。清满洲正蓝旗人，觉罗氏，字牧庵。乾隆四十年进士，授刑部主事，乾隆五十二年任山东巡抚，后历任江苏、山西、浙江巡抚，擢两广总督，转闽浙、云贵、陕甘总督，官至刑部尚书、协办大学士。卒谥文敏。③兴仁：曾兴仁，字受田，善化（今长沙）人，清嘉庆二十一年举人。历任宜春、文昌、崇仁、萍乡、分宜知县，道光四年任江西乡试同考官。在任常单骑下乡，访求民间疾苦，劝课农桑，兴修水利。遇争讼者，即于野店山寺设简易公堂，就地判决。后以丧亲辞归，不复出。居家博览群书，以撰著自娱。有《乐山堂集》。

传

孝鹅传

孝鹅者，复斋所养鹅也。壬子冬，尝署云和学博，溪斋无事。比至春，有粥①子鹅者，爱取二头养之，以销寂寞。渴则酌水以饮之，饥则握食以饲之，斋有鸡，将夺其食，则常以物捍之。是两子鹅，方脱壳失母，视养之者，无不可恃有是，一似即其母也。因随余所处，辄伏足旁，行亦从之，鹅一雌一雄，雄者特甚。及卸事，乃笼之以归，由云和至家，后先篮舆，稍稍远离，其雄者，则四顾鸣不已。既至家，夜授以棲，早启之，是鹅率由廊下而堂而寝，至余卧所。

遇余或未起，即伏床根不作声，视余揽衣起，则哥哥然先出房门立以俟，无日不然。或使人驱而浴诸溪，率不多时即先反，其雌者虽终日浮唼水草，非所系恋也。余尝出乡三日，是鹅立于堂之后，鸣而不食者亦三日，一门莫不为之感动。

是秋，余复往省垣，及金华、嘉兴、江西、桐城，至戊午冬始一回家，前后凡六年矣。至家之夜，是鹅遥闻人语，忽长鸣达旦，盖犹识是养之者之声也。及早，疾趋余所坐处，引颈鸣两膝间，有不胜悲欢交集神情。问前此雌鹅，久已不在，更予之匹，且复有子，是老子鹅，仍概置不顾，终日追随左右，如始养时。

其明年，余游闽中，家中以余次女居乡，将是鹅寄养，以就水草。越辛酉，余自闽归，曾至次女家。次早，有鹅且行且顾，直上大厅，睨而飞鸣向余前，不意即余所养老子鹅也。闻寄养二载，从未至厅，乃亦闻声而知。既见余，更一步不离，如是三四日。迨余将乘篮舆归，是鹅乃从舆前，先昇者趋。自左格之，则自右趋，自右格之，则自左趋。时女家姻党送余者，互抱之以退，则如婴儿中道失慈母，其哀嗷之声，殆有不可闻者。

吾以思夫人，万物之灵也。人少则慕父母，有妻子则慕妻子，况禽鸟乎？计是鹅为余所养，曾不过百余日，而以是鹅依恋所养，一至于此，其在于人，非所谓大孝终身慕父母者乎？余非闲居无事，何从得尽其性，又何从知物情之挚，固有一至此者也。

壬戌，余补授汤溪学，欲携是鹅往，为亡儿故，不堪以之增感，用属次女家善养之，以尽其年。后五年，乃死，余次女徐婿②，为葬诸徐坑之山。尝闻唐天宝末，有沈氏孝鹅冢，是可并传矣。

编者注：①粥：通鬻。售卖，出售。②徐婿：徐彬，泰顺峰门徐坑村人，监生。曾镛之二女婿。

祭文

祭朱文公文

维年月日，正学书院掌教曾镛率门弟子谨以清酌庶羞之仪祭于先贤文公朱子之神前曰：

尼山之道，宋实昌明。懿我文靖^①，载道来闽。下开罗李^②，上继周程^③。煌煌统绪，谁集厥成。天笃斯文，夫子挺生。成终成始，曰敬曰诚。远惟鹿洞，近仰考亭。龟山之阳，小子谈经。敢羞俎豆，教泽维新。尚飨！

编者注：①文靖：杨时，宋南剑州将乐人，字中立，号龟山。神宗熙宁九年进士。调官不赴。先后师事程颢、程颐，杜门不仕十年。历知浏阳、余杭、萧山，改荆州教授。金人攻汴京，坚论严为守备，除右谏议大夫；又反对割三镇以乞和，兼国子监祭酒。指斥蔡京蠹国害民，力辟王安石之学。高宗立，除工部侍郎。以龙图阁直学士致仕，专事著述讲学。卒谥文靖。与游酢、吕大临、谢良佐号为程门四先生，又与罗从彦、李侗等同列南剑三先生。其学术后被奉为程氏正宗。有《二程粹言》《龟山先生语录》《龟山集》。②罗李：罗从彦，李侗。罗从彦，宋南剑州剑浦人，字仲素，世称豫章先生。从杨时学，又问学于程颐。高宗建炎四年，以特科授博罗主簿。后入罗浮山静坐，研习学问，绝意仕进，为朱熹所推尊。卒谥文质。有《豫章文集》等。李侗，宋南剑州剑浦人，字愿中，世号延平先生。从学罗从彦，得其《春秋》《中庸》《论语》《孟子》之说。退居山里，谢绝世故四十余年，讲经说道，启迪后学，答问不倦。虽清贫而怡然自得，若无意当世而伤时忧国。朱熹尝从受业，得其传。卒谥文靖。有《李延平先生文集》。③周程：周敦颐、程颢、程颐。宋代濂、洛两派理学家。

武侯祠祈雨文　祠在东安西门

维大清嘉庆十九年六月某日，东安县知县曾镛敢昭告于诸葛武侯之神曰：

维公功侔伊吕^①，才驾萧曹^②。力存正闰于三分，手布风云于八阵。界临粤竟^③，此地尚峙高台；在东安县后。厡勒汉营，到今犹钦古迹。在东门外。世崇享祀，民之奉公也盖诚；时际灾荒，公之爱民也必甚。今者，天逢旱魃，野等石田。并走山川，庶曰崇朝其雨；日祈方社，依然有嘒其星。咎征见于恒旸，是有官责；无年书从累岁，如斯民何？伏维当年驻节之灵，一普此日卧龙之德。尚起嘉禾于既槁^④，免诒兆姓于荐饥。敬率绅耆，吁哀祠宇。尚飨！

编者注：①伊吕：伊尹、吕尚。②萧曹：萧何、曹参。③竟，假借为境。④槁，通槁。

谢雨文

维大清嘉庆二十四年六月十六日，东安县知县曾镛敢昭告于诸葛武侯之神曰：

日因亢旱，遍祷群神。雨一清暑，旱又经旬。谨率寅属，乞公之灵。惟公之灵，可格一诚。曾不终日，风骤云骈。终宵灵雨，优渥乡城。大无可免，晚种可成。转荒为稔，端仗鸿仁。俎豆尸祝，壹何能名？泥首致奠，终俾盈宁。尚飨！

祭四妹①文

维嘉庆七年六月二十六日，兄曾镛谨以牲酒之仪致祭于顺湄四妹之灵曰：

呜呼哀哉！命也茕独，我抑何酷。顾予一身，曾几骨肉。胡不两月，夭亡相促。呜呼四妹！予抚汝长，汝抱侄大。贤如汝侄，淑慎如妹。明明上天，宜未有害。我罪伊何，遽夭汝辈。呜呼四妹！汝殁有孤，我存而独。我忍奠汝，汝应我哭。哀哉尚飨！

编者注：①四妹：曾顺湄，曾镛同父异母妹，继母夏氏所生，嫁泰顺一都高兆炳为妻。

祭族兄艮斋文

维大清嘉庆十五年岁次庚午六月甲申朔，越二十六日己酉，族弟镛谨以香醴之仪致祭于艮斋二兄先生之前曰：

呜呼！老成凋谢，邦国同伤。矧兹亲旧，情胡忍忘。嗟若先生！身潜草莽，品重圭璋。遇自履坦，行自以坊。睦姻任恤，人仗胥匡。子谅易直，孰与等量。以予荦末，久炙温光。先生伯仲，方萃此堂。难兄难弟，元方季方。酒垆如昨，人琴俱亡。向风思旧，若何怅怅。跪呈鸡酒，灵其皇皇。尚飨！

同乡公祭李母林孺人文　李君孟鹤母，在京闻讣

於戏！惟坤仪之淑慎，薰梓里而弥芳。故则莫重乎梱内，而风托始于闺房。猗嬿婉之母德，蕴粹质于金闾。讯柔嘉于绮岁，早应节于珩璜。夕锵鸾而来括，叠①锥髻以摒挡。幸苣兰之逮献，躬鞠䰔以相将。问有无以黾勉，岁食贫而若忘。笑牛衣其何泣，羡鸿案之相庄。念鼎来之绩学，比徐吾之分光。手析松而继晷，宵佐读以七襄。唯君子之德立，家徒壁以何伤。卒相成以内相，

417

覃世泽于青箱。

於戏！壸政之辉也，辉何事乎银黄。庸德之荣也，荣何有乎金张。唯哲嗣其挺出，即盛门之余庆②。繄玉溪之华萼，标雅范于胶庠。裒盈门以桃李，人敬祝夫瓣香。南称柑而北橙，推学府与谟觞。慨下士之浮薄，竟追曲而毁方。羌独抱乃浑璞，不自鬻吾圭璋。匪义方之自昔，胡伟器之昂藏。矧兰荪之绕膝，方茁玉而琳琅。企含饴于萱寝，知戬谷之未央。

於戏！金堂溘其西覆兮，宝婺黯而不彰。驷玉虬其安指兮，参瑶象以回翔。耳紫鸾之啾啾兮，群揽蕙以浪浪。布椒醑而抒诔兮，灵焱举以皇皇。於戏，尚飨！

编者注：①鼂，通朝。②庆：福也。音羌。下平七阳韵。《易·坤卦》："积善之家，必有余庆。"

祭廷尉周立崖①先生文 代其门生方青门先生作

於戏！玉衡耿而夜落兮，平星暧而不明。泰岳溘其东覆兮，乔松峨其下崩。挥阳戈使回影兮，灵自徂乎太清。鞭巨鳌以厸飙兮，卒莫展乎悃诚。缅道儿之磊磊明明兮，存固不恃乎生。念去此其从谁兮，又谁禁泪潺湲而交并。维判山之崒崒兮，萃井鬼之精英。控碧鸡与金马兮，压华恒而吞沧溟。极蜿蜒磅礴而必发为伟人兮，郁灵异于南宁。繄吾师之□②生斯宇兮，宗钟毓之所凭。抗澄心以希古兮，块孤立以亭亭。联杞梓而崛起西南兮，骋珍驾于蓬瀛。寄生涯于诗酒兮，寓奇气于墨卿。当酃绿之满酌兮，吸五斗其若鲸。乘淋漓以振翰兮，势鹰峙而鸾惊。膺元章之素癖兮，靡张旭之豪情。忆昔簻乌台而纠典兮，簪白笔以棱棱。洎历棘庭而正法兮，常自有其哀矜。时手提夫风雅兮，桃李纷其满庭。慨下士之浮薄兮，竟追曲以为名。彼握珠以弹雀兮，忘夫重而得轻。此鱼目之鳞杂兮，谓明月其弗莹。嗟若夫子之不负初心兮，问涉想其几曾。繄孤标之章章如是兮，固宜跻鼎台而庆冈陵。何坚芳之易折兮，遘凶问之频仍。痛元昆之勤厥官而捐馆兮，等死事于元冥。念一人之轸念贤劳兮，锡宠命于九京。哀与感其交集兮，爰力疾而遥谢恩荣。维天眷之高厔兮，悯鹤骨之凌嶒。令返蒒俾护病兮，胡旋踵而遐征。悼哲人之云萎兮，感共切乎簪缨。矧吾侪小子之夙归陶冶兮，谊又等乎生成。悲瓣香之销歇兮，绛帐阒其烟凝。将焉仰而焉托兮，徒相向以失声。跪陈词而布奠兮，抒凄婉于椒声。旗鹤纷其下集兮，企蚡蚤于檐楹。呜呼尚飨！

编者注：①周立崖：周于礼，字绥远，号立崖，别号亦园，云南嵩峨人。乾隆十六年进士，授编修。官至大理寺少卿，决狱必准情法，多所平反。书法东坡，有《敦彝堂集》《听雨楼诗草》等。②□：该字上竹下昌。

祭琼州吴太史符宜人文 代其门生作

於戏哀哉！绮阁香埋，瑶台烟结。组帐空悬，灵衣虚设。耿耿天孙之影，入夜全微；凄凄少女之风，凌晨倍切。一窗暗紫，竹染泪以凝斑；满院深红，鹃无声而溅血。慨兰英之芳馥，时未艾而先摧；何琼佩之铿锵，质以缜而中折。惟宜人之云逝，念夫子所神伤。

溯遗徽于巾帼，早比德于圭璋。卜凤婉娈，秀冠一门姒娣；闻鸡盥洗，颐解两代尊章。若乃翟茀南来，鱼轩北上。凭谁献茞，轫将发而犹迟；何处投筒，辕欲还而未得。几载神仙之宦，解觋官箴；一庭臧获之微，平分内则。不闻嗃嗃，肃环响于玉署阶前；敢唤卿卿，佐琅函于金莲炬侧。方谓双飞海鹤，稳宿瀛州；定教百尺虹枝，更森上国。讵意家方多难，运甫遭屯。燕在筐而旋去，珠入掌而还沦。匣绣褓于床头，痛每深于刲股；目羊车于堂下，肠有甚于转轮。遂使色变青萱，忘忧无自；加以虑深黄口，故疾更新。菊采南阳，全乏延龄之效；香来西域，难征续命之神。可怜风烛，竟作埃尘。冰轮堕兮玉座寒，筼簹空兮银釭碧。悲凉思子之台，寂寞忘夫之石。何日芙蓉岭外，拥去香旌；几时玳瑁汀前，归来芳魄。招以云间五指，空擎数点螺青；望穷罗岫双峰，唯是一株梅白。声销素幕，知奉倩之悲感较深；泪满青编，识子荆之愁怀难释。

吾侪小子，风景余芬。雪夜执经，幸附庭前游酢；花朝问字，时钦帐里宣文。岂服神方，握姮娥而入月；定参列宿，蹑宝婺以凌云。惟坤仪之难没，忆闺德之旁薰。用陈哀诔，上达凄君。

补遗

书辛未楼屋被火事

嘉庆辛未正月，余所居泰顺北门内楼屋火。火起自屋之东北隅，凡服物器用咸在，而所有书籍，则尽在西楼。时甫上灯，屋之东畔，火已炎炎达栋瓦，更无从救。余急上西楼，欲得人搬抢书籍，而邻里之来救火者，悉为门墙阻逼，不得入。乃自遍索生平所作《经说》及诗文，于前此所曾安置之处，辄一不可得，而火焰且穿西楼，不得已即疾趋而下，偕妻儿立于大门外一空坪，束手望火。

自初昏至二更，火尚烛天，人人为叹息相慰，余既谢之。窃自以为编茅皆堪容膝，被褐亦可御寒，若书籍虽多，余时已衰朽，如子孙不能读，犹之焚也。且如余以此夕死，诸物举非我有矣，何足深惜。特不解余所获罪于天者何甚，乃并此生心血，可即小小著作以留遗于人世者，亦概付之一炬耳。

既而亲好延至其家，复自思所有拙作，卒安置何处？或告以通屋无他物抢出，惟有一旧香几，与一破纸箱，不知何人抢在空坪。余曰："心血在此矣。"适忘数日前，曾取所作《严陵钓台》诗，以示潘生崇秩，随手于东北隅楼上，并《经说》及古文，携过西厢楼上，俾阅过即置是楼香几中，今香几独存，则所有拙作度必未毁。诸及门咸趋至空坪，抽其盝，果未毁，即群异以来。余不禁欣然望空拜，谢彼苍何以哀怜此生有是，壹似阴相之，使不遽作煨烬也。岂以所作如《易说》，独足阐先圣之旨，而发汉唐以来之蒙邪？窃自加珍惜。若夫破纸箱，乃迄时以贮破书与破纸，委之楼廊，将以焚诸字库者。至是启视之，不知何时有自少所作时文数十篇，包裹其内。非此则制义虽无甚紧要，半生工苦，亦无只字也。皆可记幸。

劝捐育婴堂①田产引 附严禁溺女示

孟子曰："先王有不忍人之心，斯有不忍人之政。"为徒善不足以为政也。东邑俗多溺女，恬不为怪，甚至溺男，本县尝出示剀切劝导，苟有人心，能无恻隐？揆所由溺，抑多难言，今第禁之溺，不能力为之所，卒难保其不溺。为民父母，坐使愚夫妇忍心至此，凡我父老暨厥善良，坐视乡党间忍心有此，又焉得不力为之所。本县见在设法捐资三百两，置买屋宇，仿苏扬各处作育婴堂，闻绅耆中已多愿捐田亩者，则收养雇乳诸经费不患无出，本县不胜欣幸。

特天下事，不乘此踊跃同心之时，决截做就，若观望周章，卒至退缩中止者不少。今为绅耆约，期一月间，其规模必先可定，赍到捐簿，各随愿力。即行捐拨，度凡有力之家，与其为人间多置无常主之美产，何如为子孙多留不可夺之福田。其有能慷慨出力，为一邑倡者，在绅耆自出自至诚，非以干誉，本县当禀请旌奖，以风好义。

附严禁溺女示：

为严禁溺女，以全生命，以挽浇风事。

尝闻分成男女，道本乾坤，故杀卑幼，罪科尊长。查东邑俗多溺女，相习成风，恬不为怪，因之且有溺男者，流毒至斯，深堪切齿。抑知天地之性人为贵，恻隐之心人皆有。彼昆虫草木，时方生长，苟有仁心，犹且不忍伤折。且如犬之有雌，人家多不欲畜，方其生也，设若使人特取雌者，即投之水，人必不忍为也。况鹰鹯虽恶，必不自啄其雏，豺狼即残，必不自戕其子，奈之何以生人亲生骨血，同此婴儿，同此性命，一见是女，乃悍然自生自溺，使呱呱然偃仰覆盆之顷，求生不得，逃死不能。问天地间，事之至惨者，孰甚于此？心之至忍者，又孰甚于此也？

为难养溺耶？婴孩食乳，需养几何，长授女工，亦堪自食，不溺安必难养。为难嫁溺耶？婚姻论财，多由女家，不索聘礼，谁计妆奁，不溺安见难嫁。为择婿难耶？男女作合，莫非前定，且问名许嫁，此皆事之可惟我徐图者也，不溺岂遂有女祸。为得子难耶？男女之生，各以数至，此又不必谓惯行溺女之家，多至绝嗣也，溺之岂即产佳儿。此其妇人，必多懒妇，无非为胎产不一，恐保抱费力，其丈夫自是鄙夫，亦无非为惟妇言是听，恐将来费事，故但觉女若可溺，遂视人溺亦溺耳。而亦思此身若有父无母，身从何来？而亦思举世皆育男溺女，人类不从此绝乎？而亦思方其溺也，睹其形，谁不首为之疾？闻其声，谁不心为之酸？为父母者，不知是何心肠，竟乘其无知，竟利其无能，无辜取怀以十月者，任意立使之必死，究何忍提得此手起也？此皆恶习，全无人心，国法天理，皆不容宥。

本县为一邑父母，焉得不亟为救止，除严密查究外，合行出示严禁，仰阖邑诸色人等知悉。嗣后务知人相保全，毋昧生人不忍之良，自坐故杀卑幼之罪。倘敢违玩，许该保邻指名赴县具禀，以凭严拿惩治。该保邻如敢徇情容隐，一经查出，定并拘究。其各凛遵毋违！

编者注：①育婴堂：清光绪《东安县志》："育婴堂，旧在县廨东，乾隆元年汪溁建。县俗颇溺女，故设此拯之。嘉庆中，曾镛别建于南城，作记言永州八县无育婴堂，则汪堂久废矣。镛所置堂三重十六间，左右厢几二十间，厨仓诸屋，蔬圃地毕具，费银三百两，外募银二千三百两，义田将三百亩。后并以入书院，寇乱兵毁官舍，而训导借寓堂中。同治十三年，县人郭丙章、李泮亭始出己资，收养附郭弃女，犹未暇及四乡焉。"

育婴堂告成记

永州八属，向无育婴堂，余承乏东安，悯厥习俗，久思创此。至嘉庆庚辰九月，始自捐置南城屋宇，以为是堂，并劝乐善士民，捐田为收养诸经费。士民踊跃从善，不数月间，捐田二百九十余亩，捐银二千二百九十余两，计一堂诸费所需，已苟合苟有。用捡首士，酌立规条，雇乳收养，呱呱满堂，洵从来未有之善举。后之君子，诚慎守所已成，更济所未及。推己溺之思，扩同胞之量，亦千百年一方之良法也。

堂凡三层，通计一十六间。左右横屋凡六座，通计二十间。自官厅厨房，及仓屋碓屋悉备。其屋基，南北二十五弓有奇，东西一十五弓有奇。其堂外东畔园地，南北二十一弓有奇，东西一十二弓有奇。工作既竣，爰率首士，亲行丈量，绘图存据，并详开捐助各姓名，以示不朽。

跋

古今之治术，古今之学术为之也，而要可一言以蔽之，曰简易，曰易简，而天下之理得。惟易故简，简，内圣外王之要道也。古之圣人，皆以简自治，以治其民。自治简，则主一而心不杂，所以执其中而无不敬。治民简，则主静而民不扰，所以建其中而无不平。此唐虞三代所为，以学术为治术，而天下悉相安于易知易从之理也。降至夫子不获以治术行其学术，不得已乃传其道于六经，其书虽多，而其旨则一无非以至简之道，为天下后世告耳。

顾自汉以来，解经者非失之浅陋，则失之支离，至今不下数千家。其言愈烦，其经愈晦，学术不明，治术因之。而其蔽，则皆由不简，岂知圣人之道至简而赅。是以圣人之言，亦至简而文，今乃举其直捷者而迂曲之，其浑沦者而破碎之，非不尽其精微，毋乃伤于广大？无怪乎自汉以来学术之日晦，而治术因之亦纷矣。

愚窃以为六经之旨，本自昌明，如日月之经天也；本自贯通，如江河之行地也。特为之说者，障之以云雾而使之不明，塞之以沙砾而使之不通。所以六经之书亡于秦火者其半，而亡于诸儒之训诂者，其全也。今欲扫云雾而除沙砾，则莫如尽置汉以来之训诂，而惟读本经。若此身亲列圣门然，乃不知有汉，无论其他。于是即以本经注本经，而昌明者复昌明，贯通者复贯通，自有以豁然见圣人之学至简，而易知易从，初非如为之说者之烦而难尽也。

以为学术则简而明，一言可行以终身，以为治术则简而决，无为可登于郅治，惜乎自汉以来，未有以此治经而治民者。子曾子生乎数千载之后，悼经学之日晦于诸儒，而慨然念圣人之学之不传也，独以圣人之经注圣人之经。其为说也，乃始举自汉以来训诂之说，而一空之，第沉潜乎本文之义，而经旨自出。一为之去其障，而其光炯然，仍如日月之经天。一为其开其塞，而其流汩然，仍如江河之行地。於虖伟矣！

自有六经以来，天不生吾师，万古如长夜也，既生吾师，万古开群蒙也。而要其为说，一言以蔽之，曰简。言简而六经之理得矣。不宁惟是，子曾子之于简，学术然，治术亦然。今读其文集，所论自治之术，刚以制心，恕以济物，惟简也，是真学问也。所著诗古文词，气浩而直，骨高以峻，惟简也，是真文章也。所答问政之书，贯彻古今，切中时弊，惟简也，是真经济也。少壮以简之道读群经，以践之于身，力学复古，独得于心，人罕知之。惟以文名一时，亦复深自韬晦，不求人知。及其司铎浙水，上之人有廉其学之达时务者，爰荐之于朝，来令东安。廉而明，仁而恕，民感之，为《德政歌》，榜于四衢，于是人皆知其为循吏也，而皆不知子曾子之所以治东安者，特学术之见于治术者之小试。而其学术之独得于简者，固为自汉以来诸儒之所不逮，而独有以接乎数千年不传之传，其为功于圣门者，初非人之所及知也。然而其治东安者，简之为效已可见矣。

昔子周子起北宋时，人见其乐山水也，则以为高人，见其决疑狱也，则以为良吏，独子程子之父有以知之，后乃得子程子之表章之，而其学遂传。子曾子之门，章不知其孰为程氏者，顾其学之必传，则天理有必不容没，而圣人之灵有必为之佑也。不然，其家灾于祝融，火炎昆冈，玉石俱焚矣，而此集乃岿然独存，非天之理于是在，而圣人之灵阴有以呵护之，有不为灰烬者乎？

章不敏，以丙子春主讲泉陵，得谒子曾子于行馆，谬以为小子可教，而纳之门墙，乃始以生平所自晦之学，而尽泄之于章。章亦何幸，而得闻夫子之至论也哉。其素所著述，多散轶无存者，烬余之文，衮成此集，曰吾将藏之名山，传之其人久矣，子其人也，勉之哉！章闻而愧汗，窃劝夫子付之剞劂氏，以俟后之君子。子曰可。刊既竣，章乃敬读而跋之，后之学者，其亦可以知圣人之道矣。

嘉庆二十二年丁丑十月二十有五日，弟子武陵杨大章敬跋。

附一　清道光《永州府志·良吏传》

　　曾镛，字鲸堂，浙江泰顺人，乾隆拔贡。通经学，工古文辞。讲学闽中龟山书院，后司孝丰□，成就后进，皆有根柢。尝为汪总制志伊所礼重，延之课子，且问治术。开陈万言，首勉以清正率属，汪心服其论，多力行之。阮抚部元，知其经济才，举为令，擢知东安，年垂暮矣。东安民朴愿，镛务休息之，一切理以宽简，惩一二藉死，诈诬者无敢复行，邑几无讼。葺试院，建育婴堂，平治道路，皆出俸金。课士字民，视若家事，野人至有缚菜把为献者。官斋著书不辍，率家人治桑著，清俭无比。七十三岁始以仕学兼优，民安于治，举治行入朝，未及迁而卒。著《复斋全集》，学者称为复斋先生。

附二　清光绪《东安县志·曾镛列传第七》

　　曾镛，字鲸堂，泰顺人，乾隆中拔贡生。喜宋儒经学，主讲龟山，生徒颇盛。汪志伊为总督，宾礼之。镛开陈治术，专以廉正为本，志伊为政清直，多镛所赞助也。补孝丰教谕，巡抚阮元以为有儒吏材，荐为令，补东安县，年六十六矣。县民朴愿，镛更以宽简治之，视官如家，未尝用鞭扑，几于无讼。其所兴作，唯试院、讲舍、育婴堂、桥道诸工。妻女皆令治蚕桑，登其堂，弦诵机声相答。乡民得新菜果，其直不十钱，率以献镛。在官七年，阮元复督湖广，访之于藩司，乃以仕学皆优，举卓异引见。明年还任，未及迁而卒，年七十四。镛尤勤著书，至湖南，得武陵杨大章、零陵令子会稽宗绩辰为高弟子，日夕讲学，著《易》《书》《诗》《礼记》《论语》《孟子》诸说凡十三卷，《复斋集》二十一卷。其论《易》，欲列四千三十有二爻，而悉补其像；论《诗》，斥淫诗之谬；论《大学》，篇以宋儒。所改易为非，异夫专守章句者。然其学不越讲义，空疏之习，与阮元殊趣。元之荐镛，实嘉其材守云。镛卒之日，吊者数千人，及丧归，送者塞途，柩不能行。五十年来，言良吏者，莫敢举镛为比，颂德之诗至千余篇，声名轶于潘荆①。

编者注：①轶于潘荆：轶，超过。潘，潘文彩，字陵岫，临颍人，顺治十六年任东安知县。荆，荆道乾，字健中，临晋人，乾隆三十三年任东安知县。二人皆称良吏，县志均有传。

附三　清光绪《分疆录·曾铺传》

　　曾铺，坊隅人，字在东，一字鲸堂，人称复斋先生。自少勤学，贯通六经，精深性理，粹然儒者，制艺高古，自称一家。以丁酉选贡入太学，试辄首选，名震一时。历任汤溪、金华、孝丰、云和教谕，为诸生讲古人之学，人多宗仰。时，阮相国文达公为浙抚，重其学行，遇岁荒，特使协委员往湖南采办赈米，事竣保升知县。回籍主讲罗阳书院，晚授东安令，廉明仁爱，讼狱衰息，民颂为曾青天。举循吏第一，升知州，引见归，卒于官，士民痛惜，为编《德政集》。所著有《五经解》《复斋诗文集》。同治八年，入祀乡贤及湖南名宦祠。《云和志·名宦》有传。

附四 清《复斋公入祀乡贤案稿》

同治六年四月初八日初次呈报。

具呈：致仕兰溪县学训导林鹗，署绍兴府学训导吴世芳，署仁和县学训导陶祖翼，候选教谕陶鸿年，职员潘时敏、林兆雷，恩贡吴忠蕴，岁贡胡睦琴，例贡周异操，廪生林焯、周念箴、董宪曾，生员张兆凤、潘道佩、叶万孚等为醇儒循吏请祀乡贤仰祈祥达事。

恭逢圣世，褒德录贤，典隆社祭，崇儒考绩，礼比功宗。洵为旌异之天麻，宜举里闾之民望。兹有已故泰顺县选拔贡生、湖南东安县知县卓异候升曾铺者，幼修内行，夙励群经。业追汉学之传，文绍唐贤之法。洞烛素除夫三惑，操持尤凛夫四知。东州擅不斗之徽称，南国重非常之伟器。其时才名宏博，拜贾郑而明经；选入成均，事苏湖而拔萃。方欲登诸天禄，手录瑶华；乃惟用作人师，声宣金铎。方正之科共举，广文之席初膺。谕孝丰而坐仙航，植嘉禾而历云水。遂以兼长干济，委任资其远猷；爰因于役泛舟，廉能著其实征。于是刿章特上，先试以百里之才；茂宰交推，卓荐为三湘之最。谓并优于仕学，令进谒于先皇；

将不次以超迁，尚言旋而抚字。少慰清溪之攀卧，遽伤朝露之凋残。巷哭衢悲，遗爱长留于桐邑；乌号鹿挽，全归早返于罗阳。贫迟窆窆，偏息壤之难安；子苦幕游，复佳城之待卜。碑口犹腾楚泽，乡评永念韩门。鹗等枌梓必恭，述前型而忍忘衣德；荔蕉可飨，援旧章而冀附黉宫。敢陈论定之公词，请允表章之钜典。被馨香者百世，上吁恩光；庐月旦于一方，深关名教。谨列事实，伏候详题，感厥荣施，靡有纪极矣。为此合呈，同乞垂鉴。

附呈事实：

一、该员孝友性成，生长祖居凤山旧庐，自幼侍庭训，读书山楼。颖敏笃学，经史无不熟习，而尤用力于注疏，一时令长目为异才，送往敷文书院肄业。学日益进，抚部熊公学鹏极赏之，遂砥砺成通儒。

一、该员受知王韩城相国，选拔高等后侍阮文达公，于诂经精舍闻讲汉学，勉以西河、竹垞诸先生。其说经每有特识，于《易》，则辨爻辞非完书，以六七八九为蓍策之数；于《书》，以今文之辞可信，古文之义当尊，不可排击；于《诗》，谓三百篇无邪思，六笙诗即乐谱；于三《礼》，谓皆孔门弟子之书，记中《月令》非吕氏撰；于《春秋》，多取《公》《谷》；于《大学》，多从古本；于《中庸》，云禘尝皆时祭；于《论语》《孟子》，无不贯通透彻，多可羽翼儒先。

一、该员庭试后曾充四库馆誊录，雠校极精，为周海山尚书所重。寻用教职，选授孝丰县学教谕。侍父道川岁贡，教其学子，士之受业者多。父忧服阕，署云和学，历署金华、嘉兴府学，汤溪县学等篆。清介绝俗，汪稼门、秦小岘诸公俱礼敬之，每就问行政之道。其书，今选入《经世文编》。阮文达公抚浙，重其才节，更以公事相委任。时以浙饥，采米川楚，力行撙绌，同事八员皆以为法。以粟纯用省保奖注铨县令。久之，始辞铎，将谒选，尚主邻邑、本邑讲习，门下寖盛。嘉庆甲戌，始捧檄宰湖南之东安。

一、该员治东安时，其民愿朴少讼。日坐厅事，与民讲孝悌礼让，化其争戾，告期所收，不过数纸。恒于公庭著书，尘牍立扫，民呼为曾青天。其秀良多来问学，暇辄课农亩耕稼，见道路桥梁有倾仄者，即率之修葺。复捐建龙岩义学及考棚，文风大振。遇旱，祷诸葛武侯祠，雨立降。任七八年，邑大治。左杏庄①抚部调入秋闱，与论学术经济，皆甚契。遂举卓异，其考语曰：仕学兼优，民安于治。引谒入朝，一时期将大用，乃回任候选。未几，以老瘁卒，士民皆痛惜之。

一、该员昔居泰顺北门，书楼遭火，独经书文稿幸而不毁，即今刻在《复斋文集》者也。集凡五经说、古文二十一卷，诗五卷，板尚存。其书亦多有藏者。至其旁通术数推步，无不精阐秘奥，并无传本。若序刊《国朝二十四家文钞》，海内咸以深于古文推之，信为道义俱醇、言行赅备之士。殁而祭社，诚不愧矣。

县宪汪公学澄②原详看语：十室儒宗，允副明经之选；一时物望，咸推秉铎之官。酬知不独文章，致用尤资干济。由是上游推毂，下邑分符。小试割鸡，课循良而报最；长途展骥，待简擢以超迁。何期兰芷招魂，风徽遽歇；徒使枌榆念旧，模范难忘。楚泽神③君，遗爱如思东海；罗阳庶士，瓣香犹祝南丰。综厥生平，絜诸论定，洵兼优乎仕学，宜无愧乎典型。可祔宫墙，用光里社。

抚宪马公新贻④批查：曾镛服官楚南，尚系嘉庆年间，阅今数十年之久，当时政绩若何，事关题请入祀乡贤，自应咨查湖南省，覆到再行核办。仰布政司核明叙详请咨，毋延。仍候督部堂批示，并补详学部院核示缴。

同治七年月日，署湖南永州府东安县知县李炜，为遵札查明申请详咨事案。奉宪台札，奉抚宪刘札开，同治七年三月十六日准浙江抚部院马咨开，据布政司详称，案查泰顺县详送拔贡生湖南东安知县曾镛事实册结请入祀乡贤由。

奉抚部院批查：曾镛服官楚南叙前批至仰布政司核明叙详请咨等因，奉此理合，详候咨请查照，抚部院查明复浙核办等情到本部院，据此相应咨请查照，饬查复浙等因。到本部院准，此合就札行札到该司，即便转饬遵照，切查明声复详咨等因咨院行司，奉此合就札行，为此札仰该县即便传谕士绅，采辑该员前在任内实在政绩，取造册结，核明赍司，以凭详请咨送，毋违切切，此札等因。奉此，卑职遵即传谕地方士绅，采辑该员前在任内实在政绩去后，旋据前安徽督粮道叶兆兰，职员唐德荣，举人雷引薰、文恩光、毛羽仪，训导蔡锡五，岁贡生席居正，守备郭定魁，生员乔仰高、唐秀实、鄢玉藻、邓时敏、毛伦德、邓连元、谢祥麟，武生邓光裕、谢大荣、李兆实等禀称：

窃惟原任东安县知县已故之曾公讳镛者，宦游斯土，先后九年。风清载鹤，几于无口不碑；泽洽嗸鸿，洵乎有腹皆饱。用以激浊扬清，在于阐幽彰往。莅邑芳规，难以枚举。举溯政绩于当年，网每解夫三面；却贿金于暮夜，心时凛夫四知。民以安，盗以敛，不夸汉室龚黄；利则兴，害则除，何异唐臣姚宋。洁己爱民，刑清政简。忆昔旱魃为虐，果然甘澍之随车；复经祝融降灾，亲见返风而灭火。百里子民，共呼召父杜母；千家丁壮，咸沾黍雨棠阴。惟其入物者深，是以去思则永。课士捐廉，济济者俸银千两；育婴得地，峨峨乎广厦万间。嘉猷本于悃忱，经术素所蕴蓄。紫井铭十二韵，风化攸关；息讼歌数十联，爱民具见。式是仪型，佇资感慨；由是深仁，遍于里巷。歌讼刊成，恺泽敷于；闾阎衙斋，额满卓哉。郑侨遗爱允矣，文献堪征此皆。职等亲炙其休、身被其惠者也，理合遵照采辑，胪成事实，禀恳详题，入祀乡贤。

嗟乎，藐兹下邑，岂无竹马之私情；蕞尔应阳，偏驻悬鱼之清节。春晖无颇，浃髓沦肌；寸草有心，咏仁蹈德。忆当年之劝学训农，罔非善政；睹异日之馨香，俎豆快厥。舆情凡有关于吏治民生，敢弗献其乡评月旦等情。

据此，该署东安县知县李炜[⑤]核看，得已故前任东安县知县曾镛：早登贤书，服官楚省，爱民洁己，政简刑清。锄莠安良，万户得以乐业；兴利除害，一邑感其深仁。祷甘霖能解旱魃之虐，祈反风旋熄祝融之灾。置夏屋以育婴，赤子得所托庇；捐重资以造士，青云因而联登。端风化则铭成十二韵，当年颂遍苍生；息讼狱则留歌数十联，此日传来白叟。迹其生平事实，洵有裨于吏治民生，与请祀乡贤之例相符。兹据卑县士绅采辑事实胪陈，出具切结，禀肯详咨前来。理合加具印结，备文详请宪台俯赐察核转详请，为此备由具详，伏乞照详施行，须至册者。

同治九年月日又呈请详题。呈见后疏中，绅士列名同前。

同治九年六月十六日，浙江巡抚杨公昌濬[⑥]题为公举入祀乡贤祠循例恭疏具题仰祈圣鉴事。

据署布政使兴奎详称，据温州府知府陈恩燏详，据署泰顺县知县薛赞襄详，准儒学移据前任兰溪县训导林鹗等禀称：窃已故泰顺县拔贡生湖南东安县知县卓异候升曾镛，品植宏儒，政成循吏，王子阳经明桥梓，陈仲弓行表枌榆。其先贡艺燕都，一枝首拔；厥后校书虎观，万卷胸罗。登孔郑堂，经义补古人之阙；入韩苏室，文章为哲匠所推。十余年之铎宣，尊如北斗；廿六卷之著述，敬祝南丰。常则经世既治，资夫龟鉴；变则救时策建，被夫鸿鹜。爰闻大吏之剡章，俾任有司而底绩。檄驰南楚，绥绾东安。门艳龙登，课士犹传棠舍；庭无雀讼，劝农曾入花村。宦千里而渡湘，以为民望；符七年之留治，无使公归。儒以道得民，学于古有获。遂特膺乎卓异，将不次以超迁。乃北辙旋归，少慰思刘百姓；而南帆重到，徒伤借寇一年。昔之巷哭衢悲，爰遗沅芷；今则家尸户祝，馨荐涧蘋。贤令尹德及于民，乡先生祭宜于社。职等谨陈月旦，凤仰风徽。惟凭舆论之公，冀阐幽光之远。梓桑恭敬，早心铭一瓣之香；芹藻苾芬，待首壮万罗之色。公叩移请详题崇祀乡贤，以励风教等情到学。

该学胡揖中、王启忠等核看：得已故拔贡生、原任湖南东安县知县卓异候升曾镛，秀毓东瓯，惠孚南楚。自承家学，髫龄俨若成人；及赏宗工，绮岁拔诸多士。经义抉汉儒之奥，文章追唐代之遗。傥使身登天禄，灿藜阁之星辉；惟其望重人师，立芹宫之风教。一株椿荫，敬迎养于鳣堂；万树桃栽，喜从游于马帐。政陈大吏，则经世成编；事法同官，则救荒建策。荐鹗爰邀北海，飞凫乃向东安。先试百里之才，读耕并课；特报三湘之最，仕学兼优。北斾方行，再冀棠风春被；南帆甫卸，旋惊薤露秋零。动七泽之余哀，铭殷心版；溯八年之遗爱，镌永口碑。雨膏黍苗及于民，有功则祀；风敦桑梓祭于社，明德惟馨。加具印结并造事实清册，移送转详到县。

该署泰顺县知县薛赞襄核看：得已故拔贡生原任湖南东安县知县曾镛，东郡宏儒，南邦循吏。学阐乎郑笺孔疏，才超乎宋艳班香。骥足行千，凤著空群之望；凤毛拔一，允称多士之尤。白眉惟马氏最良，絜修躬行；青眼则阮公特异，席夺谈经。洎乎四郡铎宣，延东浙人师之誉；兼以一生著述，承南丰家学之遗。资治鉴于汉唐，文编经世；役泛舟于楚蜀，计策活民。鳣瑞旋征，莺迁快睹。东安治最，知非百里之才；北海荐登，诞保七年之政。辕攀燕冀之云，使君莫去；帆转潇湘之雨，下邑重来。绩乃续乎蟹匡，化忽飞乎凫舄。纵一年之可借，愿乞寇公；奈百姓之弗谖，爱遗郑相。既已家尸户祝，芳流七泽之芷兰；是宜里豆庠笾，敬洽万罗之桑梓。加具印结，详请核转到府。

该温州府知府陈思燏核看：得泰顺县已故前任湖南东安县知县曾镛，学业湛深，才猷卓越。服官湘楚，凛清慎勤之箴；讲学艺林，崇诗书礼之训。修道路以便行旅，兴学校以毓人材。洵有为有守之纯儒，实一乡一邑之善士。舆评既协，社祭宜崇。加具结看，同送到印甘各结事实清册详请察转等情到司。

并奉咨准湖南抚院，将原任东安县知县曾镛政绩事实册结，咨发到司，当经转饬该府县查明详办去后，兹据详请核转前来，该署司兴奎核看：得泰顺县拔贡生已故原任东安县知县曾镛，诗书植学，孝友持躬。识卓才优，南楚咸称循吏；品纯质粹，东瓯共仰名儒。讲礼乐于琴堂，群黎向化；谈经术于绛帐，多士涵濡。建学劝耕，绍先贤之惠政；著书立说，垂后学之良模。既符月旦之评，宜享乡贤之祀。

既据该府、县、学查取事实，递加结看详请入祀乡贤祠前来，理合转详，并将册结送祈察核具题等情到，臣据此。该臣看得：泰顺县已故原任湖南东安县知县曾镛，浙水硕儒，湘江循吏。鳣堂设教清斋，守苜蓿之香；凫舄宣猷德政，遗芾棠之爱。著述则文章尔雅，学绍南丰；辩论则经术湛深，训宗北海。既乡评之允协，宜祀典之崇昭。兹据署布政使兴奎将事实册结详送题请入祀乡贤祠等情前来，臣复核无异，除册结送部查核外，臣谨会同闽浙总督臣英、浙江学政臣徐树铭，合词恭疏具题，伏乞皇太后、皇上圣鉴，饬部议覆施行，谨题请旨。

同治九年十二月十七日礼部谨奏，为议覆入祀乡贤事，礼科抄出署浙江巡抚杨昌濬等疏，称已故湖南东安县知县曾镛，诗书植学，孝友持躬，请入祀乡贤祠。奉旨该部议奏，钦此。

钦遵到部，查例开崇祀名宦乡贤，该督抚会同学政每年八月前，具题并将事实册结送部议覆，于岁底汇题应确核事实。倘名实不能相副，及人品学问空言誉美者，即行指驳，以昭慎重等语。今该抚送到事实册，开：已故湖南东安县知县曾镛，浙江拔贡，幼颖敏，恪遵庭训，经史熟习，而尤长于注疏，其说经每有特识，著有《复斋诗文集》二十六卷行世。任教谕时，值浙饥，以采米川楚保升知县宰东安，民愿朴少讼。该故官公庭著书，与民讲孝悌礼让，秀良者多来问学，暇辄课农畎耕稼，捐建义学考棚，遇旱祷雨立降。举卓异，未几卒，士民惜之。臣等公同查核该抚等请将曾镛入祀乡贤之处，名实相副，谨议准其入祀乡贤祠。

恭候命下，臣部行文该抚遵奉施行，所有臣等议覆缘由，谨援照成案改题为奏，为此谨奏请旨。

本日奉旨：知道了。钦此！

编者注：①左杏庄：左辅，字仲甫，一字蘅友，号杏庄，江苏阳湖人。乾隆进士。以知县官安徽，治行素著，能得民心。嘉庆间，官至湖南巡抚。辅工诗词古文，著有《念菀斋诗、词、古文、书牍》五种，传于世。②汪学澄：号小衡，江苏阳湖人，荫生。清同治五年（1866）任泰顺知县。③此处原文为"楚泽神神君"，疑为衍文，多一神字，今从文意删去。④马新贻：清山东菏泽人，字谷山。道光二十七年进士，授安徽知县。咸丰间参与镇压太平军、捻军，擢按察使，以失庐州革职。同治初，从复庐州，历按察使、布政使，旋调任浙江巡抚。七年，任两江总督兼通商大臣。后被张汶祥刺杀。谥端悯。⑤李炜：江西永新人，举人。清同治七年（1868）任东安知县。⑥杨昌濬：清湖南湘乡人，字石泉。咸丰二年以诸生从罗泽南练乡勇，镇压太平军，转战鄂赣。同治元年随左宗棠入浙江，屡破李世贤、汪海洋部。累擢至浙江巡抚。坐余杭葛毕氏冤案罢官。后再起佐左宗棠新疆军事。官至陕甘总督。以湟中一带回民再起反抗罢官。有《平浙纪略》《平定关陇纪略》。

附五　公送乡贤神主入祠祝文

维同治十一年正月二十日，泰顺县知县张宝琳、教谕胡擂中、训导吴国贤、典史高善培率阖邑绅士等，昭告于故文林郎候升知州原任湖南东安县知县乡贤曾复斋先生之灵曰：

惟灵经术湛深，躬行笃实。在昔三湘循吏，久播讴思；至今十室儒宗，群深景仰。馨香百世，登社祭而无惭；论定千秋，采乡评而允协。桑梓不忘恭敬，请祔宫墙丝纶。特沛恩荣，用光俎豆。奉安神主，入祀乡贤，祗率官绅，特伸昭告。尚飨！

编者注：本文录自清光绪《罗阳曾氏宗谱》。

附六　宗稷辰

先是，公门人宗涤楼观察，闻公家属远客黔阳，公枢久不克葬，因乘吴润甫广文摄署绍兴府训之便，缄寄番银五十圆，托为营葬，并拟请祀乡贤两事，合并共费钱二百余千，除将伯输助外，兼取宾兴公款以足之。观察于此，实有倡使之功焉。观察名稷辰，会稽人，辛巳举人，官至山东运河道。

编者注：本文录自清光绪《罗阳曾氏宗谱》。

附七　曾复斋先生传①

　　复斋先生，姓曾氏，讳镛，字在东，一字鲸堂，世为泰顺山阳人。山阳，明景泰前瑞安义翔乡也。弘治间有讳显者，以岁贡知永定县，单骑入贼巢谕降之，以循吏著称，是为先生之九世祖。其后徙城中士林坊，里人以迁自山阳，呼为山阳曾，遂名其所居曰下山阳。

　　先生少颖悟勤学，淹贯六经，邃精性理，由拔贡充四库馆誊录，选授孝丰县教谕，为诸生讲古人之学，士林宗仰。时秦公小岘、汪公稼门方官浙中，重其学行，愿下交。汪公由浙藩擢闽抚，问以政事操履，求益甚诚，先生为尽言得失而规之于道，汪公听纳，谓此后树立皆为先生行道也。旋丁忧，服阕，历署金华、汤溪、云和等学，清介绝俗。

　　嘉庆甲子（九年），浙西大水，饥。巡抚阮文达公发三十万金，采运川、楚米，而以先生主其事，民以大活。遂以廉干荐擢知县，选授湖南东安。东安俗愿朴少讼，先生日坐堂皇，与讲礼让孝友，事益稀，一月之词不过二三纸，后乃竟无讼者。乡农往往持菜把、竹萌至，曰："是家植初苗，愿以献官！"

先生笑受之，与谆谆家人语。民大和，编德政歌，榜之通衢。邑旧无义学、考棚、育婴堂，则皆捐奉为之倡，民无不乐应者。前后八载，以养以教，百废具②举。公退之暇，招秀士讲学，远近来受业者甚众，武陵杨大章、会稽宗稷辰，其最著者也。湘抚杏庄左公调入闽，与语治术、学术甚洽，以仕学俱优、民安于治荐上考。卢文肃公引谒宣庙，退而称为古循吏，谓大似文正之荐杏庄于牧令，惜得之晚，恐不及大用也。时先生几七十矣，旋卒于官。著有《经说》十七卷，《诗文集》八卷。

其为学大旨，常言五经四子书，斯道之规矩权衡，犹生人之于布帛菽粟也，其道不可须臾离，其说不容毫厘差。顾欲求圣贤之道，莫若还治圣贤之书；欲正经书之说，莫若还从经书之文。其为说也，举自汉以来训诂家言而一空之，第沈潜涵泳于本文之义而经旨而出，去其障则其光炯然仍若日月之经天，开其塞则其流汩然仍若江河之行地。故其辨《尚书》古今文之异曰："以帝王之实录论，则今文真古书也；以帝王之法言论，则古文实古今不可少之书。当尊信，不可排击。"其通达简易而不为缴绕坚僻之论如此。

同治八年入祀乡贤祠，而东安先已入名宦祠，至今民犹讴思焉。

编者注：①本文录自《孙镼鸣集》。②具：假借为"俱"。《诗·郑风·大叔于田》："火烈具举。"

附八　曾大令仕学兼优①

曾镛字鲸堂，浙江泰顺人，乾隆拔贡。通经学，工古文辞。讲学闽中龟山书院，后司孝丰谕，成就后进，皆有根柢。尝为汪总制志伊所礼重，延之课子，且问治术。开陈万言，首勉以清正率属。汪心服其论，多力行之。阮抚部元，知其经济才，举为令，擢知东安，年垂暮矣。东安民朴厚，镛务休息，以宽简惩一二，藉死诈诬者无敢复行，邑几无讼。葺试院，建育婴堂，平治道路，皆出俸金。课士字民，视若家事，邑人至有缚菜把为献者。官斋著书不辍，率家治桑茗，清俭无比。七十三岁始以"仕学兼优民安于治"举。治行入朝，未及迁而卒。著《复斋全集》，学者称为复斋先生。《永州志·良吏传》

按：复斋先生名镛，字在东，别号鲸堂，泰顺人。以乾隆癸酉拔贡令东安，见《东安志·名宦》。在东安时，尝劝建靖化乡龙岩义学，出己俸三百金购屋为婴堂，因劝民置产，严禁溺女之俗。砌湖口至狮子岭石路，创开石径二千七百余丈。建东安考棚，建瓮塘、同庆桥、金字岭石桥。其文疏皆载集中，《永志》列之《艺文》。盖当时修志，越宗涤楼内翰稷辰，实主笔削，涤楼为先生入室弟子，言之详。涤楼后由军机章京历台谏，至河道。予初通籍时，尚数见之，每为予道先生学行云。

校笺：此条原作"补遗"附于本书之末，今移此，并删略重复按语。据《光绪东安县志》五，曾镛（1748—1821）②知东安时年六十六，在官七年。"阮元复督湖广，访之于藩司，乃以仕学兼优举卓异"，不赴。曾镛善诗，《罗阳诗始》称其"不事琢炼，纯以气行"。潘衍桐《两浙輶轩续录》一二、《晚晴簃诗汇》一〇〇收录其诗，《国朝文汇》乙集五三收其文，皆附小传。宗稷辰（1792—1867），字迪甫，号涤楼，绍兴人。道光元年举人，累官山东运河道，历主湖南群玉、濂溪、虎溪、戢山书院，造就甚众。

按：①本文录自清孙衣言《瓯海佚闻》。②卒年未知据何本，按家谱，非道光元年，为二年。又据宗稷辰《复斋师入觐深望二三子得第及榜发海樵及余皆落怅而行送出国门赋诗志感》诗可知，道光二年春镛在京师，壬午恩科会试其得意门生杨大章、宗稷辰俱落第，赋有送别诗，是未曾卒。

附九　曾镛年表

乾隆十三年（1748）戊辰　是年十月十一日，出生于罗阳，居城内。祖父曾士錧，字輶经，号坤垣，乳名阿求。因城内故居窄小，不足分处子孙，于是构屋于罗阳北门之象坪，镛生长于此焉。父曾启贤，字敬承，号道川，岁贡生。母陈氏，罗阳城内太平坊陈圭玉之女。

乾隆十八年（1753）癸酉　五岁　三月，母陈氏去世。陈氏生于康熙己亥年二月，享年三十四岁，除曾镛外，还育有两个女儿，均嫁给林氏。

乾隆二十一年（1756）丙子　八岁　是年，父迎娶继母夏氏。夏氏，本县峰门人，夏昌松之女，生于雍正乙卯年九月，卒于乾隆庚寅年八月，育有两个女儿，一适高氏，一适李氏。

乾隆二十九年（1764）甲申　十六岁　在叶山，师从庠生陈贤言读书。

陈非常赞赏曾镛之才，将爱女许配给曾镛。

乾隆三十年（1765）乙酉　十七岁　构楼于凤凰山下射圃之上坪。是年，与司前叶山陈氏结为夫妻。

乾隆三十二年（1767）丁亥　十九岁　是年，在浙江学政李宗文主持的院试中考取第一名案首，成为庠生，入县学。李宗文，福建安溪人，戊辰科进士，工部左侍郎衔。

乾隆三十三年（1768）戊子　二十岁　在温州中山书院读书。

乾隆三十四年（1769）己丑　二十一岁　在温州中山书院读书。其间参加浙江学政周煌主持的岁考，名列一等。周煌字景垣，又字绪楚，号海山，四川涪州人，丁巳科进士。后曾镛受泰顺知县仝瓛之赏识，特为禀请上司，送至杭州敷文书院学习。

乾隆三十五年（1770）庚寅　二十二岁　是年，继母夏氏去世。其间参加浙江学政周煌主持的科考，再次名列一等，取得乡试资格。与友人赵斯度、金际会、冯徵兰等人同赴浙江乡试。是年，长子曾璜出生。

乾隆三十六年（1771）辛卯　二十三岁　在罗阳，是年春，祖父曾士錧去世。

乾隆三十八年（1773）癸巳　二十五岁　是年，参加浙江学政王杰主持的岁考，取为第一名，补廪膳生员。不久后参加科考，又考取第一名。是年，在温州江心屿读书。

乾隆四十年（1775）乙未　二十七岁　开始在罗阳教授生徒，学生有董载飔等人。是年，在浙江学政李友棠主持的岁考中，再次一等第一名。李友棠，字召伯，号西华，江西临川人，乙丑科进士，工部右侍郎衔。

乾隆四十一年（1776）丙申　二十八岁　参加学政王杰主持的科考，取得一等第一名，充次年丁酉科拔贡。

乾隆四十三年（1778）戊戌　三十岁　前往北京，进入国子监学习。是年，瑞安孙希旦高中一甲探花。夏，初与曾琼圃相见，始订交。

乾隆四十五年（1780）庚子　三十二岁　在京师，有《送余文航之任巴东》《庚子元旦雪海山周大司马以奉和御制诗见示因绎原韵呈览》等诗。余学礼，字文航，号敬斋，瑞安人，乾隆四十五年任湖北巴东知县。周煌，字景桓，号绪楚，又号海珊（一作海山），重庆府涪州人。乾隆二年二甲进士，历任翰林院编修、侍讲学士、内阁学士、《四库全书》总阅、工部尚书、兵部尚书，皇太子总师傅，都察院左都御史等职，卒后谥文恭。是年，于国子监肄业，充四库全书馆誊录生员，负责誊录《契丹国志》。

乾隆四十六年（1781）辛丑　三十三岁　在京师，是年四月，祖母吴氏去世。余文航自巴东奉命来京，与之相会，不久，余返巴东。

乾隆四十九年（1784）甲辰　三十六岁　在京师。曾儒璋出任福建福建兴泉永兵备道，有《送家琼圃三兄赴兴泉永道》诗。

乾隆五十年（1785）乙巳　三十七岁　授官孝丰县儒学教谕。是年，迎养乃翁于学署。

乾隆五十四年（1789）己酉　四十一岁　在孝丰儒学教谕任上。是年重九，与诸友雅会唱和，为乃翁寿，有鄐南对菊诗。

乾隆五十五年（1790）庚戌 四十二岁 二月，父卒于孝丰学署，扶榇归乡，丁忧守制。

乾隆五十七年（1792）壬子 四十四岁 是年，三女湖莲卒，年六岁。冬，赴任云和儒学教谕。

乾隆五十八年（1793）癸丑 四十五岁 卸云和教谕任，归乡少居。是年秋，复赴省垣杭州。

乾隆六十年（1795）乙卯 四十七岁 在杭州，与浙江按察使秦瀛论防海事宜，深得激赏。是年夏，任嘉兴儒学教谕。

嘉庆元年（1796）丙辰 四十八岁 正月，赴杭州，与秦瀛游西湖南屏。春月，汪志伊欲聘为幕僚，辞谢。夏月，在嘉兴，与丁小鹤游烟雨楼，有诗与文。是年九月间，妻陈氏去世，至十月始得知，时复寓居于杭州管米山。

嘉庆二年（1797）丁巳 四十九岁 入汪志伊莲幕，汪调任江西按察使，随汪往江西南昌。秦瀛为之送别，有《送曾鲸堂之江西》诗。未几，汪转迁福建布政使，擢巡抚，镛因辞江西臬署事务，前往安徽桐城，为汪料理家中事务。

嘉庆三年（1798）戊午 五十岁 是年秋，自桐城县返里。

嘉庆四年（1799）己未 五十一岁 春，应汪志伊之邀赴闽，后往福建将乐县，掌正学书院。是年有《己未春自浙至稼门中丞榕城抚署剪烛夜话》诗。

嘉庆五年（1800）庚申　五十二岁　在将乐，是年将乐知县夏石赟迁任上杭，作《将乐绅耆送夏邑侯迁任上杭诗序》一文。

嘉庆六年（1801）辛酉　五十三岁　是年六月，四妹顺湄去世。与儿子曾璜同赴乡试，途中曾璜中暑，病逝于杭州考寓。

嘉庆七年（1802）壬戌　五十四岁　是年，娶继室张氏。冬，赴任汤溪县儒学教谕。

嘉庆九年（1804）甲子　五十六岁　浙西水灾，奉浙江巡抚阮元之命购米川楚，是年秋，泛舟至江陵县，留待川米。

嘉庆十年（1805）乙丑　五十七岁　自川楚购米归，途经湖州，忆十六年前任孝丰教谕事，有《吴兴伤感并序》诗。因购米之勋劳，阮元荐为知县用，因前往京城候铨。是年，次子固甫出生。

嘉庆十一年(1806)丙寅　五十八岁　自京返温州，是年九月，游北雁荡山，有《丙寅九月偕张仲平诸生游雁宕》诗。

嘉庆十二年（1807）丁卯　五十九岁　自永嘉返罗阳，任罗阳书院山长。是年有《重修泰顺学宫记》《乡饮宾吴太翁九十大寿序》等文。

嘉庆十四年（1809）己巳　六十一岁　春，与谢衮结识。时谢因流放居罗阳三峰寺，以诗稿过访，应约作《蜉寄轩诗钞序》。是年，三子蓄甫出生。

嘉庆十五年（1810）庚午　六十二岁　是年，泰顺儒学教谕陈树簨卸任，有《送陈广文序》一文。

嘉庆十六年（1811）辛未　六十三岁　正月，罗阳城内所居楼屋遭火，幸平生所著经说及诗文等被及时抢出。

嘉庆十七年（1812）壬申　六十四岁　在罗阳书院山长任上，吴周柱、周楠与侄森从门下学。有《乡贡士潘绎云先生七十寿序》《潘懒夫太翁六十寿序》等文。

嘉庆十八年（1813）癸酉　六十五岁　是年春，赴京谒选知县一职，临行前为亡妻陈氏与亡子曾璜卜葬于罗阳城东月山下之莲花谷。于京邸逢凌鸣喈，凌将南归，作《凌泊斋读诗蠡言序》兼送行。凌鸣喈，字体元，号泊斋，乌程人，为秦瀛之门生。嘉庆壬戌进士，官兵部郎中，有《疏河心镜》。

嘉庆十九年（1814）甲戌　六十六岁　是年夏，任东安知县，任上兴建考棚。

嘉庆二十一年（1816）丙子　六十八岁　秋，奉调往长沙，充乡试内收掌试卷官。

嘉庆二十五年（1820）庚辰　七十二岁　《复斋文集》《复斋诗集》付梓。是年九月，创育婴堂，禁溺女婴之恶俗。

道光元年（1821）辛巳　七十三岁　进京觐见道光皇帝。

道光二年（1822）壬午　七十四岁　是年春，在京师，及门杨大章、宗稷辰赴壬午科会试落第，送别于京门。还任东安县，十月十六日，卒于县署。

后　记

诚如曾镛弟子董霞樵所说："从来人必托地以兴，地必托人以传，两相需而交相重者也。"一个民族以拥有文明高度为自豪，一片地域以拥有文化高度为自傲。梳理乡邦文化遗产，赓续历史文脉是社会不断进步，文明延绵不绝的传世工程。

泰顺县政协历来重视乡邦文献的挖掘整理出版工作，近来出版了一系列乡贤作品，让文化走进生活，带动经济发展，推动社会进步。

此次诗文集的编辑，我们主要遵循以下几点原则：

一、以泰顺博物馆馆藏嘉庆二十五年刻本《复斋诗集》《复斋文集》为底本，参校国家清史编纂委员会《清代诗文集汇编》所收录《复斋诗文集》影印本，对本书进行修订。

二、最大限度收录各地方志以及文献、家乘所记载与曾镛相关的文章内容，作为附录。

三、只收录曾镛所著诗文，而其毕生科举考试文章《复斋制义》一书，未纳入本书之中。

四、正文有难辨文字或脱字，均以"□"代替；有衍字或疑为错字者，在注中说明。

五、原书所用避讳字，如"弘"作"宏"，"玄"作"元"等，均按原书不做修改，尽量保持原书风貌。缺笔字如"胤"等，则补足笔画。

六、原书行文中涉及国家、朝廷、上司、宗族等所用的"抬头格"，均予以删除。

在编辑出版《复斋诗文集》的过程中，赖立位、潘家敏、陶汉心、翁晓互、陈圣格等乡土专家就修改文稿齐心协力提出意见建议；泰顺县政协雷全勉主席、温州博物馆高启新副馆长为本书作序，泰顺县政协原主席卢嫦、原副主席胡昌迎、副主席郭素琴、县政协文教卫体文史学习委主任高娅飞为本书出版劳心费力诸多，此书的圆满付梓与他们的鼎力支持是分不开的。本书出版前还得到温州文史研究馆副馆长金柏东、《温州市志》主编张声和、温州市图书馆研究员卢礼阳、温州大学教授陈瑞赞等诸位专家悉心指导；同时温州市图书馆副馆长吴蛟鹏、古籍文献部主任王妍提供了珍贵的补佚资料，中国文史出版社为本书出版也做了大量的工作，对此一并表示衷心的感谢。

图书在版编目（ＣＩＰ）数据

复斋诗文集 /（清）曾镛著；潘先俊校注 . -- 北京：

中国文史出版社，2022.7

　　ISBN 978-7-5205-3673-8

　　Ⅰ . ①复… Ⅱ . ①曾… ②潘… Ⅲ . ①古典诗歌—中

国—清代—选集②古典散文—中国—清代—选集 Ⅳ .

① I214.92

中国版本图书馆 CIP 数据核字 (2022) 第 165280 号

责任编辑：詹红旗

出版发行：中国文史出版社

社　　址：北京市西城区太平桥大街 23 号邮编：100811

印　　装：温州市北大方印务有限公司

经　　销：全国新华书店

开　　本：787mm×1092mm 1/16

印　　张：30.75

字　　数：440 千字

版　　次：2022 年 9 月北京第 1 版

印　　次：2022 年 9 月第 1 次印刷

定　　价：98.00 元

文史版图书如有印、装错误，工厂负责退换。